Stefania Sperandio

AFTERMATH

StefaniaSperandio.com

Stefania Sperandio
Aftermath

www.stefaniasperandio.com
Facebook: Stefania Sperandio | Twitter: @StefaniaC11 | Instagram: @StefaniaC11

Questa è un'opera di fantasia. Qualsiasi riferimento a persone esistenti o esistite, a fatti o nomi reali è puramente casuale. Ne è vietata la riproduzione, anche parziale.

© 2023 Stefania Sperandio

Tutti i marchi contenuti appartengono ai legittimi proprietari.

Foto di copertina: PhotoDune
Progetto grafico di copertina e impaginazione: Stefania Sperandio

*A chi ha una lista lunghissima
di piccole cose ancora da fare
che continua a rimandare,
pensando che c'è sempre domani.*

E a Martina.

*«L'intrattenimento non è solo intrattenimento: lascia
qualcosa nel cuore della gente.
Quando vivono [una storia]
e poi tornano alla realtà,
vorrei che le persone sentissero
di avere influenza sul loro mondo».*

– Hideo Kojima

Nel romanzo precedente
"Corpo Estraneo"

Manuela Guerra lavora come stagista presso la testata giornalistica *Inquisitio* quando, al rientro a casa dopo una serata trascorsa a festeggiare i suoi ventidue anni, viene aggredita e sequestrata da uno sconosciuto.

L'uomo la trascina fino alla redazione per cui lavora, le chiude la bocca con delle pagine appallottolate di *Inquisitio* e la finisce con una pistolettata alla fronte, abbandonandola legata al cancello all'ingresso.

Il suo piano ha però un imprevisto: Manuela sopravvive. Dopo otto mesi di coma, la ragazza riprende conoscenza solo per scoprire che il proiettile .22 che le è stato esploso contro è bloccato al centro del suo cervello, inoperabile, e le causa dolori e scompensi. Dopo una lunga riabilitazione, aiutata dal suo compagno Marco Russo, dalla sua amica e coinquilina poliziotta Anna Russo – che l'ha soccorsa dopo il tentato omicidio, sorella di Marco – e dall'amica di sempre Daniela Cassani, sua collega nella stessa redazione, Manuela torna a una parvenza di vita normale e ricomincia anche a lavorare per *Inquisitio*.

Il fatto che l'articolo di giornale usato per imbavagliarla fosse un'inchiesta firmata da Daniela fa dedurre agli inquirenti che il sicario volesse in realtà mandare un messaggio di minaccia alla giornalista, usando Manuela solo come un tramite.

Solo due anni dopo, nel 2018, la Polizia riesce a identificare l'aggressore e, nonostante i video a circuito chiuso ne confermino l'identità, Manuela testimonia che si tratta dell'uomo sbagliato. La sua opinione, tuttavia, secondo le perizie mediche non ha valore, perché il proiettile bloccato nel suo cervello la rende una testimone inattendibile. Il processo va avanti, ma incastra una persona innocente.

Il vero sicario che ha colpito Manuela ricompare solo a quel punto nella sua vita e inizia a ricattarla, costringendola a consegnare per lui dei documenti. Se dovesse rifiutarsi, l'uomo colpirebbe le persone a lei care.

Quasi uccisa da un avvocato a cui aveva recapitato un fascicolo, Valon Bezhani, Manuela si difende dalla sua aggressione e riesce a scappare, lasciandolo ferito dopo una colluttazione. Quando, però, l'uomo viene ritrovato morto, ucciso da una pistolettata, tutti gli indizi sono contro Manuela e il cerchio della Polizia le si stringe attorno. Braccata, la giovane scopre che il suo aguzzino si fa chiamare Lucas Leone e decide di ribellarsi – conscia che le consegne erano solo un pretesto per farla uccidere senza sporcarsi le mani in prima persona – prendendo l'iniziativa.

Attira Leone allo scoperto e, pedinandolo, scopre che ha una figlia diciannovenne, Marta Corsi. Quando Lucas si rende però conto che Manuela sta cercando di sfuggire al suo piano, reagisce nel modo peggiore possibile.

Dopo un litigio con Manuela, che lo ha tenuto all'oscuro del ritorno di Lucas e di quanto successo con Bezhani, Marco rimane coinvolto in un incidente causato dal sicario – che si rivela ben più grave di quanto previsto perfino dal killer. Con i freni del suo scooter manomessi, Marco finisce in coma, proprio come era già successo a Manuela.

Accecata dalla disperazione, lei fa appello a quanto le ha insegnato suo padre, Gianandrea Guerra, tipografo morto di cancro che ha passato gli ultimi anni della sua vita in carcere, dopo essersi macchiato di un caso di riciclaggio di denaro per dei complici che non ha mai voluto tradire.

I buoni muoiono giovani, le diceva suo padre. Manuela ruba la pistola personale di Anna e rintraccia Marta Corsi per vendicarsi di suo padre, Lucas Leone, il cui vero nome si scopre essere Alberto Corsi.

Manuela sequestra la ragazza e, dopo averla terrorizzata e averle messo le mani addosso, la trascina nella casa di suo padre Gianandrea, sul lago Boscaccio, che era stata messa all'asta dopo il sequestro dei suoi beni e che da allora è rimasta inabitata.

Manuela si mette in contatto con Lucas per fargli sapere di aver preso in ostaggio sua figlia e lo costringe a rivelarle la verità, mentre si rende irreperibile ad Anna e Daniela.

Con le spalle al muro e intenzionato a salvare sua figlia, Lucas le rivela di aver provato a incastrarla nell'omicidio di Bezhani perché sarebbe stato molto più semplice ucciderla in carcere dopo averle distrutto la reputazione – considerando che, suo malgrado, dopo essere sopravvissuta alla pistolettata alla testa di due anni prima Manuela ha ottenuto una enorme notorietà.

Quando Manuela sta *davvero* per sparare a Marta, facendole esattamente quello che Lucas ha fatto a lei, l'uomo è costretto a rivelare di averle sparato per denaro. Il suo mandante, infatti, è colui a cui suo padre Gianandrea aveva sottratto dei soldi nel riciclaggio, nella speranza di lasciarli in eredità a sua figlia. Il passaggio di denaro non si compirebbe, però, qualora il beneficiario – Manuela – fosse morto prima di avere venticinque anni.

Manuela propone a Lucas di firmare documenti e rinunce al denaro di cui non sapeva nemmeno l'esistenza e con cui suo padre la ha inavvertitamente condannata a morte, ma il mandante del sicario, un fondo speculativo conosciuto come SOLIS, ha bisogno che non ci siano documenti che leghino il suo nome al caso di Gianandrea e Manuela Guerra.

Mentre subisce scompensi sempre più violenti a causa del corpo estraneo che ha nel cervello, e gravata dagli strascichi della terribile colluttazione in cui Bezhani l'aveva quasi uccisa, Manuela comprende che l'unico modo per far sì che SOLIS lasci in pace i suoi cari – visto quanto accaduto anche a Marco – è quello di essere morta prima del suo venticinquesimo compleanno.

Decide spontaneamente di consegnarsi a Lucas, rivelando la sua posizione e liberando Marta. Quando il sicario la raggiunge, però, anziché limitarsi a finire il lavoro la aggredisce brutalmente, le rompe un braccio e quasi la acceca, inferocito dal fatto che Manuela abbia coinvolto e colpito sua figlia – la sua sola famiglia. Di fronte alla bestialità con cui suo padre si è avventato contro Manuela, però, Marta è incredula e terrorizzata.

Per via dell'orrore che legge in sua figlia, che non sapeva nulla del suo reale lavoro, Alberto Corsi non ha il coraggio di finire Manuela davanti a lei. Così la abbandona, gravemente ferita e bloccata dentro la sua vecchia casa, intenzionato a far sparire il cadavere nei giorni successivi. Marta lo segue esitante.

Mentre Manuela agonizza, Daniela e Anna indagano per cercare di comprendere dove l'amica sia finita, dopo che aveva fatto perdere le sue tracce in seguito alla notizia del coma di Marco.

A fare la differenza, però, è proprio Marta: consapevole che questo significherà far arrestare suo padre per quello che ha fatto, la ragazza torna da sola da Manuela e si mette in contatto con Anna – e quindi con i soccorsi – per aiutare la ventiquattrenne.

Lucas, tuttavia, perseguitato dall'ossessione di non aver concluso il lavoro e dal fatto che i suoi mandanti potrebbero prendersela anche con sua figlia, decide di tornare da Manuela per finirla. Lì, però, scopre con orrore che Marta ha deciso di tradirlo e che, tra l'idea di un padre assassino e Manuela, ha scelto Manuela – la donna che la aveva rapita.

Disperato, si rende conto di non avere più nessun motivo per vivere e tenta di suicidarsi con una pistolettata nel mento, davanti a sua figlia. Anna, però, che vuole che paghi in carcere per quello che ha fatto a suo fratello e a Manuela, riesce a deviare parzialmente il colpo, salvandogli la vita.

In custodia in attesa dei gradi di giudizio, Alberto Corsi riceve ancora le visite di sua figlia, che sta provando a perdonarlo e che ha deciso di non denunciare Manuela per il sequestro.

Anna continua il suo lavoro di poliziotta per aiutare gli altri, conscia di aver imparato a essere forte abbastanza per salvare le persone come Manuela e come suo fratello Marco. Sposa la scelta di Marta di non denunciare Manuela, non facendo mai riferimento al sequestro nei rapporti ufficiali sull'arresto di Alberto Corsi.

Daniela, complici le testimonianze di Corsi, scopre che il mandante dell'omicidio di Manuela era in realtà Giulio Cesare

Cassani, suo padre. L'uomo, rappresentante permanente dell'Italia alle Nazioni Unite, era anche il referente di SOLIS per lo spostamento di fondi concordato con l'amico Gianandrea Guerra, nonché l'uomo identificato dal fondo come responsabile per il denaro sottratto di nascosto dal padre di Manuela. Per recuperarlo, ha quindi deciso di ricorrere al sicario Alberto Corsi.

Quando suo padre cerca di farla desistere, Daniela è irremovibile e, disgustata, decide di sbattere il genitore sulla prima pagina di *Inquisitio*, svelando finalmente la verità su quanto successo a Manuela Guerra.

Ripresasi dal coma farmacologico e ancora claudicante per le ferite dopo gli scontri con Bezhani e Lucas, Manuela viene finalmente assunta a tempo indeterminato dal giornale, ma trascorre il suo tempo libero in ospedale, ad aspettare fiduciosa che Marco si risvegli.

Stefania Sperandio - Aftermath

Aftermath

Stefania Sperandio - Aftermath

Prologo

Venerdì, 23 febbraio 2018
Milano, ore 08.03

«Stai tranquilla, sono all'ingresso, ti aspetto».

Marta Corsi inviò quel messaggio alla sua amica e collega Martina, prima di infilare il telefono in borsa e proseguire verso l'entrata principale dell'università.

Il piazzale era ampio e silenzioso, la diciannovenne scorse solo due studenti seduti a qualche decina di metri da lei, sulle panchine attigue alla fontana quadrata.

Aveva trascorso le ultime settimane a preparare l'esame di sociologia dei media. Era una disciplina che trovava interessante e si sentiva piuttosto sicura di poter aggiungere un trenta e lode al libretto. Suo padre ne sarebbe stato orgoglioso e non vedeva l'ora di sentirlo complimentarsi, tutto fiero, chiamandola *la mia bambina*.

Una sagoma che arrivava da destra attirò la sua attenzione. Era convinta che potesse essere Martina, invece fu sorpresa dal riconoscere Manuela Guerra.

Con il suo bomber scuro e le mani in tasca, uno zaino che le pendeva dalla spalla sinistra, un paio di jeans azzurri e delle sneakers, la donna le sorrise appena.

Marta le sorrise di rimando. Il giorno prima, quella che era probabilmente la giornalista più famosa dell'Italia intera – lo era da quando qualcuno le aveva sparato alla testa per impedirle di fare il suo lavoro, ma Manuela non solo era sopravvissuta, ma se n'era fregata altamente e quel lavoro lo faceva ancora – l'aveva pescata tra le studentesse da intervistare per un articolo un po' più disimpegnato rispetto al solito, legato agli sbocchi lavorativi post-universitari.

«Ciao Manuela» la salutò. «Tutto bene?» osò, notando che aveva gli occhi azzurri stanchi, per quanto vigili. «Devi fare altre interviste?».

La mano sinistra di Manuela Guerra scivolò verso lo zaino e, quando ricomparve, stringeva in mano una pistola.

Il cuore di Marta si fermò. Abbassò lo sguardo verso l'arma, che l'altra le puntava contro l'addome, a nemmeno mezzo metro di distanza, e lo rialzò in cerca di una spiegazione.

Pensò di avere avuto un'allucinazione, strabuzzò gli occhi, ma l'immagine non spariva: era Manuela Guerra. In carne e ossa. Che le puntava contro una pistola. La giornalista eroica e immortale, quella che era su tutti i telegiornali, *lei*.

«Non urlare» le disse Manuela, ermetica e con voce tetra, prima ancora che Marta potesse riuscire a fare qualsiasi cosa. «Ti giuro che se urli è peggio».

Non c'era traccia della spigliata e carismatica reporter che l'aveva intervistata il giorno prima, nella donna inespressiva e inquietante che, con il braccio piegato per non dare nell'occhio, le puntava contro quel gelido pezzo di metallo progettato per uccidere.

Quando il cuore di Marta riprese a battere, lo fece così forte da martellarle le tempie. Si guardò rapidamente attorno, ma senza osare voltare la testa: temeva che, se l'avesse notata cercare una via di fuga, Manuela le avrebbe sparato a bruciapelo.

Cosa puoi aspettarti da chi ti punta contro una pistola in pieno giorno, nel piazzale antistante a un'università?

E, una volta, al telegiornale lo avevano detto – che tenerti un proiettile bloccato in mezzo al cervello, come aveva dovuto fare Manuela, può compromettere la salute psichica.

Forse era vero.

Forse era vero e Manuela Guerra è diventata pazza.

Marta riuscì ad alzare appena le mani.

«Tienile giù» le ordinò l'altra. «Vieni con me».

La studentessa si rese conto che aveva la bocca improvvisamente asciutta.

«Io... io... cosa stai facendo?».

Manuela infilò la mano armata, la sinistra, nella tasca del bomber, celando la pistola. Cinse Marta con l'altro braccio e se la strinse al fianco. «Vieni con me».

Non suonava come un invito.

Cosa sta succedendo? Perché a me?

Dio, non voglio morire.

Marta era persa nella sua mente, quando le sue gambe iniziarono a seguire il passo dell'altra. Il terrore le aveva bloccato qualsiasi altra iniziativa, stava solo obbedendo in modo passivo. Nel manuale di sociologia dei media, cosa fare se qualcuno minaccia di spararti non lo dicevano.

Scorse una Cinquecento bianca parcheggiata poco lontano dall'ingresso dell'ateneo, in via Carlo Bo. Aveva l'intestino annodato, lo stomaco sottosopra e il freddo improvviso le faceva sentire un bisogno insensato di orinare – venuto fuori dal nulla pure quello, come Manuela Guerra e la sua maledetta pistola.

«Sali in macchina» le ordinò la giornalista. Marta notò che via via che parlava, la voce della donna si faceva sempre più distante, metallica. Era la persona più spaventosa che avesse mai visto in vita sua.

Era sempre stata convinta che a far paura fosse l'aggressività, invece no: era il fatto che Manuela fosse terrificante, inappellabile e assertiva anche solo con quella flemma, con quelle disposizioni laconiche, il volto immutabile scolpito nell'inespressione, come una statua di marmo con gli occhi vuoti.

Marta provò ad allungare la mano verso lo sportello del passeggero per eseguire l'ordine, ma Manuela la fermò. «Non lì. Di là, guidi tu».

Gli occhi nocciola e grandi della studentessa diventarono ancora più enormi. Rimase con la bocca semiaperta, poi deglutì il nulla e, con la lingua ancora secca, riuscì solo a dire «ho la patente da poco, io...».

«Guidi tu». Manuela non ammise replica. «Muoviti e sta zitta». Le iridi di vetro della giornalista si piantarono nelle sue. «Andrà tutto bene».

Marta non osò nemmeno pensare di scappare. Si infilò dietro lo sportello del guidatore e si accorse che stava tremando dalle caviglie in su.

A Manuela Guerra avevano sparato in faccia. Marta non si era mai domandata come avesse fatto a sopravvivere – né quanto le fosse costato.

Non si era mai chiesta cosa volesse davvero da lei chi lo aveva fatto. E non si era mai interrogata, quando i giornali avevano detto che – qualunque fosse il movente del suo quasi assassino – comunque quella donna era figlia di uno finito in prigione per dei loschi giri di soldi quando lei era ancora minorenne.

Non si era mai chiesta cosa si provasse a vivere quello che era successo alla *giornalista eroica*. Non si era mai chiesta cosa succedesse alla mente e ai limiti di una persona, *giornalista eroica* o no, a ritrovarsi a dover fare a spallate per sopravvivere a una vita come quella. Marta quasi si sentì in colpa, per non essersi mai posta nessuna di quelle domande.

E ora la *giornalista eroica* la stava portando via brandendo una pistola. La *giornalista eroica* aveva la sua vita in mano e Marta non poteva capacitarsi del perché tutto quello stesse succedendo proprio a lei.

Manuela le porse le chiavi. Teneva la pistola ancora stretta nella mano sinistra, poggiata sulla coscia, sui jeans azzurri. «Vai».

La studentessa afferrò le chiavi con mano tremolante e faticò a infilarle dietro il volante. Il motore della Cinquecento emise un rantolo svogliato, ma si accese. «Guido male, te lo giuro. Manuela...».

«Cammina».

Volevo solo dare l'esame, solo l'esame.

Marta spinse la frizione e inserì la prima marcia pensando a quanto il dover guidare aggiungesse un ulteriore strato di terrore a quello che già sentiva.

In un incidente d'auto aveva perso sua madre e suo fratello. E ora, in un'auto, Manuela Guerra minacciava di spedirla a incontrarli.

È un incubo. È un cazzo di incubo. E questa qua nemmeno lo sa, che incubo è. Mamma, aiutami. Mamma, ti prego, aiutami supplicò, nella sua mente.

Manuela non la guardava nemmeno. «Stai andando benissimo» le concesse, mentre fissava la strada e Marta si immetteva in via Carlo Bo.

Era un pezzo di ghiaccio. Sicuramente, non era la stessa persona che l'aveva intervistata il giorno prima: della *giornalista eroica* non era rimasto niente.

Notandolo, Marta riusciva solo a pensare di non aver fatto niente di male, davvero niente, per meritarsi di essere sequestrata e magari ammazzata dalle tenebre che infestavano Manuela Guerra.

***

Rimasero zitte per un tempo interminabile, Manuela apriva bocca solo per dirle dove svoltare. Il silenzio la strangolava e Marta non lo resse più, quando le uscì un biascicato «ti prego, non farmi male».

Manuela si voltò a guardarla. Un brivido agghiacciato attraversò la schiena della studentessa. «Hai detto qualcosa? Sento poco da quest'orecchio, devi parlare più forte».

La cosa, se possibile, la spaventò anche di più. Quella donna un proiettile piantato nel cervello ce lo aveva eccome e, insieme a tante altre cose ora così palesi – la serenità? L'equilibrio? Forse la compassione? – si era portato via metà del suo udito.

«Non farmi del male» ripeté la studentessa, scandendo le parole meglio che poteva. «Ti prego. Ti prego».

Manuela si sorreggeva la testa con la mano destra, il gomito contro il finestrino. «Stai zitta. Per favore».

«Non lo so cosa vuoi da me. Non lo so, ma ti prego, ti prego, non uccidermi».

Questa volta, la giornalista le sorrise. Era un sorriso storto e ferito. Sarcastico. «L'ho detto anch'io, lo sai?».

A Marta si fermò di nuovo il cuore. Preferiva la Manuela inespressiva di dieci secondi prima, quella che non la guardava e non sorrideva.

Aveva appreso dai telegiornali cosa era stato fatto a Manuela – e come. E, se c'era una cosa che sapeva, era che non voleva fare la stessa fine.

«Gliel'avrò detto trecento volte» continuò la giornalista. «*Non farmi del male. Non farmi del male. Ho solo ventidue anni, non farmi del male.* Sai quanto gliene è fottuto? Zero. Niente».

Marta non si preoccupò più nemmeno di provare a trattenere le lacrime che le correvano lungo le guance. Scosse la testa, mangiata viva dal terrore. «Non ho fatto niente di male» balbettò.

«Neanch'io».

La risposta a bruciapelo di Manuela non le lasciava scampo. Le stava dicendo che erano uguali. E, se erano uguali, allora Marta sapeva già qual era l'epilogo.

«Ma io... io cosa c'entro con quello che ti è successo? Ti prego, per favore...».

Manuela scosse la testa con un sorriso disgustato e deviò lo sguardo, tornando a osservare la strada, la pistola ben abbrancata nella sua mano mancina. «Stai zitta, Marta. Stai zitta e guida».

E lei rimase zitta il più a lungo che poteva. Manuela accese la radio, Marta riconobbe *No Hero* di Elisa. Durò solo pochi secondi, quando l'altra la rispense poco dopo, con sulle labbra una contrazione infastidita.

«Dove... dove stiamo andando?» chiese timidamente la giovane.

«Vai dritta qua. E stai zitta».

Marta pianse di più e si morse le labbra. «Per favore. Ti supplico. Per favore, non voglio morire».

«Non morirai». Il modo in cui la sequestratrice glielo disse quasi la uccise, in realtà. Quella così tosta che, si diceva in TV, il proiettile in faccia lo aveva preso senza fare una piega, a parte otto mesi di coma, di sicuro non ne poteva più delle sue suppliche patetiche e del suo pianto penoso, pensò Marta.

«Adesso stai zitta e guida».

Marta provò a biascicare qualcosa sull'esame, Manuela la fulminò di nuovo e la studentessa non osò più aprire bocca.

Non vedeva davvero la strada. Aveva incisa davanti agli occhi la cicatrice sulla fronte di Manuela e stava pregando un dio in cui non era nemmeno certa di credere per non trovarsene una uguale.

Il silenzio dell'abitacolo e il suo stesso respiro singhiozzante le facevano aumentare il panico. E non migliorò quando si accorse che Manuela si stava asciugando furtivamente una lacrima.

Quella donna aveva una pistola e l'aveva sequestrata. La stava costringendo a guidare verso l'uscita di Milano per isolarsi con lei chissà dove. Era una sopravvissuta a una mostruosità, una impossibile da uccidere, che non aveva paura di *niente*, dicevano i giornali.

E ora invece stava piangendo.

È completamente fuori di testa si rese conto Marta. *Questa mi ammazza.*

«Va... va tutto bene?» tartagliò la studentessa, svoltando dove l'altra aveva indicato con la mano.

La giornalista si coprì la fronte con un palmo e prese un bel respiro. «Secondo te?».

Marta ammutolì.

«Se una ti aspetta davanti all'università con una pistola, secondo te è perché va tutto bene?». La voce adesso era feroce, ferita. Tremava di rabbia.

Le è successo qualcos'altro. C'è qualcosa che non so.
Questa ce l'ha con il mondo.
Ammazzerebbe il mondo intero.
E ha deciso di iniziare da me.

«Io... non so cosa ti è successo» balbettò la ventenne. «Mi dispiace... io...».

Manuela si resse di nuovo la testa con la mano e arricciò il naso, rimettendosi in ordine. «Alla prossima, vai a sinistra».

* * *

Se avesse dovuto immaginare di ammazzare qualcuno, lo avrebbe portato in un posto come quello. Il cuore le stava galoppando nel petto e Marta non sapeva come non avesse ancora avuto un attacco di panico, quando aveva posteggiato sulla strada sterrata che Manuela Guerra le aveva indicato, tra Trezzano sul Naviglio e Gaggiano – vicino al Lago Boscaccio.

In piedi tra l'erba e i campi, la studentessa era un palo sbilenco piantato lì dal terrore. Poco lontana dalle due donne c'era una silenziosa casa isolata che si affacciava sulla riva del lago, con il suo patio ligneo. Una casa in mezzo al niente, una roba terrificante che sembrava uscita da uno dei *teen horror* che la studentessa guardava con la sua amica Martina – quei film dove i personaggi sono sempre troppo stupidi per sfuggire all'assassino.

Non voglio andare lì dentro con questa pazza.

«Dobbiamo andare lì?» sussurrò, invece.

«Cammina» le disse Manuela, risoluta, con la pistola infilata nei jeans.

Il battito di Marta accelerò ancora. Il suo corpo le stava dicendo di scappare dal pericolo in tutti i modi possibili. La ragazza portò il dorso della mano destra davanti alla bocca. «Mi sento male, mi viene da vomitare» ammise, adesso che il panico stava prendendo il controllo per spingerla a salvarsi.

«Andrà tutto bene, stai calma».

«Se andrà tutto bene… perché siamo qui?».

Manuela la afferrò perentoriamente per un braccio e la strattonò verso di sé. «Non te l'hanno insegnato, a casa, a stare zitta quando te lo chiedono gentilmente?».

Marta guardò i suoi occhi pieni di rabbia e dolore, poi scosse appena la testa. «Mia padre mi ha sempre detto che devo dirgli le domande che mi faccio».

Manuela abbozzò un sorriso assurdamente divertito, che l'altra non riuscì a decifrare. Le lasciò andare il braccio e indicò quella casa isolata, da un piano solo, con un cenno della testa.

«Non voglio farti del male. Adesso puoi camminare?».

La voce era più posata. Gli occhi sembravano sinceri. E glielo aveva detto troppe volte – che non le avrebbe fatto male, che sarebbe andato tutto bene, che non l'avrebbe uccisa.

Doveva farlo ora, o non lo avrebbe fatto mai più.

Marta fece un passo indietro, quasi timido, a tastare la situazione. Poi si voltò, richiamò a sé tutto il fiato che aveva e cominciò a correre.

«Aiuto!» urlò più forte che poteva, svuotando i polmoni, con una voce così potente e tonante da non sembrarle la sua. L'eco delle campagne popolate da niente e nessuno a parte loro due sembrò quasi irriderla, ma Marta non si scoraggiò e spinse nelle gambe tutto quello che aveva, per scappare.

Il fiato le mancò all'improvviso quando si sentì afferrare per i capelli. Lo strattone brutale che le diede la presa di Manuela la fece gridare di dolore e cadere all'indietro, le spalle picchiarono a terra con un tonfo.

Manuela Guerra torreggiava su di lei, ma Marta non la vedeva nemmeno. Vedeva solo la canna della pistola puntata contro la sua faccia, a venti centimetri da lei.

«Cosa cazzo fai?» abbaiò la sequestratrice, inferocita. «Che cazzo fai?».

Marta alzò appena le mani, supina a terra, inerme. «Ti prego, non uccidermi. Ti prego…».

La canna della pistola era inappellabile.

Aveva provato a scappare e aveva fallito. No, che non sarebbe andato tutto bene.

Non voglio morire.
Non ho fatto niente di male.
Mamma, ti prego, aiutami.
Non voglio morire.

La pistola davanti alla sua faccia era l'immagine più orribile che Marta Corsi avesse mai visto nei suoi nemmeno vent'anni di esistenza.

L'avrebbe portata con sé per sempre, ammesso che per lei potesse esserci ancora un dopo, perché quella pistola non dava l'aria di essere un punto e a capo.

Era una linea nera e dritta, tirata con malagrazia a cancellare le poche righe di prologo che Marta aveva fatto in tempo a scrivere per la sua vita.
Per me il punto e a capo non c'è.
~~C'è una linea nera e dritta.~~

Parte I
Un anno dopo

"Non fa niente ormai"

Aftermath: conseguenze, ripercussioni di un evento significativo spiacevole.
(Oxford Languages)

Stefania Sperandio - Aftermath

Capitolo 1

Lunedì, 4 febbraio 2019
Milano, ore 12.37

Uscì dall'università con un solo pensiero in testa: non vedeva l'ora di andare a casa a vestirsi *come una disadattata*, come le diceva sempre la sua amica Daniela.

Era stata Daniela, ovviamente, a consigliarle l'outfit. Fosse stato per lei, avrebbe tenuto quel seminario presentandosi con una t-shirt e dei jeans strappati o scoloriti, come al solito. La sua amica e caporedattrice le aveva fatto notare che non era il caso e l'aveva agghindata di conseguenza.

Ma Manuela Guerra, che pure si piaceva vestita in un certo modo, preferiva sempre la comodità. Poteva portare un maglione verde scuro, lungo e aderente ma pruriginoso come quello, che sottolineava i tratti del suo corpo agile e asciutto arrivandole fino a poco sopra le ginocchia e cingendole i fianchi, ma solo per qualche ora – poi la sua sopportazione si esauriva. Sotto indossava dei leggings scuri, che entravano negli stivali con tacco di otto centimetri, non di più. Di più sarebbero stati ascrivibili al reato di tortura, per lei.

Si accostò alla sua Cinquecento bianca, parcheggiata sul ciglio della strada, felice perché avrebbe potuto cambiarsi le scarpe per guidare, e rovistò nella borsa nera in similpelle che le pendeva dalla spalla destra, cercando la chiave.

Il seminario, almeno, era andato bene. Ne aveva tenuto un altro, mesi prima: il rettore ci teneva tantissimo a farla entrare in contatto con gli studenti di giornalismo e loro la adoravano.

Manuela sentiva di doverglielo: se qualcuno di loro non avesse chiamato aiuto, la notte in cui le avevano sparato, non si sarebbe salvata. Per puro caso, l'ateneo confinava con la redazione del giornale per cui lavorava, *Inquisitio*.

E, a parte quello, l'idea di cosa aveva fatto un anno prima, proprio *lì*, la faceva rabbrividire. Sarebbe stata in debito con quell'università *a vita*.

«Dottoressa Guerra?».

Quando si sentì chiamare alle spalle, quasi trasalì. C'era un grande fermento in via Carlo Bo, ora che le aule si stavano svuotando per la pausa pranzo.

Si voltò, chiusa nel suo cappotto di panno nero – elegantissimo anche quello, bello da vedere e pertanto odiosamente scomodo per i suoi standard – con le chiavi della Cinquecento ancora in mano, a un metro scarso dalla sua auto.

Scorse davanti a sé due studenti, era sicura di averli visti in aula durante il seminario. Erano tra quelli che ridevano alle sue battute assurde, che avevano reso l'intervento molto meno accademico – e per questo molto più adatto a comunicare con dei ragazzi di vent'anni scarsi.

E ce li avevano, vent'anni scarsi. Uno aveva corti capelli sfumati ai lati e degli occhiali tondi e grandi. L'altro aveva un codino anacronistico, la barba castana di qualche giorno sul viso. Le sorridevano entrambi.

«Dottoressa Guerra?» ripeté lei, sorpresa.

Non sapeva come ci riusciva, ma ci riusciva: un secondo prima, tra sé, stava imprecando contro Daniela e il suo guardaroba. Ora i suoi occhi azzurri, esaltati dalla matita scura su entrambe le rime, erano accoglienti e sereni. Aveva un viso semplicemente bello, luminoso. I capelli mossi di media lunghezza, di un colore rame naturale, un anellino argentato alla narice sinistra, molti più buchi alle orecchie di quelli che a suo padre sarebbero piaciuti.

E la cicatrice in fronte. Si vedeva poco, ormai – ma si vedeva. Aveva imparato, con sua stessa sorpresa, a non farci più troppo caso. Aveva sperato che le persone se ne dimenticassero, permettendole di tornare a essere solo Manuela Guerra e non

Manuela Guerra, quella a cui hanno sparato, ma non se n'era dimenticato nessuno, lei compresa. E, visto che non avrebbe mai più potuto fare niente per cancellare la cosa, si sforzava di provare ad accettarla.

«Beh... sì?» tentò il ragazzo con il codino, incerto, davanti al sorriso divertito di lei. «Non va bene?».

Manuela rise. «Dalla laurea a oggi, è la prima volta in vita mia che mi chiamano 'dottoressa Guerra'. Grazie, non mi sentivo abbastanza vecchia in mezzo a voi» scherzò.

I due ragazzi si guardarono e risero con lei. Manuela doveva ancora compiere venticinque anni e vecchia non lo era affatto.

«La lezione è stata una figata» le disse quello con gli occhiali.

«Grazie» fece lei, sincera, che non sapeva ancora accettare un complimento senza che la mettesse a disagio. «Stavolta ho detto solo un paio di cazzate. Sto migliorando, al seminario di ottobre ne avevo dette almeno cinque o sei. Non so perché il vostro rettore mi inviti ancora, sinceramente».

I due ragazzi si scambiarono uno sguardo, apprezzando la sua autoironia e ridacchiando.

«Senti, possiamo...» tentò quello con il codino.

Lei aspettò che continuasse a parlare, alzando un sopracciglio. «Non mordo, giuro» lo incoraggiò, sorridendo.

«Possiamo fare un selfie con te?».

La giornalista rise appena. Non era la prima volta che le veniva richiesta una cosa del genere. Anni prima la faceva inorridire, poi aveva compreso che le persone non lo chiedevano necessariamente per indelicatezza – di fare una foto con una famosa per il suo buco in fronte. Lo facevano, a loro modo, per vicinanza.

Manuela annuì e aprì le braccia. Contenti, i due ventenni le si sistemarono accanto, cellulare alla mano. Erano entrambi poco più alti di lei, che era dalle parti del metro e settanta.

«Possiamo metterla su Instagram?» le domandò quello con gli occhiali, prima di scattare, stringendosi alla sua sinistra. «Vedi come rosica la mia ragazza!».

«Non è una di quelle fidanzate gelose che mi vengono a picchiare, vero?».

Il ragazzo rise di nuovo, poi scattò la prima foto.

«Scherzi? Io sto studiando giornalismo solo per te, deve farsene una ragione».

Manuela sciolse la posa per voltarsi a guardarlo.

«... per me?».

«Per la tua storia. Le tue inchieste, quello che hai fatto. Sei tipo il mio modello».

La giornalista rimase colpita e non riuscì a dissimularlo, osservando il ragazzo, senza dire nulla. Il personaggio pubblico e la persona che era davvero si sovrapposero, in quel momento.

Pensò che *quello che hai fatto* includesse prendersi un proiettile in faccia senza morire e sequestrare e quasi ammazzare – lì, in quella stessa università – la figlia incolpevole del sicario che aveva tentato di ucciderla, per metterlo all'angolo. Scacciò l'idea e sperò con tutto il cuore di non essere *davvero* il modello di quegli studenti né di nessun altro.

Quando riemerse dalla sua mente gli sorrise, sincera. «Grazie. Spero di essere all'altezza».

«Scherzi?» i ragazzi si rimisero in posa per scattare un altro paio di selfie. «Deve essere una figata, essere Manuela Guerra».

* * *

Dopo avergli concesso una decina di foto e averli salutati, Manuela si chiuse dietro la portiera della Cinquecento. Si lasciò andare con l'occipite contro il poggiatesta del sedile e incrociò i suoi stessi occhi nello specchietto retrovisore, sospirando.

Si concesse qualche secondo per rimettersi in ordine – le maschere da togliere e quelle da mettere, il quadro clinico, il disagio a parlare in pubblico che non sarebbe mai passato, non importava quanto eccezionalmente brava fosse a farlo – e allungò una mano verso la borsetta, poggiata sul sedile del passeggero. Ne estrasse un piccolo quaderno e una penna che teneva legati insieme con una fascia elastica.

Usando il volante beige dell'auto come improvvisato scrittoio, la giornalista iniziò ad appuntare.

* * *

Manuela poggiò gli stivali col tacco accanto a sé, sul pavimento, per liberarsi le mani e infilare la chiave piccola del mazzo nella cassetta della posta, all'ingresso del palazzo dove abitava. Era sempre lo stesso e non riusciva ancora a superare con indifferenza il portone contro cui Lucas Leone l'aveva sbattuta per sequestrarla, nel 2016.

Fece scattare la chiave e sperò che le due buste da lettere che vedeva nella finestrella della cassetta "Russo-Guerra", allineata alle altre, non fossero bollette.

«Buongiorno».

La reazione istintiva, sentendo quella profonda voce maschile alle sue spalle, fu voltarsi rapidamente per vedere chi era.

Il trauma era ancora vivo, eccome – e non se ne sarebbe mai andato. In compenso, l'uomo che l'aveva salutata sembrò ignorarla e raggiunse a sua volta le cassette della posta.

«Buongiorno» riuscì finalmente a rispondergli, con la sua voce calma.

Manuela sollevò lo sportello della cassetta e prese le due lettere.

Bollette, ovviamente.

Ci trovò anche un bigliettino, un post-it con scritto "devi morire soffrendo", ma era ordinaria amministrazione. Mezzo mondo, grazie ai giornali, sapeva il suo indirizzo e probabilmente lasciare scritto il suo cognome nella cassetta non era stata la migliore delle idee. Vedendo quell'ennesimo messaggio d'odio senza senso, tra sé rise per la stupidità di chi si prendeva il disturbo di infilarle cose del genere nella posta, ignorando peraltro il fatto che fosse già morta soffrendo almeno due o tre volte.

Il tizio che l'aveva salutata armeggiò con le sue chiavi nella cassetta attigua, facendole girare a vuoto.

«Ma come cazzo...» biascicò.

Manuela rimase a guardarlo per qualche secondo, incuriosita. Era un uomo sulla trentina o poco sopra, con corti capelli scuri rasati. Aveva un viso squadrato e zigomi sporgenti, la barba di almeno una quindicina di giorni sul viso, il sopracciglio sinistro per qualche motivo spezzato in coda da un taglio verticale – forse per via di una vecchia cicatrice.

Da brava osservatrice, la donna notò che aveva spalle piene sotto quello che sembrava un giubbino in finta pelle nera, che si stringeva su un paio di jeans. E constatò che non lo aveva mai visto prima.

«Devi alzare lo sportellino, quando giri la chiave» gli suggerì.

Lui si voltò verso di lei, lo sguardo ancora accigliato. «Cioè?».

«Posso?». Manuela allungò le mani verso le chiavi di lui, infilate nella toppa della cassetta, e in due gesti gliela sbloccò. Lo guardò alzando le spalle e con un sorrisetto divertito stampato sulle labbra.

«Grazie» riuscì a dirle, alla fine.

«Figurati». Lei si chinò per recuperare le scarpe, avviarsi verso le scale e raggiungere il quinto piano, dove abitava.

«Era meglio se lasciavi chiuso» scherzò l'uomo, afferrando le lettere nella sua cassetta. «Ci sono solo bollette».

«Come ti capisco» scherzò lei, alzando la mano per sventolare le sue, di bollette.

Lui le sorrise, apprezzando la risposta pronta.

«Sei nuovo qui, immagino» commentò la giornalista.

«Dai, da cosa l'hai capito?».

Manuela rise. «Chiedo perché sei... beh, una mosca bianca. Da un po' qui non vuole venirci più nessuno».

«A me sembra un posto tranquillo».

Manuela deviò lo sguardo mordendosi le labbra, ferma sul primo gradino della scalinata. Poi annuì e riprese a guardare lui. «È tranquillo, sì».

Se non l'aveva riconosciuta, non sarebbe stata lei a dire a quell'uomo perché molti preferivano non vivere più proprio in *quel* palazzo, considerando che una delle inquiline – lei – sembrava attirare persone piuttosto pericolose. Una volta, alcuni condomini avevano perfino tentato una raccolta firme per cacciarla, come se essere stata sequestrata e aggredita proprio lì fosse stata colpa sua: con la fama che si era fatto quell'indirizzo, avevano difficoltà ad affittare i loro appartamenti e quello era ciò che importava di più.

«Tu sei qui da molto?» tentò l'uomo, imboccando a sua volta la via delle scale.

Comprendendo che non avrebbe preso l'ascensore, anche Manuela si sbloccò e cominciò a salire.

«Un po', sì» gli rispose.

Arrivarono al primo piano mentre lui sbirciava l'intestazione sulle bollette, notando che erano quella dell'energia e quella dell'acqua. «Fanculo», commentò. «Non tardano mai di un giorno, questi».

Al secondo piano in cui salivano praticamente affiancati, con Manuela più avanti di qualche passo, lui interruppe di nuovo il silenzio. «A che piano stai?».

Lei si fermò e si voltò a guardarlo. Incrociò i suoi occhi nocciola e pensò di essere paranoica, a esitare a rispondere. Era un condomino con tanto di chiavi di casa tra le mani, era normale che lo chiedesse.

«Al quinto» si sbloccò, alla fine.

«Seria?», le sorrise.

Manuela aggrottò le sopracciglia, non capendo, poi confermò annuendo.

«Anche io sto al quinto».

La donna rimase sorpresa e ricollegò i pezzi. Da mesi, l'appartamento di fronte era rimasto sfitto, ma da qualche tempo il cartello era scomparso. «Ah, sei il nuovo inquilino della casa dei Terenzi, allora».

Lui la guardò stando zitto per qualche secondo, poi si aprì in un sorriso sorpreso. «No, non ci credo» fece.

Ecco, ovviamente comprese la donna.

«Ma sei Manuela Guerra?».

Lei prese un lungo respiro e alzò le spalle. «Pare di sì».

«Cazzo, non ti avevo riconosciuta. Sai che sembri molto più alta in televisione?».

A quell'esternazione spontanea, Manuela rise. «Grazie, eh! È perché ho tolto i tacchi» si concesse, facendogli notare gli stivali che teneva in mano.

«Pensavo fossi uscita con quelle, sono abbinate bene» la sfotté lui, indicando con gli occhi le sneaker che Manuela aveva infilato per guidare e non aveva più tolto, che si legavano terribilmente al fatto di indossare un bel cappotto e dei leggings.

Con due falcate, l'uomo la affiancò e continuò a salire. Manuela riprese a camminare con lui verso il quinto piano.

«Scherzo, eh, non ti offendere! Anzi, sei molto carina e stai benissimo».

«Tranquillo, non mi offendo. E non vedo l'ora di cambiarmi».

Lui le tese la mano destra. «Comunque io sono Chris».

Lo studiò dall'alto in basso, fermandosi di nuovo sul gradino successivo, poi gli strinse gentilmente il palmo. «Manuela, ma lo sai già».

«Ecco perché mi dicevi che la gente non vuole più vivere qua» comprese lui, riprendendo a camminare. «È perché ci abiti ancora tu, non pensavo».

«Che culo, eh?» si concesse lei.

«Hanno paura che ti riporti a casa il lavoro?».

Manuela lo squadrò con la coda dell'occhio e quasi gli rise in faccia. *Portarsi a casa il lavoro* era il modo più originale mai sentito, per riferirsi a quello che Lucas le aveva fatto all'ingresso del condominio.

«I giornalisti non sono simpatici a nessuno» provò a riassumere.

«Secondo me dipende dal giornalista» obiettò Chris.

«Da quanto è alto, da come è vestito e da quanto è carino» lo sfotté Manuela, contando i tre requisiti con le dita.

Il ragazzone rise. Arrivava a poco più di un metro e novanta, svettava su di lei di una ventina di centimetri.

«Ma come mai non prendi l'ascensore?».

«Odio gli spazi stretti» ammise lei. «Tu invece sali sempre a piedi?».

«A volte, dipende dalla compagnia e dalla fretta».

«Sincera? Non farti fregare, a pagare la quota nel condominio: tu non ci stai proprio, in quell'ascensore».

Chris rise sonoramente.

«Comunque ti dai da fare, parlano spesso di te in televisione» chiacchierò, poi, continuando a salire.

«Nelle notizie di cronaca nera, sì» scherzò lei.

«Senza offesa, però quando ti vedo cambio canale».

Stavolta rise Manuela.

«Ho già una vita di merda, non ce la faccio a vedermi pure i programmi sulle tragedie, basta» aggiunse lui.

«Ma fai benissimo, dovrebbero farlo tutti» ammise la giornalista. «Almeno la mia direttrice non mi costringe più ad accettare gli inviti».

Manuela isolò nel suo mazzo la chiave del portoncino blindato e puntò la destra del corridoio del quinto piano. A quattro metri di distanza, dall'altro lato, Chris armeggiò con la sua serratura.

«Mi ha fatto piacere conoscerti. Non volevo offenderti, eh, sulla storia della TV, o della statura» disse, imbarazzato. «È che sono un mezzo coglione, ecco».

Manuela gli concesse un sorriso luminoso e sincero. «Non mi hai offesa» gli assicurò, con la sua voce gentile. «Non ti preoccupare. E, beh... benvenuto. Se trovi altre sfide impossibili, tipo aprire la cassetta della posta, fammi sapere».

«Questo è un colpo basso» si lamentò lui, divertito.

Lei alzò le spalle. «Più in alto non ci arrivo».

L'uomo ridacchiò. «Buonanotte, allora» la salutò, aprendo la porta del suo appartamento.

«Buonanotte Chris, ha fatto piacere anche a me».

* * *

«Ciao Manu».

«Ehi».

Manuela slacciò finalmente i bottoni del cappotto per lasciarlo nell'appendiabiti dietro la porta di ingresso e poggiò lì gli stivali.

L'open space su cui si apriva l'ingresso dell'appartamento – una sessantina di metri quadri, camere da letto comprese – si estendeva in perpendicolare rispetto alla porta. Il tavolo stava al centro, poco lontano dai fornelli e dai pensili della cucina. Di traverso, in fondo e vicino alla porta finestra del balcone, c'era il divano, davanti alla tv.

Seduta proprio al tavolo, Anna alzò lo sguardo e sorrise appena a Manuela, dopo averla salutata.

Aveva capelli lisci e castani lunghi fino alle spalle, scalati, ora raccolti in una coda da cui sfuggiva solo la ciocca che le sfiorava la guancia destra. Un viso pulito e semplice, senza trucco, intelligenti occhi scuri, uno sguardo attento. Era la calma incarnata e Manuela avrebbe tanto voluto essere come lei.

«Tornata presto, oggi?» tentò, accostandosi al tavolo dopo aver lasciato la borsetta sul mobile svuota tasche.

«Un'oretta fa» replicò Anna, che si era messa comoda infilandosi il suo pigiama blu. «Giusto il tempo di una doccia».

«Hai mangiato, almeno?».

«Sì, in realtà sì», Anna lo disse come per scusarsi. «Non sapevo a che ora rientravi, e... sono un po' presa».

Manuela abbassò lo sguardo sui due grossi libri che l'amica stava studiando, sul tavolo.

«Guarda che lo passi, lo scritto» le assicurò, concedendole un sorriso rassicurante.

Anna si portò le mani sui capelli, facendole scorrere indietro, e alzò lo sguardo al soffitto, sospirando. «Odio i libri di diritto. Fa ridere per una poliziotta, vero?».

Manuela in effetti rise. «Un po', sì. Ma lo passi a occhi chiusi. Poi ti devo chiamare sovrintendente Russo, giusto?».

«No, smettila. Prima devo superare il concorso».

L'altra alzò le mani. «Va bene, allora mi scusi, agente scelto Russo» si corresse subito, riportandola al suo grado attuale.

«A te com'è andata?» cambiò argomento la poliziotta, che il mese successivo avrebbe compiuto trentatré anni.

«Stamattina in università benino. Di pomeriggio in redazione mi sono fatta due palle così, ma pace. Senti, ma hai conosciuto il tizio nuovo che abita di fronte?».

«Quel ragazzone? Sì, come si chiamava?»

«Chris, mi ha detto».

«Sì, ecco, lui» completò Anna. «È passato due giorni fa per presentarsi, ero appena rientrata. Mi sa che tu eri da Daniela».

«Com'è? Sembra uno a posto».

Anna, lo sguardo accigliato perso tra i noiosi articoli sul libro di diritto, annuì senza troppo interesse. «Sì, boh, sembra uno qualsiasi».

«Comunque, ho portato su le bollette».

«Ah», Anna rialzò lo sguardo, sorpresa. «Non le avevo neanche viste».

Manuela le sorrise di nuovo. «Devi arrivarci viva al concorso, però, eh».

«Ho il tempo contato per studiare» si rese conto l'altra. «Non so manco come mi sia venuta un'idea del genere».

L'amica le posò una mano sulla sua. «Anna: andrà bene» scandì, ripetendoglielo per l'ennesima volta. «Ti lascio studiare. Prendo le medicine e mi stendo un po'».

Si accostò alla cassettiera della credenza e recuperò le sue medicine. Ragionò sulla giornata che aveva avuto, su quella che l'attendeva. Sulla notte che aveva davanti. Anziché una sola pastiglia, come da dose di routine, ne prese due.

Anna si sarebbe arrabbiata parecchio, se se ne fosse accorta. E Daniela probabilmente l'avrebbe presa a sberle. Manuela le mandò giù con un sorso d'acqua.

Doveva prendere così tanti farmaci, per tenere a bada i dolori inumani che il proiettile bloccato in mezzo al cervello le causava, che aveva rinunciato a contarli.

Antinfiammatori, antiepilettici, antidolorifici, oppiacei per quando il dolore diventava insopportabile – e non sapeva nemmeno lei cos'altro.

Voleva dormire un po', solo quello.

«Ah, hanno lasciato un altro di quei bei bigliettini amorevoli nella cassetta» annunciò all'amica, mentre lavava il bicchiere.

«Non si stancano, eh?» commentò Anna. «Ma avevi denunciato, giusto?».

«Sì, ma figurati. Il tuo collega mi ha detto che non è niente di che e se non succede qualcosa non potete fare niente».

«È triste, ma è vero» ammise Anna.

Manuela sospirò e si voltò, le mani poggiate sul ripiano del mobile della cucina a cui stava dando le spalle, lo strofinaccio tra le dita. «Arrivare quando le tragedie sono già successe non salva vite. Ti tocca passarne un bel po' di concorsi, per cambiare queste regole di merda».

«Ti ricordo che non sono laureata, quindi al massimo posso diventare ispettore. E, visto come vanno le cose, sarà tra più o meno settant'anni. Se non mi ammazzano prima. Sulle *regole di merda* però concordo».

Manuela le diede una pacca sulle spalle, notando che Anna era piuttosto tesa, all'idea di quell'esame che distava ancora settimane. Era più nervosa davanti a quel concorso di quanto non lo fosse stata, da disarmata, davanti a Lucas, un anno prima. Ci teneva davvero: era una brava poliziotta e voleva un passaggio di grado con tutta se stessa.

«Scappo a nanna... sovrintendente Russo».

«Manu, per favore».

* * *

Manuela si lasciò cadere con le spalle sul suo letto vuoto, fissando il soffitto. Doveva ancora cambiarsi, ma le forze le erano venute meno tutte assieme e non era sicura di riuscire a rialzarsi da lì.

La sua maschera pesava una tonnellata ed era difficile portarla addosso per tutto il giorno. Non poteva toglierla davanti a quegli studenti e di sicuro non in redazione. Da qualche tempo, non voleva toglierla troppo nemmeno davanti ad Anna. La sua amica *doveva* diventare vice sovrintendente, meritava di essere felice più di chiunque altro al mondo e non sarebbe stata lei a darle preoccupazioni in un momento come quello. Per *quei* motivi, poi.

In camera da letto c'era un silenzio così forte che Manuela si sentiva soffocare.

Le medicine, però, cominciavano a entrare in circolo, considerando che non aveva nemmeno cenato.

Si sfilò il maglione per cambiarsi, ma la testa era popolata da fantasmi. Le lenzuola erano troppo in ordine. La stanza, per quanto piccola al punto che il letto da una piazza e mezza ci entrava a fatica con il resto – un armadio ad anta singola, una cassettiera e un comodino – era troppo calma.

L'orecchio sinistro di Manuela ronzava anche più forte del solito. Quando si era svegliata dal coma era come un acufene, ma col passare degli anni era diventato un suono sempre più ovattato e fastidioso. In momenti di silenzio era come avere un calabrone intrappolato nella scatola cranica, che si intestardiva e sbatteva contro il timpano, nel tentativo di uscirne.

Un altro regalino da parte di Lucas pensò.

La notte era il momento più difficile della giornata, non c'era niente a spingerla a tenere addosso la perfezione che indossava così bene durante il giorno, davanti agli altri. Soprattutto, non c'era nessuno.

Seduta sulle lenzuola, si voltò a guardare il letto da sopra la spalla, deglutendo amaro.

Era troppo grande, per lei.

Troppo vuoto.

Sbuffò e si allungò verso la borsetta, lasciata sopra la cassettiera, per estrarne lo stesso quadernino che aveva poggiato contro il volante e cominciare ad appuntare.

4 febbraio 2019.
Anna studia per diventare vice sovrintendente.
Ho conosciuto il nuovo vicino, Chris Qualcosa.
Ho preso ancora la doppia dose.
Odio il silenzio di questa stanza.

Fece rientrare la punta della penna, la bloccò di nuovo sulla copertina del quadernino e gettò entrambi nella borsa.

Si lasciò andare con le spalle contro il materasso, fissando il soffitto. I suoi capelli mossi erano una paradossale aureola di rame che le circondava la testa, sparpagliati sul letto, gli occhi pensosi e stanchi erano così trasparenti da lasciar scorgere il turbamento che c'era dietro, come finestre dimenticate aperte sulle sue vulnerabilità.

Il silenzio sembrava volerla schiacciare. Le piaceva la solitudine, a patto di poterla scegliere. E quella che la aspettava in agguato, ogni notte, tra le coperte intonse del suo letto, non l'aveva scelta.

Un capogiro indotto dalle medicine che aveva preso la costrinse a strizzare le palpebre in attesa che passasse. L'orecchio quasi sordo continuava a ronzare.

Le tornò in mente lo studente entusiasta che, quella mattina, l'aveva inseguita con un amico per avere una foto con lei. Si concesse un sorriso amaro.

Non è per niente una figata, essere Manuela Guerra.

Capitolo 2

Martedì, 5 febbraio 2019
Milano, ore 06.27

Era riuscita solo dopo molto tempo a fare mente locale. Ricordava le sensazioni, però: quando si era svegliata dal coma, dopo otto mesi, aveva sentito confusione. Smarrimento. Non ricordava nulla di cosa le era successo. In compenso, sapeva che non riusciva a muovere nemmeno un muscolo: l'unica parte del corpo che rispondeva ai suoi ordini erano gli occhi. Sgranati. Impauriti. Confusi. Tremavano.

Ogni volta che si risvegliava dopo essersi addormentata per aver sovradosato le sue medicine, si sentiva in modo inquietantemente simile. Era una ripresa di conoscenza nel vero senso della parola.

GRRMNL94B51F205G si disse, mentalmente – le spalle contro il letto, le pupille di nuovo fisse sul soffitto della sua camera.

Respirò a fondo, poi addirittura lo sussurrò: «GRRMNL94B51F205G, GRRMNL94B51F205G».

Era sveglia.

Era Manuela Guerra.

Anche oggi, sapeva ancora dov'era ed era ancora in sé. Il proiettile nel cervello non l'aveva uccisa lasciando a vivere chissà chi dentro al suo corpo. Quello era il possibile disturbo che la inquietava di più, per distacco.

Barcollò fuori dal letto, con addosso il suo pigiama grigio e rosso in cui, alla fine, era riuscita a infilarsi. Con l'immancabile mal di testa e il solito ronzio all'orecchio, puntò la porta per raggiungere il bagno, buttarsi in doccia e andare al lavoro.

* * *

Manuela abbassò lo sguardo sul suo smartphone mentre digitava sulla tastiera del computer, in redazione. La grossa stanza che accoglieva lei e i suoi colleghi era silenziosa e quella ventina di scrivanie era sistemata in piccoli raggruppamenti di quattro.

Il telefono vibrava mostrando un numero sconosciuto. L'aveva chiamata anche un paio di ore prima, ma Manuela era impegnata a chiudere un articolo e si era dimenticata di ricontattarlo.

Alla scrivania davanti alla sua, il collega Claudio sembrava preso a consultare ed evidenziare dei documenti per un reportage che avrebbero pubblicato sul loro sito. Le altre due scrivanie erano libere – anche quella di Daniela, accanto a lei, considerando che la sua amica era fuori dall'alba per chiudere un'inchiesta che l'aveva portata in Francia.

Ciò nonostante, Manuela decise di allontanarsi per rispondere al telefono senza disturbare.

«Pronto?» lo portò all'orecchio buono, camminando fino alla sala relax lì accanto, socchiudendosi la porta alle spalle e rimanendo sola nel ronzio elettrico delle macchinette automatiche per le merendine e il caffè.

«Manuela Guerra, giusto?» fece la voce di una donna. La giornalista non notò nessuna particolare inflessione e stimò dalla voce che doveva avere tra i trenta e i quarant'anni.

«Sì. Con chi parlo?».

«Buongiorno, Manuela. Non ci conosciamo, scusi se la disturbo. Mi chiamo Sandra Giudice, sono un'avvocata. Ha un minuto?».

La ventiquattrenne corrugò la fronte. Non ricordava conversazioni gradevoli con nessun legale, col lavoro che faceva. «Mi dica».

«Non al telefono. La trovo in redazione tra una decina di minuti?».

Rimase incerta. «Sa un sacco di cose su di me» notò. «Ma non ho un ufficio privato per riceverla qui».

«Può scendere al piano terra, allora».

Manuela ammise che doveva essere *davvero* urgente, considerando l'insistenza di quella donna. Anche se in effetti tutti gli avvocati che conosceva non mollavano facilmente la presa.

Annuì, anche se l'altra non poteva vederla. «Va bene, ci vediamo tra poco qui sotto. Come la riconosco?».

«La riconosco io. Arrivo».

* * *

Del look che Daniela le aveva raccomandato per il giorno prima era rimasto poco. Manuela indossava un paio di jeans neri su delle sneakers bianche, una t-shirt ugualmente bianca e, sopra, una camicia aperta, a scacchi rossi e neri. Si pentì di non essersi messa addosso anche il bomber nel momento stesso in cui si chiuse fuori dal palazzo della redazione, in via Carlo Bo. La temperatura era spietata, il sole invernale su Milano era ingannevole.

La zona era calma, nonostante l'attiguità con l'università: gli studenti erano impegnati nelle lezioni, o in qualche altro seminario.

«Buongiorno Manuela», la stessa voce con cui aveva parlato al telefono arrivò dalle sue spalle.

La giornalista si voltò per vedere una donna minuta ma dallo sguardo sicuro, i capelli castani scuri e lisci raccolti in uno chignon, un carinissimo cappotto in panno grigio che si stringeva su quello che sembrava un tailleur. Doveva avere più o meno quarant'anni o pochi di più, la sua stima non si era sbagliata.

«Sandra Giudice, immagino».

L'avvocata le tese una mano e Manuela la strinse educatamente. «Posso offrirle qualcosa?» tentò, indicando il piccolo bar al piano terra del palazzo della redazione.

«No, ho solo qualche minuto. Ma, prima di tutto, grazie per aver detto di sì».

Manuela sorrise. «Non sembrava disposta a sentirsi dire di no».

La legale Giudice, gli occhi scuri come la pece, ma grandi e luminosi, confermò con una mezza risata.

Manuela si cacciò le mani nelle tasche dei pantaloni, perché le si stavano gelando. «Mi dica, allora».

«Probabilmente immaginerà perché sono qui».

«A dire il vero... no».

«Non sa del mio cliente?».

Manuela alzò le spalle. «Dovrei?».

La legale si grattò la testa. Provò a riordinare le idee e a trovare un modo delicato per dirlo. Comprese che non c'era ed esordì con un lapidario «rappresento il signor Alberto Corsi. È conosciuto anche come Lucas Leone, ma lo sa già».

Manuela la fulminò con uno sguardo che aveva la stessa dirompenza della pistolettata con cui Lucas aveva provato a ucciderla. «Sta scherzando?».

Fece per andarsene, le mani ancora nelle tasche, ma l'avvocata la trattenne stringendole un braccio.

«Manuela, aspetta» le diede del tu. E Manuela, per qualche motivo, aspettò davvero. Si fermò a guardarla, gelida, contando nella sua mente fino a dieci, e poi fino a venti – il viso inespressivo e rigido, perché aveva scoperto di avere paura delle sue reazioni impulsive, dopo quello che aveva fatto a Marta Corsi. E allora adesso contava fino a dieci, a venti – e a volte a cento – prima di fare qualsiasi cosa.

«Lo so che è difficile, ma è una cosa importante».

«Lei difende quell'uomo» rispose la giornalista, a bruciapelo. «Non so, è qui per dirmi che sta cercando di ridurgli la pena, o qualche cagata del genere?».

«Lo sai che tutti hanno diritto a essere difesi».

«Ha ammesso tutto, da cosa deve difenderlo?».

«A maggior ragione. Serve qualcuno che aiuti anche le persone che si prendono la responsabilità dei loro errori. E il signor Corsi lo ha fatto».

Errori.

Spara in faccia alla gente per soldi e questa li chiama "errori".

Manuela fece un altro passo indietro, ma la penalista le strinse il braccio anche con l'altra mano. «Ti prego. Solo qualche minuto».

Gli occhi di Sandra Giudice erano così decisi e sinceri che Manuela esitò. Sapeva che, se se ne fosse tornata di sopra, avrebbe passato il resto della giornata a chiedersi cosa Lucas potesse volere di così importante da lei, al punto da farla cercare dalla sua legale.

La ventiquattrenne sospirò, lo stomaco riempito da una polpetta di ansia e ricordi orribili. Rimase in silenzio per un tempo che a entrambe parve interminabile. La testa le pulsava attorno alla pallottola.

«Possiamo camminare un po'? Sto congelando» fece alla fine Manuela, senza guardare l'altra.

Sandra Giudice comprese che l'avrebbe ascoltata e le sorrise.

«Il signor Corsi mi ha chiesto di contattarti» le disse, citando il vero nome di Leone. «Non sta cercando un modo di scappare da quello che ti ha fatto. Ci tenevo a precisarlo».

Manuela le camminava lentamente accanto senza meta, le braccia conserte sul petto – stavolta non per il freddo, ma perché il linguaggio del corpo lasciava uscire tutto quello che lei si stava sforzando di non dire. Stava solo cercando di proteggersi: da quella legale, da quello che le ricordava.

Lucas Leone le aveva sparato e poi aveva spedito in coma il suo ragazzo, Marco Russo, solo per cercare di stanarla. E, quando lei era riuscita ad attirarlo allo scoperto, sequestrandogli la figlia, lui l'aveva massacrata fino all'agonia.

Attraversarono via Santander e raggiunsero il marciapiede che si affacciava sul canale del Lambro Meridionale, protetto da una ringhiera.

«Vorrebbe... vederti. Per parlarti».

Manuela fermò il passo e folgorò la legale con un'occhiata. «Se è uno scherzo, è uno scherzo davvero del cazzo», stavolta non riuscì a trattenersi e lo disse ad alta voce ben prima di aver contato fino a dieci.

La penalista esitò. «Non è uno scherzo».

«Mi dica che è una cazzo di candid camera».

«Non è uno scherzo, Manuela» le ribadì.

«E invece dovrebbe» le rimbalzò la giornalista.

«Il signor Corsi ha diritto di chiedermi di incontrare delle persone. E vorrebbe parlare con te. Solo se tu vuoi, chiaro».

«No che non voglio. Che cazzo di domanda è?». Manuela era rigida, le braccia più chiuse che mai, la testa altissima e gli occhi azzurri lucidi, mentre lo diceva. «Con che soldi ti paga, poi? Tutti quelli che gli hanno dato per ammazzare altri stronzi come me, che tanto non contano niente?» aggiunse.

«Gli hanno congelato quei beni. Lo sai benissimo come funziona, in questi casi».

Manuela colse il riferimento a quanto accaduto anche a suo padre: dopo essere stato arrestato per riciclaggio, i suoi beni erano stati congelati. La cosa avrebbe dovuto alterarla anche di più, ma stranamente la inquietò e basta. Le sembrava un tassello messo lì a ricordarle che somigliava a Lucas più di quanto avrebbe mai ammesso, considerando che cosa aveva fatto dopo che lui aveva colpito Marco.

«Io non...» distolse lo sguardo, stringendosi più forte nelle braccia conserte e voltandosi verso il Lambro Meridionale, che scorreva via imperterrito. «Non voglio vederlo».

Sandra Giudice la affiancò e osservò il canale insieme a lei. In antichità era stato il colatore delle acque reflue della città e perfino la legale trovò ironico affrontare quel discorso mentre, di fatto, guardavano scorrere tutto fiero il discendente di una fogna secolare.

«È importante» tentò ancora.

«Non voglio vederlo» ribadì la giornalista. «Mi urta anche solo che sia ancora vivo» aggiunse poi.

«Lo so». La risposta dell'avvocata la stupì abbastanza da portarla a voltarsi verso di lei, alla sua sinistra. «Se mi avesse fatto quello che ha fatto a te, lo penserei anch'io. Ma è importante».

Manuela rimase zitta a guardarla per diversi secondi, poi si voltò nuovamente verso il canale senza aprire bocca.

«Non ti farà più del male, questo te lo giuro» provò ad assicurarle Giudice.

L'altra sorrise sarcastica, sulle labbra una smorfia di disgusto. «Ah beh, allora è tutto a posto».

Ripensò a com'erano le sue giornate, adesso, per via di quello che le aveva fatto Lucas Leone. A cosa faceva ogni mattina da appena sveglia, a cosa faceva prima di addormentarsi. Al suo letto vuoto. A quanto la stordissero le medicine, alle doppie dosi. Alla sua aspettativa di vita. A quel segno indelebile che si sarebbe portata per sempre sulla fronte. Al fatto che quell'uomo fosse diventato a forza il suo orribile dio: la vita di Manuela, infatti, era divisa in un *prima di Lucas* e un *dopo di Lucas*.

Scosse la testa e ricacciò l'accenno di pianto che le era salito in gola. «Fanculo» disse alla fine, asciugandosi furtivamente una lacrima che era scappata su una guancia, l'unica che si concesse. «Torno a lavorare».

Fece per andarsene, ma di nuovo la penalista la trattenne per il braccio.

«Non mi tocchi». Tornò a darle del lei e lo disse con un tono così convincente che Sandra Giudice poté percepire un amalgama orribilmente impastato di rabbia e dolore.

«Mi dispiace per quello che è successo a te e al tuo ragazzo» provò.

«Se non mi lascia il braccio, tra due secondi servirà una penalista anche a me».

Giudice la lasciò, ma Manuela non proseguì a camminare verso la redazione. La stava guardando in un misto di cagnesco e senso di colpa, perché l'aveva appena minacciata e quelli non erano i suoi modi. Qualcosa in lei si rompeva – ancora, sempre – quando si trattava di Lucas.

«Se il signor Corsi avesse voluto ancora farti del male, gli sarebbe bastato raccontare quello che hai fatto a sua figlia» tentò la legale, giocando una carta che di certo non avrebbe calmato la giornalista, ma che le avrebbe fatto capire che minacciarla era molto stupido. Una carta che l'avrebbe rimessa davanti alla realtà dei fatti, innegabile e orrenda, da cui non si poteva fuggire tornando semplicemente di sopra in redazione.

Manuela sorrise, ferita. Era certa che quell'argomento sarebbe venuto fuori. «Vedo che lo ha raccontato a lei, tanto per iniziare».

«Doveva, sono la sua legale. Avrebbe potuto usare quell'*episodio* contro di te, per rovinarti la vita. Non lo ha mai fatto».

«Quindi che cazzo devo fare, lo devo anche ringraziare?». Manuela la guardava con gli occhi bagnati dal fastidio. Soprattutto perché Giudice parlava come se Lucas la vita non gliel'avesse rovinata, menomandola per sempre nel vano tentativo di ucciderla. «Grazie, signor Corsi, per non avermi denunciata perché sono andata fuori di testa dopo che hai provato ad ammazzare me e Marco. Grazie!» cantilenò.

Sandra Giudice la lasciò sfogare e rimase zitta. Manuela incrociò il suo sguardo, poi lo distolse, ma senza abbassarlo. Era un punto morto e prendersela con una legale che faceva solo da ambasciatrice non aveva senso. Prese un profondo respiro e scosse la testa.

«Senta, io... non voglio vederlo. Non voglio parlargli. Posso decidere io, almeno questa volta? Non voglio vederlo mai più».

«Lo so. Ma ti assicuro che è importante. E che è per il tuo bene».

Manuela si massaggiò il volto, sfinita, cercando di rimanere composta e non urlare all'avvocata i peggiori improperi. «Il mio bene, certo».

«In cuor tuo lo sai che vuoi saperlo. Che vorresti trovare il modo di chiudere questa storia e andare avanti. Manuela: questo è il modo».

«Una chiacchierata e passa tutto, chiaro, come ho fatto a non pensarci prima?».

«Ti ho preso un appuntamento alle dieci e trenta di domani mattina. L'indirizzo del carcere lo sai. Ci sarò anche io, se ti rassicura. Non potrà toccarti, farti del male, niente: solo parlarti. E possiamo iniziare a chiudere questa storia».

«Gli daranno trent'anni. È già chiusa» replicò Manuela, lapidaria, mettendo da parte il sarcasmo.

Era testarda proprio come Giudice se l'era immaginata dai racconti del suo cliente.

«Se fosse chiusa non te la prenderesti così. E lo sai. Ci sono ancora delle cose in sospeso. Dobbiamo iniziare a chiuderla: da domani. È troppo importante per fare finta di niente».

Manuela portò l'indice e il pollice della mano destra sulle palpebre chiuse, esausta. Scosse la testa, ingoiando il resto dei pensieri e delle cose che avrebbe voluto urlare. Nascondendo che le tremavano le gambe e aveva nausea. Che era equamente divisa tra la voglia di piangere per la tensione e quella di presentarsi lì il giorno dopo solo per provare a sgozzare Lucas.

«Cosa potrebbe mai farti di peggiore rispetto a quello che ti ha già fatto?».

La sorprese che fosse proprio la legale di Lucas a dirle una cosa simile. Sorrise con disgusto. «Che lavoro di merda che si è scelta».

L'altra donna alzò le spalle. «Non è bello come fare i giornalisti, ammetto. Ma anche il mio lavoro può fare la differenza».

«Per quelli come Lucas, certo».

«Anche per quelle come te».

Manuela colse il riferimento a quello che aveva fatto a Marta e si morse le labbra, perché non aveva giustificazioni da dare – e non c'era nessun bisogno di infierire. Non pensava di potersi mai perdonare per aver quasi ammazzato quella ragazzina.

«Il signor Corsi non punta a filarsela dal carcere per fingere di non averti fatto niente, o cose del genere. Ma quello che deve dirti è importante. Molto più importante che sgusciare semplicemente via, credimi. E tu poi non sei una che si fa spaventare da una chiacchierata».

«Se sta cercando di colpirmi sull'orgoglio, sappia che non funziona più da un bel po'» la stroncò subito Manuela, concedendole un ghigno disilluso. Notando il suo sguardo ferito, la legale non osò controbattere.

«Devo tornare di sopra» aggiunse la giovane, le mani di nuovo nelle tasche dei jeans, le spalle strette a proteggersi dalle brutte sensazioni che però venivano da dentro, non da Sandra Giudice, e che non se ne andavano. «E cancelli il mio numero, per favore. Ho già una vita di merda senza lei e il *suo cliente*».

Sandra Giudice, di nuovo, non disse niente e Manuela rimase sorpresa dalla cosa. Prese un lungo respiro e voltò le spalle, tornando in direzione dell'ingresso della redazione – del cancello contro cui Lucas l'aveva legata per sparlare, abbandonandola lì appesa e credendola morta, con una pagina del loro giornale cacciata in bocca e bloccata dentro con del nastro isolante, a farle da bavaglio.

L'avvocata conosceva tutti quei dettagli macabri e per questo la reazione di Manuela non la stupì, mentre la vedeva tornare in redazione. Era l'unica possibile.

Osservò la giornalista mentre si allontanava e spariva dietro la porta del palazzo in cui lavorava.

Sorrise, colpita dal suo orgoglio, per quanto Manuela avesse detto di non averne più uno. Si voltò e camminò in direzione opposta per andare via.

Era sicura che si sarebbero viste la mattina dopo.

Capitolo 3

Martedì, 5 febbraio 2019
Milano, ore 20.06

Quando si chiuse dietro la porta di casa, era intirizzita nonostante il suo immancabile parka verde militare. Con addosso dei jeans neri elasticizzati ma comodi e un paio di anfibi, Anna Russo slacciò la lampo e svestì il giaccone, lasciandolo appeso nell'appendiabiti accanto alla porta.

Aveva avuto una giornata lunga, ma non ricordava di averne di brevi da un bel po'.

«Ehi» la salutò la sua coinquilina.

«Ciao Manu» rispose Anna, mentre lasciava nell'appendiabiti anche la sua comoda borsa a tracolla, dopo averne tirato fuori il modesto smartphone che usava da anni.

Quando l'agente scelto Russo si voltò, notò che al tavolo c'era anche Daniela.

«Ciao, poliziotta!» la salutò la giornalista, con un sorriso radioso.

Daniela aveva ventinove anni da un mese e una cascata di riccioli neri sulle spalle, un viso ben truccato dai lineamenti spigolosi e unici, due occhi scuri profondi e zelanti. Era passata dall'amica Manuela direttamente di ritorno dall'aeroporto, dopo quella toccata e fuga in Francia, e indossava ancora una graziosa camicia bianca sotto un maglioncino grigio, fin troppo discreto per i suoi canoni. Era caporedattrice della testata e responsabile della sezione inchieste di *Inquisitio*.

Anna venne avanti e le toccò una spalla mentre sbirciava con curiosità Manuela, indaffarata ai fornelli. «Ciao bella, tutto bene?».

«Bene, dai. Tu? Manu mi diceva che stai studiando per passare di grado».

«Dovrei studiare per cambiare lavoro».

«Problemi?» intervenne la sua coinquilina, mentre infilava nel forno lì sotto una teglia di patate sminuzzate.

«Stiamo seguendo una cosa odiosa, Ferro mi ha chiamato venti minuti dopo che sono andata via e devo essere di nuovo in commissariato tra mezz'ora. Gli ho chiesto almeno il tempo di una doccia, faccio schifo».

La poliziotta svestì la felpa grigia con zip, ora che il caldo dell'appartamento si faceva sentire, appallottolandosela tra le braccia. Indossava una t-shirt blu aderente, che metteva in evidenza il suo fisico atletico – con il lavoro che faceva, non poteva permettersi niente di meno e tenersi allenata la faceva stare bene. Sul petto indossava una fondina ascellare color cuoio con dentro la pistola d'ordinanza, una Beretta 92 FS, con la sicura rigorosamente inserita.

«Un giorno i tuoi capi si accorgeranno che i sottoposti non fanno le cose bene, se li fai lavorare venti ore al giorno» osservò Daniela.

«Un giorno i miei capi si accorgeranno che all'Investigativa siamo in dieci per fare il lavoro di cinquanta» replicò Anna, stanca.

«Quindi non ti fermi a cena?» le domandò Manuela, avviando il forno.

«No, devo scappare, sennò l'ispettore chi lo sente?».

«Non sta cercando di avvelenarti, eh. Spero» aggiunse Daniela, lanciando un'occhiata supplicante a Manuela.

Anna rise. «Non credo. Ma se quando torno ti trovo morta stecchita, so che non serve l'autopsia».

Manuela e Daniela risero con lei. «Oh, che non sono una cuoca lo sapete» si giustificò la prima, «se viene bene, lo mangiamo. Se fa proprio schifo, ci ordiniamo una pizza».

«Ma certo che viene bene, dai» le disse Daniela, con voce rassicurante. «Hai saputo che la nostra amica ha avuto visite?», si voltò verso Anna.

La poliziotta, le braccia conserte a tenere la felpa piegata, le spalle alte sotto la t-shirt, le guardò entrambe con interesse.

«È venuta... la legale di Lucas, sotto la redazione» trovò la forza di raccontarle Manuela, sedendosi al tavolo, di fronte a Daniela, mentre il forno ticchettava. «Dice che vuole vedermi e ha preso un appuntamento in parlatorio per domani mattina. Cosa che poi ha fatto da non so quando, dato che non è che te lo danno dall'oggi al domani, un appuntamento lì» riassunse.

Anna rimase zitta per diversi secondi. «Non sai se andarci, vero?» comprese.

Manuela deglutì e distolse lo sguardo. «Non voglio andarci. Ma...».

«Ma vuoi sapere cosa sta succedendo» completò Anna.

Esatto, pensò Manuela. Alzò le spalle. «Forse vorrei... chiuderla».

«Manu, non devi andarci se non vuoi. Non può costringerti a fare niente. A quello stronzo di mio padre stanno dando vent'anni» le ricordò Daniela, rispolverando che suo padre – Giulio Cesare Cassani, caro amico del padre di Manuela – si era rivelato essere il mandante del sicario. «A Lucas ne daranno trenta. È già chiusa».

«Io ci andrei».

La voce calma di Anna prese di sprovvista le altre due. Si voltarono entrambe a guardarla.

«Sono seria, ci andrei» ribadì la poliziotta. «Se ha scomodato la sua penalista per venirti a cercare e ti ha già fatto prendere un appuntamento, è importante. E se vuole solo umiliarsi per chiederti di ritrattare chissà che cosa, non toglierti la soddisfazione di ridergli in faccia e andartene».

Manuela si sentì insolitamente rassicurata da quel consiglio. Una parte di lei voleva andare a quell'appuntamento l'indomani mattina – e la cosa la spaventava. L'appoggio di Anna la faceva sentire meno sbagliata anche solo ad averci pensato.

Quando aveva lanciato in aria la monetina con le due opzioni – non andarci testa, andarci croce – non sapeva perché ma, mentre la moneta immaginaria era ancora in aria, stava sperando uscisse croce.

Non aveva senso e la spaventava.

Stava tentando con tutte le sue forze di iniziare una nuova vita, ma Lucas tornava sempre. E, anziché rifuggirlo, per qualche motivo il suo subconscio voleva sapere cosa avesse da dire. Voleva vedere con che coraggio le avrebbe parlato, che scuse si sarebbe inventato. Lui, quello che le aveva fatto esperire orrori che Manuela da sé non avrebbe neanche immaginato.

Nei giorni freddi, poteva sentire ancora male al braccio che Lucas le aveva brutalmente fratturato e scomposto, con così violenza da farle sporgere l'omero dalla carne. Non sapeva nemmeno lei quanto grossa fosse la placca metallica e quante le viti che in ospedale avevano usato per rimettere le cose a posto.

E, a volte, mentre cercava di prendere sonno, le tuonavano in testa le grida mostruose che le erano uscite dalla gola e dalle viscere mentre Lucas la stava accecando con la pressione dei pollici per farle pagare di essersi avvicinata a sua figlia. Lo avrebbe fatto davvero – cavarle entrambi gli occhi a mani nude – se solo Marta non lo avesse fermato e tirato via, inorridita per quello che stava facendo suo padre.

Era lo stesso uomo.

Quello che ora voleva *solo parlare*.

«Stai pensando troppo» osservò Daniela, vedendo che Manuela si era persa e non aveva più detto nulla.

La ventiquattrenne si riscosse ma fece solo una smorfia incerta. La curiosità che la spingeva a *volerci andare*, in parlatorio, la metteva terribilmente a disagio. Davanti a Lucas, era quella che poteva sequestrare una ragazzina innocente e quasi ammazzarla solo per stanarne il padre. Perché non riusciva a lasciarselo alle spalle, e magari a dimenticarsi anche quella parte di lei?

Perché hai perso troppe cose, si rispose da sola. Pensò al quadernino dove prendeva appunti tutti i giorni. A Marco e al letto vuoto. All'aver addirittura rubato la pistola di Anna per sequestrare Marta, solo un anno prima, all'orecchio che ronzava. Alle visite dal neurologo.

Troppe cose.

Te compresa.

«Stai seguendo qualcosa di interessante, quindi?». Daniela si rivolse ad Anna, avendo compreso che Manuela non avrebbe detto altro ed evitando saggiamente di insistere.

Anna fece spallucce. «Lo sai che questa città è piena di schizzati. Te ne parlo quando la risolviamo, è una storia che...».

Il campanello le interruppe. Anna scambiò uno sguardo indagatore con Manuela e, notando la sua sorpresa, comprese che anche lei non aspettava nessuno.

Era ora di cena e, visto il suo lavoro e i trascorsi di Manuela, non le piaceva l'idea di ricevere visite inaspettate. Si accostò al portoncino, forte della pistola ancora nella fondina, e lo aprì senza esitare.

«Sì?» fece, con voce ferma.

Quando lo riconobbe, lo squadrò alzando un sopracciglio.

«Ehm», fece lui, «Anna, giusto? Scusami, ti disturbo?».

Chris, che indossava dei pantaloni neri e un maglione a collo alto dello stesso colore, sbirciò oltre la porta e scorse al tavolo Manuela e Daniela. «Scusatemi e... ciao, Manuela!» notò. «Devo... devo chiedervi una cosa imbarazzante».

Anna aprì meglio la porta per far sentire accolto il suo vicino. Scorgendolo, Manuela ridacchiò. «Non è di nuovo la cassetta della posta, vero?».

«No, ecco...» il ragazzone stringeva tra le mani un piccolo contenitore con dentro qualcosa di surgelato. «Mi sa che devo buttare il microonde. Posso usare il vostro? Sto scappando al lavoro e non riesco a scongelare la cena».

Anna gli indicò il forno a microonde tra i banchi della cucina. «Certo, figurati. Entra», lo invitò.

«Grazie, scusatemi, non volevo disturbare».

«Manu, lo aiuti tu? Devo scappare in doccia o Ferro stavolta mi fa cacciare».

A quell'invito di Anna, Manuela si alzò e raggiunse Chris per fargli strada. «Certo, dammi pure. Ah, lei è Daniela, Daniela lui è...».

La giornalista protese la mano e l'uomo gliela strinse gentilmente. «Christopher. Christopher Nava. Ti ho vista in televisione, vero?».

Daniela gli sorrise magneticamente e Manuela faticò a non ridere. Sapeva che la sua amica aveva un modo tutto suo di tuffarsi, quando vedeva un bel ragazzo.

«Può essere, ma quella famosa qui è Manu», Daniela gli rispose così e si rimise seduta, ancora sorridente, spostando di nuovo l'attenzione sulla sua amica.

«Occhio che se dici anche a Daniela che è bassa lei ti fa saltare gli incisivi» scherzò Manuela, raggiungendo il microonde per mettere a scongelare la cena del vicino di casa, che a quanto pare era una porzione di lasagne precotte.

Chris rise e alzò le mani, colpito e affondato.

«Sei il nuovo vicino, giusto?» gli domandò Daniela.

«Sì, sono qui da qualche giorno».

«Cosa sei...?», Daniela studiò il fatto che indossava abiti completamente neri, una cintura robusta, degli anfibi ai piedi. «Una guardia notturna?».

«Bingo» confermò lui. «Mi stavo cambiando mentre la cena scongelava, solo che... beh, non scongelava. Mi sono impanicato e sono venuto qui».

«Ah, non mi avevi detto che sei un vigilante» osservò Manuela, mentre il microonde era all'opera.

«Sì, non è una cosa così interessante. Anna almeno è una vera poliziotta e vede un po' di azione, io faccio la guardia ai parcheggi privati e ai supermercati».

«Non c'è mica niente di male» lo rassicurò Daniela.

«A parte farsi due coglioni enormi finché non è l'alba – no, niente di male».

Il microonde gracchiò e Manuela, ridacchiando per la franchezza di Chris, si voltò per aprire lo sportellino e recuperare la sua cena. «Senti, te l'ho anche scaldata un pochino. Ti prendo un piatto e mangi qui? Ho in forno delle patate con... *cose* varie».

«No, no, grazie. Sei un angelo, ma devo finire di cambiarmi, sono già in ritardo».

Daniela incrociò lo sguardo dell'amica e Manuela comprese che aveva *molto* da dirle. La più giovane porse la sua cena a Christopher. «Ecco a lei, signor Nava. Avevi detto Nava, giusto?».

«Grazie, mi hai salvato la vita. Ciao Daniela» si congedò rapidamente lanciandole un'occhiata, «salutatemi anche Anna, scusatemi con lei per il disturbo» fece di nuovo.

«Non hai disturbato», Manuela lo seguì mentre andava verso la porta, per accompagnarlo, e gliela aprì per lasciarlo uscire. «Buon lavoro, allora».

«Buona serata, Manuela, riposati e divertitevi!».

«Grazie. Divertiti anche tu».

«Sei spiritosa, eh».

Lei gli sorrise e agganciò la porta.

Quando si voltò verso Daniela, l'amica la guardava con gli occhi grandi, divertiti, e le braccia aperte. «Scusa?» disse, nel suo solito modo teatrale. «*Quello* è il tuo nuovo vicino e non mi dici niente?».

«Non gridare», Manuela rise, «che ci sente! E poi è un po' vecchio per i tuoi standard, no?» la prese in giro, considerando che Daniela voleva uscire solo con i ragazzi più piccoli.

«Ma non lo dico per me, lo dico *per te!*».

Manuela si irrigidì.

La camera da letto vuota. Il letto inutilmente grande. Marco, e tutto il resto.

Smise anche di ridere.

«Hai visto come ti guarda?» le fece notare Daniela. «Come minimo scopriamo che il microonde lo ha spaccato lui, per venire qua da te».

«Dani, dai», Manuela venne avanti e tornò a concentrarsi sul forno per capire se stava bruciando le patate. «Mi ci manca solo questo».

«Mi sembra che ti stai autoflagellando da abbastanza tempo, no?».

«Dani...».

«Non voglio essere la solita stronza insistente, ma insomma... l'hai guardato, poi? Aveva *veramente* un bel culo».

Manuela riuscì a ridere, perché in un paio di minuti Daniela aveva già guardato *tutto* di Christopher – e i suoi modi di fare i complimenti ai bei ragazzi atterravano sempre tra il pittoresco e l'indecoroso.

«Non ridere» la sgridò l'amica. «Se non te ne sei accorta, Bel Culo pende letteralmente dalle tue labbra. *Letteralmente*, Manu. E tu non devi niente a nessuno».

La ventiquattrenne si voltò verso l'amica, le mani poggiate sul banco da cucina dietro di lei, e sospirò.

Sospirò anche Daniela.

«Manu, ascolta... io lo so come ci si sente. Non so come si sta a dormire al capezzale del tuo ragazzo, sperando ogni notte che si svegli dal coma, quello no. E non so come si sta quando poi si sveglia e la prima cosa che riesce a dirti è di andartene e lasciarlo in pace, neanche quello. Ma so come si sta a non scegliere se la storia deve finire o no, a subirlo e vederti crollare i progetti addosso».

Manuela distolse lo sguardo e ricacciò il pianto infastidito in gola. Aveva dormito per tre mesi al capezzale di Marco. Era felice in ogni millimetro di anima che si fosse svegliato – il senso di colpa per averlo visto quasi morire ammazzato da Lucas, solo perché era il suo compagno, l'aveva quasi uccisa. E l'aveva fatta andare fuori di testa, quando poi aveva rapito Marta.

Ma Marco non si era dimenticato: del suo essere chiusa in modo insensato, del non lasciarsi aiutare. Di come si sentiva soffocare all'idea di quanto Manuela lo tenesse lontano dalla sua vita – dell'angoscia di non sapere nemmeno se, davanti a un eventuale messaggio senza risposta, non aveva visto il telefono oppure era morta ammazzata da qualcuno di cui si era rifiutata di parlargli.

E Marco non si era dimenticato nemmeno del fatto di essere appena tornato dalla morte.

Sognava una vita normale. Voleva bene a Manuela, ma non poteva fare finta di niente. Né per lei, né per se stesso. Voleva fare ordine. E le aveva chiesto di farlo da solo.

Marco voleva solo una noiosa vita normale. L'avrebbe voluta anche lei, da sempre, ma quella nave aveva lasciato il porto da quando suo padre si era infilato nel giro di soldi degli speculatori di SOLIS, facendola finire al centro del mirino di Lucas, con tutto quello che ne era seguito.

Una vita normale era il desiderio di Marco – nient'altro. E lei non poteva dargliela, in nessun modo.

Manuela lo aveva capito e lo aveva accettato. Le importava solo che fosse ancora vivo. Si sarebbe dimenticata che la prima volta che era finalmente riuscita a dirgli "ti amo" lui le aveva risposto "ti prego, voglio stare solo". Dopotutto, la prima volta che glielo aveva detto lui, lei aveva sorriso emozionata, ma non era riuscita a rispondere niente.

Lo aveva capito, sì. E lo aveva accettato, certo. Ne stava morendo un poco alla volta, ma certo che lo aveva capito, certo che lo aveva accettato.

«Solo... non farti altro male, ok? Solo questo» le raccomandò Daniela. «Non è mai stata colpa tua e non devi punirti di niente. Marco ha fatto una scelta, ma è vivo. E sei viva anche tu».

«È solo il mio vicino di casa» smorzò Manuela.

«Dai, che è un bel tipo e gli piaci».

«Dani, non sto cercando impegni».

«E chi ha parlato di impegni?» replicò Daniela, con un ghigno malizioso.

Manuela riuscì a sorriderle appena. Amava il piglio disimpegnato della sua amica, che sapeva apprezzare il lato leggero in ogni cosa. In quello, erano davvero opposte.

Il timer del forno finalmente trillò per richiamare l'attenzione sulla teglia delle patate. «Bene», fece Manuela, recuperando le presine, appese lì accanto, per scoprire com'era andato il suo esperimento culinario. «Tieni vicino il numero della pizzeria».

Capitolo 4

Mercoledì, 6 febbraio 2019
Milano, ore 10.29

Aveva ricacciato dentro le emozioni a parte una, che non stava riuscendo a dominare e le aveva fagocitate tutte: l'ansia. Manuela si attorcigliò le dita di una mano in quelle dell'altra, in piedi, le spalle contro la parete.

Non si ritrovava in quel carcere da quando ci andava per visitare suo padre, prima che venisse tirato fuori perché il suo stadio di malato terminale non era più compatibile con la detenzione. E non avrebbe mai immaginato di tornarci per vedere Lucas, di sua spontanea volontà.

La stanza del parlatorio era piccola, quadrata e troppo illuminata. Al centro c'era un tavolino spoglio, spigoloso, con un'anima in acciaio e un ripiano in legno e plastica grigio – grigio come le sedie su cui non era riuscita a sedersi, grigio come le pareti.

Grigio come me, pensò.

Si strinse nelle braccia incrociate sul petto, cominciando a passeggiare nervosamente per la stanza, con addosso il solito bomber nero e dei jeans aderenti azzurri che si infilavano in un paio di Converse. Si vestiva ancora come la ragazzina che faceva visita a suo Papà. Non voleva lasciare indietro niente che la facesse sentire legata a lui.

«Ero sicura che saresti venuta».

Non si era accorta del suono della porta dietro di lei, quando la voce di Sandra Giudice la sorprese. La legale si accomodò nella stanza arrivando dallo stesso ingresso da cui avevano fatto accomodare Manuela, venendo avanti come la padrona di casa che era.

«Come stai?».

Manuela la guardava senza riuscire a dire niente. Stava provando a sforzarsi di saltare fuori dalla voragine di ricordi sgradevoli in cui era finita – tra suo padre in carcere, suo padre sfigurato dal cancro, l'idea di Lucas che le sparava in faccia senza fare una piega e lei che gli sequestrava la figlia perché era stata così disperata e quindi così fuori di testa da aver ritenuto quel rapimento un *atto dovuto*. Lucas se lo meritava.

«Siediti, mettiti pure comoda» tentò l'avvocata, mettendosi a sua volta alla sedia di capotavola e facendo comprendere a Manuela che lei e Lucas si sarebbero trovati seduti faccia a faccia. «Ora il signor Corsi arriva».

Il signor Corsi.

L'identità da *uomo normale* di quel sicario, il cognome che aveva dato a sua figlia Marta, fecero montare addosso a Manuela un disagio anche più forte. Si costrinse a sedersi e a osservare solo la porta blindata nella parete di fronte, da cui sarebbe arrivato.

Non dovevo venire.
È stato uno sbaglio.
Perché sono qui?

Aveva bisogno di dimenticare che Lucas era una persona a tutto tondo, una con una storia e una famiglia. Doveva essere il male incarnato, il nascere quadrato e il morire quadrato. Le serviva rimanere ancorata a quell'idea per scacciare il pensiero di essere andata pericolosamente vicina a somigliargli.

«Va tutto bene, non ti preoccupare» tentò Giudice, vedendo che Manuela era un pezzo di ghiaccio inespressivo tradito dal tremolio nervoso negli occhi. Le strinse una mano su un braccio – la ventiquattrenne aveva piantato i gomiti sul tavolo e aveva le mani strette una nell'altra davanti al mento – e Manuela si voltò a guardarla solo a quel punto.

La legale indossava una camicia blu e teneva i capelli raccolti, stavolta in una coda. Era venuta con una borsa a mano, in quella che sembrava pelle beige, che probabilmente era piena di documenti utili a salvare chissà quale altro assassino dal carcere – pensò Manuela.

«Mi scusi» riuscì a dire la giornalista, finalmente. «Non l'ho nemmeno salutata».

«Non ti preoccupare» le sorrise l'altra, calma. «Come stai?».

Manuela deviò di nuovo lo sguardo, tenendo sempre le mani strette e i gomiti piantati sul tavolo. «Non si vede?».

La legale rise appena. «Sei coraggiosa, ma non avevo dubbi. Hai fatto la cosa giusta».

L'altra annuì con disinteresse, cercando di rimettere in ordine la sua mente e di rimanere nel presente.

Quando Lucas spuntò dalla porta di fronte, con addosso una felpa grigia e dei jeans, i polsi ammanettati sul davanti, Manuela smise di provare qualsiasi emozione, come se avesse premuto un interruttore. Era una cosa che aveva imparato a fare per sopravvivere, ma fu più difficile del solito.

I loro sguardi si incontrarono.

Lucas aveva una cinquantina d'anni scarsa, che improvvisamente portava male. L'anno di carcere lo aveva segnato e si vedeva. I suoi capelli castani chiari erano ancora corti e ordinati, ma il viso era puntinato dalla barba. Gli occhi celesti erano fieri ma stanchi. Era molto alto come lo ricordava Manuela, anche se indubbiamente meno tonico.

Sul mento aveva ancora il segno di quello che aveva provato a farsi quando aveva capito che Manuela lo aveva messo all'angolo e sua figlia non lo avrebbe più amato incondizionatamente, un anno prima: spararsi una pistolettata. Il proiettile era entrato da sotto la lingua e uscito frontalmente dal mento, portandosi via due denti e storcendogli le labbra. Sfigurato dalla pistolettata che doveva ucciderlo, deviata dall'intervento di Anna Russo che di fatto gli aveva salvato la vita, Lucas manteneva comunque la sua aura fiera e chiunque avrebbe capito che si trattava di una persona che per lungo tempo aveva servito sotto le armi, anche solo per quanto era rigido e ritto sulla schiena.

Manuela non riusciva a smettere di guardarlo negli occhi. Ricordava l'espressione indifferente e gelida che avevano nei momenti in cui aveva alzato la pistola, dopo averla immobilizzata contro il cancello della redazione, per fare fuoco. Per quattro o cinque secondi, li aveva fissati con terrore e aveva capito dalla loro noncuranza che le avrebbe sparato davvero, che non avrebbe vissuto mai più e che pertanto non avrebbe mai saputo perché qualcuno avesse voluto farle una cosa del genere. Per una persona con la mania del controllo della situazione come lei, l'idea di essere ammazzata senza nemmeno capire perché era stata parte del trauma.

«Vieni, Corsi». Un poliziotto della penitenziaria e dall'aria poco allegra lo accompagnò in quei pochi passi verso il tavolino dell'incontro, ma non gli tolse le manette.

«Hai mezz'ora al massimo» aggiunse. Era un ragazzone dal viso quadrato e i capelli rasati, con addosso la divisa scura e il basco azzurro, abituato ad avere a che fare con persone dalle mani sporche di sangue.

«Per qualsiasi cosa, sono nel corridoio qua fuori» comunicò il poliziotto all'avvocata e a Manuela. La prima annuì, la seconda non si mosse nemmeno, mentre il secondino usciva dalla stanza. Sapeva tutto, di quella procedura, ma per via di suo padre. Era intrappolata in una matrioska di ricordi ed erano tutti uno più brutto dell'altro.

Lei e Lucas si stavano ancora fissando e nemmeno Giudice osò dire qualcosa.

Il respiro di Manuela non era naturale. Era trattenuto, tremolante. Stava cercando di liberare la mente, ma senza riuscirci.

Lei si era pisciata sotto per il terrore. Lucas invece l'aveva guardata come una scocciatura da sbrigare prima di rincasare, con quegli stessi occhi di ghiaccio, mentre le puntava in faccia la pistola.

Non riusciva a non pensarci e ripensarci e aveva le mani informicolate dalla tensione.

Lucas distolse lo sguardo per primo. Lo chinò e si mise seduto al tavolo, i polsi ammanettati poggiati bene in vista sul ripiano.

«Buongiorno, signor Corsi» lo salutò la sua legale.

Ce l'ho davanti.

È davvero lui. A venti centimetri da me.

Per quanto ci provasse, Manuela non riusciva a liberare la testa da quei pensieri ossessivi. Poteva esploderle il cervello in qualsiasi momento, poteva avere un cambio radicale di personalità, o smettere di svegliarsi di punto in bianco. Assumeva antidolorifici in dosi inumane e sapeva lei il perché portasse sempre con sé un quaderno per prendere appunti. Senza nemmeno scomodare quello che era successo tra lei e Marco dopo il coma di entrambi.

Tutto a causa sua. Ogni singola cosa.

Lucas scambiò uno sguardo con la sua penalista, cercando di capire come fosse meglio procedere. Rimase sorpreso, quando a decidere come procedere fu Manuela.

«Ci ho pensato... tante di quelle volte. Non te lo puoi nemmeno immaginare» disse. La voce era ferita, monocorde, bassa, ma gli occhi erano infuocati. Lucas riprese a studiarli e anche Sandra Giudice rimase zitta.

«Non ci dormo per notti intere. Spesso è l'unico pensiero che mi calma».

Lucas aggrottò le sopracciglia, cercando di capire.

«A volte è l'unica cosa che mi fa arrivare al giorno dopo. 'Rimani viva, Manuela, non morire'. Sai quante volte me lo dico? Devo rimanere viva fino a quando non sei morto. È l'unica cazzo di gioia che sto aspettando dalla vita, l'unica che mi può ancora arrivare».

Lucas non osò replicare.

«Allora penso a come ti ammazzerei io. A come darti quello che ti meriti. Non tanto per quello che hai fatto a me, ma per quello che hai fatto a Marco».

La voce di Manuela era ancora piatta, mentre lo diceva, glaciale. Anche più calma del solito. Non sembrava nemmeno la sua.

«Io vorrei solo darti fuoco. E poi spegnerti. E darti fuoco di nuovo, un pezzo alla volta, e stare lì a guardarti. Vorrei poterti ammazzare almeno tre o quattro volte, per quello che ci hai fatto. Una è poco, è troppo veloce. Una volta sola non mi basta».

Scosse la testa, i denti digrignati, la voce finalmente rotta dall'odio – la prima sensazione che era riuscita a scapparle dal petto nell'uragano interiore che stava reprimendo. «Vorrei solo che tu fossi morto» aggiunse. «Con tutto il cuore».

Rimasero di nuovo entrambi zitti a osservarsi per diversi secondi. Gli occhi di Manuela tremavano ed erano lucidi di dolore e disprezzo. Quelli di Lucas erano asciutti e statici. Sbatteva pochissimo le palpebre. Entrambi avevano le pupille ridotte a un puntino in un mare turchese, per via delle luci fredde e abbaglianti della stanza.

Alla fine, Lucas scosse la testa, deglutendo.

«Hai ragione. Mi dispiace».

Disse solo quello. La voce era calma e profonda come la ricordava Manuela, ma biascicava e faticava a scandire alla perfezione tutti i suoni, dopo la pistolettata che si era tirato contro il mento.

«Ti dispiace?» gli fece eco Manuela.

«Mi dispiace».

Gli rise in faccia, gli occhi più lucidi di prima. «Non ho mai creduto in Dio, lo sai? Perché quando lo pregavo, illusa, di aiutare e salvare mio padre, lui il giorno dopo stava ancora peggio» gli confidò, quasi sussurrando, la voce che vibrava per le emozioni mal trattenute.

«Però l'ho pregato di nuovo, i mesi scorsi, quando Marco era ancora in coma. Mi sono detta un sacco di volte *se Dio esistesse, domani Marco si sveglierebbe. E invece Lucas no.* Ma Marco non si svegliava mai. Tu sì. Ti sei svegliato anche oggi, pezzo di merda».

«Manuela...» provò a intervenire l'avvocata.

Lucas alzò la mano destra per interrompere la sua legale. «Lasciala parlare, è giusto così».

La donna lo assecondò. Manuela studiò le loro dinamiche, da giornalista qual era, e comprese che si conoscevano da parecchio tempo. Probabilmente, lei era la sua legale da sempre.

«Fai bene a odiarmi, hai ragione» le disse di nuovo. «Anzi, sei calma. Quando ti ho odiata io, quando hai toccato Marta, sappiamo com'è andata».

I pollici cavati negli occhi, l'omero saltato fuori dal braccio, *me lo ricordo, sì.*

«Insultami quanto vuoi, va bene così».

La giovane piantò gli occhi nei suoi, anche più disgustata di prima, perché Lucas lo disse come se le stesse concedendo un contentino. Ma l'odio non le veniva su a comando.

Non disse niente, arricciando solo il naso e stringendo i pugni per scaricare la tensione. Alla fine, distolse lo sguardo. Ne aveva abbastanza. L'ansia stava prendendo il controllo e se la stava mangiando viva. Le mani le prudevano e aveva i pugni così stretti, per tenerle ferme, che ormai le facevano male le dita. Decise che fissare un punto a caso, nella parete in fondo, tra l'avvocata e Lucas, potesse essere un buon compromesso.

L'uomo non osò dire niente. Sapeva leggere le persone e non era difficile immaginare cosa Manuela stava provando.

«Va un po' meglio?» tentò invece Giudice.

Manuela la trafisse con un'occhiata. «Perché mi avete fatta venire qui?» le rispose, la voce che era un misto di disgusto e stanchezza.

«Vuoi che ti faccia portare un po' d'acqua? O una camomilla, se ti fa stare meglio?».

Dio, mi mancava solo la compassione della sua legale.

Manuela cercò di ricomporsi e portò entrambe le mani al volto, massaggiandosi la fronte. «Per favore... ditemi perché mi avete fatta venire qui, e basta».

Lucas e Sandra Giudice si scambiarono uno sguardo che alla giornalista non sfuggì. Lei portò le mani sul tavolo, le dita intrecciate, calma.

Sta per darmi una notizia terribile comprese Manuela. *Sta pensando a come dirmelo.*

«Manuela, sai cos'è un vizio di forma? Intendo, dal punto di vista del diritto penale?».

Lei guardò per un attimo Lucas, che era impassibile come al solito. Poi si rivolse di nuovo alla legale. «È quando si annulla una pratica perché... nelle carte c'è qualcosa di irregolare?» tentò con voce provata. Non era venuta lì per farsi fare un esame di giurisprudenza.

La donna annuì appena. «Più o meno, sì. Significa che dal punto di vista formale qualcosa non rispetta i criteri imposti dalla legge, quindi bisogna rifarlo. Per usare termini semplici».

Sandra Giudice si sporse verso la sua borsa e ne estrasse alcuni documenti, spargendoli sul tavolo.

«Il tuo caso è un po' particolare perché, beh... non sei stata coinvolta quanto avresti potuto, perché per i certificati medici non sei una testimone attendibile».

Manuela si concesse un sorriso nervoso. «Ringrazi il suo cliente, per questo».

«Ti aggiorno io sul processo, se non lo hai seguito da vicino. Il signor Corsi è accusato di tentato omicidio. Di sequestro di persona. Lesioni personali gravi. Resistenza a pubblico ufficiale. Sto parlando solo dei capi d'accusa legati al tuo caso» elencò la legale, districandosi tra i fogli. «Poi ci sono anche le lesioni gravi al signor Marco Russo. E una manciata di omicidi premeditati, perpetrati su commissione, come quello del signor Valon Bezhani».

Sandra Giudice rimise insieme i documenti in un grosso mazzo, allineandoli. «Sintesi: trent'anni non glieli leva nessuno, credimi. Nemmeno io. E sono un'ottima penalista».

Manuela aggrottò le sopracciglia, non capendo dove volesse andare a parare.

«Siamo vicini alla chiusura del primo grado, ci arriveremo tra poche settimane. Sai come funzionano i processi? Primo grado, appello, cassazione, tutti i gradi di giudizio?».

La giornalista esitò per una manciata di secondi. «Sì», disse solo, dopo un po'.

«Tuo padre, già» si ricordò la legale. «Era dentro per riciclaggio, giusto? Scusami, sto divagando».

Pose di nuovo le mani, rilassate, sulla pila di fogli, le dita intrecciate tra loro. «Manuela, noi alla chiusura del primo grado non ci arriveremo» annunciò, secca.

La ventiquattrenne la guardò confusa.

«Per un vizio di forma» aggiunse la legale.

«... cosa?».

«Lo sai già, dove stiamo andando a parare. Sei troppo sveglia per non aver capito».

La voce profonda e biascicante di Lucas, che interveniva con quell'osservazione, lasciò Manuela anche più confusa. Non lo aveva capito affatto, invece, il motivo per cui il processo al suo *assassino* si sarebbe fermato prima ancora del primo grado.

«Posso appellarmi al vizio di forma perché il difensore, cioè io, non era in possesso di tutte le informazioni del caso, per formulare la difesa. Perché uno degli atti dell'accusa ometteva deliberatamente delle informazioni. E quindi dobbiamo ripartire da capo».

«Di che informazioni sta parlando?», Manuela esitò. Adesso aveva capito, ma non voleva sentirselo dire. Il cuore le stava tamburellando nelle orecchie.

Giudice incrociò il suo sguardo e annuì. «Di quello che hai fatto a Marta Corsi e che è stato omesso dai rapporti ufficiali dell'arresto del mio cliente» disse, infine.

Manuela si ritrasse sulla sedia, colpita nel suo punto più vulnerabile, il suo soffocante senso di colpa.

Sandra Giudice riprese a sfogliare i documenti.

«In merito alle lesioni gravi – per cui abbiamo rischiato di finire nelle gravissime, considerando come ti ha ridotta – io dovevo sapere che il signor Corsi ha agito in risposta a un sequestro di persona. Quello di sua figlia Marta Corsi. E il sequestro di persona lo hai perpetrato tu, giusto?».

Manuela non osò dire una parola. La fissava con le sopracciglia aggrottate, arrabbiata non con Sandra Giudice ma con se stessa.

«Grazie al cielo tu sei una brava persona e non hai fatto davvero del male alla signorina Corsi. So che ci hai pensato, però. Forse lo avrei fatto pure io» commentò la legale davanti al suo silenzio, riordinando di nuovo i fogli con una vivacità fastidiosa. «Sai che la signorina Corsi frequenta un terapista per superare il disturbo da stress post traumatico che le hai procurato?».

Manuela prese quell'informazione come avrebbe preso una martellata alle tempie: non era un incubo, era successo davvero. Aveva traumatizzato quella ragazzina a vita. Il senso di colpa si fece strangolante.

«Dove... dove vuole arrivare?» tentò, stanca.

«Allora», Giudice tirò fuori un altro foglio dalla sua pila. «La condanna per sequestro di persona può andare da sei mesi a otto anni, dipende dai casi. Tu però, per commetterlo, hai anche rubato la pistola personale di un pubblico ufficiale – l'agente scelto Anna

Russo. E per nasconderti con il tuo ostaggio, la signorina Corsi, hai commesso l'effrazione di una proprietà privata, la tua vecchia casa. Giusto?».

Manuela si morse le labbra e si accorse che l'ansia stava diventando fastidio. Che sì, era arrabbiata con se stessa per quello che aveva *quasi* fatto a Marta Corsi, ma anche con Sandra Giudice, che glielo risbatteva davanti con algida lucidità, vanificando ogni suo tentativo di provare a dimenticarsene per riuscire a guardarsi di nuovo allo specchio senza sputarsi in faccia da sola.

«Se sommiamo tutto, fanno un bel po' di anni di prigione, Manuela», concluse la legale.

«Che cazzo volete da me?» tagliò la giornalista, rialzando uno sguardo da lupo ferito.

Lucas sorrise appena. «Adesso ti riconosco».

Manuela lo degnò solo di un'occhiata, poi tornò con gli occhi severi sulla legale. «Cos'è, una leva per ricattarmi? Il suo cliente è molto bravo con i ricatti, siete fatti l'uno per l'altra».

«A tutto questo», Giudice sistemò ancora un foglio sulla sua pila, «si somma la negligenza, o magari il dolo, dell'agente scelto Anna Russo, che non ha tenuto la sua pistola personale sottochiave e non ha mai parlato, nel suo rapporto, né della sottrazione della pistola a opera tua, né del sequestro di Marta Corsi. Ha solo dichiarato di essere intervenuta per soccorrere te. E per una poliziotta mentire in un rapporto non è bene».

«Senta», Manuela intervenne a denti stretti, «se volete giocare a fare gli stronzi con me, va bene. Giochiamo. Ma tenete Anna Russo fuori da questa storia».

Giudice e Lucas si scambiarono un'occhiata quieta. «Manuela, noi non stiamo *giocando a fare gli stronzi*» precisò la legale. «Sto solo esponendo i fatti».

«Sta esponendo i fatti nel parlatorio di un carcere».

«Ho chiesto che il colloquio fosse privato. Non ci sono microfoni e nessuno ci sta ascoltando. Quello che ci siamo appena detti lo sappiamo io, te e il signor Corsi. Oltre a Marta Corsi e Anna Russo, per ovvi motivi. E alla tua amica Daniela Cassani, che era sul posto quando il sequestro Corsi si è risolto, a quanto ne so».

Manuela esitò e rimase zitta.

È una leva comprese. *A maggior ragione: è una leva che vogliono usare contro di me.*

«Non ti ho detto tutto questo perché vogliamo denunciarti, o mettere nei guai l'agente Russo. Anzi, se vuoi il mio parere, per me hai fatto bene. Con tutte le mie simpatie per la signorina Corsi, ma se tiri una corda come è stata tirata la tua, prima o poi si spezza. A spese di sua figlia, ma penso lo abbia imparato anche il signor Corsi».

«Lo sa dove me la metto la sua approvazione?» la interruppe Manuela, su cui le *captatio benevolentiae* non avevano mai fatto presa. «Mi può anche denunciare, per quanto mi riguarda. Anzi, mi faccia rinchiudere in un bel reparto psichiatrico, visto che grazie alle premure del suo cliente per la legge sono fuori di testa, no? Ma prima di parlare di Anna...».

«Va bene, ho capito» provò a calmarla la legale, correndo ai ripari dopo aver capito di aver innescato una miccia troppo breve, citando la poliziotta. «Anna Russo è fuori da questa storia, non ti preoccupare».

«Mi ha fatto venire qui facendomi i suoi occhi dolci del cazzo ieri mattina» si rese conto Manuela, «per farmi l'esamino sul vizio di forma e ricordarmi che sono una stronza psicopatica, ho capito bene?».

Sandra Giudice scosse la testa. «No».

«No? Quindi perché siamo qui?».

La legale sospirò e rimise ordinatamente insieme tutti i documenti. Manuela infilò le mani nelle tasche del bomber per nascondere che le stavano tremando, i pugni chiusi, induriti dal fastidio.

I buoni muoiono giovani, le diceva sempre suo padre. Diceva anche *ogni azione ha delle conseguenze,* però. *Se decidi di fare una cosa, devi essere pronta anche alle sue conseguenze.*

«Ti ho citato tutto questo, proprio perché *non* intendiamo usarlo contro di te. Te lo dicevo anche ieri. Se avessimo voluto farti ancora del male, come vedi avremmo tanto a cui attingere. Ma non lo vogliamo. Il signor Corsi non vuole vendicarsi per il trauma che hai causato a sua figlia, se è questo che ti preoccupa».

Manuela rimase zitta.

«Ma citeremo tutto questo per appellarci al vizio di forma».

La giornalista deglutì amaro. Disse solo: «perché?». Aveva capito che c'era dell'altro: se non era per rovinare lei, allora era perché appellarsi al vizio di forma avrebbe permesso a Giudice di ottenere qualcos'altro, che lei non riusciva a identificare.

«Il fatto è che metterò per iscritto che il vizio di forma riguarda il tuo sequestro di Marta Corsi, Manuela. Per questo volevamo che venissi, per dirtelo prima».

«Quindi lo direte a un giudice, un magistrato o non so chi, e mi raccontate la favoletta che non lo fate contro di me?» ironizzò la giovane.

«Esattamente».

Manuela pensò che tirarle una sberla, davanti a quella risposta assurda, l'avrebbe fatta sentire meglio. Poi si ricordò che era proprio per pensieri come quello che era finita in quella situazione.

«Ascolta, Manuela» intervenne Lucas, e lei si voltò davvero ad ascoltarlo. Arrivata a quel punto, la situazione non poteva diventare più grottesca. «Io dichiarerò che tu hai sequestrato mia figlia e che la cosa è stata omessa nei rapporti presentati dal PM. Non diremo niente della pistola di Anna Russo. Dirò che non ne avevo parlato con la mia legale perché non volevo coinvolgere mia figlia. Questo attiverà la possibilità di un vizio di forma e dovranno considerare i nuovi elementi».

«Il vizio di forma, o comunque l'omissione di elementi dalle carte» continuò Sandra Giudice, «porta al riavvio del processo. Faranno delle verifiche, ma servirà un po' di tempo. Quando si applica, c'è un cambio della corte, ci possono essere ricorsi, i tempi si dilatano notevolmente».

Manuela ci arrivò e annuì, disgustata. «Non ci credo» comprese. «I tempi si allungano prima di arrivare al primo grado e quindi ti scadono i termini di custodia, vero? Che merda…».

«Sì», disse Lucas, lapidario. «Devo uscire, per fare delle cose».

Manuela si sporse in avanti sul tavolo e lo guardò dritto in faccia. La stava gettando sotto un treno, per una follia di cui lei non avrebbe mai negato la responsabilità, solo per poter uscire dal carcere. Follia che lei però non avrebbe mai fatto, se Lucas non si fosse dilettato con la sua vita e con quella di Marco Russo – *ma adesso è un po' tardi per giocare al gioco di chi ha iniziato per primo*, si disse.

«A chi devi sparare stavolta? Manco per tua figlia hai il coraggio di prenderti la responsabilità di quello che hai fatto. Neanche davanti a lei».

Lucas scosse la testa. «Ho bisogno di uscire. E quando avrò sistemato tutto, ritratterò».

La giornalista esitò.

«Mi daranno trent'anni. E io me ne darei sessanta. Non mi cambia niente se mi aggiungono alla lista delle cose che ho fatto anche l'essermi inventato un vizio di forma per far scadere i termini di custodia».

«Che razza di senso ha?». Manuela si voltò a chiederlo alla legale.

«Abbiamo bisogno che il signor Corsi stia fuori dal carcere per qualche settimana. Poi ritratterà e tornerà. Il processo ricomincerà e sconterà la pena che gli daranno. Ci vorrà un po', ma la sconterà, fino all'ultimo giorno».

Manuela rimase zitta, confusa.

«Avremmo potuto inventare qualcos'altro per tirarlo fuori, anziché citare il sequestro, ma... deve essere credibile. E lo sai anche tu che quello che hai fatto a Marta ha elementi credibili, perché è... vero».

«Non voglio rovinarti» precisò Lucas, parlando piano e guardandola negli occhi. Manuela sentì un brivido correrle lungo la schiena. «Non più di così, almeno. Non voglio farti andare in prigione o bruciarti la reputazione. Non me ne frega niente. Voglio uscire perché devo sistemare le cose».

«Le *cose* non si possono *sistemare,* quando vai in giro a sparare in faccia alla gente come se fosse un gioco. Dovresti morirci, qua dentro» lo apostrofò Manuela, avvicinandosi a lui faccia a faccia.

Lucas scambiò uno sguardo con l'avvocata. Sapevano che sarebbe stato difficile, ma stava andando molto meglio di quanto avevano preventivato. L'odio più che giustificato di Manuela nei confronti del sicario non era una sorpresa, ma era lucida e li stava ascoltando.

«Manuela, tu sei nata l'11 febbraio 1994». La donna tirò fuori una fotocopia del passaporto di Manuela e glielo sistemò davanti, sul tavolo, con la data di nascita cerchiata con un pennarello rosso.

La sua foto nel documento era di *prima*, non aveva la cicatrice sulla fronte. E sorrideva. A vedersi, Manuela sentì un tuffo al cuore.

«Questo significa che hai ancora ventiquattro anni, giusto?».

Lei annuì appena. Se era la premessa per un'altra cattiva notizia, voleva che la tirasse fuori in fretta.

«Compirai venticinque anni tra pochi giorni. E sappiamo perché tutta questa storia è successa. Perché tuo padre, il signor Gianandrea Guerra, ha sottratto al fondo speculativo SOLIS, rappresentato dal signor Giulio Cesare Cassani, una cifra superiore ai soli soldi che doveva riciclare per lui e al compenso che avrebbe ricevuto per questo *favore*. Ha vincolato questa cifra in un conto destinato a te. Quei soldi saranno sbloccati quando compirai venticinque anni. Solo se sei viva, però».

Manuela stava cominciando a ricollegare i pezzi. Il tempismo non poteva essere un caso. La ascoltò attentamente, l'odio e il fastidio che scendevano, l'ansia e l'incertezza che risalivano.

«Ti contatterà un notaio. Lo farà a breve. Ecco: noi abbiamo bisogno di sapere chi è. Cosa ti dirà. E anche cosa ti darà».

«Non li voglio, quei soldi» sussurrò Manuela. «Non voglio niente».

«Lo so», Lucas lo ricordava da quando le aveva rivelato il perché fosse stato assoldato per ucciderla ben prima che si avvicinasse ai venticinque anni, «e lo capisco. Il punto è un altro: Giulio Cesare Cassani era il mio contatto. Ma SOLIS non era solo lui. Gli altri sono ancora tutti comodi al loro posto, anche quelli che sapevano *come* lavorava Cassani».

«I soldi che ti gireranno sono su un conto vincolato. Potrebbe essere di SOLIS, o forse di Cassani, o direttamente di tuo padre. Ma in qualche modo deve dirci qualcosa della provenienza dei soldi».

Manuela si ritrasse sulla sedia. «Volete capire da chi arrivano i soldi e se c'è qualcuno dietro il conto, per risalire a chi sono e dove si nascondono oggi gli altri che sapevano di SOLIS».

Lucas annuì lentamente.

La giornalista giocherellò nervosamente con gli angoli della fotocopia del suo passaporto, piantando intanto gli occhi in quelli di Lucas. Erano sinceri e asciutti. Era calmo e posato, le mani sul tavolo, ammanettate. Non le aveva mai spostate da lì, da quando si era seduto.

«Le persone che voglio trovare magari sono anche le stesse che hanno fregato tuo padre» aggiunse il sicario. «Quelle che lo hanno fatto finire in prigione, pure col cancro».

Manuela rialzò lo sguardo dalle mani dell'uomo ai suoi occhi. «Non devi nemmeno nominare mio padre» gli intimò.

«Non vuoi giustizia per tuo padre? E per te?».

Lei rimase zitta, divisa tra le emozioni – tutte negative e che non avrebbe augurato a nessuno. Si massaggiò la tempia destra e prese un respiro profondo, infastidita dal loro silenzio.

«Possiamo farlo anche senza di te» precisò Sandra Giudice. «Ma in questo sarò brutale, Manuela: non te lo stiamo chiedendo. Il mio cliente può ritrattare, sui motivi del vizio di forma. Oppure può non ritrattare».

«Sandra, non c'è bisogno» la ammonì Lucas, smorzando il tono.

«C'è bisogno. Manuela è intelligente, ma anche orgogliosa e testarda. È il preciso motivo per cui ha fatto quello che ha fatto a sua figlia, signor Corsi».

Manuela sorrise, disgustata. «Mi sta minacciando?».

«Voglio solo che ragioni. Noi non abbiamo nessun interesse a mettere nei guai te e l'agente scelto Anna Russo, con quello che ha nascosto per te nel rapporto dell'arresto del signor Corsi, un anno fa».

La giovane deglutì con fastidio e deviò lo sguardo. L'ansia era scesa. Anche la tensione. Ora si sentiva solo vuota. Nauseata.

«So che di te non ti frega nemmeno troppo» comprese l'avvocata. «Ma della tua amica sì. E ti frega di tuo padre. Non vuoi chiudere il cerchio e sapere chi altri c'era dietro a tutto questo? Cassani aveva complici ben piazzati».

Manuela continuò a rimanere zitta. La fissava e stava contando fino a dieci. In realtà, era già arrivata a più di trenta.

«Ragazzina... non ti sei mai chiesta del video arrivato alla Polizia?» intervenne Lucas.

Lei distolse lo sguardo e si voltò verso di lui. «Quello con Aidan Hasa?» domandò. Lui annuì e lei alzò le spalle. «Mi sono sempre chiesta come ci sia finito quel disgraziato al posto tuo, sì» confermò lei, riferendosi ai video delle videocamere di sicurezza nei pressi di via Carlo Bo, che mostravano un uomo diverso da Lucas Leone, mentre le sparava.

«Significa che SOLIS poteva far arrivare alla Polizia un video manomesso. O farlo manomettere a loro. A me andava bene, mi scagionava. Ma ti rendi conto di cosa significa? È il motivo per cui voglio fare tutto questo da solo, anziché collaborare con la Polizia. I complici che hanno aiutato Cassani sono ancora lì fuori. Alla faccia mia, alla tua, a quella della tua amica sbirro che ci crede così tanto e invece ha intorno qualche bel collega che magari ha manomesso quei video».

Manuela riabbassò lo sguardo, cercando di ricollegare i pezzi. Era ovvio che sì, voleva sapere di più di quello che le era successo. Soprattutto se Anna aveva intorno dei traditori. Le doveva tutto e lei non era mai riuscita a fare niente di buono per la sua amica. *Niente*, si rimproverò severamente.

Ma il controsenso la soffocava e le faceva sentire le palpitazioni fin nelle orecchie.

Volevo dimenticare questa storia e invece eccomi qua a sentire il mio sicario che mi spiega come tornarci dentro fino al collo.

«È per questo che voglio uscire» le precisò Lucas. «Io non pagherò da solo. E i soldi che ti ha lasciato tuo padre possono darci delle prove».

«È solo una scusa per stare per un po' fuori dal carcere» tentò Manuela, ma non ci credeva nemmeno lei. Per lavoro era diventata molto brava a riconoscere chi mentiva e Lucas era sincero.

«Sai che non è così» ribatté subito lui. «L'ho promesso a Marta. Viene a farmi visita, devo dimostrarle che sono ancora quello che conosceva. Lei si merita di meglio di questo schifo di mondo».

«Uno dove hai preso soldi per ammazzare la gente e pagarle l'università?» lo incalzò Manuela.

«Sì» confermò lui, senza colpo ferire. «Non è quello il mondo che voglio per mia figlia».

«Quindi uscire e metterti di traverso con quella gente, che sa dove abita tua figlia, ti sembra una grande idea?».

«È l'ultima possibilità che abbiamo. Hanno tolto di mezzo me, ma magari troveranno un altro Cassani ad amministrargli i soldi. E quindi troveranno un altro Lucas. Ripartiranno. Vuoi che continuino a fare ad altri quello che hanno fatto fare a te?».

Manuela ridacchiò e scosse la testa. «Iniziano a pesare, vero?» comprese.

Lucas aggrottò le sopracciglia e scambiò uno sguardo con la sua penalista.

«Le facce, le voci, le urla. L'odore di sangue. Tutto lo schifo che hai fatto. Ti viene a trovare di notte e ti sembra di essere di nuovo lì. Ti svegli sudato e ti dai della merda. E la notte dopo, di nuovo da capo, non è così?» elencò Manuela.

Lucas le sorrise appena, per quanto il labbro inferiore e il mento sfigurati gli consentissero. «Per te è così, vero? Ti sogni ancora quello che hai fatto a Marta».

Manuela incassò quella coltellata, perché era la verità. Sapevano leggersi a vicenda con inquietante precisione.

«È tutto qui» intervenne Sandra Giudice, conscia che lasciare a fissarsi in silenzio due fiere ferite come Lucas Leone e Manuela Guerra non fosse la migliore delle idee, per tirare l'acqua al suo mulino.

«Sai perché il signor Corsi uscirà dal carcere. Sai che non abbiamo nessuna intenzione di metterti nei guai e che ritratteremo. Ma vogliamo quelle informazioni sul notaio, quando arriveranno.

Non ti chiediamo di darci una mano con quello che il signor Corsi vuole scoprire. Ma quelle informazioni, Manuela, ce le devi. Il mandante del tuo tentato omicidio e il sicario che lo ha eseguito stanno pagando. Chi ha mangiato in quello stesso piatto e ha fatto arrivare alla Polizia i video contraffatti, no. E se servirà a convincerti, sì, ti sto minacciando: dacci quelle informazioni e poi vivi serena, dimentica per sempre quello che hai fatto a Marta Corsi. E dimentica per sempre che Anna Russo ha mentito per te in un rapporto ufficiale».

A Manuela le minacce non erano mai piaciute e non avrebbero cominciato quel giorno. Guardò la legale con il naso arricciato, soppesando i pensieri per decidere se e quali lasciar uscire. Alla fine, rimase zitta e si voltò di nuovo verso Lucas, seduto di fronte, a mezzo metro da lei.

Se decidi di fare una cosa, devi essere pronta anche alle sue conseguenze.

La voce pacata di suo padre Gianandrea le rimbalzava in testa. Rialzò lo sguardo verso quello del sicario, gelida. «Tu ci avevi pensato?» disse, ermeticamente.

Lucas la guardò, non capendo.

«Alle *conseguenze*. Al *dopo,* di quello che stavi facendo».

Il pomo di Adamo affilato e sporgente, nel collo dell'uomo, andò nervosamente su e giù. Manuela sorrise, infastidita da quella risposta chiarissima.

«E l'hai fatto comunque, rendendotene conto» lo accusò, calma. «Sparare in faccia a me, spaccare la testa a Marco, ammazzare Bezhani e non so chi altri».

«Lo sai che la situazione era più complicata di così».

«Io invece non ci avevo pensato, sai?» gli confidò. «Avevo pensato solo alle conseguenze immediate. Cose tipo *mi cacciano dal lavoro* – ma chi se ne frega. Tanto ero sicura che mi avresti ammazzata entro quella sera. A tua figlia che mi sogna di notte e va in terapia, a me che un anno dopo me la sogno che piange e cerca di urlare quando la imbavaglio... non ci avevo pensato».

Scosse la testa e decise saggiamente di non dire altro. Quell'uomo la rimandava a tutto il peggio della sua vita, compreso il peggio di se stessa.

Guardò Lucas, poi la legale.

«Non voglio vedervi mai più».

Si alzò e risistemò la sedia contro il tavolo.

«Quando senti il notaio, chiamami» le raccomandò, invece, Sandra Giudice.

Manuela accennò un altro sorriso disgustato. «Si appelli al suo vizio di forma per far uscire questo assassino. Mi sputtani, mi faccia arrestare, faccia tutto il cazzo che le pare. Io so solo che non voglio vedervi mai più».

La giovane si allontanò in direzione della porta d'uscita.

«Pensaci, stavolta, alle conseguenze».

Manuela le rispose uscendo e sbattendosi dietro la porta.

Lucas sospirò e guardò la sua legale. «Te l'avevo detto che è bella tosta» commentò.

«Ma a lei è una bella tosta che serve».

«Sì, ma Manuela lo è *pericolosamente*: ha la testa più dura della pelle. E non so se lo ha capito».

Sandra Giudice riordinò le scartoffie sul tavolo per risistemarle nella sua borsa. «Beh, a questo deve pensarci lei, no, signor Corsi?» rispose al suo cliente.

Lucas accennò un sorriso storto.

Capitolo 5

Mercoledì, 6 febbraio 2019
Milano, ore 21.09

«Ste», Anna si sporse dalla porta dell'ufficio per richiamare il suo collega – l'unico in commissariato con lei, della squadra Investigativa dell'ispettore superiore Francesco Ferro. «Tra dieci minuti usciamo per l'appostamento a casa Zenoni, sei già pronto?».

Stefano De Luca era anche lui un agente scelto, impegnato a battere un rapporto e annoiarsi alla sua scrivania. Aveva più o meno trentacinque anni, capelli castani corti ma sempre spettinati, la barba di qualche giorno sul viso, gli occhi azzurri e furbi con cui provava a fare colpo letteralmente su qualsiasi donna respirasse. Tranne Anna. Lei non aveva mai parlato con nessuno dei colleghi della sua vita privata, ma – considerato che il requisito di respirare lo soddisfaceva – sospettava che Stefano avesse capito qualcosa, e infatti non si era mai fatto avanti. Rimaneva la sua sindrome da cavaliere bianco che doveva venire in soccorso a qualsiasi fanciulla gli capitasse a tiro per vederla felice o estorcerle un sorriso, quella sì, ma con Anna si era dato una regolata e lei ne era contenta. Si trovava ottimamente a lavorarci e andava bene così.

Il poliziotto alzò le spalle, concedendo uno sguardo alla collega e le sorrise. «Sono nato pronto, baby».

Anna rise, col suo maglione blu, la fondina ascellare con dentro la Beretta, un paio di pantaloni cargo antracite stretti in vita da una cintura scura, sul cui fianco destro teneva il porta placca. «Prendo un caffè, tu vuoi qualcosa?».

«Portamene uno, grazie, che so' distrutto».

«*Nato pronto*, eh» lo canzonò Anna.

La donna si allontanò in direzione della macchinetta automatica più vicina, nell'androne del commissariato. A quell'ora lo spazio, che di solito era un formicaio, era piuttosto calmo. Due colleghi erano seduti alle scrivanie dell'ufficio Volanti attiguo a quello dell'Investigativa, un giovane in uniforme aveva dato il cambio all'onnipresente centralinista Giovanni e qualche poliziotto andava e veniva – ma era tutto lento, silenzioso. Anna preferiva i turni di notte, quando pensava a quella calma.

Infilò una moneta nella macchinetta per far scendere un caffè e prese a sorseggiarlo mentre infilava un'altra moneta per quello di Stefano. Nella tasca laterale dei pantaloni, lo smartphone cominciò a vibrarle.

Ferro, lesse sul display. Aggrottò le sopracciglia e lo portò all'orecchio, prendendo il secondo e ultimo sorso di caffè. «Francesco?».

«Anna? Sei in commissariato?». La voce del suo ispettore era tesa.

«Sì, sì, dimmi», Anna si irrigidì, vigile, e gettò il bicchiere vuoto nel cestino accanto alla macchinetta, afferrando poi l'altro per portarlo a Stefano.

«Sono dal Pappagallo» le confidò Ferro.

«Qualcosa non va?» si insospettì Anna. Il Pappagallo era l'informatore più fidato dell'ispettore.

«Sei da sola?» le domandò lui, in tutta risposta.

Anna esitò. «Sì». Poggiò il bicchiere nella scrivania di Stefano, gli fece cenno che l'appostamento sarebbe saltato e uscì dall'ufficio dell'Investigativa, sistemandosi in un angolino isolato dell'androne. «Francé, cosa sta succedendo?».

«Raggiungimi. Mi serve qualcuno di supporto e deve essere qualcuno di cui mi fido al cento per cento».

Avrebbe voluto che quell'attestato di stima la rendesse orgogliosa, ma la cosa la allarmò anche di più.

«C'è anche Ste, lo avviso e porto anche lui?».

«No. Poi ti spiego. Sai dove mi vedo di solito con il Pappagallo?».

Anna annuì, anche se non poteva vederla. «Sì, sì, è il solito posto nella sua zona in Chiesa Rossa, no?».

«Io sono già dentro, ma se c'è qualche imprevisto voglio che siamo in due, sai com'è».

«Non ti preoccupare», Anna camminò in direzione dello spogliatoio per recuperare il suo parka. «Arrivo subito».

«Ah, Anna?».

«Sì?».

«Qualcosa non quadra, non so cosa aspettarmi. Porta la pistola. Carica».

La poliziotta deglutì a fatica. «Arrivo» ribadì, e chiuse la telefonata.

* * *

Manuela rilesse quell'articolo per la terza volta e ci trovò ancora dei refusi. Stava preparando un approfondimento per la versione online di *Inquisitio*, niente di troppo impegnativo, e a quanto pare aveva dimenticato come si scriveva in italiano.

Si massaggiò la fronte, i gomiti sulla scrivania. In redazione, in un orario così tardo, non era rimasto nessuno. Era andata lì subito dopo essere uscita dal carcere, quella mattina, e aveva lavorato senza nemmeno pranzare o cenare.

Non voleva fermarsi e non voleva pensare.

Era veramente andata a parlare faccia a faccia con Lucas Leone e già quello, per lei, era da ricovero coatto. Ma, soprattutto, non riusciva a smettere di pensare a Marta Corsi che andava in terapia per colpa sua.

«Non vai a casa?».

La voce della direttrice Borsari, dietro di lei, la fece trasalire, riportandola al mondo reale. Si voltò, seduta sulla sedia girevole, e alzò solo le spalle. «A casa mi annoio».

«Non ti sei mai mossa da lì, oggi».

«Sono produttiva, non è contenta?» scherzò.

La direttrice e proprietaria della maggioranza di *Inquisitio*, una donna di circa cinquantacinque anni robusta e dall'incedere imponente, con corti capelli castani e un trucco appariscente, la rimproverò con il suo sguardo al vetriolo.

Non erano mai andate d'accordo, ma la giovane le era riconoscente perché aveva scelto di assumerla a tempo indeterminato. Sapeva che a Borsari conveniva – Manuela era troppo famosa per non volersela tenere stretta ed era per quel giornale che lavorava, quando le avevano sparato – ma l'assunzione era stata comunque tutt'altro che scontata, soprattutto dopo i suoi colpi di testi di un anno prima.

«È successo qualcosa?» le domandò la direttrice, venendo più vicina alla sua scrivania, con la sua voce grave, resa più roca dal fumo. «Non è un articolo urgente, è per domani pomeriggio».

Manuela sospirò. «Sono tranquilla quando scrivo. Appena sono stanca vado a casa».

«Sei già stanca. Hai aperto quella bozza tre ore fa. Vattene a casa, Guerra».

Manuela lesse sul monitor che, in effetti, erano passate tre ore da quando aveva iniziato a modificare l'articolo.

«Voglio solo tenermi occupata» si giustificò.

«Non ti sommerò tutti questi straordinari» le precisò la direttrice.

«Non mi interessano gli straordinari, è... una cosa mia».

La donna la guardò perplessa e sospirò. «Fai come vuoi. Quando lavori però devi lavorare bene. E quando riposi, devi riposare bene. Così fai male sia l'una che l'altra».

Manuela sapeva che la direttrice aveva ragione. «Un'ora al massimo e vado a casa».

«Io ci vado tra mezz'ora. Se serve, mi trovi nel mio ufficio» si congedò Borsari, tornando da dove era arrivata, in fondo al corridoio dietro la sua redattrice.

Manuela tornò a concentrarsi sul monitor. Ogni tre parole che correggeva, però, sentiva Lucas e Sandra Giudice.

Se stessa che urlava chiamando aiuto invano nel tentativo di salvarsi dal sicario, quando l'aveva sequestrata sotto casa.

Marta Corsi che faceva lo stesso, ugualmente invano – ma per scappare da lei.

***

Anna si concentrò sul suo respiro, come aveva imparato a fare in accademia. Lo tenne il più lungo e più controllato possibile.

L'edificio era umido e silenzioso. Il buio non la rassicurava, mentre avanzava con la Beretta 92-FS stretta tra le mani e puntata verso il basso, le spalle contro il muro più vicino.

Ferro le aveva anticipato che l'avrebbe trovato dentro, ma a preoccuparla era *quanto* dentro. Sapeva che, di solito, l'ispettore incontrava il suo confidente in quell'edificio costituito da appartamenti mai terminati e infine abbandonato, dove spesso diversi senzatetto trovavano rifugio per la notte.

I corridoi si incrociavano formando una scacchiera e la poliziotta sapeva almeno di dover cercare solo nel primo piano: il piano terra era inaccessibile e le scale per salire al secondo e al terzo erano crollate.

Balzò oltre la parete per ispezionare la stanza che si apriva dalla porta più prossima, puntando la pistola davanti a sé. Niente e nessuno.

Oltrepassò la porta e proseguì con la schiena contro il muro.

Calma, non pensare – pensò, prendendo un profondo respiro con la bocca aperta.

Non so cosa aspettarmi oggi.

Porta la pistola carica.

Ferro aveva detto così.

E, soprattutto, aveva detto di voler lei perché gli serviva qualcuno di cui fidarsi al cento per cento.

Di chi è che non si fida al cento per cento? si domandò Anna. *No, non pensare. Non pensare a niente.*

Provò a liberare la mente, sporgendosi oltre la soglia della porta successiva, in cerca del suo ispettore, e non trovandoci nulla. L'edificio sembrava deserto.

Via via che procedeva, con passo furtivo incredibilmente silenzioso, captò delle voci e comprese da dove provenivano. Passò con le spalle contro la parete opposta e strinse più forte le mani sul calcio della pistola. Era la parte del suo lavoro che le piaceva meno: la pistola. E il doverla usare.

«Sei un figlio di puttana, lo sei sempre stato!».

La voce del Pappagallo era nervosa e minacciosa.

«Devi calmarti» gli intimò quella dell'ispettore, a denti stretti.

«Io mi sono fidato di te!» abbaiò l'altro.

Anna si morse le labbra e comprese che si trovavano oltre la porta che aveva alla sua destra. Si appiattì accanto alla soglia e poggiò la testa contro il muro, alzandola, per prendere un ultimo, lunghissimo respiro.

Ripensò a perché faceva quel lavoro. A cosa era successo quando aveva a malapena vent'anni e a cosa si era promessa quando aveva perso un collega – Luciano Guida – in azione. Ripensò anche all'essersi promessa di essere forte abbastanza da proteggere le persone come Manuela e suo fratello Marco Russo.

«Mettila giù e ascoltami» intimò ancora Ferro.

«Stai cercando di farmi fuori» lo accusò ancora il suo informatore. «Sei sempre stato un pezzo di merda, ispettore, ma io ti ammazzo, giuro che ti ammazzo, bastardo!».

Anna balzò dalla porta con la Beretta protesa e lo vide di spalle a lei. Il Pappagallo era alto qualcosa in meno di un metro e ottanta e stringeva una pistola con entrambe le mani. L'ispettore Ferro era davanti a lui, leggermente sulla destra, stringeva la mano sinistra sul bicipite destro, dove aveva una ferita da cui colava un rivolo di sangue. Aveva un ginocchio poggiato sul pavimento, sofferente. Indossava sulla testa pelata un comodo cappello di lana, ma la peluria ormai quasi canuta era comunque tradita dal pizzetto brizzolato. L'arma d'ordinanza gli era caduta a qualche metro, abbandonata per terra, probabilmente quando l'altro gli aveva sparato proprio per disarmarlo.

«Metti giù quella pistola e non fare stronzate» disse il poliziotto, a denti stretti. Il suo sguardo incrociò quello di Anna e il Pappagallo comprese di avere qualcuno alle spalle.

«Fermo, Polizia» tuonò la donna, che aveva cercato di raggiungerlo furtivamente, ma dopo l'occhiata di Ferro non ci sarebbe più riuscita.

Il Pappagallo rimase immobile, la pistola puntata verso l'ispettore. Anna fece un passo in avanti, tenendo la sua arma protesa. Erano a cinque o sei metri da lei, non di più.

«Bravo» commentò il Pappagallo, scuotendo la testa. «Mi vuoi sistemare, eh, brutto stronzo?».

«Allontanati dall'ispettore e metti giù la pistola, adesso» intimò la poliziotta, con una voce così tonante che rimbalzò con un'eco su tutte le pareti attigue. «Non lo ripeterò» aggiunse.

«Non fare cazzate, ascoltala» raccomandò Ferro, parlando al suo informatore, la ferita al braccio stretta forte mentre un rigagnolo di sangue gli aveva sporcato il cappotto marrone, arrivando fin sul pavimento.

«Io vi porto con me nella tomba tutti e due, brutto pezzo di merda!» latrò il Pappagallo.

«Ascolta la mia collega: metti giù quella pistola».

«Col cazzo, ispettore! Col cazzo!».

«Mettila a terra, alza le mani e voltati» ordinò Anna, da procedura. Nonostante il freddo, aveva le mani sudate intorno al calcio della pistola, in quello stallo.

Aveva fatto altri due passi avanti e lo stava raggiungendo per disarmarlo alle spalle, quando il Pappagallo si voltò. Ma senza abbassare la pistola.

«Brutti bastardi!» ringhiò.

«Anna!» gridò l'ispettore, capendo subito.

Anna prima vide la luce e poi sentì due spari distinti e consecutivi. Il tempo le sembrò dilatarsi. Non comprese nemmeno come era successo, quando si sbilanciò e si ritrovò a cadere all'indietro, seduta sul pavimento.

Il Pappagallo aveva ancora la pistola fumante protesa. Il cuore le sbatteva nelle tempie. Lui teneva l'arma puntata. L'istinto fece ritrovare alla poliziotta la mano destra e la sua Beretta.

L'uomo strinse il dito contro il grilletto per tirarlo ancora. Anna alzò la sua pistola e fece fuoco senza pensarci – la paura e l'istinto di sopravvivenza cancellarono ogni esitazione.

Il Pappagallo crollò a terra senza un gemito, come un manichino dagli arti disgiunti. Il suo sangue schizzò fino al muro dietro e fiottò anche su Ferro e il suo cappotto.

«Merda» balbettò l'ispettore, con sul viso una maschera di terrore, nonostante gli oltre venticinque anni in Polizia. «Anna!».

Anna abbassò il braccio ancora proteso e la pistola le cadde di mano. I suoi occhi castani erano spalancati a fissare il Pappagallo accasciato a terra, lo schizzo di sangue nero e di non voleva sapere cos'altro dipinto sulla parete dietro di lui.

L'ho ammazzato si rese conto. *Cristo, l'ho ammazzato.*

L'adrenalina scese di colpo e si accorse che le tremavano le mani. Non sapeva dove aveva le gambe e non riusciva a rialzarsi.

«Anna, cazzo», l'ispettore si ritirò su, la raggiunse in due falcate e le si inginocchiò accanto. Era ancora gettata sul pavimento, seduta, ma con la schiena inarcata all'indietro, così come era caduta dopo che il Pappagallo le aveva sparato contro per due volte.

«Stai calma, stai calma, ora chiamo un'ambulanza».

Anna non comprese perché l'ispettore fosse corso da lei. Si accorse solo a quel punto di avere il parka bagnato. Un rivolo scuro e caldo le aveva inondato il torace. L'incertezza e la paura la fecero andare con la mano dove avvertiva un fastidio, dove sentiva bruciare.

«Francé...» balbettò, confusa, con la sua mano al collo. «Sei ferito», indicò il braccio di lui con lo sguardo.

«Io sto bene, sto bene, è un graffio, è solo un graffio». L'ispettore portò il cellulare all'orecchio, agitato. «Ho bisogno di un'ambulanza. Subito! Hai capito? Subito! Agente a terra. Agente a terra, cazzo!».

Anna ritrasse le dita dal lato sinistro del collo e le trovò intrise di sangue.

«Ora arrivano eh, ora arrivano», l'ispettore, finita la chiamata, si chinò su Anna e portò lui stesso la mano del braccio buono sulla ferita della collega. «Va tutto bene, ora arrivano».

Anna cercò di tenere gli occhi aperti e guardò con paura il suo ispettore. Le avevano già sparato contro, ma non l'avevano mai colpita prima. Ma aver preso una pistolettata al collo la spaventava meno dell'immagine che aveva davanti, che non voleva guardare: il corpo morto del Pappagallo, parte di quello che aveva avuto dentro il cranio schizzata contro il muro.

Ho sparato in faccia a un uomo pensò la poliziotta, mentre le forze barcollavano. *È morto e l'ho ammazzato io.*

Il collo si arrese e la testa cadde all'indietro. I suoi occhi grandi incrociarono quelli grigi dell'ispettore. «Anna, va tutto bene» la rassicurò, tentando di tamponarle la ferita. «Sono qui, sono qui».

«L'ho ammazzato» balbettò Anna, con un filo di voce, lo sguardo che provava ad andare ancora alla macchia di sangue sulla parete davanti a lei. «Dio, l'ho ammazzato».

«Non ci pensare» chiuse subito Ferro, «guarda me, Russo! Guarda me».

Anna ci provò, a guardarlo. Riportò la mano al collo, sopra quella di Ferro, confusa dal sentire solo un accenno lontano di dolore, e si rese conto che il suo parka verde – il suo preferito, quello che usava sempre – si stava annerendo per il sangue.

«Anna, non farmi scherzi. Anna! Rimani qui!» fece l'ispettore, agitato.

Anna era stanca e voleva solo riposare. Il peso dell'anima morta ammazzata del Pappagallo era una zavorra che le schiacciava il petto e non la lasciava respirare. Quello, o forse le due pistolettate che le aveva tirato contro.

«Anna!» la chiamò ancora l'ispettore.

La trentaduenne pensò a quella volta in cui, molti anni prima, non era riuscita a sparare all'uomo che stava uccidendo il suo compagno di pattuglia, Luciano. A come si era giurata che non le sarebbe successo mai più di esitare, che avrebbe protetto e salvato i colleghi e le sue persone care a qualsiasi costo. Anche a quello di finire riversa nel sangue.

Quel pensiero, solo quello, la fece sentire in pace con se stessa.

Io mantengo le promesse.

Pensò alla sua Cristina, era per lei che doveva rialzarsi. Con le spalle contro il pavimento, il soffitto davanti agli occhi, inarcò una gamba piegandola sul ginocchio per provare a tirarsi su.

Adesso mi rialzo, Cristina si spaventa se arrivo in pronto soccorso conciata così.

Adesso mi rialzo.

Dopotutto, Anna lo aveva sempre fatto – ritirarsi su nonostante tutto e tutti, contro ogni pronostico.

Mi rialzo.

La gamba le si accasciò sul pavimento. Lo fece anche la testa. Ferro gridava qualcosa, la scuoteva. La voce era lontana.

Mi rialzo. Solo un attimo e mi rialzo.

Ma non fu un attimo e Anna non si rialzò.

Capitolo 6

Mercoledì, 6 febbraio 2019
Milano, ore 23.19

Non era riuscita nemmeno a dire niente. Sentiva il corpo informicolato dalla tensione – era una sensazione che non se n'era andata da quando aveva visto la notizia online, mentre lavorava ancora alla sua scrivania in redazione.

Sparatoria in Chiesa Rossa in operazione di polizia: c'è un morto.

Manuela sapeva che l'area era sotto la giurisdizione del commissariato di Sant'Ambrogio in cui lavorava Anna. Ma, soprattutto, aveva riconosciuto la Punto nera della sua amica nelle foto scattate dai colleghi giornalisti fuori dall'edificio dove c'era stata la sparatoria.

Fare due più due le aveva dato sensazioni così brutte che, a confronto, la mattinata trascorsa con Lucas era stata una passeggiata.

Era corsa al commissariato, ma i colleghi di Anna le avevano detto di andare al pronto soccorso e che non sapevano altro. Ora era lì: seduta su una panchina nel corridoio dell'ospedale, ad aspettare. La testa le pulsava. Non sentiva più nemmeno ansia o paura: era diventata inumanamente capace di ricacciarle e non provare niente, per non farsi uccidere dalla vita che aveva. Ma aveva scoperto, suo malgrado, che anche quel senso di vuoto assoluto era strangolante.

Non aveva mai fatto niente di buono per Anna e aveva terrore di non averne più il tempo. Anna, che invece per lei aveva fatto di tutto.

Si portò le mani al viso cercando di non perdere il controllo. *Subire una pistolettata è stato molto più facile quando il colpo l'ho preso io*, si rese conto.

Poteva solo immaginare come si fosse sentita Anna, la notte in cui per puro caso si era ritrovata a soccorrere lei, dopo l'agguato di Lucas.

L'ispettore Ferro era visibilmente più agitato di lei. Andava avanti e indietro per il corridoio, la sua ferita al braccio era stata medicata e voleva sapere che cosa ne sarebbe stato del suo agente scelto.

Manuela lo aveva pregato di dirle cosa era successo, appena l'aveva visto lì – si conoscevano da tempo, era l'ispettore che aveva seguito il caso del suo tentato omicidio – ma Ferro era riuscito a balbettare qualcosa su *due colpi di pistola, tanto sangue, aveva perso conoscenza*. Tutti dettagli che Manuela, ma se ne era resa conto solo dopo, avrebbe preferito non sapere.

«Manuela!», quella voce le ricordò suo malgrado di avere un'anima.

Rimase voltata dritta davanti a sé, la voce che veniva da destra. Avevano passato troppi giorni in quell'ospedale, tutti e due. E si ricordava che era in quel corridoio che aveva deciso, una volta che il suo ex compagno era entrato in coma, di andare a sequestrare Marta Corsi.

«Manu» ripeté lui, venendo avanti.

Manuela si armò di coraggio e si voltò per vedere Marco Russo davanti a lei. Non si incontravano dal giorno in cui lui le aveva chiesto di poter riflettere da solo sulla sua vita, su quella *vita normale* insieme che non erano mai riusciti ad avere – con quello che era successo ad entrambi. Erano passati sei mesi.

«Marco» sussurrò, ermetica. Un tempo lui la faceva sentire più forte, era vero. Ma l'affetto aveva aperto una voragine: l'amore rende vulnerabili e Manuela non sapeva come gestirlo. La persona carismatica, forte e dalla risposta pronta che era con tutti, davanti a Marco spariva. Davanti a Marco riusciva a essere solo se stessa – ed essere *solo* se stessa faceva paura e non poteva proteggerlo.

«Come sta? Ti hanno detto qualcosa?». La voce di Marco era agitata. Il ragazzo non ne poteva più di vivere diviso tra le brutte cose che succedevano alla donna che aveva amato, a se stesso e ora a sua sorella.

Manuela scosse la testa, confusa dai suoi occhi verdi e lucidi di paura. «No», aggiunse. «Sto aspettando, lui è... l'ispettore, è il capo di Anna».

Gli indicò Ferro con un cenno, all'altro lato del corridoio, e sperò che andasse a domandare a lui altri dettagli. Non riusciva a comportarsi con Marco come con un estraneo, come se fosse *solo* il fratello di una sua amica – e trattenere il terrore per cosa era successo ad Anna era già una tortura sufficiente. Sentiva che soffocare quel terrore e intanto non crollare nel rivedere Marco che le parlava in quanto *amica di sua sorella* fosse troppo perfino per lei.

Marco, invece, le si sedette accanto, all'altro lato della panchina. Manuela sospirò e uno slancio di ansia, evaso dalla sgangherata prigione del suo autocontrollo, le fece tremare le dita. Strinse la testa tra le mani, i gomiti sulle ginocchia, tirandosi indietro i capelli rossi.

«Ti ha chiamato l'ospedale?» tentò. Stare seduta in silenzio con lui era pure peggio.

«La Polizia» la corresse Marco.

«Ah, sei il contatto d'emergenza» comprese lei.

Marco aveva dormito al capezzale di Manuela per otto mesi, nell'illusione che una persona in coma con una pallottola in mezzo al cervello potesse risvegliarsi ed essere quella di prima.

Lei aveva dormito a quello di Marco per tre, dopo l'incidente causatogli da Lucas.

E ora si ritrovavano lì, uniti da Anna, divisi da loro. Si erano stati vicini per non morire, ma per vivere non c'era stato verso.

«Sai cos'è successo?», la voce dell'uomo, ventinove anni ancora da compiere, era insicura: stava cercando di non piangere.

Manuela scosse la testa. «No, l'ispettore ha detto che stavano incontrando un tizio, ma questo ha sparato... due colpi, credo. Non so dove l'ha presa, forse al collo, non ho capito bene».

Marco si portò le mani sul viso. Teneva i soliti capelli castani scuri con il taglio sfumato via via che scendeva, la barba di almeno due settimane sul viso, due o tre orecchini neri in ogni lobo.

È proprio Marco. Io invece chi sono?

Manuela scacciò quel pensiero e si concentrò su Anna. Le mani strette una dentro l'altra in un pugno unico, davanti al mento. I piedi che tamburellavano sul pavimento.

Marco la guardò ma non lasciò uscire altre emozioni. Voleva sapere come stava sua sorella. E perché, ogni volta che provava a riprendere in mano la sua vita, succedeva qualcosa che continuava a riportarlo indietro ai loro traumi, aggiungendone degli altri.

Si rialzò, divorato dalla tensione. Manuela si massaggiò prima la solita tempia, poi le palpebre chiuse.

Anna non può morire si disse. *Anna non si merita questo.* Era così che si erano sentiti Anna, Daniela e Marco, quando il proiettile lo aveva preso lei? Sospirò, lo stomaco accartocciato.

Vuole fare ancora un sacco di cose, non può morire.

Anna, ti prego, non morire.

«Manuela?».

Si sentì chiamare dalla voce di Cristina e quasi trasalì, voltandosi e rimanendo seduta. La compagna di Anna, dottoressa del pronto soccorso, aveva un'aria davvero provata e non sapeva più nemmeno lei da quante ore di seguito era di turno. Ma di certo non se ne sarebbe andata con Anna in reparto.

Cristina Del Piano, trentacinque anni di solito portati benissimo, aveva i capelli biondi e lisci raccolti in una coda, gli occhiali che mal nascondevano il viso segnato dal poco sonno. Indossava il suo camice bianco su una camicia grigia.

«Cri», Marco le corse incontro, riconoscendo la cognata. «Dio, dimmi qualcosa». Anche l'ispettore Ferro le si accostò a passo quasi timido, impaurito da qualsiasi responso quel medico avesse portato dal pronto soccorso.

«Marco, ciao» lo salutò la dottoressa. «Allora, vi dico subito che sta bene» le uscì, tutto d'un fiato. «Non è più in pericolo di vita».

Marco portò le mani al viso e si rese conto che avrebbe voluto piangere di felicità. Manuela invece lo fece. Rimase seduta nella panchina e lasciò scendere delle lacrime veloci e contente lungo le guance, alzando lo sguardo al cielo per ringraziare suo papà – o chi per lui.

«Ha una ferita al collo, ma per fortuna non l'ha presa alla gola. L'ha colpita di striscio, ha perso parecchio sangue perché è un'area molto irrorata, ma non ha leso nessuna arteria. Rispetto a quello che poteva succedere è davvero un graffio» spiegò Cristina.

«Non ha altre ferite?» saggiò Ferro.

La dott.ssa scosse la testa. «No, abbiamo controllato. Ha una ferita al lato del collo, la pallottola ha sfiorato la giugulare, ma non l'ha rotta. Quell'uomo aveva sparato per uccidere. Non ci è riuscito per un centimetro, non di più».

Ferro si portò le mani alla testa e tirò un respiro di sollievo. Aveva gli occhi lucidi. «Dio, ti ringrazio. C'era un sacco di sangue, era svenuta, ho pensato che...».

«È andata bene» lo interruppe Cristina, assertiva, conscia che un medico deciso aiutava tutti a restare calmi. «Sta bene, ha anche ripreso conoscenza».

Cristina pose una mano sulla spalla di Manuela, che invece non era riuscita a dire niente. Stava lì seduta nella panchina, si mordeva le labbra mentre la paura che prima aveva trattenuto continuava a bagnarle le guance, ora che poteva lasciar andare la presa.

La ventiquattrenne alzò lo sguardo verso Cristina, che le sorrise appena. La conosceva bene e bastò quell'occhiata della compagna di Anna a farla stare meglio. Cristina sapeva quanto Manuela volesse bene all'amica e non servivano parole: il fatto che fosse rimasta in silenzio a piangere diceva già tutto.

«Posso parlarle?» domandò Ferro. «Se è sveglia, come diceva».

Cristina assentì con un cenno.

«Faccio entrare l'ispettore, poi magari se volete entrate anche voi, giusto qualche minuto» annunciò la dottoressa, rivolta a Marco e Manuela. I due giovani annuirono, quando la dottoressa si allontanò lungo il corridoio seguita dal poliziotto.

Marco si lasciò crollare seduto sulla panchina. «Che vita di merda che fa mia sorella» si concesse.

Manuela si morse la lingua per non dire niente. Lo pensò, però: *lei non puoi lasciarla se le succedono brutte cose, per fortuna*. Si rimproverò per averlo anche solo pensato e rimase zitta. Come sempre. Era uno dei motivi per cui Marco non ne poteva più di stare con lei: Manuela non faceva altro che pensare e poi stare zitta.

La giornalista si asciugò le guance con entrambi i palmi, dopo aver ripreso il controllo delle sue emozioni, e si strinse con le braccia conserte sul petto, la schiena indietro nella panchina e le gambe allungate.

Marco la osservò per qualche secondo. «Tu come stai?» tentò.

Non ce la faccio a reggere questa conversazione da estranei. Non ce la posso fare si martellò Manuela.

Invece alzò le spalle. «Bene» aggiunse solo, laconica. Lo sbirciò con la coda dell'occhio. «Tu?».

Marco sorrise e scosse la testa. Sì, Manuela era ancora la stessa – ovviamente. Non conosceva risposte diverse da *bene*. Gli diceva che andava tutto *bene* anche quando Lucas la braccava per ucciderla.

«Bene» le disse anche lui, in tutta risposta.

Manuela annuì e non disse altro.

Marco giochicchiò attorcigliando nervosamente le dita, i gomiti puntati sulle ginocchia divaricate, la schiena inarcata in avanti.

Gesti che Manuela conosceva. Come le occhiate, il modo di vestirsi, di sedersi, di parlare. A volte pensava non fosse per niente sano conoscere qualcun altro tanto quanto finiscono con il conoscersi delle persone che hanno una relazione. Peggio ancora, se la relazione era stata come la loro, cominciata con l'incontrarsi perché *sei il fratello della poliziotta che segue il caso di mio padre carcerato* e intervallata da pistolettate in fronte e mesi di coma, a turno.

«Il lavoro va bene? Ti vedo ogni tanto in TV, dicevano che questi giorni eri in università» tentò di nuovo Marco.

Lei deglutì nervosamente. «Lavoro troppo», riuscì a guardarlo e sorridergli.

Marco deviò subito lo sguardo, perché vedere gli occhi tra il turchese e il trasparente di Manuela, per di più che sorridevano, così vivi, gli faceva ancora lo stesso effetto.

«Ah, dimmi qualcosa che non so» ironizzò.

«Pensa che ero ancora in redazione prima di venire qui» aggiunse lei. «La Borsari non l'ha presa benissimo».

«Ma ci vai d'accordo adesso, no?».

La donna fece spallucce. «Finché paga».

Marco rise. «Brava, la mia mercenaria!».

Non voglio parlarci, si disse mentalmente Manuela. *Non voglio continuare a parlarci, è surreale.*

Era così, chiacchierando, che erano inciampati l'uno sull'altra. Era stato quando avevano capito che potevano fare le cinque del mattino parlando del nulla assoluto, perché stavano bene a passare il tempo insieme – in qualsiasi modo lo si trascorresse. Perché le loro battute si incastravano bene. E si incastrava bene anche tutto il resto.

«Ho avuto davvero paura» le confidò l'uomo, cambiando tono e rifacendosi serio dopo quasi un minuto di silenzio. In quello sì, che erano diversi: Marco Russo avrebbe potuto iniziare a chiacchierare anche col muro.

«Per Anna» aggiunse.

Manuela sospirò. «C'è un sacco di gente schizzata pronta a sparare ai poliziotti».

«Ma finché rimane teorico... ti dici che fai un lavoro pericoloso, che possono succederti delle cose brutte, e cerchi di non pensarci più. Quando però quelle cose succedono...» ragionò a voce alta Marco.

«È nata per fare questo» tagliò Manuela. «Sta anche studiando per passare di grado».

«Sì, me l'ha detto. È che non voglio che... che le succeda niente».

Manuela arricciò il naso. Era lo stesso discorso che aveva fatto a lei. Marco era traumatizzato e quindi terrorizzato dalle sventure che potevano capitare a chi aveva accanto. Dopotutto, era per allontanarsene che aveva lasciato Manuela. E se poteva staccarsi da lei, una sorella poliziotta invece se la sarebbe dovuta tenere a vita.

Manuela aveva provato a imparare da suo padre che, se decidi di fare qualcosa, allora ne accetti le *conseguenze*, ma nel caso di Marco non c'era niente che lei avesse scelto di fare, ad averli allontanati.

Era vero, non era brava a esprimere a parole i sentimenti, ma il resto che li aveva allontanati – il coma, la pistolettata, le persecuzioni di Lucas, l'incidente, una prospettiva di vita ridicola – non era stato affatto una scelta.

Quindi come ti prepari ad affrontare le conseguenze di quello che non hai mai scelto?

«È andata bene» tagliò, chiusa in se stessa, ancora a braccia conserte, gli occhi bassi a fissare la punta delle sue scarpe, le gambe stese. «Non pensiamoci più».

Marco conosceva le sue insicurezze e le notava tutte. Più Manuela alzava lo scudo, più lui le vedeva.

Sospirò e puntò l'elefante nella stanza.

«Manu, senti...», sibilò. «Lo so che ti ho fatto male, per quello che ho deciso, ma...».

«Non parliamone». Manuela non si voltò e continuò a guardare dritta davanti a sé, alzando gli occhi contro la parete. La stessa parete che aveva fissato quando le avevano detto che Marco era entrato in coma, un anno prima.

Si concesse di osservare lui solo per un attimo e l'uomo si scontrò con i suoi occhi feriti ma risoluti. «Non mi va. Non qui. Non adesso. Per favore».

Marco pensò di essere un vero stupido, ad aver tirato fuori il tema in un contesto come quello. Annuì. «Hai ragione. Scusami».

Annuì anche Manuela. E non disse più niente.

A quel punto, in attesa che Cristina tornasse per farli entrare nella stanza di Anna, rimase zitto perfino Marco.

* * *

Manuela si sedette e si lasciò andare con la testa sul tavolo della cucina, a casa. Si erano fatte le tre del mattino e quella giornata le sembrava cominciata come minimo dieci anni prima.

Daniela, che era piombata in ospedale appena saputo di Anna, aveva insistito per venire a dormire da lei e non lasciarla da sola, ma la ventiquattrenne aveva rifiutato. Voleva riposare e voleva che lo facesse anche l'amica.

I medici avevano ovviamente trattenuto Anna in ospedale. Manuela, vedendola sul letto, provata e ferita come non l'aveva mai vista prima, l'aveva abbracciata così forte che c'era mancato poco che le facesse male.

Sto bene, va tutto bene le aveva assicurato Anna, con un filo di voce, per tranquillizzarla e stringendola a sé con il braccio destro, quello che riusciva ad alzare senza che le dolesse il collo.

Nei suoi primi anni da adulta, da appena maggiorenne, Anna non era stata solo un'amica, per Manuela. Le aveva fatto da sorella maggiore e un po' da madre. E non se ne sarebbe mai dimenticata.

La giovane si rialzò, raggiunse il solito cassetto accanto al lavello e tirò fuori, una ad una, tutte le medicine serali della sua terapia.

Prese di nuovo la doppia dose e le mando giù con due sorsi d'acqua.

Sperava che le medicine la facessero dormire di peso, spegnendole la mente.

Tornò al tavolo e recuperò dalla borsa, che aveva poggiato lì accanto, il suo quadernino con la penna. Fece scattare la punta e ci pensò un attimo.

Nella pagina aveva già scritto:
6 febbraio
Ho incontrato Lucas in carcere.
Vuole sapere del notaio e dei soldi.
La sua legale sa di Marta e mi minaccia.

Arricciò il naso e strinse la penna con la mano sinistra, per completare il resoconto e andarsene a dormire.
Hanno sparato ad Anna.
In ospedale c'era anche Marco.
Che giornata di merda.

Capitolo 7

Venerdì, 8 febbraio 2019
Milano, ore 09.02

Anna non era abituata ad avere giornate libere. Era stata dimessa dall'ospedale il pomeriggio successivo al ferimento, il giovedì, e stava cercando sia di razionalizzare la cosa, sia di non pensarci.

«Avanti», le rispose la voce di una donna, sicura, dall'altro lato della porta contro cui aveva bussato.

Venne effettivamente avanti. Quella le sorrideva, fredda. Faceva parte del suo lavoro. L'ispettore Ferro la guardava serio e la salutò con un cenno.

«Buongiorno» fece Anna. Aveva ancora male alla ferita e stava prendendo dosi importanti di antidolorifici. In realtà era in congedo per il ferimento, dalle carte ufficiali, ma era stata convocata per quella riunione.

«Come sta, Russo?».

Gea Baroni era la vicequestora del commissariato Sant'Ambrogio solo da qualche mese e, a meno di combinare qualche disastro, era difficile per Anna ritrovarcisi a tu per tu in quel modo: di solito si coordinava sempre con i responsabili dei diversi distaccamenti, quindi era Ferro a fare rapporto per tutta l'Investigativa.

Anna avrebbe voluto rispondere alzando le spalle, ma il grosso cerotto che le avevano appicciato sulla ferita al lato del collo, a proteggere i punti, le fece cambiare idea. «Meglio, dottoressa. Grazie».

«Venga, si sieda».

L'ufficio era sobrio. La scrivania della vicequestora era proprio davanti alla porta, ma messa di traverso. Nella parete dietro la dott.ssa Baroni capeggiavano la sua laurea in giurisprudenza, attestati con riconoscimenti vari e la foto del Presidente Mattarella. All'altro lato, una libreria. E, di fronte alla scrivania, due poltroncine nere. In una c'era Ferro, nell'altra Anna.

«Allora, Russo, lei ha già consegnato l'informativa» ragionò la donna, abbassando lo sguardo sui fogli che teneva sulla scrivania, gli occhi scuri nascosti dietro un paio di occhiali rettangolari. Teneva i capelli ricci e castani chiari lunghi fino alla base del viso, indossava un tailleur marrone con una camicia bianca e la gonna fino alle ginocchia. Aveva una cinquantina d'anni.

Anna confermò con un cenno della testa. «Sì, ho fatto appena mi hanno dimessa».

«Ecco, volevo farle un paio di domande».

La poliziotta con la coda dell'occhio guardò il suo ispettore, che sembrava preoccupato. Sapeva già che, quando un'operazione di Polizia finisce con un morto, le cose si fanno molto complicate.

Baroni posò le mani sulla scrivania e la guardò dritta in faccia, togliendosi gli occhiali. «Cos'ha visto quando è arrivata lì e ha trovato l'ispettore Ferro?».

Anna aggrottò le sopracciglia. «L'ho scritto, nell'informativa».

«L'ho letta. Ma me lo dica a voce».

L'agente scelto incrociò di nuovo lo sguardo del suo ispettore, non capendo. «C'era il Pappagallo...» prese a spiegare, voltandosi verso la dottoressa Baroni.

«Il signor Ezio Bruno» la corresse la vicequestora.

Anna sospirò. Era stanca, strapiena di antidolorifici. Viva per miracolo. Con un altro morto sulla coscienza. Avrebbe fatto volentieri a meno di quella puntigliosità.

«Il signor Ezio Bruno» riprese, citando il nome del Pappagallo. «Aveva colpito l'ispettore Ferro. Non ho visto come, era già successo. Brandiva una pistola. Ho intimato di metterla giù e di alzare le mani».

La dottoressa annuì. «Continui, prego».

«Ha continuato a minacciare l'ispettore, senza voltarsi. Diceva che ci avrebbe ammazzati. Ho insistito, volevo che gettasse la pistola e alzasse le mani. Invece si è voltato e ha sparato».

«A bruciapelo?».

Anna deglutì nervosamente. «A bruciapelo».

La vicequestora annuì e riabbassò lo sguardo sui fogli. «Due colpi, dice nella sua informativa. Le faccio sapere che la scientifica ha confermato: una pallottola l'ha presa al collo, l'altra era nella parete dietro di lei, direi che l'ha mancata di pochissimo».

«Dottoressa, c'è qualcosa che non va?» azzardò Anna. Non le era mai capitato che un dirigente la convocasse in ufficio, oltretutto mentre era in congedo perché ferita in servizio, per farle ripetere a voce l'informativa.

«So che sta studiando per il concorso da sovrintendente. Fa bene, lei è un'ottima poliziotta».

Anna non smise di guardarla, disorientata. «Grazie».

«Ma io non sono stupida e mi deve far capire». La vicequestora si alzò e si mise seduta sul bordo della scrivania, a trenta centimetri da Anna, per guardarla bene in faccia.

«Cosa ha fatto l'ispettore Ferro mentre il signor Bruno le sparava?».

La poliziotta esitò. «Mi scusi ma... che domanda è?».

«Risponda».

«Non... non lo so? Era lì, ha gridato qualcosa, credo. È stato un attimo. Ci ha messo meno di un secondo a sparare».

«Perché se ci avesse messo di più avrebbe sparato prima lei, non è così? Era lì per quello, no?» azzardò Gea Baroni.

Anna si ritrasse sulla poltroncina.

«... cosa?».

«Il signor Bruno ha sparato per primo, da quello che dice nell'informativa, quindi *in teoria* la sua è legittima difesa».

«*In teoria*...?» esitò Anna.

«Anna ha sparato una volta sola e solo per difendersi, Il Pappagallo è morto sul colpo, la ferita l'avete vista. Non avrebbe mai fatto in tempo a sparargli, dopo. Mai!» intervenne Ferro, infastidito dalla pignoleria della vicequestora.

La dirigente gli fece cenno di tacere, alzando una mano. «Mi dica, Russo», tornò a concentrarsi su Anna. «Si ricorda di preciso com'è andata?».

«Ho sparato quando ero a terra e mi aveva già colpita», la poliziotta lo ricordava lucidamente e lo sottolineò. Anche perché aver ucciso un criminale, in passato, era uno dei suoi più grandi traumi. Solo la paura data dal capire di essere stata colpita l'avrebbe convinta davvero a sparare in faccia a qualcuno per salvarsi.

«Un colpo solo. Lo ha centrato a un occhio. Lei è sempre stata un ottimo tiratore. Secondo il medico legale è morto all'istante» confermò Baroni.

Anna deviò lo sguardo. Non voleva ripensare al suono bagnato e atroce che quel grumo di sangue e *non-voglio-saper-cosa* aveva fatto quando si era spalmato sulla parete. «Ho sparato per difendermi. Bruno aveva già sparato due volte».

«Appunto», disse solo Ferro. «Ma lo sa già».

«Mi scusi se non capisco il punto» aggiunse Anna, mentre la dottoressa, seduta ancora sul ripiano della scrivania, leggeva di nuovo le loro informative, mettendole a confronto, cercando chissà quale contraddizione. «Il magistrato non crede alla legittima difesa? Se vuole parlarmi lo faccia venire. La pistola per i rilievi ve l'ho già data, cos'altro devo fare?».

«Anna» le diede del tu la dottoressa, «io alle coincidenze non ci credo. E tu sei una poliziotta troppo brava e troppo sveglia per crederci».

Anna la osservò, incerta.

«Tu hai già ucciso un uomo in servizio» le ricordò la vicequestora. Lei si morse le labbra. «Avevi vent'anni ed eri in Polizia da poco. Era quella feccia di Antonio Peruzzo e lo hai centrato intervenendo durante una rapina, ma era pur sempre un uomo».

«Sono passati molti anni. Fu legittima difesa e lo sa benissimo» recitò Anna, con tono neutro. Odiava che sul suo profilo quella nota sarebbe rimasta per sempre: *ha ucciso un rapinatore mentre era di servizio alle Volanti*. La prima cosa che vedevano di lei non era da dove veniva, quanti anni aveva, no: *ah, questa è quella che ha ammazzato quello stronzo di Peruzzo.*

«Certo che lo so. Te lo dico perché il magistrato ne terrà conto. Sei anche quella davanti a cui venne ucciso l'agente Luciano Guidi, quella volta purtroppo non avevi avuto la prontezza della legittima difesa, per salvare il tuo compagno di pattuglia».

Anna si tirò nervosamente indietro i capelli castani. «Può dirmi dove vuole arrivare? Per favore. Sono molto stanca».

La dottoressa guardò Ferro, poi Anna. «Da qualche tempo, so da mie fonti che il signor Bruno stava facendo da informatore a una legale: cercavano informazioni su quello che è successo con il caso Guerra».

Anna rizzò le antenne e ricacciò il dolore pulsante al collo, che la stordiva. Se riguardava Manuela, doveva rimettersi subito la corazza da poliziotta invincibile.

«Sappiamo che i video che furono presentati come prove erano stati alterati, mostravano un uomo che non era mai stato lì, e che quindi non aveva sparato a Manuela Guerra. Ma non abbiamo mai scoperto chi li aveva manomessi. Ed è ora di farlo, perché penso che sia successo qui dentro».

Mi serve qualcuno di cui fidarmi al 100%, le aveva detto Ferro. Anna si voltò verso di lui. «Tu lo sapevi? Che stanno cercando una talpa?».

L'ispettore arricciò il naso, poi annuì.

«E così il signor Bruno, che nonostante il suo curriculum da scarto della malavita ormai da anni era il confidente fidato dell'ispettore Ferro, inizia a scavare su questo commissariato. E, appena lo fa, per qualche motivo impazzisce, spara a Ferro e per poco non ammazza te. Ma, invece, muore. Portandosi via tutto quello che aveva scoperto. Coincidenza interessante, non trovi?».

Anna piantò gli occhi in quelli della sua vicequestora. «Non lo dica nemmeno per scherzo» scandì bene.

«Io sto solo esponendo fatti. Ammetterai che devo farla, questa verifica. Hai ammazzato un informatore proprio mentre stava cercando di scoprire qualcosa su una talpa».

«Mi sono difesa da uno che mi ha sparato due volte», rispose la poliziotta, a denti stretti. «E non sapevo niente della sua indagine. Però so che Manuela Guerra ce lo aveva detto non una, non due, ma cento volte, che quei video erano contraffatti. E qua tutti se ne sono battuti il culo, dicendo che era pazza, *poverina*, che non sapeva cosa diceva. E io vi ho detto un milione di volte che non è pazza, che è lucida, ma niente. Ora che si fa, vogliamo fare bella figura con un anno di ritardo?».

Baroni le sorrise, colpita dalla fierezza del suo agente.

«Anna, converrai con me che se è qualcuno di noi, che ha manomesso quei video, è il momento di scoprire chi. E converrai con me che ammazzare uno che ci stava lavorando su non depone in tuo favore».

«Non lo sapevo, a cosa lavorava» ribadì la poliziotta, sforzandosi di non cambiare tono. «Mi sono solo difesa. E ho difeso l'ispettore».

«Ti sei chiesta se dovevi proprio ucciderlo? Dovevi sparargli proprio alla testa?».

Anna sperò di aver sentito male e la guardò a metà tra il disgustato e lo sbigottito. «Sta scherzando?».

«Sono serissima».

«Santo Dio...» mugugnò Ferro.

«Dottoressa» tentò la poliziotta, «è stato un secondo. Forse meno. Ho sentito i due spari contro di me, sono caduta e ho sparato. Se mi sta chiedendo se ho avuto il tempo di pensare di mirare a un ginocchio, o a una spalla – no. Non l'ho avuto».

Baroni la ascoltò con espressione neutra, rimanendo zitta e lasciando Anna nell'incertezza. «Va bene», si convinse, infine. «Però c'è dell'altro».

La vicequestora tirò su dalla scrivania un altro documento e glielo esibì davanti agli occhi. Pur impegnandosi, Anna non riuscì a non cambiare espressione.

«L'arresto del signor Alberto Corsi, l'anno scorso. L'uomo che ha effettivamente sparato a Manuela Guerra».

La poliziotta deviò lo sguardo dal documento, alzandolo verso gli occhi della dirigente. «E...?».

«Tu scrivi qui, nell'informativa, che il signor Corsi aveva cercato di colpirsi con una pistolettata per uccidersi. Tu però lo hai disarcionato, salvandogli la vita».

Anna confermò con un cenno.

«Però capirai che ci sono molti punti oscuri. A parte il fatto che ci sono ormai un po' troppi casi dove, se intervieni tu, l'indiziato finisce con un proiettile in testa».

La trentaduenne incassò e deglutì con fastidio. Era una poliziotta troppo diligente per dire a un superiore di un grado così alto cosa stava pensando.

«Come lo hai trovato, Corsi, un anno fa?».

«Mi avvisò la figlia» le rispose Anna, fulminea.

«Marta Corsi».

«Marta Corsi» confermò.

«Che tu conoscevi perché una sua amica preoccupata pensava fosse scomparsa. Com'è che hai preso tu quella segnalazione, anziché rimandare all'ufficio denunce?».

Stavolta Anna esitò. «Ero libera, la ragazza che diceva che la sua amica era sparita era terrorizzata. Le dissi che poteva parlare con me».

«Ed è tutto qui?».

No. Non è tutto qui.

«Sì. È tutto qui».

La vicequestora annuì. «Quindi poi, spuntata di nuovo Marta Corsi, lei e il signor Corsi vennero ad avvisarti qui in commissariato, dicendo che la figlia si era solo allontanata per un diverbio. Tu però hai lasciato alla ragazza il tuo contatto perché a quel punto speravi che ti consegnasse suo padre, avevi capito che Corsi era l'uomo che aveva sparato a Manuela Guerra».

«Esatto».

«Come?».

«*Come* cosa?».

«Come lo avevi capito?».

Non avrebbe mai detto che lo sapeva semplicemente perché era il padre di Marta Corsi. Ed era la figlia del suo quasi assassino, quella che Manuela era venuta a prendersi.

«Lo tenevo d'occhio da un po', non ho fatto niente di illegale. L'input veniva da Manuela Guerra, abitiamo insieme. La cosa più grave che ho fatto è stata monitorare le chiamate minatorie che riceveva lei senza chiedere il permesso a nessuno, se è questo che le interessa».

«E così, quando Marta Corsi ha saputo che suo padre aveva portato via Manuela Guerra – di nuovo – e stava per ucciderla, ha chiamato te per impedirglielo».

Anna non distolse gli occhi, restando gelida. «Sì, è così».

«È solo per me, che non fila?» domandò la funzionaria, rivolgendosi a Ferro. L'uomo, però, rimase zitto, proteggendo il suo agente scelto.

«Cosa non le fila?» fece Anna.

«Come sei arrivata a Corsi. Perché si è portato Manuela Guerra nella sua vecchia casa, dove poi l'hai beccato, per ammazzarla in modo così palese. Perché sua figlia di punto in bianco sapeva quello che faceva suo padre e perfino dove teneva la Guerra. Anna...» la vicequestora le si accostò di più. «Cosa è successo quella notte, *davvero*?».

«È successo che ho impedito un omicidio e un suicidio. Quando ho arrestato Corsi, Manuela aveva ferite così gravi che dovettero mandarla in coma farmacologico e metterle non so neanche quante cazzo di viti in un braccio per ricostruirglielo» alzò appena la voce. «Lei invece cosa sta insinuando? Dov'è che vuole arrivare?».

La dottoressa si ritrasse e sospirò. «Sei l'unica che di punto in bianco sapeva dove si nascondeva Alberto Corsi. E va bene, facciamo finta di credere alla favola di sua figlia che ti chiama per vendere suo padre alla Polizia. Però sei anche quella che ha ammazzato quello che stava frugando tra noi per capire da dove venissero quei video contraffatti. Alla conclusione ci arrivi – sei dell'Investigativa, dopotutto».

«Lei invece no, e direi che si vede» rispose Anna, a bruciapelo.

La vicequestora le sorrise, davanti all'inaspettata arroganza di quella risposta.

«Crede davvero che sia complice di quei pezzi di merda di SOLIS? E a quale pro? Sono l'unica che credeva a Manuela quando ci diceva che nei video c'era l'uomo sbagliato, tormentavo l'ispettore per continuare a indagare. Sono quella che ha arrestato Corsi!».

«Magari solo perché a SOLIS non serviva più e dovevate scaricarlo. O perché facendo del male a tuo fratello aveva passato il segno: era troppo anche per te».

Anna a quel punto si alzò dalla sedia e le andò pericolosamente faccia a faccia. Accettava tutto, ma non che venisse messa in discussione la sua vocazione per il lavoro. Aveva appena preso una pistolettata nel collo, per la sua vocazione.

«Non sa cosa sta dicendo».

«Russo, siediti. Per cortesia».

«Come può anche solo pensarlo? È arrivata solo da due mesi, ma noi qui abbiamo mangiato tanta di quella merda, con il caso Guerra, che lei non ha idea. E adesso viene a dirmi che lavoravo con quelli?».

«Siediti. E non è quello che ho detto. Ho detto che, con quello che è successo al signor Bruno, il PM analizzerà tutto e ti chiederà conto di *tutto*, Anna. Anche di quante volte sei andata a pisciare nell'ultima settimana o di quanto spesso scopi, se non ti è chiaro» rispose a tono la dottoressa.

Anna si sedette davvero e respirò profondamente dalle narici cercando di ricomporsi.

«Frugheranno la tua cartella e troveranno l'arresto di Corsi. Prima non avevano motivo di scandagliarlo, ma adesso c'è un morto e il morto è quello che stava frugando i cazzi nostri. Lo capisci questo? E quando verranno a chiederci dei video contraffatti, noi risponderemo con un bel 'ah boh, non sappiamo chi sia stato'. Cosa pensi che succederà? Con tutti i cazzo di buchi che ci sono sull'arresto di Corsi, su come ci sei arrivata, su cosa è successo davvero in quella casa, dove pensi che andranno a parare?».

Anna rimase zitta, infastidita.

«Te lo chiederò una volta. Una soltanto. Ed è meglio che tu lo dica a me, credimi. Agente scelto Anna Russo, hai qualche legame con Alberto Corsi, SOLIS e quei video manomessi?».

Anna non esitò nemmeno: «no» rispose, secca.

La dottoressa annuì. «Va bene. Dovevo chiedertelo. Niente di personale. Ispettore, lei può uscire per cortesia?».

Ferro guardò Anna, preso in contropiede. «Certo» fece poi, alzandosi e uscendo dall'ufficio, lasciando da sole le due donne.

La vicequestora si rimise seduta sul ripiano della scrivania e sospirò. «Non ci giro intorno. Ti fidi dell'ispettore Ferro?».

La poliziotta rimase spiazzata. «... sta scherzando?» balbettò. «È il mio comandante da... non so, sei o sette anni almeno».

«Quindi ti fidi?».

«Certo che mi fido. Questo lavoro non lo fai se non ti fidi di chi esce con te e non sa mai se rientra».

«Non è strano, però? Il signor Bruno era il suo confidente e di punto in bianco è finita così».

Anna non sapeva cosa commentare, ma sapeva di fidarsi del suo ispettore.

«È coinvolto con la morte del signor Bruno. Aveva il controllo del caso Guerra. Di quei video» ragionò l'ufficiale. «Senti, hai mai avuto la sensazione che l'ispettore stesse volutamente rallentando le indagini sul tentato omicidio della tua amica?».

Anna scosse la testa. «No, sinceramente no».

«Cosa rispondeva Ferro, quando Manuela diceva che quello nei video manomessi era l'uomo sbagliato?».

La poliziotta sentì un fulmine spaccarle la schiena. Ripensò a Ferro che rimbalzava le obiezioni di Manuela in tutti i modi possibili. A Ferro che non le credeva nemmeno davanti ai lividi, che le diceva che Manuela, visto il suo quadro neurologico, il ritorno di Lucas poteva esserselo pure sognato. Che mollava la questione sulle spalle di Anna conscio che, se le minacce del sicario erano fondate, non avrebbe mai potuto proteggere tutti. E, infatti, a farne le spese era stato Marco.

La dottoressa notò gli occhi sgranati e spaventati di Anna, davanti a quella consapevolezza.

«Non è possibile» balbettò la poliziotta.

«Ecco. Succedono troppe cose strane, Russo. Io l'anno scorso non c'ero, non lo so cosa avete combinato col caso Guerra, qui dentro. Ma è il momento di scoprirlo».

Anna non la guardava nemmeno più. Non riusciva a non pensare al suo ispettore che rimbalzava le obiezioni di Manuela davanti al video. E poi alla telefonata in cui le diceva di raggiungerlo dal Pappagallo con la pistola carica.

Baroni si alzò dalla scrivania e tornò dietro lo scrittoio, riordinando i fogli. «Vai a casa, Russo. Il tuo congedo dura ancora un po'. E mi perdonerai ma in realtà sei sospesa fino a quando il magistrato non riconosce la legittima difesa. E fino a quando non mi fai capire cos'è successo davvero la notte che hai arrestato Corsi. Perché io la stronzata della telefonata della figlia pentita non me la bevo. La fai bere a quelli che se ne fregano delle cose fatte per bene, ma non a me».

La poliziotta non disse niente, ma lo sguardo diceva abbastanza di per sé: era fiero e asciutto. Baroni sapeva cosa significava: non era un *non è successo niente*. Era più un *fai come ti pare, non ti dirò niente*.

«Frugheranno nel tuo profilo, per valutare questa legittima difesa. Verrà fuori l'arresto di Corsi. Noteranno anche loro che qualcosa non quadra. E se e quando verranno a fare delle verifiche, non sarò io la dirigente che si farà trovare impreparata e che ti coprirà, Russo. Qualsiasi cosa tu abbia fatto quella notte. In qualsiasi modo tu, Manuela Guerra, Alberto Corsi e sua figlia siate finiti in quella casa sul lago. Ci siamo capiti? Torni al lavoro quando ti sei schiarita le idee, hai smaltito quella brutta ferita e ci facciamo una bella chiacchierata tra donne con le palle».

C'erano poche espressioni che Anna – etichettata da sempre come "maschiaccio" da chi semplificava, o come "virago" da chi faceva altrettanto, ma spacciandosi per più erudito – detestava come *donne con le palle*. Ma, di nuovo, rimase zitta. In quanto a disciplina e autocontrollo, di lei Manuela diceva a buon motivo che era imbattibile.

Mandò giù il vortice di emozioni negative che le si erano assembrate nello stomaco e si alzò dalla poltroncina.

Non avrebbe mai detto del rapimento di Marta, della sua pistola rubata e usata per compiere quel sequestro dall'amica, a sua insaputa. Si era giurata di proteggere Manuela e doveva proteggerla perfino da se stessa.

La dottoressa ridacchiò, apprezzando il fatto che non avesse aperto bocca. Anna era perfetta, per il suo lavoro: il suo senso di giustizia veniva pure prima degli interessi personali.

«Comunque... quella lì è la tua compagna, vero?» azzardò Baroni, distrattamente, dopo essere tornata per qualche secondo sulle sue scartoffie.

Anna la studiò con gli occhi sgranati, non capendo. La vicequestora riprese a guardarla, sicura di sé. «Il medico che è passato all'ospedale a prenderti cura di te, la dottoressa premurosa e gentile che era fuori reparto».

Come fa a saperlo? si interrogò l'altra, tacendo.

«Non ti preoccupare, non lo dirò a nessuno. So che non hai mai parlato della tua vita privata con i colleghi. Ma io voglio sapere tutto delle mie squadre. Mi accorgo di molte cose che agli altri scappano. Molte».

Anna deglutì, infastidita, e guardò verso l'uscita dall'ufficio. «Posso andare? Devo cambiare la medicazione».

«Certo, figurati. Buona giornata, Russo. Riposati».

Anna la salutò con un cenno della testa e si sforzò di non sbattere la porta.

Capitolo 8

Venerdì, 8 febbraio 2019
Milano, ore 19.48

Era ancora piuttosto turbata – oltre al fatto che aveva completamente perso l'abitudine a gestire le giornate senza rimanere al lavoro fino a notte fonda. Certo, poteva sempre mettersi a lavorare da casa, ma a quel punto era troppo turbata perfino per quello.

Con le mani cacciate nelle tasche dei jeans neri, la fronte contro la porta finestra che si affacciava al balcone di casa, Manuela guardava il cielo buio di Milano e le luci ambrate del piazzale che si apriva all'interno del condominio, da cui si raggiungevano il supermercato e la farmacia.

Aveva riaccompagnato a casa Daniela, andando via dalla redazione, e le aveva assicurato che stava bene. La sua amica era diventata più brava, col tempo, ad avere tatto davanti ai suoi disturbi, ma quel pomeriggio non aveva potuto fare a meno di interrogarla con i suoi modi taglienti.

Manuela aveva fatto una pausa per prendere un caffè, verso le diciassette. Si era seduta sul divanetto della sala relax della redazione e quella era l'ultima cosa che ricordava. La successiva era Daniela che la chiamava e le dava due schiaffetti sulle guance, e il caffè caldo rovesciato sui jeans.

Ti senti bene? le aveva domandato l'amica.

Lei non aveva avuto idea di cosa risponderle e l'aveva guardata spaventata, non capendo.

Ti sei addormentata qui? aveva compreso l'altra. *Manu, hai bisogno di fermarti e di riposare, eccome se ne hai bisogno.*

Lei era rimasta confusa, non si sentiva come se si fosse addormentata di punto in bianco. Era stordita, disorientata, nauseata. E. poi non poteva essersi addormentata così all'improvviso da rovesciarsi addosso il caffè – non lei, che prendeva spesso la doppia dose proprio perché dormire era diventato impossibile.

Sei sfinita, adesso vai a casa e ti riposi, aveva sentenziato Daniela. *Pensa te se entrava la Borsari e ti trovava qui, così.*

Un senso di disagio le si arrampicò lungo la schiena. Manuela temeva di essere svenuta, non di essersi addormentata. Qualunque delle due ipotesi fosse vera, erano entrambe molto inquietanti, per una con un quadro neurologico come il suo.

Era stata una settimana pesante e *aveva paura* di tutte le cose che non stava più riuscendo a tenere sotto controllo. Quello che era successo in sala relax, quello che era successo ad Anna, quello che stava succedendo a Lucas grazie alla sua legale. Quello che sarebbe potuto succedere una volta compiuti venticinque anni e sbloccati quei soldi che suo padre aveva nascosto per lei.

La vibrazione del suo smartphone, poggiato sul tavolo dietro di lei, la riportò improvvisamente a casa. Lo raggiunse con passo lento e notò un messaggio di Anna.

Ciao Manu, tutto bene? Stanotte rientro da Cri e passo il weekend con lei, la avvisava.

Non ti preoccupare, digitò Manuela. Poi lo cancellò: era la sua frase-tipo e le sue amiche la prendevano in giro perché lo diceva di continuo. *Bene, grazie* scrisse, invece. *Salutami Cri, passa un bel fine settimana <3.*

Lo inviò e poggiò di nuovo il telefono sul tavolo, comprendendo che avrebbe passato la serata da sola.

Lo smartphone vibrò ancora, Anna le aveva mandato un cuoricino. Alla terza vibrazione, Manuela aggrottò le sopracciglia, vedendo invece quel messaggio.

Ciao Manuela, sono Sandra Giudice. Corsi esce lunedì. Volevo solo avvisarti. Buona serata.

Manuela lo lesse una, due, tre volte, sperando che quel messaggio sparisse. Invece era sempre lì.

Si mise seduta al tavolo, fissando il vuoto, immaginando il suo sicario che usciva serenamente dal carcere dove era in custodia – è *pentito e ha collaborato per incastrare Cassani, non c'è mica rischio che reiteri il reato, no?* – mentre lei era a casa lì, da sola.

Senza Marco, senza se stessa.

Senza nemmeno sapere se quel pomeriggio si era davvero addormentata per lo sfinimento, o se era svenuta per il suo quadro neurologico – o per la pesantezza delle medicine senza le quali però non poteva vivere.

Scelse di non risponderle nemmeno. Chiuse la schermata e bloccò il telefono, le labbra attorcigliate in un'espressione di disgusto. Se doveva andare a fondo ci sarebbe andata, ma non avrebbe mai detto niente a nessuno di Anna, del fatto che aveva mentito per lei nel rapporto. Se fossero spuntate conseguenze da pagare, per quello che Manuela aveva fatto a Marta Corsi e che Sandra Giudice avrebbe citato apertamente, le avrebbe pagate lei. Sapeva di doverglielo e, considerando la paura che aveva provato quando Anna era quasi morta, due giorni prima, se ne era convinta ancora di più.

Alle sue spalle sentì suonare il campanello – finalmente aveva imparato a distinguerlo dal citofono – e si alzò per raggiungere la porta.

***

«Che dici, la medichiamo adesso?».

L'appartamento di Cristina era costituito prima di tutto da un open space che occupava quasi metà dei novanta metri quadri in cui viveva. Nel salone, luminoso e affacciato dal settimo piano sul quartiere di Sant'Ambrogio, giganteggiava un imponente divano grigio in tessuto, sistemato davanti a un televisore da 65" appeso alla parete frontale. Non che la dottoressa avesse davvero il tempo di sedersi a guardare la TV.

La donna, dopo averlo chiesto, si sedette accanto ad Anna, sul divano. La poliziotta alzò le spalle senza dire niente. Al collo aveva ancora la grossa garza adesiva sulla ferita.

Cristina sospirò e le portò un braccio intorno alle spalle. Anna lo accolse con tutta se stessa. Si fece piccola, come non osava farsi davanti a nessuno, e poggiò la testa sulla spalla della sua compagna.

Il suo lavoro per lei era tutto.

Aveva ammazzato un'altra persona, per legittima difesa, e proprio quella legittima difesa rischiava di aprire una voragine. Stava già abbastanza male all'idea di aver sparato in faccia al Pappagallo – in faccia, *come hanno fatto a Manuela, cazzo* – senza che Baroni rigirasse il coltello nella piaga.

«Con Manuela non ne hai parlato?» capì Cristina.

«Non mi va» le rispose Anna. Aveva un modo tutto suo di reagire, quando ce l'aveva con Manuela: isolarsi e aspettare che le passasse.

Quando Marta aveva scelto di non denunciare Manuela per il sequestro, Anna aveva pensato fosse la cosa migliore e aveva fatto finta di niente. Non aveva citato la cosa in nessun rapporto. E nessuno sapeva che Manuela le aveva rubato la sua pistola personale.

Era sbagliato, certo che lo era. Ma Anna sarebbe andata anche all'inferno per la sua amica, ed ebbe la sensazione che effettivamente il cammino verso il basso fosse già cominciato.

«È normale se ti senti arrabbiata, non vuol dire che non le vuoi bene» la rassicurò ancora la compagna.

«Lo so». Anna strinse la testa sulla spalla di Cristina, quasi a nascondercisi. «Sono solo stanca e oggi non ce l'avrei fatta, a non dirle niente. So perché l'ha fatto e so che vita ha avuto. Non mi va di prendermela con lei. Ma sono stanca».

«Sai quanto durerà questa specie di sospensione?».

«Per il pubblico ministero, finché non chiariscono sulla legittima difesa. Per la vicequestora, finché non capisce cosa è successo davvero quando ho arrestato Corsi».

Cristina convenne che era una brutta situazione.

«Non le dirò mai di Manuela. *Mai*. A costo di dovermi portare questa cosa nella tomba» aggiunse la poliziotta, determinata. «Non butto Manu sotto un treno, neanche se ha sbagliato».

Cristina sorrise dolcemente. Per quanto infastidita fosse – il colpo di testa di Manuela di un anno prima stava rischiando di costarle la carriera, altro che concorso per diventare sovrintendente – Anna era sempre la stessa.

«Vieni qui», le disse Cristina, invitandola a stendersi con la testa sulle sue gambe. Anna si rannicchiò così, mentre la compagna le schioccava un bacio sulla tempia. «Adesso medichiamo quella ferita».

«Devo sapere chi ha manomesso quei video».

«Adesso pensa a riposare», Cristina giocherellò con i capelli dell'altra, ravviandoglieli dietro l'orecchio sinistro. «Devi ricaricare la batteria anche solo per pensarci».

«Cri, ma secondo te», Anna esitò, poi si convinse: «ha sentito qualcosa? Il Pappagallo, intendo».

La dottoressa notò che i fantasmi che si stavano assiepando nella testa della compagna erano molti, in quel momento.

«Con un colpo alla testa da tre metri? No. Penso proprio di no».

Anna chiuse gli occhi e rivide quel grumo scuro che schizzava fuori dal cranio dell'uomo, nella parete dietro, e che sporcava anche il cappotto di Ferro.

«Come Manuela» si rese conto, inquietata.

Cristina le afferrò una mano e gliela strinse forte nella sua, intrecciando le sue dita. «Non pensarci».

«Aveva pure un figlio di sedici anni, ho cercato il suo profilo in archivio».

«Amore, ti prego» la bloccò Cristina, «non farti questo. Non ti meriti questo».

La poliziotta rimase zitta.

«Ti sei solo difesa. Ti ha mancato la giugulare per questione di millimetri e ha quasi ucciso l'ispettore. Non gli avresti mai sparato, altrimenti. Sei quella che ha salvato la vita perfino a Lucas Leone. Hai ucciso quell'uomo solo perché non avevi scelta. Non torturarti così».

Anna rimase zitta. Cristina la faceva stare bene perché le permetteva di togliersi l'armatura e il mantello, che pesavano parecchio.

Alla fine, scosse la testa. «Io non ho sentito niente. Voglio dire... non l'ho sentito subito. Ho sentito solo bruciare. Non mi avevano mai colpita prima» disse, con voce nervosa. «Me ne sono resa conto quando ho visto Ferro, era... terrorizzato. Non riuscivo a rialzarmi, mi sono toccata e c'era il sangue e... Dio, penso di essermi cagata sotto dalla paura» ammise.

Cristina le strinse le dita più forte tra le sue e le sorrise. I suoi occhi castani rassicuranti, dietro gli occhiali squadrati, erano la miglior cura che Anna conoscesse.

«E invece sei ancora qua. Dispiaciuta perché hai dovuto uccidere chi ti ha sparato. Arrabbiata perché non ti fanno rientrare subito a fare il lavoro che ti ha fatto prendere quella pallottola. A dormire da me mica perché vuoi stare davvero da me, ma perché non vuoi che Manuela ci rimanga male, se capisce che un pochino ce l'hai con lei, per la testa calda che ha» analizzò Cristina, e le sorrise ancora. «Sei una bella persona, Anna» la chiamò per nome, e la poliziotta si stese sulla schiena anziché sulla spalla destra, supina, incrociando da sotto lo sguardo della donna che amava da più di undici anni. «Lo so io. Lo sa Manuela – non hai visto che faccia aveva l'altro giorno, nel corridoio in ospedale, ha perso almeno altri trent'anni di vita. E devi saperlo anche tu. Lo capirà anche la tua vicequestora».

Anna le sorrise e si allungò furtivamente per stamparle un bacio delicato al lato della bocca. Si ritirò su seduta e prese un profondo respiro, stanca.

«Medichiamo la ferita?» propose.

Cristina le sorrise di rimando e si alzò per recuperare tutto il necessario.

* * *

Manuela non pensò nemmeno di usare lo spioncino per sbirciare, prima di aprire. Aveva avuto una settimana così surreale che a quel punto se dietro l'uscio ci fosse stato un altro Lucas che voleva ammazzarla le avrebbe fatto quasi un favore – pensò, solo dopo aver sganciato la serratura.

Invece c'era Chris. Con i suoi pantaloni neri della divisa da metronotte, gli stessi anfibi, il maglione che esaltava il petto ampio. Si era poggiato con un braccio alla cornice della porta e la guardava con aria colpevole. Nell'altra mano teneva un contenitore per alimenti.

«Posso spiegare» si giustificò subito. «Dovevano consegnarmi oggi il microonde nuovo, ma hanno rimandato e...».

Manuela rise appena e aprì meglio la porta. «Ciao Chris. Vieni, entra».

«Sicura che non disturbo?».

«Non ti faccio morire di fame, sennò al parcheggio che devi sorvegliare come fanno?» lo sfotté.

Lui la guardò arricciando il naso, incassando quella battuta. «Posso, allora?» si accostò timidamente al microonde.

«Sì, certo», Manuela riagganciò la porta, dietro di lui. «C'è il tasto defrost, per la pasta devi impostare il numero 3».

«Ah, sei una brava cuoca» commentò lui, di spalle, mentre armeggiava con il forno.

Vedendolo di spalle, Manuela ripensò a Daniela che lo chiamava indecentemente *Bel Culo* e quasi rise.

«Ti assicuro di no, Daniela l'altra sera è sopravvissuta a malapena».

Il forno cominciò a gracchiare, facendo ruotare la pasta per scongelarla. Chris si voltò e si poggiò con il coccige contro il ripiano della cucina, le braccia incrociate sul petto. «Anna come sta? Ho sentito la notizia» le domandò, serio.

Manuela sospirò e venne avanti. «Bene. È andata bene, per fortuna».

Chris scosse la testa. «Per quei quattro soldi del cazzo che ci danno, farsi sparare... non ne vale proprio la pena».

«Meglio sorvegliare i parcheggi. Sono seria, stavolta».

L'uomo concordò tristemente con lei e annuì.

«Tu invece come stai?».

Manuela alzò le spalle. «Sto bene».

Lui sorrise. «Sei una di quelle che rispondono sempre *bene*, vero?», ridacchiò. «Senti, siccome sto sempre qua a scroccarvi il forno, oggi ho un modo per sdebitarmi».

Il ragazzone si frugò in una delle tasche laterali dei pantaloni e tirò fuori quella che sembrava una lettera affrancata, porgendola alla donna.

Manuela si accostò e notò che era una raccomandata. Un'ondata di freddo le tagliò in due la schiena.

«Stamattina quando sono sceso c'era il postino che ti cercava, era attaccato al citofono. Gli ho detto che non c'eri e che potevo firmare io per la raccomandata».

Lei rialzò lo sguardo verso la sua faccia. «Hai firmato a nome Manuela Guerra e lui ci ha creduto?» scherzò.

«Perché, non mi ci vedi?» stette alla battuta lui, aprendo il petto. «No, a questi non frega niente di chi firma. Comunque gli ho detto che ero il tuo ragazzo e ho firmato a nome suo, tanto mica lo sanno che non è vero».

«A nome di chi?».

«Di Marco Russo, no? Me lo ricordo dal telegiornale».

Manuela incassò malissimo quel colpo. Le tremò lo sguardo e lo riabbassò sulla lettera, afferrandola dalla manona di Chris. «Ah. No, è... non è più il mio ragazzo».

Chris rimase a guardarla digrignando i denti per l'imbarazzo. «Bene. Ottimo. Riesco a fare una figura di merda ogni volta che ci vediamo. Complimenti a me» smorzò.

Manuela riuscì a sorridere appena per la battuta, poi si rigirò la lettera tra le mani per vedere il mittente. Il cuore le accelerò.

Questa settimana di merda poteva ancora peggiorare, ovviamente.

C'era scritto solo:

Studio notarile Giacomo Pieri e associati

con l'indirizzo di un ufficio dalle parti di Giambellino, non troppo lontano dal suo quartiere.

Sapeva benissimo cos'era. Sandra Giudice non aveva mentito né sbagliato. Mancavano solo due giorni al suo venticinquesimo compleanno.

Il forno tintinnò e Chris si voltò per aprire lo sportellino e verificare che la sua cena fosse scongelata. Manuela raggiunse un coltello dal cassetto delle posate per usarlo come tagliacarte e tirare fuori la lettera del notaio.

I suoi occhi scorsero rapidamente tra le righe.

Accennava di volontà di suo padre Gianandrea Guerra. Chiedeva di venire personalmente, con un documento che la identificasse come Manuela Guerra. Sottolineava che la pratica era rigorosamente non delegabile. Si chiudeva con *è attesa presso la nostra sede in data 11 febbraio ore 10.00.*

Manuela dovette mettersi seduta sul tavolo, scostando una sedia, per assorbire il colpo.

I soldi che suo padre le aveva nascosto, quelli che le avevano procurato una pistolettata in faccia, esistevano davvero e distavano un paio di giorni.

L'idea le diede un disagio così forte che pensò le si sarebbe rovesciato lo stomaco. Suo padre era morto mentre le teneva nascosto che stava riciclando dei soldi per Giulio Cesare Cassani e per SOLIS, era morto non rivelandole che ne aveva rubati più del previsto. Era morto tenendoli da parte per lei e finendo solo con l'aizzarle contro gli spietati individui con cui lavorava – che avevano fatto di tutto per impedirle di arrivarci, a venticinque anni.

Lo sapeva, che era tutto vero, ma adesso che teneva in mano la raccomandata di quel notaio era tutto *un po' più vero*. Troppo vero.

«Tutto bene?».

Tornò al mondo reale quando si accorse che Chris le si era chinato davanti e cercava di incrociare i suoi occhi spaventati, con il contenitore della pasta scongelata in una mano.

Si riscosse e annuì. «Sì, sì, scusami».

«Non era una bella raccomandata, mi sa».

«No, è...», esitò lei. Come poteva riassumere una storia come *quella*?

«È una cosa complicata. Ma sto bene, tranquillo».

«Sicura? Posso fare qualcosa? Stavo scappando per andare al lavoro ma insomma, non voglio lasciarti così».

Gli sorrise appena, apprezzando la premura. In una sera in cui Anna voleva passare giustamente del tempo con Cristina – considerando che rischiare di morire rimette in ordine le priorità e gli affetti – e in cui aveva assicurato a Daniela che non aveva voglia di uscire, la vicinanza di quel quasi sconosciuto l'avrebbe accolta volentieri.

«Vai pure, tranquillo. E scaldala, la pasta» gli raccomandò, abbassando lo sguardo verso il contenitore nella mano dell'uomo e rassicurandolo così. «Se la scongeli e basta fa schifo».

Christopher guardò a sua volta la cena, nel contenitore. «Ah, figurati, l'ho preparata io. Fa schifo anche se la scaldo».

Parte II

"Anche Fragile"

Aftermath: il periodo che segue un evento spiacevole, con gli effetti da esso causati (Cambridge Dictionary).

Capitolo 9

Lunedì, 11 febbraio 2019
Milano, ore 09.56

Manuela evitò l'ascensore del palazzo. Era uno di quelli minuscoli, con le porticine ad anta che paradossalmente le davano meno ansia di quelle metalliche e sigillate – ma non ci sarebbe salita nemmeno se lo studio del notaio fosse stato al dodicesimo piano. Per fortuna, era solo al quarto.

Imboccò le scale rifinite in marmo e decise di scacciare almeno una delle due ansie che la stavano attanagliando.

Aveva un messaggio vocale di Marco, era arrivato mentre guidava per andare a quell'appuntamento.

Se le avessero domandato, da ragazzina, come avrebbe immaginato la sua vita a venticinque anni, di sicuro non si sarebbe vista in un ufficio notarile, a riscuotere un'eredità che suo padre aveva di fatto rubato per lei, terrorizzata all'idea di come un messaggio del suo ex avrebbe potuto cambiarle l'umore.

Si fece coraggio, stretta nel suo bomber e infreddolita, e fece partire il vocale mentre saliva le scale per raggiungere lo studio di Giacomo Pieri e associati.

«Ciao Manuela», la voce di Marco esordì così, nel messaggio. Per rispettare le distanze che si erano dati, la chiamava con un nome per esteso che prima di lasciarla non usava mai. «Come stai? Volevo solo augurarti buon compleanno».

Manuela arrivò al secondo piano trattenendo le emozioni. L'apatia era diventata quasi un talento. Il problema era capire per tempo quando stava raggiungendo il punto di rottura e lasciar uscire pian piano le brutte cose che si teneva dentro, senza farle esplodere. Se le lasciava detonare, succedevano cose come sequestrare Marta Corsi.

«Ti meriti... ti meriti il meglio, ecco. Tutte le cose brutte che ti sono successe, che ci hanno allontanati», ammise Marco, con la sua voce gutturale, che quasi sussurrava nel silenzio della sua casa, «non te le meritavi. Non te ne meritavi nessuna. Ti meriti di essere felice. Sei una bella persona. Passa un bel compleanno».

Manuela quasi rise, disgustata da se stessa. *Sei una bella persona*, le aveva detto il suo ex ragazzo, che non aveva idea di *cosa* lei avesse fatto, in risposta al suo coma. Del guaio in cui aveva trascinato anche Anna, sua sorella, rubandole la pistola.

E ti stupisci che non voglia più stare con te, si rimproverò da sola. Ma per ogni rimprovero con cui si insultava, c'era la sensazione, nello stomaco, di volere solo quel grammo di felicità che Marco le augurava.

E affinché ci fosse, quel grammo di felicità, era necessario che nella vita di Manuela ci fosse anche lui.

Non fare la ragazzina, si rimproverò di nuovo, arrivando finalmente al quarto piano, *lascialo in pace, stavano per ammazzarlo per colpa tua. Sta molto meglio senza di te. Basta pensare a dove sei.*

«Ciao Marco» digitò, senza volere stare a pensarci troppo, o ci avrebbe rimuginato per tutto il giorno, come gli innamorati alle prime armi che hanno paura di dire la cosa sbagliata. «Grazie per gli auguri. Passa una bella giornata anche tu». Inviò quel messaggio gelido – che, come sempre, non diceva a Marco niente di lei, di quello che provava, di come si sentiva – e si cacciò il telefono in borsa, spingendo un dito sul campanello dello studio notarile.

Erano le dieci in punto. E quel preciso minuto – Manuela, a venticinque anni appena compiuti, alla porta dell'ufficio del notaio – era quello per cui SOLIS aveva provato in tutti i modi ad assassinarla.

* * *

«Buongiorno, signorina Guerra. Si sieda, prego».

Il notaio Giacomo Pieri aveva voluto riceverla di persona, non affidandola a nessuno dei suoi collaboratori. Il suo ufficio era elegante e antico, con una grossa scrivania di legno dal ripiano lucido, delle sedie pomposamente barocche dal cuscino giallo sia nella seduta che nello schienale. Manuela pensò che le sue sneakers avevano davvero poco a che fare con il tappeto vellutato amaranto su cui dovette posare i piedi per sedersi.

«Come sta? So che oggi compie venticinque anni, tanti auguri».

Manuela gli sorrise. «Grazie. Sto bene. Lei come sta?».

L'uomo, che aveva poco meno di settant'anni, le concesse un'occhiata complice. Aveva la testa pelata, ma dei curati baffi canuti. Indossava un completo grigio su camicia bianca e una cravatta a righe. Era piccoletto, arrivava a malapena al metro e sessantacinque, e Manuela notò il suo prezioso orologio dorato. Lo stile classico evidentemente era un credo anche per l'outfit, per Pieri.

«Non le faccio perdere tempo, ci sono posti migliori dove passare il compleanno per chi è giovane come lei. E oggi ho un'agenda fitta di appuntamenti» le raccontò, aprendo un cassetto al lato della sua scrivania.

«Sa perché siamo qui, signorina Guerra?».

Manuela deviò lo sguardo, osservando il cielo attraverso la finestra alle spalle del notaio. «Penso di sì».

«Suo padre era un mio caro amico. È stato un dolore scoprire della sua malattia».

Oddio, non parliamo anche di Papà, per favore.

«Non si meritava di morire così».

«Se posso permettermi» fece timidamente Pieri, «nemmeno lei si meritava tutto quello che le è successo. So i guai che le sono capitati per quello che ho in questo cassetto e... beh, sono felice che quei bastardi abbiano avuto quello che si meritavano».

Manuela incrociò di nuovo i suoi piccoli occhi castani. «Grazie».

«Si figuri. Preferisco sempre tifare per i buoni».

I buoni.

A Manuela corse un brivido lungo la schiena mentre sovrapponeva quella definizione all'immagine degli occhi terrorizzati di Marta mentre piangeva, con lei che urlava che le avrebbe sparato entro cinque secondi, con tanto di conto alla rovescia, per costringere suo padre a confessare il nome del suo mandante.

«Veniamo a noi».

Il notaio aprì il cassetto e tirò semplicemente fuori una busta sigillata. A mano, c'era scritto sopra

"per Manuela"

e solo a vedere quella grafia le si lucidarono gli occhi.
Papà.
«Mi può dare un documento?».

Manuela si riscosse e aprì la borsa. «Sì, mi scusi». Tirò fuori il passaporto e il notaio lo consultò rapidamente per confermare la sua identità.

«Non che ci fossero dubbi. Allora, basta che mi firmi questo», tirò fuori un modulo e le porse una penna stilografica. Manuela era mancina e pensò che avrebbe fatto un casino con l'inchiostro. «Poi può prendere la busta e può andare».

Manuela osservò il documento. Non avrebbe firmato niente senza leggerlo – non in carte che coinvolgevano anche soldi che venivano da SOLIS.

«È un foglio dove certifica che ha ritirato quel plico da me, oggi, che mi assolve dall'impegno preso con suo padre» le spiegò.

Manuela lo lesse comunque. Nessuno si sarebbe stupito dei suoi problemi di fiducia, considerando il segno che aveva in fronte. Alla fine, firmò.

Il notaio le sorrise e le spinse più vicino la busta, facendola scorrere sulla scrivania. «Buon compleanno, signorina Guerra. Le auguro il meglio».

***

Manuela uscì dallo studio, accompagnata da una segretaria, superò il pianerottolo e si sedette sul primo gradino, lì fuori, sempre al quarto piano.

Il cuore le stava rimbalzando contro le tonsille. Nonostante le tremassero le mani, non osò rompere la busta. Qualsiasi cosa ci fosse dentro, se la sarebbe tenuta a vita anche solo per avere un pezzo di carta su cui suo Papà aveva scritto *"per Manuela"*.

Dentro ci trovò un foglio A5 piegato in due e una chiave in metallo. Aprì il foglio e lesse solo:

CHC Bank
Filiale di Bande Nere.
Chiedi della cassetta di sicurezza.
È a nome tuo.

Quello era stato battuto a macchina. Gianandrea dopotutto era un tipografo e aveva un certo amore per la stampa tradizionale.

Manuela si strinse nella mano sinistra la piccola chiave, nella destra teneva ancora quella laconica lettera.

Se SOLIS fosse riuscita a risalire al notaio, non avrebbe comunque trovato niente. La chiave era di una cassetta di sicurezza, ma la cassetta era a nome di Manuela – quindi nessuno poteva aprirla senza di lei.

Lo sapevi, Papà, che stavi giocando un gioco pericoloso.

Manuela rimise la chiave dentro la busta, con il biglietto, e se li chiuse in borsa. La filiale di piazzale Bande Nere non era troppo lontana.

Si armò di coraggio, si tirò su e cominciò a scendere le scale.

* * *

Anna pensò che le sarebbe andato il caffelatte di traverso, quando il telegiornale aprì con quella notizia. Era ancora a casa di Cristina, ma la compagna era uscita ore prima per uno dei suoi turni massacranti al pronto soccorso.

Alberto Corsi scarcerato: c'è un vizio di forma, processo da riavviare, diceva il sottopancia.

Nel suo pigiama grigio, Anna lo lesse e lo rilesse pensando di aver capito male.

Il servizio fece seguire le immagini dell'auto della Polizia – dal *suo* commissariato – che aveva portato Lucas in carcere, un anno prima. Sbandierarono poi la solita foto di Manuela sorridente, felice della sua vita quasi normale prima di incontrare quel sicario, oltre a delle riprese di repertorio dalle interviste televisive fatte alla sua amica, che alle telecamere non si sarebbe mai abituata.

Era davvero questo che dovevano dirle in carcere comprese Anna. Dopo quel proiettile nel collo, Manuela aveva cercato di non agitarla parlandole del colloquio con Lucas e si era limitata a dirle che forse l'uomo, secondo la sua legale, sarebbe uscito per qualche settimana per motivi burocratici, ma poi sarebbe tornato dentro. Non le aveva detto altro.

Anna si massaggiò la fronte e notò che era proprio il compleanno di Manuela. Il venticinquesimo, quello a cui non doveva arrivare viva. E quel giorno, proprio quel giorno, qualcuno aveva fatto uscire Lucas dal carcere.

Non volle chiamarla, non voleva impanicarla e forse era lei a essere paranoica. Raggiunse il suo smartphone e nella rubrica cercò invece Daniela.

«Ehi Anna, come stai? Tutto bene?» le rispose la voce vivace della giornalista.

«Ciao Dani. Senti, Manu è lì da te in redazione?».

«No, ha preso un giorno libero, aveva degli impegni. E venerdì era *davvero* sfatta, credimi». Daniela non volle dirle che l'amica si era addormentata in sala relax così all'improvviso da rovesciarsi addosso il caffè.

«Hai sentito di Corsi?».

Daniela prese un lungo respiro dalle narici. «Sì. Mi auguro sia vero che è solo un vizio di forma».

«Burocrazia del cazzo. Lo hanno fatto uscire proprio oggi, non mi piace».

«Figurati. Ormai Manu venticinque anni li ha fatti. E poi cosa ci guadagnerebbe Lucas a cercarla ancora?».

«Non mi fido di persone come quello lì».

«Questo è ovvio. Ma sarebbe veramente un idiota, almeno adesso, da quello che so, è riuscito a tenersi sua figlia. Se prova di nuovo a torcere un capello a Manuela, quel tizio veramente finisce da solo a fissare quattro mura finché campa».

Anna convenne con lei, aveva senso. Lucas si era sparato – ed era vivo solo grazie a lei – perché le sue scelte e gli orrori che aveva compiuto gli stavano costando l'amore di sua figlia. Era difficile pensare che volesse metterlo a rischio.

«Hai ragione, forse sono solo... paranoica».

Daniela sorrise, anche se Anna non la vedeva. «Mi sembra normale, hai uno squarcio nel collo fresco fresco, eh».

Anna riuscì a ridere appena. «Magari stasera facciamo qualcosa per Manu, che dici?».

«Ma sì, ha portato tanto bene, l'ultima volta che ho organizzato un'uscita di compleanno per lei» ironizzò la giornalista, riferendosi al fatto che Manuela rientrava proprio dal suo compleanno, quando Lucas l'aveva aspettata sotto casa per ucciderla.

«Scherzo» aggiunse poi, «lascia fare a me. Magari passo da voi e facciamo una chiacchierata e un sushi, una cosa intima e informale come piace a lei. Tu stai tranquilla intanto, eh, poliziotta?».

Poliziotta. Ad Anna piaceva quando la chiamavano così. Non voleva davvero perdere il suo lavoro. Un lavoro che amava così tanto e che sentiva essere così inutile, ora che Lucas era fuori per un vizio di forma dopo tutto quello che aveva fatto.

«A più tardi, Dani, scusa il disturbo».

«Non mi disturbi. A stasera».

* * *

«Buongiorno».

Manuela non sapeva bene come comportarsi: non aveva mai avuto niente di così prezioso da pensare di aver bisogno di metterlo in una cassetta di sicurezza.

«Buongiorno» le rispose l'operatore della banca, un uomo sui quarantacinque anni con i capelli ordinati e brizzolati. Era una filiale con quattro sportelli, ma solo due erano aperti. L'ambiente era troppo luminoso e il pavimento bianco rifletteva le luci in modo quasi accecante, le pupille degli occhi chiari di Manuela erano piccolissime.

«Dovrei accedere alla mia cassetta di sicurezza» tentò, proprio come suo padre aveva raccomandato nel biglietto lasciato al notaio.

«Certo» fece quello, sereno. «Mi dà un documento?».

Manuela gli diede il passaporto. Lui cominciò ad armeggiare con il computer per un minuto che le parve durare quantomeno altri venticinque anni.

Si guardò nervosamente attorno, come se stesse rubando. Come se qualcuno potesse ancora provare a ucciderla per gli errori di suo padre, anche ora che a quei maledetti venticinque anni ci era arrivata.

«Perfetto» disse alla fine l'operatore, riportandola al mondo reale. «Mi segua, prego».

Si alzò e le fece strada nel corridoio che si apriva a metà tra i quattro sportelli. Arrivarono sul retro e Manuela pensò di essere finita in un thriller sulle rapine, o qualcosa del genere, quando si infilò con l'uomo in un piccolo caveau. Una serie di scaffali con piccoli sportelli metallici che si susseguivano occupava la stanza, a partire dalle pareti.

«È la 17 della fila 05» le disse l'operatore. «Torni pure da me, quando ha fatto».

Manuela lo seguì con lo sguardo mentre usciva e si richiudeva dietro la porta. Nel silenzio improvviso, il suo orecchio sinistro quasi del tutto sordo ronzava come non mai. Le luci erano molto più basse, lì, ma ugualmente fredde.

Camminò con passo incerto per orientarsi e scorse i numeri ai lati degli scaffali, arrivando fino allo 05. Davanti al piccolo sportellino numerato 17, ebbe bisogno di prendere un bel respiro.

Qui dentro c'è il cartellino con il mio prezzo sopra. È quanto la mia vita valeva per SOLIS.

Non lo so se voglio saperlo.

Cazzo, non lo so se voglio sapere come finisce questa storia.

Poggiò la fronte contro lo scaffale per riprendere il controllo e chiuse gli occhi. Sentiva il cervello friggere e il freddo degli sportelli di metallo era quasi di sollievo.

«Venga, prego» sentì di nuovo l'operatore alle sue spalle e trasalì. «Fila 03, cassetta 21», accompagnò un altro cliente.

Manuela si riscosse. Sentendosi arrivare qualcuno alle spalle, per un attimo – uno solo, ma lungo abbastanza – aveva ripensato a Lucas che la aggrediva, da dietro, e la sequestrava.

Apri la cassetta e chiudi questa storia si sgridò.

Infilò la chiave nella serratura e la fece scattare. Quando scostò lo sportellino, ci trovò una maniglia metallica da tirare, che fece scorrere fuori il contenitore della cassetta di sicurezza.

C'era dentro una scatola.

Deglutì a fatica perché aveva la bocca secca, ma doveva mandare giù il nodo che le stringeva il respiro.

Era una scatola piccola, grande tanto quanto lo sarebbe stata quella di un orologio.

Manuela la afferrò e notò che era leggera. Gli estremi erano bloccati con dello scotch. Se la rigirò tra le mani e, sul retro, notò una scritta a penna lasciata da suo padre:

Aprila quando sei da sola e in un posto sicuro.

Non se lo fece ripetere. Se la cacciò in borsa, rispinse dentro il carrello e chiuse la cassetta col doppio giro di chiave. Poi camminò con passo deciso in direzione dell'uscita.

Lo sapevi eccome, quanto era pericoloso, Papà.
Perché mi hai fatto questo?

* * *

Manuela abbassò la sicura della sua Cinquecento, chiudendosi dentro. I cento metri che separavano la banca da dove aveva posteggiato erano stati lunghissimi, avendo qualcosa che scottava – e di proprietà di SOLIS – in borsa. Sentiva la fronte rovente, come se Lucas le avesse sparato tre minuti e non tre anni prima.

Si rigirò di nuovo la scatola tra le mani. Era cartone anonimo, nemmeno troppo spesso. Con le dita, afferrò il lembo dello scotch per tirarlo e staccarne il coperchio.

Dentro c'era una lettera, piegata su se stessa. Manuela la aprì e sentì una fitta fortissima al centro del cuore. Così forte che poggiò tutto sul sedile del passeggero, si portò la mano sinistra al petto e prese un bel respiro.

C'era un assegno. A nome suo, non trasferibile.

Euro centocinquantamila, così c'era scritto.

Il suo prezzo era quello. Centocinquantamila euro. Tanto valeva, per SOLIS, la sua vita. Erano tantissimi soldi, per una come lei che era diventata brava con i calcoli e la spesa al discount, per far quadrare i conti. Ma erano briciole, per fondi speculativi come quello per cui aveva lavorato Cassani, che spostavano cifre nell'ordine delle decine di milioni.

«Dio, mi sento male» sussurrò a se stessa, facendo respiri lunghi per cercare di calmarsi.

E l'idea che suo padre avesse *rubato* centocinquantamila euro, una cifra fuori da ogni logica per il loro stile di vita, per lei, la faceva sentire ancora peggio rispetto alla consapevolezza che quelli erano i soldi per cui le avevano sparato in faccia.

«Papà, ma che cazzo hai fatto?».

Era sempre stata convinta che Gianandrea avesse sottratto a SOLIS molto di meno. Ma, allo stesso tempo, era orribile che la sua vita valesse *così poco*.

Trovò il coraggio di riprendere la scatola e di guardarci di nuovo dentro.

L'assegno era ancora lì, azzurro, immobile. La aspettava da anni. I fondi vincolati erano stati sbloccati al suo compimento dei venticinque anni, quindi ora l'assegno era coperto e versabile. Se non ci fosse arrivata viva, SOLIS se li sarebbe comodamente ripresi perché il vincolo non sarebbe stato mai più scioglibile.

Aggrottò le sopracciglia quando scorse quella piccola chiave dorata, nella scatola. Era appesa a una portachiavi di un paio di centimetri, il pupazzetto di un gattino nero con gli occhi blu.

«Ma che...?».

Alla fine, trovò il coraggio di aprire anche la lettera. Era scritta a mano, Gianandrea Guerra aveva una grafia bellissima e Manuela aveva cominciato a piangere già da prima di iniziare a leggere. Si passò una mano tra i capelli, tirandoli indietro, e si morse le labbra per farsi coraggio.

Non ricordava le ultime parole che suo padre le aveva detto – perché quando se le erano scambiate non aveva immaginato che non lo avrebbe visto vivo mai più. Era un cruccio che si portava dentro da anni. Ora, le ultime parole di suo padre sarebbero diventate quella lettera.

Ciao Manuelina,
sono sicuro che stai andando alla grande. Ti conosco e so che hai usato i soldi che ti ho lasciato per laurearti e sistemarti un po' la vita.

Si riferiva a quelli che le aveva lasciato *legalmente*, subito dopo la sua morte. Manuela li aveva usati anche per i suoi tatuaggi sulle braccia, che le ricordavano proprio la sua famiglia e suo Papà – che a Gianandrea non sarebbero piaciuti, probabilmente, ma che avrebbe rispettato perché piacevano a lei.

Spero ti sia piaciuta anche la Cinquecento che volevo sempre prenderti! Avrei voluto fare molto di più per te. Molto, molto di più. Ho visto un mondo pieno di mediocri di successo, uno in cui persone di talento e coraggio come te invece sono costrette ad annaspare.
L'ho fatto per te.

Manuela si portò la mano sul viso e scosse la testa, le guance bagnate. Era l'ultima delle cose che voleva leggere – *l'ho fatto per te*.

Riabbassò lo sguardo sulla lettera.

So che ti arrabbierai. Sei una da bianco o nero, ti ho educata io così. Ma ti meriti la vita migliore possibile. Io sono disposto a tutto per fartela avere.

Ho fatto delle cose non belle. Non ho fatto del male a nessuno, non sono il tipo, ma quando mi si sono presentate delle occasioni, le ho colte. Vorrei dirti che penso di aver sbagliato, so di aver sbagliato. Ma se questo mi ha permesso di darti un futuro migliore, ne è valsa la pena.

La venticinquenne scosse la testa, incredula.

Fai sparire questa lettera, dopo averla letta. I 150mila euro sono tuoi e tuoi soltanto. La cassetta di sicurezza era co-intestata a me o a te. L'assegno non è trasferibile: nessuno può versarlo se non tu.

Ho fatto degli errori, Manuelina. Vorrei che questi soldi potessero bastarti per cancellarli, ma non è così.

Le persone con cui ho iniziato a lavorare mi hanno portato lontano da tua madre. Laura diventava pazza quando pensava che magari ci stavo mettendo in pericolo e stavo mettendo a rischio anche te. Aveva ragione, ma sono stato prudente. So che andrà tutto bene.

Manuela rilesse tre volte quel passaggio e, improvvisamente, comprese un milione di perché legati a sua madre. Perché si era allontanata da lei, perché non voleva più saperne di Gianandrea, perché aveva addirittura chiesto alle sue amiche di non dirle delle sue visite in ospedale, quando Manuela era in coma. Laura temeva i nemici che Gianandrea si era fatto e il baratro in cui aveva trascinato anche la loro incolpevole figlia. Non avrebbe fatto finire i suoi bambini sullo stesso patibolo dove avevano sparato alla sua primogenita.

Li ho messi da parte un po' per volta. Ho fatto molti versamenti per riciclare i loro soldi. Ma, ogni volta, ne trattenevo una fettina per me. Questi 150mila li ho procurati così. Loro me ne dovevano già un bel po', per il disturbo che mi sono preso. Diciamo che ho... arrotondato. Non c'è niente di tracciato: non possono dimostrare in nessun modo che non erano miei e non possono sequestrarli per toglierteli. Sono tuoi.

«Papà, santo cielo» commentò lei, incredula davanti alla lucida pianificazione di suo padre, il nodo nello stomaco che si faceva più grande, il pianto che stava rallentando perché lo sgomento era di più.

A volte ho pensato che il cancro me lo sono meritato. Non ho fatto del male a nessuno, ma ho dato una mano a persone che forse non si sono fatte gli stessi problemi. Però tu non te lo meritavi, Manuelina. Accompagnarmi per le cure, sentire quello che dicevano i medici – non te lo meritavi. Ora sarai una donna fortissima e coraggiosa. Vorrei tanto poterti vedere.

Manuela, sentendo il cuore battere così veloce, dubitò di essere fortissima e coraggiosa come suo padre credeva.

Spero che potrai perdonarmi, bambina mia.

Sono solo soldi e non ti faranno felice. Ma prenditi qualcosa che potrebbe renderti un po' più contenta e farti pensare a me. Fai un viaggio, usali come acconto per comprarti una casa – o fatti quei tatuaggi orrendi che ti piacciono!
Non dimenticarti di Papà.
Sei la mia vita.
Vivi. E, per favore, sii felice.

Manuela si asciugò le guance. Quelle tre righe non erano male, almeno, come ultime parole da ricordare di suo Papà.

Voltò il foglio e ci trovò dietro un'altra riga.

PS: non lo faranno. Ma se proveranno a fare i furbi con te, a prendersi quello che è tuo, usa quella chiave. Se, non so come, sono riusciti a sottrarti questa lettera, loro non sapranno cosa farne. Ma la mia Manuelina lo sa. Da sempre.

Manuela si voltò per riguardare quella minuscola chiave col gattino e si rese conto, invece, di non avere la più pallida idea di cosa farci.

Si lasciò andare con l'occipite contro il poggiatesta del sedile e prese il respiro più lungo che poteva.

Capitolo 10

Lunedì, 11 febbraio 2019
Milano, ore 12.56

«Ciao Manuela, buon compleanno!».

La voce di Laura Valeri, sua madre, era sinceramente felice. Con il telefono stretto sulla spalla e spinto verso l'orecchio buono, mentre si tirava dietro il cancello della redazione, la venticinquenne sorrise appena.

«Ciao Mamma, grazie! Come stai?».

«Bene, dai. Sto facendo qualche lavoretto dei miei, ho un paio di ordini. Tu stasera festeggi?».

Non era una tipa da festeggiamenti, ma sua mamma non la conosceva abbastanza, da adulta, per saperlo.

Manuela riprese il telefono in mano e salì le scale verso l'ufficio della redazione. «Non penso, al massimo mi prendo un sushi».

«Non ti rubo altro tempo» fece Laura, con voce serena. «Anche perché tra poco vado a prendere Roberto e Matteo, per pranzo».

Manuela non li aveva ancora incontrati, i figli che sua madre aveva con suo marito. Non se l'era sentita e, quando era passata a visitare Laura, si era accertata di farlo di mattina, quando era sicuramente da sola.

Sospirò e si fermò a metà della gradinata del terzo piano. «Mamma...» tentò.

Laura rimase in attesa.

«Io...», pensò a suo padre che le diceva che era colpa del suo giro d'affari losco, se Laura si era allontanata da lui e infine se n'era andata con un altro. Manuela si era arrabbiata molte volte, per come sua madre l'aveva abbandonata: non aveva mai immaginato che dietro però non ci fosse il menefreghismo, ma la *paura*.

«Dimmi. È successo qualcosa?» la incoraggiò.

La giovane scosse la testa. «No. No, non ti preoccupare. Ti voglio bene» le uscì, spontaneo.
Laura sorrise. «Passa a casa, quando ti va. Tanto sono qui».
«Grazie Mamma. Buon pranzo».

***

Manuela spinse la porta della redazione e salutò con un cenno i colleghi nelle rispettive scrivanie, quando si voltarono per vedere chi entrava.
Daniela, seduta alla sua, la guardò con un'occhiata severa e indagatrice. L'altra le si accostò. «Hai un minuto?».
«Non avevi un posto migliore dove passare il compleanno, bella signorina?».
«Dani, sono seria. Hai un minuto?».
Daniela aggrottò le sopracciglia, poi annuì e si alzò per andare nella saletta relax. Manuela la seguì e si chiuse dietro la porta.
«Oh, che succede? Pare che hai visto un fantasma».
La più giovane tirò fuori quella scatola e la porse a Daniela senza dire niente. L'altra la studiò, non capendo, poi la afferrò e la aprì.
Quando vide l'assegno, si lasciò cadere seduta sul divanetto della sala relax. «Oh cazzo» le uscì.
Manuela, piantata in piedi, la guardava muta.
«Sono i soldi che...?» capì Daniela.
«Sì», le confermò l'altra. «Quelli che rivoleva tuo padre».
Daniela si rigirò l'assegno in mano con aria disgustata. «Era più questione di immagine che di soldi, allora. È che non poteva tornare da SOLIS dicendo che si era fatto fregare 150mila euro come un fesso. Quelli là con una cifra così ci fanno colazione».
«Era il mio cazzo di prezzo» sottolineò Manuela, con i denti stretti, piantandosi l'indice sinistro sullo sterno. «La *mia* etichetta col prezzo. Dio, che schifo», si passò nervosamente le mani tra i capelli, scuotendo la testa.
Daniela sospirò. «Mi dispiace. Tuo padre non poteva saperlo».
«Invece lo sapeva, che stava giocando con il fuoco» obiettò Manuela, la voce ferita. «Guarda la lettera».

L'amica la lesse rapidamente, forte della sua capacità di immagazzinare informazioni con facilità.

«Direi che lo sapeva, sì. Cos'è questa chiave?» le domandò, alla fine.

«Non ne ho la più pallida idea» rispose Manuela.

«Secondo tuo padre dovresti».

«Secondo mio padre era una buona idea anche fregare 150mila euro a quegli schizzati».

«Manu, perdonami eh. Lo so che adesso ti incazzi, ma te lo dico lo stesso: che tuo padre non fosse un genio lo avevamo già capito da... tutto, tipo. Ti voleva bene e si sarebbe fatto ammazzare per te, ti ha dato tutto, ma non vuol dire che non possa aver fatto anche delle cazzate. Cazzate tipo non dire chi erano i suoi complici».

Daniela pensò anche al fatto che Gianandrea aveva messo incinta, come se fosse stato un adolescente goffo alle prime armi, una ragazzina che aveva quindici anni meno di lui e con cui non aveva preventivato di prendere nessun impegno – Laura Valeri – ed era così che era nata Manuela, ma non osò ricordarle anche quello.

Manuela non riuscì a risponderle nulla. Era tutto troppo surreale.

«Te l'ho sempre detto che tua madre non era con te che ce l'aveva» aggiunse Daniela, in riferimento a quanto detto da Gianandrea nella lettera.

L'altra si massaggiò la fronte e si sedette accanto all'amica sul piccolo divano. «Io non so più niente».

«Niente?».

«Quante altre cose non mi avrà detto Papà?».

«Te le avrebbe dette in questa lettera, mi sa».

«Sapeva così *bene* quanto era pericoloso. Questa roba mica me l'ha data il notaio, eh. Il notaio mi ha dato la chiave di una cassetta di sicurezza – e dentro a quella c'era l'assegno! Prendi tremila accorgimenti paranoici diversi, perché sai che stai coinvolgendo tua figlia in una follia. E la fai lo stesso!».

«Pensava di sistemarti per la vita».

Manuela sorrise, ferita. La cicatrice sulla fronte era improvvisamente accecante, con l'espressione amara che aveva sul viso. «Beh, c'è riuscito».

Daniela sospirò e le passò un braccio su una spalla per stringersela accanto. «Vieni qui, fatti abbracciare» aggiunse. «Cosa pensi di fare? Lo vuoi versare?».

«Neanche morta» rispose secca, l'altra. «Non li voglio quei soldi».

«Allora buttalo in un cassetto da qualche parte e non pensarci mai più».

Manuela rimase zitta e sgusciò via dall'abbraccio, poggiando i gomiti sulle ginocchia aperte, la schiena piegata in avanti mentre era seduta sul divano.

Voleva sapere. Aveva bisogno di sapere. C'erano ancora troppi punti interrogativi, in quello che le era successo – e ora si estendevano perfino a suo padre, molto più di quanto si sarebbe aspettata.

«Hai sentito di...?», la voce di Daniela la richiamò dai suoi pensieri.

«... Di Lucas?» comprese Manuela, prima che l'altra finisse.

Daniela annuì.

«Sapevo che sarebbe uscito oggi».

L'amica ripensò all'incontro in carcere di cui Manuela le aveva accennato.

«Niente colpi di testa» le raccomandò.

«Per Lucas?», Manuela la guardò disgustata. «Ma figurati. Non vale proprio la pena. Speriamo che se lo tiri sotto un tram».

L'altra sorrise e se la strinse di nuovo forte sulla spalla.

* * *

«No. È l'unica cosa di cui sono sicura».

Manuela rispose così ad Anna che, a tavola, le chiedeva se meditava di versare l'assegno. Mentre lo faceva, con le bacchette acchiappò uno degli ultimi hosomaki al salmone e lo intinse nella salsa di soia.

Aveva adorato la sorpresa di Daniela, che si era presentata da lei e da Anna con un takeaway dal suo ristorante giapponese preferito, per quel compleanno.

Anna, la braccia conserte poggiate sul bordo del tavolo, capiva come si sentiva. Era vero che erano 150mila euro, ma lo era anche che erano soldi che erano costati il carcere a Gianandrea Guerra. E che SOLIS, a cui li aveva sottratti, si era procurata commettendo chissà quali mostruosità.

La poliziotta, nel suo maglione nero, il grande cerotto sul collo, scrutò i pochi pezzi di sushi che rimanevano nel vassoio, scegliendo il prossimo da mangiare.

«Puoi anche pensarci con calma» ricordò all'amica, mentre la pancia le suggeriva di afferrare uno dei nigiri al tonno. «Per adesso lo metti da parte e ci pensi».

«Non voglio pensarci» ribadì Manuela.

«Puoi anche versarlo e poi dare i soldi a chi ti pare» intervenne Daniela.

Manuela la guardò alzando un sopracciglio e sorridendo.

«Non intendevo a me!» comprese Daniela, e rise. «Poi, oh, se vuoi darli a me non è che mi metto a piangere». Addentò il suo temaki apprezzando l'alga croccante.

«Non voglio...», la venticinquenne esitò. «Non voglio nemmeno pensarci». Sospirò, abbassando lo sguardo sul sushi per raccogliere il prossimo pezzo, ma alla fine scelse le parole prima dell'hosomaki. «Sto pensando di portarlo... alla legale di Lucas».

Daniela e Anna, sedute una di fronte all'altra, con Manuela capotavola, si scambiarono un'occhiata silenziosa. Poi, la prima si voltò verso di lei. «In che senso?».

«L'altro giorno, in carcere, mi ha... beh, diceva che voleva che la aiutassi a scavare. Che quel pezzo di merda voleva uscire non per chissà cosa, ma per trovare prove contro i complici di tuo padre. Che poi magari sono le altre persone che hanno tirato nella merda anche il mio».

Anna la studiò. «Ti ha detto così? Che Lucas voleva uscire per regolare i conti?».

«No», Manuela scosse la testa. «Non parlava di regolare i conti, voleva tirarsi dietro altre persone. Diceva che sistemato tutto sarebbe tornato in carcere».

La poliziotta arricciò il naso e si morse le labbra, ora che aveva mandato giù il nigiri. «Tu le credi?».

«Diceva che dall'assegno poteva provare a capire qualcosa».

«Penso non ci sia niente di utile» le assicurò Daniela. «Non può versarlo senza di te, ovviamente. Ma da quello che sappiamo i soldi non sono tracciabili».

«E se non fosse così?» si interrogò Manuela.

Entrambe le sue amiche tacquero.

«Se non fosse così?», guardò anche Anna. «Se c'è ancora qualcuno bello tranquillo, là fuori, che mi ha fatto fare questo? Che ha portato mio padre su quella strada?».

«Manu», Daniela provò a dirlo in modo delicato. «Tuo padre era grande e vaccinato. Non c'è bisogno che ti spingano gli altri a fare cose sbagliate, quando capisci che puoi intascarti i soldi che si è intascato lui».

Gli occhi chiari di Manuela tremolarono, solo per un attimo. Li riabbassò sul sushi.

«Lo so che non vuoi crederci. Ma non voglio che per cercare di dimostrarti una cosa che magari non esiste, rischi di metterti nella merda e poi ci rimani comunque delusa. Dovresti lasciarti tutto alle spalle, Manu. Credimi. Lucas in carcere ci deve tornare – e se non ci torna ti prometto che faccio un casino tale che sputtano fino alla quarta generazione chiunque lo stia tenendo fuori. Ma tu devi ripartire e lasciarti tutto indietro».

Lo so, pensò Manuela, ma non osò dirlo. *Ma non ce la faccio. Papà non era questo, ho bisogno che sia colpa di qualcun altro, non ce la faccio.*

«Gianandrea Guerra o no, ci sono un sacco di cose che non tornano» intervenne Anna, che era stata pensosa fino a quel momento. Le altre due si voltarono a guardarla.

«Il video, per esempio. Non abbiamo mai scoperto chi lo aveva manomesso. A noi in commissariato è arrivato un video falso e non sappiamo se è arrivato così o se è stato modificato da qualcuno di noi». La poliziotta scelse un hosomaki al salmone e ci giochicchiò con le bacchette, sul piatto. «Da me stanno piantando un casino, per questa cosa».

Non volle dire altro, per il momento. L'idea di essere sospesa la metteva a disagio perfino davanti alle amiche.

«Ecco» sottolineò Manuela. «Abbiamo capito che tuo padre», disse a Daniela, «era l'emissario di SOLIS che si è fatto fregare i soldi da mio padre e che doveva riprenderseli. E quindi ha pagato Lucas per risolvere la situazione. Ma quei soldi da mio padre come ci sono arrivati?».

«Era mio padre che li doveva far ripulire» le ricordò Daniela. «Poi da dove venissero, beh, amen. Venivano da SOLIS, se erano da ripulire chissà da che giro d'affari losco arrivavano. Ma c'era quasi un centinaio di investitori dentro e secondo me molti nemmeno sapevano che di tanto in tanto alcuni dei soldi erano sporchi. Erano convinti di investire sul mercato immobiliare».

Era vero e Manuela pensò per un attimo di stare lottando con i mulini a vento. Voleva prendersela con qualcuno, chiunque, purché non fosse suo papà.

«Questo però sul video non cambia niente» fece notare Anna. «E quel video non è roba che ha fatto tuo padre, Dani. E nemmeno Lucas. Se puoi far arrivare alla Polizia un video contraffatto ci sono due cose: o sei molto potente e molto informato, o *sei* la Polizia».

Daniela e Manuela concordarono con le sue ipotesi.

«Tu che idea ti sei fatta?» le domandò la prima.

Anna sorrise, ma era un sorriso triste. Infastidito. «Per adesso nessuna. Ma da me stanno cercando di risalire a quel video. E sospettano di chiunque». Riprese a torturare l'hosomaki con le bacchette. «Me compresa».

Manuela le toccò un braccio. «Stai scherzando?».

Anna si fece forza. «Dopo l'uomo che ho ammazzato, stanno ribaltando il mio profilo perché è venuto fuori che era un informatore di gente che sta frugando sul tuo caso. A questo punto, secondo me era un uomo di fiducia della legale di Lucas, non lo so. E oltretutto stanno scandagliando anche quello, anche l'arresto di Lucas».

Manuela si ritrasse sulla sedia e sbiancò, gli occhi grandi e colpevoli.

«Cosa pensano di trovare?» chiese Daniela, seria come non mai.

«Il mio capo, quella nuova, ha letto la mia informativa dell'arresto di Lucas e dice che è piena di buchi. Ha ragione, perché... beh, perché è la verità, i buchi ci sono. E io sono in congedo per questo», Anna si indicò la ferita al collo. «Ma non mi fa rientrare finché non chiarisce la questione di come sono arrivata a Lucas, di cosa ci facevamo lì».

Manuela piantò i gomiti sul tavolo e si passò le mani sui capelli, tirandoli indietro.

«Anna...» sussurrò.

«Non gli dico niente, Manu. Non esiste. Non ti butto sotto un treno, la vicequestora può incazzarsi quanto le pare» anticipò l'altra.

«Anna...», Manuela aveva solo un filo di fiato, le mani ancora strette sui capelli tirati indietro. «... Devo dirti una cosa».

La poliziotta lasciò andare le bacchette e incrociò di nuovo le braccia sul tavolo, aspettando che l'amica parlasse.

«Hai presente il... vizio di forma che hanno usato per far uscire Lucas?».

La poliziotta annuì. Daniela le guardava con due occhi enormi e preoccupati – era un passo avanti, come sempre, e aveva già capito.

«È perché... Dio», Manuela scosse la testa. «La sua legale ha dichiarato che Lucas mi ha aggredita, a casa mia sul lago, solo perché gli avevo sequestrato la figlia. E per lui può essere un'attenuante».

«Stai scherzando?», Daniela parlò prima di Anna.

«No», ammise Manuela con voce colpevole. «Ha detto che poi avrebbe ritrattato, che era un pretesto per uscire e costringerli a riavviare il processo, coi nuovi elementi. Mi hanno fatta andare lì in carcere per dirmelo. E suonava anche un po' come un ricatto. Della serie: dacci informazioni su quell'assegno, altrimenti non ritrattiamo».

Anna si portò una mano alla fronte. «Ditemi che è un incubo».

«Mi hanno detto che però tu eri fuori da questa storia. Che non avrebbero detto niente della pistola, e...».

«Manu, cazzo», stavolta Anna non si trattenne. «C'è la mia vicequestora che mi sta facendo le pulci» sbottò. «E adesso si trova un documento di una legale con scritto che *tu* hai sequestrato Marta Corsi, che sputtana le stronzate che *io* ho scritto nell'informativa».

Manuela non riuscì a dire niente, fissando gli occhi dell'amica.

«Ti rendi conto di cosa significa?».

Di nuovo, rimase zitta.

«È pur sempre la penalista di un assassino. Si inventerebbe qualsiasi cosa per farlo uscire, il tuo capo non può non saperlo» intervenne Daniela.

«No, Dani. Non funziona così. Loro sono già convinti che sto nascondendo qualcosa e ora gli cade addosso dal cielo *questo*. Quanto ci mettono a fare due più due? Pistola o non pistola, non serve che la citino per gettarmi in un mare di merda».

«Posso parlarci, la colpa è mia e me la prendo io, gli dico quello che vogliono sapere» tentò di rimediare Manuela.

«Che gli dici, Manu? Alla mia vicequestora non frega niente di cosa hai fatto *tu*. Le frega che *io* ho scritto una cazzata in una informativa *sapendo* che era una cazzata. E lo scoprono ora, che senza saperlo ho ammazzato uno che ci stava pure spiando per trovare una talpa da noi. Penseranno che stia coprendo chissà che cosa. Cristo».

Manuela non aveva mai visto Anna così nervosa in vita sua. La poliziotta si portò una mano alla fronte, abbassando lo sguardo per tentare di riprendere il controllo di sé. Le emozioni che aveva cercato di sopprimere passando il weekend da Cristina erano ancora tutte lì, purtroppo.

«Cosa posso fare?» osò sussurrare la venticinquenne, disarmata.

«E cosa vuoi fare?», Anna alzò le spalle. «Bisogna pensare prima di farle, le cazzate, Manu. *Prima*. Marco non era solo il tuo ragazzo, è mio fratello: ma un anno fa non mi è passato nemmeno in testa di andare a farmi giustizia da sola sequestrando una disgraziata in mezzo alla strada. E di pistole per farlo ne avevo due! Bisogna usare la testa *prima,* Manu. Prima. Che poi, se non si finisce morti ammazzati, ci sono sempre conseguenze. Per sé e per gli altri».

Manuela abbassò gli occhi e non osò dire più niente, colpita e affondata. Sotto il tavolo, Daniela le posò una mano su una gamba, perché sapeva che quel fendente la sua amica lo aveva sentito e pure parecchio.

Anna portò due dita sulle palpebre chiuse e scosse la testa, con la tensione che calava. «Scusami». Manuela, dopotutto, non le aveva mai chiesto di mentire per lei, nel suo rapporto: Anna lo aveva fatto spontaneamente, perché voleva proteggerla. «Sono giorni devastanti, non volevo essere così dura. Non è con te che ce l'ho» aggiunse.

Manuela alzò le spalle. «Invece dovresti. Ho sequestrato una persona. Con la tua pistola. Tu mi hai salvato la vita, non so più quante volte. E non mi hai denunciata. Per ripagarti, adesso per colpa mia ti succede anche questo».

Anna riaprì gli occhi e incrociò quelli colpevoli dell'amica.

«Mi dispiace. Alle conseguenze non ci avevo pensato. Non quando... quando ti ho preso la pistola. Non ho pensato a niente, solo a come mi sentivo, al fatto che era colpa mia e quindi dovevo risolverla io. E a come stava Marco. Non volevo che ci andassi di mezzo tu».

Anna sospirò.

«Lo so. E quelle conseguenze comunque non te le meriteresti, Manu» ribatté decisa, tornata alla sua voce controllata e calma. *Ma non voglio perdere il mio lavoro*, pensò.

La poliziotta si buttò finalmente in bocca il povero hosomaki. «Devo scoprire chi c'è dietro quel video» si impose. Potevano metterla all'angolo per l'informativa sull'arresto di Lucas e tutto quello che aveva omesso, ma non avrebbero avuto niente da dire se avesse portato alla vicequestora, al PM o chi per loro la talpa che stavano cercando. Era la prova tangibile che lei non aveva niente a che fare con SOLIS o nessun altro.

Daniela incrociò lo sguardo di Anna, poi quello di Manuela, e aveva già capito.

Sospirò. «Ragazze, vediamo di non farci ammazzare, stavolta» raccomandò.

Anna e Manuela si guardarono e poi guardarono lei.

«Per favore» aggiunse.

Capitolo 11

Martedì, 12 febbraio 2019
Milano, ore 10.17

L'ultima volta che era stata a casa di un legale, era stata quando era andata da Valon Bezhani. Ricattato da Lucas, l'uomo aveva provato a strangolarla in modi che non voleva nemmeno ricordare e l'aveva picchiata con una forza così brutalmente disperata, per piegare la sua resistenza, che era stato quel trauma cranico ad averla quasi uccisa, pochi giorni dopo, durante il sequestro di Marta.

Manuela non poté fare a meno di pensarci, mentre si chiudeva dietro il portoncino dell'appartamento di Sandra Giudice.

«Permesso?» fece, educatamente.

L'ingresso era luminoso e davanti alla porta giganteggiava uno specchio moderno, senza fronzoli, che capeggiava su una mensola dove Sandra aveva sistemato dei libri. Guardandosi attorno, Manuela notò che ce n'erano un po' ovunque – libri e mensole.

«Vieni, entra pure». La voce della donna, che arrivava dalla stanza attigua, la guidò.

Manuela, le mani cacciate nelle tasche del bomber, le spalle strette a difendersi – da se stessa – camminò oltre il disimpegno per arrivare alla porta di un salotto, che era palesemente l'ambiente principale della casa e che fungeva anche da studio.

Sandra Giudice, dietro la sua scrivania bianca, si alzò per salutarla. Indossava dei pantaloni neri e una camicia, niente di troppo appariscente.

«Buongiorno» le disse la giovane.

«Buongiorno, Manuela. Vieni, siediti».

Manuela si guardò attorno. «È carina casa sua» si concesse di commentare, riferendosi all'arredamento moderno scelto dalla legale.

«Vero?», la donna le sorrise. «Di solito chi fa i soldi si compra robe sfarzose e barocche. Per me sono da vecchi, mi piace il minimale. Vieni, accomodati».

Manuela camminò fino a una sedia sistemata davanti alla scrivania, uno scranno realizzato in un pezzo unico coperto da pelle sintetica grigia rifinita a quadri.

«Lei ha fatto i soldi?» le domandò, mentre si sedeva.

Giudice scorse in quella domanda il piglio della giornalista che Manuela in effetti era. Le sorrise di nuovo, sicura. «Abbastanza. Ma dopo una certa soglia non ti interessano più. Non sono la tipa da macchine di lusso».

«Ha molti clienti facoltosi» dedusse.

«Pagano bene perché lavoro bene. Ha senso, no? Posso offrirti qualcosa?».

Manuela ricordò che quella frase, *posso offrirti qualcosa*, era ciò che anche Bezhani le aveva detto un anno prima, per poi aggredirla alle spalle e provare a ucciderla per conto di Lucas.

Scosse la testa e abbassò lo sguardo sulla scrivania della legale. Era in ordine, sulla sinistra c'erano dei documenti impilati, sulla destra un portapenne e un tagliacarte, allineato ad altri strumenti da cancelleria.

«Neanche un po' d'acqua?».

«Le ho portato l'assegno» tagliò corto Manuela, in risposta. «Non so manco io perché lo sto facendo» ammise, poi.

Giudice la guardò con soddisfatta approvazione. «Perché sei una donna intelligente».

Manuela ripensò al fatto che, la sera prima, aveva veramente mandato a quella donna un messaggio per chiederle un appuntamento. Voleva togliersi il dente e non pensarci mai più. La legale l'aveva invitata a passare da lei la mattina dopo – e ora eccole lì.

«Immagino volessi vedermi per questo. Ieri era il tuo compleanno, no? I tuoi *famosi* venticinque anni».

La ragazza annuì.

«Auguri» le disse l'avvocata, sincera.

Manuela arricciò il naso, infastidita. «Grazie».

«Auguri, Manuela».

Quando la giornalista sentì quella voce, alle sue spalle, l'istinto prese il sopravvento. Afferrò la prima cosa che le sembrò più simile a un'arma e, brandendola nella mano sinistra, si voltò per difendersi, allontanandosi dalla scrivania.

«Che cazzo ci fai qui?» ringhiò la giovane, tenendo il tagliacarte affilato davanti a sé, pronta a colpire.

In piedi, davanti a lei, Lucas era serio e impassibile.

«Signor Corsi» lo ammonì la legale. «Le avevo detto di aspettare».

Manuela la guardò con la coda dell'occhio e fece un altro passo indietro, spostandosi di lato rispetto alla scrivania. La lezione di Bezhani l'aveva imparata, eccome: non si sarebbe fatta prendere alle spalle mai più.

Era da sola a casa di Sandra Giudice e c'era anche Lucas. Non le serviva sapere altro per sentire il bisogno di brandire qualcosa di tagliente e non farlo avvicinare.

«Va tutto bene, non volevo spaventarti». La voce calma dell'uomo le congelò la schiena. Si accorse che stava respirando a bocca aperta e che stava stringendo il tagliacarte così forte che le facevano male le dita.

«Se ti avvicini giuro che ti ammazzo».

Lucas alzò le mani. «Non mi avvicino».

«Mi dispiace». Giudice si voltò verso Manuela mentre era in piedi dietro alla sua scrivania e la ragazza era a tre metri da lei, di lato. «Volevo dirti con calma che c'era anche lui, ma il signor Corsi fa sempre di testa sua. Va tutto bene, non sei in pericolo».

Manuela scosse la testa. «Ho sbagliato a fidarmi di lei» le disse.

«Va tutto bene». La donna le si accostò e Manuela la guardò solo per un secondo, per poi riprendere subito a fissare Lucas, ben più lontano, temendo che potesse attaccarla in qualsiasi momento. Non c'era motivo per cui avrebbe dovuto farlo, ma davanti a lui la logica era morta ammazzata dai traumi.

«Manuela?» la chiamò Sandra Giudice, come a svegliarla. La giornalista finalmente la guardò, continuando a respirare con la bocca aperta, il sangue e l'adrenalina che pompavano.

«Mi dispiace per quello che ti ha fatto il signor Corsi» le disse, rendendosi conto di quanto Manuela fosse ancora *davvero* spaventata a morte da quell'uomo. «Ti giuro che non è qui per farti del male. Vuole solo vedere che informazioni posso tirare fuori da quell'assegno».

«Vuole riportarlo ai suoi padroni» capì Manuela. «È per riportare quei soldi a SOLIS, che sei qua».

Lucas scosse la testa e si mise le mani in tasca, sembrando quasi annoiato.

«Ti giuro di no» intervenne di nuovo l'avvocata. «Manuela, dammi quel tagliacarte e non complichiamo ancora di più le cose. Non vuoi fare male a nessuno».

Io vorrei ammazzarlo. Manuela non riusciva a non pensarci.

«Manuela». La legale le posò una mano su una spalla. «Corsi, si allontani, cazzo» abbaiò poi verso il suo cliente. «Manuela, calmati. Va tutto bene».

La ragazza deglutì a fatica e tentò di riprendere il controllo. Il cuore batteva ancora fortissimo, perché questa volta Lucas non era ammanettato e non c'era nessuna sentinella dietro la porta a cui chiedere aiuto.

«Non ho nessun motivo di ucciderti. Stai calma e abbassa quello stuzzicadenti prima di farti male» biascicò Lucas. «Hai l'assegno, SOLIS per quei soldi non può fare più niente. E non esiste nemmeno più. Cassani non deve più salvarsi la faccia. Calmati. Stiamo cercando le stesse persone».

Era vero, ma Manuela non riusciva a razionalizzare la cosa. Si era convinta di poter riuscire a far vedere l'assegno alla legale di Lucas, anche per farle ritrattare l'accusa contro di lei. Ma pensare di farlo sedendosi a un tavolo con lui era un altro paio di maniche.

«Corsi, mi va a prendere un bicchiere d'acqua, per favore?» alzò la voce l'avvocata. «Manuela, guarda me».

Lucas sbuffò e lasciò la stanza per raggiungere la cucina. La ragazza, finalmente, riuscì a riprendere il controllo del braccio e ad abbassarlo. Rimase di gesso, nel tentativo di regolarizzare il respiro.

«Va tutto bene, capisco come ti senti. Mi dispiace, non volevo che entrasse senza avvisarti». Sandra Giudice le si avvicinò e riuscì a toglierle di mano il tagliacarte.

Mi fa ancora una paura inumana, si rese conto Manuela, persa nella sua mente. *Questi traumi me li porterò nella tomba.*

Lucas ricomparve con un bicchiere d'acqua e guardò la sua legale domandandosi cosa diavolo dovesse farci.

«Me lo lasci sulla scrivania e si faccia indietro, per cortesia. Manuela vieni, siediti».

L'altra scosse la testa. «Non mi siedo di spalle a lui» riuscì finalmente a parlare.

«Corsi, si faccia di lato. La vede la situazione, no?» alzò di nuovo la voce la donna.

Lucas Leone, che la legale si ostinava a chiamare col suo vero nome, Alberto Corsi, fece qualche passo indietro, cacciando le mani nelle tasche dei pantaloni d'abito scuro che aveva messo insieme a un giubbotto grigio.

«Più che dirle che non sono qui per lei non so cosa fare».

«Converrà che è un po' povera come rassicurazione, dopo tutto quello che le ha fatto».

Manuela sentì l'adrenalina diventare nausea. Quella legale lo sapeva benissimo, che razza di individuo aveva tirato fuori dal carcere.

Si avvicinò faticosamente alla scrivania, ma non si sedette. Voleva essere pronta a scappare, schivare, reagire – non sapeva ancora bene a cosa, ma non poteva farsi fregare come da Bezhani, non di nuovo.

«Prendi un po' d'acqua, ti farà bene» la invitò Sandra Giudice, indicando il bicchiere lasciato lì per lei da Lucas e tornando seduta alla sua scrivania.

Manuela non avrebbe bevuto qualcosa offerto da lui nemmeno se fosse stata da quaranta giorni nel deserto. In piedi, all'altro lato del tavolo, scosse solo la testa. Lucas era alla sua sinistra, tre o quattro metri più indietro.

«Il signor Corsi non ti toccherà neanche con un dito. Te lo giuro sulla mia vita, Manuela. Non è nel suo interesse e lo è ancora meno nel mio. Non sei in pericolo, rilassati».

«Se ti torco un capello, Marta mi toglie la parola per il resto della mia vita» intervenne Lucas.

E quello fece presa. Manuela si voltò a guardarlo e pensò a Marta che sceglieva di salvare lei e mandare in carcere suo padre, chiamando Anna per soccorrerla mentre agonizzava.

«Mia figlia mi ha dato un'altra chance. Una sola. Non la spreco per te, non sei così importante» le ricordò.

La giornalista annuì a fatica e si voltò di nuovo verso la legale. Voleva solo andarsene da lì. Estrasse dalla borsa la scatola che le aveva lasciato suo padre e tirò fuori solo l'assegno. La lettera era troppo personale per condividerla con chiunque – men che meno con quei due.

La legale lo prese delicatamente dalla sua mano e lo studiò.

«Posso?» domandò Lucas.

«Venga, Corsi, si avvicini».

Manuela fece tre passi indietro, mentre lui si avvicinava, studiandolo dalla distanza. Quando si concentrò effettivamente sull'assegno, il suo cuore rallentò.

«Te lo ha dato il notaio?» le domandò.

«No», gli rispose, ma la voce vibrava ancora per l'agitazione. «Il notaio mi ha dato la chiave di una cassetta di sicurezza in banca. Nella cassetta c'era quello».

«L'hai già versato?» le chiese la legale.

«Non voglio versarlo».

Lei e Lucas si guardarono. «Ci serve che lo versi per vedere da dove arrivano i soldi».

«È firmato da mio padre. Arriveranno da qualche conto a suo nome in un filiale di quella banca in chissà quale buco del culo del mondo».

«È l'unica pista che abbiamo» le ribatté l'avvocata.

«Il notaio chi era?» le chiese invece Lucas.

Manuela deglutì e rimase zitta. Non voleva che ci andasse di mezzo quell'uomo. Voleva aiutare Anna e far ritrattare Giudice sul sequestro di Marta, non diventare complice di quei due.

Vedendola zitta, la donna sospirò. Poggiò l'assegno sulla scrivania e intrecciò le dita, con le mani sul tavolo. «Manuela, ascoltami: non andremo in giro a uccidere nessuno, ok? Vogliamo solo capire chi sono le altre persone che ti hanno fatto tutto questo. Le altre che c'erano con Cassani. Nient'altro».

La giovane fissò i suoi occhi per qualche secondo, cercando di ragionare e divisa tra le sue mille contraddizioni. Poi si fece coraggio: «Giacomo Pieri e associati».

«Le suona questo nome?».

Lucas scosse la testa. «No, non era uno del giro di Cassani».

«Diceva che era amico di mio padre» aggiunse Manuela. «Sembrava uno a posto».

«Capirai... Vedendomi così, anche io ti sarei sembrato uno a posto. Ma in questo giro il più pulito puzza di merda, ragazzina» ribatté Lucas.

«La tua puzza di merda l'avrei sentita a chilometri».

Sandra Giudice ridacchiò e scosse la testa. «Vedo che ti sei rilassata e stai tornando in te. Allora, facciamo così: farò dei controlli. Sia sulla banca dove tuo padre ha fatto emettere questo assegno, sia su questo notaio. E vediamo cosa scopro. Ma devi versarlo, su un conto dove possiamo vedere i dati dell'operazione. Ce la devi, quest'informazione» le ricordò.

La ragazza prese un respiro profondo dal naso. «Ritratterete? Su quello che è successo con Marta».

Giudice annuì, impeccabile. «Certo. Appena avrai fatto quello che devi fare».

* * *

Ne ho parlato alla Borsari, ovviamente le interessa e abbiamo il suo supporto.

Manuela lesse quel messaggio appena ricevuto da Daniela e fu contenta di avere l'appoggio della direttrice. Qualsiasi cosa avessero scoperto, poteva diventare un'inchiesta preziosa anche per *Inquisitio*.

Infilò il cellulare nella borsa che teneva a tracolla sul fianco e camminò verso il portone di casa per farsi una doccia, schiarire le idee e decidere il prossimo passo. Aveva ancora addosso i morsi della paura e le scorie dell'adrenalina scatenati da Lucas – e non era sicura che una doccia potesse bastare a lavarli via.

«Manuela!», si sentì chiamare da dietro e afferrare per un braccio.

L'istinto la fece voltare all'improvviso, alzando la mano sinistra chiusa in un pugno per difendersi.

Davanti si trovò solo un giovane mingherlino, sul metro e settanta scarso, con in mano un registratore audio e che si fece piccolo piccolo, temendo che stesse per colpirlo.

«Manuela, sono un giornalista!» precisò subito.

Lei riabbassò le mani e prese un bel respiro. «Ti sembra una buona idea strattonarmi proprio qua, sotto casa?» abbaiò, giustamente. «Mi è preso un colpo».

«Scusa, hai ragione» si rese conto quello. Aveva i capelli corti e scuri, gli occhiali rotondi, una camicia bianca a righe verticali grigie infilata in un paio di jeans. «Posso... intervistarti?».

«No, mi dispiace» tagliò lei. «Scusami, ma sarà un milione di volte che chiedo di non-aspettarmi-sotto-casa» scandì bene. «Lo so che stai lavorando, facciamo lo stesso lavoro. Ma sotto casa no, almeno un po' di rispetto».

«Lo so, ti aspettavo sotto la redazione ma alla fine lì non sei arrivata. Ti ho scritto anche sui social ma...».

«... ma non li uso quasi mai, sì. Senti», Manuela si frugò nella borsa e tirò fuori un biglietto da visita, porgendoglielo. «Mandami una mail con tutte le domande che vuoi e ti scrivo poi le risposte».

«Volevo registrarle, lavoro per la radio».

Manuela sbuffò, poi scosse la testa. «Non posso adesso. Mi dispiace».

Si voltò per continuare a camminare, piena fino all'orlo degli appostamenti che i colleghi di altre redazioni orchestravano per via della sua notorietà, che lei detestava. Il ragazzo la afferrò di nuovo al braccio.

«Manuela, per favore!».

Lei lo strattonò via per ritrarsi. «Mi lasci in pace, per cortesia?» alzò la voce.

«Non posso tornare alla radio a mani vuote».

«Digli che non avevo niente da dichiarare e vattene, per favore».

«Volevo chiederti dello scarceramento di Alberto Corsi».

Manuela gli sorrise, nervosa. «Ecco: non ho niente da dire sullo scarceramento di Alberto Corsi. Va bene così?».

Si voltò e riprese a camminare. Lui la afferrò di nuovo.

«Senti» parlò per prima Manuela, girandosi per farsi lasciare il braccio. «Forse non sono stata chiara».

«Ragazzino, allora?». Una voce tonante, dall'ingresso del condominio, fece zittire entrambi.

Il giornalista lasciò il braccio di Manuela e deviò lo sguardo verso il nuovo arrivato.

«Stai dando fastidio, non è chiaro?».

Christopher venne avanti e forse anche solo la differenza di stazza con quell'uomo convinse il giovane a fare un passo indietro.

«Facciamo che ti fai un bel giro e sparisci?» aggiunse la guardia giurata, in abiti civili.

«Sei il suo nuovo fidanzato?» provò a ricamare l'altro, cercando almeno di scoprire qualcosa sulla vita privata di quella che lo avevano mandato a intervistare.

Chris lo afferrò per il bavero con entrambe le mani. «Sono quello che fa arricchire il tuo dentista, che dici?».

Manuela gli toccò un braccio e lo guardò male abbastanza da passargli il messaggio: Chris mise giù il giovanotto spintonandolo indietro.

«Sparisci» gli intimò.

Quello fece due passi indietro e comprese che non avrebbe ottenuto nulla. Sconfitto, si allontanò a testa bassa.

«Mandami la mail, ti scrivo tutte le risposte che vuoi» gli disse lei, che sapeva come ci si sentiva a tornare in redazione a mani vuote.

«Pensa te 'sto maleducato» commentò Chris, infastidito.

«Non c'era nessun bisogno di mettergli le mani addosso» lo ammonì Manuela.

«Beh, lui te le ha messe. Dalle mie parti però in questi casi si dice *grazie*» azzardò il suo vicino di casa, scherzoso. «Comunque hai ragione, non lo faccio mai. Ma ho visto che lui continuava a strattonarti e non se ne voleva andare».

Lei prese un respiro bello lungo, guardando il giovane giornalista che si era allontanato lungo via San Paolino. «Non mi va che alzi le mani per me».

«Ah, scusami se ho fatto il principe azzurro» la sfotté lui, con quel suo sorriso sicuro sulle labbra.

Manuela sorrise appena, ma non cambiò idea.

«Non mi serve il principe azzurro».

Lui alzò le mani. «Ma infatti è una cosa che serve a me, così mi sento meno inutile».

Lei accennò una risata e tagliò, non aveva voglia di discutere oltre.

«Esci?» gli domandò.

«Sì, vado a sistemare due robe in sede. Per te niente lavoro, oggi?».

«Sto seguendo una cosa, non servo in ufficio». Manuela si massaggiò la tempia sinistra ed ebbe la sensazione che l'orecchio le ronzasse un po' più forte del solito.

«Una cosa interessante?».

All'idea di suo padre, di Lucas, di Sandra Giudice, di quei soldi, lei storse le labbra e alzò le spalle. «Sì. *Purtroppo* sì».

Chris la guardò e non capì quella contraddizione.

***

«Manuela? Manuela, mi senti?».

La donna aprì gli occhi pesanti e vide il cielo azzurro e sereno davanti a lei. Il viso di Chris compariva da un angolo.

Disorientata, si guardò attorno per rendersi conto che era stesa a terra, il busto tra le braccia del suo vicino di casa, che era inginocchiato accanto a lei.

«Chris...?» balbettò.

«Cazzo, stai bene?» rispose l'uomo, agitato. «Stavamo parlando e mi sei caduta addosso di punto in bianco».

Lei strabuzzò gli occhi. «... cosa?».

«Sei svenuta, di botto».

Merda, non di nuovo.

Riscoprì di avere le mani alla fine dei polsi e ne portò una alla fronte. Il ronzio all'orecchio era tornato normale.

«Sono riuscito a prenderti prima che cadessi per terra» aggiunse lui, come a giustificare il perché la tenesse tra le braccia.

Lei faticò anche ad annuire. Aveva la testa e gli arti informicolati, un improvviso senso di calore sul viso mentre i piedi erano gelati. «Grazie» gli sussurrò.

Provò a rialzarsi e lui la aiutò reggendola per un braccio.

Devo andare dal neurologo si rese conto, spaventata. Aveva sempre saputo che il proiettile avrebbe presentato il conto – solo, aveva sperato non succedesse così presto.

«Ti senti bene?».

Deglutì a fatica. «Sì, sì. Adesso mi riprendo».

«Ti succede spesso?» si allarmò lui, lasciandole andare il braccio per vedere se si reggeva in piedi da sola.

«No, è... devo parlarne col medico».

«È per quello che ti ha fatto quel bastardo, per il proiettile?».

«Penso di... sì. Credo».

Chris arricciò le labbra. «E lo hanno fatto anche uscire, quel pezzo di merda».

Manuela non chiedeva mai aiuto a nessuno, ma stavolta si sentiva disarmata e aveva paura. Una paura difficile da razionalizzare: non poteva controllare cosa quella pallottola faceva al suo cervello.

«Mi... mi accompagni di sopra?» balbettò con voce ancora debole.

«Scherzi? Certo». Chris fece per prenderla in braccio, ma lei si ritrasse. «No», gli disse, «cammino, ce la faccio».

«Niente principe azzurro, giusto», le sorrise lui. Le porse il braccio sinistro e lei lo afferrò per sorreggersi, impaurita all'idea di scoprire se le gambe rispondessero ancora o no.

«Puoi non parlarne con Anna? Per favore» gli disse, appena entrati nel palazzo.

Chris, ingobbito per starle il più vicino possibile nei venti centimetri di statura che li separavano, si perse nei suoi occhi spaventati che avevano solo bisogno di comprensione.

Non fece domande, annuì e le sorrise. «Certo, non ti preoccupare».

Capitolo 12

Martedì, 12 febbraio 2019
Milano, ore 12.39

Anna si girò e rigirò quel foglio tra le mani. L'archivio era la stanza più silenziosa del commissariato. Tra gli scaffali e i fascicoli in ordine alfabetico si sentiva stranamente a suo agio. Era un posto che l'aveva sempre annoiata – ma con due morti sulla coscienza, i punti sul collo e la sospensione sulla testa, quella noiosa pace le parve un paradiso.

Il fascicolo "Guerra M." era diventato una montagna di carte. Dopo averlo poggiato sul tavolo del collega archivista, aveva cercato il rapporto sui video arrivati alla Polizia, quelli che avevano mostrato Aidan Hasa e non Lucas Leone sparare a Manuela.

Lo rilesse, deponendolo sulla scrivania, entrambe le mani aperte schiacciate ai lati del foglio, mentre pensava.

I video di quella notte erano arrivati da tante fonti diverse. Da alcune videocamere comunali, da quelle di un paio di banche, da quella di un condominio, dall'università.

Sono troppe origini diverse si rese conto Anna. Difficile credere che i video fossero arrivati già manomessi da così tante fonti differenti.

Questa è una schifezza che ha fatto qualcuno di noi, si convinse.

Rimise il documento nel fascicolo, il fascicolo nello scaffale e si chiuse dietro la porta, puntando l'ufficio dell'Investigativa e la sua scrivania. Premette il tasto di accensione dello sgangherato computer che lo Stato le metteva a disposizione e si mise seduta.

«Anna, ma che ce fai 'ccà?».

La voce rocciosa di Gaetano, il sovrintendente con cui lavorava da molti anni, le fece notare solo in quel momento che non era sola in ufficio.

«Ciao Gaetà» lo salutò. «Scusa, sto controllando delle cose e vado via subito».

«Ma scherzi? Resta quanto vuoi. Non sei a riposo per quello che ti ha fatto quello stronzo? Tieni una sfiga, bella mì. Sto in Polizia da quando tenevo i calzoncini corti e per fortuna a me ancora non m'hanno sparato».

Anna inserì la password senza distogliere lo sguardo dal monitor, mentre Gaetano era seduto di fronte a lei, all'altra scrivania. «Lo sai che a riposo non ci so stare».

Gaetano, che aveva poco meno di cinquant'anni, pochi capelli e una decina di chili di troppo, rise. «E che non lo so?».

Anna sentì montarle lungo la schiena un orrido senso di disagio. Se i video li aveva manomessi la Polizia, doveva sapere chi. Fino a prova contraria, non sapeva più di chi fidarsi, lì dentro – da Stefano a Gaetano, passando per Flavio e l'ispettore Ferro. La sua intera squadra.

«Ti posso aiutà?» le domandò il sovrintendente, alzandosi e infilandosi in bocca una sigaretta.

«No, tranquillo».

«Tanto finché non arriva Stefano qua non tengo niente da fare».

«È una roba per la mia amica, non ti preoccupare».

Gaetano si accese la sigaretta e prese una lunga boccata. «Chi, Manuelina? Come sta? Ho visto che hanno tirato fuori quello stronzo. Noi ci facciamo un culo così a pigliare quelli come lui e i giudici poi li fanno uscire. Dicci all'amica tua che se vuole cercarlo per ammazzarlo con le mani sue, l'aiuto io», Gaetano si batté la mano sul petto, la sigaretta stretta tra le labbra.

Anna distolse lo sguardo dallo schermo solo a quel punto, incrociando quello del sovrintendente. Lui aprì le braccia, con addosso la sua felpa blu e un gilet imbottito pieno di grosse tasche, la sigaretta ora tra le dita. «Che, non c'ho ragione? Farebbe bene, se lo vuole andare ad ammazzare dille che il cadavere poi lo fa sparire Gaetano, e tanti saluti a quell'omm'e niente».

Lei avrebbe voluto ridere, il temperamento del suo collega era unico ed era molto più buono di quanto le parole e l'aspetto burbero suggerissero. Riuscì però a rimanere seria.

«Gaetà, per favore».

Gaetano non sapeva che Manuela il confine lo aveva già passato un anno prima, tirandosi dietro con ogni probabilità anche la carriera di Anna, e non poté decifrare completamente lo sguardo severo della sua collega. Manuela non aveva affatto bisogno di nuovi aspiranti complici nella Polizia, per fare altre cazzate.

«Stai troppo nervosa, Anné. E tieni pure ragione, con quel buco che c'hai nel collo. Vuoi fumare?» le porse il pacchetto.

Anna entrò nella cartella "Guerra M." dell'archivio digitale con un doppio click e inserì di nuovo la password e il suo identificativo.

«Grazie, sto a posto così».

«Vabbuò, ho capito. Vado a prendere un po' d'aria. Se arriva Ste digli che sto già al parcheggio, che quello chissà dove si è incastrato».

Mentre Gaetano usciva, Anna si infilò nella cartella dei video ricevuti dalla Polizia e con cui avevano accusato Aidan Hasa, e se li guardò uno per uno, prendendo appunti nel blocco note che teneva sulla scrivania.

Sapeva che lo avevano già fatto tante volte – quando l'impianto accusatorio contro Hasa era crollato e Anna si era presentata con Alberto Corsi reo confesso – e che non erano riusciti a capire come l'uomo sbagliato fosse finito nel video.

Ma loro non erano motivati abbastanza si disse Anna. *Io sì. Per Manu e pure per me.*

«Ciao baby, stai guarendo bene? Senti, hai visto Gaetano?». La voce vivace di Stefano spuntò dalla porta e lei la sentì appena, assorta da ormai un bel po' tra i video che stava praticamente imparando a memoria.

«Ciao Ste – sì, ti sta aspettando fuori da, boh, venti minuti?».

«Mi ammazza, sicuro. Grazie Anna, vatti a riposà, che poi mica dovresti essere qui, o no? Se lo scopre la Baroni sai come si incazza».

«E tu non glielo dire, alla Baroni».

Stefano fece il gesto della bocca cucita e la salutò stringendo e riaprendo le dita della mano. Anna gli concesse un sorriso, poi tornò ai suoi video.

Se lì c'era un indizio, doveva scoprirlo. E doveva farlo il prima possibile.

* * *

«Che ha detto il neurologo?».
Manuela tornò in salotto dopo aver chiuso la telefonata, quando Chris le fece quella domanda con tono apprensivo.
«Dice di fare una tomografia» gli rispose, ancora impaurita da quello che era successo. Alzò le spalle. «Che in base a quella poi mi dice come cambiare la cura e sistemare le cose».
Poggiò con non troppa grazia lo smartphone sul tavolo, Chris era in piedi poco lontano da lì.
«L'ambulatorio è lontano?» le domandò.
«No, è... ci vado in metro. Mi ha trovato un buco per le 15 di oggi» tagliò lei.
«Ti posso accompagnare io».
Lei lo guardò incerta. Non era abituata a lasciarsi aiutare – ed era abituata ancora meno, tolte Anna e Daniela, alle persone che ti danno una mano senza volere niente in cambio.
«Chris, io... non voglio che ti trovi incastrato in mezzo ai miei casini».
«E chi si incastra? Ti ho solo detto che ti do un passaggio e ti accompagno. Se vuoi».
L'uomo le sorrideva con aria innocente. Manuela riuscì ad abbozzare un sorriso di rimando, preoccupata. Era svenuta di punto in bianco due volte in pochi giorni e aveva terrore degli esiti di quell'esame.
Annuì lentamente. Aveva bisogno di lasciarsi aiutare, era una cosa in cui si era ripromessa di migliorare, perché era anche la sua incapacità a lasciarsi aiutare che l'aveva allontanata da Marco.
«Grazie» sussurrò, sentendosi in colpa. «Non so perché lo fai ma... grazie».
Chris alzò le spalle, le mani cacciate nelle tasche. «Perché non dovrei?».

***

Li aveva imparati a memoria davvero, quei video.

Anna spense il computer e chiuse il blocco note, alzandosi dalla sua scrivania e camminando fino all'altro lato dell'androne del commissariato, verso la sua nuova meta. Bussò.

«Avanti».

La voce seria dell'ispettore superiore della Scientifica, Valenti, la accolse. La poliziotta si chiuse dietro la porta e lui, nel suo camice bianco con i gradi sul petto e le mostrine, rimase sorpreso dalla visita.

Era un uomo alto quasi un metro e novanta, magro, senza capelli ma con la barba di qualche giorno sul viso; indietreggiò sulla sedia con le ruote, sporgendosi dalla grossa scrivania per venire verso di lei.

«Ma ciao, agente scelto Russo. Stai un po' meglio?».

«Ciao Massimo», lei gli concesse un sorriso stanco. «Ti disturbo?».

«Mai che rispondi a una domanda, eh. No, non mi disturbi. Che succede? Pensavo fossi a casa».

«Sì, è... beh... è un po' complicato. Volevo chiederti una cosa».

Massimo aprì le braccia con quel suo solito fare da guascone. Anna faticava a pensare a quanto lucido e composto fosse nel suo lavoro, se paragonava la cosa a quanto fosse invece chiacchierone e sfrontato nei rapporti personali. «Tutto quello che vuoi, ma...».

«Non posso venire a cena con te, Max» lo anticipò lei.

Massimo alzò un sopracciglio. «Non te lo stavo mica chiedendo. Sai che adesso sono impegnato, no?».

«Sul serio?». Anna rimase sinceramente sorpresa. Erano anni che Massimo cercava di uscire con lei. Ormai era diventato un loro tormentone e quasi un gioco – anzi, faticava a pensare che davvero Massimo non avesse ancora dedotto che fosse omosessuale. In caso, non deponeva affatto in suo favore, come ispettore della Scientifica.

«Più o meno. Stasera sono impegnato con una. Domani vediamo».

Anna sorrise e scosse la testa. L'idea di non sapere più di chi potesse fidarsi, lì dentro, faceva troppo male e stava cercando di soffocarla. Voleva potersi fidare di Massimo, delle sue battute che non facevano ridere.

«Senti, è una cosa seria» premise.

Massimo si fece serio a sua volta. «Dimmi. Non può essere peggio di quando l'anno scorso mi hai fatto monitorare quel numero di telefono ed è venuto fuori che era della tua amica famosa» le ricordò.

«Siamo lì, riguarda di nuovo Manuela».

Massimo si morse le labbra e Anna venne accanto alla sua scrivania, allontanandosi dalla porta. L'ufficio era spazioso, le scrivanie erano tre e tutte popolate da computer diversi.

«Ti ricordi i video dove si vedeva Aidan Hasa che le sparava?».

L'ispettore annuì. «Me li ricordo sì, abbiamo fatto una figura di merda nazionale».

«Non la faccio lunga, comunque a breve verranno a frugarli di nuovo».

«Prevedibile, col casino che stanno facendo al processo». Massimo alzò le spalle. «E da me cosa ti serve?».

«Massimo... quei video sono arrivati qui già *così?*» disse secca, meno delicatamente di quanto avrebbe voluto.

Lui sorrise, sarcastico. «Mi stai chiedendo faccia a faccia se li ho manomessi io?».

Anna scosse la testa. «Ti sto chiedendo se quando sono arrivati sulla tua scrivania erano già così. O se pensi che possa essere stato qualcuno dei... *tuoi*, a metterci le mani».

Avrebbe voluto sentirsi dire di sì. Se era stato qualcuno della squadra Scientifica di Valenti, significava che non era nessuno della sua, nessuno dell'Investigativa.

«Non ci ha messo le mani nessun altro. Li ho gestiti solo io. E quando sono arrivati da me, ti assicuro che Hasa era lì bello bello che sparava alla tua amica. Chi li ha manomessi lo aveva fatto prima che arrivassero a me. E lo ha fatto bene».

Anna incassò quella notizia e trovò odioso dover tenere anche Massimo tra le papabili talpe del suo commissariato.

«È possibile che li abbiano sovrascritti quando erano già sul tuo PC?».

«Con un lavoretto di fino, sì. Ma sinceramente penso che me ne sarei accorto».

«Hai ancora gli originali?».

«No, sono nell'archivio digitale. Se ti stai chiedendo se puoi verificare le date originali dei file, no. Ora risultano solo le date in cui li abbiamo spostati in archivio».

Merda.

«Comunque sono state segnate nel rapporto quando abbiamo spostato i file».

L'informazione non le era utile: senza la controprova del file davanti agli occhi, il rapporto poteva non dire il vero. Dopotutto, anche il suo rapporto sull'arresto di Lucas era pieno di fesserie.

L'agente scelto sospirò, stanca. Il collo le andava a fuoco e pensò che avrebbe dovuto cambiare la medicazione da un po', anziché trattenersi lì a tormentarsi.

«Come mai ti preoccupa così tanto? Voglio dire... non abbiamo fatto un figurone, ma nessuno di noi era destinato a diventare questore. Se proprio va male, ci daranno un'ammonizione per negligenza, capirai» smorzò Massimo.

Anna gli sorrise, triste. «Se proprio va male, sì».

Capitolo 13

Martedì, 12 febbraio 2019
Milano, ore 15.22

Manuela riusciva ancora a stupirsi della cosa: odiava gli esami clinici. La mettevano terribilmente a disagio e le davano ansia, nonostante avesse vissuto situazioni qualche milione di volte peggiori.

I medici le avevano salvato la vita. Cristina Del Piano – la compagna di Anna – che l'aveva aiutata in pronto soccorso quando era arrivata con la pallottola conficcata nel cranio, ad esempio.

Ma ancora di più il dottor Mauro Veneziani, il suo neurologo. Lui l'aveva operata e aveva compreso che rimuovendo il corpo estraneo l'avrebbe uccisa, lui l'aveva seguita durante il coma, lui si occupava delle visite di routine e dell'assegnarle le terapie.

Era lui che Manuela aveva chiamato, dopo lo svenimento di poche ore prima. Il dottor Veneziani le aveva incastrato un appuntamento per un esame TC in uno studio privato di fiducia, quello dove l'aveva spedita anche per gli altri esami di routine, con priorità massima.

Adesso Manuela era lì. Era stesa sul lettino della TC a fissare il dispositivo sopra di lei, il grosso disco che le stava analizzando la testa per capire cosa stesse succedendo. Ammesso che qualcosa di visibile stesse accadendo.

La grossa macchina per la TC finalmente si zittì. Erano passati almeno venti minuti. Manuela, immobile per tutto quel tempo, si guardò intorno senza osare spostare la testa. Non aveva intenzione di rischiare di doversi trattenere ancora lì.

«Grazie, Manuela» fece capolino la voce del tecnico, all'altro lato della vetrata della stanza. «Abbiamo finito».

La donna tirò un sospiro di sollievo e lo trovò ironico: era sollevata dall'aver finito l'esame, ma in realtà la cosa la metteva un passo più vicina allo spaventoso momento in cui ne avrebbe scoperto l'esito.

Si risistemò e il tecnico aprì la porta per lasciarla uscire, mentre lei si era messa seduta e allacciava il bomber. «Per gli esiti quando passo?» gli domandò, con il quarantenne brizzolato che le sorrideva in modo rassicurante.

«Serve almeno un giorno, forse due, dipende dal dottor Veneziani. Ma ti chiama lui, d'accordo?».

Manuela annuì debolmente, stanca. Era una persona paziente davanti a molte cose, ma aspettare senza sapere cosa ne sarebbe stato della sua vita era una sfida di un livello completamente diverso.

«Grazie, Andrea».

«A te. Trattati bene, ok?».

***

Anna sapeva che quello che stava per fare era vietato, ma arrivata a quel punto la nave del *consentito* e del *non consentito* era salpata da un bel po'.

Presto sarebbe stata convocata per ripetere ancora una volta come erano andate le cose con il Pappagallo, ma davanti a un PM. E doveva sapere cosa rispondere, quando sarebbe venuta fuori la questione dei video di Aidan Hasa, o dell'arresto fumoso di Lucas.

Si accostò al centralino, ora che il giovane e sbarbato Giovanni era di turno, e poggiò i gomiti sul bordo in marmo del gabbiotto, sporgendosi in avanti.

«Come va, Giò?».

Il ragazzo sbuffò. «Oggi è un manicomio, manca anche Mario alle volanti e non ci sto capendo niente».

Il telefono, nel ripiano del gabbiotto, cominciò a squillare.

«Senti, la Baroni è in ufficio?» tentò Anna, prima che il collega si distraesse alzando la cornetta.

«La Baroni?».

«Eh».

«No, no, è uscita mezz'oretta fa. Doveva andare in Questura, mi pare».

Anna gli sorrise e gli diede una pacca sulla spalla. «Grazie Gio'. Occhio al telefono!».

«Commissariato Sant'Ambrogio?» rispose quello, alzando la cornetta.

La donna si allontanò e tornò seria. Si guardò attorno rapidamente, poi puntò la porta dell'ufficio della Baroni e abbassò la maniglia, infilandosi dentro.

Se questa mi scopre mi caccia seduta stante, si rese conto. Sapeva che la vicequestora non chiudeva a chiave il suo ufficio perché una volta se n'era vantata. «Che commissariato sarebbe se dovessi chiudere a chiave? Io mi fido della mia squadra», aveva detto, ignorando il fatto che in pochi, lì dentro, ritenessero di essere *la sua squadra*.

Anna accese la luce e puntò la scrivania. Le tapparelle erano abbassate e fu ben felice che nessuno potesse vederla, dalle finestre. Il fascicolo del caso Ezio Bruno, il Pappagallo, non era più lì sopra. Aprì i cassetti della scrivania, a vuoto.

Si voltò per raggiungere la libreria attigua, piena di fascicoli e volumi di giurisprudenza.

«Beccato» sussurrò, scorgendo la cartella.

La aprì e tirò fuori il telefono dalla tasca dei pantaloni cargo, fotografando tutto quello che c'era dentro – ma soprattutto quelli: i tabulati delle ultime chiamate del Pappagallo.

L'ultima telefonata era verso il numero dell'ispettore Ferro, Anna non aveva dubbi e lo ricordava a memoria.

Ce n'era un'altra, prima di quella a Ferro, che magari poteva dirle qualcosa di utile.

L'agente scelto si cacciò di nuovo lo smartphone in tasca, risistemò i fogli nella cartella e mise il fascicolo al suo posto.

Se Ferro nascondeva qualcosa, doveva scoprirlo. Era troppo brava nel suo lavoro, per smettere di fare la poliziotta. E troppo attaccata alla vita per volerlo fare non riuscendo più a fidarsi di chi aveva accanto.

* * *

«Vedrai che non è niente di che». La voce sicura di Chris ne era convinta, mentre il ragazzone le sorrideva.

Manuela, in piedi in un angolino dell'ascensore, con le braccia conserte, alzò appena lo sguardo, perplessa.

«Non è normale svenire così» disse.

«Ah, ma parli dell'esame? No, io dicevo prendere l'ascensore» la sfotté, premendo il tasto del quinto piano per farlo partire.

Lei rise appena.

«Ah, Occhi Chiari», Chris le restituì le chiavi della sua Cinquecento. «Queste non mi servono più».

Manuela le prese e se le infilò in borsa. «Grazie» gli disse, sincera. «Per avermi accompagnata».

«Figurati. Mi ero sempre chiesto se riesco a stare comodo in una Cinquecento».

«Ora sappiamo che la risposta è no» scherzò lei.

L'uomo rise.

«Dio, cosa non darei per un po' di sushi stasera. Non ho mai il tempo di andarci».

«Perché no?» gli domandò, anche se aveva capito che lui cercava argomenti solo per impedirle di concentrarsi sulla sua fobia per gli ascensori.

«Faccio un orario osceno e non trovo mai l'incastro. Quando dovrei andare a prenderlo sto uscendo per andare al lavoro – e allora ciao».

«È una vita brutta, senza sushi».

«È una vita di merda» la corresse lui.

Risero, quando finalmente le porte dell'ascensore si aprirono e Manuela tirò un respiro di sollievo. Lo odiava, ma non era decisamente in forma per fare le scale come al solito.

Uscì dall'ascensore per prima, raggiungendo subito la porta dell'appartamento alla sua sinistra.

«Posso chiederti una cosa?» le fece lui, accostandosi da dietro.

«Dipende», Manuela fece girare la chiave e la serratura blindata scattò.

«Perché non vuoi parlarne con Anna?».

Lei si fermò e prese un profondo respiro. Sganciò la porta e si voltò verso il suo vicino di casa, che stava in piedi, imponente, le mani nelle tasche della giacca nera da motociclista.

«Ho capito», Chris ci arrivò, «mi faccio gli affari miei».

Manuela rise per qualche secondo. La goffa spontaneità di quel ragazzo arrivato nella sua vita dal nulla era una delle poche cose positive di quei giorni.

«Vieni. Ti offro... boh, niente? Credo ci sia solo acqua in frigo».

Chris sorrise e si infilò a casa con lei. «Entrambe astemie?».

«Io non posso bere, con le medicine. E Anna figurati, è la disciplina in persona, se non l'hai notato».

«Un po' l'ho notato, sì. È uno sbirro doc».

Manuela svestì il bomber e lo lasciò nell'appendiabiti lì accanto. «Togliti la giacca, se vuoi. Ti posso fare un caffè? Siamo povere, ma almeno quello ce l'abbiamo».

«Nero e amarissimo?».

«Nero e amarissimo».

Chris ridacchiò, guardandosi attorno e sbirciando i quadri alle pareti, mentre Manuela si accostava alla macchinetta accanto ai fornelli per far scaldare l'acqua.

«Comunque confermo: sei molto diversa rispetto alla TV» le disse, notando che in un mobile accanto al televisore c'era una foto del giorno della laurea di Manuela, abbracciata a Daniela e a quello che Chris immaginò essere Marco Russo.

«Certo, in TV sono *alta* e perfetta» lo canzonò.

«No, parlavo dell'espressione che hai nel viso. Quando ti intervistano poi sei sicura, sai sempre cosa rispondere, buchi lo schermo. Invece nella realtà parli poco e sei molto più... *umana* e vera che in TV, ecco. Certo, sei anche un bel po' più incasinata, ma non sei malaccio».

Manuela gli concesse un sorriso. Ripensò a Daniela che le diceva *hai visto come ti guarda?* e sospettò che avesse ragione.

La macchinetta del caffè gracchiò.

La giornalista recuperò una tazzina, quando sentì suonare alla porta.

«Puoi aprire?» chiese a Chris, «Sarà Anna».

«Certo» confermò lui, raggiungendo l'ingresso e facendo scattare la serratura.

Alla porta, i due uomini si guardarono e Christopher non seppe bene come reagire. Di certo non era Anna e non si aspettava che fosse lui. Imbarazzato, il ragazzone salutò con un cenno del capo. «Buonasera» riuscì a dire, «eh... Manuela, è per te, direi».

Marco, incuriosito dal trovare quell'uomo a casa di sua sorella e della sua ex compagna, sbirciò dentro l'appartamento.

Quando Manuela si voltò e incrociò il suo sguardo, le gambe le tremolarono. Voleva solo che le sue giornate smettessero di complicarsi.

«Marco» disse, cercando di tenere il controllo. «Vieni, entra».

«Scusatemi» fece Marco, con addosso un giubbino di jeans slavato e una felpa nera da cui sporgeva il cappuccio. «Non volevo interrompere niente».

Chris aprì completamente la porta per lasciarlo entrare.

«Va tutto bene, lui è Christopher, è il nuovo vicino di casa» chiarì subito la donna. «Chris, il caffè», lo chiamò, poggiandoglielo sul tavolo.

«Sei il nuovo inquilino dei Terenzi?» domandò l'ex ragazzo di Manuela.

«Sì, mi sono trasferito da un paio di settimane».

Manuela notò la tensione tra i due.

«Ah, ti troverai bene» gli assicurò Marco, «Manuela è *molto* brava a mettere le persone a loro agio».

Chris comprese che era una frecciata e le frecciate no, non lo mettevano affatto a suo agio. Guardò Manuela, senza dire niente, poi le sorrise distrattamente.

«Grazie». Prese il caffè e lo mandò giù tutto in un sorso. «Allora scappo, vi lascio soli».

«Chris, non c'è bisogno» gli fece notare Manuela, imbarazzata dalla piega presa dalla situazione. Lui le aveva fatto da infermiere per mezza giornata e lei era troppo a disagio, davanti a Marco, per fare o dire qualsiasi cosa sensata.

«Non ti preoccupare», il vicino di casa le sorrise serenamente e si gettò la giacca, piegata su se stessa, sulla spalla destra. «Riguardati, mi raccomando».

Manuela lo accompagnò alla porta e si sentì terribilmente in colpa, a vederlo andare via così di fretta perché si sentiva di troppo, con lì Marco. E si sentì in colpa perfino a sorridergli.

Mi sembra che ti sei autoflaggellata abbastanza, l'aveva rimproverata Daniela.

E ha sempre ragione lei, pensò la giovane.

«Per qualsiasi cosa, io sono qui. Vado al lavoro stanotte alla solita ora, ma per il resto sono qui. Per *qualsiasi* cosa» le assicurò lui.

Manuela annuì, gli sorrise di nuovo e il senso di colpa decuplicò. «Grazie, Chris. Per tutto. Davvero».

«Non dirlo nemmeno. Vai, che ti sta aspettando» indicò Marco con un'occhiata complice. «Ciao, Marco. Buona serata» lo salutò, poi si voltò e Manuela gli chiuse la porta alle spalle.

Ebbe bisogno di respirare per tre o quattro secondi con la fronte poggiata contro il portone, chiusa lì con il suo ex – Marco Russo, il nome di una malattia dolcissima da cui non sarebbe mai guarita – prima di avere la forza di voltarsi e guardarlo negli occhi.

Era dall'ultima notte in cui erano stati insieme, un anno prima, che Marco non veniva lì. Era stato pochi giorni prima che Marco finisse in coma per colpa di Lucas.

Per colpa mia, si corresse la donna.

Manuela scacciò i ricordi e camminò verso il suo ex.

«Il tuo vicino è bello cotto di te, eh» le fece notare lui.

«Lo pensa anche Daniela» commentò solo, lei.

«Ah ma qua non serve il fiuto di Dani, si vede a un po' di chilometri di distanza».

Lei alzò le spalle, le mani nelle tasche dei pantaloni. Era una posizione difensiva e Marco lo sapeva.

«Non sei mai stato geloso. Non cominciare ora».

Era una risposta di una stupidità disarmante, lontanissima da come si sentiva davvero, e Manuela se ne rese conto solo dopo averla detta.

Marco alzò le mani. «Ci mancherebbe. Anzi, io sono contento se sei felice» le disse. E lo fece come se davvero non gli importasse. Lei dissimulava, quando la gettava sul *non fare il geloso, tanto non stiamo insieme*, ma lui sembrava orribilmente serio. Così serio che Manuela dovette concentrarsi per riprendere a respirare normalmente, col cuore che andava a saltelli.

Rimase zitta. Come sempre. Le loro conversazioni erano così. Lei era quella perdutamente innamorata che stava sempre zitta. Lui quello perdutamente innamorato che lo aveva gridato al mondo intero fin dal giorno zero.

Lei era quella che aveva bisogno dei suoi spazi e lui quello che voleva stare con lei in ogni momento.

Eppure, a rimanerci sotto alla fine era stata proprio Manuela.

«Come stai?» le domandò il suo ex ragazzo.

Manuela afferrò la tazzina di Chris e la cacciò nella lavastoviglie, di spalle a Marco.

«Come sempre».

Lui scosse la testa, anche se lei non poteva vederlo. No, che non sarebbe mai cambiata.

«Tu?».

Manuela si voltò, le mani dietro la schiena, tra lei e il mobile della lavastoviglie, a distanza di sicurezza – almeno a quella sufficiente da poter respirare normalmente.

«Sto provando a riprendermi» si aprì lui, a confermarle che erano opposti. Marco non aveva paura di mostrarsi vulnerabile. Soprattutto con lei. Si fidava ciecamente di Manuela. «Ho ricominciato anche al lavoro. Certo, lo scooter mi fa un po' paura, adesso. Controllo se ho allacciato bene il casco almeno settanta volte al giorno», sorrise, ripensando all'incidente causatogli da Lucas, a bordo del suo motorino da porta-pizze. «Ma me la cavo, al massimo faccio un po' meno consegne, vado più lento».

Lei gli concesse un sorriso sincero. Marco deviò subito lo sguardo per evitarne l'impatto.

«Sei sempre a Sesto?».

«Sì, sì, è il solito buco, ma per adesso vivere in un buco mi va bene».

Ci pensarono entrambi, al fatto che la prima volta in cui erano stati insieme era stata proprio nel suo monolocale in affitto a Sesto San Giovanni. A quante volte avevano passato lì il weekend. A quando Marco insisteva sul voler vedere le partite del suo Milan alla TV e Manuela sapeva sempre come distrarlo.

«Vuoi un caffè?» fece lei alla fine, riemergendo da quei ricordi dolci e affilatissimi.

«No, no, il medico dice di controllarmi ancora un po'. Il tuo che dice?».

Bella domanda pensò Manuela, ma non osò ripeterlo a voce alta. «Devo cambiare qualcosa nelle cure, vediamo» riassunse, facendola semplice.

«Starai bene?».

Gli occhi verdi del ventottenne e quelli celesti della venticinquenne si incrociarono ed ebbero difficoltà a staccarsi, fino a quando non li abbassò lei.

Lo fece perché doveva mentire, dicendogli «certo, sì».

Marco sorrise, triste. Le voleva bene. Davvero bene. Ma se c'era una cosa di cui era sicuro, era che non voleva passare la vita con una persona che non si sentiva libera di farlo *davvero* entrare nella sua. E non voleva passarla con il terrore costante. Voleva ricominciare. Aveva rischiato di morire e ora voleva vivere.

«Ero venuto a cercare mia sorella» le disse, alla fine. «Ho provato a chiamarla, ma non risponde. Pensavo fosse qua».

«Non è ancora rientrata, so che voleva frugare delle cose, sul tizio che le ha sparato».

«Mi ha detto che stava meglio».

«Sì, più o meno. Ma lo sai che Anna è fatta d'acciaio».

I due si sorrisero e Marco confermò con un cenno. «Siete uguali, in quello».

Lei scosse la testa. «No. No, ti assicuro di no». Ripensò al guaio in cui aveva infilato Anna, rapendo Marta Corsi. «Non sono all'altezza di tua sorella, credimi».

«Non dovresti sminuirti».

«Non mi sto sminuendo».

Marco alzò le mani. «Come vuoi».

Il telefono gli squillò e il ragazzo lo recuperò dalla tasca posteriore dei suoi jeans, nell'altra ci teneva il portafogli, legato alla vita con una piccola catenina.

«Scusami».

Si allontanò verso l'ingresso dell'appartamento. Manuela lo seguì con lo sguardo e approfittò del momento per rifiatare. Il respiro peggiorò, però, quando le sembrò di sentirlo dire cose come «non ti preoccupare, stai tranquilla», «sono da Manuela, sì, ma non ti devi preoccupare».

Manuela si voltò verso il lavello e deglutì forte per mandare giù l'idea che Marco stesse *davvero* vedendo qualcun altro, non come lei. Marco stava andando *avanti* e lei era impantanata in una vita che non si muoveva più in nessuna direzione.

Innamorata di un uomo che l'aveva lasciata e che non poteva biasimare per averlo fatto.

Con la vita appesa a un neurologo.

Con Lucas Leone fuori dal carcere.

Con Sandra Giudice che usava il sequestro di Marta Corsi come leva a favore di Lucas e contro di lei.

Con suo padre che non si era accorto di averle messo un cappio intorno al collo e di averla pure spinta nel vuoto, mentre le scriveva una bella letterina da lasciare nella cassetta di sicurezza di una banca.

Con Anna che rischiava di perdere tutto per i suoi colpi di testa.

Con Marta Corsi che andava in terapia, per quegli stessi colpi di testa.

Con Christopher che le faceva perfino da infermiere mentre a lei invece ancora si attorcigliava il respiro se pensava a Marco.

«Scusami». Il suo ex compagno si riavvicinò, mettendosi il telefono di nuovo in tasca. «Devo scappare».

Manuela scorse una luce nei suoi occhi, una a cui prima non aveva fatto caso e che a lei mancava da troppo tempo: Marco era *vivo*. E dopo quei tre mesi di coma, non avrebbe più accettato di non essere *vivo* per niente al mondo.

L'idea le riempì di gioia: *Marco è vivo e sembra più felice.* Voleva solo il meglio, per lui. E più voleva il meglio per lui, peggio si sentiva a capire che *il meglio* per lui era senza di lei.

«Puoi dire ad Anna di chiamarmi, quando rientra?», le toccò una spalla.

Manuela arricciò il naso e annuì. Gli sorrise timidamente, stanca. Era stata una giornata infinita.

«Certo».

Lo accompagnò mentre lui camminava verso la porta per andarsene e gliela aprì. Marco le sorrise ancora e si congedò.

Manuela avrebbe voluto che farlo uscire dal suo cuore fosse facile come farlo uscire da casa.

***

Quando sentì suonare alla porta, Chris la raggiunse tra un'imprecazione e l'altra. Si era già messo parte della divisa da metronotte, con i pantaloni tattici neri, gli anfibi, il maglione a collo alto.

«Arrivo, un attimo», tuonò, stringendosi in vita anche il cinturone.

Aprì il portone e, stranito, non ci trovò nessuno. Alla fine, abbassò lo sguardo e scorse una busta simile a quelle della spesa.

Aggrottò le sopracciglia, si chinò e la afferrò per tirarla su e aprirla.

C'era un vassoio da asporto pieno di sushi, notò dal nome nella bustina delle bacchette che si trattava del ristorante che distava cinque minuti a piedi da lì.

Scorse un bigliettino e lo aprì per leggere:

Oggi la pasta scongelata non te la meriti.
... grazie.
– Occhi Chiari

Christopher scosse la testa divertito e tornò dentro casa con il bottino, pronto a finire di vestirsi e andare al lavoro, stavolta col sorriso sulle labbra.

Capitolo 14

Mercoledì, 13 febbraio 2019
Milano, ore 09.47

Anna si sfiorò il collo, infastidita dai punti. Era passata una settimana dal suo ferimento e non vedeva l'ora di toglierli.

«Non lo so» disse, seduta al tavolo di casa, mentre Manuela e Daniela la ascoltavano, attente. «Forse stiamo solo girando a vuoto».

«Tu non sei riuscita a scoprire niente?» insisté Daniela. Manuela si era armata del suo piccolo MacBook per mettere insieme tutto quello che sapevano e che stavano scoprendo. Che per il momento sembrava poco o niente.

«Valenti mi giura che dei video manomessi lui e la Scientifica non ne sanno niente» elencò Anna, «ho verificato gli ultimi numeri chiamati dal Pappagallo. C'è Ferro, ovviamente. Gli altri due li ho richiamati, ma... uno era suo figlio. L'altro era il numero di un bar, li aveva chiamati la mattina».

«Un bar?» le fece eco Manuela.

«Sì, ho controllato tre volte».

«Non è strano?» ragionò Daniela. «Voi avete mai chiamato un bar prima di andarci a fare colazione? Voglio dire, non è che devi prenotare».

Manuela si massaggiò le tempie. Aveva troppe cose in mente e non riusciva a ragionare. Più che altro, aveva terrore che il suo neurologo la chiamasse da un momento all'altro. O di svenire di punto in bianco, per la terza volta.

Quel tarlo le faceva così paura che perfino la voragine che le stavano scavando dentro la lettera lasciata da suo padre e l'assegno con il prezzo della sua vita stavano passando in secondo piano.

«Ho controllato, non c'è niente di particolare in quel bar» le confermò Anna.

Daniela sospirò. «Per il resto?».

«Per il resto niente. Voglio finire di leggermi le carte e parlare con Ferro. Ma se non siamo riusciti a scoprire niente in un anno, forse è perché quello che volevano nascondere, su quei video, è nascosto molto bene».

«O forse è perché chi doveva cercare non ha cercato davvero» ribatté Daniela.

Anna incrociò il suo sguardo e si trovò costretta ad annuire. «Anche» ammise. «Voi avete scoperto qualcosa?».

«Di pomeriggio andiamo in banca a versare quell'assegno. Giusto, Manu?».

La più giovane delle tre deglutì con poca convinzione, poi annuì senza dire niente.

«Ho aperto appositamente un conto anche a nome mio, Manu non voleva saperne. Poi vediamo cosa farci. Intanto li facciamo arrivare e mi analizzo tutto quello che si può analizzare. E anche quello che *non si può*, me la vedo io» assicurò Daniela. Bastava darle un computer o un cellulare e la giornalista avrebbe trovato informazioni che a una poliziotta come Anna avrebbero richiesto, nella migliore delle ipotesi, settimane di trattative, giustificazioni e mandati firmati da un magistrato.

«Poi devo dire cosa troviamo anche all'avvocata di Lucas» ricordò Manuela.

Anna sospirò. «Come hai detto che si chiama?».

«Giudice. Sandra Giudice, mi pare».

Manuela stava appuntando sul suo computer quello che si stavano dicendo. Lo voleva fare per tenere tutto in ordine, ma non aveva voluto dire alle sue amiche che c'era anche un altro motivo – lo stesso per cui tutti i giorni, a pranzo e prima di dormire, scriveva in quel piccolo diario. Quello per cui si svegliava e recitava il suo codice fiscale a memoria.

«Ti è venuto in mente cosa potrebbe essere la chiave che ti ha dato tuo padre?» la interrogò Daniela.

Lei scosse la testa. «No. Quella piccola, dici? No, sinceramente non ci ho neanche pensato».

«Devi iniziare a pensarci, dottoressa Guerra, eh» la ammonì l'amica, «tuo padre era convinto che servisse se *qualcuno* avesse *cercato di fregarti*. Direi che averti fatto sparare in faccia, con il tuo sicario che ora è pure bello a zonzo, rientra per bene nell'idea di *cercare di fregarti*».

Manuela abbassò lo sguardo, pensierosa. Anna se ne accorse.

«Che succede?» le domandò, la voce calma di sempre.

L'altra rialzò gli occhi e li posò su quelli della coinquilina. «Secondo voi cosa sta facendo? Sta solo aspettando che verso l'assegno per vedere i dati del conto?».

«Lucas, dici?» la incalzò Daniela.

Lei confermò con un cenno. «Voglio dire... la sua legale diceva che doveva stare fuori qualche tempo per sistemare delle cose. E se io non verso l'assegno? Che cosa può sistemare lui, senza sapere quelle informazioni sul versamento?».

«Forse era sicuro che lo avresti versato».

Manuela scosse la testa, davanti all'obiezione di Daniela. «No, ormai sa come funziona la mia testa. Sa che non faccio le cose ovvie che fanno tutti. Anzi, mi conosce abbastanza da sapere che non lo avrei mai versato, senza costringermi».

«E infatti ti stanno costringendo» le fece notare Daniela. «Con la storia del ritrattare solo se fai come ti dicono, intendo».

La venticinquenne prese un bel respiro. «È troppo poco, c'è qualcos'altro» osservò, ma non osò completare il sillogismo.

Lo fece Anna, per lei. «Dobbiamo parlare con quel pezzo di merda e capire a cosa sta lavorando lui. Può essere che lui e Sandra Giudice sappiano cose che ci aiutano. Magari anche su quello che stava facendo il Pappagallo. O su chi è lo stronzo in commissariato che ci sta vendendo tutti e che vuole mandarmi in ferie per sempre».

Manuela sapeva che era la cosa più logica da fare, ma non voleva nemmeno pensarci. Pensare di informarsi da Lucas, come se niente fosse, le faceva rovesciare lo stomaco e accelerare il cuore. Era un trauma da cui non sarebbe mai guarita, la reazione che aveva avuto nell'ufficio di Sandra Giudice, brandendo il tagliacarte, era stata abbastanza chiara.

«Ci andiamo insieme» le assicurò Anna, scorgendo il nervosismo negli occhi dell'amica. «Non starai mai più da sola con quell'uomo».

Quella premura le fece bene, e subito dopo male.

Anna per me fa di tutto e io per lei non riesco a fare niente.

La poliziotta si sgranchì il collo. «Io oggi controllo un altro paio di cose. Per ora il magistrato non mi è ancora venuto a cercare».

Manuela osservò il suo stakanovismo con aria triste. «Come stai?» osò chiederle. La domanda che entrambe odiavano.

Daniela guardò prima una e poi l'altra, come se Manuela avesse detto qualcosa di blasfemo. Invece aveva solo chiesto *come stai* – ma a una persona che, proprio come lei, per sopravvivere contro tutto e tutti aveva imparato a dire sempre *va tutto bene*.

Anna le sorrise. «Bene» disse, per l'appunto. «Sto bene».

«Tuo fratello l'hai sentito? Ieri è passato, era preoccupato per te».

La poliziotta rise, un po' incredula e un po' sorpresa. «Ti ha detto così? Che è passato perché era preoccupato *per me*?».

Manuela esitò e cercò senza successo lo sguardo di Daniela, seduta alla sua sinistra.

Anna annuì, poi scosse la testa. Non aveva mai messo becco nella relazione tra Marco e Manuela e non avrebbe cominciato adesso.

«L'ho sentito al telefono, sì. Grazie» le disse, alla fine.

La venticinquenne non osò domandare altro. Era troppo orgogliosa per chiedere spiegazioni, per domandarle se magari davvero Marco si vedeva con un'altra – *cosa ti importa? Non ti deve niente e non state più insieme* – e per sapere da Anna come Marco stava *davvero*.

«Ma invece...» si inserì Daniela, con quel suo sorriso terapeutico. «... come va con Bel Culo?».

Manuela riuscì a ridere, Anna le guardò confusa. «È il vostro vicino belloccio, l'armadio a tre ante» le precisò Daniela, come se fosse la cosa più ovvia del mondo, facendo ridere anche la poliziotta.

«Si chiama Christopher» la rimproverò Manuela, provando a ricomporsi.

«Certo, certo. Come sta andando?».

«*Andando* cosa, Dani? È solo il mio vicino di casa».

«Scusa eh, abbiamo qui un futuro sovrintendente e secondo me pure un futuro ispettore» la incalzò subito Daniela, indicando Anna.

La poliziotta alzò lo sguardo al cielo, scaramantica: per ora, rischiava di perderlo del tutto, il lavoro – altro che concorsi e promozioni.

«Chiediamolo ad Anna».

«Chiediamole cosa?», Manuela non capì.

«Secondo te coso, lì, Cristoforo o come si chiama, non la guarda come uno che non capisce NIENTE quando ha Manuela vicino?» sparò Daniela, a bruciapelo.

Anna accennò un sorriso, a conferma del fatto che voleva che sia Marco che Manuela fossero felici – al costo di non stare insieme. Guardò prima Daniela, poi Manuela. «Sincera?».

«Sincera, certo, scherzi?» precisò Daniela.

«Sì», confermò Anna, e rise brevemente. «Ma anche Manu lo guarda un po' così, eh».

La venticinquenne la fissò scandalizzata. «*Così* come, scusa?».

«Diciamo che non lo guardi come guardi me e Daniela, ecco».

«Va beh, grazie al cazzo» commentò Daniela spontanea, «neanch'io lo guarderei come guardo voi due, eh, senza offesa».

Manuela rise e alzò le mani. «È una brava persona» ammise, ripensando al fatto che regalargli il sushi per ringraziarlo del suo aiuto, la sera prima, l'aveva fatta stare *bene*. Una cosa a cui si era così disabituata – fare qualcosa perché la faceva stare *bene* e non perché era *da fare* – che non aveva idea di come inquadrarla.

«Manuela Guerra, capiamoci» la riprese Daniela, caricando una delle sue iperboli. «Noi facciamo un sacco di cose brutte. Proprio per noi stesse, Manu. Le cose brutte contro di te non le conto manco più. Le cose brutte che ho fatto io, beh...», Daniela pensò all'aver sbattuto in prima pagina suo padre, un anno prima, come mandante del tentato omicidio di Manuela. «... diciamo che ho avuto la mia bella dose anche io. E Anna manco a parlarne: guarda sul suo collo il premio che hai, quando fai la cosa giusta anche se non è a tuo vantaggio».

Le altre due amiche si guardarono, poi Manuela si voltò di nuovo verso Daniela. «E...?».

«Se ogni tanto ti capita di poter fare una cosa bella per te stessa – anche una sola – falla. Solo questo, volevo dirti. Non ti sto spingendo a fare niente, eh, mi basta solo che lo tieni a mente».

Manuela abbassò lo sguardo. Quando lo rialzò, le stava sorridendo. Le posò una mano su una gamba. «Grazie, Dani».

Anna le guardò e fu felice di notare come Manuela potesse sempre, *sempre* contare su Daniela. Pensò che le avrebbe fatto bene sfogarsi con una come lei, perché non voleva appesantire troppo Cristina parlandole di come si sentiva davvero.

E non solo all'idea di perdere il lavoro, ma anche a quella di non riuscire a dormire perché da una settimana, se lo faceva, si sognava e risognava il Pappagallo che cadeva a terra, morto, dopo la sua pistolettata. Si sognava suo figlio, che non sapeva nemmeno che faccia avesse, che la odiava a tempo indeterminato per avergli ucciso il padre.

Baroni si era affrettata a spulciare tutto il suo fascicolo personale ma non le aveva chiesto nemmeno per sbaglio se avesse bisogno di sostegno psicologico, considerando il doppio trauma – uccidere e venire quasi uccisa – che le era capitato. Che, trovata la talpa in commissariato, probabilmente sarebbe diventato triplo. E lei era troppo severa con il suo dovere di portare la corazza da *forte abbastanza*, per andare dalla sua dirigente e chiederlo ufficialmente, il sostegno. Andava avanti così, protetta dietro alle mura del castello di sabbia che era – sempre più basse via via che le fondamenta scivolavano via.

«Ragazze belle» disse alla fine la poliziotta, riemergendo dai suoi pensieri. «Vado a far medicare questa cosa che ho nel collo e mi metto all'opera». Si alzò e risistemò la sedia contro il tavolo. «Mi fate sapere poi per quel versamento?».

«Sì, vado anche io, aggiorno la Borsari in redazione. Con te ci vediamo alle quattro alla filiale, ok?» confermò Daniela, alzandosi a sua volta e guardando l'amica più giovane. «Dai, che oggi iniziamo a far quadrare un po' di cose».

* * *

13 febbraio 2019, appuntò Manuela nel suo diario. Ormai era tarda mattinata.
A oggi sono tre anni che Lucas mi ha sparato.
Sospirò e strinse forte la penna nella mano sinistra, scacciando le brutte sensazioni.
Il dottor Veneziani non mi ha ancora chiamata.
Mi sto cagando sotto.
Dopo vado in banca a versare l'assegno.
E mi sto cagando sotto anche per quello.
"Se ogni tanto ti capita di poter fare una cosa bella per te stessa – anche una sola – falla". Me lo ha detto Dani.
Lo appunto qui. Non me lo voglio dimenticare.

Il suono del campanello la fece riemergere dal suo piccolo quaderno. Si voltò verso la porta, incuriosita, chiudendo il diario con l'elastico della copertina.

Quando tirò il portone verso di sé, non scorse nessuno. Poi abbassò lo sguardo. C'era un foglio, con una freccia. Indicava la porta dell'appartamento di Christopher, che era aperta.

Manuela aggrottò le sopracciglia e sorrise, incuriosita. Si sporse verso il mobiletto accanto all'ingresso, prese le sue chiavi e se le buttò in tasca. Chiuse la porta di casa, poi si chinò per recuperare il foglio con la freccia e camminò dove indicava, verso la porta del suo dirimpettaio.

L'appartamento di Chris era gemello rispetto al suo, almeno nelle dimensioni, perché gli spazi erano gestiti diversamente. Il portoncino si apriva con di fronte la porta di una stanza chiusa, il corridoio si estendeva a destra e si apriva nella cucina. A destra c'era la camera da letto.

«Chris...?» chiamò, incerta.

Sul pavimento, scorse un altro foglio con una freccia che puntava proprio la cucina. Raccolse anche quello e camminò dove indicato.

Arrivò al tavolo e a quel punto rise con una spontaneità contagiosa. Si dimenticò delle paure e delle sue ansie, di Veneziani che doveva chiamarla per darle notizie brutte o bruttissime: rise, e basta.

C'era un grosso vassoio pieno di sushi. Con due piatti. Un bigliettino: *mi sono fatto prendere la mano. Mi aiuti?*.

Quando avvertì la presenza alle sue spalle, Manuela si voltò, i fogli arrotolati stretti tra le mani. Christopher, con addosso un maglione verde e un paio di jeans grigi, le sorrideva e le porgeva un paio di bacchette. «Ciao, Occhi Chiari» la salutò. «Dopo ieri sera mi era rimasta un po' di voglia di sushi e mi sa che ne ho ordinato un po' troppo».

Manuela notò che c'era da mangiare almeno per tre o quattro persone. Si voltò verso di lui, divertita. «*Un po'*, eh».

Accettò le bacchette che le porgeva, mentre lui le toglieva di mano quei fogli, e le poggiò sul tavolo, accanto al vassoio.

«È carino qua, non ci ero mai entrata» commentò, passeggiando nei pressi del divano lì vicino, un sofà da tre piazze in tessuto blu.

«Considerando che sono un disastro con le faccende sì, non sta ancora crollando, diciamo», Christopher le si accostò da dietro, mentre lo diceva.

Le posò le mani sulle spalle, accanto al collo, vedendola rilassata ma non quanto avrebbe voluto, e la massaggiò delicatamente, facendosi più vicino.

Manuela chiuse gli occhi e deglutì, lasciandolo fare.

«Grazie per ieri» le sussurrò lui.

«Grazie a te».

«Il tuo ragazzo non se l'è presa, alla fine?».

Sotto le sue mani, Chris si accorse che Manuela si era appena irrigidita di più.

«Non è il mio ragazzo» lo corresse, mentre lui provava comunque a continuare a massaggiarle il collo e le spalle.

«Lui lo sa?» scherzò l'uomo.

«Lo sa, mi ha lasciata lui» gli confidò Manuela, aprendo una minuscola finestrella con vista sul suo orgoglio ferito.

«Ah. Scusami, mi dispiace», Chris le allontanò le mani di dosso. «Sono riuscito a dire una delle mie cazzate anche oggi».

Manuela riuscì a ridere, perché nessuno si sarebbe mai aspettato che un ragazzone dall'aria *così* sicura fosse *così* spesso *così* impacciato, almeno con lei, da non capire cosa fosse o non fosse opportuno dire mentre stai massaggiando la donna che ti piace.

Si voltò verso di lui e gli sorrise. «Va tutto bene. Non scusarti per tutto».

«Non mi scuso per tutto, mi scuso solo quando sono un coglione. Cioè sempre» precisò. Erano ancora vicini, come mentre la massaggiava, solo che ora lei si era voltata.

Il cuore le tamburellava nelle orecchie. Così da vicino, Chris abbassò lo sguardo verso i suoi occhi, con evidente nel viso la paura di fare o dire di nuovo la cosa sbagliata.

«Va tutto bene» gli assicurò Manuela, la voce morbida e gentile di sempre e forse anche un po' più del solito, poggiando la fronte contro la sua.

«Manuela, se è un test di autocontrollo... io sto per perdere» scherzò lui, imbarazzato.

Lei rise e soffocò il senso di colpa.

Se ogni tanto ti capita di poter fare una cosa bella per te stessa – anche una sola – falla.

La voce di Daniela, nella sua testa, glielo disse una volta, due volte, mentre guardava gli occhi di Chris da dieci centimetri scarsi di distanza. Alla terza, quando le venne in mente anche Marco che faceva il vago al telefono, liberò la mente e non volle pensare più a niente.

Poggiò le labbra su quelle di Christopher, con gli occhi chiusi. Lui li aveva ancora aperti, paralizzati. Aveva ancora paura di fare la cosa sbagliata, perfino a quel punto.

Manuela gli schioccò un bacio delicato, rispettoso, timido. Riaprì gli occhi per sorridergli appena, la fronte ancora contro la sua. Christopher, chino in quella posizione, la guardava ancora immobile, senza battere le palpebre.

Lei comprese che quella paralisi non era un *no*, era solo stupore. Gli sorrise. «Scusami, non volevo...», la frase finiva con *sconvolgerti*, ma Christopher si sciolse prima che potesse finirla, una mano stretta al lato della testa, le dita tra i suoi capelli rossi.

Le venne in mente Marco, il loro primo bacio nel suo monolocale a Sesto San Giovanni. Lo scacciò e si concentrò sull'essere viva, una cosa che trascurava troppo spesso, e su nient'altro.

Christopher la spinse delicatamente contro il divano e lei lo lasciò guidare – lo lasciò fare allo stesso modo quando lui passò a baciarla sul collo e lei gli strinse le braccia attorno alle spalle per dirgli che andava tutto bene.

«Se ti faccio male, dimmelo» fece lui, di punto in bianco, steso su di lei, le braccia puntate contro il divano per non scaricarle addosso il suo peso.

Manuela alzò la testa e non riuscì a non ridergli in faccia. «Con un bacio? Ma sei serio?».

Rise anche lui, rendendosi conto di quanto fosse stupido e goffo. «È che tu sei piccoletta, non voglio farti male».

«Non sono *piccoletta*», Manuela lo disse più seriamente di quanto avrebbe voluto, perché era Marco che la chiamava così. «Sono un metro e settanta, sei tu che sei grosso. Sei stato solo con le valchirie, scusa?» lo sfotté.

«Con tre o quattro, sì», stette allo scherzo lui, sorridendole. Manuela, supina sul divano e un po' di traverso, con un piede ancora poggiato a terra, rise e gli restituì quel bacio più convinto, stringendogli le mani tra il collo e la testa.

Chris capì che no, non la stava *decisamente* spaventando, e spense il cervello. Sul suo divano c'era Manuela Guerra, quella di cui parlavano tutti, e non voleva pensare più a nient'altro.

Manuela, invece, suo malgrado si ricordò che lei non sapeva spegnersi a comando.

La testa non si spense quando Chris giocò con lei. Quando si carezzarono e si scoprirono a vicenda, andando e facendo piano per capire con delicatezza i paletti l'uno dell'altra – il sushi poteva aspettare.

Pensò che l'ultima volta che era stata a letto con qualcuno, quel qualcuno era Marco un anno prima. Si ricordò che mentre erano insieme lei stava pensando al fatto che gli stava nascondendo di avere in borsa una pistola. Pensò al loro ultimo litigio e a Marco che subito dopo finiva in coma per colpa sua.

Il cuore le accelerò per un milione di motivi diversi – ed erano tutti quelli sbagliati.

Quando il modo in cui Christopher la stava coccolando la fece sentire bene, con un minuscolo brivido con cui il corpo le diceva di andare avanti, la mente invece le disse che era una stronza egoista che non sapeva quello che voleva.

Hai aspettato che Marco si svegliasse per... questo?

Dio, non pensare si disse, *smettila di pensare.*

Se fai una cosa, pensa sempre alle conseguenze, le aveva insegnato suo padre. Quali sarebbero state le conseguenze, con Chris? Voleva prendere impegni con lui? Voleva fingere che Marco le fosse indifferente? Si stava comportando da stronza egoista?

Come cazzo si guarisce da questa malattia?

Voleva pensare al qui e ora e non ci riusciva.

Il cuore le stava saltellando nel petto.

Quando un altro leggero brivido la investì e le risalì le vertebre una a una, con mente e corpo che facevano a cazzotti tra di loro nel mandare dei messaggi a lei che si sentiva inerme, nel mezzo, tra le due forze in lotta, il senso di colpa si fece così forte che la mente vinse.

«No, scusami», si tirò improvvisamente indietro, alzò le mani e le premette sul petto di Chris per respingerlo. La tachicardia, conscia di aver vinto, a quel punto si tolse del tutto i freni e iniziò a galoppare.

Lui la guardò confuso, tirandosi su da lei. «Scusami, pensavo ti piacesse, ti ho fatto male?».

«No, no», Manuela si mise seduta con una mano sul petto, i piedi sul pavimento, cercando di riprendere il timone di se stessa.

Ti amo nonostante te e non so che cazzo farci, le aveva detto Marco, poco prima di schiantarsi e finire in coma al posto suo.

Se puoi fare qualcosa di bello per te, fallo, le aveva raccomandato Daniela.

Christopher, che aveva fatto in tempo solo a slacciarsi il primo bottone dei jeans e Manuela l'aveva a malapena toccata, le si sedette accanto e le strinse un braccio intorno alle spalle. «Ehi», la chiamò, «va tutto bene?».

Si accorse che lei a quel punto stava tremando e non riuscì a comprendere che tipo di trauma stesse bloccando la donna che aveva preso l'iniziativa di baciarlo, lo aveva incoraggiato a continuare e poi era andata nel panico.

Manuela si sforzò di deglutire, ma a mentire non ci riuscì e non gli rispose.

Mi sembra che ti stai autoflaggellando abbastanza, diceva Daniela. E a quanto pare non aveva ancora smesso.

«Posso... posso chiederti un bicchiere d'acqua?» sussurrò a Chris.

«Certo», lui si alzò per recuperarlo.

Manuela, seduta con i gomiti puntati sulle ginocchia aperte e le mani alle tempie, china in avanti, sentì finalmente il battito rallentare, ma il senso di colpa non scendeva. Si sentiva come se stesse tradendo Marco e come se avesse provato a fare qualcosa di orribile, abietto, sbagliato.

Probabilmente il trauma era l'idea dell'ultima volta in cui era stata con Marco, delle bugie e le sensazioni che si era trovata costretta a portare con loro in camera da letto. Forse erano le emozioni irrisolte che aveva cercato di non lasciar uscire da quando lui l'aveva lasciata, che venivano fuori tutte assieme. La porta sbarrata con tre giri di chiave che si spalancava lo stesso, perché saltavano i cardini dall'altra parte.

«Ecco». Chris le porse l'acqua. Manuela rialzò la testa e prese il bicchiere, prendendo un sorso con mano tremolante.

«Scusami».

Chris le si chinò davanti, accosciato, poggiandole una delle sue manone su un ginocchio. «Non è successo niente, non ti preoccupare».

«Mi dispiace».

«Smettila di scusarti. Stai bene?».

Il suo essere così comprensivo la colpì e la fece sentire insensatamente più colpevole. Lo aveva innescato lei solo per finire... *così.*

Eppure, Chris non sembrava per niente infastidito: era solo preoccupato per lei. Non aveva mai visto nessuno prendere con quella calma e quella comprensione un "no" *in medias res*. Più Christopher si comportava da uomo perfetto, peggio si sentiva.

«Mi sono un attimo...».

«Impanicata» comprese lui, e le sorrise. «Dovevo avercela io l'ansia da prestazione, con una come te. Ma la vita è piena di sorprese» riuscì a buttarla sullo scherzo.

Manuela rise e si massaggiò le palpebre chiuse, poi scosse la testa. «Scusa, non volevo tirarti nei miei casini, te l'ho detto».

«Non è successo nulla. Facciamo quello che va a tutti e due solo se e quando va a tutti e due. A proposito: mangiamo, che dici?» provò a distrarla.

Lei guardò il tavolo, poi riguardò lui. Un nodo le chiudeva lo stomaco.

«Scusami, Chris».

***

«Sei tutta un sorriso oggi, eh».

La voce di Daniela, mentre erano in piedi ad aspettare il loro turno in banca, quasi la distrasse dai pensieri. Era divisa tra il disagio all'idea di versare l'assegno lasciatole dal padre – e il farlo per poi condividere quelle informazioni con *la legale di Lucas* – e la sensazione di essere tenuta in ostaggio da se stessa e i suoi sensi di colpa, nella sua vita privata.

Non riesco ad andare avanti in nessuna cosa, si rese conto.

«Manu?».

L'amica che la chiamava la riscosse. Poggiata con una spalla contro la parete accanto all'ingresso, con le braccia conserte, Manuela rialzò lo sguardo per incrociare quello dell'amica.

«Buongiorno dalla Terra, signorina. Sul tuo pianeta come va?» la pungolò Daniela.

«È una giornata di merda».

Daniela, stretta nel suo bel cappotto color panna, la cascata di riccioli d'ebano a incorniciarle il viso, la guardò comprensiva.

«Stamattina eri tranquilla. È per l'anniversario, dici? Il fatto che oggi sono proprio tre anni».

«Anche».

L'amica le toccò una spalla per farle coraggio, anche se sapeva che Manuela odiava gli atteggiamenti da *poverina, cosa ti è successo* con cui tutti l'avevano circondata, dall'agguato in poi.

«Sei coraggiosa, Manu» aggiunse. Manuela alzò lo sguardo per incrociare il suo. «Per un sacco di cose. Compreso essere qui oggi, a versare quell'assegno. Ché ti conosco e questa cosa di tuo padre ti fa molta più paura di quanta non te ne abbia mai fatta Lucas con la pistola in mano».

Manuela accennò un sorriso e deviò di nuovo gli occhi, guardando distrattamente il bancone per capire tra quanto sarebbe arrivato il loro turno.

Coraggiosa un cazzo, pensò. *Quando il dottor Veneziani mi chiama come minimo mi prende un infarto. E bella figura con Christopher...*

Daniela la conosceva e sapeva che era uno di quei momenti in cui Manuela non avrebbe più aperto bocca.

Sospirò e non la torchiò oltre, prendendo a passeggiare qua e là per la filiale e a giochicchiare con il cellulare per ingannare il tempo.

* * *

«Buonasera, voglio versare questo assegno sul conto della dottoressa Cassani».

Quando finalmente fu il loro turno, una ventina abbondante di minuti dopo, Manuela lo disse all'operatrice allo sportello con una freddezza e un distacco robotico che stupirono perfino Daniela.

Erano i soldi per cui suo padre era finito in prigione e lei ad aspettare la telefonata di un neurologo come se fosse stata la chiamata di Dio in persona. Voleva fare tutto, andarsene e non pensarci mai più.

Daniela le mise una mano su una spalla, capendo come si sentiva senza il bisogno di dire altro.

«Questo è il mio documento», Manuela porse il passaporto all'operatrice, «l'assegno è intestato a me. Mi dica pure dove devo firmare e via».

La donna allo sportello, che aveva una sessantina di anni, la guardò e rise. «Con calma adesso facciamo tutto» le assicurò. «Ma sa che è proprio uguale a come è in TV e sui giornali?».

Si era sentita dire cose del genere così spesso che ormai le veniva la nausea.

«Seguo sempre le sue interviste, è molto brava», aggiunse quella, mentre armeggiava con il computer.

Manuela si sforzò di sorriderle. «Grazie. Pensa sarà una cosa lunga?».

«Per il versamento? Oh no, mi dia solo qualche minuto».

Si accorse che il cellulare le stava squillando, nella borsetta. Guardò Daniela con occhi spaventati, ma l'amica non riuscì a decifrarli. «Scusate» fece, allontanandosi dal bancone e infilando la mano in borsa.

Quando sul display lesse "dott. Veneziani", alzò lo sguardo al cielo.

Oddio.

La invase un'ondata di caldo che le chiuse il respiro, subito dopo le si gelarono i piedi e lo stomaco. Il cuore tamburellava, di nuovo.

Si allontanò il più possibile, accostandosi all'uscita, e portò il telefono all'orecchio, rimandando giù verso l'anima ogni emozione.

«Pronto?».

«Pronto, Manuela? Sono il dottor Veneziani, come stai?».

«Eh», riuscì a dire la donna, «me lo dice lei?».

Veneziani rise. «Hai sempre l'approccio giusto. Senti, possiamo vederci?».

«Anche adesso». Manuela non riuscì a non tradire l'impazienza e l'ansia.

«Direi domani mattina, alle 9 nel mio ambulatorio. Ce la fai?».

Manuela prese un bel respiro. «Sì, sì, certo».

«Perfetto. Così ti spiego tutto e vediamo cosa fare».

«Senta...» lo trattenne lei, quando comprese che stava per riattaccare. «Mi può anticipare qualcosa? Mancano un sacco di ore a domani mattina».

«Faremo qualche cambiamento alle tue cure» le riassunse lui, «così starai meglio, ok?».

Non riuscì a decifrare pienamente il suo tono: stava cercando di farla semplice per rassicurarla o c'era altro?

«Manu, devi firmare», la voce di Daniela, a qualche metro da lei, la richiamò alla banca.

La venticinquenne camminò verso lo sportello e firmò dove le era stato indicato, senza nemmeno leggere, tenendo il telefono contro l'orecchio buono alzando la spalla.

«Va bene. Poi mi dirà, allora. La ringrazio» salutò il suo neurologo.

«Vedrai che ce la facciamo anche stavolta» la rassicurò il medico. «A domani, Manuela».

Infilò di nuovo il telefono in borsa e interrogò Daniela con un'occhiata.

«Abbiamo quasi fatto, ora fa un paio di fotocopie di quello che hai firmato» la aggiornò l'amica. «Era uno dei tuoi informatori al telefono?».

«No, era Veneziani. Le medicine ormai non mi fanno niente e dobbiamo cambiare qualcosa, domani ci vado». Non era *tutta* la verità, ma in effetti era la verità. Daniela era convinta che si fosse addormentata, nella sala relax in redazione, ma Manuela era certa di essere svenuta. E l'amica non sapeva che le era successo di nuovo qualche giorno dopo, davanti a Christopher.

«Che bel periodino riposante» commentò Daniela.

«Poteva almeno prendere bene la mira, quel coglione di Lucas» si concesse l'altra, *veramente* stanca.

Daniela la colpì debolmente con un pugno su un fianco.

***

Con le mani nelle tasche del suo soprabito scuro, l'uomo le seguì con lo sguardo mentre uscivano dalla banca. Manuela era inconfondibile, con quei capelli rossi e l'ineleganza del suo bomber, Daniela Cassani aveva tutto un altro stile e un'altra compostezza.

Seduto su una panchina all'altro lato della strada, Lucas continuò a guardarle e portò il telefono all'orecchio.

«Sono io» disse, ermetico. Aveva il viso leggermente puntinato dalla barba, a parte che nella cicatrice sul mento. Aveva messo un paio di occhiali da sole, il cielo era insolitamente sereno a Milano.

«Sono andate in banca, penso abbiano fatto quello che dovevano fare» comunicò. «Sì, Manuela con la Cassani».

Vide la venticinquenne salire sulla sua Cinquecento bianca, sedendosi alla guida, mentre Daniela si sistemava sul posto del passeggero. Si alzò anche lui, il telefono ancora all'orecchio, e camminò discretamente in direzione della macchina a noleggio con cui era venuto fino a lì.

«Chi, Manuela? No, non si è accorta che la sto seguendo, figurati. Sarebbe già venuta a mettermi le mani addosso».

Lucas salì nella Smart rossa e allacciò la cintura. «Ora vedo che fa, la Russo è più gestibile: ieri è rimasta quasi tutto il tempo a frugare in commissariato».

Lucas ingranò la prima e partì. «Seguo Manuela e ti dico. Ci aggiorniamo dopo, ti lascio».

Poggiò lo smartphone sul sedile del passeggero, tolse gli occhiali da sole – ora ce lo aveva alle spalle e non gli dava fastidio – e riprese a seguire Manuela.

Lo faceva da quando era uscito dal carcere.

Capitolo 15

Giovedì, 14 febbraio 2019
Milano, ore 08.58

Bussò con le nocche alla porta del dottor Veneziani. La voce del suo neurologo che la invitava a entrare le diede il coraggio di tirare giù la maniglia.

Lo studio era pulito e luminoso, anche se piccolo. C'era tutto quello che serviva: una spaziosa scrivania scura, il portatile di lato, due sedie nere per accogliere i pazienti.

Lui aveva i capelli corti e corvini. La mandibola squadrata, gli occhiali dalla montatura spessa ed elegante, il camice sulla camicia celeste con una cravatta marrone. Le sorrise.

«Eccoti» la salutò. «Come stai?».

Manuela si chiuse dietro la porta e alzò solo le spalle. Il dottore si accorse che era terrorizzata.

«Sei svenuta di nuovo?».

«No, da quando l'ho chiamata no. Ma oggi sono venuta con la mia macchina e avevo paura di svenire e tirare sotto qualcuno».

Veneziani si grattò la testa e deviò lo sguardo verso il suo portatile. Depositò le mani una sull'altra, nello scrittoio, e la guardò nel modo più rassicurante che riusciva. «Vieni, siediti».

Manuela si fece coraggio. «Mi scusi, non ho neanche detto 'buongiorno'» si rese conto.

«Non ti preoccupare. Ecco, guarda». Il neurologo voltò il portatile verso la donna, affinché anche lei potesse vedere. Sullo schermo c'era il suo cervello, la pallottola bene in vista lì a centro, sempre lì, da ormai tre anni.

«Questo è il nostro piccolo amico calibro .22» le indicò Veneziani, con l'indice. Manuela, col suo talento nel notare i dettagli stupidi, pensò che con il dito avrebbe sporcato il monitor.

«Vedi queste macchie bianche che circondano la pallottola?». La guardò per notare che la giornalista stava annuendo.

«Cosa sono? Ematomi? Grumi di sangue?» tirò a indovinare.

Veneziani scosse la testa. «Sai cosa può fare il nostro organismo, quando individua un corpo estraneo?».

Stavolta la testa la scosse lei, inquietata. Sicuramente, Veneziani non aveva buone notizie: se le avesse avute, gliele avrebbe già date. Aveva la sensazione che stesse indorando la pillola e voleva solo sapere quanto amara fosse.

«Ovviamente lo combatte. Di solito, cerca di spingerlo fuori. Ad esempio, succede se una scheggia di qualcosa rimane conficcata nella carne: si forma una cosa come questa», indicò di nuovo le macchie bianche attorno al proiettile. «Che circonda il corpo estraneo e lo isola. Nel migliore dei casi, lo butta fuori».

«Non butterà fuori il mio, immagino».

Veneziani sorrise per il suo sarcasmo. «No, a meno che non ti scoperchi il cranio, no».

Manuela non riuscì a ridere, per niente. Continuò solo a fissarlo, con un'espressione così impassibile da far pensare che non avesse nemmeno sentito.

Il neurologo sospirò.

«Si chiama granuloma».

«Cos'è? Una specie di... tumore?».

«No. No, non è un tumore e non è una massa maligna. È quello che ti dicevo. Quando individua un corpo estraneo, il nostro corpo può produrre una risposta infiammatoria cronica. Delle cellule, diciamo così, agiscono sulla base di questa infiammazione e circondano il corpo estraneo per impedirgli di fare altri danni».

Manuela lo guardava più o meno come avrebbe guardato un fantasma.

«È così che si creano masse come questa e... di solito la reazione del corpo è quella di rendere necrotico quello che viene catturato al centro della massa».

«Quindi sto cercando di necrotizzarmi il cervello?».

Veneziani la guardò arricciando il naso.

«Normalmente, il granuloma riesce a far espellere il corpo estraneo, o a necrotizzare il tessuto che lo ospita per fare in modo che la risposta infiammatoria si fermi e non ci siano infiammazioni che possano diffondersi altrove. Una volta che ci riesce, possono succedere due cose: o si riassorbe, oppure rimane lì come una specie di nodo fibroso che di solito si può valutare di rimuovere».

«Ma non è il mio caso, immagino».

Veneziani non sembrava avere più voglia di sorridere.

«Nel tuo caso, sei stata *un po'*... sfortunata. Perché il tuo sistema immunitario ha sviluppato una risposta a un corpo estraneo che noi non possiamo rimuovere ma contro cui non può vincere. Il risultato è che il granuloma non è un tumore al cervello, ma...», il neurologo esitò, ma comprese che lasciare Manuela in sospeso era solo peggio. «Ma si può comportare come se lo fosse» completò.

La venticinquenne lo guardava con due grandi occhi lucidi. Era venuta per una diagnosi e invece le stava dando una sentenza.

«La risposta infiammatoria non cala, quindi il granuloma continua ad attaccare il corpo estraneo. E questa massa che si crea ovviamente esercita una pressione sul tuo cervello. Fino all'anno scorso era trascurabile, adesso... un po' meno».

Manuela non disse niente. Non stava nemmeno provando niente. Lo stava fissando senza più battere le palpebre, si sentiva solo svuotata. Aveva lottato contro tutto e tutti per rimanere viva, per arrivare a quel punto: il proiettile che la stava effettivamente ammazzando, ma in differita. Il suo corpo che si stava uccidendo da solo.

«È per questo che i tuoi mal di testa sono peggiorati, Manuela. Ed è per questo ovviamente che hai avuto quegli svenimenti e non ti senti bene. È veramente molto raro osservare una reazione del genere a livello cerebrale. Ci sono poche centinaia di casi documentati in tutto il mondo: si chiama granuloma intracranico».

Lei abbassò lo sguardo verso l'immagine della TC. La massa bianca intorno al proiettile sparato da Lucas era lì, ben visibile, su tutti i lati del corpo estraneo.

«Possiamo fare qualcosa?» ebbe la forza di chiedere.

«Se intendi qualcosa di drastico, tipo operarlo, i rischi sono più o meno gli stessi del provare a togliere la pallottola. Si può fare. Ma vista la posizione dobbiamo mettere le mani dove sarebbe meglio non farlo, contando poi che ti abbiamo già fatto una craniotomia quando... beh, quando ti hanno sparato. E poi un'altra per salvarti un anno fa. A oggi, a giudicare dalla TC, togliendo la pallottola abbiamo un buon 90% di possibilità che tu subisca lesioni cerebrali gravi e irreversibili. Togliendo sia quella che il granuloma, siamo dalle parti del 100%».

«Però, se togliamo la pallottola, la risposta infiammatoria, o come l'ha chiamata, si ferma. Giusto?».

«Giusto».

«Le lesioni gravi che dice... sono tipo quelle che mi aveva già detto anni fa?».

«Nel migliore, ma proprio il migliore dei casi, rimani cieca o non ti svegli più. Nel peggiore sopravvivi in stato vegetativo irreversibile».

Manuela rabbrividì. Considerando le normative italiane, non avrebbe nemmeno potuto lasciare detto che voleva che – se si fosse ritrovata nel peggiore dei casi – la ammazzassero e basta, anziché rimanere intrappolata nel suo corpo per un numero di anni indefinito. Non senza scatenare un putiferio, almeno. Allo Stato o alla Chiesa non fregava granché di come stava vivendo, ma guai a lei se avesse deciso come morire.

Vedendo che era rimasta zitta a fissare la TC, dopo aver preso anche quel macigno, Veneziani ruppe il silenzio. Sapeva che era dura da mandare giù.

«Penso abbia poco senso operarti, Manuela. È una condanna a morte».

«Anche questa» gli fece notare lei.

«No, non essere così negativa. Tu hai fatto bene a chiamarmi subito. Sapevamo che in qualche modo un corpo estraneo in mezzo al cervello, come il tuo, avrebbe dato dei problemi. Ma siamo in tempo per muoverci: modifichiamo la terapia, abbondiamo di antinfiammatori per abbassare la risposta infiammatoria. Questo terrà il granuloma stabile e ridurrà l'infiammazione che hai ora, che ti sta dando i mal di testa per cui prendi la doppia dose delle medicine e che ti sta facendo svenire. Aggiungiamo altri antidolorifici e anche altri antiepilettici» le spiegò, mentre aveva voltato il computer verso di sé e stava appuntando sulla tastiera la terapia. «Tutte queste cose ti aiuteranno a non svenire e a tenere sotto controllo altre storture che potrebbero capitare, tipo stati confusionali, amnesie, nausee, convulsioni improvvise e cose così».

Manuela lo guardò sorpresa da quell'elenco. «Ho già...» balbettò, «... ho già avuto delle amnesie».

Veneziani alzò un sopracciglio. «Quando e quanto spesso?».

«Solo due volte. Che mi ricordi. Avevo un vuoto in testa», abbassò lo sguardo, imbarazzata. «È molto stupido, ma per quel motivo ho iniziato a scrivere due volte al giorno, in un diario, cosa faccio e quello che mi succede. Ho paura di... dimenticarmi le cose. Quando mi sveglio mi ripeto sempre il mio codice fiscale per vedere se mi ricordo ancora chi sono».

Il dottore le sorrise, comprensivo. «Non è affatto stupido. Nel tuo caso potrebbe essere dovuto al granuloma, ma anche alle medicine che prendi. Purtroppo, ne devi prendere tante e il tuo cervello non ne sarà sempre contento. Che tu ricordi, hai dimenticato cose lontane nel tempo o vicine?».

«No, no, erano cose vicine. Non ricordavo che avevo dato un appuntamento a un'amica, la mattina per il pomeriggio, e non ci sono andata. E poi... mi ero dimenticata il motivo per cui una volta ero uscita di casa. Mi sono trovata fuori e non sapevo più cosa fare».

Veneziani annuì. «Memoria a breve termine, quindi».

«Sì, penso di sì».

«Quanto tempo fa è stato?».

«Tengo il diario da tre mesi».

«Hai fatto bene a dirmelo. Sistemiamo i dosaggi, così vediamo se riusciamo a far sparire anche questo problema. Sei giovane e voglio che questi sintomi stiano lontani ancora per un bel pezzo».

Manuela lo osservò mentre digitava sul suo computer.

«Quindi prendo queste nuove medicine e torno a stare meglio?» gli domandò.

«Un po', sì. Ma dovremo essere dinamici, perché il granuloma non andrà da nessuna parte e per ora non sappiamo come reagirai. Magari i cambiamenti alla terapia lo renderanno dormiente e non si svilupperà più. Magari lo rallenteremo e basta – e a quel punto lo seguiremo da vicino e aumenteremo via via i dosaggi, per darti una vita serena il più a lungo possibile. Sai già come funziona, l'abbiamo fatto anche la prima volta, per la tua terapia».

Manuela si passò una mano tra i capelli mentre l'ansia le accartocciava le viscere. Era già strapiena di medicine. Avrebbe dovuto fare lo stesso giochetto anche con le nuove, andando ad aumentare via via i dosaggi, perché il problema poteva farsi sempre più grave con il passare del tempo.

«E se poi anche aumentare le dosi non basterà più?».

Veneziani rivolse di nuovo a lei lo sguardo, smettendo di digitare sulla tastiera. Il suo silenzio era la risposta. Manuela deglutì nervosamente.

«Noi non ci pensiamo, ai *se*» le disse, poi. «Se avessimo pensato ai *se*, ai numeri, alle probabilità, non avremmo dovuto nemmeno operarti, credimi. Avevi una probabilità su qualche milione di sopravvivere a quel colpo alla fronte. E di sopravvivere così... *bene*. Devi prendere tante medicine e la tua vita non è semplice, lo so. Ma sei un miracolo che cammina, Manuela. Lavori, guidi, parli, ti muovi, vivi – non hai perso nessuna funzione fondamentale, solo l'udito è così così. Nessun libro di medicina mi avrebbe fatto scommettere nemmeno un euro su di te, credimi. C'erano più possibilità che facessi sei alla schedina, che di sopravvivere *così* a quello che ti hanno fatto. Ogni persona è un caso a sé. E visto il tuo caso, noi non pensiamo a *se le dosi non basteranno più*. Pensiamo a quanto starai meglio appena avremo sistemato tutto, ok?».

«Ho vinto alla lotteria, insomma» commentò lei, con un sorriso ferito.

Veneziani fece cenno di sì. «Con il colpo che hai preso in fronte, sei seduta qui che mi parli, mi fai domande, pensi ai tuoi progetti, fai perfino sarcasmo. Manuela, sì: hai vinto alla lotteria, credimi».

Lei annuì e si morse le labbra, abbassando lo sguardo. *Deve essere veramente grave se il mio medico mi fa una supercazzola motivazionale.*

«Posso chiederle una cosa?» gli sussurrò.

«Certo, sono qui per questo».

«Questa cosa... quanto cambia quello che mi aveva detto sulla prospettiva di vita?».

Veneziani esitò. Intrecciò le dita di una mano nell'altra, sulla scrivania.

«Manuela», tentò, nel modo più scientifico possibile. «Guardiamoci in faccia: lo sappiamo sia io che te, che non morirai di vecchiaia, giusto? Ce lo siamo sempre detto».

Lei incassò e le si lucidarono gli occhi. Se lo erano sempre detto, ma ogni volta che se lo sentiva ribadire – ogni volta che scopriva che non c'era stato nessun miracolo nel suo quadro clinico, ma anzi che di seduta in seduta c'era qualcosa di nuovo che era peggiorato, spingendola un altro passetto verso la fine – faceva male come la prima. Non era mai stata brava a elaborare i lutti, ma chiederle di elaborare il suo era una sfida che non aveva idea di come vincere.

«Questa è una cosa che devi tenere a mente. Sono un medico, non ti dirò bugie. Puoi vivere a lungo e tanti anni, ci sono casi di persone sopravvissute anche a fucilate alla testa che sono morte dopo tantissimi anni e per motivi completamente diversi. Allo stesso modo, ti ho sempre detto che magari potresti avere un'emorragia cerebrale tra due ore e non svegliarti mai più. Purtroppo, non possiamo prevederlo e non è una cosa su cui abbiamo totale controllo: hai una bomba a orologeria in testa, Manuela. Il nostro compito è ritardarne il timer il più a lungo possibile».

Hai una bomba a orologeria in testa le parve orribilmente calzante e riassuntivo.

«Vedi», il dottor Veneziani le voltò il monitor e sullo schermo vide la TC recente, affiancata a un'altra. «Questa è la tua TAC dello scorso anno. Come vedi il granuloma un anno fa si vedeva appena, ma noi non abbiamo fatto nessuna terapia specifica, perché il problema ancora non c'era».

Manuela osservò la differenza palese nella massa bianca dall'una all'altra immagine.

«Ora invece tratteremo anche il granuloma, insieme a tutto il resto. Io mi aspetto che il tuo corpo reagisca bene alla terapia, sinceramente. Sei giovane e molto, molto forte. Diciamo che questo problema peggiora leggermente la prospettiva, ma non la cambia. La *bomba a orologeria* da gestire ce l'avevamo anche prima, non lasciarti abbattere».

Manuela annuì con aria stanca. Lucas le aveva tolto tutto e, soprattutto, le aveva tolto il controllo sulla sua vita. Tutti potrebbero morire in qualsiasi giorno e in qualsiasi momento, ma per Manuela quell'incognita fluttuante era molto più concreta.

Lo sappiamo sia io che te, che non morirai di vecchiaia, aveva detto il neurologo.

E Veneziani si era tenuto il resto dei dettagli, sul concetto di "non morirai di vecchiaia" che il granuloma rendeva più attuale che mai. Non aveva motivo, se non interrogato, di abbatterla e dirle che era plausibile che prima o poi entrasse in coma per la pressione intracranica dovuta al granuloma. E quello sarebbe stato un punto di non ritorno, da cui non c'era risveglio.

Certo, si potevano eseguire altre craniotomie per provare ad abbassarla, ma Veneziani era piuttosto sicuro che continuare ad aprire e richiudere il cranio di Manuela fosse solo un altro modo per avvicinarla al diventare un vegetale, più che per allungarle la vita.

«È importante, che tieni un atteggiamento positivo, Manuela. Lo so che è difficile. Hai solo venticinque anni, è *molto* difficile e nessuno dovrebbe vivere una cosa del genere. Ma tu sei sempre stata forte. Il granuloma non è più spaventoso di altre cose che hai già superato, per riprenderti la tua vita».

«A volte penso che sia inutile» ammise lei, abbassando lo scudo in un modo che il dottor Veneziani non aveva mai visto. Era *davvero* stanca.

«Perché inutile?».

«Aggrapparsi così alla... speranza. Non lo so. Ora sistemiamo le cure, aggiustiamo tutto, così magari anziché a venticinque anni muoio a ventisei».

Veneziani rabbrividì. «Manuela... Non possiamo cambiare quello che ti hanno fatto, e mi dispiace. Ma lavoreremo per farti avere la vita migliore che può avere una persona a cui hanno fatto quello che hanno fatto a te. Ogni nuovo giorno che vivi è una vittoria che ti prendi contro chi voleva ucciderti. È un regalo che fai a te stessa».

Manuela pensò allo sguardo freddo che aveva avuto Lucas, mentre le sparava. Un secondo, uno solo, in cui aveva tirato il grilletto, cancellando la sua vita di sempre, quella che ancora doveva costruire e stava pianificando, la persona che era.

L'aveva lasciata lì, credendola morta, e poi era andato serenamente a dormire.

Per lei era finito tutto. Per lui era solo lavoro.

Non morirai di vecchiaia.

«Manuela?», il dottor Veneziani la richiamò, mentre batteva il referto e le indicazioni terapeutiche al computer.

Lei rialzò lo sguardo, aspettando che parlasse.

«Quella cosa dell'aggrapparsi alla speranza... Sperare non è inutile, fa bene a te e fa bene alle persone che ti sono vicine».

Manuela aveva sperato moltissimo, quando a suo padre Gianandrea era stato diagnosticato il cancro. Quella sensazione l'aveva segnata così tanto che aveva su un braccio un tatuaggio che citava proprio l'unica cosa che avesse mai desiderato davvero con tutta se stessa e che il destino non aveva concesso: *guarigione*. Ma la speranza non era bastata, la guarigione non era arrivata e suo papà era morto lo stesso.

«Tanto della tua ripresa miracolosa è dipeso dalla tua forza di volontà» le ricordò il medico.

Lei non ne era troppo convinta, ma apprezzò l'umanità con cui il suo neurologo cercava di rincuorarla, conscio che non aveva nessuna buona notizia da darle – né le avrebbe mai avute, perché Manuela non poteva migliorare, c'era solo da constatare quanto velocemente continuasse a peggiorare, e quel concetto non le era mai stato chiaro, manifesto e ineluttabile come quella mattina.

«Ora finisco la ricetta e ti spiego le dosi delle medicine. Passa subito in farmacia come esci da qua, così cominci già stamattina e sei tranquilla, pure per guidare. Alcune sono... un po' fortine, soprattutto gli antidolorifici».

Manuela annuì come riflesso incondizionato, ma era altrove.

Era da suo padre Gianandrea.

Era da sua madre Laura.

Era a ridere con Daniela da ragazzine e stava abbracciando Anna in una delle volte in cui era stata la sua grande eroina.

Ora era intrecciata a Marco e lo prendeva in giro per la scomodità del suo divano letto nel monolocale a Sesto.

Adesso stava baciando Christopher e stavano ridendo insieme delle sue paranoie.

Era ovunque nella sua vita, e di certo non era lì.

Non con quella TC. Non con quella diagnosi.

Tutte le persone nascono con una data di scadenza che non conoscono. Manuela ce l'aveva tatuata in fronte da tre anni e doveva convivere con la condanna di non riuscire comunque a leggerla. Sapeva solo che era a stretto giro.

E che non sarebbe morta di vecchiaia.

* * *

Manuela si attaccò letteralmente al citofono.

Sapeva l'indirizzo, era di dominio pubblico. Avevano fatto come con lei: spesso i giornalisti erano andati a fotografare l'ingresso di casa dell'assassino, del mostro, o a fare le riprese direttamente dal portone del suo palazzo.

Spinse di nuovo due dita sul campanello dell'appartamento Corsi e non le staccò più.

«Chi è?» rispose la voce scocciata e grave di Lucas.

Era a casa. Era a casa davvero. Manuela digrignò i denti. «Apri il portone, brutto bastardo».

Lucas esitò. «Manuela?».

«Apri il cazzo di portone».

Era andata fino a lì dopo aver ritirato le nuove medicine in farmacia. Erano così tante che, poggiando il sacchetto sul sedile del passeggero, seduta al volante, aveva riso – di incredulità e orrore. E poi, finalmente, era crollata come davanti a Veneziani si era imposta di non fare, e aveva pianto per mezz'ora abbondante.

Le sue medicine aumentavano in modo esponenziale, il suo cervello si stava autodistruggendo per via della pistolettata e Lucas, che le aveva causato tutto quello, era *libero*.

Non aveva nemmeno lei idea di come le fosse venuto in mente di andare fino a lì, considerando che l'appartamento di Lucas era in zona San Siro, all'altro capo della città, e guidare a lungo nel suo stato non era una trovata geniale.

Il portone si sganciò davvero.

Manuela lo spinse con entrambe le braccia, divorata viva dalla forza della disperazione, e salì direttamente dalle scale, senza curarsi dell'ascensore.

Il palazzo era lussuoso e odorava di pulito.

Un bel posto dove vivere, con i soldi messi da parte ammazzando la gente.

Lucas poteva ancora usare il suo appartamento perché il pignoramento che avrebbe dovuto avere seguito con la condanna non poteva essere ancora effettivo. Doveva ripagare così tante morti che probabilmente non gli avrebbero lasciato nemmeno la casa, ma per ora era sua.

Manuela non ci pensò nemmeno, quando lo scorse all'uscio dell'appartamento.

«Manuela?» ribadì lui, incuriosito.

Lei, di nuovo, non ci pensò. Non aveva voluto pensarci per tutto il tragitto. Lo spintonò usando entrambe le mani, dentro il suo appartamento, poi lo colpì con il pugno più forte che riusciva, in piena faccia.

Lucas indietreggiò e incassò, sorpreso. Sapeva bene che Manuela diventava *così* solo quando le veniva toccato un nervo scoperto e subentrava la disperazione. Ma perché, ora?

«Brutto bastardo» gli urlò lei, con una voce che era a metà tra il ruggito e il pianto. Lo colpì di nuovo, stranamente con il pugno destro nonostante fosse mancina.

Lucas incassò ancora e non reagì, facendo un altro passo indietro.

«Si gode la casa, lui. E certo!». Lo spintonò di nuovo con entrambe le mani ma spingendo con la forza dell'intero corpo, mandandolo a sbattere contro la parete dell'ampio corridoio, da cui si accedeva a un open space luminoso e decisamente costoso.

«Calmati» provò a dirle.

«Calmarmi?». Manuela gli tirò un cazzotto in faccia con l'altra mano e Lucas si rese conto che gli aveva spaccato un labbro. «Ringrazia che Anna tiene le pistole sotto chiave perché io ti voglio ammazzare».

«Manuela, calmati».

«E non sei nemmeno in carcere!» sbottò la donna. «Almeno quello! Almeno la consolazione di vederti marcire lì. Invece un cazzo!».

Lo spintonò ancora. Lucas alzò le mani come a farle capire che non avrebbe reagito e non aveva senso attaccarlo. Ma a Manuela non fregava granché che reagisse o no, non in quelle condizioni.

«Magari annullano pure tutto e rimani fuori!» si rese conto e glielo gridò in faccia, le guance rigate dalle lacrime. «Magari tra un annetto sei già in giro con tua figlia! E io sarò sottoterra, cazzo!».

Lucas esitò, non capendo a cosa stesse facendo riferimento, e la guardò con le sopracciglia aggrottate.

«Potevi almeno prenderla bene, la mira!», si indicò la fronte. «Razza di coglione, manco ad ammazzare la gente sei capace!». A quel punto stava piangendo a dirotto. «Sarebbe finita lì, e vaffanculo! E non avresti fatto neanche male a Marco!».

Fece per colpirlo ancora, schiacciata da Veneziani che le ricordava *non morirai di vecchiaia*, da quanto flebile fosse l'idea di fare ogni progetto, davanti a una caducità così soffocante e inappellabile. Era stato Lucas a fare in modo che fosse così.

Quando lo attaccò, lui non accettò più passivamente la cosa e scattò d'istinto come l'ex militare che era. Le afferrò il polso sinistro prima che potesse centrarlo e le torse il braccio dietro la schiena, costringendola di spalle a lui e immobilizzandola.

«Lasciami!» gli ringhiò, digrignando i denti ma continuando a piangere.

«Manuela, devi calmarti».

«Hai distrutto tutto» balbettò lei, immobilizzata così, il braccio abbrancato e storto da Lucas, esausta. «Marco... Anna... me...».

«Respira piano, calmati».

«Lasciami stare, cazzo!» gli gridò, agitandosi.

Lucas, dietro di lei, le strinse l'altro braccio intorno al collo, bloccandola. Era sconvolta e doveva placarla.

«Concentrati sul tuo respiro. Sei in iperventilazione. Calmati» le ribadì.

Manuela non si calmò. Sapeva benissimo che non si sarebbe mai liberata da una morsa come quella – ancora meno nelle condizioni in cui era – e si limitò a continuare a piangere e affannare. Era andata lì perché aveva bisogno di sfogarsi o sarebbe implosa. Aveva un conto alla rovescia in testa e Lucas era la causa di tutto.

Era una cosa che trovava così spaventosa – da persona che aveva bisogno di tenere la sua vita sotto controllo – che dedusse che sarebbe andata fuori di testa molto prima rispetto a quando la *bomba a orologeria* sarebbe detonata.

Quando Veneziani parlava di difficoltà, nel prevedere la sua aspettativa di vita, probabilmente si riferiva anche a quello: alla sua tenuta mentale, che in quel momento non deponeva in suo favore.

«Adesso ti calmi. Respiri piano. E ti lascio andare. Ok?» le anticipò Lucas.

Manuela affannava ancora, ma smise di tentare di divincolarsi, con le mani ancora strette sul braccio dell'uomo. Lui allargò la morsa dal collo e le lasciò anche andare il braccio immobilizzato.

Lei si voltò e lo colpì in piena faccia con un cazzotto ben mirato, così forte da farsi male alle nocche e da dover scuotere il pugno per scacciare il dolore.

«Manco la dignità di rimanere in carcere!» gli gridò. «Uomo di merda!».

Lucas rimase immobile, guardandola molto peggio di quanto avrebbe mai ammesso. Ma non voleva reagire e colpirla.

Le aveva sparato in faccia quando lei stava solo rientrando a casa da una serata con gli amici, innocua.

Due anni dopo, uscita dal coma, l'aveva perseguitata, fatta quasi ammazzare da Bezhani, infine massacrata e lasciata ad agonizzare con ferite orribili – solo perché era stato pagato per farlo.

E in mezzo a tutto questo, per spaventarla, aveva inavvertitamente fatto finire in coma Marco. Manuela pensava che Lucas non meritasse nemmeno l'aria che respirava e, facendosi quell'elenco di bestialità a mente fredda, nemmeno lui le avrebbe dato torto.

Soprattutto perché la sua bambina, Marta, gli aveva presentato il conto dei suoi errori, gli aveva spiegato che agire da mostro non era un modo di provvedere a sua figlia, o di proteggerla.

«Tu... tu...», Manuela era ancora sconvolta e con gli occhi pieni di lacrime, mentre iniziava quella frase e gli puntava contro il dito. Lucas la osservava con la testa abbassata ma gli occhi alti, verso i suoi, il labbro spaccato che sanguinava lievemente.

Poi Manuela gli si accasciò addosso. L'uomo la afferrò prima che arrivasse per terra, stringendola per le spalle. «Ma che...?».

La tenne tra le braccia, confuso, rendendosi conto che era appena svenuta, di punto in bianco e senza alcun preavviso. Se era così che stava, era più chiaro il perché fosse venuta a cercarlo a casa per insultarlo.

La sistemò sul pavimento e le palpò il collo, trovando il battito. Le tirò su la palpebra dell'occhio sinistro e constatò che aveva effettivamente perso conoscenza. Con un ginocchio a terra e uno piegato, su cui aveva poggiato il gomito, il sicario ammise che sarebbe stato tutto molto più facile, se solo Manuela fosse morta sul colpo, quando le aveva sparato.

Notò una cartella che sporgeva dalla borsa della donna, che lei teneva a tracolla. La estrasse e la aprì, rimanendo chinato su di lei in attesa che riprendesse i sensi. Ci trovò dei certificati medici, un fascicolo di un neurologo.

Non lesse la diagnosi, ma l'immagine del proiettile al centro del cervello e della massa che gli si stava formando attorno gli diceva già abbastanza. Il referto era datato a quel giorno e Lucas collegò i puntini.

Risistemò la cartella nella borsa di Manuela e sospirò. Se la prese in braccio – pesava giusto qualcosa in più di cinquanta chili, lui più o meno ottantacinque – e la lasciò stesa sul divano del suo meraviglioso salotto.

Si accostò al tavolo, realizzato in legno di ciliegio e rifinito con alcune pregiate incisioni, per afferrare un pacchetto delle sue Marlboro e accenderne una, infastidito. Ormai fumava poco, ma lo aiutava in momenti come quello.

Prese una lunga boccata dalla sigaretta, passeggiando nei pressi del divano.

Manuela mosse finalmente la testa e si lasciò sfuggire un gemito debole. Ci mise un po' ad aprire gli occhi, confusa.

Lucas non osò dirle niente. Rimase a distanza a osservarla, mentre lei era stesa sul suo divano e si guardava attorno spaesata.

Alla fine, comprese di essere svenuta di nuovo.

Portò una mano alla fronte e strizzò gli occhi, rendendosi conto che magari ora avrebbe dovuto pure ringraziare Lucas per averla sistemata sul divano anziché lasciarla schiantare sul pavimento.

Lui recuperò il posacenere dal tavolo e lo tenne nella mano sinistra, mentre picchiettava sulla sigaretta con l'altra.

«Da quando ti succede?» le disse.

Manuela si mise seduta con le gambe divaricate e i gomiti sulle ginocchia, le mani contro le tempie. Non aveva nessuna voglia di parlarne con lui. Avrebbe voluto solo la forza di ammazzarlo a mani nude.

Comprendendo che non avrebbe risposto, Lucas prese un'altra boccata dalla sigaretta. «Le cure non ti possono aiutare?» tentò, invece.

Manuela lo fulminò con lo sguardo. Aveva ancora le guance bagnate.

Lucas fece cadere la cenere ed espirò il fumo dalle narici. Non gli era simpatica, di certo no – soprattutto dopo quello che aveva fatto a sua figlia – ma paradossalmente Manuela, con le sue follie, lo aveva costretto a cambiare vita. Se non fosse stato per la sua improbabile sopravvivenza alla pistolettata, forse lui avrebbe continuato ad ammazzare per SOLIS per il resto della sua vita.

Se c'era uno tra loro due, che meritava di morire senza possibilità di invecchiare, non era lei – pensò perfino Lucas.

«Dai che ti levano 'tentato omicidio di Manuela Guerra' e ti danno 'omicidio premeditato'. Gli mancava il cadavere, ma tanto tra poco ce l'hanno».

Lei lo disse con una voce atona e fredda, ma il disprezzo le scivolò fuori dai denti.

Lucas sorrise appena e apprezzò la battuta. Era un modo di esorcizzare l'orrore. «Contenta, no? Ci tenevi tanto».

Manuela avrebbe voluto colpirlo di nuovo, ma comprese che non sarebbe servito a nulla. Prenderlo a cazzotti non l'aveva aiutata a sfogarsi e non l'aveva fatta sentire meglio. Anzi, la mano destra le faceva più male di quanto avrebbe ammesso, dopo l'ultimo pugno.

Si alzò per andarsene e puntò l'uscita, in fondo a destra, riprendendo il controllo delle gambe.

«Non doveva andare così» le disse l'uomo.

Manuela si voltò per incrociare il suo sguardo, più con disgusto che con altro. Sorrise, sarcastica, e scosse la testa.

«E certo, hai usato un calibro troppo piccolo, non doveva mica andare così. Se sceglievi meglio ci evitavamo tutto questo teatro». Lo squadrò dai piedi alla testa, schifata. «Ci fossero almeno delle conseguenze, per quelli come te. Invece tua figlia ti parla ancora – e ora sei pure libero. Le *conseguenze* ci sono solo per noi poveri stronzi», pensò anche a suo padre.

Lucas spense il mozzicone nel posacenere, dopo aver preso l'ultima boccata, e scosse il capo.

Manuela uscì senza chiudersi dietro la porta.

Capitolo 16

Giovedì, 14 febbraio 2019
Milano, ore 12.37

Anna aveva tirato su la zip del piumino – purtroppo, il suo parka verde era irrecuperabile, dopo il sangue che lo aveva inondato dalla ferita al collo – alzandosi il colletto fino al mento, infreddolita. Aveva le mani nelle tasche.

L'ispettore Ferro le camminava accanto, anche più serio e turbato di lei.

Il Parco Industria Alfa Romeo, dalle parti del Portello, era un posto sereno dove parlare, nessuno avrebbe potuto avvicinarli senza farsi notare.

«Francé», Anna non voleva più girarci intorno. «Non mi raccontare cazzate».

«Non ti sto raccontando nessuna cazzata» si giustificò il suo ispettore.

Camminarono fino a un monumento metallico che richiamava il DNA, fingendosi interessati a coglierne i dettagli, mentre si erano chiusi in un breve silenzio.

Alla fine, Francesco Ferro sospirò. «Anna, senti, non so più come dirtelo: ti ho detto di portare la pistola carica perché c'era qualcosa di strano nel modo in cui il Pappagallo mi aveva cercato. Di solito non mi chiamava mai con quell'urgenza».

«E che scusa ti aveva dato? Perché ci sei andato?».

«Mi stava aiutando con un caso di spaccio da noi in Barona. Mi ha detto che c'erano novità grosse, ma prima dovevamo parlare di qualcosa».

Anna lo interrogò con gli occhi, impassibile. «E cos'era quel *qualcosa*?».

«Quando ci siamo visti lì dentro mi ha iniziato a elencare un sacco di cazzate. Diceva che ormai tutti sapevano che era il mio confidente, che lo avevo venduto, che non avrebbe mai dovuto fidarsi».

«Cosa che non hai fatto, immagino».

«Mi prendi per coglione?» si offese l'ispettore. «Mi è capitato in passato di minacciarlo dicendo che avrei detto agli amichetti del suo giro che mi spifferava tutto, ma erano minacce – e basta. Lo sai come funzionano queste cose. Non ti giochi mai la fiducia di un confidente. Soprattutto se ti passa buone informazioni come faceva lui. Era un figlio di puttana che si vendeva a chiunque, è vero. Ma le informazioni che mi ha dato sono sempre state buone».

Anna si poggiò con il bacino contro l'inferriata lì accanto, le mani ancora in tasca.

«Ho ancora la pistola sotto sequestro» gli disse, senza voltarsi a guardarlo. L'ispettore scosse la testa, disgustato. «E siamo ancora tutti e due in congedo».

«Sapevamo che sarebbe successo. Il colpo l'hai sparato tu, ma il tuo responsabile sono io» provò a smorzare Ferro.

«No, Francé», Anna a quel punto si voltò a incrociarne lo sguardo. «La Baroni ha ragione. È una stronza pignola, ma qua ha ragione. Non ha senso che io e te fossimo dal Pappagallo. Non ha senso che il tuo confidente cerchi di ammazzarti e mi spari a bruciapelo. E non ha senso tutto quello che abbiamo fatto sul video dove sparavano a Manuela – cioè niente».

«Se è per questo», Ferro le si accostò, anche lui con le mani cacciate nel soprabito, i baffi e il pizzetto che ormai erano sempre più bianchi, «non ha senso neanche il modo in cui hai arrestato Alberto Corsi. Lo sai, vero?».

Anna non smise di guardarlo e annuì subito. Nessuno sarebbe mai stato più severo con se stessa di quanto lo fosse lei. «Lo so».

«E non ti ho mai fatto domande, perché so quanto c'era di personale in quella questione. Tra te, quello che è successo a Manuela, quello che era successo a tuo fratello...».

«E l'ho apprezzato, ispettore. Grazie».

«Forse avrei dovuto chiederti dettagli».

«Non te li avrei dati. Mi conosci e lo sai benissimo».

Ferro ridacchiò, scosse la testa e si sistemò accanto a lei, contro l'inferriata. Entrambi si persero a guardare un gruppetto di ragazzini che, probabilmente dopo aver saltato la scuola, rincorreva un pallone sul prato.

«Dimmi solo questo: c'è qualcosa di importante, davvero importante, che dovrei sapere su come sei arrivata ad arrestare Alberto Corsi?».

Anna incrociò di nuovo il suo sguardo e rimase zitta.

L'uomo sospirò. «Lo sai che se viene fuori, qualsiasi cosa sia, rischi *davvero* grosso? Non l'hai fatta tu la cazzata, vero? L'ha fatta Manuela, è lei che stai coprendo» comprese.

«Marta Corsi mi ha chiamata per dirmi dov'era suo padre. Io ci sono andata e l'ho arrestato».

«Sono il tuo responsabile, agente scelto Russo» le ricordò.

«Non in questo caso. Sei responsabile quando lavoro sotto di te» lo corresse.

L'uomo alzò le mani. «Basta che non si ritorca contro di me. Dimmi solo questo».

«Non ti devi preoccupare» gli assicurò Anna, laconica.

Ferro sospirò. «Lo rispetto, sul serio, quello che fai per la tua amica. E te lo dico in confidenza: per me, da sola con quello lì e considerando com'era conciata Manuela quando l'ha portata via l'ambulanza, dovevi spargargli in bocca e dire che era legittima difesa. Tanto poi vedi che succede? Li tirano fuori, questi stronzi».

Anna scosse la testa. «Gaetano mi ha detto di far sapere a Manuela che se vuole ammazzarlo il cadavere lo fa sparire lui».

Ferro rise. «Ha detto così?».

Sorrise anche Anna. «Precisamente così». Riabbassò lo sguardo, seria. «Ma non dovrebbe essere così. Non siamo giustizieri. E non siamo giudici. È tutto sbagliato».

«Infatti queste cose non le facciamo. Le pensiamo per consolarci, quando fa tutto troppo schifo. A volte ti viene la tentazione, però. Con quel buco nel collo lo sai meglio di tutti».

Anna con un saltello salì sul passante orizzontale dell'inferriata e ci si sedette sopra.

«Devo chiederti una cosa» lo avvisò. «Non solo da agente Russo a ispettore Ferro. Te lo chiedo... da Anna a Francesco».

Lui la guardò preoccupato.

«Quanti anni sono che lavoriamo insieme?».

Ferro ci pensò per un attimo. «Sei? Sette, forse».

La donna confermò con un cenno della testa. «Faccio questo lavoro da quando ero ragazzina e mi ero appena patentata. Sei il miglior ispettore con cui abbia mai lavorato».

«Ah beh, grazie. Dillo alla Baroni, magari mi danno l'aumento».

Quella battuta innocente acciglió Anna ancora di più.

«Lo sei perché tu vedi vie e ipotesi che agli altri sfuggono. Anche Flavio è bravo, ma tu sei un'altra cosa. Quando per gli altri il caso è chiuso nel modo più ovvio, tu ti accorgi di qualcosa che non quadra e la fai quadrare».

«È per l'esperienza, ho quasi il doppio dei tuoi anni», anche Ferro si sedette con lei sull'inferriata. «Ci arriverai anche tu».

Anna, che stava osservando i ragazzi che giocavano col pallone, si voltò di nuovo verso l'ispettore, gli occhi asciutti e intelligenti.

«Con il caso di Manuela invece no. Hai dato subito per buona l'ipotesi più facile. C'è un video, è l'assassino, caso chiuso. Non ci ho visto niente dell'ispettore geniale che trova la verità a ogni costo».

Ferro sospirò. «C'erano i video. Non potevo immaginare che...».

«C'era Manuela che lo diceva e lo ridiceva. Era disperata, non sapeva più come farci capire che quello non era l'uomo che le aveva sparato. E noi abbiamo pensato che fosse pazza e ce ne siamo fregati» lo interruppe lei. «Perché, ispettore? Perché?».

«Perché c'erano i video. E il quadro clinico della tua amica lo conoscevi anche tu».

Anna scosse la testa. «Non mi basta. Non ti è mai venuto in mente che i video fossero manomessi, mai. Hai dato per scontato solo che Manuela fosse fuori di testa».

«C'erano dei cazzo di certificati medici che lo dicevano, Anna!».

«C'ero io che ti dicevo il contrario!».

«Ma tu non sei un medico! Ed eri troppo coinvolta, Anna. Troppo. Ci abitavi insieme!».

«Ci abito ancora insieme, e proprio per questo dovevi fidarti di me. Farti venire almeno il dubbio. Se avessimo creduto a Manuela in quel momento, in quello stupido momento, oggi non saremmo in questa situazione. Alberto Corsi non avrebbe quasi ammazzato anche mio fratello, perché non mi hai neanche dato nessuno per seguire Manuela quando sapevamo che riceveva telefonate minatorie da quel pezzo di merda, Francesco. Non mi hai dato nessuno. Mi hai lasciata da sola».

Ferro sospirò. «Ho sbagliato. Dove vuoi arrivare?».

Anna scese dalla balaustra e gli andò di fronte. Non aveva un altro modo per risolverla. Gli si piazzò davanti e lo guardò dritto nelle pupille. «Dimmi che non c'entri niente. Dimmelo guardandomi in faccia».

Ferro sgranò gli occhi, incredulo. «È un cazzo di scherzo, Russo?».

«Dimmi che sono stati tutti errori. Che non stavi coprendo qualcuno sui video, che non continuavi a sminuire per chissà quale motivo. Dimmi che siamo stati solo superficiali e abbiamo sbagliato. Devi dirmelo, Francesco».

«Come puoi anche solo pensarlo?» alzò la voce l'ispettore.

«Come faccio a non pensarlo?» rispose Anna. «Mi hai anche attirata dal Pappagallo ed è finita che l'ho pure ammazzato per te».

«È la Baroni che ti ha messo in testa queste stronzate?».

«Perché non abbiamo mai indagato su chi ha manomesso i video? Dopo le confessioni di Alberto Corsi sapevamo che erano falsi. Perché non hai fatto niente?».

«Perché non dipendeva da me!».

«E da chi dipendeva?».

«Lo sai benissimo che il caso a quel punto non era più nostro e le verifiche venivano fatte più in alto di noi».

«Francesco, devi dirmi che non c'entri niente. Io non mangio più, non dormo più, cazzo. Devi dirmelo».

«Russo», l'ispettore le portò le mani ai lati del viso e la guardò dritta in faccia. «Sono. Dalla. Tua. Parte» scandì bene. «Non c'entro niente. Non voglio neanche che lo pensi. Sono stato chiaro? Te lo giuro sulla vita di Luca e Giordana», citò i nomi dei suoi figli.

Lei si concesse finalmente di respirare. Gli occhi di Ferro erano sinceri. Aveva troppo bisogno di sapere di potersi fidare del suo comandante.

«Che c'è? Non mi credi, adesso?».

Lei annuì. «Ti credo» gli confermò. Il battito le rallentò e si poggiò di nuovo contro la balaustra. «Ti credo». Prese un bel respiro. «Allora dobbiamo capire un po' di cose, ispettore».

«Stai indagando sul video, vero?».

«E sul tuo informatore».

Ferro esitò.

«Se ti ha detto che lo avevi venduto, è perché qualcuno glielo aveva messo in testa. Se capiamo chi vi ha messo contro, capiamo anche chi sperava che ne uscisse morto».

«Servirebbe sapere chi ha sentito, ma la Baroni non mi fa accedere ai tabulati e ai rapporti, ovviamente. E neanche a te».

«Ce li ho, i tabulati».

Ferro la guardò, sospettoso. «Come li hai avuti? No, anzi, non dirmelo. Non lo voglio sapere. Santo Dio», comprese. «Che hai trovato?».

«L'ultima chiamata l'ha fatta a te. Nella stessa giornata ne ha fatto una al figlio e una a un bar. E basta».

«Un bar?» fece Ferro, stranito.

Lei annuì. «Sto cercando di capire anch'io perché, è una caffetteria dalle parti del Niguarda. Sai se la frequentava?».

«Lui stava sempre nel nostro quartiere, i suoi lavoretti erano tra la Barona e Sant'Ambrogio. Ma non lo so, magari aveva lì qualche amico».

Anna ci pensò per qualche secondo e alzò le spalle.

«Comunque ti daranno la legittima difesa» le assicurò l'ispettore. «Non preoccuparti di quello».

«Lo so», fece lei. «Ma voglio sapere cosa è successo. Come fai tu di solito. Il Pappagallo che impazzisce e mi spara è la risposta semplice. C'è una risposta difficile in questa storia che non interessa a nessuno, ma a me sì».

Ferro le sorrise. «Dovresti essere sovrintendente già da un bel pezzo».

«Se non trovo chi ha manomesso quei video tra poco non sarò più nemmeno agente».

Lui deviò lo sguardo, preoccupato. «È difficile credere ancora oggi che fossero tutti manomessi».

«Lo so, ho ricontrollato. Massimo giura che non è stata qualcuno della Scientifica».

«Figurati, Valenti poi non ammetterebbe mai un errore. Pensa se ti direbbe di aver pestato una merda così grossa, non accorgendosi di un video contraffatto da uno dei suoi».

«Non so più di chi fidarmi» ammise Anna.

«Me ne sono accorto» smorzò l'uomo. «Ma non per forza è stato uno di noi. Magari è qualcuno esterno».

«Venivano da un sacco di fonti diverse. Gli unici che ce li avevano tutti a disposizione per lavorarci erano in commissariato. O è alla Scientifica, o è qualcuno di noi».

«Sì, Anna, ma devi pure saperlo fare. Ci sto ragionando da giorni, da quando ho saputo che pensano che la talpa sia uno di noi. Tu lo sai modificare un video per mettere la faccia di un altro tizio?».

Lei ci pensò un attimo, poi scosse la testa.

«Neanche Flavio. E Gaetano e Stefano è già tanto che sanno usare la stampante» aggiunse l'ispettore.

Anna si massaggiò la fronte, cercando di rifare ordine. La pista sul video non stava andando da nessuna parte. Poteva provare a sentire le singole fonti, ma cosa si aspettava? Cosa potevano dirle l'università, il Comune di Milano, un paio di banche e l'altra decina di negozi dalle cui vetrine venivano le riprese del percorso del sicario?

«Qualcuno lo ha fatto» continuò Ferro. «Non sono io. Non sei tu. Secondo me non sono neanche gli altri ragazzi. Ma qualcuno lo ha fatto e probabilmente è ancora lì al suo posto».

Anna sospirò, ci pensò per qualche secondo, in silenzio, ma per il momento si accontentò. Per quella mattina, le bastava sentire che Ferro era stato sincero e, anzi, si era offeso quando lo aveva messo in dubbio.

E appuntò mentalmente quello che aveva detto il Pappagallo prima di morire: era convinto che Ferro lo avesse tradito. Scoprire il perché, forse, avrebbe cambiato le carte anche su quell'omicidio. Potevano chiamarlo *legittima difesa* quanto volevano, ma per Anna tirare una pallottola in faccia a un uomo era *omicidio*, anche se quell'uomo le aveva sparato due volte.

Il Pappagallo continuava a morirle davanti in tutti i suoi incubi, praticamente ogni notte.

Anna era l'*assassina* meno assassina di sempre. E per questo non riusciva a perdonarsi.

* * *

Al terzo bugiardino che, una volta aperto, somigliava pericolosamente a un lenzuolo, Manuela decise che ne aveva abbastanza di leggere. Anche perché non riusciva a concentrarsi davvero.

Lo ripiegò alla bell'e meglio e sperò solo che quello che aveva orchestrato Veneziani funzionasse.

Aveva preso le prime due nuove medicine, come prescritto dal suo neurologo, e non avrebbe saputo dire bene come si sentiva.

Sorseggiò un altro po' d'acqua, quella avanzata dopo aver mandato giù le pastiglie una mezz'ora abbondante prima, e risistemò il bugiardino nella scatola della medicina. Ne aveva altre quattro nuove da prendere e lo avrebbe fatto in serata, sommandole al resto della vecchia terapia.

Si massaggiò la tempia e si accorse che le formicolavano le dita e in qualche modo la faccia. Veneziani le aveva detto di non guidare dopo aver preso le medicine e immaginò che il motivo fosse quello.

Sono letteralmente strafatta per poter vivere, pensa che culo si rese conto.

Passeggiò fino alla porta finestra del balcone e ci si poggiò contro con la fronte, guardando il cielo. Il suo quartiere. La noiosa quotidianità che era un sogno sempre più lontano e irraggiungibile.

Continuava ad avere paura delle sue reazioni, quando si dimenticava di contare fino a trenta.

Era davvero andata a prendere a cazzotti Lucas.

Cosa avrebbe fatto se avesse avuto un'arma? Se avesse saputo dove trovare una pistola, *di nuovo*, cosa avrebbe fatto quella mattina?

Sono fuori di testa si disse, senza mezzi termini. *I certificati medici lo hanno sempre detto e avevano ragione loro.*

E, per coronare il tutto, gli era pure svenuta davanti. Prese un bel respiro e si passò le mani sul viso, tentando di scacciare il formicolio. Le scappò una lacrima e l'asciugò subito, infastidita dalle sue contraddizioni.

Non era cambiato niente rispetto al giorno prima, in teoria. Aveva sempre saputo, fin dal giorno del risveglio dal coma, che la sua vita sarebbe stata scandita dal ritmo a cui sarebbero arrivati – o non arrivati – gli scompensi. Risentirselo sbattere in faccia, però, era stato devastante. Soprattutto sapendo che Lucas era fuori dal carcere e quella sulla graticola alla fine invece era lei.

Le conseguenze esistono solo per me si ripeté.

E c'era un'altra idea, desolante, che trovava ancora più insopportabile: che Marco avesse ragione. Che non solo non potevano avere una vita normale insieme, ma visto come stava lei non potevano avere *una vita* – e basta. Come biasimarlo per essersi allontanato?

Si asciugò anche l'altra guancia.

Quando sentì suonare alla porta, trasalì. Si assicurò di non avere più lacrime sugli zigomi e tirò su col naso, chiedendosi chi fosse. Camminò svogliatamente verso la porta e la tirò.

Christopher la guardava e le sorrideva timido. «Ehi, ciao».

Manuela, purtroppo per lei, stava ancora piangendo. «Ehi» lo salutò, e poi si asciugò di nuovo coi palmi sulle guance, facendosi di lato e lasciandogli la porta aperta. «Scusami».

Il ragazzone rimase impietrito, dispiaciuto. «Ma... è successo qualcosa?».

Gli fece cenno di stare tranquillo, con una mano, e si accostò alla cucina per recuperare un foglio di scottex e asciugarsi il naso e il viso. «Scusa».

«Sei a pezzi, che è successo?».

Dio, non anche la sua compassione.

Non anche questo.

Manuela si strinse la fronte e si ricompose al meglio possibile. «Niente, un po' di frustrazione. Adesso mi passa».

«Posso fare qualcosa?» le domandò. Dopotutto, non c'è mai un drago troppo spaventoso da affrontare, per ogni buon aspirante principe azzurro.

Lei scosse la testa, ma gli sorrise. «Magari... No, ma grazie».

«Sei stata del neurologo?» comprese lui, notando le scatole delle medicine sul tavolo.

«Eh», Manuela sorrise di nuovo, con gli occhi ancora rossi.

«Non è andata bene, mi sa».

«È andata nell'unico modo possibile» tagliò lei. «Ma non sto morendo, tranquillo. Non più di ieri. Sono solo stanca».

«Cosa ti ha detto?».

«Che non sto morendo subito», ribadì e alzò le spalle lei. «Te l'ho detto. Mi ha dato tipo ottocento nuove medicine, ne ho già prese due. Anzi, non so manco se sei davvero qua o sei un'allucinazione, considerando cosa c'era scritto nei bugiardini. Magari sono pure già morta».

Christopher rise premiando quella battuta più di quanto non meritasse: Manuela ne aveva bisogno.

«Beh, se non stai morendo allora stai ancora vincendo tu, no?».

«È un po'... un po' più complicato di così, ecco. Diciamo che *non morirò di vecchiaia*» ripeté quanto detto da Veneziani. «Non dirlo ad Anna, però. O a Daniela. Poi glielo dico io».

«Davvero pensi che non lo sappiano? Voglio dire, lo dicevano pure alla TV quando parlavano di te».

«Sì, ma quelli lo dicevano facendo il tiro a segno sui cazzi miei. Quando te lo dice il tuo neurologo è un pochino diverso».

«*Tiro a segno sui cazzi miei* mi è piaciuta» le concesse l'uomo, entrando finalmente a casa di Manuela e agganciando la porta. «Se ti disturbo vado via, volevo sapere come stai e – beh, mi sa che mi hai già risposto».

«Mi dispiace, ma te l'avevo detto che non ero come la Manuela della TV».

Christopher sorrise. «Vai bene così».

«Scusami», lei si voltò e raggiunse il tavolo, dandogli le spalle. Odiava mostrarsi vulnerabile e farsi guardare quando stava così. Peggio ancora da lui, con cui si sentiva ancora in difetto.

Lui le si accostò, da dietro. «La smetti di scusarti? È da ieri che non fai altro».

Ecco, appunto.

«Comunque non sono un'allucinazione», aggiunse lui, abbracciandola da dietro e sistemando la testa accanto alla sua. Manuela non si oppose e portò una mano sulle sue braccia, lo zigomo contro la sua tempia.

Aveva troppo bisogno di sentirsi umana, perché la supereroina era arrivata molto oltre al suo punto di rottura.

«Sono qui per te», le disse.

Manuela dalle persone aveva imparato ad aspettarsi il peggio. Invece Christopher continuava a essere lì, per nessun valido motivo, nonostante lei fosse sfuggente, indecifrabile e vagamente senza speranza.

«Sai che ho fatto, quando mi sono svegliata dal coma?».

Chris rimase sorpreso dall'argomento e la lasciò parlare. Manuela strinse più forte la testa sulla sua, in piedi con il tavolo davanti, Chris che la abbracciava, gli occhi di lei verso il cielo fuori dalla porta finestra – dello stesso colore intenso e acceso.

«Non riuscivo a muovermi. Riuscivo solo a sbattere le palpebre. Ma capivo, sentivo. Però non potevo parlare» gli raccontò, e rise appena. «Mi cagai addosso, ma tipo letteralmente, eh. Avevo sentito dagli altri che parlavano che ero rimasta in coma otto mesi, pensai che ormai sarei rimasta così, la mente vigile ma il corpo morto. In trappola, per sempre».

«Cazzo, che incubo. Mi dispiace».

«Allora piano piano provavamo esercizi, fisioterapie, mi dicevano che sarebbe migliorato, ma dopo i primi giorni non migliorava niente. E c'erano Marco, Anna, Daniela, che venivano a parlarmi, felici perché ero di nuovo lì. E io ero contenta di vederli, ma potevo fare solo quello: vederli. Allora, dato che ero chiusa dentro la mia testa, per non impazzire mi feci una promessa. Mi serviva un obiettivo».

Chris la strinse più forte, perché la voce di Manuela era molto meno sicura, spavalda e spiritosa di come si era abituato a sentirla.

«Misi insieme un elenco mentale di tutto quello che volevo fare, se mi fossi ripresa. Era pieno di cose stupidissime. Tipo imparare a suonare la chitarra, iscrivermi in piscina, provare a studiare il giapponese – e soprattutto visitare l'Islanda. Avevo fatto questa listona e mi dicevo *impegnati, forza, devi stare bene, devi farle tutte*».

Sorrise e abbassò lo sguardo sulle scatole delle medicine sparse sul tavolo, stringendo anche l'altra mano sul braccio di Christopher che la cingeva.

«Volevo fare quelle cose a tutti i costi. Il neurologo dice che infatti molto è dipeso dalla mia forza di volontà. Era fine ottobre del 2016, più o meno. Siamo a febbraio 2019».

Chris la guardò attento, così vicino. Manuela deglutì e si voltò appena verso di lui.

«Non ne ho fatto nessuna».

Rimasero zitti entrambi.

«Neanche una» ripeté lei. «Non mi sono iscritta in piscina. Non ho studiato chitarra o giapponese. Non sono nemmeno andata in Islanda. *C'è tempo, poi lo faccio*. C'è domani, no? *Lo faccio domani*, c'è sempre domani. E se domani poi invece non c'è?».

Manuela sorrise amaramente e allontanò una mano da lui solo per asciugarsi la guancia sinistra.

«Scusami, non so manco io perché ti ho attaccato questo pippone. Saranno le medicine. Non ne avevo mai parlato con nessuno».

«Inizia a farle» le suggerì Christopher.

Lei lo guardò, alzando un sopracciglio.

«Diciamo che c'è sempre domani, ma è una cosa stupida: puoi decidere solo cosa fai oggi. Vivere non è una cosa che puoi continuare a rimandare», e le sorrise. «Inizia oggi».

Puoi decidere solo cosa fai oggi. Manuela se lo ripeté mentre guardava gli occhi scuri del suo vicino di casa, attenta.

Era quello che doveva fare, per processare quello che Veneziani le aveva ribadito: che ti importa se domani non ci sei? Puoi comunque vivere solo oggi – e oggi sei qui.

«Allora, da cosa iniziamo? Conosco una piscina piena di gente figa e ho un amico che suona la chitarra in un modo che fa invidia ai Metallica».

Manuela rise e scosse la testa.

«Lo so, andare in Islanda è appena appena più allettante» comprese lui.

«*Appena appena*» scherzò Manuela, poggiando di nuovo la testa contro la sua. «Perché lo fai, Chris?».

«Perché lo faccio *cosa*?».

«Accollarti tutto questo».

Le sorrise e non disse nulla, quasi timido.

Manuela si morse appena le labbra. Il formicolio alle dita e al viso c'era ancora e forse sì, le medicine prese una sull'altra l'avevano resa più loquace di quanto non fosse di solito. O forse era una scusa per negare l'evidenza – che con Christopher stava bene anche se Christopher non era Marco, che poteva stare bene con qualcuno anche se con Marco non ci sarebbe stata mai più. Che voleva pensare a oggi, ad adesso, e di cosa sarebbe successo l'indomani, una volta tanto, chi se ne frega.

Puoi decidere solo cosa fai oggi.
Vivere non è una cosa che puoi continuare a rimandare.
Inizia oggi.

Manuela sciolse l'abbraccio di Christopher per portargli le mani ai lati del viso e baciarlo.

Si piacevano e si attraevano in un modo così ridicolmente evidente che non volle pensare più ad altro.

Lui notò che era molto meno timida del giorno prima, forse anche per il senso di colpa e per come se ne era andata. La strinse a sé con un braccio, cingendole i fianchi. Manuela si ritrovò con la schiena premuta contro il muro attiguo e col battito che accelerava – ma stavolta per tutti i motivi giusti.

Christopher le si strinse addosso e la donna gli cinse le braccia attorno alle spalle, gli occhi chiusi, mentre lui la baciava sul collo e le scopriva una spalla, rapito, spingendosi contro di lei.

«No, no, andiamo di là» gli disse Manuela.

Chris ritirò su la testa, in piedi, e si perse nei suoi occhi trasparenti. «Qua non va bene?»

Manuela quasi rise. «Pensa se rientra Anna e mi trova con te addosso contro il muro portante della cucina».

Rise anche lui. «Ok, no, non è il caso, no».

«Mi toglie la parola per i prossimi dieci anni. E fa bene. Dai, andiamo di là». Manuela si voltò per indicargli la porta e spostarsi, ma Chris appena si fu girata la prese in braccio, divertito.

«Scusa, è sempre quella cosa della sindrome del principe azzurro».

Ne risero insieme, quando superarono la porta della camera di Manuela e lui la lasciò sul letto. Era quello della sua complicità con Marco, dell'ultima volta che avevano condiviso.

Puoi decidere solo cosa fai oggi, vivere non è una cosa che puoi continuare a rimandare.

Inizia oggi.

Manuela si tirò su sulle ginocchia, sul materasso, afferrò Christopher e lo strattonò verso il letto. Lui accentuò la caduta, come se l'avesse trascinato giù un gigante, ed entrambi risero per quella scena ridicola.

Manuela gli scivolò addosso mentre lui era rimasto supino e ben volentieri alla sua mercé, per riprendere da dove erano rimasti. Per ricominciare a scoprirsi e giocare l'uno con l'altra.

Per vivere oggi, ché la vita non è una cosa che puoi continuare a rimandare.

* * *

Con la testa premuta sul petto di Christopher, che giochicchiava con i suoi capelli con una mano, Manuela era stesa accanto a lui sul suo letto da una piazza e mezza e stava rimettendo in ordine i pensieri.

«Comunque», esordì Chris, e già dall'espressione che aveva lei capì che doveva dirne una delle sue, «in futuro cerco solo donne vive per miracolo, o cose così».

Lei lo guardò aggrottando le sopracciglia.

«Voi sopravvissuti fate letteralmente *qualsiasi* cosa come se fosse il vostro ultimo giorno, direi».

Manuela rise. «Dimmi che non sei uno di quelli squallidi da recensioni a letto, per favore».

«Non mi permetterei mai. Sono un principe azzurro, te l'ho detto. Diciamo che sono stanchino».

Lei gli diede un colpetto sul naso. «Per così poco?», lo provocò.

«Forse la signorina non si è accorta di che ore abbiamo fatto, tra una cosa e l'altra».

Alzò il polso per mostrarle l'orologio, piazzandoglielo davanti agli occhi.

Vedendo che erano passate le diciassette e ricordandosi che aveva lasciato il cellulare in cucina, Manuela sgranò gli occhi. «Merda» esclamò, tirandosi su. «Avrò almeno settanta chiamate di Daniela. Mi butto in doccia e la chiamo, devovo aggiornarla e non ho fatto praticamente niente».

«Puoi sempre aggiornarla su questo» scherzò lui, aprendo le braccia a indicare che erano finiti in camera da letto insieme.

«Figurati, Dani faceva il tifo per te dal giorno zero. Se glielo dico mi chiede tutti i dettagli, tipo telecronaca minuto per minuto».

Risero entrambi e anche lui, recuperando i vestiti che era riuscito a perdere un po' di qua e un po' di là nonostante la stanza fosse molto piccola, si tirò su.

«Mi butto in doccia anche io, devovo fare un paio di cose prima di andare al lavoro».

Manuela gli toccò una spalla. «Chris?».

Lui incrociò il suo sguardo aspettando che continuasse.

«Grazie».

«Per così *poco?*» citò lui, fingendosi offeso.

Lei sorrise. «Non per *questo*, per... il resto».

«Ma figurati. E se è anche per *questo* non mi offendo, eh, ho un'autostima anch'io».

Manuela lo colpì con un pugno giocoso su una spalla. «Scappo in doccia, dai».

«Vai pure, tranquilla. Io fuggo a casa».

* * *

Christopher si chiuse dietro il portone della sua casa e ci si spinse contro con le spalle, prendendo un lungo respiro.

Si sgranchì il collo, pensieroso, prima di camminare non verso il bagno per farsi la doccia, ma in direzione della stanza di cui Manuela aveva visto solo la soglia chiusa, il giorno prima, che aveva adibito a ufficio.

C'erano una scrivania con sopra un computer all-in-one, una sedia con le ruote e una bella spalliera nera traspirante, delle luci piuttosto fredde. Recuperò da lì sopra il suo telefono, cercò un numero in rubrica e aprì la chiamata.

Dopo due squilli, sentì rispondere e sorrise.

«Novità?», gli fece una voce.

«Ce l'abbiamo».

«Si fida di te?» chiese conferma l'altra persona.

Christopher sorrise, fiero: «oh, ti assicuro che si fida di me».

Parte III

"Tutte le vite"

Aftermath: una situazione esistente in seguito a un evento importante, solitamente spiacevole (Oxford Learners Dictionary).

Capitolo 17

Venerdì, 15 febbraio 2019
Milano, ore 08.41

Anna entrò da *Pausa Caffè* con scritto in faccia che era una poliziotta che cercava qualcosa o qualcuno. Avvolta nel suo piumino, scrutò da cima a fondo la caffetteria che il Pappagallo aveva chiamato poco prima di morire.

Era un locale piuttosto carino e in ordine, pieno di impiegati e persone ben vestite. Non era molto spazioso, ma c'erano parecchi clienti, tra quelli seduti al bancone frontale e quelli che si erano sistemati, con più calma, nei tavolini quadrati.

Si guardò rapidamente attorno, apprezzando alcuni richiami alla cultura americana appesi alle pareti – tra illustrazioni, targhe dei diversi Stati e bandierine.

Si accostò al bancone, dove un ragazzo la notò. Era giovane, sui venticinque anni, con i capelli lunghi e neri raccolti in uno chignon e il naso appuntito, gli occhi piccoli e intelligenti.

«Buongiorno» salutò lei, composta.

«Ciao, cosa ti porto?».

«Lavori qui tutti i giorni?».

Lui esitò. «Sì, perché? Ti ho sbagliato qualche caffè?».

Anna sorrise. Poi, dalla tasca tirò fuori il distintivo e glielo mostrò con discrezione. Il ragazzo aggrottò le sopracciglia e rialzò lo sguardo sul suo viso, confuso.

«Qui è tutto in regola, ho anche il contratto».

«Anche la tua collega», Anna indicò con lo sguardo una ragazza a qualche metro da loro, dietro al bancone, che preparava dei caffè alla grossa macchinetta. «Anche lei sta qua tutti i giorni?».

«Sì, ci diamo i turni con altri due, ma loro vengono di sera».

«La mattina del 6 febbraio, mercoledì della settimana scorsa, eri qua?».

«Mercoledì... Sì, ero qua. Chiara no, ma io c'ero» confermò, indicando la ragazza. «Ma perché, scusi? È successo qualcosa?».

Non era assolutamente un locale che avrebbe immaginato venire frequentato da uno come il Pappagallo, che si sentiva molto più a suo agio dove non c'erano tutti quei colletti bianchi e quegli studentelli sbarbati.

«Sono qui per una telefonata. Avete ricevuto una telefonata che mi interessa».

«Andrea» lo chiamò la collega, «mi dai una mano qua? Ho tremila caffè da fare».

«Aspetta, non posso».

«Che vuol dire che non puoi?».

«Eh», si giustificò lui, con occhi imbarazzati, facendo notare che stava parlando con Anna. La poliziotta risollevò appena il tesserino distintivo, che aveva premuto contro il bancone per non dare troppo nell'occhio, e la ragazza a quel punto ammutolì. Lanciò a lei e al suo collega un'occhiata preoccupata, poi tornò ai suoi caffè – decidendo che non voleva avere più niente a che fare con quella conversazione.

«Adesso che mi ci fa pensare...» ragionò Andrea, «qualche giorno fa è successa una cosa strana».

Anna rizzò le orecchie.

«È entrato un tizio, ha ordinato un caffè. Mi ha detto che doveva ricevere una telefonata, ma aveva il telefono che si stava spegnendo, mi ha chiesto se poteva dare il numero del locale e farsi chiamare lì. Gli ho detto di sì».

«E lo hanno chiamato?».

«Sì, dopo una ventina di minuti».

La poliziotta prese un bel respiro. Tolse lo smartphone dalla tasca e lo usò per mostrargli una foto del Pappagallo. «Hai mai visto quest'uomo, in questo locale? È quello che ha chiamato qua».

Andrea scosse la testa senza esitare. «No, questo no».

Dovevo tentare, si disse lei, rimettendo il telefono nella tasca del piumino. «Senti, quello che è venuto qua com'era?».

«Era abbastanza giovane, sui trenta o massimo quaranta, penso. Un tizio alto, col cappello di lana, mi pare. Qua passa un sacco di gente, ma mi ricordo che era più giovane di quello della foto».

«Sai cosa si sono detti?».

«No, non sono mica rimasto ad ascoltare».

Anna si guardò attorno e notò la telecamera a circuito chiuso in un angolino del locale. «Quella funziona?».

«Sì, la teniamo sempre accesa».

«Voglio vedere i video di mercoledì scorso».

«Io glieli farei pure vedere, ma il giorno dopo se non è successo niente li sovrascriviamo, non teniamo le vecchie registrazioni».

Merda.

Anna si morse le labbra, cercando di ragionare.

«Questo tipo, il ragazzo col cappello: è un cliente abituale? Lo avevi già visto?».

«No. Voglio dire, poteva essere uno studente, o forse uno delle magistrali, o non so. Ma no, non mi sembrava una faccia già vista».

«Sapresti descriverlo?».

«Gliel'ho detto, mi ricordo che era un tipo giovane, con un cappello. Alto».

«Altro? Gli occhi, la barba, la pelle? Era elegante, sportivo? Puzzava di fumo? Cos'ha preso? Qualsiasi cosa».

«Oddio, ha preso un caffè credo. O un cappuccino. Mi scusi, qua vengono centinaia di persone. Gli occhi non me li ricordo, credo avesse la barba. E un cappotto scuro, mi pare. Ma non ne sono sicuro, magari dico cose sbagliate». Il ragazzo si stava agitando. «Mi scusi ma... perché lo sta cercando?».

Con quella descrizione, Anna pensò che potesse essere letteralmente chiunque.

«Lo sto cercando perché l'uomo con cui ha parlato al telefono è stato ucciso» disse, composta.

Andrea spalancò gli occhi e la bocca. «Oddio... lo ha ucciso il ragazzo che mi ha chiesto di usare il telefono?».

L'ho ucciso io, pensò Anna, ma non glielo disse. Sospirò. «Posso tornare a farti altre domande, se mi viene in mente qualcosa?».

«Sì, certo. La farei parlare anche con Chiara, ma ero solo la scorsa settimana, lei non è stata bene».

«Nessuno l'ha sostituita?».

Andrea arricciò il naso. «Io e Chiara... siamo quelli col contratto a posto, ecco. La proprietà preferisce che ci siamo noi, quando ci sono tante persone».

Anna ebbe la conferma che il ragazzo era sincero. Uno che autodenuncia che il posto dove lavora ha dipendenti in nero non ha la malizia che serve a mentire alla Polizia davanti a un caso di omicidio.

Prese un bel respiro, guardandosi di nuovo attorno in cerca di spunti. Non ne trovò, ma sapeva qualcosa: se si era fatto chiamare al numero del bar, l'uomo misterioso doveva aver quantomeno mandato prima un messaggio al Pappagallo, per darglielo. Era tra i messaggi che doveva cercare e pregò che fosse la pista giusta.

Si poggiò al bancone e si mise seduta su uno degli sgabelli. «Mi fai un caffè macchiato?».

* * *

«Ciao Dani, è arrivato qualcosa?».

«Ma mi spieghi perché sei così stronza da chiamarmi a quest'ora?».

Manuela rise: sapeva che Daniela faceva spesso orari assurdi, sia perché le piaceva lavorare ai suoi articoli di notte, sia perché era bravissima a trovarsi occasionale compagnia in modi che all'amica non sarebbero venuti nemmeno in mente.

«Sono le otto passate, dai». Si allacciò il bomber, tirando su la zip fino al collo, prese la borsa e si chiuse dietro il portone di casa, imboccando le scale e tenendo il telefono con la spalla, premuto contro l'orecchio buono.

Aveva preso tutte le medicine indicate da Veneziani e la sera prima si era addormentata come un sasso. Sperava fosse un buon segno.

«Aspetta che guardo» le rispose Daniela, la voce impastata dal sonno. La sentì fare *tap* sul touchscreen per verificare il suo home banking. «Niente. Ma per cifre così ci mettono sempre qualche giorno».

«Va bene. Allora, senti, io vado e ti faccio sapere».

«Vuoi compagnia?».

«No, Bella Addormentata. Torno per il pomeriggio».

«Com'è che oggi sei così spiritosa e attiva? Non è che mi devi dire qualcosa?» intuì Daniela.

Manuela riusciva ancora a sorprendersi di quanto l'amica la conoscesse.

«Direi di no. Ti chiamo poi, Dani. Buona nanna» tagliò lei, che a parte qualche battuta non si concedeva mai di parlare della sua sfera sentimentale, figurarsi di quello che era successo con Christopher e che non sapeva ancora come definire.

Daniela sbuffò. «Buon viaggio. Stai attenta, eh».

«Certo, Mamma».

«Senti: vaffanculo. Torno a dormire».

La venticinquenne rise e Daniela chiuse la telefonata.

Quando Manuela arrivò al piano terra, notò che c'era qualcosa nella cassetta della posta. Considerando che era troppo presto perché il postino fosse già passato, dedusse che era una delle solite dediche che qualche maniaco voleva dedicarle.

Insospettita, recuperò la chiave della cassetta dal mazzo e la aprì. Afferrò il foglio bianco e lo aprì.

Non c'erano minacce, o, almeno, la minaccia c'era, ma non c'era scritto niente. C'era solo un'immagine: una foto di lei all'ingresso della banca con Daniela, un paio di giorni prima.

Si guardò attorno, cercando di capire se poteva scoprire chi si era introdotto lì per lasciarle quel ricordino, ma non c'erano videocamere a circuito chiuso e nonostante quello che le era successo tre anni prima non c'era un custode.

Le minacce anonime erano un conto, dimostrarle che la seguivano per spaventarla era un altro.

Si infilò il foglio in borsa e decise di non pensarci, o avrebbe perso il treno. Uscì dal palazzo, superando *quel* portone, e l'aria fresca della mattina d'inverno la fece sentire viva.

Inizia oggi, le aveva detto Christopher.

E allora Manuela stava iniziando.

* * *

Laura Valeri si portava bene i suoi quasi quarant'anni. Vedendola passeggiare fianco a fianco con Manuela, su quel marciapiede nel quartiere popolare della Rizzottaglia a Novara, tra giardinetti e palazzi in cui si stipavano famiglie e progetti di vita, tutti avrebbero pensato che fossero sorelle. Invece erano madre e figlia – avevano solo quindici anni di differenza.

A stonare, in quel quadretto, era che Laura zoppicava vistosamente. Aveva perso la gamba destra dal ginocchio in giù quando era una bambina, da allora indossava una protesi. Ci si era abituata – e la sua menomazione le valeva un piccolo accompagnamento di invalidità – ma nel suo passo era ancora evidente che ci fosse un che di disarmonico.

Con addosso una maglia senza troppi fronzoli delle sue, le braccia tatuate scoperte perché c'era un bel sole e aveva arrotolato le maniche a metà tra polso e gomito, il bomber svestito e stretto sotto il braccio sinistro e un paio dei soliti jeans sgualciti, Manuela la teneva a braccetto sulla destra.

Quella era una delle cose migliori successe nell'ultimo anno: Manuela aveva trovato il coraggio di provare ad avere un rapporto con sua madre. Da quando lei e il padre di Manuela si erano lasciati, perché Laura all'epoca aveva un altro uomo da cui aspettava anche un bambino, la figlia non era più riuscita ad essere parte della sua vita.

Da ragazzina quell'abbandono l'aveva lacerata. Laura a trent'anni aveva deciso di provare a recuperare il tempo perduto e di vivere la sua vita. Sapeva che sua figlia probabilmente l'avrebbe odiata per averla abbandonata e non gliene avrebbe mai fatto una colpa.

Dopo essere morta almeno un paio di volte, Manuela aveva provato pian piano a lasciar andare la rabbia. E ora sapeva che quella di sua madre non era stata noncuranza, non c'era stato menefreghismo: aveva avuto solo paura di quello che Gianandrea stava facendo. E il proiettile preso dalla sua primogenita non aveva fatto che confermarle di avere ragione e spingerla a starle il più lontano possibile, per il bene del resto della sua famiglia.

Laura aveva iniziato a vedere suo marito di nascosto. Gianandrea aveva capito che aveva un altro e che era solo questione di tempo prima che la loro storia, da anni spinta sui binari del *dobbiamo stare insieme per Manuela*, deragliasse.

Lo aveva fatto quando Laura era inciampata nella stessa notizia di quindici anni prima. Quando lei aveva scoperto di aspettare quello che poi sarebbe diventato Roberto, aveva deciso che fosse venuto il momento di scegliere – e aveva scelto.

Adesso quell'uomo era suo marito e Roberto era stato seguito da Matteo.

Laura non amava Gianandrea: la loro bambina era arrivata per una ragazzata in un'età in cui nessuna donna sta cercando una figlia – e suo malgrado la neonata li aveva *costretti* a provare a stare insieme.

In compenso amava Manuela. Amava i due figli che aveva avuto da suo marito – e amava anche lui. Pesando i piatti della bilancia, proteggere i bambini e la sua nuova famiglia era sembrato molto più facile che riconciliarsi con una figlia che non l'aveva mai perdonata per essersene andata e che poteva finire nel mirino di persone molto pericolose.

«Non è male il quartiere, comunque. Ti sei ambientata?» chiese Manuela.

Laura, i lunghi capelli castani raccolti, gli occhi azzurri di sua figlia e sul corpo dei pantaloni neri e una larga maglia rossa, con un ampio scollo e le maniche a campana, le sorrise. «Insomma, non è proprio come stare a Milano, ma si può fare. Mi servirà qualche altro mese».

«L'appartamento mi è sembrato carino».

«Mi piace, è spazioso, ci stiamo bene. Costa meno di quello dove stavamo a Milano ed è più grande. La proprietaria però dice che vorrebbe alzare l'affitto, che ci sono altri disposti a pagare di più o pure a comprarglielo. Spero non ci butti fuori, i bambini si trovano bene qui» le confidò la madre, con una nota di apprensione.

«Stavamo risparmiando per far studiare Roberto e Matteo, ma è tosta. Mettiamo da parte poco e se ci aumenta l'affitto magari cerchiamo qualcos'altro. Non voglio dover scegliere tra farli studiare e avere una casa».

Manuela la ascoltava camminandole accanto senza commentare, lasciandola sfogare. Era alta una decina di centimetri di più di sua madre.

«Tu come stai? Non avevi impegni migliori per oggi? Richiesta come sei...» tentò Laura.

«Sto... bene. Più o meno».

Laura la squadrò alzando un sopracciglio. Il sole rendeva accecante il verde dei praticelli attigui alla strada.

«Stiamo sistemando qualcosa con il medico, vediamo» aggiunse la figlia, ricordandosi di essere una pessima bugiarda. «Infatti sono venuta in treno, le medicine sono *un po'* forti e non volevo guidare».

Laura le strinse più forte il braccio con il suo. Manuela quel tratto lo aveva preso da lei: Gianandrea era molto vocale, parlava tanto di quanto voleva bene a chi e perché, ma Laura era una che alle parole preferiva i gesti, al dire *sono qui per te* preferiva la muta eloquenza di un abbraccio. Sua figlia era identica.

«Volevo dirti che ho ritirato l'assegno che mi aveva lasciato Papà» riuscì finalmente a riferirle Manuela, tutto d'un fiato, senza guardarla. Si accostò a un muretto sul ciglio della strada, alto poco meno di un metro e mezzo, e ci si sedette sopra con un piccolo salto. Laura rimase in piedi, poggiandosi con il gomito al muretto.

«Mi dispiace che sei ancora incastrata in tutte le cazzate che ha fatto tuo padre».

Manuela sorrise amaramente e abbassò la testa. «Sapevi quant'era?».

«No, sapevo che aveva questa fissa di mettere da parte abbastanza soldi per te, ma non ne ho idea».

«Centocinquantamila euro», Manuela non riuscì a dirlo senza tradire disgusto. «Un fondo con giri d'affari nell'ordine delle centinaia di milioni mi ha fatto sparare in faccia per riprendersi centocinquantamila euro».

Laura le carezzò una mano. «Lui sognava di darteli per pagarti dei master o chissà che cosa».

«C'era anche una lettera, Mamma. Sapeva benissimo che era pericoloso, ha pensato tremila contromisure perché sapeva che qualcuno se la sarebbe presa a morte per quei soldi e avrebbe provato a farcela pagare».

La donna scosse la testa. «Mi dispiace, Manu. Non dovevi andarci di mezzo tu».

«Posso chiederti cosa sapevi tu? Non per ripicca» precisò la figlia. «Sto lavorando a una cosa», riassunse. «Devo capire con chi lavorava. Abbiamo scoperto solo Giulio Cesare Cassani, ma non era da solo».

Laura scosse la testa. «Purtroppo non lo so. Quando me ne sono andata non ho voluto sapere più niente. Io conoscevo solo Cassani, a volte avevano parlato davanti a me di soldi che dovevano spostare. Non mi ricordo molto altro. Quando c'ero volevo saperne il meno possibile e quando me ne sono andata ho cercato di dimenticarmi anche quello».

Manuela arricciò il naso. «Mi dispiace» disse a sua madre.

Laura la guardò, non capendo.

«Di essermela presa con te. Di essermi arrabbiata con te, di averti dato tutte le colpe».

La madre sorrise e scosse la testa. «Eri una ragazzina e non avevi colpe di niente. Il problema è che ero una ragazzina anche io, ma anche quello non era colpa tua. Una adolescente ha bisogno della mamma e io invece me ne sono andata perché non ne potevo più e amavo un altro».

Manuela ripensò a quando qualcuno, a scuola, aveva fatto battute su *quella troia di tua mamma incinta di un altro* e si era quasi fatta sospendere per come aveva reagito. Aveva quindici anni e, sì, concordò sul fatto che una adolescente, pur non ammettendolo, vorrebbe sempre poter contare sulla sua famiglia.

«Sei comunque venuta su abbastanza bene», Laura le sorrise. «Non grazie a me», ammise. «Ma sei venuta su bene».

La figlia apprezzò quella dichiarazione d'affetto. Erano uguali anche nel fare quelle.

«Senti» esordì Laura, dopo un paio di secondi di silenzio. «Perché stai indagando su questa cosa? È perché hanno fatto uscire quello che ti ha sparato?».

La giornalista alzò le spalle. «Anche. Per un po' di motivi. Voglio lasciarmela alle spalle. E se non scopro tutta la verità non ce la farò mai».

Laura le toccò di nuovo una mano, costringendo Manuela a posare gli occhi sui suoi. «Mi prometti che non ti fai ammazzare?».

La figlia le sorrise. «Non essere così pessimista, sai che sono *bravissima* a non farmi ammazzare» smorzò.

«Sono seria, Manuela. Sai con che tipo di compagnie muoveva soldi tuo padre. E con quell'uomo di nuovo fuori dal carcere...».

Manuela la osservò mentre parlava, pensando che sua madre non sapeva, non poteva sapere. Del suo quadernino dove appuntava le giornate per il terrore di dimenticarle. Dello svegliarsi recitando il codice fiscale per verificare di essere ancora se stessa, del maledetto granuloma, di *non morirai di vecchiaia, lo abbiamo sempre saputo*.

Sua madre le sarebbe sopravvissuta ed esserne così certa a soli venticinque anni era una cosa così soffocante, così innaturale, che Manuela si perse in quel pensiero e non riuscì a dire niente.

«Sicura che va tutto bene?».

Laura notò che gli occhi di sua figlia erano diventati vulnerabili e lucidi. Manuela li strizzò e si riscosse.

«Sì, sì. Scusami. Stavo pensando a... tutto. Non mi faccio ammazzare» le promise. «Voglio scoprire la verità e voglio che io, Anna e Daniela possiamo stare tranquille. E non metterò in pericolo te, o i bambini. Nessun altro. Al massimo me e Anna. Ma stiamo usando la testa, non ti preoccupare».

«Eri così anche da ragazzina, lo sai?».

Manuela la ascoltò, interessata.

«Sempre forte per tutto, non c'era mai niente di troppo spaventoso. *Io? Lo faccio, ci penso io, figurati*», Laura rise. «A volte penso che tra me e Gianandrea l'adulta fossi tu, pure a dieci anni».

Lo aveva pensato spesso anche Manuela, ma non riusciva più a fargliene una colpa.

«Senti», Laura controllò l'orologio al polso. «Io devo passare a prendere Roberto, la scuola elementare è qua dietro, ormai è in quinta».

«Andiamo» la anticipò Manuela, e lo disse senza volerci pensare.

La madre la guardò con gli occhi sgranati. In tutti quegli anni, Manuela non aveva voluto *mai* incontrare i suoi fratelli. «Sei sicura?».

Annuì subito e saltò giù dal muretto. «Sì, andiamo».

Inizia oggi.

Manuela porse il braccio a sua madre e le sorrise, per camminare con lei fino alla scuola.

***

Roberto sarebbe diventato un uomo molto alto. Lo sembrava già. Era magro e slanciato, aveva degli occhiali dalla robusta montatura nera, corti capelli ricci, lineamenti forti e decisi. Niente a che vedere con il viso delicato di sua madre, quindi Manuela dedusse che avesse i tratti del padre.

Con sulle spalle uno zaino con disegnate delle moto dai colori vivaci, il bambino si guardò intorno davanti a quel cancello, mentre i suoi compagni si riunivano ai genitori e altri prendevano la strada di casa a piedi.

«Ciao, Roberto» lo salutò Manuela, arrivando alla sua sinistra. La scuola era a neanche duecento metri da dove abitavano Laura e suo marito.

Il ragazzino alzò lo sguardo per vederla e la riconobbe subito, nonostante non si fossero mai incontrati. «Ma sei... Manuela?» fece, incerto, gli occhi spalancati.

«Eh già», gli sorrise. «Tu sei Roberto?».

«Sei mia sorella?» fece, incredulo. «Ti ho visto un casino in televisione, tutte le cose che hai fatto e detto, e...»

«Mi ha mandato Mamma» lo interruppe lei, ridendo per la spontaneità del fratellino e indicandogli che la donna li aspettava all'imbocco della strada, un centinaio di metri più indietro. Vista la sua gamba, Manuela non l'aveva fatta camminare fino al cancello ed era andata da sola a recuperare Roberto. Aveva avuto in petto un maremoto di emozioni, lungo il tragitto, ma ora che aveva davanti quel bambino era solo curiosa di conoscerlo.

«Dice che ti vizia e ti accompagna sempre a casa da scuola. Anche se ormai sei grande, eh» lo stuzzicò.

Roberto non la ascoltò granché, quando si voltò per invocare un altro ragazzino a gran voce – che peraltro si chiamava Marco e che corse verso di lui. «Lei è mia sorella, è Manuela Guerra! Te l'avevo detto che è davvero mia sorella, non me lo stavo inventando! La vera Manuela Guerra!» fece, trionfante.

L'altro, decisamente più basso di Roberto e con un viso da birbante, piantò gli occhi in quelli divertiti di Manuela. Poi arrossì.

«Sei *davvero...* sua sorella?» chiese, timido, il piccolo amico di Roberto, studiandola sorpreso.

«Eh sì», gli confermò lei con un sorriso. «Non arrossire così, però! Sei molto più carino se non arrossisci» aggiunse, cercando di mitigare l'imbarazzo di quel bambino.

Sentendosi dire una cosa del genere da *quella della TV*, il ragazzino si portò le mani sulle guance roventi come per nasconderle, anche se era diventato perfino più paonazzo. «Anche tu sei molto carina» tentò, con la sua vocina.

«Ehi, ora non provarci con mia sorella!» fece Roberto.

«Vedi?» si prestò al gioco Manuela, «Meglio non fare il galletto con mio fratello».

Roberto sembrava felice di quell'espressione. Si era tenuta lontana per tutto quel tempo, ma a quanto pareva suo fratellino – lo stesso fratellino in attesa del quale Laura l'aveva abbandonata – non vedeva l'ora di conoscerla.

Era solo perché era famosa? O era perché sua madre parlava spesso di lei e voleva scoprire com'era, questa *sorella a cui hanno sparato di cui parlano alla TV?*

«Adesso che dici, andiamo? Mamma ci sta aspettando» spronò Roberto, lei, aprendo un braccio a fargli strada.

Il bambino salutò l'amico, che ricevette in dono anche un «ciao, Marco» da Manuela Guerra in persona. Elettrizzato, il ragazzino corse dagli altri amichetti a raccontare che *Manuela Guerra, quella della TV, mi ha salutato e ha detto che sono carino.*

Mentre camminavano affiancati in quell'ampio marciapiede che circoscriveva la scuola, Manuela si accorse che Roberto era quasi piegato dal peso dello zaino.

«Lascia» gli fece, «lo prendo io».

«Ma pesa».

«Appunto».

«Ma io sono un uomo».

«Dammi questo zaino e falla finita».

«Ti rompi la schiena».

Manuela lo studiò, divertita. «Ci vuole altro, con me» gli ricordò.

Roberto non ebbe modo di negarlo e lasciò che la sorella che aveva quindici anni più di lui si facesse carico dello zaino. Manuela se lo appese su una spalla e constatò che sì – pesava troppo, per caricarlo sulla colonna vertebrale di un ragazzino che stava crescendo.

«Mamma non ti ha preso uno di quegli zaini con le ruote?».

«Dice che costano troppo e che va bene questo, anche se è vecchio. E poi questo ha le moto, è figo!».

«Tuo papà lavora ancora al supermercato, giusto?».

«Sì, ha un prosciutto buonissimo!».

Manuela non faticò a credere a quello che le aveva detto la madre: mantenere due figli, una moglie parzialmente invalida che si arrangia con qualche lavoretto occasionale e pagare l'affitto non doveva essere facile, con un solo stipendio da salumiere.

«Come mai sei venuta, oggi?».

Manuela alzò le spalle. «Non ti va?».

«Certo che mi va. Io pensavo sempre che mi odiavi, Mamma diceva di non prendermela e che non era colpa mia, se non venivi a conoscermi».

La sorella gli stropicciò i capelli e gli sorrise. «Io e Mamma dovevamo parlare di un po' di cose» riassunse. «Adesso va meglio».

«Quindi adesso ci vediamo più spesso?».

Manuela apprezzò la sua curiosità. Anche lei da bambina faceva raffiche di domande. «Può darsi, sì. Ma solo se sei bravo a scuola».

«Sono il più bravo, molto più bravo di Marco. Ma perché gli hai detto che è carino? Ora se ne vanta per un mese».

Manuela rise. «Solo per un mese? Dai, non hai visto quanto era contento?»

«Appunto!»

Glielo aveva detto perché si chiamava *Marco*, ma non aveva intenzione di spiegarlo a suo fratellino. «Ti dispiace che il tuo amico fosse contento?»

«No, ma si vanta troppo. Pensa che è figo solo lui».

«Uh, siamo competitivi!».

Roberto la studiò mentre continuavano a camminare e pensò che sua sorella fosse intelligente. Non ci aveva mai pensato prima, più che altro perché da quello che capiva non serviva essere particolarmente intelligenti, per finire in qualche programma in televisione.

«Ma come è essere in TV?».

«La guardi proprio tanto, la TV».

«La guarda Mamma. Ogni volta che sa che devono parlare di te, si piazza lì e non lascia il telecomando a nessuno, manco per *I Simpson*».

Manuela si morse le labbra. L'aveva detestata per anni, per essersene andata, mentre sua madre smaniava anche solo per vedere la sua faccia e sentire la sua voce attraverso uno schermo.

«Avrai sentito un sacco di cose brutte su di me, allora» si rese conto. Certe cose di cui avevano discusso i salotti televisivi, su cosa dovesse o non dovesse significare sopravvivere a una pistolettata in fronte, non erano un argomento che avrebbe raccomandato a un bambino.

«Solo cose fighe» negò lui.
Manuela rise. «Fighe?».
«Dicevano che volevano ammazzarti perché scopri segreti, ma non ci sono riusciti, neanche sparandoti in testa». Roberto alzò lo sguardo verso la cicatrice che la sorella aveva in fronte. «Come hai fatto? Nei videogiochi, quando sparo in testa a uno muore sempre. Sempre!»
«Avevo un'altra vita per ritentare, no? Come *Super Mario*».
«Che figata, hai fatto respawn come in *CoD*» ragionò lui, ma Manuela sapeva solo due cose in croce sui videogiochi, più che altro per via di Daniela, e perse subito il filo.
«Però… volevano proprio ammazzarti. E invece te ne sei fottuta e sei ancora viva».
A Manuela quella frase suonò bene. Suo fratellino era bravo a riassumere i concetti.
Te ne sei fottuta e sei ancora viva.
La donna fermò il cammino a qualche metro dalla loro madre e si chinò accosciata davanti al fratello. «Roberto, lo sa Mamma che dici già le parolacce?»
«Tu non le dici?» le rimbalzò il bambino.
«Ma io sono grande».
«Anch'io sono grande».
«Sei grande?».
«L'hai detto tu prima, no?».
Manuela si accorse che l'aveva messa all'angolo e rise, ritirandosi su. «Non dirle davanti a Mamma», accettò il compromesso, «che poi pensa che le hai sentite da me».
Ormai a non più di dieci metri, Laura guardava la sua primogenita per la prima volta con il fratellino, a suo agio e incredibilmente brava e naturale nel farlo ridere, e tratteneva la commozione a stento.
Da ragazzina, l'idea di doversi occupare di quella figlia le era suonata come una maledizione. Ma Manuela, che stava riuscendo a rimettere insieme i loro cocci taglienti, invece era diventata un miracolo.

Capitolo 18

Venerdì, 15 febbraio 2019
Milano, ore 14.01

Anna ci aveva pensato tutta la mattina. Era una cosa molto stupida, ma arrivata a quel punto la soglia delle cose stupide era alle sue spalle da decine di chilometri. Aveva chiesto anche a Massimo Valenti, l'ispettore della scientifica, ma quel favore era troppo anche per lui. Non avrebbe condiviso con Anna i documenti di un'indagine da cui era stata estromessa – anche perché l'indagine era anche su di lei.

Allora aveva pensato di chiedere a Stefano, o a Gaetano. Flavio non c'era e non avrebbe messo nei guai il centralinista, Giovanni.

Alla fine, era arrivata alla soluzione che le calzava meglio: fare da sola, in modo molto più drastico. In quello sì, che somigliava alla sua amica Manuela.

Si era messa in tasca un paio di quei guanti bianchi che le era capitato di usare su alcune scene del crimine, per essere sicura di non compromettere il lavoro della Scientifica, e si era incamminata verso il deposito dove venivano archiviati gli oggetti refertati utili alle indagini.

Altroché sovrintendente. Qua ormai mi va di lusso se mi cacciano e basta.

«Ah sei tu, Russo», una giovane agente annoiata, seduta all'ingresso del corridoio, giochicchiava col cellulare e sobbalzò vedendo qualcuno arrivare in quell'area di solito così calma, considerando che c'erano solo il deposito e l'armeria. «Madonna, credevo che era la Baroni».

«Ciao Elena» le rispose.

«Avevi bisogno di qualcosa?» domandò l'altra, le spalline dell'uniforme ancora senza gradi, una coda di capelli biondi e ondulati che le scendeva sul collo.

«Sì, che continui a giocare col cellulare».

Le due donne si guardarono e gli occhi di Anna non ammettevano replica. La giovane sentinella esitò.

«Anzi, senti, vatti a fare un giro. Non combino niente, ma se qualcuno si incazza perché dovrei stare in congedo, in caso non se la prendono con te».

«Anna...».

«Agente Abate, è un ordine. Fai una passeggiata di due minuti in cortile, non senti che aria viziata che c'è?».

La poliziotta in divisa non osò controbattere, anche perché Anna era un agente scelto e poteva, in effetti, darle un ordine e pretendere che venisse eseguito. Esitante, annuì e la salutò con un cenno della testa, allontanandosi a passo svelto.

Brava, stai diventando tutto quello che ti faceva schifo, complimenti si rimproverò Anna, infilandosi nella porta subito a destra, quella dell'archivio degli oggetti refertati, al lato opposto rispetto all'armeria.

Tra i tanti scaffali, sapeva precisamente dove andare. Indossò i guanti, raggiunse la scatola con gli effetti personali del Pappagallo, sollevò la busta trasparente che conteneva le cose che aveva addosso quando era morto e ne estrasse il cellulare. Su un post-it, la scientifica aveva appuntato il pin per lo sblocco.

Anna non era autorizzata ad accenderlo. A una nuova verifica, la Scientifica si sarebbe accorta subito che qualcuno lo aveva frugato – e con la testimonianza che avrebbe dato Elena Abate, scacciata in malo modo dal suo posto di sorvegliante, Gea Baroni nella migliore delle ipotesi avrebbe sbattuto Anna ad archiviare multe a vita.

Ma, arrivata a quel punto, Anna non si sarebbe più fermata. C'era in gioco la sua carriera, ma non solo: c'erano i suoi valori, la sua onestà. La fiducia nei suoi colleghi. E la giustizia per quello che era stato fatto a Manuela.

Aprì WhatsApp, ma ci trovò solo messaggi dal figlio del Pappagallo – e si volle abbastanza bene da non aprirli, per non alimentare ulteriormente i suoi incubi – e da donne non meglio identificate. Lei stava cercando un uomo.

Diede un'occhiata rapida anche alla casella mail, inutilmente. Infine, aprì gli SMS e l'adrenalina le risalì la schiena.

Eccoti, brutto stronzo.

C'era un messaggio, da un numero che il Pappagallo non aveva in rubrica.

Sono io, diceva. *Chiama qua*. E, a seguire, il numero del bar.

La poliziotta tirò fuori dalla tasca il suo cellulare e appuntò quel numero. Verificò tre volte di averlo copiato bene, poi spense il telefono del Pappagallo, lo risistemò nella sua busta e infine nella scatola, rimettendo tutto a posto.

Uscì dall'archivio e camminò spedita verso l'uscita, facendo schioccare i guanti mentre li toglieva.

* * *

Puoi scendere?

Daniela lesse quel messaggio, perplessa, mentre era alla scrivania in redazione.

«Ma tutto a posto?» digitò. Era strano che Anna si presentasse lì sotto senza preavviso.

Tutto bene, ho trovato una pista. Ti rubo un minuto.

Daniela sospirò, stringendosi il telefono tra le mani. «Torno subito» preannunciò al giovane collega della scrivania attigua, Claudio, mentre si alzava. Si infilò rapidamente il cappotto lungo e grigio e imboccò le scale.

Appena arrivata al piano terra, scorse Anna davanti all'ingresso del palazzo. Era stretta nel suo piumino verde militare e in un paio di jeans che facevano notare che era la più alta, tra le sue amiche, molto meglio di quanto non facessero i pantaloni cargo che usava di solito.

«Poliziotta, tutto bene? Sicura?».

«Ciao Dani», Anna si voltò con le mani in tasca. «Scusami. Manuela è con te?».

«No, con la Borsari ci siamo accordate per lasciarla indagare liberamente, non serve a niente bloccarla in ufficio. È a Novara dalla madre da stamattina. Dice che voleva chiederle dei casini fatti da suo padre e se sapeva dell'assegno».

«Ha senso. E sta facendo passi da gigante, Laura sarà contenta» osservò Anna.

«Il tempo a volte è una buona medicina».

«Senti, mi sono procurata il numero di un tizio sospetto che ha usato tremila sotterfugi, in quel bar, per farsi chiamare dal Pappagallo, il giorno che mi ha sparato».

«Meglio non sapere come, immagino».

«Non so se questa telefonata è davvero importante, ma è l'unica pista che ho. Se ti do il numero, mi sai trovare un nome? Come fa la Scientifica di solito – ma, beh, non potevo chiederlo a loro».

Daniela rise. «Direi che non potevi, no. Guarda, queste cose le faccio a occhi chiusi, basta che mi dai qualche ora e stasera ti faccio sapere» le confermò la giornalista, che un anno prima aveva usato le sue spaventose capacità di trovare informazioni in modi consentiti e *meno consentiti* per scoprire dei documenti che avevano identificato suo padre come il braccio italiano di SOLIS. «Però, se è uno che ha fatto tremila giri, per me non è il tipo di stronzo che si fa beccare dal numero di telefono».

Anna alzò le spalle e ammise che aveva senso. Uno che si inventa di farsi chiamare al bar per non far tracciare la chiamata non va comunque in giro con un numero facilmente identificabile. «È tutto quello che ho. Se puoi, ti faccio una statua».

«La voglio alta, molto più alta di me» fantasticò Daniela, «tutta d'oro, ovviamente».

Anche Anna sorrise e le toccò una spalla. «Grazie Dani. Stasera vieni a mangiare a casa da noi e mi aggiorni?».

«Oggi pizza, però, eh. Che a me il sushi ha un po' rotto le palle. E di mangiare ancora roba cucinata da te o da Manu non me lo merito proprio».

***

«Allora, intanto che arriva la pizza», Manuela si sistemò a capotavola, inforcando la sedia al contrario con le gambe. Daniela era alla sua sinistra, Anna a destra. Sistemò davanti a loro la foto che le avevano lasciato nella posta. «Questa l'ho trovata stamattina».

Anna aggrottò le sopracciglia e la studiò da vicino. «Siete tu e Dani all'ingresso della banca?».

«Ah-ah».

«E l'hanno lasciata nella cassetta?».

«Esattamente».

Anna alzò lo sguardo verso Daniela, che storse solo le labbra. «Qualcuno non è contento di quello che stiamo facendo» dedusse la poliziotta.

«Di solito c'erano sempre i bigliettini stupidi. Non so se sia la stessa persona. Ma questo comunque va e viene come gli pare» osservò Manuela.

«Capirai», intervenne Daniela. «Il portone al piano terra è sempre aperto. L'avessero lasciato aperto la notte che ti ha aggredita Lucas, almeno».

La più giovane delle tre sospirò. «Qualcuno che ci sta notando c'è. Ci sarebbe da capire chi. O magari è solo uno stalker che ci segue a caso senza sapere che facciamo, non lo so. Comunque niente, volevo solo farvelo sapere. Se ne arrivano altre vediamo che fare» chiuse, ripiegando la foto e mettendola da parte.

Daniela tirò fuori dalla sua borsa il suo portatile e lo sistemò sul tavolo. «Allora, io ho fatto quei controlli che mi hai chiesto» anticipò ad Anna, mentre il computer sia avviava. «Il numero è intestato a tale... Giacomo Accorti» lesse dai suoi appunti. «Ho incrociato un po' di database per capire e farmi un'idea».

«E...?» la imboccò Anna, mentre Manuela aveva incrociato le braccia sulla spalliera della sedia e ci teneva il mento poggiato sopra, in ascolto.

«Ho trovato la carta d'identità usata per registrare quel numero. Sembrava emessa dal Comune di Milano, ma la foto... veniva da un altro documento. Il tizio nella foto è tale Mario Giovannini. E anche il seriale della carta di identità non corrisponde».

«Cioè non esiste all'anagrafe? Il documento è falso?» comprese Manuela.

Daniela annuì. «Esattamente».

«Il nostro uomo potrebbe essere questo Mario Giovannini che hai identificato dalla foto del documento falso?» azzardò Anna.

«No, a meno che non sia nato in una stalla a Betlemme» si concesse Daniela, che aveva un umorismo tutto suo. «All'anagrafe Mario Giovannini è morto nel 2014. Chiunque sia la persona che stiamo cercando, ha usato la foto di Giovannini per fare un documento falso e usarlo per attivare l'utenza telefonica».

La poliziotta si massaggiò la fronte. «Hai modo di vedere come si muove quel telefono?».

«Su quello non ho molto margine di manovra. Non posso tracciare col GPS, ecco. Di più non riesco. Non senza trovarmi la Postale sotto casa, almeno».

Anna tamburellò con le dita sul tavolo. «È palesemente l'uomo che ha detto al Pappagallo che l'ispettore lo stava tradendo e ce l'ha aizzato contro».

«Probabile, i tempi coincidono» confermò Daniela, riabbassando il monitor del portatile per guardare le amiche. «Oppure era un contatto del Pappagallo. Voglio dire, quell'uomo viveva tra spaccio e prostituzione. Magari era uno dei suoi compari, che non voleva farsi beccare a parlare con lui».

«E se ne va così fuori zona? Il bar che hanno usato come tramite è vicino al Niguarda. Un po' fuori dal loro quartiere, non fila».

Daniela alzò le spalle. «Non so cosa riusciamo a cavare da questa cosa del telefono e del bar, Anna, sono sincera. L'unica traccia che hanno lasciato l'hanno coperta bene. Dobbiamo cercare qualcos'altro».

Anna non riusciva a fare a meno di legare quello che era successo, il modo in cui il Pappagallo li aveva attaccati ed era morto, al fatto che qualcuno aveva manomesso i video del tentato omicidio di Manuela. Baroni le aveva detto che quell'uomo stava raccogliendo informazioni sul loro commissariato, dopotutto.

Sbuffò, stanca.

«Lo sapete chi è che sa perfettamente come non lasciare tracce?».

Manuela incrociò il suo sguardo, il mento ancora sulle braccia, e storse le labbra, dispiaciuta per Anna. «I poliziotti» rispose.

L'agente scelto annuì lentamente. «Ho parlato con l'ispettore Ferro. Mi è sembrato sincero, non c'entra niente. Ha giurato sui suoi figli».

«Gli credi?» le chiese conferma Daniela.

Anna ci pensò, poi alzò le spalle. «Sì».

«Chi rimane?».

«L'ispettore della Scientifica, Massimo Valenti. Mi ha detto che non è stato nessuno dei loro. Sono gli unici che avrebbero la capacità di farlo, ma i video li ha gestiti direttamente Massimo e non ce lo vedo proprio a lavorare per SOLIS e per tuo padre, Dani».

«Altri?».

«Gli unici altri che mettevano le mani sui video, in commissariato, eravamo io e la mia squadra. L'agente scelto Stefano De Luca, ma in quel periodo lui era in ferie. Il viceispettore Flavio Rienzo e il sovrintendente Gaetano Festa».

Manuela notò con dispiacere che li conosceva tutti, perfino lei. Un po' tutta la squadra di Anna era finita a lavorare all'indagine sul suo tentato omicidio.

«Qualcuno che saprebbe sistemare quei video?» ragionò Daniela.

«Di loro?», Anna quasi rise. «Gaetano odia che dobbiamo usare i PC per fare le informative, fa un casino ogni volta che ne stampa una. Va detto che so che odiava anche le telescriventi, vent'anni fa. E mi ha detto che se Manu vuole farsi giustizia da sola con Lucas, ora che l'hanno tirato fuori, il cadavere lo fa sparire lui».

Manuela sorrise e scosse la testa. Gaetano non le aveva mai nascosto di essere disposto a *tutto* per trovare chi le aveva sparato. Era il suo modo di mostrarle affetto e abnegazione per il lavoro.

«Stefano è più bravo con la tecnologia, ma lo conoscete. Dorme in piedi, sinceramente è uno che non fa male a una mosca. Flavio è il più sveglio, sta sempre in mezzo ai libri e so che farà il concorso per commissario. E lo passa di sicuro. Che vantaggi avrebbe?».

«I soldi?» tentò Daniela.

«Ha una laurea in giurisprudenza, lo stanno per promuovere, diventa funzionario. Non lo so, non ce lo vedo».

«Hanno problemi di soldi? Famiglia, figli?» tentò Manuela.

«I problemi di soldi li abbiamo tutti, con quello che ci pagano. Gaetano è divorziato e passa un mantenimento all'ex moglie, non ha figli. Anche Flavio è divorziato ma ha un figlio, sta un po' da lui e un po' dalla moglie. Stefano è libero».

«Li conosci troppo, servirebbe un occhio esterno per notare qualcosa di strano» osservò Daniela, scuotendo il capo. «Qualcuno che aveva accesso all'archivio?».

«No», scosse subito la testa Anna. «Solo Massimo, i video li aveva la Scientifica. E li hanno spostati loro in archivio, ma quando già c'era Aidan Hasa dentro, al posto di Lucas».

«Scusate, stavo pensando...» esordì Manuela, interrompendo le riflessioni delle due amiche. «I video non deve averli manomessi per forza un poliziotto. Qualcuno di interno può aver chiesto a qualcuno di esterno di manometterli. E a quel punto il sapere o non sapere usare bene un computer non è più un fattore».

Anna prese un bel respiro. «Hai ragione. Può essere chiunque. Ma a quel punto doveva agire *prima* che arrivassero alla Scientifica. Da lì in poi un esterno non poteva più toccarli».

«Avrebbe senso, però, con il tuo ispettore della Scientifica che ti dice che a lui sono arrivati già così. In caso, è perché li hanno fatti modificare prima, da un esterno» ragionò Daniela.

«Se così fosse, l'appiglio che ci rimane per pensare che avessero un contatto interno alla Polizia è che nessuno ha avuto la premura di indagare sulla verità su quei video. Hanno alzato le spalle, mandato giù la figura di merda, e via».

«Quelle indagini però non le decidete voi» notò Manuela. «Vi serve un funzionario, un ufficiale, un PM – o che ne so, per poterci lavorare. Non ci avete più indagato, ma non è dipeso da te, o dalla tua squadra. Se è così, la persona che cerchiamo è molto più in alto».

Anna si accorse che filava. Poteva essere un funzionario, ad aver chiesto di modificare i video *prima* che arrivassero alla Polizia. Uno abbastanza in alto da poter far partire o no nuove indagini sui video contraffatti.

Si portò le mani in faccia, stanca, sciolse nervosamente la coda di capelli e li risistemò, poi si massaggiò la ferita al collo. «Stiamo girando a vuoto» notò.

«Tu puoi entrare e venire dall'archivio della Polizia, giusto?» ragionò Daniela.

«Sì, finché non mi becca la Baroni. Ormai il confine lo abbiamo passato da un bel po'».

«Procurati tutti i documenti, Anna. Tutti. Da quando hai soccorso Manu quella notte in poi. Vediamo le date, l'arrivo dei video, incrociamo con chi era di turno in quel momento, con chi ha firmato cosa e quando. Ci deve essere una pista, qualcosa».

«Li avrò letti un milione di volte».

«Facciamo un milione e uno» la incoraggiò Daniela. Era quello di cui Anna aveva bisogno, mentre il sospetto sui suoi colleghi diventava insopportabile e non riusciva a uscire dal pantano in cui era finita, dall'uccisione del Pappagallo in giù. «Se serve portali qua e ce li vediamo insieme. Tre teste ragionano meglio di una sola, no?».

Anna si morse le labbra e si accorse che non le venivano in mente piste migliori.

C'è un motivo se, quando i casi diventano personali, l'Investigativa ti estromette, pensò.

Le sembrava di non riuscire a ragionare, era tutto fumoso: i suoi colleghi, un possibile funzionario colluso, l'uomo che telefonava al Pappagallo.

Sospirò e si voltò verso Manuela.

«A te com'è andata?».

L'amica scrollò le spalle. «Mamma non sapeva niente dell'assegno. Sapeva che Papà voleva farmi arrivare dei soldi, sapeva che non erano puliti, ma nient'altro. Conosce Cassani, ma per il resto aveva paura dei giri di mio padre e si è allontanata appena ha potuto».

«I soldi sono arrivati?» domandò la poliziotta a Daniela.

«Non ancora. Secondo me arrivano domani».

«Domani è sabato. Arriveranno lunedì» osservò Manuela.

«Siamo a un punto fermo. Sul Pappagallo non ci abbiamo capito niente. Sui video peggio che mai. Sull'assegno aspettiamo» riassunse Anna, contando con le dita. «Facciamo che quando arrivano i soldi, a parlare con questa Sandra Giudice ci vengo anche io. Mi deve dire tutto quello che sa». La poliziotta si massaggiò di nuovo la ferita al collo, infastidita, e prese un bel respiro. «E speriamo che serva a qualcosa».

«Ehi», Manuela le toccò una spalla, «ne abbiamo risolto di peggiori».

«Sì», Anna scosse la testa. «Sono solo... stanca. Sto facendo e pensando cose che non vorrei. E se nemmeno serve a niente...».

«... servirà» la interruppe Manuela. «Servirà».

Daniela la guardò, alzando un sopracciglio. «Oh, ma è da stamattina che tu sei il ritratto della speranza. Hai avuto un'epifania? Non ci devi dire niente?» notò.

Manuela le sorrise e scosse la testa. Un anno prima aveva fatto l'errore di non essere sincera con loro, di tenere la porta sempre chiusa: quella scelta – tenere tutto per sé, fare tutto da sola – l'aveva quasi ammazzata e per di più aveva perso Marco. Non la avrebbe ripetuta, non così.

Se era vero che magari il giorno dopo poteva essere già morta, come diceva Veneziani, voleva morire sapendo di aver dato il giusto valore alle persone che amava. I gesti dimostrano molto più dei *ti voglio bene* detti a parole: lo aveva imparato da sua madre.

«Ieri sono stata dal neurologo» si aprì, ma decise di farla breve. «Abbiamo sistemato delle medicine perché ci sono sintomi che stanno peggiorando. Dovrebbero funzionare. Però mi ha ribadito che... beh, non morirò di vecchiaia, ecco».

Manuela lo disse con un sorriso amaro, ferito e indomito insieme. Gli occhi di Anna ebbero un tremito, Daniela si impose di non lasciar lucidare i suoi.

«Dice che dopotutto lo abbiamo sempre saputo, ed è la verità. Non è cambiato niente, a parte la terapia. Solo che ogni tanto me lo dimentico. E quindi nulla: mi sono solo ricordata che ho paura di morire, Dani», Manuela alzò le spalle. «Sono andata da Mamma per chiederle dell'assegno, ma volevo anche conoscere i miei fratelli».

Daniela spalancò gli occhi e le toccò un braccio. «Tu volevi *COSA?*».

«Roberto mi adora», Manuela ridacchiò. «Matteo è più timido, ma ha solo tre anni, l'ho visto per qualche minuto. Erano contenti. Volevo solo conoscerli, loro non hanno colpe di niente».

«Sono orgogliosa di te». Anna lo disse con la sua solita faccia seria e gli occhi lucidi ce li aveva lei, stavolta, non Daniela. La rabbia di qualche giorno fa era solo un ricordo.

Aveva protetto Manuela contro tutto e tutti, sentirsi ribadire che l'unica certezza era che non sarebbe morta di vecchiaia era difficile da mandare giù, ma le diede le motivazioni di cui aveva bisogno. Per scagionare se stessa non stava riuscendo a riemergere dal pantano di quell'indagine. Ma per Manuela doveva farlo.

La venticinquenne non volle ancora dire alle amiche di Christopher, invece. Di quanto la stava aiutando, di cosa era successo il giorno prima: non sapeva nemmeno lei come inquadrarlo e per ora aveva deciso di non inquadrarlo, e basta. Di lasciare che le cose accadessero senza trovare subito una scatola in cui rinchiuderle.

«Stai già prendendo le medicine nuove?» le domandò Anna.

«Ah, sì», Manuela riemerse dai suoi pensieri. «Io non ho mai preso droghe in vita mia, ma penso che chi si fa di robe allucinogene si senta più o meno come mi sentivo io ieri notte dopo averle prese tutte».

Daniela riuscì a ridere per quell'analogia assurda e scosse la testa. «Puoi continuare a fare tutto?».

L'altra annuì. «Finché mi batte il cuore, io faccio tutto».

«Mi raccomando» precisò la sua caporedattrice e amica da una vita, «che, appena questa storia finisce, dobbiamo fare un sacco di cose insieme».

Manuela le sorrise.

* * *

Manuela carezzò la testa di Christopher, che lui teneva poggiata sul suo petto mentre in qualche modo la abbracciava, steso sul suo letto accanto a lei.

Le aveva mandato un messaggio, segnalandole che quella era la sua unica sera libera dal lavoro per la settimana e chiedendole se volesse passare un po' di tempo con lui nel suo appartamento.

La stanza era decisamente più ampia della camera di Manuela e sul comodino c'era la luce ambrata dell'abat-jour che ammorbidiva i confini di ogni cosa.

«Bello, questo» notò Chris, sfiorando il tatuaggio che rappresentava una grossa fenice che avvolgeva la spalla sinistra di Manuela, lambendole appena la base del collo e proseguendo nella sleeve di tatuaggi che aveva sul braccio. «Anche io ne ho uno».

Scoprì il torso nudo, scostando il lenzuolo, per mostrarle una data stilizzata, "27/01", che aveva tatuata sul trapezio del collo, a destra, tra le ali spiegate di un'aquila dallo sguardo fiero che scendeva sul pettorale.

Manuela lo guardò rimanendo stesa, incuriosita. «L'ho fatto quando sono entrato nell'Esercito, ero contento e come un coglione mi sono tatuato la data. L'aquila ovviamente ero io, sempre secondo me. Poi non ne ho fatto altri, grazie a Dio. Mi vergogno già abbastanza di questo».

Lei gli sorrise e trovò quel retroscena buffo e tenero. «Come mai non sei rimasto nell'Esercito?» gli domandò.

«Fai la giornalista con me?».

«Un po'» scherzò Manuela – e si stese sulla spalla sinistra, piantando gli occhi magnetici nei suoi. «Tu sai tutto di me, ma io non so niente di te. Lasciami fare la giornalista».

Chris alzò un sopracciglio, guardandola con piacere così da vicino, anche se a quel punto era troppo stanco per riprendere iniziative e distrarla dalle domande.

«Ero entrato con il concorso di ferma prefissata. Poi ho fatto poco meno di due anni in Polizia, era lì che volevo arrivare. Mio padre è un commissario capo in pensione, ho ereditato la sua fissa, volevo diventare bravo come lui. Dopo però sono passato alla sicurezza privata. Fa ridere, ma prendo di più come guardia giurata, se guardi la paga oraria».

«Però ti annoi» ricordò Manuela, «a sorvegliare i parcheggi».

Chris alzò lo sguardo verso la cicatrice di Manuela, poi lo riabbassò. «A volte meglio annoiarsi».

Lei sorrise amaramente, lui allungò il collo per schioccarle un bacio proprio sulla fronte. «Mica tutti sono immortali come te».

«Chris, senti», Manuela si stese sulla schiena, pensierosa, disperdendo per un attimo lo sguardo sul comò di fronte al letto. «Hai per caso notato qualcuno di insolito nel condominio?».

Lui tirò su la testa e la tenne poggiata contro il braccio piegato, steso su un fianco. «Insolito?».

«Mi lasciano sempre bigliettini del cazzo nella posta, il portone di giorno è sempre aperto e il palazzo è un porto di mare. Però stanno iniziando a lasciarmi cose... strane. Stamattina c'era una foto, non lo so. Non mi sembra la stessa persona».

Lui aggrottò le sopracciglia. «Sono minacce?».

«Se ti fanno una foto a tua insaputa e te la imbucano in posta? Direi di sì».

L'uomo si grattò il mento, pensieroso. «Non ho notato niente. Ma conta che di notte sono fuori al lavoro, la mattina dormo più o meno fino al pomeriggio. Quindi non è che sia molto utile».

«Hai ragione» convenne lei. «Scusa, ho un talento per le peggiori conversazioni a letto, penso».

Christopher rise e la baciò furtivamente su una tempia. «Beh, è eccitante parlare di maniaci, no?» scherzò.

Manuela gli carezzò una guancia. Le piaceva la sua capacità di sdrammatizzare.

«In realtà volevo chiederti di venire già per cena, ma ho visto che c'erano le tue amiche» aggiunse l'uomo.

«Sì, stiamo lavorando a delle cose» la fece breve lei.

«Pericolose?» indagò Chris.

Manuela lo studiò per un attimo. «Non ero io quella che fa un sacco di domande?».

«Tu sei giornalista, ma io ero poliziotto. È una bella sfida».

Lei rise appena. «Cose legate a quello che è successo ad Anna e a me. Niente di interessante».
«Magari posso aiutare» insisté.
«No, guarda, ti ci manca solo quello. Già mi hai dovuto fare da infermiere».
«Da principe azzurro» la corresse lui.
Manuela alzò le mani. «Da principe azzurro, giusto».
«Mi devo preoccupare?», le carezzò la punta del naso con un dito, scendendo lentamente sulle labbra, il mento, il collo, sul petto sotto le lenzuola e posandole la mano aperta e calda sulla pancia.
«Sono immortale, l'hai detto tu, no?».
Chris si morse le labbra. Sapeva che ottenere la sua fiducia sarebbe stato complicato. Ora che ce l'aveva, spingerla a parlare di quello di cui non voleva lo era altrettanto. Pensò oculatamente a quale tasto toccare.
«È legato al fatto che hanno tirato fuori quello stronzo che ti ha sparato?».
«Anche».
«Pensi che tornerà a farti del male?».
«Lucas? No. Vorrei che fosse morto ma... no. Ha una figlia che sta provando a perdonarlo. Se si rimette ad ammazzare la gente, si può scordare di rivederla».
«Che poi ti aveva sparato per soldi, no?».
Manuela si grattò la testa. «Anche tu hai un talento per le belle conversazioni dopo il sesso» scherzò. «Comunque, sì. Ai suoi capi serviva che non arrivassi viva a venticinque anni, per farla breve. Per riprendersi dei soldi che mi aveva lasciato mio padre, che lavorava con loro, e di cui manco sapevo niente».
«Beh, adesso *hai* venticinque anni» notò lui.
«Eh».
«Quindi in teoria non dovrebbero più cercarti».
«Lo spero. Quei soldi in ogni caso non li voglio».
Christopher si grattò la barba, ragionando. «Ma se il tizio che ti ha sparato è fuori, alla fine chi ha pagato?».

«Il mandante, il padre di Daniela. Era un amico di mio padre. *Amico*», Manuela sorrise a usare quella parola. «E poi boh. Per ora lui. E Lucas quando tornerà in prigione».

«Pensi fossero solo loro due?».

«Ovviamente no».

«E stai lavorando con le tue amiche per scoprire chi li ha aiutati, vero? È pericoloso, per quello non mi dici nulla».

Manuela si voltò a guardarlo in faccia, sicura. «Chris, non diventarmi ansiogeno come Marco su quello che faccio o non faccio», piantò subito quel paletto.

«Non mi permetterei mai» rimediò subito lui, che non poteva mettere un piede in fallo e vanificare tutto. «Chiedo solo perché magari ti posso aiutare, è pericoloso».

Lei sospirò. «È pericoloso, sì», ammise. «Ma ci sono cose che *devo* fare», pensò ad Anna e a come l'aveva messa nei guai con il sequestro della figlia di Lucas. «E a volte, quando *devi* fare delle cose, il pericolo non conta».

«Mi ricordo che all'inizio avevano arrestato il tizio sbagliato» ripercorse Christopher, stendendosi a sua volta sulla schiena e guardando il comò. «Non parlavano d'altro al TG, quando poi era spuntato il sicario vero».

«Anche la Polizia può sbagliare» smorzò Manuela.

«Eh, ma con la vittima viva e vegeta? Dai, come cazzo si fa?».

«I certificati medici dicono che non sono una testimone attendibile», Manuela glielo disse sorridendo. «Diciamo che se io ho qualcosa da dire, servono più che mai prove tangibili, nero su bianco. Non basta che dica *ho visto questo, era questo tizio*. Non per i medici, almeno».

«Quindi anche per quello che state facendo adesso... la tua parola non basta» dedusse lui.

«Lo sai, non basta mai se vuoi che abbia un peso davanti alla Legge. Ma la mia vale anche meno».

Christopher risalì con la mano dalla sua pancia e giochicchiò con l'indice con il piccolo piercing che Manuela aveva alla narice sinistra. Poi salì al ciuffo di capelli che le scendeva su quel lato della fronte. «Non sembri entusiasta» azzardò.

«Del fatto che la mia parola non conti niente? No, direi di no».

«No, intendevo di quello che state facendo con le tue amiche».

La donna sospirò. «È un po' frustrante, stiamo girando a vuoto e quando succede è sempre odioso. Ma ho qualche idea. Vediamo dove porta».

Bingo pensò Christopher.

Le ravviò la ciocca di capelli dietro l'orecchio, sfiorando l'anellino argentato che Manuela aveva in alto nel lobo e i due che aveva in basso.

Le si accostò per stamparle un bacio delicato lì accanto, Manuela alzò la testa e distese il collo per lasciarlo fare, ma solo per un attimo. «Non sei stanco?» scherzò.

«Sono stanchissimo».

«Dai, andiamo a riposare».

«Dormi qui?».

«Qui?», Manuela lo guardò ridacchiando. «Sei matto? Già sono uscita di soppiatto, Anna stanotte è a casa. Ci manca solo che non mi trova e pensa che sono andata chissà dove, con tutte le cazzate che le ho combinato in vita mia».

«Beh, non le devi niente, non è mica tua mamma».

Manuela sorrise. «Le devo *tutto*» lo corresse. «Dormo a casa». Fu lei ad allungarsi per dargli un bacio furtivo e tenero tra la fronte e la radice del naso. «Che sono stanca anch'io e dovevo prendere le nuove medicine un'ora e mezza fa».

Chris la guardò mentre si metteva seduta e indossava il maglione azzurro con cui era arrivata.

Notando che l'uomo la osservava anche mentre si infilava i jeans, steso dietro di lei, Manuela lo sbirciò con la coda dell'occhio. «Che fai, fissi?» scherzò.

Chris si mise seduto e la abbracciò, da dietro. «Sei bella», le disse, la testa accanto alla sua.

Manuela sorrise, una scarpa ancora in mano mentre la stava infilando. «Anche tu non sei male» lo prese in giro.

«Per quelle idee, per quello che stai facendo...».

«Chris, ti prego» lo interruppe. «Non mi faccio ammazzare, stai tranquillo».

«... se hai bisogno di me, io ci sono. Sempre».

Manuela rimase sorpresa: non era una raccomandazione, non era un rimprovero, non era una contestazione. Le aveva solo detto che, casomai lo ritenesse necessario, poteva contare su di lui. Nient'altro.

«Grazie» gli disse, sincera, sorridendogli. Si voltò e lo baciò delicatamente sulle labbra. «Scappo, dai. Buonanotte Chris».

«Vai da sola alla porta? Così non mi rivesto e mi butto direttamente in doccia».

«Tranquillo. A domani».

Christopher le picchiettò un dito sulla punta del naso per salutarla, come con una bambina, e la seguì con lo sguardo mentre usciva dalla camera per andarsene.

Quando sentì il portone di casa riagganciarsi, recuperò il telefono dal cassetto del comodino, scattando seduto.

«Sono io» parlò subito.

«Ma hai visto che ore sono?».

«Sì, lo so che è l'una e mezza, che ti devo dire?» si giustificò. «Senti, non hanno niente. Ho la conferma che per il momento non hanno niente».

«Te lo ha detto la Guerra?».

«Sì, lei non parla volentieri, ma lo sapevamo che ha la testa dura. Però me lo ha fatto capire. Stanno girando a vuoto».

«Sospetta qualcosa?».

«Di me? No. So che tasti toccare, le persone funzionano tutte allo stesso modo» rispose lui, pragmatico. Aveva capito che Marco stava molto addosso a Manuela con le sue ansie e che lei si sarebbe aperta di più se avesse fatto il contrario. Sarebbe diventato tutto quello che serviva essere, per avere quello che stava cercando.

«Va bene. Sai cos'hanno in mente?».

«No, mi ha detto che ha qualche idea ma non ho calcato la mano. Ma ti confermo che è legatissima ad Anna Russo. Se serve, questa va pure sottoterra per la sua amica».

L'interlocutore rimase zitto per un paio di secondi. «Sì, si era capito».

«So che non è messa benissimo. A livello di salute, intendo. Prende novemila medicine diverse, per gli squilibri e per il dolore».

«È qualcosa che potrebbe darci una mano?».

Christopher ci pensò, storcendo il naso. «No, è troppo imprevedibile. So che il medico le ha detto che non morirà di vecchiaia, ma insomma – lo sapeva già anche lei».

«Va bene, Nava. Mi raccomando, dobbiamo stare un passo avanti, è troppo importante».

«Non ti preoccupare. Tu ricordati di quello che voglio, questa situazione mi ha rotto il cazzo».

«Non mi dimentico. Ma prima i risultati, poi ci pensiamo».

«Io vado fino in fondo» rimarcò Christopher, nervoso. «Faccio tutto quello che serve. Tutto. Ma devi farlo anche tu».

«Lo faccio. Ma ricordati che se metti un piede in fallo e la Guerra si accorge di qualcosa, con la sua visibilità ci arriva un mare di merda che non ne hai idea. E a quel punto sei solo. Ci siamo capiti?».

«Io non sbaglio» sottolineò Chris. «E lo sai benissimo. Ti chiamo appena scopro qualcosa».

«Non mi deludere, Nava. Buonanotte».

L'uomo chiuse la chiamata e gettò il telefono sul letto, infastidito, tirandosi su per fare una doccia e andarsene a dormire.

* * *

Manuela riagganciò la porta di casa il più silenziosamente possibile. Quando si voltò, però, davanti ai mobili della cucina vide Anna, le luci dell'open space basse, che girava il cucchiaino in una piccola scodella in cui si era scaldata una camomilla.

In pigiama, l'amica le abbozzò un sorriso complice. Aveva sentito chiudersi anche la porta di casa di Christopher e non serviva essere una poliziotta per fare due più due.

Manuela, ancora ferma accanto alla porta, storse la bocca con aria colpevole, come a dire *beccata*. Anna invece sorrise di più e le lanciò un'occhiata complice.

«Buonanotte, Manu» la salutò, con negli occhi un'espressione divertita e avviandosi lungo il corridoio.

Se era felice la sua amica, che forse stava riuscendo ad andare avanti, allora lo era anche lei.

Capitolo 19

Sabato, 16 febbraio 2019
Lago Boscaccio, ore 10.44

Certo, che era illegale. Manuela lo sapeva benissimo. Era il motivo preciso per cui non ne aveva parlato con Daniela e Anna. La poliziotta era nei guai a causa sua e più cercava di sbrogliarsene più ci sprofondava, frugando in archivi dove non era autorizzata a entrare fino a contrordine.

Per quello Manuela guidò fino alla sua casa natia, al Lago Boscaccio, da sola. Lo fece lottando con il cuore che le rimbalzava contro lo sterno. Era lì che aveva sbattuto a terra Marta e l'aveva tenuta ammanettata a un termosifone, quando l'aveva sequestrata un anno prima. Ed era lì che Lucas l'aveva massacrata e lasciata agonizzante per fargliela pagare.

Era lì che Marta poi era tornata indietro, tradendo suo padre e salvandole la vita. Il senso di colpa all'idea che quella ventenne, ora, andasse in terapia a causa sua, per dimenticare i traumi che *Manuela Guerra in persona* le aveva provocato, era soffocante.

Manuela posteggiò la Cinquecento tra gli alberi, dove aveva parcheggiato anche quel giorno. La casa era ancora di SOLIS. Il processo contro il fondo speculativo era ancora in corso ed era arrivato quasi al primo grado, quindi per ora l'immobile era ancora il loro. SOLIS era venuta a prenderselo all'asta giudiziaria dopo che era stato sequestrato a Gianandrea Guerra, e da allora lo teneva sbarrato con noncuranza.

Manuela sapeva che, se l'avevano comprata per un prezzo insensato, scacciando tutti gli altri offerenti, era perché temevano che Gianandrea ci tenesse nascosto qualcosa che avrebbe potuto comprometterli – e Lucas glielo aveva confermato, un anno prima.

Voleva scoprire che cosa.

Poggiatasi con la fronte contro il volante, si riscosse. Era già un successo aver guidato fino a lì senza svenire. Si allacciò la zip del bomber fino al collo e si chiuse dietro lo sportello dell'auto.

La sua casa era placida e silenziosa come sempre. Le avrebbe quasi trasmesso pace, se nella sua mente ai ricordi di infanzia non si stessero sovrapponendo le urla disperate di Marta che cercava di scappare. Poi le sue, mentre Lucas le frantumava il braccio destro.

La giovane donna si cacciò le mani nelle tasche del bomber e si punzecchiò l'orgoglio per irrigidire le gambe e camminare verso la casa.

Di cosa hai paura? Non fare la codarda.

Camminò lungo il patio della casa, che si affacciava proprio sul lago, dove Lucas l'aveva quasi affogata, per costringerla a dirgli che fine aveva fatto fare a sua figlia. Lei aveva resistito per non rispondergli e lasciarlo in sospeso, perché Lucas se lo meritava – di soffrire nell'incertezza, di provare il più a lungo possibile il soffocante terrore che Manuela Guerra la sua bambina gliel'avesse ammazzata davvero.

I passi di Manuela, sulle travi di legno, erano rumorosi e si mescolavano al rumore placido dell'acqua.

Il portone era sigillato e impenetrabile, lo avevano chiuso con un pannello metallico saldato ai cardini. Camminò sul retro, ma notò che la finestra da cui si era infilata in casa l'anno prima, spingendoci dentro anche Marta, era stata sbarrata con due tavole di legno attaccate alla bell'e meglio.

Non si scoraggiò. Qualche metro più in là, la tapparella sbilenca della finestra del salotto era abbassata. Manuela sapeva che non aveva un blocco, all'interno. E ricordava che il vetro dall'altro lato era rotto.

Infilò entrambe le mani sotto l'avvolgibile e lo tirò su come riusciva. Nonostante lo sforzo, si spostò giusto di qualche centimetro. La donna piegò le gambe, chinandosi, quanto le bastava a farci scivolare sotto l'intero braccio e a trovarsi la tapparella sulla spalla. Poi si ritirò su con la forza delle gambe.

La tapparella, spinta così dalla spalla, venne su con lei. Manuela la tenne e alzò un piede per allargare la frattura della finestra, fracassando il vetro con un calcio di suola.

Che brava, Papà sarebbe fiero. Ti servivano proprio un'altra effrazione e violazione di proprietà privata, nel curriculum si disse.

Si infilò alla bell'e meglio nella finestra, con la tapparella che essendo rotta le ricadeva addosso. Quando si ritrovò dentro, nel buio, era nel salotto della sua casa.

Non voleva fermarsi, per non pensare. Era lì che aveva quasi sparato a Marta. Era lì che Lucas, in tutta risposta, le aveva quasi cavato gli occhi a mani nude.

La casa era a soqquadro come se la ricordava, ma con la tapparella abbassata c'era troppo buio per vedere bene. Manuela puntò i mobili della cucina, alla sua destra, e afferrò il contenitore di legno dove di solito riponevano il pane. Tirò di nuovo su la tapparella e ce lo infilò sotto, messo di lungo, per tenerla almeno parzialmente aperta e far entrare la luce.

Le manette erano ancora per terra, spaccate, da quando i soccorritori l'avevano liberata, accanto al termosifone.

Lei ci aveva legato Marta. Lucas ci aveva legato lei.

Il sangue della pistolettata al mento che Lucas si era tirato non era stato lavato via. Annerito e inquietante, era ancora sulla parete e sulla tapparella.

Avevi detto che non ci avresti pensato si rimproverò, ma un brivido di freddo le corse lungo la schiena, a ricordarsi quanto era stata disperata e come si era sentita, quando aveva deciso di venire *davvero* a prendersi Marta, con la pistola di Anna.

Il tavolo era in disordine, messo involontariamente in obliquo rispetto all'ingresso. Il divano, in fondo, era coperto di polvere spessa, davanti al tavolino da salotto e al mobile della TV. Alla sua sinistra, Manuela scorse il corridoio che conduceva a camera sua, a quella dei suoi e al bagno.

Dove cercare?

SOLIS era stata lì e aveva frugato tutto. Prima di loro lo aveva fatto anche la Polizia, indagando sul riciclaggio compiuto da Gianandrea.

Che nascondigli poteva conoscere, lei, che non erano venuti in mente né a SOLIS né agli inquirenti?

Iniziò dal salotto e si disse che avrebbe frugato *tutto*. Ogni cassetto e ogni mobile. Non si mise nemmeno i guanti: era a casa e le sue impronte erano già ovunque, ci aveva vissuto da zero ai quindici anni.

Prese un bel respiro e si diede da fare, conscia che la cosa più difficile, lì dentro, sarebbe stata scacciare i fantasmi.

* * *

Anna aveva deciso di seguire il consiglio delle sue amiche e riprendere in analisi *tutto*. Era ancora sospesa, era vero, ma formalmente Baroni non le aveva vietato di andare in commissariato: solo, non poteva essere assegnata a nessun caso ufficiale.

L'agente scelto entrò al Sant'Ambrogio e salutò Giovanni con un sorriso. Superò la porta del suo ufficio e notò che nessuno dei colleghi era presente.

Tornò rapidamente da Giovanni, al centralino, per farsi un'idea. «Ciao Gio', hai il foglio dei turni nostri?».

«Tu e Ferro siete ancora in attesa, Flavio è uscito con Gaetano venti minuti fa. Stefano oggi attacca dopo pranzo» le riassunse il ragazzo, a memoria.

«Sei un angelo, grazie».

Il giovane, imbarazzato all'idea di una collega che gli faceva un complimento, cambiò tutte le gradazioni di rosso sulle guance e le sorrise.

Anna tornò all'ufficio e si sedette alla sua scrivania. Non c'era nessuno e ne avrebbe approfittato. Avviò il suo computer e fece l'accesso all'archivio digitale. Avrebbe cercato ogni atto, ogni documento, qualsiasi cosa legata al caso Guerra, a SOLIS, all'arresto di Lucas, ai casi in cui il Pappagallo aveva fatto da confidente a Ferro.

Non sapeva cosa stava cercando. Ma doveva trovare un collegamento, qualcosa. Qualsiasi cosa.

***

Daniela fece quello in cui era più brava in assoluto: si mise davanti al suo portatile, seduta nello studio che aveva allestito nella sua casa, e collegò i due monitor esterni. Rapidamente, sparse su ciascuno tutti i documenti che le servivano.

Erano quelli che aveva usato per incastrare suo padre, l'anno prima. Le prove del suo coinvolgimento con SOLIS, degli acquisti di alcuni appartamenti in via Palatucci, che la compagnia aveva strappato a prezzo stracciato dopo aver fatto sparare a Manuela e aver addossato le responsabilità alla criminalità del quartiere – con conseguente crollo dei prezzi degli immobili in vendita. Era riuscita a entrare perfino nei conti personali di suo padre.

Consultò i documenti degli acquisti di quegli immobili. Quelli del pagamento all'asta giudiziaria della casa di Gianandrea Guerra. Quelli della partecipazione di suo padre, Giulio Cesare Cassani, nella tipografia del padre di Manuela. Quelli della società Mercy, che Cassani peraltro aveva aperto a nome di Alice Antoniani – la mamma di Daniela, con cui si era lasciato da ormai vent'anni – e che risultava partner di SOLIS.

La giornalista, con addosso una graziosa maglia oversize bianca che perfino nell'abbigliamento domestico svelava la sua cura per gli abbinamenti, si sgranchì le dita su trackpad e tastiera e mise la sua mente in assetto da guerra.

Non avrebbe avuto novità sul bonifico prima di lunedì. Ma, nel frattempo, avrebbe scandagliato tutti i dati che già aveva, su SOLIS e su suo padre, per trovare collegamenti con la banca a cui Gianandrea Guerra si era rivolto, depositandoci l'assegno che aveva condannato a morte sua figlia.

***

La poliziotta premette gentilmente il tasto del campanello. La casetta indipendente sul lago Boscaccio sembrava un luogo pacifico ed era quasi delittuoso disturbare lì.

Indossava la divisa invernale con i pantaloni azzurri con riga cremisi, il giaccone blu sul lupetto grigio, il cinturone bianco con la Beretta nella fondina. Era una donna giovane, con lisci capelli castani e scalati che le sfioravano il collo e i lati del viso, gli occhi nocciola attenti, un viso armonioso e lo sguardo attento.

Accanto a lei stava un uomo particolarmente alto – lei era qualcosa in più del metro e settantacinque, lui svettava sull'uno e novanta – a sua volta in divisa, con corti capelli brizzolati e sul viso la barba di qualche giorno che faceva infuriare i suoi superiori. Dimostrava più o meno quarantacinque anni, lei ne doveva ancora compiere venticinque. Sulle spalline dell'uomo c'erano i tre baffi rossi da assistente capo, quelle della donna erano vuote.

«Suona di nuovo, mi sono rotto di aspettare» fece lui con poca grazia, i pollici infilati nel cinturone per farsi ancora più grosso di quanto già non fosse.

«Sento qualcuno, adesso arrivano» replicò la poliziotta, più calma e posata.

Un paio di passi risuonarono oltre l'uscio. «Sì, certo, tanto hai sempre ragione tu!».

Una voce femminile lo pronunciò ridacchiando, parlando con un tono alto come se il suo interlocutore fosse lontano, quando spalancò la porta e infine si voltò.

I loro sguardi si incrociarono. Anna Russo provò a sorriderle per rassicurarla – di solito le persone non si aspettano buone notizie, quando citofona la Polizia.

«Buongiorno» aggiunse.

L'altra era una ragazzina. Aveva due grandi e incerti occhi turchesi, un bel viso, un piccolo piercing argentato alla narice sinistra, i capelli mossi di media lunghezza raccolti in una coda dietro la testa, di un color rame naturale, qualche timida efelide sugli zigomi.

Era vestita come la ragazzina che era, con un maglione rosso, un paio di jeans neri e delle Converse, e non riuscì più a muoversi quando scorse quei due poliziotti alla porta. Vedendo il suo outfit, Anna pensò che sarebbero potute andare d'accordo.

«... buongiorno?» provò la ragazzina, guardando prima la donna e poi l'uomo, e scorgendo la volante parcheggiata poco lontano.

«Stiamo cercando Gianandrea Guerra. È in casa?» le chiese Anna.

L'altra la guardò come avrebbe guardato un alieno. «È mio padre» balbettò, incerta. «È... successo qualcosa?».

«È in casa?» ritentò Anna.

La ragazzina si guardò alle spalle, la poliziotta scorse un salotto che si apriva in un corridoio, dove probabilmente stava la zona notte.

«Sì, sì, è a casa».

«Possiamo entrare?» le domandò gentilmente la donna. Il suo sguardo non tradiva altro che calma e trasparenza. Anna sapeva che era una situazione complicata ed era lì proprio per fare in modo che andasse nel modo più sereno possibile. Doveva mettere la ragazzina a suo agio.

La figlia di Gianandrea Guerra esitò, poi annuì timidamente, in modo quasi impercettibile. Si fece di lato alla porta, svelando del tutto il salotto.

«Manu, chi era?» domandò la voce di un uomo che arrivava dal corridoio. Indossava una camicia azzurra e stava chiudendo il nodo alla cravatta blu scura, quando alzò lo sguardo e vide davanti a sé sua figlia, con aria spaventata, e due agenti di Polizia.

«Signor Guerra?» parlò il poliziotto, entrato in casa insieme ad Anna.

Gianandrea Guerra rimase immobile a metà del corridoio. Le mani bloccate sulla cravatta ancora da stringere, la bocca semiaperta. Aveva quarantasette anni, i capelli corti dello stesso colore di quelli della figlia ma gli occhi castani, un corpo magro e asciutto.

Il suo sguardo colpevole corse a quello della ragazzina. Gli occhi di lei erano bagnati. «Papà» gli disse debolmente, mandando giù il nodo del pianto che non voleva lasciar scendere, «cosa sta succedendo?».

«Sa già perché siamo qui, vero?» insisté il poliziotto, venendogli più vicino.

«Pa'?» tentò di nuovo la ragazzina, alzando la voce.

Il poliziotto le pose una mano su una spalla, sperando di calmarla. Lei si ritrasse improvvisamente. «Non mi tocchi» intimò.

Anna fulminò con un'occhiata il suo collega, che evidentemente nonostante i vent'anni di esperienza in più di lei non aveva ancora capito che, se c'era una cosa da fare, era evitare di mettere ulteriore pressione su una minorenne in un contesto come quello.

«Andrà tutto bene» le disse con poca convinzione il padre, mentre la ragazza vedeva, incredula, i due agenti che si avvicinavano a lui.

«Deve venire con noi, signor Guerra» sottolineò l'assistente capo.

Guerra si morse le labbra. Aveva sbagliato tutto. L'occhiata piena di paura e incredulità della figlia non lasciava dubbi.

Sospirò, sconfitto, e porse i polsi alla Polizia senza fare resistenza. L'adolescente lo guardava con due enormi occhi sconvolti, rendendosi conto che il padre non si stava lamentando, non stava obiettando, non stava urlando di essere innocente davanti a chissà quale ingiustizia: gli aveva direttamente dato i polsi, come se fosse *colpevole*. Quella parola era scolpita a caratteri cubitali tra gli occhi della ragazzina e lo sguardo abbattuto di Gianandrea.

«C'è sua figlia, non è il caso» disse Anna, mettendo una mano sui polsi dell'uomo per farglieli abbassare. Era lì per arrestarlo, non per umiliarlo. «Non penso voglia fare niente di stupido, no?».

Guerra la ringraziò con lo sguardo. Il poliziotto lo afferrò comunque per un braccio per scortarlo fuori.

«Papà, che cazzo succede? Si può sapere?». La voce della ragazzina era un singhiozzo di agitazione.

Gianandrea la guardò, affranto. «Mi dispiace, piccola. Papà ti vuole bene».

Quando il poliziotto iniziò a camminare per portarlo fuori, l'adolescente provò a staccarglielo di dosso. «Lasciatelo, non ha fatto niente!».

«Manuela, per favore» la richiamò l'assistente capo con voce tonante, perentorio, alzando un braccio per respingerla. Lei non aveva idea di cosa stesse succedendo, quell'uomo invece sapeva anche come si chiamava. «Non fare sceneggiate e sarà meglio per tutti».

La ragazzina non seppe come reagire. Continuava a guardarli come se avesse visto un fantasma. In due minuti avevano distrutto qualsiasi certezza la sua vita avesse avuto. Suo padre era il suo pilastro, quelle persone lo stavano portando via e lui non aveva fatto nessuna obiezione.

«Papà...» balbettò, confusa.

Il padre la guardò con occhi colpevoli. «Andrà tutto bene. Ti voglio bene» le sussurrò. «Nella vita... *ci sono sempre delle conseguenze*».

Gianandrea aveva rischiato: sapeva che qualcosa poteva andare storto, lo aveva accettato. Ed era successo davvero.

La giovane si affacciò alla porta, paralizzata dall'incredulità, quando vide che lo spingevano sui sedili posteriori della volante, chiudendocelo dentro.

«Sergio» chiamò Anna, prendendo in disparte il suo collega dopo aver sigillato lo sportello. «Non possiamo lasciare la figlia qui, è minorenne».

L'assistente capo, chino per sentire i bisbigli della sua collega, lanciò un'occhiata alla ragazzina, ancora piantata sulla porta di casa, attonita.

«Sbattiamo in macchina anche lei e la portiamo in commissariato» si attivò il poliziotto, muovendo il primo passo per andare a prenderla.

«Aspetta!». Anna gli afferrò un braccio. «Sei impazzito? Ci manca solo che costringiamo a salire in macchina una minorenne, senza autorizzazione e magari prendendola a spintoni come fai tu».

Sergio aprì le braccia. «Cos'altro dovremmo fare? Non sono un cazzo di babysitter».

«Ascolta, rimango io qua con lei. Come arrivi, chiedi all'ispettore di risolvere la cosa, non possiamo lasciare da sola una minore così».

«Perché tu?».

«Perché magari è meglio che non ci rimanga un omone incazzato di novanta chili che non ha mai visto prima, che dici?» gli fece notare Anna.

Sergio guardò di nuovo la ragazzina, poi annuì. «Facciamo così, allora. Ti chiamo appena so qualcosa».

L'assistente capo raggiunse il sedile del guidatore e mise in moto. Anna seguì con lo sguardo la volante mentre si allontanava lungo la stretta strada sterrata che costeggiava il lago Boscaccio. La casa dei Guerra era attigua a una piccola banchina di legno che si inoltrava nel lago per qualche metro. Anna immaginò che dovessero avere avuto dei bei momenti lì, come famiglia, e le dispiaceva essere quella che li aveva appena fatti finire.

Prese un bel respiro e camminò in direzione della casa. La ragazzina era ancora in piedi immobile, piantata sulla porta, le braccia stese lungo i fianchi, i pugni chiusi.

«Andiamo dentro?» le propose gentilmente Anna, andandole accanto.

L'altra non la guardava: aveva gli occhi fissi sulla volante che aveva portato via suo padre, ormai ridotta a un puntino azzurro in fondo alla strada.

Anna inarcò la schiena per guardarla più da vicino. «Ehi?» provò a riscuoterla.

L'adolescente finalmente la guardò. Annuì senza dire niente e tornò dentro, rimanendo in piedi al centro della stanza, immobile.

Anna si chiuse dietro la porta. «Mi dispiace» le disse. «Siediti. Vuoi un bicchiere d'acqua?».

Solo a quel punto osò toccarle una spalla, da dietro. Manuela Guerra guardò la sua mano sulla spalla, poi guardò lei. Anna notò che stava orgogliosamente tentando di non piangere. La ragazzina fece cenno di sì con la testa, la poliziotta provò a rassicurarla con un sorriso sincero.

«Posso prendere l'acqua del rubinetto?» le domandò, accostandosi al lavello e afferrando uno dei bicchieri che aveva visto lì, nel gocciolatoio.

Manuela camminò a passi lenti verso il divano in tessuto rosso che era al capo opposto del salotto, alla destra della porta d'ingresso, e annuì di nuovo. Seduta lì, stava fissando un punto a caso tra il pavimento e la parete.

La Polizia si era portata via suo padre.

Suo padre era tutta la sua famiglia.

E lui non aveva battuto ciglio. Aveva fatto qualcosa degno di un arresto, e lei non sapeva nulla.

Papà ti vuole bene, le aveva detto. *Nella vita ci sono sempre delle conseguenze.*

«Ehi?».

Quando la voce di Anna la riportò alla realtà, la poliziotta le stava porgendo il bicchiere d'acqua. L'adolescente si riscosse e lo afferrò lentamente, ma mandò a stento giù mezzo sorso.

L'agente Russo si sedette nella poltrona lì accanto e slacciò la giacca dell'uniforme.

«Ti chiami Manuela Guerra, giusto?».

La giovane voltò lo sguardo verso di lei e si sforzò di prendere un altro sorso d'acqua, poi fece cenno di sì con la testa.

«E hai diciassette anni, se ricordo bene».

L'altra sospirò. «Da un mese».

«Non voglio essere invadente, ma è perché hai diciassette anni che rimarrò con te per qualche ora. Non potevamo lasciarti da sola, sei minorenne».

«Cosa volete da mio padre?»

Anna strinse le dita di una mano nell'altra, nervosa. «Vedi, c'è... un'accusa, su tuo padre. Non ha fatto male a nessuno, ma c'è un'indagine su dei soldi. Dobbiamo chiedergli delle cose, tutto qui».

«Non potevate chiedergliele qui?» rispose Manuela, che era molto più sveglia di quanto ad Anna facesse comodo.

«È un po' più complicato di così».

Manuela poggiò il bicchiere d'acqua nel basso tavolino in vetro di fronte al divano. Aveva troppa nausea perfino per bere. Si massaggiò nervosamente le tempie, tentando di calmarsi.

«Io mi chiamo Anna Russo».

La diciassettenne continuò a massaggiarsi le tempie, gli occhi chiusi. «Ti offendi se non me ne frega un cazzo di come ti chiami?».

Anna rise.

«Scusami» aggiunse poi la ragazzina, facendosi scorrere lentamente le mani sui capelli fulvi per tirarli indietro, provata. «Scusa».

«Tranquilla. Al tuo posto direi di peggio».

Manuela si protese verso il bicchiere per prendere un altro sorso d'acqua. Le tremavano le mani. Anna la guardò non riuscendo a nascondere un po' di compassione.

Sapeva che, se l'accusa a Gianandrea Guerra fosse stata confermata, probabilmente la vita normale di quella ragazzina con suo padre era appena finita.

Manuela sembrò leggerle la mente, quando le domandò «cosa succederà?».

L'agente Russo si morse le labbra. «Gli faranno delle domande», alzò le spalle. «Pensano che tuo padre abbia riciclato dei soldi. Significa che...».

«Riciclato dei soldi? Mio padre?» la interruppe Manuela. «Papà fa il tipografo, riusciamo a malapena a vivere!» alzò di nuovo la voce.

Anziché la voce, Anna alzò le spalle. «Mi dispiace».

«Lo metterete in prigione?».

La poliziotta piantò lo sguardo negli occhi grandi di speranza della diciassettenne. «Non lo so. Prima devono chiedergli quelle cose».

Manuela abbassò subito lo sguardo e Anna vide le lacrime trattenute con fatica negli occhi umidi. Distolse anche lei lo sguardo per non metterla ulteriormente a disagio.

«Posso... prendere dell'acqua anch'io?».

La ragazzina annuì senza voltarsi e Anna poté allontanarsi e lasciarla in pace per un po'. Impiegò più tempo possibile a recuperare un bicchiere e a riempirlo nel rubinetto. Vide con la coda dell'occhio Manuela che si asciugava le guance e rallentò ancora di più, rimanendo a sorseggiare l'acqua nei pressi del lavandino.

Anche lei era orgogliosa: sapeva come ci si sentiva a non voler piangere e a non riuscirci. Qualsiasi cosa Gianandrea Guerra avesse fatto, non era colpa di sua figlia – e vedere la tristezza di quell'adolescente le fece male.

Bevve tutta l'acqua e, con il bicchiere ancora in mano, passeggiò nei pressi dell'area del salotto che faceva da cucina. Si affacciò alla finestra lì accanto, sotto cui stava il termosifone, sbirciando il lago e i riflessi del sole sull'acqua.

Il suono del campanello la riportò al mondo reale. Si voltò verso Manuela, il bicchiere ancora in mano.

«Aspetti qualcuno?».

Manuela annuì e si asciugò rapidamente le guance con il palmo della mano destra, continuando a non guardarla. «Doveva passare un'amica, sarà lei».

«Vuoi che la faccia entrare?».

Stavolta la diciassettenne si voltò, sorpresa. «Si può?».

Anna poggiò il bicchiere nel lavello. «Certo che si può. È casa tua, non sei mica in arresto».

Camminò fino all'uscio e aprì la porta.

Davanti si ritrovò una ragazza ben vestita, con un bel cappotto lungo in panno, abbondanti capelli ricci, lineamenti tracciati col righello e un'espressione attenta. A completare l'outfit, un delizioso cappello antracite che la faceva sembrare una pittrice d'altri tempi.

«Buongiorno» la salutò Anna.

L'altra la guardò, interdetta. «Buongiorno» tentò, vedendosi davanti la Polizia, anziché l'amica. «È... successo qualcosa?».

«Lei è un'amica di Manuela Guerra, giusto?».

L'altra annuì. «Sì, sì. Mi chiamo Daniela Cassani».

Daniela tentò di guardare oltre Anna per scorgere l'amica, ma il divano era in un punto cieco rispetto alla porta.

«Cosa è successo? Manuela sta bene?».

«Certo. Venga, entri». Anna scostò del tutto la porta.

Daniela venne avanti e, quando vide l'amica sul divano, le corse incontro per abbracciarla. Manuela rimase passiva – ma non si sarebbe sottratta a quella stretta per niente al mondo.

«Manu», Daniela le si sedette accanto e le carezzò i capelli, ansiosa. «Ma che è successo?».

Vedendo quanto l'adolescente fosse bloccata dall'arresto di suo padre, Anna le venne in soccorso e provò a placare l'ansia di Daniela.

«Abbiamo dovuto arrestare il signor Guerra» le spiegò.

Daniela si voltò subito, sbigottita. «Sta scherzando?».

«Ci sono delle indagini preliminari in corso, deve rispondere a delle domande e abbiamo dovuto prelevarlo» recitò Anna, da manuale.

«Mi scusi, ma perché lei è qui da sola con Manuela?».

«Non volevamo portarla in commissariato e Manuela è minorenne, non poteva stare qua da sola».

«Quindi è rimasta qui a tormentarla?».

«Non mi stava tormentando». La voce di Manuela, che non voleva sentire Daniela azzannare la poliziotta dalla gentilezza disarmante che era venuta a prendersi suo padre e le sue certezze, parve arrivare dall'oltretomba.

«Manu», Daniela le prese forte la mano sinistra per farla sentire al sicuro. «Rimango io finché tuo padre non torna».

Manuela finalmente la guardò e nelle sue iridi Daniela scorse la paura. «Non lo so se torna».

Daniela si voltò verso Anna, rimasta in piedi alla loro destra, tra il divano e la porta. «Lo lascerete tornare?»

«Dipende da quello che dirà. Ma probabilmente sì, è tutore di una minorenne. È possibile che impongano i domiciliari come misura cautelare».

«I domiciliari?» abbaiò Daniela.

«Tua madre non può occuparsi di te, giusto?» replicò Anna, osservando Manuela.

«Piuttosto mi sparo in testa» fu la lapidaria risposta della giovane.

Anna guardò di nuovo Daniela e alzò le spalle, come a dire "visto?".

«Ci mancava solo che le tirasse fuori la madre. Senta, se ne vada, per cortesia».

«Non posso. Manuela è minorenne».

«Io sono maggiorenne, rimango io con lei» replicò rapida Daniela.

Anna aveva capito che Daniela era una tigre e difficilmente l'avrebbe rabbonita.

«Quindi lei è maggiorenne?»

«Ho ventun anni».

Anna continuò a guardarla senza dire niente, le mani strette sul cinturone in posizione di riposo.

«Cos'è, vuole un documento, adesso?» comprese Daniela. «Dio Santo, pago le tasse per addestrarvi a rompere i coglioni». Si rovistò in borsa per trovare il passaporto e glielo spinse letteralmente contro il petto.

Anna ne comprendeva il fastidio e la preoccupazione per l'amica. Senza tradire emozioni – era già diventata bravissima a farlo, per lavoro – afferrò il passaporto e lo analizzò.

Daniela Cassani.
Nata a Milano il 4 gennaio 1990.

Era positivo che Manuela avesse un'amica maggiorenne vicina, in caso le cose per Gianandrea fossero andate *davvero* male.

Le restituì il passaporto. «Non posso comunque andarmene, mi dispiace».

«Mi prende in giro?».

«Il mio capopattuglia mi ha ordinato di rimanere qui finché non mi chiamerà».

Daniela gettò il passaporto in borsa, contrariata, sforzandosi di non imprecare e non insultarla, per non finire in una cella come Gianandrea.

«Neanch'io vorrei essere qui. E vi assicuro che mi dispiace».

Anna era sincera e sia Manuela che Daniela – a cui si stava rivolgendo – lo notarono.

La ragazzina aveva ancora un'aria sconvolta e la poliziotta pensò che sfogarsi con la sua amica le avrebbe fatto bene.

«Vado a fare una passeggiata qua intorno» disse alle due giovani donne, riallacciandosi la giacca della divisa e avvicinandosi alla porta. «Se c'è bisogno di qualcosa, sono qui fuori».

Daniela non replicò. Incrociò lo sguardo di Anna e, nonostante l'anima indomita dell'amica di Manuela, la poliziotta capì che la stava ringraziando.

Si chiuse dietro la porta e prese un lungo respiro. L'aria era molto fredda, il sole timido. Camminò in pochi passi nel patio, fino alla banchina che si affacciava sul lago, e si poggiò con i gomiti sulla balaustra in legno, ascoltando l'acqua che ci gorgogliava sotto.

Era il 14 marzo 2011.

Era la prima volta che le vite di Anna, Daniela e Manuela si incrociavano.

E quella giornata sarebbe stata molto lunga.

Capitolo 20

Lunedì, 18 febbraio 2019
Milano, ore 11.22

«Permesso?».

Anna bussò gentilmente con l'indice e il medio contro la porta. Teneva sotto il braccio sinistro il cappello. Di solito non indossava l'uniforme – per il suo lavoro all'Investigativa, anzi, era opportuno non lo facesse – ma per quell'occasione aveva scelto di rispolverarla.

«Venga, Russo, entri».

La poliziotta spinse la porta dell'ufficio del Pubblico Ministero imponendosi l'espressione più neutra e professionale possibile.

«Dottore», lo salutò educatamente, sull'attenti per un attimo, quando l'uomo si alzò per tenderle la mano e stringergliela.

L'ufficio era molto spazioso e la parete in fondo era completamente in vetro. La luce naturale le piaceva e Anna pensò che non somigliasse per niente alla sua umile postazione da agente scelto.

La scrivania in mogano, sui cui il PM avrebbe potuto disporre tre o quattro monitor comodamente, ma sopra la quale c'era solo un portatile argentato, era sistemata su un vistoso tappeto, davanti al quale stavano due poltrone. Alle pareti, dietro la scrivania, Anna notò la laurea e diversi encomi, con il nome in bella vista: dottor Giuseppe Zanetti.

«Come sta, Russo? Venga, si sieda».

Il PM la invitò a sedersi su una poltrona. Nell'altra c'era la vicequestora Gea Baroni. Anna la salutò con un cenno del capo, il cappello ancora sottobraccio.

«Sto bene, dottore. Grazie. Lei come sta?».

L'uomo le sorrise. Aveva una cinquantina d'anni, portati molto bene. Lucenti capelli castani, corti dietro e leggermente più lunghi sopra, con la riga a destra, gli occhi verdi che ad Anna ricordarono quelli di suo fratello Marco. Indossava un abito marrone su camicia bianca e cravatta scura.

«Io bene, Russo. Non mi fa paura il troppo lavoro. E nemmeno a lei, da quello che mi diceva la dottoressa».

Anna concesse una sbirciata con la coda dell'occhio alla sua vicequestora. La donna sorrideva appena. «Ti dona, la divisa» le disse quella.

Alla poliziotta suonò quasi come uno sfottò, dato che era stata proprio lei a sospenderla e a metterla di fronte all'eventualità di non poterla indossare mai più.

«Grazie» rispose, laconica.

«Non ha più la medicazione» notò Zanetti, scorgendo la cicatrice, ancora fresca, sul collo di Anna.

«Ho tolto i punti ieri».

«Le fa ancora male?».

Lei alzò le spalle, addobbate dal baffo rosso da agente scelto. «È quasi passato» smorzò. «Mi dica pure».

Il PM le sorrise. «Lei va dritta al punto, mi piace. L'ho fatta convocare per la questione dell'omicidio del signor Ezio Bruno, a proposito di quel ricordino che ha nel collo».

Anna strinse il cappello più forte tra le mani, cercando di non far notare troppo il suo nervosismo e attaccando gli occhi a quelli di Zanetti, che aveva abbassato lo sguardo sul suo computer.

«Guardi, glielo dico in modo semplice, non la tengo sulle spine». Il PM si mise più comodo nella sua corposa poltrona girevole marrone. «È legittima difesa».

Anna ricominciò a respirare solo a quel punto. Era sicura che gliel'avrebbero riconosciuta, lo aveva sempre dato per scontato. Solo quella mattina, quando le era squillato il telefono per convocarla lì, si era domandata per la prima volta *e se non fosse così?*. Quella sensazione non l'aveva più abbandonata.

«Abbiamo fatto tutti i rilievi, sentito lei, l'ispettore Ferro, letto le vostre informative, fatto gli esami balistici, quelli medici. Insomma, sa come vanno queste cose, lei ha già ucciso in servizio anche Antonio Peruzzo, anni fa. Questa procedura l'ha già fatta».

Anna si morse le labbra, infastidita.

Sarò l'assassina di Peruzzo e Bruno a vita.

«La sua è assolutamente legittima difesa. Bruno ha sparato per primo, per ucciderla – ed è un miracolo che non ci sia riuscito, così da vicino. Ha difeso se stessa e l'ispettore Francesco Ferro».

La poliziotta deglutì nervosamente senza dire niente. Zanetti le sorrise. «Beh? Non è contenta?».

«Le avevo detto che Russo non è una chiacchierona. Non con i superiori, almeno» intervenne Gea Baroni.

Anna scosse la testa. «Ho sparato in faccia a un uomo. Aveva anche un figlio. No», la scosse di nuovo. «Non sono contenta. Mi scusi».

Zanetti alzò le mani e si rifece indietro sulla poltrona. «Ha ragione. Ma poteva costarle caro: è viva e non sarà perseguita per omicidio. È il modo migliore in cui potevano andarle le cose, da quando Bruno le ha sparato in poi. Indietro non si torna».

Anna lo ascoltò rispettosamente. «Quindi...» tentò, dopo qualche secondo di silenziosa tregua. «... posso ricominciare a lavorare? Torno in servizio?».

Zanetti e Baroni si scambiarono uno sguardo e a quel punto Anna la risposta ce l'aveva già, mancava giusto che la dicessero – ma era una formalità.

«Vede, Russo», Zanetti unì le mani sulla scrivania, intrecciando le dita, rilassato. «Ho motivo di credere che non tutto sia encomiabile come sembra, nel suo curriculum».

Anna sorrise, sarcastica, ma scelse saggiamente di non dire niente.

«Fui io a firmare le carte dell'arresto di Alberto Corsi, l'anno scorso. Se lo ricorda, vero? Ero io il PM di turno». Con il silenzio assenso della poliziotta, Zanetti proseguì. «Mi dica, Russo... e sia sincera, per cortesia. Lei è una brava poliziotta, i misteri non le calzano: cosa è successo quella notte?».

Anna si ritrasse sulla sedia e si irrigidì più di quanto avrebbe ammesso, ma non abbassò lo sguardo. «Marta Corsi mi ha chiamata per impedire a suo padre di uccidere Manuela Guerra. Li ho raggiunti. Il signor Corsi ha cercato di spararsi quando si è reso conto che la figlia lo aveva tradito. Gliel'ho impedito. L'ho arrestato» recitò Anna, inespressiva.

«Nient'altro?».

«Nient'altro».

Zanetti le sorrise.

«Quanti anni ha, Russo?».

Anna lo guardò, confusa dalla domanda. «Saranno trentatré il 19 marzo».

«È giovane. Non giovanissima, eh, la sua esperienza di servizio ce l'ha già. Ma è giovane. Ha tutto il tempo di fare carriera. Quindi perché si fa questo?».

Lei rimase zitta.

«Anna, quello che il dottor Zanetti sta cercando di dirti...» intervenne Baroni.

«... l'ho capito» la interruppe Anna, senza voltarsi, con voce inalterata.

«Lo sa che hanno scarcerato Alberto Corsi per un vizio di forma, vero?» riprese Zanetti.

Anna si mise più sulla difensiva che mai, per essere forte e rimanere ancora zitta. Annuì e basta.

«Lo sa che figura ci faccio io, che ho firmato e approvato il suo rapporto lacunoso, se viene fuori che abbiamo *sbagliato* qualcosa? Che lei mi ha mentito su qualcosa?».

Anna piantò di nuovo gli occhi in quelli del PM. «Se lo trovava *lacunoso*, perché lo ha firmato?».

La sua voce calma sibilò come una freccia e si conficcò dritta nella fronte del Pubblico Ministero. Lui le sorrise ancora e scosse la testa.

«Le manca solo una cosa per fare carriera, Russo: capire il contesto. In quel momento avevamo bisogno di chiudere il caso. Subito. L'opinione pubblica intorno a Manuela Guerra è ingestibile: era venuta fuori la notizia dell'incidente al suo compagno, suo fratello Marco Russo, e dovevamo dare una risposta. Manuela Guerra, in tutti i cazzo di canali e rilanci web, con quel video che mise sui social diceva che avevamo preso l'uomo sbagliato. Quindi no, non mi sono venuti dubbi, quando lei mi ha portato l'uomo giusto su un piatto d'argento».

Anna continuò a fissarlo senza tradire emozioni.

«Ma adesso abbiamo il problema opposto. Se viene fuori qualcosa che non mi ha detto, su quell'arresto, sul suo rapporto con il signor Corsi, su perché e per come lei, Marta Corsi e Manuela Guerra siete finiti nella vecchia casa del padre della Guerra, commettendo peraltro un'effrazione, io nella merda non ci vado, Russo. Mi sta capendo?».

Anna non disse nulla.

«Se dovessimo scoprire che il macello tirato su dalla legale di Corsi ha a che vedere con *come* abbiamo eseguito l'arresto, con cosa *noi* abbiamo scritto nell'informativa, la responsabile sarà lei. E lei soltanto. Lo capisce questo?».

«Ho risposto a Marta Corsi. Nient'altro». Anna non fece una piega.

«Cosa succederà quando la legale del signor Corsi troverà qualcuno che la smentisce?».

Poteva trovarlo, pensò Anna. Bastava interpellare Marta Corsi. Ma Marta avrebbe davvero testimoniato contro Manuela, dopo averle fatto salvare la vita, per far liberare suo padre? Lo stesso padre che *lei* aveva consegnato alla Polizia, scegliendo invece di non denunciare Manuela, che l'aveva sequestrata?

Persa nei suoi pensieri, Anna impiegò un secondo di troppo a reagire alle parole del PM e a lui tanto bastò.

«Va bene, Russo. Come vuole», l'uomo si rimise comodo nella scrivania, dopo che si era sporto in avanti per guardarla meglio. «Lei ha colpito mortalmente il signor Ezio Bruno per legittima difesa. Questo però lo sappiamo io, lei e la vicequestora Gea Baroni».

Anna aggrottò le sopracciglia, non capendo.

«Non mi prendo il rischio di essere quello che firma il suo reintegro fino a quando non capiremo dove andrà a parare la legale del signor Corsi, agente scelto Russo. Mi basta già essere quello che ha approvato l'arresto di Alberto Corsi a opera sua».

La poliziotta arricciò il naso, infastidita. «Quindi facciamo finta che la legittima difesa non sia ancora riconosciuta e aspettiamo? Facciamo finta che state ancora a indagare su quello?» comprese.

«È l'opzione migliore per la sua faccia e anche per la mia, al momento. Non vuole che diciamo ai colleghi che è sospesa perché un'avvocata rompicoglioni è pronta a dimostrare che abbiamo sbagliato od omesso qualcosa nelle carte dell'accusa a Corsi, vero? La teniamo sospesa fino a quando non siamo sicuri che la legale del signor Corsi non getterà ombre sull'arresto che *io* ho firmato e *lei* ha compiuto. E Dio non voglia che succeda il contrario, Russo, perché io non andrò a fondo con lei».

Anna non ebbe il coraggio di fare domande. Lo sapeva già, che la legale di Lucas avrebbe citato il sequestro compiuto da Manuela come attenuante per la reazione del suo cliente. Zanetti avrebbe avuto tutte le conferme che cercava, da Sandra Giudice. E questo significava che la sua reintegrazione non ci sarebbe proprio stata: lo scenario in cui il caso si sgonfiava e Zanetti aveva torto, semplicemente, non esisteva.

Di fatto le avevano appena detto che, nella migliore delle ipotesi, aveva perso il lavoro – ma Anna non poteva tradire emozioni, a quell'idea. Sarebbe stato come ammettere la verità. Ricacciò nel petto il pianto che sentì salirle lungo la laringe e gonfiò il petto per respirare.

«Ho capito» disse solo. «Mi fa sapere lei, allora?».

Zanetti, sorpreso, guardò la vicequestora Baroni sorridendo. La funzionaria alzò le spalle. «Gliel'ho detto, Anna è una di quelle donne metà carne e metà acciaio».

Il PM ridacchiò, divertito. «Ha un cuore forte, Russo. È un bene. A seconda di come andranno le cose, le servirà. Le faccio sapere io, può andare».

* * *

Anna uscì dall'ufficio agganciando la porta e si concesse un secondo per respirare. Il pianto si stava rifacendo avanti ma, quando la porta si aprì dietro di lei, riuscì a rimandarlo giù non sapendo nemmeno lei come.

«Russo?» la chiamò la sua vicequestora.

La poliziotta si voltò, per quanto con gli occhi lucidi. «Dica».

«Io davvero non capisco, Zanetti ti sta dando un'opportunità».

Anna deglutì senza commentare, perfetta nella sua uniforme e ora con anche il cappello sulla testa.

«Per chi lo fai? Per la tua amica, sul serio? Le cazzate fatte da quella psicolabile non sono responsabilità tua. Lo sai, vero?».

Anna le venne più vicina, era sensibilmente più alta dell'altra, anche se la funzionaria portava i tacchi. «Se sta parlando di Manuela Guerra, dovrebbe sciacquarsi la bocca. E vergognarsi».

«Lo so che te la sei presa in casa come sua tutrice per un mese in attesa che avesse diciotto anni, quando hai arrestato il padre e lui non poteva più stare ai domiciliari. E so che da allora vivete ancora insieme. Ma non è un buon motivo per rovinarsi la vita e la carriera per lei. Le hai già dato abbastanza».

Anna cercò di tenere il controllo o la sospensione sarebbe diventata l'ultimo dei suoi problemi.

«Ha bisogno di qualcosa o posso andare?» tagliò, affilata e gelida.

Baroni scosse la testa. «Incredibile» commentò, incredula, mentre l'altra faceva per andarsene.

«Anzi», ad Anna alla fine qualcosina scappò e le si rifece vicina in quel corridoio noioso pieno di pavimenti di marmo e luci al neon, in Procura, togliendosi il cappello e stringendolo tra le mani. «Una cosa gliela voglio dire io».

«Ti ascolto».

«Com'è che siete così sicuri di questa cosa dell'arresto di Corsi?» notò. «Com'è che mi tormentate su *questa* specifica cosa? È da quando abbiamo parlato nel suo ufficio, dopo che ho sparato al Pappagallo, che insistete. Sul mio rapporto, sull'arresto, la telefonata di Marta Corsi. Non mi ha chiesto nemmeno come stavo per aver ucciso un uomo che mi ha quasi ammazzata, se avevo bisogno di aiuto – tanto sono carne e acciaio, no?» scandì la poliziotta, gli occhi nocciola sicuri ma feriti.

«È andata sparata su questa cosa di Alberto Corsi. Ma i tabulati ce li avete, la telefonata di Marta al mio numero l'avete trovata, l'orario corrisponde, le celle dei telefoni e le posizioni anche. Tutte queste certezze e questo gran parlare di Manuela, di cosa io faccio o non faccio per Manuela, da dov'è che le viene?».

La vicequestora tacque.

«Dalla legale di Alberto Corsi?» dedusse Anna. Era l'unica possibilità. Se Sandra Giudice aveva davvero citato il rapimento, allora i suoi superiori lo sapevano già e avevano già le sue carte, per essere così sicuri che Manuela c'entrasse qualcosa. Ma se avevano già quelle carte, cos'altro dovevano aspettare, prima di decidere di non reintegrare mai più lei in Polizia?

Anna notò quella contraddizione ma rimase zitta, le sopracciglia aggrottate, a fissare la vicequestora.

«Lo sai che è solo questione di tempo prima che la legale di Corsi pianti un casino su come abbiamo arrestato il suo cliente. Ti conviene dire la verità prima che lo faccia lei».

Anna si risistemò compostamente il cappello in testa e le sorrise, fiera e infastidita.

«Dottoressa», la salutò con un cortese inchino del capo, prima di voltarsi e andare via.

***

«Bingo».

Daniela lo disse a voce alta, al punto che il collega Claudio, alla scrivania di fronte alla sua e a quella vuota di Manuela, la guardò per un attimo, non capendo. Poi si ricordò che Daniela parlava spesso da sola e non conosceva il significato della parola *silenzio*, quindi tornò al suo monitor.

La giornalista rilesse l'estratto conto del servizio di home banking sullo schermo del suo computer, in redazione.

+150.000€ diceva, in verde, nella lista dei movimenti. Daniela cercò da subito di cogliere qualche dettaglio, qualcosa che magari dall'assegno non aveva notato. Lesse e rilesse l'IBAN, l'intestazione, la banca emittente.

Avrebbe avuto molto da fare. Fece logout e chiuse la schermata, alzandosi per bussare alla porta della direttrice Borsari.

«Avanti» fece la voce severa della donna.

Daniela scostò la porta e si affacciò tenendo la mano sulla maniglia. «Direttrice? Mando avanti» le disse solo.

La donna, alla sua luminosa scrivania, le mandò uno sguardo di intesa. Stavano giocando un gioco pericoloso, ma non era la prima volta, per il suo giornale. La fama se l'erano conquistata così – anche se il proiettile in faccia l'aveva preso Manuela, non la direttrice Borsari, ed era stata Daniela a procurarsi le prove per sbattere in prima pagina suo padre.

«Tienimi aggiornata, Cassani».

«Certo».

«Mi raccomando. Anche per Guerra».

«Stiamo attente. Non si preoccupi».

* * *

Manuela poggiò lo smartphone sul tavolo, in piedi, e lo fissò zitta per qualche secondo, nell'open space di casa. Una scarica di adrenalina e di ansia le tagliò in due la colonna vertebrale.

I soldi erano arrivati davvero, le aveva detto Daniela al telefono. Si passò le mani sul viso, a disagio sia all'idea di dover riferire a Sandra Giudice, sia a quella che no, non se li era sognati – la lettera, l'assegno e il resto. Gianandrea Guerra quei soldi li aveva rubati davvero.

«Ciao Manu».

Anna rientrò alle sue spalle e Manuela, presa dai suoi pensieri, trasalì quando la poliziotta chiuse la porta e gettò le chiavi nel mobile svuota tasche.

L'agente scelto Russo aveva ancora gli occhi rossi per il pianto che aveva sfogato in auto, uscita dalla Procura.

«È andata male?» chiese Manuela, notandolo.

Anna fece due passi in avanti, le mani sui fianchi, e distolse lo sguardo, ancora in divisa e col cappello in testa. Annuì, incrociando l'occhiata dell'amica. «Sì», confermò. «Molto male».

Manuela si tirò indietro i capelli con una mano, nel vano tentativo di buttarsi alle spalle anche il senso di colpa che la stava schiacciando.

Anna sta perdendo il lavoro per colpa mia. E sapeva che, ancora di più da quando aveva tagliato i ponti con i suoi genitori – messi troppo in imbarazzo dalla sua omosessualità per poterla accettare – quel lavoro per la sua amica era più di una vocazione: era il suo posto nel mondo, era *tutto*.

«Senti», Anna poggiò il cappello della divisa sul tavolo e prese a sbottonarsi la giacca. «Daniela ti ha chiamato? Ci sono novità?».

«Sì. Sì, ho chiuso cinque minuti fa. Sono arrivati».

«Bene», Manuela notò che Anna era al cento per cento in *modalità poliziotta*, mentre lo diceva. «Hai scritto alla legale di Lucas?».

«Sì, mi ha detto di passare quando voglio, pure ora».

Anna allentò la cravatta della divisa, dopo aver tolto la giacca e averla poggiata sul dorso della sedia, e sganciò i bottoni della camicia bianca.

«E noi ci andiamo ora» le confermò.

La poliziotta raggiunse la camera per finire di cambiarsi, togliendo la camicia e rimanendo con la canotta bianca che indossava sotto.

Ricordati delle conseguenze, ripensò Manuela. Ma con lei condannata a morte, Anna sospesa e invece Lucas a spasso, quell'idea si faceva sempre più insopportabile.

Quando raggiunse la porta della camera di Anna, la poliziotta aveva infilato un paio dei suoi pantaloni cargo e stava stringendo la cintura in vita.

«Allora aspettiamo Dani, ha detto che veniva qua, e andiamo».

«No, no» la corresse Anna, «dille che passiamo noi. Guido io, non ti preoccupare. Lei con in mezzi sennò ci mette troppo».

«Sicura?».

La risolutezza dell'amica preoccupò Manuela. Anna stava già perdendo tutto e a quel punto non aveva più paura di niente. E Manuela sapeva meglio di chiunque altro che il momento in cui sei così disperato da non avere più paura di niente è orribilmente rivelatorio.

La poliziotta si infilò uno dei suoi maglioni blu e indossò anche la fondina ascellare, vuota. «Sicura».

Raggiunse il portafogli, che aveva poggiato sulla cassettiera, e ne tirò fuori una chiave, quella a cui aveva dovuto fare ricorso per *difendersi* da Manuela. Era orrendo da dire, ma era così. La poliziotta, mentre l'amica la guardava e si sentiva ancora più in colpa, infilò la chiave nella piccola cassaforte che teneva poggiata lì sopra e ne tirò fuori la sua pistola personale.

Quella che Manuela un anno prima le aveva preso per sequestrare Marta, perché Anna si era fidata di lei e l'aveva lasciata semplicemente in un cassetto tra le sue cose.

«Cosa ti hanno detto?» tentò Manuela.

«Ti spiego in macchina».

La giovane la guardò disarmare il carrello, verificare che fosse tutto a posto e ben oliato, infine spingere dentro il caricatore da quindici colpi, armare la canna e tirare la leva della sicura, bloccando il cane.

Anna si infilò la Beretta nella fondina ascellare e si voltò verso Manuela. Il suo sguardo deciso non ammetteva replica:

«Andiamo a parlare con Sandra Giudice».

Capitolo 21

Lunedì, 18 febbraio 2019
Milano, ore 14.37

«Avanti, prego, prego».

La voce di Sandra Giudice, calma, le accolse quando Manuela spinse avanti il portone. L'idea di rivedere lei, di rivedere Lucas dopo averlo preso pure a cazzotti, del perché fossero lì e degli occhi di Anna mentre svestiva la divisa davanti a lei – probabilmente per sempre – era una zavorra di pietra nello stomaco.

Alla certezza che non sarebbe morta di vecchiaia ne affiancò un'altra: *se dovessi morire domani, non voglio lasciare le cose così.*

«Si tratta bene, la signora» commentò Daniela sarcastica, venendo avanti e con le mani nelle tasche del suo bel cappotto, sulle spalle uno zainetto dove aveva infilato il laptop.

Anna scorse la donna che le accoglieva in fondo al corridoio. «Ah, ci siete tutte» commentò la legale, «prego, accomodatevi».

La seguirono alla sua scrivania, in quel percorso che solo Manuela conosceva già. Di spalle, accorgendosi che erano arrivate, Lucas si alzò dalla sua sedia e si voltò.

A Manuela il cuore saltò un battito, come sempre quando lo vedeva. Daniela le si strinse accanto e le passò un braccio su una spalla.

«Buongiorno Corsi» lo salutò Anna. «Vedo che ha già fatto incontri interessanti, in libertà» si concesse.

Lucas, in effetti, aveva un vistoso livido alla sinistra del naso e un taglio sulle labbra. L'uomo sorrise, per quanto la cicatrice sul mento glielo consentisse, e gettò lo sguardo su Manuela. «Sì, ho avuto una *piccola discussione*».

Lei lo evitò. Non le sembrava il caso di dire davanti alle amiche cosa era successo e perché Lucas aveva quei segni in faccia. Il suo quadro psichico era già abbastanza inquietante senza quel dettaglio.

«Sedetevi, prego», intervenne Sandra Giudice, gentile. «Posso portarvi qualcosa?».

«Facciamo che ci diamo una mossa?» prese l'iniziativa Anna, con la legale che non poté non notare il calcio della pistola che le spuntava dalla fondina. «Nessuna di noi tre vorrebbe essere qui. E anche voi non ci vorreste qua. Facciamo quello che serve a rimandare il signor Corsi a marcire il prima possibile, senza fare finta di starci simpatici – che non ci viene neanche bene».

L'avvocata apprezzò la sua risolutezza e comprese che sarebbe stato molto più difficile fare leva sulle vulnerabilità di Anna che su quelle di Manuela. Anna, per deformazione professionale, le vulnerabilità le riallineava per poterle controllare.

«Ho sentito della sparatoria» fece Lucas, al lato della scrivania, guardando la poliziotta. «C'è mancato poco».

«Che peccato, vero?» intervenne Manuela, con i denti digrignati. Anna aprì un braccio per dirle di stare tranquilla.

«Le abbiamo portato i dati dell'assegno e del versamento» annunciò la poliziotta, ignorandolo del tutto e parlando invece con la sua legale.

«Ottimo. Lei non si siede?» insisté Giudice, considerando che Daniela e Manuela si erano sistemate alle altre due sedie – Manuela, ovviamente, in quella più lontana possibile da Lucas.

«Le sue manipolazioni gentili possono riuscire a torturare Manuela, che grazie al suo cliente è piena di incubi e sensi di colpa, ma non me».

Sandra Giudice alzò le spalle. «Dove vuole arrivare, agente Russo?».

«Noi i dati del versamento glieli diamo. Ma voglio sapere a che gioco sta giocando, perché la sua storia fa acqua».

Giudice e Lucas si scambiarono uno sguardo. Anna fece un cenno a Daniela.

La giornalista, che aveva saggiamente scelto di non intervenire fino a quel punto, poggiò sulla scrivania il suo portatile e tirò su il monitor. Poi lo voltò verso la legale.

Lucas si accostò allo schermo per vedere. «Lo ha versato su un conto a suo nome, Cassani?».

«Mannaggia, eh?» fece Daniela, a bruciapelo. «Ora per riprendervi quei soldi vi serve anche la mia firma e dovete sparare anche a me».

«Daniela» tentò Lucas, e sentirsi chiamare per nome da lui – il cane da guardia di suo padre, l'assassino di Manuela senza se e senza ma, Veneziani era stato chiaro – le fece venire un moto di nausea. «Non vogliamo riprenderci quei soldi. Stiamo cercando la stessa cosa».

«Dottoressa Cassani» provò la legale, restituendole il computer e rimettendo le rispettose distanze, «me lo manda in stampa, per cortesia? C'è una stampante collegata in Wi-Fi, la trova come Studio Legale Giudice. Se la seleziona me li stampa e me li vedo con calma».

Daniela la studiò sospettosa, poi annuì e mandò i fogli in stampa.

«Lei ha già notato qualcosa?».

La giornalista guardò le due amiche e sia Anna che Manuela la incoraggiarono a rispondere.

«Ho iniziato a incrociare un po' di dati» spiegò. «Non sono sicura che la pista porti a qualcosa. Il conto era intestato alla società del padre di Manuela e l'assegno era firmato da lui. Sono riuscita a procurarmi i conti della sua tipografia, dalle carte del suo processo per riciclaggio. Ho visto che in effetti alcuni dei soldi da riciclare gli arrivavano da quella stessa banca. Ha senso che anche quelli abbiano fatto lo stesso percorso e poi lui li abbia versati su questo conto vincolato. Sappiamo che aveva concordato con SOLIS di poter destinare una somma a sua figlia, ma Guerra prese molti più soldi di quelli concordati e a quel punto loro non potevano più intervenire, non fino ai venticinque anni di Manuela, almeno. Mi aspettavo che il conto fosse co-intestato, ma non vedo altri nomi. Bisognerebbe capire se ci sono altri titolari nascosti dietro alla società di Guerra».

«E seguendo i soldi che Guerra riciclava lei ha notato qualcosa? Non si preoccupi, ecco... so che lei ha mezzi per *cercare* che né io né il signor Corsi abbiamo, parli liberamente» edulcorò Giudice.

Ma Daniela non avrebbe mai parlato liberamente con due estranei del fatto di potersi infilare più o meno ovunque, con un computer o uno smartphone.

«Sono scatole cinesi. Si riesce a risalire fino alla società di mio padre, da lì si finisce a conti alle Isole Vergini intestati a società fantoccio e si perde il tracciamento».

Lucas si grattò la testa. «Hai modo di verificare le carte della società del padre di Manuela? I soldi erano vincolati. Se Manuela fosse morta prima dei venticinque anni sarebbero tornati accessibili a SOLIS. Dobbiamo capire come, deve risultare almeno il nome di qualcun altro, un'altra firma che poteva venire a prenderseli al posto della figlia».

«Devo lavorarci» fece, «penso che ci troverò quella di mio padre. Il responsabile dello spostamento dei soldi di SOLIS era lui. Ed era lui che doveva recuperarli, infatti, e che ha pagato te».

Daniela gettò addosso a Lucas uno sguardo con così tanto odio che sperò che bastasse a ucciderlo.

Sandra Giudice annuì e sospirò. «Sapevamo che sarebbe stato complicato». Si voltò verso Manuela. «Tu cosa ne pensi? Non hai aperto bocca».

Manuela strinse il pugno destro, le faceva ancora male per come aveva colpito in faccia Lucas. «Non ho niente da dire. So solo che non voglio vedervi mai più».

Anna poggiò le mani sul ripiano della scrivania, ancora in piedi, e si sporse leggermente in avanti. «Come vede, abbiamo fatto il nostro. Lei ora dovrebbe fare la sua parte, ma non la farà».

Giudice la guardò, titubante. «A cosa si riferisce?».

«A questo punto, stando a quello che ha detto a Manuela, lei dovrebbe ritrattare. Dire che il vizio di forma non era su *noi sappiamo cosa*, ma per altro. Ma non lo farà».

La legale la fissò, accigliata. «Cosa glielo fa credere?».

«Non ritratterà, perché non ha niente da ritrattare. Lei di quello che è successo sul lago a casa di Manuela non ha mai parlato, non è così? Non negli atti ufficiali, almeno».

Sandra Giudice si ritrasse sulla sedia con aria colpita.

Anna sorrise e scosse la testa. «L'ha solo usata come leva contro Manuela, per convincerla a farsi dare i dati del conto, Dio solo sa per farci cosa. Sapeva che avrebbe funzionato, il suo cliente lo sa molto bene che per far scattare Manuela basta toccarle una di noi, no?».

Giudice alzò le spalle, mentre Manuela guardava quello scambio con gli occhi sgranati. «Non abbiamo fatto male a nessuno» ammise la legale.

«... che cosa?» intervenne Manuela, incredula.

«Senza quella leva non ci avresti mai dato gli estremi dell'assegno e il nome del notaio, no?».

La venticinquenne prese a fissarla con occhi umidi. Era stanca di venire raggirata da persone come Lucas.

«Ditemi che è un cazzo di scherzo».

La legale alzò le spalle.

Anna invece rise, nervosa.

«Lei come lo ha capito, agente Russo?» domandò Sandra Giudice.

Anna aveva dato una bella ripassata alle sue nozioni di giurisprudenza, per il concorso da sovrintendente, ma le perplessità non erano nate solo da quello, dall'uso del vizio di forma.

«Dai miei superiori» rispose, sincera. «Continuavano a parlare di *se la legale di Corsi*, ma lei le carte le ha già depositate da un po', altrimenti il suo cliente non sarebbe a spasso. Non ci sarebbe stato nessun *se*, se lei avesse citato già lì quello che è successo in quella casa».

La legale si sporse in avanti a sua volta, scattando. «Cosa le hanno detto e chi sono questi superiori?».

Le tre ragazze si accorsero che Sandra Giudice aveva perso la sua flemma, nel porgere quella domanda.

Anna la studiò, attenta. «Sono sospesa fino a contrordine. Formalmente, per un caso in cui ci è scappato un morto con legittima difesa. Non formalmente, perché sono sicuri che la mitologica legale di Alberto Corsi manderà a puttane la mia informativa sul suo arresto di un anno fa, e non vogliono andare a fondo con me per aver approvato un arresto potenzialmente illegale».

Giudice e Lucas si scambiarono uno sguardo d'intesa e l'uomo annuì.

«Visto che siete così intelligenti e furbi, fate capire anche a noi?» fece Daniela.

«Agente Russo, chi sono queste persone?».

Anna esitò, perché non stava riuscendo a seguire il filo. «La vicequestora Gea Baroni e il PM Giuseppe Zanetti».

Sandra Giudice se li appuntò entrambi in un post-it e Manuela la guardò ancora più confusa. «Ora vi spiego. Si sieda, Russo, sarà meglio».

E Anna a quel punto si sedette davvero.

«Lei ha partecipato a un'operazione di Polizia in cui è rimasto ucciso il signor Ezio Bruno. È corretto?».

La poliziotta aggrottò le sopracciglia senza dire niente, ascoltando con attenzione.

«Il signor Bruno, o il Pappagallo se preferisce, era un informatore dell'ispettore superiore Francesco Ferro. Ma anche mio. Era uno dei miei confidenti, da quando sto lavorando al caso del signor Corsi. Bruno era perennemente nei guai, non avrebbe mai potuto permettersi una come me. Io l'ho tirato fuori in modo ufficioso da un bel po' di brutte situazioni nell'ultimo anno, e l'ho fatto gratis. *Gratis*, voglio dire... in cambio delle sue confidenze».

«Ed era per lei che teneva d'occhio la Polizia, in cerca di appigli per far uscire Alberto Corsi» collegò finalmente Anna. «Era il confidente di Ferro e da noi poteva andare e venire, senza che nessuno ci facesse caso».

«E adesso è morto» confermò Sandra Giudice. «Perché qualcuno ve lo ha aizzato contro, e non so ancora chi. Ma il punto è proprio questo».

Giudice guardò Manuela.

«Non ci sono cimici, qui dentro. E non sto registrando. Guerra, che tu hai sequestrato Marta Corsi, rubando la pistola ad Anna Russo, lo sanno solo le persone che sono chiuse qui dentro. E lo sa

Marta Corsi, ovviamente. Ma ti assicuro che Marta non ha interesse a dirlo davvero a nessuno e vorrebbe solo dimenticarselo».

Manuela non tradì emozioni, si morse solo le labbra.

«Però io ne avevo parlato con un'altra persona. Con il Pappagallo».

Anna scambiò uno sguardo prima con Manuela e poi con Daniela.

«Quando gli spiegai perché mi serviva che lavorasse su una possibile talpa, che capisse qualcosa dei video manomessi e di come fossero arrivati alla Polizia, gli dissi che era perché nell'arresto del mio cliente era stato commesso qualcosa di illegale. E gli dissi che quel qualcosa era partito da Manuela Guerra. Nient'altro, solo questo».

«Quell'uomo era anche il confidente dell'ispettore» ragionò Manuela. «Ne ha parlato con lui e Ferro ne ha parlato con i superiori di Anna?».

Anna scosse la testa. «No. Ferro sarebbe venuto subito da me – ed era sincero, quando l'altro giorno mi ha chiesto se era successo qualcosa che doveva sapere, arrestando Corsi».

«Il Pappagallo parlava con Ferro. Con me. E con qualcuno di legato ai suoi superiori, agente Russo».

Anna abbassò lo sguardo, persa nei suoi pensieri. «È per quello che sono così sicuri che Manuela abbia fatto qualcosa e io abbia mentito nel rapporto. Perché lo sapevano dal Pappagallo» si rese conto.

«Pappagallo che tra una chiacchiera e l'altra con Ferro stava raccogliendo informazioni su cosa succede nel tuo commissariato, per me, dai funzionari in giù. E invece, di punto in bianco, ha attaccato il tuo ispettore e te, finendo morto ammazzato. Chi poteva convincerlo che Ferro lo stava mettendo in pericolo? Solo qualcuno che riteneva affidabile. Quell'uomo stava giocando a molti tavoli contemporaneamente».

Anna ripensò a Ferro che le gridava che se non aveva fatto ulteriori indagini sui video manomessi era perché non dipendeva da lui, che quegli ordini sarebbero dovuti partire da più in alto.

«Sto indagando al livello sbagliato» si rese conto la poliziotta, parlando tra sé, gli occhi sgranati.

«I suoi capi possono averlo saputo solo dal Pappagallo. Non lo sa nessun altro, del sequestro di Marta Corsi. E, appena ha iniziato a circolare questa storia, il signor Bruno è morto ammazzato. Io non lo so, cosa è successo con quei video, Russo. Non lo sa nemmeno il signor Corsi, è successo a un livello più alto del suo e di quello del mio cliente. E penso che chi aveva potere di convincere la Polizia che quei video andavano bene così... sia ancora al suo posto».

Anna sentì un moto di disgusto agitarle lo stomaco. «La vicequestora mi disse che sapeva che il Pappagallo stava frugando nella Polizia» ripensò. Scosse la testa. «Perché lui avrebbe dovuto dirglielo?».

Sandra Giudice alzò le spalle. «Perché si fidava ciecamente? Il signor Bruno non aveva paura di correre pericoli e sapeva raccogliere ottime informazioni, ma è risaputo che per il prezzo giusto accettasse di lavorare per chiunque» ricordò la legale. «O magari non lo aveva detto al suo capo, Russo, ma a qualche altro funzionario. Che poi ne ha parlato con la sua vicequestora».

Anna si rese conto che, in effetti, poteva essere stato Zanetti a dirlo alla vicequestora.

Manuela sbuffò. Le scoppiava la testa e più scavavano per uscirne più a fondo finivano. Una storia partita con un tipografo che voleva rubare dei soldi per la figlia stava finendo con intrighi negli uffici della Procura.

«Te l'ho sempre detto» le disse Lucas, notando il suo disagio. «Che stavi sparando troppo in alto».

Diverse volte, mentre Manuela teneva sotto tiro sua figlia Marta, Lucas le aveva ribadito che SOLIS era troppo potente perché potessero essere loro a fermarla. Il potere e i soldi vanno di pari passo e di soldi, era chiaro, SOLIS ne aveva avuti a palate.

«Ti prego, sta zitto» gli rispose lei, infastidita. «Siete tornati nella mia vita solo per prendermi per il culo con questa cosa del vizio di forma. Che cazzo ve ne fate dei dati dell'assegno, poi, si può sapere?».

Anna le strinse una gamba con una mano, seduta accanto a lei, nel tentativo di tranquillizzarla, di darle vicinanza.

«Anche a noi interessa capirci qualcosa, lo sai» le rispose la legale. «Corsi pagherà i suoi crimini. Ma non da solo».

«Se non ha citato il sequestro, per il vizio di forma a cosa si è appellata?» si inserì Daniela.

Sandra Giudice sorrise. «In realtà quando ho chiesto a Manuela di vederci in carcere era perché avevo già avuto conferma che il signor Corsi sarebbe stato scarcerato, non perché lo stavo per chiedere. Ho chiesto il vizio di forma per un'imprecisione palese nelle date delle carte dell'accusa. Il sequestro di Marta non c'entrava niente, ho trovato un errore nelle carte e ho colto la palla al balzo».

Manuela portò la mano destra a coprire le palpebre chiuse e provò a mettere in atto la procedura che stava perfezionando: contare. Contare fino a farsi passare la voglia di alzarsi e darle un cazzotto in bocca come aveva fatto con Lucas.

«Che Marta va in terapia per colpa mia» riuscì a dire, gli occhi ancora chiusi e coperti. «Almeno quello è vero? O era un'altra cazzata per farmi sentire una stronza?». Riaprì gli occhi e li piantò su Lucas.

L'uomo annuì. «Era la verità. Questo te lo giuro. Ma mia figlia non ti odia, se ti consola. Ti ha salvato la vita e invece ha mandato me in carcere, ti ricordo».

«Questa cosa del vizio di forma per farci dare i dati dell'assegno, beh... non era niente di personale. Il fine giustifica i mezzi e lo pensi anche tu, Manuela» intervenne Sandra Giudice. «Altrimenti sequestrare una ragazzina pur di farti dire chi era il mandante del tuo sicario non ti sarebbe mai venuto in mente».

«Non l'avevo sequestrata per quello», Manuela lo disse a denti stretti, la voce gelida. «L'avevo sequestrata perché volevo che *lui* soffrisse. Che si sentisse come mi sentivo io dopo quello che aveva fatto a Marco».

Anna le strinse la gamba più forte con la mano. «Va tutto bene» le sussurrò, guardandola con apprensione. «In carcere ci torna o no?» aggiunse la poliziotta, voltandosi verso la legale.

Sandra Giudice annuì senza esitare. «Non abbiamo mentito su questo. Ci vorrà un po' di tempo per la parte burocratica, ma il signor Corsi intende tornare in carcere».

«Mio padre ancora un po' e lo tenevano dentro anche quando era terminale. Questo assassino invece entra ed esce come cazzo gli pare come se fosse in albergo, tanto può pagarsi l'avvocato di prima classe» commentò Manuela, disgustata.

«Adesso te lo puoi pagare anche tu, con tutti quei soldi» le restituì Lucas. «Per difenderti dal sequestro di mia figlia, o magari per qualche lesione personale. Sono cose per cui si va in prigione, sai?», e le sorrise sicuro, il livido sulla faccia ben visibile, dove lo aveva colpito lei.

Sandra Giudice, Daniela e Anna si scambiarono uno sguardo, consce che Manuela e Lucas nella stessa stanza fossero ingestibili.

«Ma io ci vado volentieri in prigione, pur di sotterrarti» gli rispose Manuela, a denti stretti, sporgendosi in avanti verso di lui. E il problema era che era seria, che con quello che le aveva detto il neurologo – una lunga perifrasi in *medicalese* per farle sapere che Lucas Leone l'aveva effettivamente ammazzata, ma un pochino per volta e non sul colpo – il suo odio per Lucas non solo non si era sopito, ma era una delle parti più vive che le rimanevano.

Lucas la guardò alzando un sopracciglio, colpito.

«Manu, respira. Basta» provò a tranquillizzarla Anna.

«Non hai ancora capito che io ero solo un braccio e non avevo niente contro di te» le ricordò il sicario. «Stai ancora vomitando odio sulla persona sbagliata».

«Nei miei incubi ci sei tu», Manuela lo disse freddamente, sporgendosi di nuovo in avanti sulla scrivania, fissandolo dritto negli occhi. «Stai facendo la parte del paparino premuroso, ma per fare le cose che hai fatto *tu*» – pensò al sereno distacco con cui le aveva sparato in faccia, a quando le aveva rotto il braccio, a quando le aveva quasi cavato gli occhi – «a una persona contro cui *non avevi niente*, devi essere una vera merda».

«È solo bianco e nero per te, vero?».

Manuela esitò. No che non lo era. Perché in caso contrario, sarebbe stata bianca o nera anche lei. Invece, davanti a Lucas, ogni volta si rendeva conto che la persona gentile che diceva a Chris di non alzare le mani contro un giornalista pedante conviveva serenamente con quella che prendeva Lucas a pugni e gli sequestrava la figlia.

Scosse la testa, infastidita, sentendo finalmente l'adrenalina calare. Le pulsavano le tempie. Con lui, il suo corpo reagiva sempre come davanti a un pericolo. Era puro istinto di conservazione, attaccare prima di essere attaccati.

«Non sono il tuo nemico e non ti farò più del male. Non so più come dirtelo».

Anna carezzò l'amica, la mano ancora sulla sua gamba, e sorrise amaramente. «Non le dispiace, vero, Corsi – se per Manuela le sue parole non valgono niente, dopo tutto quello che le ha fatto, no?».

Lui alzò le mani. «Lo capisco. Anche a me non è simpatico chi si avvicina a mia figlia con una Beretta. Ma ora stiamo cercando la stessa cosa».

Manuela prese un bel respiro. «Abbiamo finito?» domandò, rivolgendosi a Sandra Giudice. «Anzi, facciamo che vi aspetto giù. Ho bisogno di un po' d'aria», guardò le amiche e Anna la incoraggiò a uscire con un'occhiata, notando che stava praticamente tremando e che da certi traumi Manuela non sarebbe guarita mai, che il tempo non è davvero una medicina per tutto. Di sicuro, non per quello che era successo a lei, referto del neurologo alla mano.

«E per favore, per favore. Vi sto pregando, sto supplicando, cazzo...». Manuela, appena alzatasi, guardò prima la legale, poi si soffermò intensamente su Lucas: «... non vediamoci mai più».

Capitolo 22

Lunedì, 18 febbraio 2019
Milano, ore 16.27

Manuela osservò distrattamente i pedoni e i veicoli che aspettavano lo scattare del semaforo, il gomito alzato poggiato tra lo sportello e il finestrino, il pugno destro chiuso davanti alle labbra, mentre era seduta sul sedile del passeggero e Anna guidava.

«Io vorrei solo capire perché ci tenevano così tanto a sapere dell'assegno». Daniela, seduta sul sedile posteriore, i gomiti poggiati su quelli anteriori mentre si sporgeva verso le amiche, scosse la testa. «Pensa il disegno che si sono fatti: venire a cercarti, prenotare il colloquio in carcere per te, ricattarti col rapimento di Marta. Lo volevano a tutti i costi».

Manuela strinse più forte il pugno davanti al mento e non disse niente. Seguì con lo sguardo i pedoni che, scattato il verde, cominciarono ad attraversare sulle strisce, mentre Anna tamburellava con i pollici sul volante della sua Punto.

«Io voglio capire cosa sta succedendo da me» commentò la poliziotta. «Non avranno più in mano le testimonianze del rapimento di Marta per usarle contro me e Manu, ma non vedevano l'ora di sospendermi».

«Ti domandi anche perché?», Daniela quasi rise. «Eri l'unica lì dentro che li ha tormentati perché ascoltassero Manu, per mandare avanti il caso. Quando stavano archiviando le indagini preliminari per la decorrenza dei termini, tu sei l'unica che non ha alzato le spalle».

Anna alzò lo sguardo verso la giornalista, nello specchietto retrovisore. «E il PM era Giuseppe Zanetti. Anche in quel caso».

Daniela sospirò. «Di solito il pesce puzza dalla testa, no?». Portò una mano sulla spalla di Manuela, che non aveva più aperto bocca. «Tutto bene, signorina?».

Manuela non distolse lo sguardo dal finestrino e annuì.

Lucas era tornato nella sua vita. L'aveva ricattata – ancora – stavolta tramite la sua legale. E anziché tirarsi indietro lei aveva sentito che c'era qualche tassello che mancava. Aveva abboccato all'idea di capire di più su chi avesse messo nei guai suo padre – solo per scoprire poi, nella lettera che le aveva lasciato, che suo padre nei guai ci si era messo alla grande da solo.

E ora si ritrovava con Lucas e Sandra Giudice che l'avevano raggirata, con Anna che stava perdendo il lavoro a causa di informatori morti che sapevano del suo rapimento di Marta Corsi, con il dottor Veneziani che con i giri di parole era terribilmente scarso.

Anna incrociò di nuovo lo sguardo di Daniela nello specchietto retrovisore, come a dirle *lasciala tranquilla*. Non era sorprendente che Manuela fosse così turbata. E vomitare parole come quelle che aveva detto a Lucas, sull'andare volentieri in prigione pur di ucciderlo, di sicuro a freddo non la faceva sentire meglio.

«Sto bene. Sono stanca» disse, alla fine, Manuela.

Daniela le strinse la spalla per incoraggiarla. Manuela le sfiorò una mano con la sua, apprezzando la vicinanza.

«Faccio un po' di altre analisi sui dati del conto e sulla società di tuo padre, vediamo cosa riesco a scoprire» annunciò la giornalista.

«Io verifico un po' di cose, lato nostro. Se c'è qualcosa di ricorrente in chi ha messo le firme per le decisioni del caso Guerra, può essere una conferma che Zanetti o Baroni sanno più di quello che dicono» pianificò Anna. «Il Pappagallo doveva aver parlato con uno dei due. Voglio sapere chi è che lo voleva tagliare fuori e ce l'ha aizzato contro».

Manuela, invece, a quel punto un piano non ce l'aveva. E si sentiva ancora più in colpa per Anna, che si era ritrovata sospesa e a uccidere un uomo solo perché a qualcuno dava fastidio che stesse cercando di capire chi fosse la talpa nelle istituzioni, per l'abbaglio preso dalle indagini sul caso Guerra.

Quanti problemi in meno ci sarebbero stati senza di me – e senza le cazzate che hai fatto tu, Papà.

Alla fine, presa dai suoi pensieri, sorrise amaramente. «Sono stata a casa mia».

Lo disse a bruciapelo, con gli sguardi di Anna e Daniela già addosso prima ancora che specificasse che parlava della casa sul lago.

«Tanto ormai... reato più, reato meno», si prese in giro da sola, prima che lo dicesse Daniela.

«Avevano sigillato di nuovo tutto?» domandò Anna.

«Beh, sì, era tutta sbarrata. Ho forzato una tapparella e ci sono entrata» ammise candidamente.

«Ti ha visto qualcuno?».

Manuela incrociò l'occhiata di Daniela, alzando un sopracciglio. «Secondo te?».

«E com'è andata? Hai trovato qualcosa?».

«Sì: il sangue è ancora lì».

Anna rabbrividì all'idea.

«Quello di Lucas nel muro dove si è sparato. E il mio nel pavimento». Manuela sorrise e scosse la testa. «In quella casa praticamente c'è tutto. Le foto, le mie pagelle, i vinili di Papà. E gli schizzi di sangue».

«Manu...» tentò Daniela.

«Di utile però non c'era niente» la interruppe l'altra, che non voleva elaborare oltre su quel flusso di coscienza. «Non ho mai capito cosa cercasse SOLIS, quando si è presa la mia casa e ha frugato ovunque».

«... vuoi che ci andiamo e controlliamo insieme?».

Manuela sentì il disagio risalirle la schiena – e non all'idea di dover rivedere la pozza del suo sangue, di dover poggiare ancora i piedi sul pavimento dove Lucas le aveva rotto un braccio e l'aveva massacrata, no. Lì dentro aveva visto soprattutto il fantasma di se stessa fuori di testa che quasi sparava in faccia a Marta Corsi.

Scosse la testa. «Non voglio più tornarci».

* * *

Lunedì 18 febbraio 2019.
Devo trovare una soluzione.
Nel suo diario, seduta al tavolo dell'open space a casa, Manuela scrisse precisamente così.
Lucas e Sandra Giudice mi hanno raggirata per farsi dare i dati dell'assegno. Non so ancora perché.
Le buone maniere non stanno portando a niente.
Come sempre.
Seduta a capotavola, poco distante da lei, Daniela era presa dal suo portatile mentre cercava di scoprire di più sul movimento fatto dai soldi arrivati con l'assegno del padre di Manuela.
Erano stati depositati su un conto di SOLIS. Vincolati fino al venticinquesimo compleanno di Manuela. Poi scongelati e spostati su un conto a nome di Gianandrea, quello cui era associato l'assegno che avevano versato.
La giornalista studiò e ristudiò quei dati, pronta a riattivare una VPN e tutte le protezioni necessarie per provare a saperne di più. E, possibilmente, per saperne di più prima di Lucas e la sua legale.
Manuela riabbassò lo sguardo sul suo diario.
Stavolta devo ricordarmi delle conseguenze.
Qualsiasi cosa decida di fare.
Il telefono di Daniela, poggiato sul tavolo, prese a squillare.
«Pronto, Cla?» rispose la ventinovenne, e dal nome Manuela comprese che era il loro collega della redazione di *Inquisitio*.
Sospirò e tornò al quaderno.
Ma per ora le conseguenze dei miei errori e di quelli di Papà le sta pagando Anna. Non è giusto.
Anna ha tutto da perdere.
Devo trovare io una soluzione.
«Sul serio? Ma è già online?» domandò Daniela, mentre si era alzata e passeggiava nei pressi della porta finestra che si affacciava sul balcone, il telefono all'orecchio.
Manuela strinse la penna più forte nella mano sinistra.
Le conseguenze sono più leggere se sai che non morirai di vecchiaia. Anna ha tutto da perdere.

Invece io da perdere cos'ho?
Chiuse il quaderno.
«Grazie Cla, ora controllo. Ciao, buon lavoro, ciao, ciao». Daniela chiuse rapidamente e tornò al computer con negli occhi l'aria zelante che di solito aveva quando portava avanti le sue inchieste.
«Problemi?», la studiò Manuela.
Daniela lesse sullo schermo per qualche secondo, poi voltò il notebook in direzione dell'amica.
C'era una sua foto, su un quotidiano online di bassa caratura che conosceva molto bene. Passeggiava, le mani nelle tasche del bomber, e guardava Chris sorridendo, mentre chiacchieravano e camminavano affiancati, dalle parti di Porta Genova.
Mentre il suo sicario esce dal carcere, Manuela Guerra ha una nuova fiamma: le foto.
«Ma Santo Dio» fece, disgustata, alzando lo sguardo al cielo.
«I paparazzi hanno scoperto prima di me che stai uscendo con Bel Culo» scherzò Daniela.
«Dani, siamo usciti una volta, una. Ieri pomeriggio» mormorò, alzando l'indice. «Non posso andare da nessuna cazzo di parte che mi arrivano questi addosso».
«Ho dei contatti con questi qua, è un giornaletto da niente che cerca sempre di aggrapparsi al tema caldo del momento, nel modo più penoso possibile. Se vuoi posso fargli una telefonata e fargliela fare un po' nelle mutande» propose l'amica.
«Ma figurati, ci manca solo questa» la fermò subito Manuela. «Solo che...».
«Non volevi decisamente finire nei giornali con lui, immagino. Anche perché poi da qua la rilanciano pure gli altri e i social».
Manuela annuì, a disagio. «Sinceramente non so perché Chris mi si fila, con tutti i problemi che porto. Mancava giusto questo» fece.
Daniela alzò le spalle. «Il tuo nome vende, mica è colpa tua se ti inseguono i paparazzi. Voglio dire, che eri famosa lo sapeva anche prima di uscire con te, se non viveva sotto un sasso».
Manuela giocherellò nervosamente con la penna tra le dita, lo sguardo basso sul tavolo, Daniela alla sua sinistra.

«Ma non è solo per Chris che sei preoccupata, vero?» comprese l'amica.

L'altra rialzò lo sguardo, messa a nudo.

«È più per Marco» completò Daniela.

Manuela sospirò. Odiava che la sua vita privata diventasse pubblica e odiava l'idea che Marco potesse scoprire dai giornali che stava vedendo qualcun altro. L'insensata sensazione di tradirlo, di fargli in qualche modo del male – a provare ad andare avanti ed essere felice anche solo per un minuto nella sua vita, ma senza di lui – non se n'era ancora andata ed era un piatto discretamente pesante sulla bilancia dei sensi di colpa.

«Manu», Daniela portò una mano su quella dell'amica, che a quel punto smise di farsi passare la penna da un dito all'altro, «gli vuoi bene, e ha senso. Ma a Marco non devi niente. E lui non deve niente a te. Non stai facendo niente di male».

L'altra deglutì. Poi distolse lo sguardo e annuì.

Daniela non volle insistere, erano già stati giorni abbastanza pesanti.

«Ma... lui com'è?» provò ad alleggerire, lasciando uscire solo la sua vena pettegola, mentre rigirava il laptop verso di sé e guardava l'altra con un sopracciglio furbetto alzato.

«Dice cose sagge» ammise Manuela, e le concesse un sorriso.

«Sai, vero, che non è quello che dice, che mi interessa?» le ribatté l'altra, maliziosa. E fu contenta di vedere che, almeno con quella battuta, era riuscita a far ridere Manuela – che era sempre in imbarazzo, quando lei esibiva quella tragicomica invadenza.

«No comment» rispose alla fine l'altra, alzando le mani e sorridendole.

«Niente da dichiarare?».

«Niente da dichiarare».

«Va bene, facciamo finta che accetto il silenzio stampa, ma solo per oggi» alzò le spalle Daniela, «e mi rimetto al lavoro. Comunque stavo pensando, per quelle letterine anonime e le foto che ti trovi nella cassetta della posta...».

Manuela riprese a guardarla, interessata.

«Avevo preso delle microcamere proprio per queste cose, sono piccolette e vanno a batteria. Mi sono servite per un paio di inchieste l'estate scorsa. Sono sicura che da qualche parte ce le ho ancora. Domani vengo e te ne piazzo una nella cassetta, così vediamo chi è questo spiritosone».

La più giovane si massaggiò il mento e le sorrise. «Buona idea. Grazie».

«Torniamo all'assegno, adesso?».

«E torniamo all'assegno».

***

Anna a quel punto non sapeva più cosa pensare.

Spinta dalla convinzione di aver indagato al livello sbagliato, dopo quello che le aveva detto Sandra Giudice – sul fatto che i suoi superiori probabilmente avevano saputo dal Pappagallo del rapimento di Marta Corsi – era alla sua scrivania in commissariato da un numero di ore di cui non aveva idea.

Sapeva solo che fuori si era fatto buio.

Il PM di turno che era intervenuto quando Anna, di pattuglia, aveva soccorso Manuela dopo che Lucas le aveva sparato era Giuseppe Zanetti.

Da quel punto in poi era stato lui a seguire il caso Guerra. Tutti i documenti dell'indagine che avevano portato avanti dovevano essere sottoposti a Zanetti, perché l'impianto accusatorio lo aveva dovuto mettere insieme lui.

Era di turno anche quando avevano arrestato Giulio Cesare Cassani. Lo era anche quando lei aveva arrestato Alberto Corsi, ovviamente.

E fin lì Anna non lo avrebbe trovato nemmeno sospetto: avevano lavorato spesso con Zanetti, anche a decine di altri casi. I PM venivano assegnati a rotazione alle indagini preliminari in corso. In molti casi riuscivano a portare avanti il caso, in altri purtroppo Anna e la sua squadra non riuscivano a raccogliere sufficienti prove e finivano archiviati.

A insospettirla era stato l'aver frugato tra gli archivi per risalire ai turni del giorno in cui Lucas aveva sparato a Manuela, il 13 febbraio 2016, per scoprire che Zanetti non avrebbe dovuto essere il PM assegnato, ma aveva chiesto un cambio.

Magari è una coincidenza, si disse la poliziotta. *O magari no. Magari voleva essere sicuro di seguire lui il caso, dall'interno. Se lavorava con SOLIS, sapeva benissimo quando avrebbero mandato Lucas per Manuela.*

La poliziotta si tirò indietro i capelli, i gomiti puntati sulla scrivania nel suo ufficio, le mani arrivate fino alla base del collo, e rilesse ancora quei dati sul monitor per continuare a ragionarci.

Sospettò di essere diventata paranoica e di vedere colpevoli ovunque. Dopotutto aveva sospettato perfino di Ferro e di Valenti, con cui lavorava da mezza vita.

Il padre di Manuela ha spostato più soldi di quelli che avevano concordato e se n'è tenuto una parte, ragionò.

Cassani, che era responsabile di quegli spostamenti, ha cercato di riavere quei soldi in ogni modo. E nel frattempo si è riscattato facendo comprare a SOLIS gli appartamenti in via Palatucci a prezzo stracciato. Far credere che dietro l'attentato a Manuela ci fosse la criminalità organizzata ha fatto crollare i prezzi degli immobili nel quartiere, si ripeté mentalmente. *Ma quei soldi doveva recuperarli, era una questione di faccia: quindi ha assoldato Lucas.*

Se il loro contatto interno alla Polizia è Zanetti, il PM cosa ci guadagnava? È uno degli investitori di SOLIS?

Era molto stanca. Cristina le aveva tolto i punti, ma il collo le faceva male. A dire il vero, le faceva male anche l'anima. Appena chiudeva gli occhi vedeva quel fiotto scuro schizzare dalla testa del Pappagallo.

Si coprì le palpebre e sospirò.

Aveva troppi pochi dati, il che era l'esatto motivo per cui non erano mai riusciti ad andare avanti con le indagini sui video contraffatti.

Indagini che Zanetti avrebbe dovuto approvare, si ricordò. In qualche modo, lui c'entrava sempre. E aveva seguito ogni passo di quel caso, da sempre.

«Russo?».

La poliziotta quasi sobbalzò sulla sedia, sentendosi chiamare alle spalle. Gaetano e Stefano erano fuori, Flavio era a casa e l'ispettore Ferro era ancora in congedo.

Si voltò e deglutì con evidente fastidio quando scorse alla porta dell'ufficio dell'Investigativa l'impeccabile vicequestora Gea Baroni, composta nel suo tailleur marrone su una camicia bianca.

«Buonasera dottoressa» la salutò.

«Che ci fai qui?».

Anna alzò le spalle. «Leggo» disse, sapendo bene che era una risposta stupida.

La funzionaria venne dentro l'ufficio e si chiuse dietro la porta.

«Russo, Zanetti stamattina è stato chiaro e penso anche io. Non dovresti essere qui» le ricordò, venendo davanti alla sua scrivania.

Anna, seduta, alzò lo sguardo per incrociare il suo. «Non sto lavorando» sottolineò. «Sto solo leggendo dei vecchi rapporti».

Baroni sospirò e poggiò le mani sulla sua scrivania, sporgendosi in avanti. «Sul caso Guerra?».

Anna confermò con un cenno, senza esitare. «Sono sospesa dai casi ufficiali, ma non mi avete cacciata, no?».

«Russo, ti ho già detto che è una situazione complicata. Se viene fuori che...».

Anna sorrise arrogante, come davanti a un suo ufficiale non aveva mai fatto. «Se viene fuori che...? Dica, continui pure» la sfidò. «Sta ritirando fuori l'arresto di Corsi, io che le nascondo chissà che cosa su Manuela, giusto?».

L'ufficiale sospirò e scosse il capo. «Se non ti fai cacciare farai carriera» ammise. «Dietro quell'aria calma, hai una testa dura insopportabile».

«In questo lavoro serve» tagliò la poliziotta.

«Hai scoperto qualcosa, almeno? Su quei video, o sull'ispettore Ferro?».

«Non vuole nemmeno che stia seduta qui, cosa si aspetta che scopra?».

«Come se non sapessimo entrambe che ci sei venuta lo stesso praticamente tutti i giorni. Russo, su».

Anna studiò gli occhi della donna e non riuscì a decifrarli. Voleva saperlo sinceramente, in quanto capo del suo commissariato e in cerca di una talpa come lei, o voleva saperlo solo perché in qualche modo era collusa e doveva correre a riferirlo a qualcuno? Qualcuno che magari era il PM Zanetti?

Non seppe rispondersi e scelse saggiamente di alzare le spalle. «Comunque per ora niente».

«Sto cercando di capirci qualcosa anch'io, ma non è facile, non sono qui da abbastanza tempo» le confidò la funzionaria. Scosse la testa con aria sconsolata. «Tu non sei stanca? Dovresti andare a casa dalla tua compagna, sono le nove».

Infastidita da quel riferimento alla sua vita privata, che Baroni le sbandierava nuovamente di aver decifrato – al contrario di tutti i suoi colleghi – Anna abbassò lo sguardo verso la tastiera e giochicchiò con le dita sul bordo della periferica. «È in ospedale, ha da fare» tagliò.

«Vai a casa, Anna».

Rialzò gli occhi verso la vicequestora, che la guardava calma, ma risoluta.

«Sei sospesa fino a contrordine e lo sai. Non dovresti essere qui e mi ci manca solo che lo scopra Zanetti, dopo il discorsetto di stamattina. Non costringermi a toglierti il distintivo e a fare scenate».

Anna comprese che la sua ufficiale non sarebbe più andata via e che no, non l'avrebbe semplicemente lasciata in pace. Sospirò, chiuse la schermata sul monitor e fece spegnere il PC, infilandosi nel frattempo il piumino che aveva sistemato sulla spalliera della sedia girevole.

«Come stai?» osò chiederle Baroni.

Anna si alzò e chiuse la cerniera del piumino. «Me lo chiede solo per via di stamattina, vero?».

«Il lavoro sul campo è... difficile. Quello delle Volanti e dell'Investigativa più di tutti. A volte mi dimentico della parte umana, lo ammetto».

La poliziotta le sorrise appena, ferita eppure fiera. «Sto bene» tagliò, epigrafica.

Baroni scosse la testa.

«Io voglio il meglio per questo commissariato, Russo. E per te. Sei già nei guai, io posso fare finta di non vederti più a lungo che posso, mentre frughi qui. Ma se ti becca Zanetti...».

Anna le mostrò un altro sorriso sarcastico.

«Con permesso, dottoressa» aggiunse, aprendo la porta per uscire.

«Russo?».

La poliziotta si voltò per ascoltarla.

«Qualsiasi cosa tu e la tua amica stiate facendo... fate attenzione».

Dovrebbe farle la Polizia, certe cose. Anna però non lo disse a voce alta. Annuì soltanto. «Certo», e uscì dall'ufficio.

***

«Ma è normale, no?», Daniela lo domandò sapendo già la risposta, quando Anna – seduta al tavolo di casa con lei e Manuela – confermò che tutti gli atti ufficiali del caso Guerra erano passati per la firma del PM Zanetti.

«Idealmente sì, ma questo si è fatto cambiare turno proprio per potersi occupare del caso di Manuela, nel 2016» replicò la poliziotta. «Magari è una coincidenza, magari no».

«Bisognerebbe approfondire» concluse Daniela.

«Eh».

Manuela scosse la testa. Assurdamente, lo fece proprio lei. «È fuori discussione» commentò. Le due amiche incrociarono il suo sguardo. «Se ci beccano mentre fraghiamo tra gli affari di un magistrato, stavolta buttano la chiave».

Io non ho niente da perdere, ma voi sì.

«L'assegno vi ha portato a qualcosa?» ribatté Anna.

«Sono proprio scatole cinesi, ci ho sbattuto la testa tutto il pomeriggio. L'unica società che riesco a rintracciare per lo spostamento di quei soldi era quella di mio padre» spiegò Daniela. «L'altra è quella del padre di Manuela, ovviamente. Ho visto di nuovo anche i documenti della tipografia, ma non ci sono riferimenti. Non trovo altri nomi».

«Ma allora perché Lucas e la tizia volevano quei dati? Cosa sperano di trovarci?» domandò Manuela.

Daniela prese un profondo respiro sconsolato. «Non ne ho idea».

«Quindi Zanetti è l'unica pista che abbiamo» dedusse Anna.

Sentendola, Manuela deglutì amaro.

Pensa alle conseguenze, si ricordò. E immaginò lo scenario in cui Anna indagava su un magistrato, non autorizzata da nessuno e con mezzi non propriamente legali, e magari scopriva di essersi sbagliata.

«Non è l'unica».

Quando lo disse, sia Anna che Daniela la guardarono. Manuela si massaggiò nervosamente le tempie e scosse la testa.

«Devo ancora capire cos'è quella chiave che mi ha dato mio padre».

Le altre due incrociarono i loro sguardi e annuirono. «Ti è venuta qualche idea?» la imboccò Daniela.

«No», Manuela alzò le spalle. «Ma... lo chiedo a Mamma».

«Sicura?».

Sua madre aveva fatto di tutto, perfino abbandonare sua figlia, per rimanere fuori dagli affari inquietanti di Gianandrea. Manuela aveva provato in ogni modo a trovare una soluzione che non la coinvolgesse e che tenesse al sicuro anche i suoi fratellini – ma le opzioni cominciavano a scarseggiare.

«Le chiederò della chiave e nient'altro. Qualsiasi cosa ci sia dietro, mia madre non deve andarci di mezzo» si fece coraggio la venticinquenne. «Se dovesse dirmi qualcosa di utile, gli stronzi dietro a tutto questo devono prendersela con me. E non con lei e i bambini».

«Non devono prendersela con nessuno» la corresse Anna. «Soprattutto se è qualcuno interno alla Polizia. Dobbiamo fermarlo prima».

«Ci vai domani?» le domandò Daniela.

Manuela annuì. «Magari Mamma sa cos'è, o le viene in mente qualche idea. Conviene capire quello, prima di metterci a frugare su un magistrato».

Il telefono di Daniela squillò, poggiato sul tavolo, attirando l'attenzione di tutte e tre. La giornalista abbassò lo sguardo sul display e si illuminò. «Scusate», si alzò e si allontanò per rispondere.

«Vuoi che ti accompagni domani?» chiese intanto Anna, rivolta a Manuela.

«No, non ti preoccupare». Rispondendole, Manuela si accorse di aver di nuovo detto la sua frase-tipo. «Poi ci sarà Roberto impaziente di rivedermi» scherzò. «Gli porto pure un regalino».

Anna le sorrise, fiera. «Quei due bambini sono molto fortunati ad avere una sorella come te» le disse, e Manuela la ringraziò con un bel bagliore che le illuminò le iridi e un mezzo sorriso.

«Se Dio esiste ci vuole bene, perché abbiamo un'altra pista». Daniela tornò nei pressi del tavolo e ci poggiò sopra il telefono, dopo aver chiuso la conversazione.

Manuela notò che era molto, troppo seria. La caporedattrice deglutì nervosamente.

«Era un mio contatto dall'amministrazione del carcere. Mi hanno confermato un appuntamento in parlatorio per domani mattina». Daniela prese un bel respiro, prima di aggiungerlo: «con mio padre».

In un anno, non aveva mai voluto fargli visita. Dopotutto, era stata lei a trovare i documenti che avevano incastrato Giulio Cesare Cassani come mandante di Lucas – e non smaniava all'idea di riabbracciare suo padre e le sue bugie.

«Dani sei... sicura di volerlo fare?». Manuela lo chiese con voce timida, quella di chi ormai pensava che anche solo il fatto di esistere avesse rovinato la vita a entrambe le sue amiche.

L'altra annuì sicura, con occhi asciutti. Era ferita e orgogliosa nella stessa misura: Daniela aveva costruito tutta la sua vita sul non fermarsi – e non avrebbe iniziato adesso.

«Avevo chiesto un colloquio più o meno una settimana fa, non pensavo me lo dessero. Quindi sì, ci vado eccome. Mio padre sa un sacco di cose che non ha mai detto». Piantò gli occhi su Manuela. «Tu invece te la senti?».

La venticinquenne esitò. «Io?».

«Se ce la fai, voglio che ti veda. Non ti ha mai guardata in faccia da quando ti ha fatto sparare. Con lui ci parlo io, vorrei solo che ci fossi tu perché gli farà... effetto».

Manuela scosse la testa, disgustata. «Veniva a trovarci a casa quasi tutte le domeniche» ricordò.

«Mi aveva detto che ogni tanto lo chiamavi pure zio» si ricordò l'altra. «Bel cazzo di zio».

«A che ora hai l'appuntamento?» si inserì Anna.

«Alle nove, domattina».

«Allora domani mattina andate da Cassani, poi magari dopodomani vai da tua mamma a Novara» provò a calendarizzare, rivolgendosi a Manuela.

«No, no» scosse la testa lei, «da Mamma ci vado domani pomeriggio. Voglio chiudere questa storia. E non voglio che ti metta in altri casini per colpa di quello che *io* ho fatto a Marta».

Anna lo scorse, strangolatore e irredimibile, il senso di colpa negli occhi dell'amica. Alla fine, sospirò.

«Va bene. Io domani frugo ancora un po' tra i documenti e mi faccio un giro con un paio di confidenti».

Toccò una spalla a Manuela, ma guardò anche Daniela.

«Ragazze, più è difficile trovare piste, più è pericoloso quello che c'è dietro. Facciamo che stiamo veramente *molto* attente?».

«Certo» confermò Daniela.

«Promesso?», Anna lo chiese specificamente a Manuela, che era molto più difficile da prevedere.

«Certo, promesso» assicurò anche lei.

Parte IV

"Qualcosa che non c'è"

Aftermath: conseguenze, postumi, strascichi (Il Sansoni Inglese).

Stefania Sperandio - Aftermath

Capitolo 23

Martedì, 19 febbraio 2019
Milano, ore 08.57

Manuela premette di nuovo il suo interruttore mentale. Era poggiata con la spalla destra alla parete, accanto alla porta di ingresso del parlatorio. Promise a se stessa che non si sarebbe mai mossa da lì, stretta nel suo bomber, in piedi, lo sguardo serio e gelido.

Daniela l'aveva incoraggiata in un centinaio di modi diversi, ma era stato superfluo. Manuela voleva chiudere quella storia e iniziare a vivere – quel tarlo utopico e assurdo che Christopher le aveva messo in testa – e se, per riuscirci, serviva perfino guardare negli occhi il migliore amico di suo padre che invece aveva commissionato il suo omicidio, allora lo avrebbe fatto.

La sua amica e caporedattrice era seduta al tavolino, il parlatorio era lo stesso dove Manuela aveva incontrato anche Lucas e Sandra Giudice. La più giovane avrebbe voluto dirle qualcosa di rassicurante, ma sapeva che non c'è niente di rassicurante da dire, quando ti trovi in una situazione come quella.

Daniela era una forza della natura. Ma l'idea di essersi trovata a far sbattere in carcere suo Papà, la sua roccia, perché aveva scoperto la sua doppia vita fatta di soldi-a-qualsiasi-costo, le toglieva ancora il sonno, anche un anno dopo. Per fortuna non c'era senso di colpa: Daniela sapeva di aver fatto la cosa giusta. Era più disgusto, forse rassegnazione. Suo padre era una persona orribile e così le aveva insegnato tutto quello che lei *non* voleva essere. Se il suo nome non fosse stato così noto, nell'ambito del giornalismo, si sarebbe fatta perfino cambiare il cognome – ma forse qualcuno lo avrebbe preso come un gesto di debolezza. E lei, che dopotutto era proprio da suo padre che aveva imparato, non offriva fianchi scoperti a nessuno.

Quando Cassani spuntò dalla porta, Daniela alzò subito lo sguardo verso di lui. Si mostrò impassibile, fredda, immune. Non era Daniela Cassani, la bambina di Giulio Cesare Cassani: era Daniela Cassani, la giornalista d'inchiesta.

Manuela, in compenso, sentì il cuore mancarle un battito.

Cassani era come lo ricordava: pochi capelli grigi, la barba più disordinata del solito. Era molto dimagrito ed era quasi strano vederlo con addosso una felpa e un pantalone di tuta grigia – lui, *zio*, che non andava mai in giro senza la camicia e la cravatta.

L'uomo sgranò gli occhi.

«Daniela» blaterò, incredulo, vedendo davvero la figlia seduta al tavolo. «Pensavo mi stessero facendo uno scherzo».

Venne avanti e si mise seduto all'altro lato, provando ad allungare le mani per toccare quelle della figlia, che si ritrasse subito. «Come stai?» le domandò.

«Sto bene». Daniela non concesse nemmeno un millimetro. Manuela pensò che avrebbe voluto avere metà della sua forza. «Ti ho portato anche un tuffo nella tua coscienza, se riesci a guardarla».

Seguendo l'occhiata lanciata dalla figlia, Cassani si accorse solo a quel punto dell'altra donna in piedi in fondo alla stanza, le braccia conserte, all'angolino, che lo guardava.

«Manuela...» balbettò.

«Ironica la vita, no? Per recuperare quei quattro soldi di merda hai commissionato di ammazzarla come un cane. Invece Manuela è viva, mentre tu te ne stai comodo qua dentro» commentò Daniela.

«Come... come stai?» osò chiedere l'uomo, rivolto a Manuela.

L'aveva vista crescere. Era perfino venuto al funerale di Gianandrea. E poi invece aveva ingaggiato Lucas. Manuela si ripeté di rimanere zitta, come si era promessa di fare prima di vederlo. Era una cosa tra Daniela e suo padre.

Gli concesse solo un sorriso disgustato e scosse la testa.

«Come pensi che stia?» intervenne la figlia. «Dopo quello che le hai fatto?».

«Non era niente di personale, io... mi dispiace».

Daniela gli sorrise. «Capito, Manu? Gli spiace, niente di personale».

Manuela, ferma in piedi nel suo angolino, aveva già cominciato a contare fino a trenta e comprese che sarebbe dovuta arrivare anche a un milione, prima di calmarsi.

«Senti, a me di come stai tu non me ne frega un cazzo» riprese in mano il discorso Daniela, rivolta al padre. «Ho bisogno di una cosa», e frugò nella sua borsa.

«Non ti sei pentita di avermi fatto finire qui?» tentò lui.

Daniela rialzò lo sguardo dalla borsa sollevando un sopracciglio. «Mi pento solo di non aver capito chi sei veramente prima che facessi sparare a Manu».

Non c'era nemmeno una vaghissima speranza di perdono, negli occhi di sua figlia. Cassani scosse la testa, rassegnato.

Daniela gli piazzò sotto il naso il suo smartphone, che mostrava una foto dell'assegno di Manuela.

«Ma fammi pentire ora» gli propose, calma. «E parlami di questo».

L'uomo incrociò il suo sguardo, studiandola. Daniela notò che aveva cambiato espressione.

«Lo hai versato?» chiese lui, rivolto a Manuela.

«Dottor Cassani» lo richiamò Daniela, schioccando le dita. «Parla con me. Manuela con te non ci vuole parlare. E, sì, lo abbiamo versato. Ti sei fottuto la vita e tutto il resto per centocinquantamila euro, ma per i tuoi standard non ti ci cambi nemmeno la macchina».

«Era una questione di reputazione» abbaiò il padre, tentando di difendersi. «Io dovevo tutelare i soldi dei nostri investitori. Gianandrea Guerra non aveva rispettato i patti, che figura ci facevo?».

Manuela si portò una mano sulla fronte e abbassò la testa. Le tremavano le dita. Decise saggiamente di ricominciare a contare da zero.

«La figura del coglione. Meglio invece fare la figura del bastardo, no?» gli rilanciò la figlia.

«Sei arrabbiata e lo capisco. Ma ti ho dato tutto quello che ti potevo dare, Daniela. Tutto. Sono sempre tuo padre».

«Non sono arrabbiata», Daniela venne avanti verso di lui, seduta al tavolo. «Sono disgustata. È un'altra cosa. Non mi fai incazzare: mi fai schifo».

Cassani fissò gli occhi scuri e risoluti della figlia per accorgersi che no, non stava scherzando. Se avesse potuto, lo avrebbe schiacciato come uno scarafaggio, con indifferenza e anche un pochino di sollievo. Sospirò e abbassò lo sguardo verso l'assegno, fotografato nel telefono di Daniela.

«Cosa vorresti sapere?».

«Alberto Corsi disse a Manuela che quei soldi erano su un conto vincolato. Che ai suoi venticinque anni si sarebbero sbloccati, come è successo, e quindi questo assegno è risultato coperto. Ma in caso di premorienza, diciamo così, voi di SOLIS li avreste potuti riprendere».

Lui accennò un sorriso.

«Hai verificato tutti i numeri dei conti e non hai trovato niente, vero?» comprese. Sapeva come ragionava la figlia.

«Ho trovato scatole cinesi. Quelle cose che piacciono tanto a chi fruga molti soldi, come te».

«Hai perso tempo», Cassani si ritrasse contro lo schienale della sua sedia e rialzò gli occhi verso di lei, concedendo anche un fugace sguardo a Manuela che li fissava, sempre in fondo alla stanza. «Non troverai niente sui conti. Il casino con Guerra lo avevo fatto io e io dovevo risolverlo. L'unico associato a quei conti ero io».

«Quindi se Manuela moriva...?».

«I fondi risultavano a nome di una mia società off-shore, è a quella che sarebbero tornati. Avevo messo quella clausola come mia assicurazione, penso che Gianandrea non se ne fosse nemmeno accorto. Non avrei mai immaginato di doverla usare davvero».

«Quindi uno dei nomi di società a cui sono risalita è roba tua? Non ti ho trovato, lì in mezzo».

«Non sono così stupido. La società in fondo alle scatole cinesi era mia, ma per sicurezza avevo comunque usato un altro nome. Lo sai come si fanno queste cose».

Daniela arricciò il naso, disgustata. «Non c'è altro, su quell'assegno?».

Cassani storse le labbra e scosse la testa. «Che ti può essere utile? No, niente».

Daniela si riprese il telefono e lo rimise in borsa.

«Perché vi interessa così tanto?».

Manuela sorrise, ferita, sentendolo chiedere una cosa simile.

«È passato un anno, io sono in carcere. Corsi era un pesce piccolo e si prenderà l'ergastolo. Avete vinto voi. Non siete contente?».

«Vinto», Daniela gli fece eco con un ghigno schifato. «Guarda la fronte di Manuela, che ti chiamava pure *zio*, e ripetilo a lei – che ha *vinto*».

Cassani evitò l'occhiata asciutta e terrificante della figlia e si mise a tamburellare nervosamente sul tavolo.

«Sei sempre stato un codardo e lo sai benissimo» aggiunse lei. «Non riesci neanche a guardarmi in faccia. Figuriamoci a guardare Manuela. Pensa se Gianandrea fosse ancora qui. Cosa gli diresti? *Mi hai rubato gli spiccioli e quindi ti ho fatto ammazzare la figlia*, qualcosa del genere?».

«Daniela...».

«Anzi, non gli diresti niente. Le cose scomode le hai sempre fatte fare agli altri».

Cassani rialzò maldestramente gli occhi verso quelli di Daniela, tentando di riesumare un po' di orgoglio, ma il confronto era impari. Sua figlia era un leone e lui uno bravo a dare ordini che altri eseguivano. Da lui Daniela aveva ereditato l'arrivare all'obiettivo a prescindere da qualsiasi difficoltà, ma il temperamento indomito lo aveva preso dalla madre.

«Sei venuta qui per umiliarmi? Non mi hai già insultato abbastanza sul tuo giornaletto?».

«Me la sono incorniciata, quella prima pagina» gli ribatté lei, riferendosi a quella dove aveva lo aveva denunciato. «Mi ricorda tutto quello che non voglio diventare».

Manuela comprese che si stavano infilando in un vicolo cieco, perché nonostante la forza di Daniela il disprezzo era semplicemente *troppo*. E non era sicura che il disprezzo potesse convincere un uomo come quello a parlare.

«Cesare» intervenne, con la sua voce calma, ma provata.

Daniela rimase ad ascoltarla, spalle a lei; Giulio Cesare Cassani si voltò con gli occhi sgranati. Non sentiva la voce di Manuela da anni e ora che aveva parlato, che lo aveva chiamato come lo chiamava quelle domeniche in cui pranzavano insieme a casa Guerra, sul lago, era come se avesse avuto uno scontro frontale con la realtà. Quella era *davvero* Manuela. Era ancora viva, lì, e aveva una cicatrice orribile sulla fronte per un proiettile che *lui* le aveva fatto prendere.

«Se vuoi migliorare le cose, dicci dei tuoi soci. Sappiamo che avevate un contatto interno, o in Polizia o nella magistratura» continuò Manuela, le braccia ancora incrociate.

Cassani la stava ancora fissando senza nemmeno sbattere le palpebre, come se gli avesse parlato un fantasma. Lo aveva fatto, in effetti, ma i fantasmi erano i suoi.

«Non era una cosa personale con te» tartagliò.

Manuela provò a deglutire il fastidio e sentì le mani tremolarle. Strinse i pugni nelle braccia conserte per ricacciare la voglia di colpirlo.

«Lo so. Ho capito» gli concesse. Ma non aveva capito e non avrebbe capito mai. Voleva solo che rispondesse.

«Mi dispiace che sia andata così», e lo disse come se fosse stato passivo, come se le cosse fossero semplicemente fluite così, e non fosse stato lui a pagare Lucas per spararle. Manuela pensò a quei bulli impuniti che, beccati da qualcuno inaspettatamente più grosso di loro, alla fine piangono a dirotto e si dicono dispiaciuti e incompresi.

«Anche a me» gli rispose. «Dacci una mano. Miglioriamo le cose, almeno adesso».

Cassani notò che aveva ancora il piercing che portava da ragazzina, l'anellino argentato alla sinistra del naso, e quei tre o quattro buchi di troppo alle orecchie per cui Gianandrea la riprendeva sempre. Era la stessa Manuela di sempre. Si perse nei suoi occhi di vetro, poi abbassò i suoi e scosse la testa. «Lasciate perdere».

Manuela sospirò e si cacciò le mani nelle tasche del bomber, facendo un paio di passi avanti – quanti bastavano per stare in piedi poco dietro a Daniela.

«Non lasceremo perdere, Cesare. Conosci me e soprattutto conosci tua figlia. Sai che non lasceremo perdere».

Daniela annuì, orgogliosa dell'amica.

«Io non posso dirvi niente» tentò allora, lui.

«Perché?» comprese la figlia. «Hai ancora paura dei tuoi soci? O perché lavorano così in alto che possono far diventare i tuoi forse vent'anni di carcere una trentina? Che vorrebbe dire che non uscirai mai più. O hai paura che ti facciano ammazzare, qua dentro?».

Cassani guardò la figlia, infastidito, senza dire niente.

«Stai pagando solo tu» gli fece notare Manuela. «A te va bene?».

Cassani giochicchiò con le dita e con le unghie della mano destra, riabbassando gli occhi sul tavolo.

«Manuela ti ha fatto una domanda» lo richiamò la figlia. L'uomo la guardò solo per un attimo, poi tornò a storcersi le dita senza dire niente. La giornalista si voltò per guardare l'amica.

Ha paura, le disse Manuela, senza il bisogno di dover nemmeno parlare.

«Quindi niente?» comprese Daniela, voltandosi nuovamente verso Cassani.

Lui, le labbra arricciate dal fastidio per la situazione, lo sguardo basso sul tavolo, non reagì.

La figlia sorrise. «Fai anche più schifo di quanto ricordassi».

Si alzò e recuperò il cappotto grigio in panno che aveva sistemato sulla spalliera della sedia, indossandolo. Cassani rialzò gli occhi per guardarla, domandandosi se e quando avrebbe mai rivisto sua figlia.

«Sul serio, Cesare?». Manuela, con le mani ancora nelle tasche, alzò le spalle. «Puoi dimostrare a tua figlia che ha torto e invece te ne stai lì così?».

Giulio Cesare scosse la testa. «Non ha torto».

«Valeva la pena tentare» disse Daniela, rivolta all'amica. «Ma mai aspettarsi nulla, da uno così».

La donna puntò la porta per andarsene, senza nemmeno salutarlo. Se c'era qualcosa di cui si poteva essere certi, era che non avrebbe mai perdonato suo padre.

Cassani guardò la figlia uscire dal parlatorio senza dire nulla. Manuela, rimasta a metà tra i due, lo osservò per un'ultima volta. Scosse la testa e nei suoi occhi Giulio Cesare lesse la disillusione. Il disprezzo. Daniela non ci aveva sperato, che potesse davvero dire loro qualcosa di utile, ma Manuela sì.

Aveva sperato che quella parte di lui che chiamava *zio*, da ragazzina, potesse riprendere il sopravvento sull'algido arrivista che faceva crescere gli investimenti a colpi di calibro .22.

La giovane puntò la porta per andarsene.

«Manuela» la chiamò lui.

Lei si fermò e si voltò per ascoltare il mandante del suo omicidio, quello che l'aveva condannata a morte solo per salvarsi la faccia davanti agli investitori – i pugni ancora stretti in tasca.

«Questa storia non finirà bene».

Manuela sorrise e scosse la testa. Era disgustata, ma soprattutto stanca. Alzò le spalle.

«Basta che finisca», lo salutò.

* * *

Sentendo suonare al campanello, Christopher barcollò fino alla porta, ancora mezzo addormentato e con addosso un pigiama in pile a quadrettoni blu e neri. Quando tirò il portone, grattandosi i capelli rasati, la donna gli sorrise.

«Manuela» fece, sorpreso.

«Mi sa che ti ho svegliato, vero?» fece, con la stessa aria divertita e colpevole di una bambina di otto anni.

«No, io sto sempre vestito così» ridacchiò l'uomo. «Ho fatto il turno di notte, ma tanto dovevo alzarmi».

«Posso entrare?».

Chris le spalancò la porta. «Tu puoi fare tutto quello che vuoi».

Manuela venne dentro nel corridoio del suo appartamento.

«Mi do un attimo una sistemata e arrivo, tu mettiti pure comoda» le annunciò lui, la voce ancora impastata dal sonno, caracollando verso il bagno.

Manuela aveva accompagnato Daniela in redazione – o per meglio dire, Daniela aveva guidato l'auto di Manuela, lei con le nuove medicine non era ancora sicura di sentirsela – affinché aggiornasse la direttrice Borsari sulla loro inchiesta. Poi era venuta a casa per rifiatare qualche minuto e prepararsi a raggiungere sua madre a Novara.

A quel punto, le era venuto in mente di passare da Christopher. Le chiacchierate con lui sapevano di normalità.

La donna, con ancora addosso il suo bomber e la borsa a tracolla che le scendeva dalla spalla sinistra al fianco destro, passeggiò per l'appartamento di Chris sbirciando qua e là.

Notò la porta accostata di quello che sembrava un ufficio, con una bella scrivania, un computer desktop all-in-one e anche un portatile, sistemato lì accanto. La curiosità da giornalista ebbe la meglio e si affacciò per notare che era la stanza che Chris dedicava alle sue scartoffie, quando era a casa. In un appendiabiti c'era anche il cinturone con la pistola nella fondina.

La donna camminò fino al computer per notare che era acceso, ma era troppo rispettosa della privacy altrui per provare a toccare il mouse.

Accanto al PC c'era anche una cartelletta portadocumenti.

«Che fai, frughi?» scherzò l'uomo, dietro di lei, tornato dal bagno e con addosso un maglione e un paio di jeans scuri.

Manuela sorrise, rimanendo di spalle. «Hai messo su un bell'ufficio. Da me mica ci sta».

«Per forza, da te c'è anche la camera di Anna. Vieni di là? Magari ti offro qualcosa e mi faccio un caffelatte, sto dormendo in piedi».

«Sono a posto, grazie» replicò lei con un sorriso, ma uscì con lui dall'ufficio, raggiungendolo nel corridoio.

Si spostarono in cucina e lei si mise seduta al tavolo, mentre il ragazzone armeggiava con la macchinetta del caffè e metteva a scaldare un po' di latte.

«Alla fine è arrivato» notò lei.

«Ah, il microonde, dici? Sì, ma rispetto al vostro fa cagare, eh. Magari continuo a venire a scroccare da te» scherzò la guardia notturna.

«Quando vuoi», gli sorrise la donna. «Chris, volevo parlarti di...» trovò il coraggio poi, facendosi seria. «Di quello che è uscito sui giornali».

L'uomo si voltò a osservarla, mentre il caffè scendeva dalla macchinetta con un gorgoglio, e la guardò attento. «Ma per le foto che ci hanno fatto, dici?».

«Sì, io non... non volevo che finissi sui giornali per colpa mia. Mi spiace».

«Ma mica è colpa tua» le sorrise lui, sicuro. «Siamo solo usciti a fare una passeggiata insieme, che colpa avresti?».

Manuela alzò le spalle. «So che per molti questa cosa può essere spaventosa, il fatto che se usciamo insieme abbiamo qualcuno dietro a scattare le foto e farsi gli affari miei».

Chris sospirò, si avvicinò e le si accosciò davanti, mettendole una mano su ogni ginocchio. «Allora, Manuela, ecco cosa faremo, ascoltami bene».

E lei lo ascoltò davvero, aspettando che continuasse.

«Questo è il piano: ce ne fotteremo. Ce ne battiamo proprio il culo. A me non interessa se qualche stronzo sta nei cespugli per farci una foto. Mi interessi tu».

Gli occhi scuri di Chris erano luminosi e sereni, le sorridevano. Accennò un sorriso anche lei, poi si sporse in avanti, seduta con lui accosciato davanti, e gli schioccò un bacio di ringraziamento tra le labbra e il naso.

Chris si rialzò gongolante e tornò al caffè. «E comunque sono anche venuto bene, nelle foto. Sembro un gran figo» aggiunse, soddisfatto.

«Vero, sei fotogenico».

«Pensa alla mia ex, come minimo si fa esplodere».

Manuela scosse la testa, divertita da quel piglio rancoroso. Christopher, intanto, versò il caffè nella scodella di latte caldo e cominciò a sorseggiare.

«Piani per il pomeriggio?» le domandò.

Lei sospirò. «Giornatina, diciamo. Adesso vado al centro commerciale ad Assago, voglio prendere un regalino ai miei fratelli. Poi passo da mia madre».

«Hai fratelli? Non mi ricordavo».

«Sì, beh... è una lunga storia. Voglio comprargli una console per videogiochi, poi ti spiego».

«Te ne intendi?».

«Più o meno niente».

«Io niente. Ma se vuoi ti accompagno, così imparo qualcosa».

Manuela rise, ma l'idea le faceva piacere. A Chris dei paparazzi non fregava nulla e non avrebbe smesso di frequentarla solo per dei fotografi pedanti. Certo, l'idea che Marco avesse magari saputo *così* che stava iniziando a vedere un altro uomo continuava a metterla terribilmente a disagio, ma non voleva pensarci.

A Marco non puoi dare niente. Ricordati cosa ti ha detto il dottor Veneziani.

Marco una vita ad aspettare di vederti morire da un momento all'altro non se la merita.

Non che Chris se lo meritasse, pensò ancora, ma Chris non era il grande amore della sua vita. Chris era una persona che stava conoscendo e con cui si trovava incredibilmente bene. Tutto il resto era da vedere.

«Se vieni guidi tu? Sto prendendo le medicine nuove e non mi fido molto».

Chris prese l'ultimo sorso, poggiò la scodella nel lavello e le venne vicino dandole un buffetto sul naso. «No, guidi tu» le suggerì. «E se serve qualcosa sei tranquilla perché tanto ci sono io. Sei più forte di quello che credi, Occhi Chiari. Non limitarti da sola».

Manuela si accorse che era qualcosa che aveva bisogno di sentirsi dire. Odiava auto-sabotarsi a colpi di incertezze e in effetti lo stava facendo.

Si alzò e si strinse la cinghia della borsa sulla spalla. «Allora andiamo. Se però poi ci schiantiamo non dire che non ti ho avvertito».

«A parte che da qui ad Assago ci vogliono dieci minuti, se ci schiantiamo è record. Comunque, se andiamo fuori strada da qualche parte sai che svolta, per i tuoi amici paparazzi?».

Manuela rise e gli diede un pugno giocoso a una spalla.

«Andiamo, dai».

Capitolo 24

Martedì, 19 febbraio 2019
Novara, ore 16.44

«Ma sei salita a piedi? Sei matta?».

Laura lo chiese ridendo, affacciata al portoncino dell'appartamento, mentre vedeva sua figlia comparire, finalmente, al pianerottolo del sesto piano del palazzo dove abitava.

«Prendo l'ascensore solo se sto per morire».

«Beh, a vederti ora direi che è il momento».

Manuela portò le mani ai fianchi, annuì e rise, respirando a bocca aperta e ammettendo la sconfitta.

«Vieni, entra» la accolse la madre, chiudendole dietro la porta di casa. «Vuoi un po' d'acqua?».

«Sì, grazie», tentò di ricomporsi e recuperare un grammo di dignità. «Anche a casa salgo a piedi, ma abbiamo due rampe per piano. Qua ne avete tre».

«In teoria avremmo dovuto cercare un piano più basso – sai, per il mio problema?» le spiegò Laura, mentre era sparita dietro la prima a porta a sinistra in quel lungo corridoio per versarle un bicchiere d'acqua, riferendosi alla sua disabilità. «Ma costavano ancora di più, quindi pazienza».

Manuela si poggiò con la spalla allo stipite della porta e notò che la cucina era piccola ma graziosa e luminosa, costruita di lungo rispetto all'ingresso, con dei bei pensili verdi e un tavolo quadrato al centro.

«La casa è carina però».

«Ci stiamo bene, anche i bambini si stanno adattando». Laura le porse il bicchiere. «Ecco a te. Giuro che non lo dico a nessuno, che l'invincibile Manuela Guerra stava per morire ammazzata dalle nostre scale» la sfotté, poi.

Manuela si ricordò di quante volte Daniela le aveva detto che lei e Laura erano identiche e più la frequentava più le dava ragione. Avevano perfino lo stesso modo di scherzare.

«Touché» ammise, ridendo e prendendo un sorso. «Roberto e Matteo ci sono?».

«Sì, te li chiamo».

Laura si sporse dalla porta della cucina, con addosso i suoi abiti semplici – un pantalone nero di tela e una maglia bianca a maniche lunghe. «Ragazzi, venite a salutare».

Manuela sentì i fratelli arrivare e sorrise tra sé.

«Manuela!», Roberto la riconobbe anche di spalle e le corse incontro. Lei si voltò per accoglierlo con un abbraccio.

«Ehi, ometto!» lo salutò, felice.

Il piccolino rimase più indietro, stretto accanto alla mamma, alla porta della cucina.

Manuela stropicciò i capelli di Roberto e si accosciò per osservare l'altro, da lontano. «Ciao, Matteo! Come stai?» tentò.

Le somigliava *davvero* tanto, perché Matteo era uguale a sua mamma. Aveva i capelli scuri, sì, ma anche il viso delicato e gli occhi abbaglianti di Laura. E quindi di Manuela.

Era nato la notte del 13 febbraio 2016. Sia Laura che Manuela, notato anche quanto si somigliassero, trovavano pittoresco e inquietante che Matteo fosse letteralmente nato mentre sua sorella moriva. La prima volta che aveva visto fianco a fianco la sua primogenita e il suo figlio più piccolo, Laura aveva scherzato, dicendo che in *quel* momento, nel 2016, forse l'anima di Manuela anziché andarsene si era solo spezzata in due – e l'altra metà era diventata Matteo.

«Bene» le rispose il piccolino, timido.

«Vai da tua sorella, ti ha portato un regalino» lo incoraggiò Laura.

Invogliato così, all'idea del regalino, Matteo venne effettivamente avanti, notando che la sorella aveva una busta appesa a un braccio, da cui sporgeva un pacchetto con tanto di carta colorata e fiocchetto.

«Questo è per voi», la donna lo tirò fuori e sistemò la busta sul tavolo, rialzandosi. «Ci giocate insieme, senza litigare. Promesso?».

Roberto la guardò con occhi sognanti, perché sua sorella non solo era famosa e immortale, ma ora gli faceva perfino i regali. Annuirono entrambi e lei lasciò la scatola nelle mani del fratellino maggiore – lui, quello per cui aveva odiato sua madre.

I bimbi si strinsero sul regalo, sedendosi addirittura per terra a spacchettarlo. Laura si accorse che la primogenita li guardava con due occhi lucidi di felicità. Qualsiasi cosa ci fosse dentro la scatola, Manuela il regalo più grande lo stava facendo a sua madre, che per la prima volta vedeva tutti e tre i suoi figli contenti e insieme, sembrando la famiglia che non erano mai stati.

«Nooooo» gridò Roberto, con la bocca spalancata dalla sorpresa, «è la Nintendo? Non ci credo!».

Manuela rise. «Dovevi giocare a *Super Mario*!» gli spiegò, richiamando la loro prima chiacchierata su eroi, vite infinite e il poter fare un nuovo tentativo, dopo essere morti.

Roberto le si gettò letteralmente al collo e Manuela si chinò alla sua altezza, piegandosi sulle ginocchia, per accogliere quell'abbraccio. Anche Matteo, nonostante la sua timidezza, le si strinse addosso.

«Grazie» disse il piccolino.

Manuela, un'esistenza passata a rimandare giù le emozioni per poter sopravvivere a un altro giorno, li strinse forte a sé e alzò gli occhi per incrociare lo sguardo della madre.

«Grazie» glielo sussurrò anche Laura, senza metterci la voce, ma la figlia lesse il labiale.

Inizia oggi, vivere non è una cosa che puoi continuare a rimandare, le aveva detto Christopher, qualche giorno prima.

Manuela aveva provato a iniziare – e "vivere", nonostante la sua opprimente caducità, non le era mai sembrata una parola piena come nel momento in cui stava abbracciando i suoi fratelli.

Voleva chiudere il caso di Lucas per sempre, subito, e smettere di pensarci.

Vivere non sembrava così male, e le importava troppo di più.

***

«Certo che sono io, chi vuoi che sia?».

Chris aveva un tono infastidito, mentre lo diceva, con il telefono premuto contro l'orecchio dalla spalla destra alzata. Stava aprendo la portiera della sua auto, una Clio grigia metallizzata.

«Non dovevi chiamarmi due ore fa?».

«Ho avuto da fare».

«Mi sa che ti stai dando da fare un po' troppo, con Manuela Guerra» lo stuzzicò l'altra voce. «Guarda che quelle come lei ti fregano quando vogliono, Nava».

«Mi serve che si senta tranquilla per capire cosa sta facendo. Senti», Chris si sedette sul sedile e infilò le chiavi nel quadro. «Guerra mi ha confermato che oggi sarebbe passata dalla madre, a Novara. Ha due fratelli lì».

«Sì», gli confermò l'interlocutore. «La madre è sposata e ha altri due figli, Roberto e Matteo Lupo».

«Va dalla mamma per capire qualcosa della chiave che le ha lasciato il padre» spiegò Chris. «Vediamo cosa viene fuori e cosa succede».

«Lei a te non ha detto altro?».

«No, ed è scaltra. Se inizio a fare domande insolite se ne accorge subito. Oggi poi sono andato a cambiarmi e l'ho trovata che passeggiava nel mio ufficio».

«Te l'ho detto: vedi di non rimanerci fregato».

«Io?». Chris sorrise tra sé, ingranando la marcia. «Lasciami fare il mio lavoro. La tengo d'occhio e ti faccio sapere se spunta qualche traccia».

Chiuse la chiamata e gettò il telefono sul sedile del passeggero. Il sorriso si spense e l'uomo, rimasto da solo, si concentrò sull'asfalto con occhi accigliati e severi.

***

Ciao Daniela, ti disturbo? Sei in redazione?

Mentre usciva, finalmente, dall'ufficio della direttrice Borsari, Daniela lesse quel messaggio e aggrottò le sopracciglia, sorpresa.

«Tutto bene, Marco?» digitò, in risposta.

Il fratello di Anna, ma soprattutto l'ex di Manuela, raramente cercava direttamente lei.

Sì, sì. Possiamo parlare? Se non sei impegnata al lavoro.

«Sono in redazione» digitò la giornalista, accostandosi alla sua scrivania per spegnere il computer. «Sto uscendo ora. Ci vediamo qui sotto in via Carlo Bo?».

Dammi un quarto d'ora e arrivo confermò Marco.

«È tutto a posto?».

Sì, tranquilla. Arrivo.

Daniela sospirò e alzò le spalle.

* * *

«Ho visto sui giornali che hai un nuovo ragazzo. È un bel ragazzo, ottima scelta» scherzò Laura, complice, mentre si era seduta al tavolo della cucina con sua figlia e i bambini erano corsi in salotto a provare la loro nuova console.

«Non è il mio nuovo ragazzo, ma lasciamo perdere» rispose Manuela. «Siamo usciti mezza volta e avevamo già i paparazzi dietro».

«Con Marco è finita, allora?».

Manuela accennò una smorfia triste e alla madre non servirono parole. Per tutta risposta, anzi, lei le sorrise per rassicurarla. «Ti faccio un caffè?».

«No, no, per carità. Quel ragazzo lì, Chris, mi ha convinta a venire in macchina, oggi. Con tutte le medicine che sto prendendo, se ci butto sopra pure il caffè mi esplode il cervello».

Laura la guardò sorpresa. «Riesce a convincere *te* a fare qualcosa? Allora è una cosa seria!».

Manuela rise e scosse la testa.

«Senti Mamma», si grattò il mento, qualche secondo dopo. «Non volevo coinvolgerti in questa cosa. E non voglio coinvolgere in nessun modo Roberto e Matteo» mise le mani avanti.

Laura si fece seria, serissima. Aveva già capito e aveva lottato tutta la vita per rimanere fuori dagli affari di Gianandrea.

«Non ho altre opzioni e volevo farti solo una domanda, poi non ti chiederò mai più di Papà, te lo prometto. Scusami, lo so che ti metto a disagio».

La donna abbassò lo sguardo e attorcigliò le dita tra loro, poi lo rialzò e osservò la figlia dritta in faccia. «Se posso aiutarti, dimmi».

Le doveva tanto e Laura lo sapeva. Manuela aveva dentro una voragine, scavata dal fatto che sua madre l'aveva abbandonata quando aveva solo quindici anni, e anziché con l'odio e la lontananza alla fine stava provando a riempirla dando affetto e vicinanza ai suoi fratellini. Laura trovava quella forza – quella di lasciar andare, di perdonare – sovrumana e commovente.

Manuela le sorrise e le toccò un braccio. «Grazie, Mamma».

Allungò una mano verso la sua borsa a tracolla e ne tirò fuori la piccola chiave dorata con il ciondolo del gattino nero.

Vedendola, Laura sorrise subito.

Manuela venne tagliata in due da un brivido gelido.

«Non ci credo. Ce l'hai ancora?» fece Laura, allungando la mano per afferrare la piccola chiave.

L'altra la guardò confusa. «... *ancora*?» balbettò.

«La chiave del gattino» confermò Laura, notando l'inaspettata sorpresa della figlia.

Manuela continuò a fissarla senza riuscire a dire nulla e Laura capì. «Non... non te la ricordi?»

La giovane deglutì nervosamente. «Non l'ho mai vista in vita mia».

«Manu... stai scherzando?».

Un altro brivido le corse lungo la schiena. Scosse la testa e riuscì a dirlo, con la bocca improvvisamente secca: «no».

Laura si girò e rigirò la piccola chiave tra le mani e studiò ancora la figlia, sorpresa. Nei suoi occhi lesse lo smarrimento, la paura.

«Te lo aveva regalato tuo padre. Era uno di quei diari segreti che si danno agli adolescenti, c'era un gattino nero nella copertina e potevi chiuderlo con un piccolo lucchetto dorato, questa era la chiave».

Il cuore di Manuela stava saltellandole in gola, a quel punto.

«Te lo aveva regalato quando hai iniziato la scuola media, per il tuo compleanno. *Alla mia Manuelina che sta diventando grande*, lo aveva scritto tuo padre nella prima pagina».

Gli occhi di Manuela a quel punto erano enormi.

La mia Manuelina lo sa da sempre, a cosa serve la chiave. Così aveva scritto Gianandrea in quell'ultima lettera che le aveva lasciato nella cassetta di sicurezza.

Filava.

Aveva senso.

Ma lei non ricordava nessun diario. Nessun regalo. Nessuna dedica sulla prima pagina.

«Lo avevi usato per qualche settimana, poi ti eri scocciata e non ci scrivevi più, dicevi che era da bambini» rievocò la mamma, e sorrise. «Davvero non te lo ricordi?».

La venticinquenne scosse di nuovo la testa, lentamente. Era felice di aver scoperto cos'era la chiave e terrorizzata da quel nuovo segnale della sua mente.

Cos'altro ho dimenticato di cui non mi sono mai accorta?

Le amnesie che aveva notato e di cui aveva parlato al dottor Veneziani erano tutte legate alla memoria a breve termine. Ma se, a soli venticinque anni, stava iniziando a dimenticare anche i ricordi lontani, cosa sarebbe rimasto di lei, della sua vita?

Le persone prendono forma per accumulo.

Se perdi il tuo vissuto chi diventi? Se le linee già tracciate si cancellano, e mentre ti preoccupi di domani è ieri quello che stai già perdendo, che disegno potrai mai essere?

«Questo diario...» provò a ricomporsi e scacciare quelle orribili consapevolezze, «era a casa, sul lago?».

«Lo tenevi nella scrivania in camera tua. C'era un cassetto con tutte le tue cose – quello te lo ricordi?».

Manuela annuì. «Sì, sì, il cassetto sì».

«Magari è ancora lì. Perché ti interessa?».

Come faccio a dirglielo?

Manuela recuperò la chiave dalle mani della madre. «Me l'ha... lasciata Papà. Con quell'assegno. Diceva che la chiave mi serviva se avessero provato a fare i furbi. Penso ci siano i nomi di altri complici di Cassani, lì dentro. Deve averci scritto qualcosa. Era convinto che vedendo la chiave avrei capito dove cercare».

Laura perse subito il sorriso. «Manu...».

«È pericoloso. Lo so, Mamma. Andrà tutto bene».

***

Daniela tornò al loro piccolo tavolo quadrato dopo aver ordinato per entrambi, al bancone del bar al piano terra del palazzo dove si trovava la redazione di *Inquisitio*.

«Allora, che succede?».

Marco la guardò, chiuso nel suo piumino blu, gli occhi verdi grandi e seri.

«Ti trovo bene, comunque» aggiunse lei, vedendolo così in imbarazzo dopo la sua domanda. «Ti sei ripreso alla grande».

«Ci provo, dai. Ho ricominciato anche a fare consegne con lo scooter».

«... ma?» lo imboccò la giornalista.

Marco sospirò. «Non potevo parlarne con Anna, mia sorella non ne vuole sapere e non vuole che la tiro in mezzo».

Daniela gli sorrise, mentre un cameriere portò al tavolo la tisana dal profumo sofisticato che la donna aveva ordinato, insieme alla spremuta che si era concesso lui.

«Riguarda Manuela, ovviamente» comprese lei.

«Ovviamente» sottolineò Marco.

La giornalista fece girare il cucchiaino nella sua tazza, con la solita aria rilassata. «È per quelle foto sui giornali?».

«Dani... sta veramente col vicino di casa?».

Daniela rimase sorpresa dalla domanda, così diretta, e smise di far girare il cucchiaino, guardando invece lui.

«Non lo so» rispose, sincera. «Perché lo chiedi a me?».

«Non posso mica chiederlo a Manuela».

«Perché no?».

Marco rimase a fissarla, a quella replica. Scosse la testa solo dopo qualche secondo di esitazione. «Per come... per come l'ho lasciata, che diritto ho di chiederglielo?».

«Allora che diritto hai di chiederlo a una sua amica?».

Marco sbuffò. «Non voglio sembrare uno di quegli ex possessivi. Non sono geloso, io voglio che sia felice. È solo che...».

«Che fa male» completò Daniela, prendendo il primo sorso della tisana. «Ma hai scelto tu, Marco. Scelta legittima, ma hai scelto tu. Non lei».

«Cosa dovevo fare? Io le voglio bene. Molto bene, e lo sai. Ma a finire le giornate chiedendomi se non mi ha scritto perché si è dimenticata o perché qualcuno le ha sparato... non ce la faccio. Non sono forte come voi. Io non ce la faccio».

«Perché, scusa», Daniela si sporse in avanti sulla sedia, verso di lui, «adesso non te lo chiedi lo stesso?».

Marco si morse il labbro inferiore. «Sì, ma... è diverso. Piano piano mi passerà».

Lei gli sorrise, scettica, e tornò con la schiena contro la spalliera, più comoda. «Non ti passerà. Al massimo ci convivi, ma non ti passa. Marco, non ti è passata neanche quando Manu era un soprammobile attaccato a un respiratore per otto cazzo di mesi».

Marco si passò le mani sul viso, nervoso. «Io vorrei una vita normale» disse, gli occhi umidi di una umanità sincera, di un desiderio così innocente, disarmato, che suonava quasi assurdo doverlo esprimere.

«Anche lei».

«Una vita senza assassini che ti fanno finire in coma, senza non detti con tentati omicidi. Una vita noiosa dove litighiamo perché io voglio mangiare la bistecca e lei il sushi, non perché non mi ha detto che un pazzo sta provando a ucciderla».

«Marco», Daniela lo interruppe prendendogli un polso, mentre Marco stringeva il bicchiere ancora pieno, «anche lei» gli ribadì.

L'uomo sospirò e prese un sorso. «Questo tizio com'è? La tratta bene?».

Daniela conosceva quegli atteggiamenti protettivi. Somigliava a lei quando diceva che il suo ex, Fabio, era un deficiente – ma guai a chi osava parlarne male, solo lei poteva. Marco urlava di volere una vita normale e di essere stato di fatto costretto a lasciare Manuela, ma aveva ancora addosso la corazza che si era messo per proteggerla dal mondo orribile che avevano attorno.

Era la stessa che aveva indossato dormendo per otto mesi con la testa sulle sue gambe, quando Manuela ormai era più un corpo inerte latore di ricordi che una persona a tutti gli effetti, una destinazione immota che di giorno in giorno si era trasformata in una prova di coraggio per i suoi cari, e veniva perfino da domandarsi se non fosse venuto il tempo di sperare che morisse una volta per tutte e basta – prima che, su quel letto, della ventiduenne gentile che era stata non rimanesse neanche una vaga memoria. Ma Marco invece era sempre lì, a dormire con lei, parlarle, leggerle i suoi libri preferiti, ad aspettare che il coma gliela restituisse.

«Non lo so, sono seria. Lo sai che Manu non parla di queste cose. E le confidenze fatte a un'amica comunque rimangono a un'amica» rispose Daniela, alzando le spalle e gustando la sua tisana. «Tu non stai vedendo nessuno?».

Marco scosse la testa, dopo averci pensato per qualche secondo. «Ho provato, ma non ci riesco».

Daniela ridacchiò. «In questo sì, che siete identici: due deficienti veri. Lei erano mesi che si flagellava».

«A volte penso di essere stato uno stronzo».

«Marco, facciamo così: tu a Manu non devi niente. Ci avete provato, vi siete salvati la vita. Dico sul serio. Ma stare insieme era un'altra cosa e non ci siete riusciti. Pazienza. Ma anche lei non deve nulla a te. Lo sai che ha una vita complicata. Una *salute* complicata», Daniela lo sottolineò in modo particolare. «Se trova un modo di essere felice, anche solo per un minuto, uno stupido minuto, lasciamoglielo».

Marco abbassò lo sguardo verso la spremuta per non farsi studiare da Daniela e prese un profondo respiro.

«Pensi che lei mi odi?».

Daniela quasi gli rise in faccia. «Ma chi? Manuela?».

«Eh».

«Sei scemo?».

Marco accennò una risata per quella risposta così spontanea. «Dormiva anche lei al mio capezzale e appena mi sono svegliato le ho chiesto di andare via».

Vattene... per favore. Erano state quelle le parole che Marco aveva bisbigliato appena era riuscito a parlare, mentre Manuela gli teneva la mano.

«Diciamo che potevi essere più elegante» concesse Daniela, «ma lei ha capito. Lo sai com'è fatta. È una di quelle che si affezionano a tre persone in croce, ma una volta che ci si lega se le porta dietro a vita».

Marco girò inutilmente il cucchiaino nella spremuta, agitando la polpa dell'arancia, e Daniela decise di venirgli in soccorso.

«Sai Fabio? Il mio ex?».

«Quello con cui sei stata per – quanto? Dieci anni?»

«Dodici» lo corresse Daniela. «Poi giustamente s'è rotto il cazzo e ha deciso di andarsene» spiegò lei, senza tradire emozioni, ma solo perché era bravissima a mascherarle. «A me ha lasciato lui. E mi è caduto il mondo addosso. Mi sono chiesta dove avessi sbagliato – me lo chiedo ancora, ci credi? Avevo questa sensazione stupida, addosso: quella di aver vinto alla lotteria ma di aver perso il biglietto. Di aver fatto progetti di vita contando su un tesoro che avevo perso e non potevo più avere».

Marco deglutì, guardandola nei suoi occhi castani scurissimi.

«Mi addormentavo cercando motivi per odiarlo. Mi ero fatta un elenco di cose assurde che potessero alleggerire quel senso di colpa da ragazzina. Quel senso di *ho rovinato tutto, Fabio se n'è andato.* Ci avevo messo cose come 'odiava andare nei ristoranti chic', 'si vestiva malissimo', 'non capiva niente di letteratura', ma anche cose più serie, tipo 'quando parliamo dei miei successi li sminuisce come se si annoiasse', o 'detesta mio padre' – che su quello c'aveva pure ragione lui».

Daniela sorrise e Marco si accorse che era vulnerabile. Una parola che non avrebbe mai pensato di associare alla giornalista di titanio che, fin da ragazzina, aveva preso Manuela sotto la sua ala protettrice.

«È così che si sente Manuela. Come se avesse vinto alla lotteria, ma perdendosi il biglietto. Solo che io nella mia lista dei sensi di colpa su come me lo sono perso, il biglietto, ci ho messo l'essere stata sempre rigida, l'aver pensato troppo al lavoro, il non farmi andare a genio gli amici coglioni di Fabio», Daniela scosse la testa, mentre ripercorreva quell'elenco. Poi piantò gli occhi in quelli di Marco: «Manu ci ha messo l'averti fatto finire in coma».

Lui riabbassò lo sguardo verso il suo bicchiere e si morse le labbra, colpito e affondato.

«Non ti odierà mai, se è di quello che hai paura. È troppo presa a odiare se stessa, dopo quello che ti è successo solo perché ce l'avevano con lei».

«Vorrei parlarle, spiegarle, ma...» balbettò lui. «Ho paura di farle ancora più male».

«Allora fallo in punta di piedi. Anche solo per toglierle quel senso di colpa dalle spalle, le faresti un regalone. Lo sa che non era la fidanzata perfetta, ma vive col rimorso di averti quasi fatto ammazzare».

«E se non le va di parlarmi? Dopotutto ora sta con quel tizio...».

Daniela alzò le spalle. «Ti dirà che non le va e tu saprai di aver fatto del tuo meglio».

«Magari adesso è felice e le rovino di nuovo tutto».

La donna lo guardò alzando un sopracciglio. «Magari adesso è felice, ma lo è ancora di più se sa che tu non pensi davvero che è colpa sua, se Lucas a momenti ti ammazza».

Marco riabbassò gli occhi, pensieroso, preso dai dubbi. I motivi per cui non voleva stare con Manuela erano ancora tutti lì: il suo fare tutto da sola, la vita che aveva e il capezzale a cui questa li aveva portati. Ma era una vita che lei non aveva mai scelto. E già da qualche settimana Marco si era accorto che non bastava premere un interruttore per smettere di preoccuparsi per lei.

«Pensaci, tanto che fretta c'è?» lo incoraggiò Daniela, vedendolo bloccato. «Pensa a come ti senti. A cosa vuoi, soprattutto. E a cosa vuoi dirle. Così vedi cosa ne pensa lei».

«Non lo so, cosa voglio».

«Ah beh, neanche lei. È un buon punto di partenza», Daniela rise, mentre lo notava. «Ma vorrebbe stare bene. Anche solo un pochino, finché può». Pensò alla coraggiosa rassegnazione con cui l'amica aveva ribadito a lei e ad Anna che non sarebbe morta di vecchiaia, ma scelse di non dirlo a Marco. Era già abbastanza spaesato così.

«E magari questa cosa fa stare bene anche te. Magari scoprite che il biglietto della lotteria era questo: l'esserci ancora, tutti e due, nonostante tutto. E se poi deve succedere qualcosa, che succeda. Ma non facendo finta di esservi indifferenti. Che poi vi viene malissimo».

Marco le sorrise e annuì.

«Manu aveva ragione, che sei una brava amica».

«Certo che aveva ragione», si concesse Daniela, gonfiando il petto d'orgoglio e sogghignando: «senza offesa, ma il suo vero biglietto vincente è avere un'amica come me».

*   *   *

Laura non aveva potuto fare a meno di notare come l'espressione negli occhi della figlia era cambiata, quando si era resa conto di non ricordare *niente* di quella piccola chiave, di quel diario, del regalo che le aveva fatto suo padre.

Avrebbe voluto poterla rassicurare, ma non sapeva che parole spendere: cosa dici a chi si sta dimenticando la sua vita un pezzetto alla volta?

«Scappo, Mamma» la salutò la figlia, alzandosi per schioccarle un bacio sulla guancia e infilandosi il bomber, dopo aver accettato un altro bicchiere d'acqua e aver parlato un po' con lei dei suoi lavoretti di bricolage, della scuola dei bambini, dell'affitto.

«Mi raccomando», Laura si alzò mettendole le mani sulle spalle. «Niente guai, eh».

Manuela sorrise, sincera. «Niente guai, Mamma: promesso».

Quando sentirono il portone di casa sganciarsi, entrambe le donne gettarono lo sguardo alla porta della cucina, che comunicava proprio con l'ingresso di casa.

Manuela scorse sulla soglia un uomo alto, i capelli corti e scuri, lo sguardo severo, accigliato, la barba di qualche giorno sul viso, una fede al dito identica a quella che indossava anche Laura.

Lo conosceva dalle foto sparse lì a casa, ma non si erano mai incontrati prima. Non aveva mai avuto il coraggio.

La venticinquenne affrontò anche quell'ultimo scoglio: si stava affezionando ai suoi fratellini, forse poteva farsi andare bene anche il marito di sua madre.

«Buonasera» lo salutò con un sorriso, mentre l'uomo la guardava, spaesato. Lei si accostò e gli protese la mano. «Manuela Guerra» si presentò.

Lui esitò e gettò un'occhiata indagatrice alla moglie, poi si convinse e le toccò gentilmente la mano, nell'altra teneva una manciata di bollette che aveva portato su.

«Massimiliano Lupo» fece, con una voce profonda e tonante. «Come mai qui?» aggiunse.

«Ciao Papà!», Roberto arrivò di corsa dal salotto e il padre si chinò per salutarlo con un bacio. «Manuela ci ha regalato *Super Mario*!».

Massimiliano la guardò perplesso, poi si rivolse al suo primogenito: «ti vizia, eh?».

«È una figata avere una sorella!».

Il bambino corse via per tornare da Matteo e riprendere a giocare, con il piccolino che nel frattempo si era impadronito del controller e provava malamente ad andare avanti da solo.

«Non... non ti siedi? Possiamo offrirti qualcosa?» chiese l'uomo.

Manuela colse la tensione tra sua madre e il marito e, forte anche del suo imbarazzo a trovarsi lì in mezzo, scosse subito la testa. «No, non si preoccupi, stavo andando via».

«Ah. Dammi del tu, non sono troppo più vecchio di te» riuscì a replicare lui, con il suo piumino ancora addosso, rigido sulla schiena. In effetti dimostrava giusto qualcosa in più di quarant'anni.

«Ciao Mamma», Manuela le sfiorò una mano per salutarla. «Ciao, giovanotti», si sporse verso la porta del salotto, lì di fronte.

Roberto e Matteo si voltarono e la salutarono con ampi gesti. «Ciao Manu, grazie!» ribadì ancora il più grande, un sorriso enorme stampato in bocca, così luminoso che quasi lo contagiò anche a quella musona di sua sorella.

«Prego», Massimiliano le aprì il portone.

«È stato un piacere» gli disse lei, «e complimenti per i bambini» si sforzò. «Sono molto educati e, beh... sono bellissimi».

Lui sorrise, timido. «Matteo è identico a sua madre. Roberto è la mia copia, invece».

Manuela annuì. «Già. Scappo, allora. Arrivederci».

Massimiliano la salutò con un cenno della testa e chiuse il portone.

Lei sospirò. Iniziavano a essere troppe emozioni tutte assieme e gestirle stava diventando difficile.

L'affetto spontaneo e naturale verso i fratelli che avevano parte del suo sangue.

Il terrore per essersi dimenticata di quella chiave e quel diario.

La paura di cosa ci avrebbe trovato dentro.

Il disagio di trovarsi faccia a faccia con l'uomo con cui sua madre se n'era andata, lasciandola da sola con Gianandrea e, qualche tempo dopo, da sola anche con il cancro che l'aveva ucciso.

«Okay» si disse, sottovoce, scendendo i primi gradini verso il piano terra. «Adesso fai un bel respiro e ti calmi».

Portò le mani nella tasca del bomber e si accorse di aver dimenticato la chiave della macchina sul tavolo della cucina.

Fanculo, imprecò. Invertì la marcia e risalì quei pochi gradini per tornare all'ingresso della casa di sua madre e prepararsi a bussare.

E, nonostante l'orecchio sinistro che ronzava, il destro in quel momento purtroppo le bastò.

«Quanto spesso viene?» sentì tuonare la voce di Massimiliano.

«Solo ogni tanto» si giustificò Laura.

«Quante volte ne abbiamo parlato? Non voglio che abbia a che fare con i bambini!».

«Roberto e Matteo sono contenti!» si difese lei.

«Sono bambini, basta regalargli degli stupidi videogiochi e diventi dio!».

«Lo sai che non è vero».

Manuela rimase col pugno alzato davanti al portone, senza il coraggio di bussare.

«Non è con lei che ce l'ho, e lo sai» aggiunse Massimiliano, non riuscendo ad abbassare la voce. «È che è pericolosa. È una cazzo di bomba atomica che cammina, mette in pericolo tutto quello che tocca! Hai visto cosa è successo al ragazzo che stava con lei? E al TG dicevano che lui non c'entrava *niente!* Quanto ci mette la gente che ce l'ha con lei a prendersela anche con noi? Cosa ci eravamo detti?» abbaiò ancora, l'uomo.

«Non succede niente se passa ogni tanto» tentò Laura.

«E poi non voglio che i bambini stiano con la cazzo di figlia di un carcerato!».

Manuela chiuse gli occhi e il pugno stretto, all'altro lato del portone, le tremò. Si era sentita chiamare così tante volte, soprattutto da quando gli errori di suo padre erano diventati di dominio pubblico. Odiava l'idea che si potesse usare *carcerato* come un insulto. E quella che la stigmatizzazione per gli errori di un genitore fosse ereditaria.

«È di *mia* figlia che stai parlando!» lo aggredì Laura. «Mia e di Gianandrea Guerra il tipografo, non di Gianandrea Guerra il carcerato!».

«E allora perché non ci sei rimasta con *Gianandrea Guerra il tipografo*, se era una così brava persona?» le ribatté subito Massimiliano.

Manuela decise che aveva sentito abbastanza e bussò con decisione per tre volte.

«E adesso chi cazzo è?» reagì Lupo.

Quando aprì il portone, si trovò davanti Manuela e fece mezzo passo indietro, cambiando almeno tre o quattro gradazioni di rosso sulle guance. Lei gettò lo sguardo dietro di lui per notare l'imbarazzo e la rabbia per la litigata anche nel viso della madre.

«Manuela?» fece Laura.

«Ho...» tentò lei, alzando le spalle. «Ho dimenticato le chiavi della macchina sul tavolo» si giustificò.

«Ah, te le prendo subito, certo», si allontanò Laura, claudicante sulla sua gamba protesica.

Manuela piantò gli occhi su Massimiliano, rimasto all'uscio con lei ma voltato per seguire la moglie con lo sguardo dentro la cucina.

«Se succede qualcosa di brutto, succede a me».

La donna non si trattenne e glielo disse. Non sapeva mentire e ancora meno sapeva tenere la testa bassa e fare finta di non avere sentito.

Massimiliano si voltò verso di lei, a quelle parole.

«Non a te. Non a Mamma. E di sicuro non a Roberto o Matteo. Questo te lo giuro» aggiunse, con gli occhi più trasparenti che mai, risoluti, sinceri. «Anche se per te non varrà niente, la parola della *figlia di un carcerato*».

La faccia del signor Lupo ne cambiò almeno altre tre, di gradazioni di rosso.

«Eccomi», esordì Laura, sbucando dalla cucina e porgendole le chiavi.

Manuela le sorrise e le afferrò. «Grazie, Mamma». Gettò un altro sguardo a incrociare quello del marito di sua madre, indomita com'era. «Scappo. Fate i bravi».

«Anche tu» le rispose Laura.

«Ci mancherebbe» si sforzò di scherzare lei. «Ciao», e prese a scendere i primi gradini, voltando le spalle.

«Ciao...» riuscì a dire Massimiliano, prima di chiudere la porta e provare a deglutire l'imbarazzo.

Capitolo 25

Martedì, 19 febbraio 2019
Lago Boscaccio, ore 18.41

Aveva guidato andando piano e stando attenta. Non solo per le medicine, ma anche per il vortice che le stava attorcigliando l'anima, che la distraeva dall'asfalto.

Accese e spense la radio almeno un paio di volte, aveva messo su una playlist di Elisa – un'artista che amava e che di solito la rilassava, soprattutto con l'album uscito l'anno prima, ma quella volta nemmeno lei poté nulla.

Le parole di Massimiliano le tuonavano nelle orecchie e stridevano con l'abbraccio pieno di affetto che Roberto e Matteo le avevano dato.

Manuela si asciugò una lacrima sullo zigomo destro con una mano, infastidita, mentre imboccava la strada per la sua casa sul Lago Boscaccio.

Doveva fare una cosa illegale – di nuovo – e scelse di farla da sola. Daniela e Anna erano già abbastanza nei guai, per colpa sua.

Per forza: sono una bomba atomica che cammina, le parole di Massimiliano non se ne andavano.

Metto in pericolo tutto quello che tocco.

Voleva chiudere quella storia, gli intrighi aperti da suo padre, una volta per sempre. Ne aveva davvero abbastanza.

Voleva che un pomeriggio cominciato passeggiando per un centro commerciale con l'uomo che stava iniziando a frequentare e continuato finendo intrecciati sul divano senza averlo preventivato, potesse finire allo stesso modo. E invece finiva con lei che si infilava nel buco di una finestra, in una casa in mezzo al nulla, a cercare documenti compromettenti nascosti da suo padre.

Parcheggiò più lontano che poteva, in modo che la sua Cinquecento non si vedesse dalla casa né dalla strada. Era già buio pesto, ma un'auto bianca che ormai conoscevano perfino i suoi colleghi giornalisti era abbastanza visibile da gridare a tutti *ciao, sono Manuela Guerra, sto di nuovo commettendo un'effrazione.*

Si protese verso il vano portaoggetti del cruscotto e ne prese la torcia che teneva lì in caso di guasti ed emergenze.

Bel cazzo di film horror, pensò. *Infilarmi a casa con una torcia a cercare Dio solo sa che cosa.*

Scese dall'auto, stretta nel suo bomber e infreddolita, con la chiave del gattino infilata in una tasca. La borsa la lasciò lì, nell'altra tasca infilò le chiavi della Cinquecento dopo aver chiuso lo sportello senza sbatterlo.

Incastrò la torcia nella cintura dei suoi slavati jeans celesti e camminò decisa verso la finestra da cui si era infilata in casa solo il sabato prima. Voleva andarsene il prima possibile, quindi tirò su la tapparella più che poteva e la sistemò come tre giorni prima, per impedirle di riabbassarsi.

Troviamo questo diario e chiudiamo questa storia si ripeté, ancora.

Lo doveva a Daniela, ad Anna. A Marco. A se stessa.

Saltò oltre la finestra, attenta a non farsi male con il vetro rotto, e tirò fuori la torcia dalla cintura, accendendola.

Il fascio di luce si poggiò sulle macchie di sangue, ormai nere, che lei aveva lasciato a terra un anno prima, quando Lucas l'aveva devastata per aver sequestrato Marta.

Le oltrepassò e non volle guardare di nuovo il termosifone contro cui aveva legato la figlia del suo sicario. Proseguì verso il corridoio e svoltò a sinistra per raggiungere la sua camera.

Il cuore era una batteria che suonava con doppio pedale contro le sue orecchie, chiudendole la gola.

La sua scrivania era ancora lì, vicina al letto. Lo era anche il cassetto dove teneva le sue cose, quello dove secondo Laura c'era anche il suo diario.

Non sapeva in cosa sperare.

Trovare una risposta e una soluzione?

E come avrebbe reagito se quella risposta avesse reso la verità su suo padre ancora più amara? Lei, che ce lo aveva praticamente tatuato addosso, aveva davvero il coraggio di arrabbiarsi con un morto? Ma poteva non arrabbiarsi, considerando che senza i suoi errori nessuno sarebbe mai venuto a tirarle una pistolettata in faccia, condannandola a *non morire di vecchiaia*?

Manuela camminò con passo circospetto verso la scrivania, come se avesse potuto muoversi e attaccarla.

Aveva paura del buio, da sempre. La faceva sentire claustrofobica e in pericolo, perfino quando il buio era quello di casa – e da prima che "casa" diventasse quel buco incustodito imbottito di traumi e vite precedenti.

Afferrò la maniglia del cassetto e la tirò, con una scossa di terrore e adrenalina che le attraversò il corpo dall'occipite alle caviglie.

Il cassetto era piccolo e sviluppato in lunghezza. Era pieno di foglietti e cianfrusaglie, c'erano dei braccialetti, un paio di libri tascabili.

E quello.

Un diario con la copertina rigida. Un gattino nero disegnato sopra in una sorta di acquerello. Un piccolo lucchetto dorato a tenerlo chiuso.

Manuela osservò quel quaderno come avrebbe guardato un morto che le era appena risorto davanti.

Significava che la verità su suo padre era *davvero* lì.

E anche che lei stava *davvero* dimenticando i ricordi.

Rimase a fissarlo per almeno dieci secondi, la torcia puntata, il buio assoluto intorno, senza riuscire a fare nulla. C'era un freddo terribile e lei invece stava sudando.

Il lucchetto era letteralmente un giocattolo, fragile, simbolico. Se SOLIS avesse saputo di quel quaderno, non avrebbe certo avuto bisogno della chiave, per aprirlo. Alla fine, era stata solo un indizio: Gianandrea era convinto che sarebbe bastata quella, con il ciondoletto del gatto nero, a rimandare la figlia al suo diario. Non aveva potuto prevedere che quella chiave Manuela l'avrebbe avuta solo dopo un proiettile in faccia e due craniotomie.

Afferrò il diario con la mano sinistra, rendendosi conto che era davvero lì, che non lo stava immaginando.

Poggiò la torcia sulla scrivania e impiegò un tempo irrazionale a riuscire a infilare la chiave nel lucchetto, perché le mani le tremavano troppo. La serratura scattò.

Superò la dedica nella prima pagina, che era precisamente quella che ricordava Laura, e scacciò anche quel brivido. Oltrepassò la parte del diario dove aveva scritto lei, dove appuntava cose stupide sui libri che leggeva e i ragazzi che le piacevano, alla veneranda età di undici anni, e arrivò a quelle pagine.

Elenchi di numeri. Di nomi. Stampe miniaturizzate di liste e documenti. Nonostante il buio e quanto fossero piccole, Manuela notò che sembravano fogli contabili, estratti conto, o qualcosa del genere. La giornalista prese il sopravvento perfino sulla figlia di Gianandrea Guerra, mentre cercava di capirci qualcosa, con la torcia puntata.

L'orecchio sinistro ronzava come non mai, nel silenzio assoluto. Se ne accorse per quello: perché il silenzio assoluto si interruppe all'improvviso.

Passi.

Venivano dal salotto.

Dalla finestra lasciata aperta era entrato anche qualcun altro.

Merda.

La paura prima la paralizzò, poi la scosse.

Se c'era qualcuno lì dentro, aveva seguito lei. E se aveva seguito lei, c'era solo un motivo: impedirle di scoprire cosa c'era in quel diario.

Ebbe esattamente i tempi di reazione di una sopravvissuta: un secondo, non di più. Si infilò il diario sotto il bomber, chiudendosi addosso la cerniera, e spense la torcia, incastrandola di nuovo nella cintura. Camminò con passo silenzioso verso l'ingresso della sua camera e si nascose acquattata nel punto cieco, dietro la porta aperta.

Il cuore che pulsava nelle orecchie quasi le impediva di sentire e si accorse che stava respirando a bocca aperta.

Come cazzo faccio a mettermi sempre in queste situazioni?

Si sforzò per sentire il più possibile e localizzare l'altra persona. Sperò di essersela sognata, di essere suggestionata dalla paura del buio.

Invece una sagoma oltrepassò la soglia della sua camera e Manuela la scorse appena, in quelle tenebre, spalle a lei.

Il cuore le si fermò e le gambe vennero investite da un'ondata di gelo.

Era in mezzo al nulla e non lo aveva detto a nessuno. Con la verità in tasca. E quello che sembrava un tizio che pesava il doppio di lei, nella stessa stanza, che poteva essere lì solo per cercare quel diario.

Ma come fanno a saperlo?

Pensò che non l'avrebbe ammazzata lui, perché tanto sarebbe morta di infarto prima. Poi pregò, non sapeva nemmeno chi, affinché l'uomo non pensasse di girarsi verso il punto cieco dietro la porta.

Quello si guardò attorno, poco convinto, notando il cassetto scostato della scrivania.

Merda, merda. Manuela si tenne pronta a scattare, perché l'avrebbe beccata. Certo che l'avrebbe beccata.

Invece l'uomo si voltò dal lato opposto al punto cieco e uscì da dove era entrato, infilandosi nella camera padronale – la porta di fronte a quella della stanza di Manuela.

La venticinquenne si concesse di respirare appena appena più forte, poi si sporse appena per cercare di vederlo e capire come muoversi per uscire da quella casa e non tornarci mai più.

Scorgendolo di spalle, che gironzolava davanti al letto matrimoniale dei suoi, la donna scattò il più silenziosamente possibile e si spinse nel corridoio per raggiungere il salotto e uscire dalla finestra da cui era entrata.

Stai calma si disse, *stai calma, stai calma.*

Avanzò accosciata, le spalle contro il muro per non farsi sorprendere. Quando arrivò all'angolo del corridoio con il salotto, si sporse appena per vedere la finestra ancora aperta.

Provò a deglutire, ma la bocca era così secca per la tensione che fu un riflesso incondizionato, perché di saliva non ce n'era affatto.

Guardò alla sua sinistra, prima di spostarsi, per assicurarsi che l'uomo fosse ancora nella camera dei suoi, considerando che non lo aveva sentito uscire. Poi si mosse.

Arrivò con le mani alla finestra.

Ci sono quasi, ci sono quasi.

Poi la speranza si dissolse, in un secondo solo. Si sentì improvvisamente afferrare alle spalle e si rese conto che l'uomo si era spostato: lo aveva fatto dal lato da cui lei era sorda e non se n'era accorta.

La abbrancò per le spalle e la strattonò indietro.

Lei fece resistenza saldando le mani contro la finestra, ma era una sfida impossibile e alla fine lo strattone vinse. Manuela si sbilanciò e si trovò scaraventata a terra come un sacchetto di spazzatura.

Picchiò violentemente la spalla destra contro il pavimento – la stessa del braccio che Lucas le aveva frantumato un anno prima – e gridò, sorpresa dal dolore.

Era troppo buio, non riusciva a vederlo e la luce della luna non bastava a capirci qualcosa. Per quanto ne sapeva, potevano perfino essere più di uno.

Si tirò immediatamente indietro con le gambe, supina, e per quello che riusciva a scorgere non era proprio il caso di metterla sullo scontro fisico. Avrebbe potuto sperare di farcela, forse, se avesse avuto la stazza di Christopher, non certo con i suoi cinquanta chili o poco più.

«Chi sei?» gli fece, il panico che le piegava la voce. L'uomo si chinò per abbrancarla brutalmente per il bavero e Manuela notò che aveva il viso nascosto da un passamontagna. Quando se lo vide vicino, fece una cosa stupida ma efficace: gli diede una testata sul naso. Usò l'unica parte del corpo dove non poteva prendere assolutamente colpi per sferrarne uno.

La fronte le andò in fiamme, ma l'idea stupida – come molte idee stupide che tiri fuori dalla manica come assi quando la partita è già persa – assurdamente funzionò.

L'omone si sbilanciò appena, sorpreso, e perse la presa per un secondo soltanto. A Manuela bastò.

Alzò un piede è lo colpì dritto tra le gambe con la punta delle scarpe, con tutta la forza che aveva. Che, data la paura, era *davvero* molta.

Questa volta, l'energumeno accusò il colpo e si lasciò sfuggire un rantolo, correndo con le mani all'inguine e crollando in ginocchio.

Incredula per quello che aveva appena fatto, Manuela si tirò più indietro e si alzò con la forza dell'istinto.

Adesso sì che mi ammazza.

Era molto più agile e più veloce di lui e doveva farlo valere. Si fiondò verso la finestra e ne balzò fuori, quando si rese conto che l'uomo la stava già seguendo. La tachicardia la stava soffocando, ma ormai stava andando col pilota automatico e non stava più nemmeno pensando a qualcosa che non fosse *scappa, sopravvivi, scappa.*

Ce l'aveva dietro e riuscì perfino ad afferrarla per la punta dei capelli, lei da un lato della finestra e lui dall'altro.

Manuela riuscì a strattonarsi via, a costo di farsi male, abbrancò la finestra e gliela spinse contro con tutta la sua forza. Ed era, ancora una volta, così tanta che il vetro già fracassato da tempo cedette definitivamente contro la testa del suo aggressore.

Che cazzo sto facendo, cosa sto facendo si rimproverò, terrorizzata da come la cosa stava degenerando.

Se c'era una cosa di cui era ormai sicura, su se stessa, era che per ammazzarla dovevano impegnarsi *davvero*. Finché respirava, Manuela Guerra combatteva con una ferocia disperata, per rimanere attaccata alla vita senza speranza a cui era condannata. Cos'altro avrebbe potuto fare? Era comunque l'unica che aveva.

Quell'uomo l'avrebbe seguita ancora, ne era certa.

Fuori, con l'aria dell'inverno che le attivava al massimo tutti i sensi, Manuela si guardò attorno cercando una via di fuga, un nascondiglio. Era casa sua, doveva avvantaggiarsene.

Pensò a dove si nascondeva quando giocava con suo padre e, nonostante il freddo, non esitò. L'alternativa era farsi prendere e finire non sapeva nemmeno lei come. Sapeva solo che quello sconosciuto l'aveva aggredita per primo e ora la stava braccando.

Raggiunse il patio in legno sospeso sul lago e ci scese sotto. L'acqua le arrivava ai fianchi, abbastanza in basso da tenere in salvo le chiavi della macchina e il diario, ma non la torcia. Era così gelata che pensò che le si sarebbe fermato direttamente il cuore e cominciò a battere i denti, ma non si fermò. Si aggrappò a una delle grosse travi che tenevano il patio sospeso sul lago e ci si strinse contro con le braccia, tirandosi su anche con le gambe. L'acqua le lambì la schiena, mentre era appesa lì in orizzontale, ma a quel punto il freddo era secondario.

Strinse forte le braccia, strinse forte le gambe e strinse forte gli occhi.

Papà, fa che non venga qui. Fa che non venga qui.

Udì i passi pesanti dell'omone contro la terra. Lo sentì spostarsi a sinistra, disorientato, e poi a destra, verso di lei.

Smise di respirare.

I piedi dell'uomo contro la legna del patio riecheggiavano e le facevano tremare le dita.

Non venire qui. Non venire qui.

L'uomo ci venne, lì.

Tra le travi, Manuela vide i suoi piedi proprio sopra di lei. Si stava guardando attorno, cercava di capire dove fosse scappata. Lei lo fissava con gli occhi enormi di terrore, a neanche venti centimetri dal fondo dei suoi anfibi.

Non guardare qui. Vattene e non guardare qui.

Pensò alla forza di Anna.

All'amicizia di Daniela.

Ai bei momenti con Marco, alle battute sceme di Chris. Alle canzoni che le piacevano di Elisa. Al sorrisone dei suoi fratellini che giocavano con *Super Mario*.

Ma non la calmò niente. Il cuore galoppava. Il suo corpo tremava. Si disse che era per il freddo, ma era per la tensione.

Morire le faceva ancora una paura insensata, per una persona nelle sue condizioni.

Si accorse che nella cintura dell'uomo sembrava ci fosse incastrata una pistola, guardandolo da sotto il patio.

Questo mi ammazza eccome, se mi trova.

Si strinse anche più forte alla trave e, notata la pistola, si sforzò di rimanere ancora in apnea. Chiuse gli occhi. Non sapeva più dove trovare il coraggio di tenerli aperti.

Come mi sono messa di nuovo in una cosa simile? Si rimproverò. *Come?*

I passi dell'uomo si allontanarono lungo il patio, andando all'altro lato della casa.

Manuela finalmente respirò. Riaprì gli occhi e rizzò le orecchie più che poteva.

I passi sembravano più lontani.

Mi sta aspettando? È una trappola?

Era troppo buio per provare a tentare di vedere qualcosa. Poteva solo rischiare o rimanere aggrappata lì sotto a oltranza. Considerando che non sentiva più le gambe per il freddo, bagnate com'erano, l'ipotermia non le parve una soluzione attuabile per rimanere viva.

Lasciò la presa con le caviglie e si calò di nuovo in acqua. Strinse i denti per non batterli. Si lasciò andare piano con le braccia, per non fare rumore. Si sporse appena al di là del patio e non riuscì a vedere l'uomo.

Il cuore continuava a saltellarle nelle orecchie.

Dov'è andato?

Non vedeva nemmeno un'auto.

Come c'è arrivato qui? Era già qua? Mi stava aspettando?

Uscì dal lago camminando acquattata e puntò l'erba alta lì vicino, sperando di sparirci dentro. Si stese prona cercando di sentire, di capire.

L'uomo probabilmente si era allontanato verso il retro della casa.

O lo faccio adesso o qua mi ammazzano di nuovo si disse.

Avanzò strisciando sui gomiti per allontanarsi più che poteva, in mezzo all'erba alta. E, quando l'erba alta finì, si alzò accosciata e raggiunse il cespuglio più vicino. Poi un albero e ci si appiattì contro con le spalle.

Non voglio fare mai più una cosa del genere. Mai più.

La sua auto era ancora a una cinquantina di metri. Non sapeva più dov'era lui. La tensione stava crescendo e diventando ingestibile.

Si acquattò per allontanarsi di soppiatto un altro po'. Poi la paura vinse e cominciò semplicemente a correre verso la sua auto, sperando che l'uomo non la vedesse e, soprattutto, non la raggiungesse.

Spinse nelle gambe tutto quello che aveva. Ripassò mentalmente tutti i motivi per cui non voleva morire – i viaggi in Islanda ancora da fare, le lezioni di chitarra e di giapponese, le cose stupide che slittavano di continuo dalla lista dei desideri alla lista d'attesa perché non c'era mai il tempo giusto di farle, sospese nel *mai* – quando arrivò con incredulità con la mano contro la maniglia dello sportello della sua Cinquecento.

Lo tirò, ci si infilò dentro, sigillò le portiere e strinse a fatica le dita contro la chiave per infilarla nel quadro e avviare il motore. Quando l'auto si accese, quasi svogliata a fronte invece dell'overdose di adrenalina che si stava mangiando viva Manuela, la donna ingranò la marcia e premette l'acceleratore così forte che le ruote stridettero.

Alzò lo sguardo verso lo specchietto retrovisore.

Niente e nessuno.

Se non se lo era sognato – e considerando quanto le faceva male la spalla dopo essere stata sbattuta a terra dal suo strattone, non se lo era sognato affatto – non la stava seguendo. Le mani tremavano così forte che faticò a tenere stretto il volante.

Era viva. Devastata dal panico e dal terrore, infreddolita, bagnata fradicia.

Ma viva.

E aveva il diario.

Manuela arrivò a ingranare la quinta nonostante la strada sterrata strettissima che spalleggiava un canale. La casa, alle sue spalle, era stata inghiottita dal buio.

Lei per ora no.

Capitolo 26

Martedì, 19 febbraio 2019
Milano, ore 21.07

Manuela asciugò i capelli con un asciugamano, di fretta, dopo essere uscita dalla doccia. Aveva girato a vuoto a lungo, con l'auto, prima di tornare a casa, per assicurarsi che nessuno la stesse seguendo.

L'overdose di adrenalina le aveva lasciato addosso uno spaventoso senso di disagio e un formicolio che scendeva dalla nuca al resto del corpo. Era riuscita solo a buttarsi in doccia per cercare di rimettersi in ordine e per togliersi i vestiti bagnati, che non sembravano aver apprezzato la sua idea di appendersi sotto al patio sul lago per sfuggire a quel tizio.

Vestì una t-shirt rossa che scimmiottava Il Trono di Spade, una camicia grigia slavata, dei jeans celesti stretti in vita da una cintura. Poi raggiunse il solito cassetto per prendere una delle medicine della nuova terapia. La mandò giù insieme all'intero bicchiere d'acqua che aveva riempito, nel tentativo di farsi coraggio.

Sbuffò.

Lo sguardo andò alla borsa che aveva lasciato accanto all'ingresso di casa.

Esitò, come se lì dentro ci fosse nascosto chissà quale orribile segreto. Alla fine, dopo quasi un minuto in cui era rimasta immobile a fissarla, si decise. La raggiunse, la aprì e recuperò quel diario.

Il gattino nero aveva gli occhi azzurri come i suoi. Suo padre badava sempre ai dettagli.

Manuela strinse il diario tra le mani e lo poggiò sul tavolo della cucina, aprendolo.

Alla mia Manuelina, che sta diventando grande.

Lo aveva scritto Gianandrea nella prima pagina, come ricordava Laura, con la penna stilografica di cui era gelosissimo.

Manuela sentì l'agitazione ricominciare a salire.

Smettila di fartela sotto. Non può essere peggio di tutto quello che hai già vissuto si rimproverò.

Pungolandosi l'orgoglio, alla fine ce la fece. Cominciò a sfogliare delicatamente il diario, quello per cui uno sconosciuto con tanto di pistola l'aveva braccata dentro la sua casa abbandonata.

Cosa non voleva che leggessi? Cosa mi hai lasciato qui dentro, Papà?

Ci trovò alcuni nomi, che non le dicevano granché. I documenti stampati, però, erano effettivamente degli spostamenti bancari con tanto di coordinate, come le era parso.

Aggrottò le sopracciglia, confusa.

Sono membri di SOLIS? Gente che lavorava con Cassani?

Ci trovò delle fotocopie di documenti firmati da nomi che non le suonavano. L'unico che riconobbe era quello di Giulio Cesare Cassani – era lui che suo padre aveva sperato di incastrare, con quel quaderno? Perfino Gianandrea aveva capito che non poteva fidarsi di quell'uomo?

Se lo avevi capito, perché mi hai lasciato quei cazzo di soldi, Pa'?

Chiuse il diario e si massaggiò le tempie con la mano destra. Non poteva trattarsi solo di Cassani: nessuno le avrebbe mandato dietro quel tizio armato per impedirle di trovare il nome di quello che di fatto era l'unico che era già in carcere per le malefatte di SOLIS.

L'orecchio sinistro ronzava più del solito e sperò che le medicine facessero effetto quanto prima. Per ora, l'avevano solo stordita un po' e, a leggere quei documenti stampati in caratteri minuscoli, le andavano insieme gli occhi.

Si alzò e tornò alla borsa per recuperare il suo smartphone, portandolo all'altro orecchio.

«Manu? Dimmi».

Anna rispose dopo solo uno squillo.

«Ehi», Manuela riuscì nell'impresa di mostrarsi calma all'amica, per non farla preoccupare. «Tutto bene?».

«Ho frugato un po' di cose. Niente di rilevante. Tu?».

Manuela si morse le labbra. «Ho scoperto a cosa serviva la chiave».

Anna esitò per un attimo, in silenzio. «Quella col gattino?».

«Eh».

«Tua madre?».

«Mia madre. Lei se lo ricordava. Ma non tocchiamo questo tasto. Era un diario, a casa mia».

«Sei tornata lì da sola?» comprese Anna.

«Non tocchiamo neanche quello, di tasto. Ce l'ho. Lo stavo leggendo, c'è qualcosa. Ci sono documenti, nomi, firme, conti. Non mi dice molto. Ce lo vediamo assieme?». Non le disse che temeva che quei nomi non le dicessero molto solo perché magari si era dimenticata anche di quelli.

«Certo» fece subito la poliziotta, sicura e spinta da quella nuova pista. «Adesso sei a casa?».

«Sì, sì».

«Io verifico due cose che ho già aperto qua in commissariato e arrivo, ti tengo aggiornata, dammi qualche minuto. Tu stai tranquilla, intanto».

Manuela si sentì rassicurata dalla sua voce. Anna era il suo porto sicuro e forse per una volta, almeno una volta, stava riuscendo a fare qualcosa di buono per lei.

«Ti aspetto, allora».

«Sì, tu nel frattempo rilassati. Adesso arrivo e ci pensiamo insieme».

* * *

Ci vollero cinque minuti, affinché Anna la aggiornasse. Manuela scorse il suo telefono che vibrava, sul tavolo, mentre aveva ripreso a sfogliare il diario e cercava di capire come incrociare quei documenti.

Sbloccò lo smartphone per notare i messaggi della sua amica.

Vengo con un collega della Scientifica così diamo un'occhiata con lui per capire cosa abbiamo, diceva il primo.

Non lo porto a casa. Ci vediamo ai parcheggi vicino alla rotonda di via Palach?

Era un posto piuttosto tranquillo ma molto vicino e Manuela condivise la scelta di non farsi vedere portare a casa qualcuno della Scientifica, considerando la sorpresina alta quasi due metri che aveva già trovato sul lago.

Arrivo, le rispose.

Incoraggiata dal supporto dell'amica, gettò il diario in borsa, si infilò il bomber e uscì di casa chiudendosi dietro il portone.

Sapeva di avere dentro la borsa qualcosa di pericoloso e non vedeva l'ora di sapere come usarlo per non pensarci mai più.

Il senso di pruriginoso e nauseante disagio per quello che aveva detto il marito di sua madre, *è una bomba atomica che cammina, mette in pericolo tutto quello che tocca*, era ancora forte ed era sopravvissuto perfino al confronto con l'uomo sul lago – perché addirittura Manuela ci vedeva un fondo di verità che colpiva dove faceva più male: nei sensi di colpa che aveva già.

Chiudiamo questa storia per sempre si impose, scendendo le scale, conscia anche che la memoria aveva iniziato a tradirla e che non voleva passare il tempo che le rimaneva, a prescindere da quanto fosse, a liberarsi dal cappio al collo strettole dal padre.

Deve finire oggi. Adesso.
Non voglio pensarci mai più.

* * *

Infreddolita, Manuela si strinse nel bomber. Aveva spento il motore, nel parcheggio di via Palach a nemmeno cinque minuti da casa sua in via San Paolino, e aspettava.

Nel silenzio, l'orecchio sinistro le dava più fastidio. Spinse il pulsante per accendere la radio, anche se a un volume discreto, e lasciar andare Elisa.

"*Tutto questo tempo a chiedermi cos'è che non mi lascia in pace*", esordì la voce delicata dell'artista.

Manuela poggiò il gomito contro il passante del finestrino e lasciò perdere fuori lo sguardo. Sulla sua città di sempre, Milano, era sceso il buio e a quell'ora tutto rallentava.

Provò a distrarsi. Alzò lo sguardo al cielo, poggiando la tempia contro il sedile, e si chiese se l'Islanda sarebbe davvero stata il primo posto da visitare, una volta chiusa quella storia.

Si fece un elenco mentale di altre destinazioni che potevano interessarle e in cui non era mai stata – dal Giappone all'Olanda – ma alla fine tornò lì: si immaginava con gli occhi meravigliati di una bambina, seduta nelle distese verdi islandesi.

Si grattò la testa e notò che Anna ancora non si vedeva. Sospirò e pazientò.

"E la verità è che ho aspettato a lungo, qualcosa che non c'è, invece di guardare il sole sorgere", le ricordò Elisa, mentre lei era presa dall'elenco puntato dei suoi sogni realizzabilissimi eppure irrealizzati.

Si domandò cosa volesse fare con Christopher, una volta chiusa la questione del diario, di SOLIS, di suo padre. Si trovava bene con lui, ma era un legame duraturo che stava cercando? E sarebbe stato giusto cercarlo, con la sua cartella clinica? Che diritto aveva di condannare Christopher a volerle bene?

Daniela le avrebbe detto di lasciar scorrere le cose con naturalezza senza dovergli dare necessariamente un nome – e forse era la soluzione migliore.

E Marco?

La testa andò lì da sola, clandestina, sgradita, insolente.

Marco ti ha lasciata si rispose da sola. Lascialo in pace. *Non si meritava niente di tutto quello che lo hai costretto a vivere.*

Manuela si massaggiò la tempia destra, a disagio. Sapeva che, rimanendo a pensare un po' troppo a lungo, sarebbe andata a parare proprio su Marco. Andava a finire sempre lì.

Le persone lo chiamano amore solo perché *malattia* e *ossessione* non vendono altrettanto bene.

"... Invece di guardare il sole sorgere", ribadì Elisa dalla radio.

La venticinquenne spostò lo sguardo sullo smartphone e ci poggiò il dito per far accendere il touchscreen. In auto lo sistemava su un'apposita calamita applicata al cruscotto, in modo da poter telefonare tenendo le mani libere mentre guidava.

Segnava le 21.33.

Anna non era mai in ritardo.

Mai.

Aveva parlato di pochi minuti, ma la stava aspettando già da almeno un quarto d'ora. Le venne il dubbio di aver capito male, considerando anche le medicine che aveva in circolo.

Rilesse i messaggi per assicurarsi che no, non era pazza. A quel punto premette sul numero dell'amica e attivò il vivavoce, abbassando un po' il volume della radio.

«Manu?», la voce di Anna arrivò come sempre già dopo il primo squillo.

«Ehi, tutto bene?» le domandò lei, stringendosi di nuovo con le braccia sul petto, intirizzita.

«Sì, tu?».

«Ti sto aspettando qua fuori già da almeno un quarto d'ora».

Anna esitò. «... *qua fuori*?».

Manuela deglutì. «Ai parcheggi vicino alla rotonda di via Palach, dove mi hai detto tu».

Anna si concesse un inquietato silenzio. «Io?», non riuscì a non chiederlo con tono estremamente perplesso e preoccupato.

«Eh».

«Perché ti avrei detto di andare lì?».

«Per vedere il diario con uno della Scientifica, no?».

«Manu, ma ti senti bene?».

Manuela si accorse che le stava improvvisamente accelerando il battito e si sforzò di non perdere il controllo. «Ma... mi hai mandato dei messaggi».

«Non ti ho mandato nessun messaggio. Ti ho detto al telefono che finivo in commissariato e venivo a casa, e infatti sono uscita adesso. Non te lo ricordi?».

Manuela prese un bel respiro aprendo la bocca. Anna rimase in silenzio e la più giovane si accorse che anche il respiro della poliziotta si era fatto improvvisamente nervoso, agitato.

«Manu» fece la donna con voce perentoria. Si era domandata per un attimo di troppo se non fosse la testa di Manuela a fare scherzi, poi aveva capito. «Vattene! Subito! È una trappola, è una cazzo di trappola!» le gridò.

Sentendo anche Anna così agitata, Manuela dovette ammettere quello che si stava negando da quando il cuore le era saltato in gola, pensando di essere troppo paranoica: qualcuno le aveva teso una trappola, i messaggi non erano davvero di Anna e ora era in un parcheggio, da sola, disarmata, con quel diario.

Alzò istintivamente lo sguardo verso lo specchietto retrovisore e lo scorse. In piedi, le gambe divaricate, poco più dietro e di lato rispetto alla sua Cinquecento.

L'uomo della casa sul lago, la stazza non mentiva. Indossava un casco integrale scuro. E la pistola ora era protesa.

«Manu, scappa da lì, cazzo! Vattene da lì!» le gridò di nuovo Anna, a un secondo di distanza, non di più, dalla raccomandazione precedente.

Manuela era veloce, ma non così veloce: spalancò gli occhi vedendo l'uomo accanto alla sua macchina dallo specchietto, ma non ebbe il tempo di fare altro quando sentì lo sparo.

Il finestrino si frantumò e il dolore le invase il cervello in una fiammata. Il terrore fece il resto.

La giovane gridò per entrambi i motivi quando si rese conto che il proiettile, entrato dal finestrino, l'aveva colpita. Non sapeva dove, ma il dolore non mentiva. Si portò la mano all'orecchio sinistro, in fiamme, e la ritrasse imbrattata di sangue.

Cazzo, mi ha presa in testa.

Non ci credo, mi ha presa in testa. Cazzo. Cazzo.

L'uomo affiancò la sua macchina dal lato della guida e protese ancora il braccio armato per finire quello che aveva iniziato.

* * *

«Manuela!», Anna lo gridò così forte che le corde vocali le tremarono. «Manu! Cristo, Manu!».

Lo sparo che aveva sentito, il rumore del vetro rotto e il grido dell'amica non le lasciavano dubbi.

Appena sedutasi nella sua auto, la poliziotta tentò con una forza sovrumana di non farsi prendere dal panico.

Le stavano ammazzando Manuela in diretta telefonica e non c'era niente che potesse fare per impedirlo. Il cuore le sbatteva contro il cervello e ingranò rapidamente la marcia per raggiungere via Palach.

«Manu, sto arrivando! Sto arrivando!» le gridò, il telefono sul sedile del passeggero, la chiamata ancora aperta.

* * *

In mezzo al tuonare degli spari, nel panico e ora del tutto sorda per il rumore, Manuela tentò istintivamente di mettersi al riparo stendendosi in perpendicolare, sul sedile dell'autista e su quello del passeggero, togliendosi dalla linea di tiro del finestrino.

L'uomo aveva affiancato l'auto e stava continuando a sparare. Quando la vide chinarsi, abbassò la traiettoria e, anziché ad altezza del finestrino, sparò alla cieca contro la portiera.

"Ho aspettato a lungo qualcosa che non c'è, invece di guardare il sole sorgere" continuava a cantare Elisa, placida, in mezzo all'inferno.

A Manuela, rannicchiata piccolissima sui sedili e con le braccia che tentavano disperatamente di proteggere la testa, sfuggì un gemito. Non sapeva più nemmeno cosa o dove le faceva male. Sapeva solo che somigliava orribilmente a un massacro e che non c'era scampo.

Riuscì ad allungarsi fino alla maniglia del passeggero e la tirò per aprire la portiera. La sua macchina stava diventando anche la sua tomba e doveva uscirne. C'era sangue dappertutto a sbugiardare l'adrenalina, che invece le faceva sentire solo un'eco lontana di dolore.

Si trascinò fuori dall'auto ma, quando provò a puntare le gambe per mettersi in piedi, rovinò inerme sul marciapiede asfaltato, accasciata sulla spalla destra.

Pensò ad Anna che era ancora al telefono.
A Daniela e a come l'avrebbe presa.
All'aver promesso a sua mamma che sarebbe andato tutto bene. All'aver assicurato la stessa cosa alle sue amiche e a quanto odiava non mantenere le promesse.
Pensò all'Islanda.
E pensò a Marco.
Abbassò lo sguardo sul suo corpo per rendersi conto che l'aveva colpita anche alle gambe, i jeans azzurri slavati erano rigati di sangue per una ferita che scorse sulla coscia sinistra, sul lato esterno. E, quando puntò eroicamente il piede per provare comunque a rialzarsi, anche la caviglia cedette.
Somigliava a uno di quegli agguati di mafia di cui aveva sempre letto nei giornali e non avrebbe mai voluto scoprire come ci si sentiva a esserne il bersaglio.

* * *

Ci aveva pensato a lungo, dopo la chiacchierata con Daniela. Seduto sul suo scooter con il casco rosso bene allacciato, fuori dalla pizzeria per cui lavorava, Marco si fece coraggio e tirò fuori lo smartphone dalla tasca del piumino.

Aprì la schermata di WhatsApp con Manuela e un moto di tristezza lo invase, nel vederla ferma al giorno del compleanno di lei. Prima di quei messaggi, c'erano quelli di sei mesi prima. Poi, erano diventati finti estranei.

Si domandò ancora se sarebbe stato uno stronzo a scriverle, uno di quei fidanzati controllanti che si rifanno vivi solo perché hanno paura che l'amata gli preferisca qualcun altro. Gli tornò alla mente Daniela che lo spronava solo a chiederle di parlare, nient'altro. Dopotutto, lui non sapeva davvero cosa voleva. E non aveva idea di quanto poco lo sapesse Manuela.

«Marco», il collega dall'interno della pizzeria, dietro la porta aperta, lo chiamò con tono poco gentile. «Muoviti, qua le pizze si ghiacciano!».

«Arrivo!» rispose lui, voltandosi. Tornò con gli occhi sullo smartphone, pensò di rimetterlo in tasca e lasciarla in pace. Manuela sembrava felice con Chris e lui non aveva nessun diritto di disturbarla.

Poi però cedette. Sbuffò, riaprì la schermata di WhatsApp e digitò «ciao Manu, tutto bene? Senti, ti va se parliamo quando finisco al lavoro?».

Si tolse il peso dall'anima e lo inviò. E, quando vide la spunta del messaggio consegnato, si sentì più leggero. Più felice.

Sperò che Manuela fosse felice allo stesso modo.

* * *

L'uomo fece il giro dell'auto, arrivando dal lato in cui Manuela era rovinata a terra, e aprì meglio la portiera.

Vedendolo così da vicino, fu certa che era lo stesso della casa sul lago. Gli piantò gli occhi addosso, affannando di dolore e fatica nel vano tentativo di strisciare indietro, sulla schiena, ma lui la ignorò e si mise a frugare dentro la macchina, afferrando la sua borsa.

«Manu? Dimmi che sei ancora viva! Manu, cazzo!» la voce di Anna veniva ancora dal telefono fissato contro il cruscotto, che in quel momento vibrò.

1 nuovo messaggio - Marco, diceva.

L'uomo protese la pistola e con un colpo distrusse lo smartphone.

Riaccostò la portiera e si voltò verso Manuela.

Supina a terra, la schiena leggermente alzata, la gamba sinistra immobilizzata dalle ferite, il lato sinistro della testa e del collo invaso dal sangue che colava dall'orecchio – con il primo proiettile che le aveva staccato di netto l'arco superiore del padiglione – e dai tagli aperti dai frammenti del finestrino, Manuela lo guardò per un istante lunghissimo.

"E miracolosamente non ho smesso di sognare".

"E miracolosamente non riesco a non sperare", cantò Elisa.

Non sembrava nemmeno umano. Era una sagoma oscura e senza volto che le aveva sparato addosso così tante volte che si sorprese lei stessa di respirare ancora.

L'uomo rialzò la pistola contro di lei.

Manuela alzò le mani tremolanti sporche di sangue, inerme.

«Aspetta...».

Le sparò a bruciapelo.

Tirò il grilletto tre volte, ma dopo il primo colpo l'arma gli scarrellò in mano, scarica. Sapeva che per essere sicuro di uccidere un bersaglio – soprattutto se quel bersaglio ha fama di essere immortale – devi sparare due colpi al petto, uno per lato, e poi uno alla testa, ma aveva finito i proiettili dopo il primo tiro e dovette accontentarsi.

Manuela si lasciò sfuggire un gemito che era a metà tra il dolore e l'incredulità. Quell'uomo le aveva scaricato addosso la pistola senza dire nemmeno una parola, senza mai esitare, mentre lei aveva alzato le mani e non stava facendo resistenza in nessun modo.

La schiena si arrese e si trovò con l'occipite contro l'asfalto. L'adrenalina cedette e adesso lo sentiva il dolore, lo localizzava. Riuscì ad andare con entrambe le mani tremanti al lato destro del petto, trovando quella terrificante ferita, e guardò con orrore le sue stesse dita imbrattate di sangue e progetti che colavano via insieme.

Provò a spingersi istintivamente indietro con le gambe, voleva allontanarsi da un mostro che poteva fare una cosa simile senza doverci nemmeno pensare su, ma le forze si stavano assiepando in una pozza sull'asfalto.

L'uomo non era nemmeno più lì. E neanche la sua borsa.

Manuela riportò le mani alla ferita al petto.

È una figata avere una sorella!

Il sangue era caldo e beffardo, mentre le scivolava tra le dita.

È una bomba atomica che cammina, mette in pericolo tutto quello che tocca.

Aprì la bocca per cercare coraggiosamente di respirare, poi di parlare. Non per provare a chiamare aiuto, ma per scusarsi con le persone che amava, come se fossero lì per sentirla, perché non era riuscita a evitargli quel nuovo dolore, cadendo in quell'agguato.

Nei suoi pensieri, si scusò anche con Marta Corsi, per quello che le aveva fatto. Perché andava in terapia per colpa sua.

Niente guai, Mamma: promesso!

Il cielo di Milano era scuro, lugubre e senza stelle.

Manuela si rese conto che non avrebbe mai preso lezioni di chitarra o di giapponese.

Non avrebbe mai deciso cosa fare con Christopher dopo l'ennesimo pomeriggio passato insieme.

Né imparato a convivere con la rottura con Marco.

"E un segreto è fare tutto come se vedessi solo il sole" continuò speranzosa Elisa, il sangue di Manuela fiottato un sogno alla volta anche sulla radio e sui sedili.

Il volo per l'Islanda era precipitato in mezzo a quel mare rosso scuro.

Non avrebbe vissuto mai più.

Si arrese sull'asfalto.

Lo spazio per respirare non bastava più.

Le mani erano ancora sulla ferita al petto.

Manuela no.

"Un segreto è fare tutto come se vedessi solo il sole.
E non qualcosa che non c'è".

Capitolo 27

Martedì, 19 febbraio 2019
Milano, ore 21.44

Anna scorse da lontano la Cinquecento di Manuela, con la portiera aperta, nei parcheggi di via Palach. Scese dalla sua Punto scura a qualche metro di distanza, la sua Beretta personale nella fondina al petto, e corse come non aveva mai corso in vita sua.

«Manu!» gridò, controllando a fatica il panico. «Manu, cazzo!».

Raggiunse l'auto e tirò lo sportello dell'autista, il più vicino a lei, notando il finestrino frantumato dai proiettili e gli schizzi di sangue. Sgranò gli occhi e il cuore le saltò dalla gola al cranio, quando vide gli interni.

L'auto della sua amica era un campo di battaglia e si accorse anche dei buchi sulla portiera, del parabrezza con un foro palese lasciato da un proiettile. E si accorse del sangue. Sui sedili, sui tappetini, sul freno a mano, sul cruscotto, su quegli interni un tempo bianchi.

«Merda... merda, merda».

Si tirò fuori dalla macchina e la aggirò. All'altro lato, accanto allo sportello del passeggero rimasto aperto, trovò il sangue sull'asfalto. Un fiotto netto, schizzato fuori con violenza, e una pozza abbondante, scura, terribile.

«Dio, Manu».

Si chinò per guardare sotto l'auto. Si rialzò, respirando con la bocca aperta, per guardarsi attorno con gli occhi spalancati a forza dalla paura.

C'era un silenzio assoluto.

La macchina era stata crivellata di colpi – e il sangue finito ovunque suggerì alla poliziotta che era successo lo stesso anche a Manuela.

Ma Manuela non c'era.
Non era nell'auto.
Non era per terra.
Non era sotto l'auto.

Anna si portò le mani al volto cercando di calmarsi, poi ci pensò. Con due ampie falcate raggiunse il piccolo bagagliaio, temendo di trovarci dentro l'amica fatta a pezzi, e tirò su la portiera.

Niente e nessuno.

Perfino lei crollò. Cadde seduta sul bordo del bagagliaio, le mani sulle ginocchia divaricate, la testa bassa, per riprendere il controllo del suo respiro.

«Dove sei, Manu?» balbettò. Riportò le mani al viso e le premette sulle palpebre chiuse, mentre lacrime di terrore le rigavano gli zigomi.

Il grido di Manuela in mezzo agli spari, mentre era al telefono con lei, le si era annidato nelle orecchie e non sarebbe mai più andato via.

Trovò la forza di rialzarsi e riagganciare la porta del bagagliaio. Il battito era diventato ingestibile e stare ferma per respirare avrebbe solo fatto vincere il panico.

Si accostò di nuovo allo sportello del passeggero e si sporse all'interno dell'auto.

Elisa stava cantando *Anche Fragile*.

Anna lo trovò orribilmente beffardo, soprattutto quando l'artista espresse il suo *"sai quando ti dico che va tutto bene così? Perdonami: sono forte, sì, ma poi sono anche fragile"*. Manuela amava quella canzone che le calzava a pennello – e anche per questo Anna avrebbe solo voluto zittire l'autoradio imbrattata di sangue, ma non osò toccare niente.

Notò il telefono distrutto, la carcassa finita sul sedile dell'autista, pezzi del touchscreen un po' ovunque tra il cruscotto e il volante. La chiave invece era ancora inserita nel quadro.

E la borsa di Manuela non c'era.

Ma ad Anna del diario non importava più niente. Rivoleva solo la sua amica.

«Cazzo, cazzo» si disse di nuovo, la voce che tremolava. Raggiunse il suo smartphone nella tasca dei pantaloni cargo e se lo portò all'orecchio nervosamente.

«Giovanni?».

«Anna? Tutto bene?». La voce del centralinista del commissariato Sant'Ambrogio era calma, perfino troppo, come sempre.

«Giovanni, mandami una volante e qualcuno dell'Investigativa e della Scientifica, sono ai parcheggi vicino alla rotonda di via Palach».

«Ma che succede?» si spaventò lui, davanti al tono agitato della collega.

«Gio', cazzo» si trattenne a stento, «mandami qualcuno, è successo qualcosa alla mia amica, penso sia... un omicidio».

«Li avviso subito, arrivano, arrivano» si agitò anche il ragazzo.

«Grazie Gio', grazie».

Anna chiuse la chiamata e smise di fare resistenza. Pianse a singhiozzi, lei che non piangeva mai. Aveva retto finché c'era riuscita. Si lasciò cadere seduta sul bordo del marciapiede, con i palmi aperti contro il viso.

Manuela le gridava ancora nelle orecchie nel vortice degli spari. La poliziotta spostò le mani alle tempie, le dita aperte strette tra i capelli, nel tentativo disperato di scacciarne la voce, mentre il pianto si sfogava.

C'erano tanti bossoli, per terra, notò.

E lo spirito da agente riprese il sopravvento quando si rese conto che, poco lontana da lei, c'era anche una pistola.

Respirando ancora con la bocca aperta per scacciare le lacrime, Anna scattò e si rialzò, avvicinandosi all'arma, che era accanto a quella grossa chiazza di sangue, nei pressi della Cinquecento di Manuela.

Era una Beretta 92-FS.

Un'arma identica a quelle della Polizia.

Il senso di colpa per non avere trovato in tempo la talpa le fece bruciare il petto.

Era troppo perfino per Anna Russo.

Si tirò indietro i capelli scorrendoci sopra con la mano destra e giurò a se stessa, le guance fradice di terrore e impotenza, che avrebbe speso il suo terzo omicidio per ammazzare chi aveva fatto del male a Manuela.

*　*　*

Anna era ancora seduta sul marciapiedi, incredula. Aveva ripetuto com'erano andate le cose così tante volte che perfino la sua stessa voce stava iniziando a ronzarle in testa, insieme alle grida di Manuela.

Aveva accanto una bottiglietta d'acqua, gliel'aveva portata Gaetano.

I colleghi delle Volanti avevano recintato la zona con dei nastri, la Scientifica – con un paio di tecnici, oltre all'ispettore Valenti – stava cercando di capirci qualcosa. E l'Investigativa, la squadra di Anna, era lì con il sovrintendente Gaetano Festa e con l'ispettore superiore Francesco Ferro, appena rientrato in servizio.

Me l'hanno ammazzata al telefono.
In diretta.
Non ho potuto fare niente.

Quando Gaetano le portò una mano sulla spalla, Anna trasalì, tornando alla realtà.

«Anné?». L'omone, la barba più scura e più folta del solito, le si sedette accanto, per terra. «Ti va di dirmi di nuovo cosa è successo?» fece, calmo.

L'ispettore Ferro le si sedette accanto dall'altro lato, porgendole un fazzolettino per asciugarsi il naso e le guance. Erano passati venti minuti da quando erano arrivati, ma Anna stava ancora piangendo.

La poliziotta annuì e tentò di ricomporsi, afferrando il fazzolettino.

«Eravamo al telefono» riassunse, ancora. «Stavamo lavorando a una cosa, Manuela aveva trovato dei documenti di suo padre. L'hanno scoperta e attirata qui. Era al telefono con me quando ho sentito gli spari».

Gaetano e Ferro si scambiarono un'occhiata accigliata.

Anna alzò lo sguardo, stanca di fissare la punta delle sue scarpe, e lo rivolse alla Cinquecento crivellata della sua amica, mentre la Scientifica la passava al setaccio per cercare indizi. Manuela aveva amato quell'auto, era stata l'ultimo regalo di suo padre.

La poliziotta scosse il capo. «Ho sentito il finestrino che esplodeva, lei che gridava, e altri spari. E poi basta».

«Ma se volevano solo ammazzarla, perché portarsi via il cadavere?» si interrogò Ferro.

«Forse non volevano farci capire subito chi avevano colpito, cosa era successo. Non si aspettavano mica che stava al telefono con Anna» ragionò Gaetano. «E infatti quello quando ha visto la telefonata, ha sparato pure al telefono, secondo me».

Ferro si rese conto che filava.

«Scusa, Anné», continuò Gaetano, «adesso noi Manuela la cerchiamo, eh. Anche se c'è tanto sangue, lo vedi anche tu» premise, cercando di essere il più realista possibile. «Ma se le hanno sparato per questi documenti... chi lo sapeva, che li tenevate voi?».

Anna scosse lentamente la testa, continuando a guardare la Cinquecento con cui erano uscite tante volte. «Io. Lo aveva detto solo a me. Eravamo al telefono per quello».

Si riportò le mani alla testa. «Dio, ditemi che è solo un incubo». Pensò a come l'avrebbe presa Daniela. A cosa avrebbe detto a suo fratello. A come l'avrebbe detto a Laura. *Hanno ammazzato Manuela, lo so perché era al telefono con me. Non so dove abbiano buttato il cadavere, però c'era sangue ovunque.*

«Russo!». Sentendo perfino la sua voce, anche Anna si riscosse da quei pensieri ossessivi e orrendi.

Zanetti, il PM, era lì intirizzito dal freddo, stretto nel suo lungo cappotto grigio. «Mi hanno detto che la segnalazione è partita da lei».

L'ispettore Ferro si alzò. «Dottor Zanetti» lo salutò. «Le spiego io, Anna è in stato di shock, lasciamola tranquilla».

«Ispettore? Ah, buonasera, dottore» salutò Valenti, della Scientifica, la testa rasata che rifletteva le luci fredde dei lampioni. «C'è qualcosa che non va».

Anna rizzò le orecchie.

«Eh, e dimmi, no?» lo spronò Ferro, impaziente.

«Ci sono quattordici bossoli. Questo ha svuotato tutto il caricatore, ha smesso di sparare solo perché non aveva più colpi».

Anna si portò una mano alla fronte. «Santo Dio» sussurrò.

«E...?» lo imboccò il PM Zanetti, infastidito dal freddo.

«Sono bossoli segnati».

Anna sentì un fulmine spaccarle il petto e tirò improvvisamente su la testa. «Segnati?» gli fece eco.

«Segnati. Come i nostri» completò Massimo Valenti.

«Sono bossoli della Polizia?» chiese conferma Zanetti, gli occhi grandi e increduli.

«Sono segnati come i nostri, ma c'è di più. L'aggressore ha lasciato qui la pistola. Verifico per le impronte, ma...».

«Ha la matricola abrasa?» tentò Gaetano.

«No, il contrario. Ha la matricola della Polizia di Stato. È una delle nostre» disse Valenti, composto.

Anna si alzò in piedi e lo raggiunse in un passo. «Metti la matricola nel computer, lo vado ad ammazzare, questo bastardo» ringhiò.

«Anné, calma», la trattenne Gaetano, «adesso lo troviamo e ce lo andiamo a prendere, lo stronzo».

«Ma perché un assassino che sa che i bossoli sono segnati e le pistole hanno la nostra matricola dovrebbe lasciare qui l'arma? Non ha senso» notò l'ispettore Ferro.

Massimo era serio. Pallido. E lui non era mai serio. Anna lo studiò per un attimo, mentre guardava proprio lei, e capì senza il bisogno di parole. «Oh, no» le scappò. «No, no, no, Max, cazzo, no».

«È la tua pistola d'ordinanza, Anna».

La donna si portò le mani tra i capelli e si girò di spalle, lo sguardo al cielo, trattenendo il pianto e il disgusto – uno che scendeva e l'altro che saliva.

«Per quello c'erano quattordici colpi. Il quindicesimo era quello che hai sparato al Pappagallo, era lo stesso caricatore» continuò Massimo.

«Chi cazzo poteva prendere la mia pistola dal deposito?», Anna si voltò per chiederlo con tono concitato ai suoi colleghi. «Chi è entrato? Chi l'ha presa da lì?».

«Lei ci è entrata, Russo?» le rimbalzò Zanetti.

Anna gli piantò gli occhi sconvolti addosso.

Sì che ci sono entrata, si ricordò.

«Ho...» balbettò, non sapendo bene cosa dire. La giovane agente alla guardiola che aveva scacciato in malo modo avrebbe testimoniato contro di lei. «Sono entrata nel deposito, volevo vedere una cosa sul telefono del Pappagallo, stavo indagando per i fatti miei» ammise. «Non sono andata in armeria. Non ho mai più toccato quella pistola da quando ho ucciso quell'uomo».

«Eri al telefono con Manuela quando le hanno sparato, giusto?» provò a ricostruire Ferro.

Anna confermò.

L'ispettore scambiò uno sguardo con i colleghi.

«E solo tu sapevi del documento che aveva trovato, giusto?».

«Francesco, che cazzo stai insinuando?». Anna non si trattenne e lo affrontò di petto. A quel punto, i paletti e i freni inibitori erano saltati già tutti.

«Sto elencando quello che ci hai detto» provò a calmarla il suo superiore. «È quello che dovremo scrivere nei rapporti. Solo che c'è anche la tua pistola».

«Fatemi lo stub se volete, non tocco quella pistola da quella sera, non ho più sparato da quella sera» ribadì la poliziotta, digrignando i denti. «Triangolate il telefono, guardate l'ora della chiamata. Non ero qui quando le hanno sparato».

«Lo so, Anna. Lo so» aggiunse l'ispettore. «Ma sono domande che ti devo fare, non possiamo lasciare buchi».

«Lo faremo» intervenne Zanetti. Anna si voltò a guardarlo. «Lo stub, triangolare il telefono e guardare l'ora della chiamata. È una poliziotta rigorosa, Russo. Lo sa che non bisogna tralasciare nessuna ipotesi».

Anna pensò che lo avrebbe colpito con un pugno, ma la mano di Gaetano sulla spalla ebbe il potere sovrumano di farla desistere.

«Mentre lei è qui a pensare che io sia così cogliona da sparare a Manuela Guerra con la mia pistola di servizio, lasciandola pure qui per terra come se niente fosse, facendo sparire il cadavere e poi tornando qua a chiamarvi e a fare la sceneggiata, quello stronzo che si è fottuto la *mia pistola* è in giro che ci guarda e ride. E Manuela è morta in chissà quale cazzo di cassonetto!», Anna lo disse così forte che si accorse di aver quasi sputato in faccia al PM, mentre lo gridava.

«Russo, io devo guardare i fatti. Lei era qui per prima. E qui c'è la sua pistola. Non posso ignorarlo. Non le farò ripetere un altro caso Lucas Leone, mi dispiace».

«Dottore» intervenne Massimo Valenti, notando come gli animi si stavano scaldando. «C'è altro».

Il gruppo attese che l'ispettore della Scientifica continuasse.

«Hai detto che avevate trovato dei documenti e che Manuela Guerra ti aveva chiamato per avvisarti, giusto?».

Anna sospirò e annuì, sfinita. «Sì, doveva aspettarmi a casa. Ma ha ricevuto dei messaggi a nome mio che le dicevano di venire qui».

I suoi colleghi si guardarono.

«Secondo lei dovrei ignorare anche questo, quindi?» commentò Zanetti. «Il fatto che troveremo messaggi inviati da lei che hanno attirato qui la vittima? Dove c'è anche la sua pistola, dove è venuta con documenti di cui solo lei sapeva?».

«Non le ho mandato nessun messaggio», Anna lo ribadì digrignando i denti e arricciando il naso.

«Dottore, non avevo finito» si intromise di nuovo Massimo, che non aveva mai visto Anna così provata in vita sua. «Ho trovato una cosa sul telefono della vittima».

Anna avrebbe voluto sedersi di nuovo. Le tremavano le gambe e non riusciva a stare lì a sentirsi accusare da un PM mentre Manuela era di nuovo diventata *la vittima*. Un fantasma senza nome, spersonalizzato, perché solo spersonalizzando i morti puoi sopravvivere a un lavoro come quello che faceva lei. Ma rimase in piedi. Era quello che aveva imparato a fare in tutta la vita: rimanere in piedi quando le gambe invece si piegavano.

«C'era... questo. Ora è rotto, lo ha spaccato lo sparo, ma è una cimice».

Anna osservò quel piccolo oggetto nero, che somigliava quasi a un bottone, in una bustina trasparente tra le mani dell'ispettore Valenti. «Serviva a tracciarle le telefonate?».

«Oh, no, era una cosa più semplice, glielo aveva appiccicato al retro del telefono, tra lo smartphone e la cover. È proprio un microfono. Captava l'audio e lo trasmetteva. Ma non saprei dirti a chi, lo ha distrutto».

«Quindi...», Anna strinse gli occhi, colpita. «Con questo coso potevano sentire tutto quello che succedeva in qualsiasi posto Manuela portasse il telefono».

«Sì, è proprio un microfono. Potevano sentire quello che diceva lei, ma anche quello che dicevano le persone che erano con lei».

Ferro guardò Anna. «Ecco come hanno scoperto dei documenti che dicevi, allora».

«E questo chi glielo aveva messo, mò?» si interrogò Gaetano.

Anna non sapeva cosa rispondere. «Non lo so, qualcuno che riusciva ad avere accesso al suo telefono. Al lavoro, o nella vita privata, o non so».

«Anche lei poteva, ci abitava insieme» fece notare ancora Zanetti.

Anna lo fulminò. «Manuela me lo diceva, quando c'erano novità. Non mi servivano i microfoni».

«Come con l'arresto di Leone?».

La poliziotta sbuffò, sfinita.

«Dottore, per favore, possiamo parlarne a freddo? Russo è già abbastanza sconvolta» intervenne Ferro. «Anna, sai se Manuela stava frequentando qualcuno? Qualcuno di cui si fidava abbastanza da lasciarlo da solo col suo telefono?».

Anna alzò le spalle. «Stava frequentando un uomo da qualche giorno, il nostro nuovo vicino di casa. Di più non so».

«Che tipo è?».

«Uno alto, una guardia giurata. Un tipo tranquillo e un po' imbranato, sembrava».

«Gaetano, ricordiamoci di dare un'occhiata al profilo di questo tipo» ordinò Ferro. «Come vuole procedere, dottore?», si rivolse al PM.

Zanetti ci pensò, guardandosi attorno. «Non è nulla di personale, Russo» premise. «Ma lei viene con me. Voglio parlare con lei. In commissariato. Negli atti ci sarà scritto che qui c'era la sua pistola. Io voglio capire perché».

Anna lo guardò dritto negli occhi, rimproverandosi per non aver smascherato prima la talpa interna della Polizia.

«Anch'io» scandì bene.

* * *

Anna non poteva credere che stesse succedendo davvero a lei. Con i gomiti sul tavolo della stanza degli interrogatori, quella dove aveva fatto finire tanti criminali, le dita tra i capelli e la testa china, sperò ancora di svegliarsi da quell'incubo.

Non sapeva più nemmeno che ore erano.

Zanetti le aveva fatto fare davvero lo stub. Che era negativo, ovviamente. Ma non si era accontentato.

L'agente di guardia al deposito aveva confermato che pochi giorni prima Russo l'aveva scacciata in malo modo, per entrare e maneggiare nessuno sapeva cosa. Per Zanetti era la pistola, Anna gli aveva detto di verificare le accensioni del telefono del Pappagallo, perché era a quello che aveva messo mano.

Quando la poliziotta aveva evidenziato che se avesse voluto sparare a qualcuno avrebbe potuto usare la sua pistola personale, e non andarsi a riprendere quella di ordinanza che oltretutto era facilmente tracciabile, Zanetti allora aveva tirato fuori i messaggi.

Che risultavano inviati dal suo numero. Che dicevano a Manuela di incontrarla nei parcheggi dove qualcuno l'aveva uccisa e fatta sparire.

Massimo ora stava tracciando e triangolando le telefonate per dimostrare che Anna era altrove, quando sparavano a Manuela. Ferro stava cercando possibili video dalle telecamere nei pressi dei parcheggi e della rotonda per vedere cosa era successo.

Tutti concordavano sul fatto che gli indizi portassero ad Anna, che però a meno di non essere incriminata dai documenti trovati da Manuela non aveva nessun movente e di sicuro non avrebbe lasciato la firma nell'omicidio mandando messaggi dal suo numero di telefono e abbandonando lì la pistola con tanto di bossoli segnati.

Ma gli indizi c'erano e non si potevano far sparire. E oltretutto Anna continuava a dire di non avere idea di cosa ci fosse, in quei dannati documenti. Per Zanetti era per non svelare che erano compromettenti per lei. Per i suoi colleghi, invece, era sincera e Manuela non aveva avuto il tempo di dirglielo.

Hanno ammazzato Manuela Guerra, avremo tutti i media addosso le aveva evidenziato Zanetti. Che quindi aveva bisogno di un colpevole, il prima possibile.

Di uno qualsiasi, a quanto pareva. Dopotutto, lei non era brava a capire il contesto, le aveva detto, ma lui sì.

Ad Anna però non importava nulla di tutto questo. In realtà non riusciva nemmeno a pensarci. Si stava stringendo la testa tra le mani perché Manuela le stava ancora urlando nelle orecchie – e quell'urlo disperato, strozzato, spaventato, sorpreso dal dolore, la stava facendo impazzire.

La Scientifica aveva confermato che il sangue in macchina – tutto – era di Manuela.

Le grida nella testa di Anna si fecero più forti.

«Non hai voluto nemmeno il caffè».

Anna non si era accorta che nella stanza degli interrogatori, dove era rimasta da sola da un po', era entrata Gea Baroni. La vicequestora, in un tailleur bordeaux su una camicetta crema, riusciva ad avere una bella cera nonostante l'orario. Le luci erano basse, ce n'era solo una che puntava sul tavolo al centro della stanza.

La dottoressa camminò proprio verso il tavolo, Anna non cambiò posizione e non alzò lo sguardo. L'altra donna le si sedette di fronte.

«Mi dispiace per quello che è successo alla tua amica».

La poliziotta alzò lo sguardo solo a quel punto. Era truce. Sfinito, ma feroce. Anna feroce non lo era stata mai. Ma adesso capiva come si era sentita Manuela messa all'angolo, un anno prima. Manuela che, da persona più mansueta del mondo, impazziva e compiva un sequestro che quasi finiva con un morto.

Ricordava di averle rinfacciato di dover *pensare alle conseguenze prima di fare le cazzate*, ma ora non glielo avrebbe mai detto, tornando indietro. Se avesse avuto davanti, in quel preciso momento, chi aveva ucciso Manuela, lo avrebbe ammazzato senza nemmeno pensarci. Manuela invece alla fine aveva desistito. Il buono in lei aveva prevalso. Anna non pensavo di averne più di residuo, di *buono*, con addosso la certezza che era qualcuno dei suoi ad aver ucciso Manuela e ad aver provato a incastrare lei.

Non pensavo potesse succedere a me, si disse. *Mi tremano le mani e non so come calmarmi.*

Aveva avuto molti shock nella vita, ma quello era troppo forte. Dover ascoltare Manuela in tempo reale mentre moriva ammazzata era la cosa più inquietante che le fosse mai successa.

«Si chiamava Manuela Guerra, non *la mia amica*» le rispose, solo.

Baroni le concesse quella correzione con una smorfia e un'alzata di spalle. Anna dedusse da quello che, in realtà, della *sua amica* a Gea Baroni non importava proprio niente. Dopotutto era lei che l'aveva definita *la psicolabile* per cui Anna si stava rovinando la carriera.

«Aveva solo venticinque anni» aggiunse. «Una vita di merda in cui faceva quello che poteva». Sorrise, triste. «Che era molto più di quanto tutti ci saremmo aspettati, era l'unica che si sottovalutava. E voleva ancora fare un sacco di cose. Doveva farle». Scosse la testa e si chiuse nel silenzio quando le si bagnarono gli occhi.

«Dai per scontato che sia morta?» le domandò la funzionaria.

«Non ha visto quanto sangue c'era. E quanti buchi. Valenti ha perfino trovato il... pezzo di un orecchio. Nel cruscotto. C'era sangue anche nel poggiatesta del suo sedile. E nel parabrezza».

Baroni stridette i denti. Sapeva cosa significava, immaginando la traiettoria dei colpi e degli schizzi.

Anna ripercorse tutto, cercando di capire cosa avesse sbagliato, di cosa non si fosse accorta. Poteva essere stato addirittura Christopher a sistemare quel microfono nella cover del telefono di Manuela? Chi altri era rimasto da solo con il suo smartphone? Era con quello che avevano scoperto dei documenti? Era per quello che erano sempre un passo avanti e invece loro stavano girando a vuoto da giorni?

Certo che è per quello, si rese conto. *Manu aveva il telefono con sé anche quando Laura le ha detto che la chiave era del diario ed è andata a prendere i documenti.*

«Vedrai che, appena arrivano le analisi delle telefonate, Zanetti ti lascia andare a casa».

La rassicurazione di Baroni le suonò come una voce che veniva dall'aldilà, quando rialzò gli occhi e si ricordò di essere ancora seduta lì, nella stanza degli interrogatori.

Anna scosse la testa. «Eravate così preoccupati delle vostre stronzate che è andata a finire così».

«Non potevamo saperlo».

«Invece sì». Anna si sporse in avanti, sul tavolo. «È successo anche con la prima indagine: avevano isolato Manuela prendendola per pazza. E stavolta avete isolato anche me».

«Abbiamo solo seguito le procedure e lo sai».

Anna ripensò alla legale di Lucas che le diceva che, se i suoi superiori sospettavano qualcosa sull'arresto dell'anno prima, era solo perché il Pappagallo lo aveva accennato a qualcuno della Polizia. Qualcuno interessato a zittirlo per sempre.

Si morse le labbra, si ritrasse sul tavolo e provò a fare quello in cui era mostruosamente brava, nonostante lo stato di shock la stesse divorando dall'interno: riprendere il controllo di se stessa.

Non disse più niente. Rimase lì seduta in silenzio e con le braccia conserte per ore.

Manuela nelle sue orecchie urlava per chiederle un aiuto che lei non era riuscita a darle.

* * *

«Anna!».

Quando la donna uscì finalmente dal corridoio che conduceva alla stanza degli interrogatori, ormai all'alba, suo fratello le corse incontro, gli occhi rossi di pianto, e la abbracciò.

Quell'abbraccio disarmato riempì Anna di un coraggio disperato.
«Ehi, fratellino» tentò, provando a stringerlo a sé.
«Dicevano che non ti lasciavano uscire, dimmi che è un incubo».
Anna gli mise una mano su ogni spalla. «Adesso posso uscire. Hanno visto dalla posizione del telefono che non c'entro niente e non ero lì».
Dietro di loro, nell'androne del commissariato, anche Daniela li raggiunse con passi lenti. Era distrutta. Spettinata, struccata. E lei non lo era mai. Aveva il viso scavato dal pianto e dall'impotenza.
Aveva avvisato lei Marco. Si era ripromessa che non avrebbe mai più dovuto fare telefonate del genere – e invece eccoli lì, di nuovo.
«Di Manu non sappiamo niente?» tentò Marco, speranzoso.
Anna lo guardò pensando a quella volta che aveva dovuto spiegargli che credere a Babbo Natale era bello ma inutile – perché Babbo Natale non esiste e *non puoi continuare a crederci per sempre.*
Marco era stato l'unico a credere nella ripresa e nella sopravvivenza di Manuela, tre anni prima. Ma stavolta non c'era niente in cui credere e Anna non voleva che si illudesse.
La poliziotta distolse lo sguardo e quando lo rialzò era pieno di lacrime. Marco la guardò con orrore, quando la donna fece cenno di no con la testa e alzò anche le spalle. Dietro Marco, che guardava incredulo sua sorella, Daniela pianse silenziosamente ma a singhiozzi, portandosi una mano davanti alla bocca e al naso.
«Il corpo non c'era» precisò Anna, con un filo di voce. «Ma con quel sangue... e quelle...». La frase continuava con *urla*, ma non lo disse. Non voleva che anche suo fratellino e Daniela iniziassero a immaginarsele e a sentirsele a vita nelle orecchie.
Considerando che non aveva risposto alla sua proposta di vedersi, la sera prima, e che per questo c'era rimasto male, Marco si disse che avrebbe voluto tantissimo essere stato respinto. Sapere che Manuela era viva, aveva letto quel messaggio e aveva scelto di non vederlo.
Al primo passo verso di lei che aveva riprovato a fare, era successo di nuovo qualcosa di terribile. Da vivi non potevano stare insieme, non c'era appello.

E la vita normale di Manuela Guerra non sarebbe mai iniziata. Era un sogno innocente che si era dissanguato nella sua Cinquecento.

Capitolo 28

Mercoledì, 20 febbraio 2019
Milano, ore 11.34

Anna si guardò attorno, concentrata. Era accosciata sul punto dove, la sera prima, si trovava l'auto di Manuela. La donna sfiorò con le dita il sangue secco e prese un bel respiro.

I suoi colleghi avevano fatto rimuovere la Cinquecento. Di Manuela non rimaneva altro: i cocci della sua auto, le macchie di sangue che si scurivano sull'asfalto.

La poliziotta non aveva dormito. Non aveva mangiato. Non voleva fermarsi: se lasci spazio nella testa alle paure, se lo prendono tutto. Anna non poteva permetterlo. C'era una fiammella di insensata speranza, in lei – come quando si deve elaborare un lutto e per prima cosa si nega con ogni forza che sia successo.

Ma Anna non aveva un cadavere. Aveva solo tanto sangue. E per sopravvivere al senso di impotenza, in quelle ore si era detta che senza cadavere non c'è omicidio. L'obiettivo non era solo trovare un assalitore, ma ritrovare Manuela.

Viva, si illudeva.

Ma anche morta, pur di smettere di rimanere in sospeso.

Notò che c'erano diversi palazzoni poco lontani dai parcheggi. Era impossibile che nessuno avesse sentito quattordici spari. Che nessuno avesse visto niente.

La donna aveva con sé la sua pistola personale, nella fondina ascellare, e aveva portato anche il distintivo. Essendo sospesa non era autorizzata a usarlo, ma non gliene fregava niente. Puntò i condomini, decisa a suonare alle porte una a una, per trovare qualcosa. Qualsiasi cosa.

I suoi colleghi stavano indagando, ma quando si trattava di Manuela Guerra – per qualche motivo – finivano sempre con niente in mano. E se non fosse stata al telefono con lei, per puro caso, avrebbero arrestato Anna per quei messaggi, per la sua stupida pistola.

Chi aveva sparato a Manuela non voleva solo uccidere lei, ma anche tagliare fuori Anna.

E Anna voleva scoprire perché.

Arrivata a quel punto, con le buone o con le cattive.

***

Dovevano fare quadrato. Non conoscevano altro modo per sopravvivere e la prima volta, quando Manuela aveva preso un proiettile in faccia, aveva funzionato.

Anna stava indagando. Marco era andato a parlare con Laura, che aveva appreso la notizia da Daniela al telefono. La giornalista era stanca di dover chiamare la madre della sua amica per aggiornarla su cose terribili.

E adesso era lì.

Ci aveva pensato per ore, seduta nell'androne del commissariato con Marco, in attesa che lasciassero uscire Anna, quella notte. Aveva fatto un paio di telefonate, dei conoscenti nella Polizia Penitenziaria le dovevano qualche favore e lo aveva fatto pesare ancora, ottenendo subito quell'appuntamento.

Seduta nel parlatorio del carcere, Daniela Cassani aveva indossato di nuovo la sua occhiata algida e la corazza inscalfibile di titanio.

Quando spuntò dalla porta e se la vide davanti, suo padre Giulio Cesare Cassani la guardò incredulo e sorpreso. Considerando come si erano lasciati all'ultimo incontro, non si aspettava di rivederla così presto.

Con due passi incerti si mise seduto davanti a lei. Daniela alzò gli occhi e l'uomo si sentì investito da un brivido. Il disprezzo di sua figlia era inappellabile.

«Dani...».

«Hai dormito sereno?». Daniela glielo chiese con un sorriso beffardo e ferito stampato in faccia. «Bello tranquillo, tra i cuscini morbidi che ti sarai già fatto portare anche qui?».

Cassani esitò.

«Io non ho chiuso occhio». Lei si sporse in avanti, faccia a faccia, all'altro lato del tavolo. «Tanto lo so che sai cosa hanno fatto a Manuela. Le hanno scaricato una pistola addosso».

L'uomo abbassò lo sguardo verso il tavolo, evitando quello della figlia.

«E tu ovviamente non hai un cazzo da dire, figuriamoci» comprese lei. «Sei quello che le ha fatto sparare in faccia, dopotutto. Anziché essere pentito, al massimo starai pensando che – peccato! – poteva morire la prima volta, almeno non ti avremmo beccato e non saresti qui dentro, brutta stronza».

«Daniela...».

La giornalista allungò una mano verso la sua borsa da spalla e ne estrasse un mazzo di piccole foto, spargendole sul tavolo.

«Me le ha date Anna Russo, le hanno scattate i suoi colleghi».

Cassani scorse le immagini della Cinquecento crivellata di Manuela. E il sangue sui sedili. Sull'autoradio, sui tappetini. La pozza terrificante sull'asfalto.

«Non sei contento? Ce l'avete fatta, stavolta».

«Io non c'entro niente» replicò l'uomo.

«E allora chi c'entra?». Daniela puntò l'indice contro la foto degli interni dell'auto imbrattati di sangue. «Chi è che fa una cosa del genere a una persona disarmata, in mezzo alla strada, senza manco aspettare che sia notte fonda? Su chi cazzo è che potete contare? Chi è che vi fa sentire così al sicuro?».

Cassani scostò le foto per vedere anche quelle che inizialmente erano coperte, in fondo al mazzo, in una sorta di orrore dilettevole. Erano così spaventose che non riusciva a non guardarle.

«L'hanno lasciata qui, per terra?» domandò, osservando la pozza di sangue sul marciapiede asfaltato.

«No. Non l'abbiamo trovata. L'hanno fatta sparire».

Cassani arricciò le labbra. Se avesse avuto una macchina del tempo, si sarebbe opposto al coinvolgere Gianandrea Guerra nel suo giro di riciclaggio dei soldi. Lui non sarebbe finito in carcere, e Manuela non sarebbe finita al centro dei mirini di SOLIS.

Certo, sarebbe solo bastato che Lucas non avesse fallito, quando le aveva sparato. Si sarebbe risolto tutto. Gli dispiaceva per la vita di Manuela, l'aveva vista crescere, ma cos'altro poteva fare? Anche lui non poteva ripresentarsi da SOLIS a mani vuote. Invece Manuela era sopravvissuta ed era andato tutto storto – peraltro, solo per poi morire ammazzata tre anni dopo, quando per lui era troppo tardi e il carcere lo stava già consumando.

«Non mi devi dire niente?» lo spronò la figlia.

Cassani rialzò lo sguardo, accigliato ma ferito. Infastidito.

La donna rise e scosse la testa.

«Niente? Neanche davanti a questo? L'hanno ammazzata come un cane, si sono mossi come se dovessero sparare a un commando anziché a una ragazzina che sentiva la radio in macchina. Ti chiamava *zio*, siamo cresciute insieme, e tu invece non dici un cazzo?» ringhiò.

Il padre arricciò il naso con un cipiglio colpevole nello sguardo.

«SOLIS ha qualcuno nella Polizia. Dammi una mano. Almeno stavolta. Dimostrami che mi sbaglio, che non fai schifo come penso» si sforzò la figlia. «Ieri mattina Manu era qui che ti parlava. Al suo posto io ti avrei sparato in bocca, lei invece è venuta a sprecare le sue ultime ore di vita per ascoltare *te*. Fallo per lei, almeno. Che io non so come cazzo fai a guardarti allo specchio».

Quando Cassani ritrovò il coraggio di guardare la figlia, si accorse che gli occhi scuri di Daniela erano pieni di lacrime rabbiose e mal trattenute. Non l'aveva mai vista così provata. Non aveva mai pianto, quando aveva fatto arrestare lui.

Manuela era il suo fianco scoperto, le voleva bene davvero. E Cassani comprese che, alla luce di ciò, davvero per lui non ci sarebbe mai stato perdono. Aveva commesso errori troppo grandi. Stava continuando a commetterli. E Daniela non avrebbe capito come stava tentando di proteggerla.

«Niente?» insisté lei, incredula, davanti al suo silenzio.

Raccolse le foto e le impilò, rimettendole in borsa e scuotendo nervosamente la testa.

«Non avevo dubbi» commentò, tra sé. Voleva uscire per lasciar sfogare il pianto. «Ci devi marcire, qui dentro». Si alzò, gettandosi la borsa in spalla. «A mai più, pezzo di merda».

* * *

Anna aveva trascorso ore a bussare davvero a tutti gli appartamenti. Alla fine, era tornata lì, alla pozza di sangue in via Palach. Stava cercando un'idea. La traccia di un'auto con cui magari l'assassino si era allontanato, qualsiasi cosa.

I condomini le avevano detto di non aver visto niente, di non aver pensato che quelli fossero spari, e le avevano chiesto se fosse vero quello che dicevano i telegiornali – che sapevano che la vittima era Manuela Guerra, ma che il cadavere non c'era. *Assurdo, la vogliono proprio morta*, le aveva detto qualcuno. *Comunque, non me la conta giusta, sempre a quella là sparano! Chissà cos'ha da nascondere*. E anche *se quella avesse imparato a farsi i fatti suoi, come facciamo tutti, non sarebbe famosa, ma magari viva sì*.

Anna aveva faticato a ignorare quei commenti.

L'unico che aveva ammesso di aver sentito gli spari era un uomo di mezza età che aveva detto con certezza anche alla Polizia che era successo alle 21.34 precise, perché aveva imprecato contro l'ennesima pausa pubblicitaria e aveva alzato lo sguardo verso l'orologio da parete, sopra la TV. Poi aveva sentito gli spari, ma aveva pensato fossero dei ragazzini che si divertivano con dei petardi nei parcheggi. Era anche grazie a lui se, triangolando la posizione del suo telefono e la chiamata con Manuela, la Scientifica aveva escluso che Anna fosse lì mentre il fatto avveniva.

La poliziotta si massaggiò gli occhi chiusi con la mano destra, accosciata accanto al sangue.

Nessuno avrebbe detto niente di *davvero* utile.

Chi ce l'aveva con Manuela una volta se l'era venuta a prendere a casa sua e la volta successiva l'aveva massacrata in mezzo alla strada. Significava che i suoi nemici erano *molto* pericolosi e nessuno dei potenziali testimoni voleva mettersi a rischio, peraltro

per una giornalista impicciona che *deve ringraziare chi le ha sparato in faccia, se è diventata famosa* – così sostenevano molti.
Che mondo di merda.
Mentre cercava uno spunto, Anna si sentì toccare a una spalla. Trasalì e alzò lo sguardo.
Quando se lo vide alle spalle, il cuore le mancò un battito.
Era stato lui? Era lì per quello? Era lì per finire il lavoro con lei, ora?
Lucas Leone la guardava, serio, indecifrabile, gli occhi celesti asciutti e abituati al peggio – perché di solito il peggio era lui.
Anna si alzò e fece un passo indietro, non sapendo se avrebbe dovuto sfoderare la pistola per difendersi o no.
Lucas le porgeva un foglio, quello che sembrava un bigliettino.
Con l'altra mano, le fece cenno di non aprire bocca, di non dire niente. Lei non seppe come interpretarlo.
La salutò con un cenno della testa e si allontanò con discrezione. Anna lo seguì con lo sguardo mentre spariva tra le auto parcheggiate.
Si concentrò sul bigliettino e lo aprì, con le mani tremolanti. Era a quadretti, con un appunto scritto a penna.

Tra mezz'ora.
Via Pinerolo 66.
Vieni con i mezzi pubblici.

Anna si sentì invadere da un misto di adrenalina e terrore. La stava seguendo? E se sì, da quanto tempo? Perché non se n'era accorta?
Riconobbe che quello era l'indirizzo di casa di Lucas, l'anno prima ci si era acquattata sotto con Daniela.
Vuole che vada a casa sua, senza dirmi perché.
Fissò il bigliettino mentre un uragano le sconquassava il cervello.
Poi si mosse e iniziò a camminare a passo spedito per raggiungere la metro.
Non aveva in mano niente.

E quindi non aveva niente da perdere.

Diciotto ore prima

Capitolo 29

Martedì, 19 febbraio 2019
Milano, ore 21.35

*"Un segreto è fare tutto come se vedessi solo il sole.
E non qualcosa che non c'è"*.
Manuela sentiva ancora Elisa cantare e chiudere la canzone, ma la voce era ovattata, lontana, nonostante l'autoradio della sua Cinquecento fosse vicinissima.

Il cemento del marciapiede, spietato, le stava gelando le spalle. O forse si stavano gelando per il sangue che usciva. Aveva le mani deboli ancora strette sul petto nel penoso tentativo di trattenerlo.

La ferita alla coscia sinistra le aveva imbrattato i jeans. Le altre non le sentiva nemmeno – il cervello aveva dovuto scegliere quale dolore processare prima.

Provò con forza inumana a muoversi, ritirarsi su, fare qualcosa. Riuscì a stringere le dita della mano destra sulla ferita al petto, aprì la bocca per gemere, chiamare aiuto, respirare, scusarsi – tutte assieme. Non uscì nulla.

Stava sanguinando lentamente dalle narici. Rendersene conto, mentre le colava sulle labbra, fu quasi brutto quanto prendersi quella pistolettata a bruciapelo nel torace, sparata mentre lei aveva solo alzato le mani.

Significava che sarebbe annegata nel suo sangue, perché ce l'aveva già nei polmoni.

Mi dispiace, si disse, mentre con la gamba destra riuscì a spingersi indietro di un paio di centimetri sull'asfalto, non di certo a rialzarsi. *Anna, Dani, Mamma... Papà... Marco, mi dispiace*.

«Manuela!».

Faticò a distinguere quella voce, nelle sue condizioni, ma non l'avrebbe scambiata con nessun'altra. Gli occhi erano piantati sul cielo, il mento alto, l'occipite contro il marciapiedi, ma pur non riuscendo a muovere la testa per guardarlo ne era sicura.

Il cuore le accelerò. E quindi iniziò a perdere anche più sangue.

«Merda!» aggiunse lui. Si sporse verso il suo viso e Manuela, riuscendo ancora a vederlo, immaginò di essere già morta. Affannò più forte.

Era lui ad averle sparato. Era lui. Chi altro poteva essere, dopotutto?

E ora era venuto a finire il lavoro.

Si spinse un centimetro più indietro con la gamba destra, strisciando penosamente, e si lasciò sfuggire di bocca un gemito di terrore.

«Stai calma». La voce di Lucas Leone tentò di prendere il controllo della situazione. Le toccò il petto, scostandole le dita arrese, e le corse con una mano sulla schiena per rendersi conto che c'era anche un foro d'uscita e il proiettile l'aveva passata da parte a parte. «Non muoverti, stai calma».

Manuela spinse di nuovo nell'unica gamba che sentiva ancora le flebili forze che le restavano, per allontanarsi da lui. Lo aveva insultato, lo aveva picchiato, gli aveva sequestrato la figlia, gli aveva detto le cose peggiori possibili, e ora ce lo aveva davanti e non poteva difendersi.

«No, stai ferma. È peggio, stai ferma».

Lucas si slacciò la cintura dei pantaloni.

Manuela non pensava di poter stare peggio di un secondo prima, ma un'altra ondata di orrore la investì. Riusciva ancora a scorgerlo e non voleva sapere perché Lucas si stava slacciando i pantaloni davanti a lei, quindi pregò di morire all'istante per non scoprirlo.

L'uomo si sfilò la cintura dai passanti in vita.

«Stai calma» fece, rimanendo composto. «Non muoverti. Stai calma», ribadì.

Le portò la cintura all'altezza del petto. «Ti farò male» la avvisò, «molto».

Le tirò su il tronco come poteva per far passare la cintura sotto le spalle. A Manuela scappò un latrato debole. «Lo so» concesse lui, «fa male».

Fece ricongiungere gli estremi davanti al petto della donna, sistemò la sua stessa cravatta appallottolata sulla ferita e poi strinse la cintura più forte che poteva, allacciandola. Lei avrebbe gridato, se ne avesse avuto ancora la forza.

Lucas notò a quel punto anche la ferita alla coscia.

«Ci sei ancora? Ragazzina?» le disse, osservando che stava sanguinando copiosamente anche da lì e che non c'erano più reazioni, che da quando le aveva scostato le mani dal petto la giovane era inerte, esanime.

«Cazzo».

Lucas notò che gli occhi di Manuela si erano persi a fissare il cielo. Erano grandi, trasparenti, bagnati. Aperti, immobili.

Vivere non è una cosa che puoi continuare a rimandare, inizia oggi le aveva detto Christopher.

Ho già finito.

Senza iniziare.

Senza iniziare.

Smise di ripeterselo e di pensare. Di avere paura, di sentire dolore. L'unica cosa che non smise di fare era respirare. Il sangue le colava ancora dal naso, ma Lucas sapeva cosa andava fatto davanti a una ferita al petto come quella, che uccideva in massimo due minuti e con un'agonia brevissima ma atroce.

Sciolse la cintura anche a lei e gliela fece scorrere via dai jeans, stringendogliela più forte che poteva sulla coscia, poco sopra la ferita, per fermare il sangue con un laccio emostatico improvvisato.

Si assicurò di aver bloccato le cinture così come le aveva sistemate, anche sul foro d'uscita nella schiena.

«Non morirmi qui» le disse. «Sei sopravvissuta ogni volta. Ragazzina del cazzo, non morirmi proprio oggi».

Se la prese in braccio e raggiunse il suo spazioso SUV. La pozza di sangue, orfana del corpo di Manuela, gridava a tutti che su quel marciapiede era successo qualcosa di terribile. Ma per quell'omicidio non c'era più un cadavere.

* * *

«Aiuto!».

Lucas entrò nella sala triage del pronto soccorso, che distava non più di due minuti da dove avevano sparato a Manuela, dicendolo in tono deciso – e senza aspettare il permesso di nessuno.

La teneva tra le braccia, stretta al petto.

«Aiuto, ho una donna ferita in una sparatoria, sta morendo, è un codice rosso, mi aiuti!».

Il medico del triage, seduto dietro la sua scrivania a leggiucchiare chissà cosa, alzò gli occhi e scattò subito verso di lui.

«Cosa è successo?».

«Le hanno sparato. Molte volte. Ha sicuramente uno pneumotorace ed emotorace. Sono un ex militare, ho tamponato la ferita come potevo, per evitare che il polmone collassasse».

«Ha fatto bene. Aldo!» chiamò il medico, che aveva una sessantina di anni, pochi capelli grigi e il viso segnato dal suo lavoro stressante.

«Quando è successo? Di cosa parliamo?».

«Neanche dieci minuti fa, con una pistola calibro 9mm. Ha molte ferite, ma solo due sono molto gravi, le ho fasciate» spiegò Lucas, pronto e freddo.

«La stenda qui, ecco», il medico indicò una lettiga lì accanto, su cui Alberto Corsi sistemò il corpo esanime di Manuela. «Aldo, vieni», l'uomo in camice bianco attirò un giovane infermiere con un gesto della mano. «Signore, lei mi aspetti qui».

«No». Lucas lo disse in modo così deciso e terrificante che il medico rimase paralizzato, nonostante la donna ferita di cui doveva occuparsi. Il sicario scostò appena il soprabito scuro per fargli notare che teneva una grossa pistola in una fondina ascellare che gli cingeva il petto.

«Io vengo con lei».

Il medico sgranò gli occhi, spaventato. Poi ricollegò i pezzi. «Ma lei...» guardò Lucas, poi guardò Manuela. «E anche lei...» li riconobbe.

«Se non la aiuti subito e muore, vengo a prendermi i tuoi familiari uno per uno» minacciò il sicario, con la sua flemma agghiacciante.

«Dottor Cerri, mi dica», l'infermiere arrivò lì solo a quel punto, mentre i due uomini si guardavano cercando di intuire l'uno la prossima mossa dell'altro.

Il medico deglutì nervosamente, poi annuì. «Prendi i dati della donna ferita. Il signore qui viene con me».

Lucas gli sorrise appena, compiaciuto. Da una tasca del suo lungo soprabito, tirò fuori un documento e lo porse all'infermiere. *Giulia Onorato*, c'era scritto. Ma la foto era di Manuela.

«Subito, dottore» eseguì l'infermiere, coi suoi capelli di media lunghezza, gli occhiali squadrati e troppi pochi chili rispetto alla sua statura – mentre si sistemava al posto del medico nella scrivania del triage, in quella stanzetta quadrata.

Il dottore prese un bel respiro e guardò Lucas, spaventato. «Non so se la sua *amica* si salverà» ammise, pensando alla minaccia del sicario e prendendo a spingere di corsa la barella verso il reparto. «Codice rosso» chiamò, superando le porte mentre Lucas teneva il passo. «Ferite da arma da fuoco. La paziente respira ancora da sola».

«Fai quello che serve per salvarla». Lucas gli posò una mano su una spalla per incrociare ancora il suo sguardo. «E tieni per te quello che hai capito su chi sono io e su chi è lei. O la tua famiglia non solo me la vengo a prendere, ma la faccio soffrire. Sono stato chiaro?».

Il medico annuì subito. Non aveva nessuna intenzione di far incazzare quello che aveva sparato in faccia alla giornalista più famosa del Paese – né di chiedergli perché ora gliel'avesse portata in ospedale in quelle condizioni e volesse invece salvarla a ogni costo.

«Muoviamoci, o morirà», riprese a correre il dottore. Lucas gli fu subito dietro.

Manuela doveva salvarsi.

Doveva salvarsi perché, se le avevano sparato addosso un intero caricatore, era solo colpa sua – di nuovo – e Lucas lo sapeva benissimo.

Marta non mi perdonerebbe mai.
Questa stupida ragazzina deve salvarsi.

* * *

Quando il medico riemerse in quel corridoio, Lucas scattò subito in piedi, con le mani ancora imbrattate del sangue di Manuela.

Il dottor Cerri gli fece cenno di avvicinarsi, per evitare che le altre persone li potessero sentire. Il corridoio del reparto era sviluppato in lunghezza, ma c'era un andirivieni di personale sanitario.

«Come sta?» fece Lucas, lapidario.

Il medico annuì. Era passato qualcosa in più di quattro ore da quando era sparito in sala operatoria. «L'abbiamo stabilizzata. Era messa veramente male».

«Quindi si salva?».

«Abbiamo medicato l'emopneumotorace. Il polmone pian piano dovrebbe riprendersi, lo abbiamo drenato. Il proiettile era passato in mezzo alle costole e non le ha rotte. Abbiamo medicato anche la ferita all'orecchio e quella alla coscia. Ne aveva anche altre due, a una caviglia e a un braccio, quelle erano tutte dal lato sinistro. È servita una trasfusione, l'abbiamo finita poco fa».

Lucas mandò nervosamente giù la saliva.

«Le ha salvato la vita, stringendole la cintura sulla ferita al petto» evidenziò il dottore. «Il sangue e l'aria si stavano prendendo lo spazio pleurico, facendo collassare il polmone. Lei ha rallentato il collasso. Insomma, senza di lei non sarebbe mai arrivata qui viva».

L'uomo piantò gli occhi celesti in quelli del medico, combattuto: la certezza di aver salvato la vita a Manuela Guerra lo rendeva orgoglioso all'idea di cosa avrebbe detto sua figlia Marta – e al contempo disgustato, all'idea di cosa invece Manuela aveva quasi fatto a sua figlia, del modo in cui gliel'aveva messa contro, rivelandole la sua doppia vita da sicario.

Alla fine, si riscosse e annuì. «Ascoltami bene, dottore» scandì, «ecco cosa faremo: scriverai che questa donna è finita in ospedale per un incidente stradale».

«Ma...» obiettò quello.

«Fai silenzio. Se scrivi che aveva delle ferite d'arma da fuoco, arriva la Polizia. E non è quello che vogliamo. Vero, che non è quello che vogliamo?».

Il medico lo guardò, tremolante. Poi confermò con un cenno della testa.

«Bravo, dottore. Scriverai che aveva avuto un incidente, che l'hai operata, hai fatto tutto quello che hai fatto, la trasfusione e il resto. E alla fine è morta».

Il dottor Cerri sgranò gli occhi. «Ma non posso registrare come morta una persona che...».

«Lo farai. Ti interessa che rimangano vive le persone a cui tieni, no?» lo minacciò quello, sereno. «Scriverai che quella donna è morta. Dopo che l'hai operata. E la farai spostare all'obitorio. Al resto penso io».

«Ma la paziente ha bisogno di assistenza, si sta appena riprendendo dall'anestesia e...».

«All'assistenza ci penso io. Muoviamoci e spostiamola, prima che arrivi qualcuno a fare domande».

«Se non si prende cura di lei, morirà» obiettò il medico.

Lucas gli si fece addosso con aria truce, decisamente più alto del dottor Cerri. «Mi prenderò io cura di lei. Ora andiamo. Subito» intimò.

***

Respirava.

Non aveva idea di come o perché.

L'aria sembrava gelata, mentre le correva lungo la laringe e la trachea.

Sentiva un peso atroce sul petto. Eppure, prese un respiro più lungo e il diaframma si sollevò, i polmoni si gonfiarono. Quell'istintiva fame d'aria la spossò.

Aprì gli occhi, con in testa una voragine. Sentiva Elisa cantare, ma l'autoradio non c'era più. Era solo nella sua testa, erano pensieri che si strattonavano, che si attorcigliavano.

Si guardò faticosamente attorno, gli occhi piccoli e stanchi, cercando di capire cosa ci fosse dopo la morte.

E dopo la morte c'era un salotto luminoso.

Alla sua destra due grosse finestre da cui entravano dei raggi di sole.

Era mattina. Ma l'ultima cosa che lei ricordava era il cielo col buio che le cadeva addosso e la inghiottiva, mentre il sangue caldo le correva dal lato sbagliato della pelle – ovunque, meno che dove doveva stare.

Non riusciva a muovere la testa, era stordita e l'orecchio sinistro non solo ronzava, ma era ovattato, come se fosse sott'acqua. Mosse solo gli occhi. Riconobbe quella scrivania. Quel posacenere.

Il cuore le accelerò.

«Buongiorno, Manuela».

Quando sentì la voce di quell'uomo, girò lo sguardo verso di lui, vedendolo emergere dal corridoio di fronte.

Il battito cominciò a galoppare. Spalancò le palpebre, tentò di muovere le gambe per scappare, ma non le trovò. Non trovava nemmeno le mani, a dire la verità.

Lo guardò atterrita, non capendo come fosse finita, in quelle condizioni, a casa di Lucas Leone, che la guardava con un sorrisetto sicuro, da vincente, mentre lei era inerme – di nuovo, ancora – in una ragnatela dentro cui era finita senza vederla arrivare.

«Hai avuto una notte movimentata» scherzò il sicario.

Manuela sbarrò gli occhi anche di più. Lucas ci lesse il terrore puro – e non gli spiaceva troppo, considerando quanto quella ragazzina arrogante ne aveva fatto provare a sua figlia, un anno prima.

«Ti hanno sparato cinque colpi. Non lo so se te lo ricordi. In realtà erano molti di più, ma ti hanno colpita *solo* cinque volte. E il medico all'ospedale dice che ti ho salvato la vita», le sorrise beffardo. «Questo fa uno a uno e palla al centro, no?».

Lei deglutì a fatica, stordita dai dolori, dalla debolezza, dalla confusione. Tentò ancora di spostarsi – ma, quando ritrovò il braccio sinistro, attaccato alla spalla, si accorse che le faceva male e aveva una fasciatura poco sotto il gomito.

«Va tutto bene. Non ti farò del male. Quando stai meglio, ci facciamo una chiacchierata».

«A... A...» riuscì a mugugnare Manuela.

«Non serve chiamare aiuto» comprese lui.

«A... A... Anna...» completò invece Manuela. Si era ricordata che era al telefono con lei, quando le avevano sparato. «Anna...».

Lucas la guardò sfinirsi nel tentativo di pronunciare il nome dell'amica. Gli occhi cedettero e si poggiarono su un punto a caso del soffitto, le dita si aprirono lentamente, la mano arresa contro il materasso del divano letto su cui lui l'aveva sistemata.

L'uomo le venne accanto in un paio di passi, le mani nelle tasche dei pantaloni neri che indossava.

«Va bene, ragazzina» concesse.

Lei riuscì a rialzare gli occhi a incrociare i suoi, ma quello sforzo sovraumano le fece perdere i sensi.

«Facciamo come dici tu».

Ora

Capitolo 30

Mercoledì, 20 febbraio 2019
Milano, ore 15.41

Anna spinse tre volte di seguito il tasto del citofono accanto a cui c'era scritto "Alberto Corsi, attico", in via Pinerolo.

Non aveva idea del perché le persone parlassero di *cuore in gola*, perché quando lei era tesa le saltava direttamente nel cranio. Come in quel momento.

«Sì?».

La voce di Lucas fece capolino dal citofono.

«Sono io» rispose Anna, incerta su cosa fosse opportuno dire o non dire.

Il cancello scattò con un suono elettrico, alla sua sinistra. Incredula, la donna lo guardò. Un anno prima si era acquattata lì sotto per ore, con Daniela. Ora Leone glielo aveva aperto per farla salire.

La poliziotta lo spinse in avanti per sganciarlo e, appena entrata nel cortile del palazzo, aprì la cerniera del piumino e ne tirò fuori la sua Beretta personale. Verificò di avere il colpo in canna, poi la risistemò nella fondina e richiuse la cerniera.

Lì fuori scorse parcheggiato il SUV di Lucas e, di fianco, c'era anche la Smart di sua figlia Marta.

La poliziotta guardò il portone e prese un bel respiro. Non poteva attenderla niente di più brutto di quello che era successo la sera prima.

Si motivò così.

Superò l'ingresso del condominio, ignorò l'ascensore e imboccò le scale.

*　*　*

Arrivata al piano dell'attico, col cuore che batteva forte per la tensione più che per la fatica – era allenata a far ben altro – Anna esitò quando vide *davvero* davanti a sé il portone blindato di casa Corsi aperto. E Lucas che con un'occhiata le faceva cenno di entrare, senza dire niente.

Sto facendo una stronzata? si domandò la poliziotta. *Mi sto infilando nella tana del lupo? Che altre opzioni ho?*

La risposta era *nessuna*. Camminò circospetta verso il portone e Lucas lo scostò per farla passare.

L'ingresso della sua casa era elegante e luminoso, si apriva in un lungo corridoio. Anna notò che, mentre riagganciava il portone, l'uomo stringeva nell'altra mano una grossa pistola, una H&K Mark 23 calibro .45, davanti alla quale la Beretta della poliziotta sembrava quasi innocua.

«Ti hanno seguita?» le disse con voce tesa.

Anna abbassò lo sguardo sulla sua pistola. «Cosa ci devi fare, con quella?» si allarmò.

Lucas si infilò la Mark 23 nella cintura. «Ti hanno seguita o no?».

«Non mi ha seguita nessuno. E non ho ancora capito perché sono venuta fino a qui» ammise.

«Adesso te lo spiego».

Lucas camminò lungo il corridoio e Anna lo seguì. Stava annaspando tra le incertezze, le sembrava un brutto sogno e sentiva di avere la mente a mezzo servizio. Era ancora in stato di shock e sapeva che quelli erano i momenti in cui ci si mette *davvero* in pericolo.

«Ecco perché» le annunciò lui, appena furono arrivati al salotto.

Anna seguì il suo sguardo.

Le gambe quasi le cedettero e portò una mano al petto. «Oddio» balbettò.

Gli occhi turchesi e deboli di Manuela brillarono e si lucidarono, nel vederla. Nonostante lo sfinimento, la venticinquenne riuscì addirittura ad alzare appena le braccia e ad allungarle, con le mani aperte, in direzione dell'amica.

Anna rimase paralizzata. Guardò Lucas con incredulità, lui con un'occhiata la rimandò a Manuela. E la poliziotta si sbloccò.

Raggiunse l'amica in due falcate, sul materasso del divano letto dove Lucas l'aveva stesa, coperta con un piumone, e la abbracciò forte come quando si era svegliata dal coma anni prima.

«Manu, oddio, Manu», cominciò a piangere di felicità, un sapore che Anna conosceva troppo poco.

Manuela la strinse come meglio poteva e si nascose nel suo petto, dentro quell'abbraccio, lacrime di paura miste a gioia che le correvano sul viso.

«Scu... scusa...» sussurrò.

«Non dirlo neanche», Anna la strinse di più e le carezzò la testa tenendola forte. «Pensavo di non vederti mai più...».

Manuela chiuse gli occhi e si strinse più forte su di lei. Le faceva male la ferita al petto, ma non importava. Abbracciando Anna capiva di essere viva. La voleva abbracciare forte abbastanza da riuscire a scusarsi.

«Mi dispiace interrompere questo momento così strappalacrime» intervenne Lucas, accostandosi alle due e mettendosi in piedi accanto al divano letto. «Ma dobbiamo parlare».

Anna, continuando a stringere a sé Manuela, lo guardò con occhi truci. «Come ci è finita qui? Le hai sparato tu?».

«Io non avrei MAI sprecato tutti quei colpi, lo sapete entrambe. Le ho solo dato una mano. Poi vi spiego. Ma prima devi far venire qui due persone».

Anna lo studiò con un cipiglio poco amichevole.

«La tua amichetta sta meglio, ma ha bisogno di un medico. Tu ne conosci una molto brava. Falla venire».

«Cristina è fuori da questa storia» ringhiò subito la poliziotta.

«*Cristina* è un medico e a Manuela è quello che serve. O vuoi che abbia qualche complicazione solo perché *Cristina è fuori da questa storia*, che dici?».

Anna digrignò i denti. Riabbassando gli occhi verso quelli stanchi ma vivi di Manuela, si convinse.

«Fai venire anche la Cassani. E poi vi spiego tutto».

«Devo dire a Marco e alla madre di Manuela che è viva» si rese conto Anna.

«No», Lucas la fermò subito. «Non adesso. Fai venire la dottoressa e Daniela Cassani. Al resto pensiamo dopo».

Anna prese un profondo respiro. Non si fidava di lui, ma alla fine annuì. Intrecciò le dita a quelle della mano di Manuela e l'altra, seppur arresa contro il materasso e il cuscino, gliela afferrò così forte che Anna ne rimase sorpresa.

«Sei immortale davvero» scherzò, e l'idea le fece correre un'altra lacrima furtiva su una guancia.

Manuela le sorrise appena e le strinse le dita più forte. Con la mente confusa dai punti interrogativi ma il cuore riempito di una nuova speranza, grazie alla mano calda e viva dell'amica, Anna recuperò il telefono per chiamare Daniela e Cristina.

* * *

Daniela era rimasta piantata nel corridoio. Le emozioni erano state così forti che non era riuscita a venire né avanti né indietro, a parlare, a piangere – niente. Era rimasta lì a guardare Manuela come uno spettro. Era stata perfino convinta che le si fosse fermato del tutto il cuore, per una decina di secondi.

Ora era seduta accanto a lei sul divano e le teneva una mano tra le sue. Non voleva lasciargliela mai più. Anna era in piedi e stava cercando di razionalizzare quello che stava succedendo.

«Chi l'ha operata?» domandò Cristina, che era straordinariamente brava a respingere ogni emozione – perfino nel trovarsi con la sua compagna che le diceva di venire a casa di un assassino – per assecondare la sua vocazione di medico.

«Cerri, mi pare» rispose Lucas, alzando le spalle. «Un cagasotto di mezza età».

«È un bravo medico» obiettò la dottoressa, i capelli biondi raccolti in una coda, mentre aveva scostato il piumone per verificare le condizioni della ferita al petto di Manuela. «Come ti senti?» chiese invece alla donna.

Lei scosse appena la testa. «Io... non lo so... non so neanche... se siete davvero qui... o se sono morta».

Daniela le strinse la mano abbastanza forte da farle male. «Siamo qui. Non sei morta. Non provarci mai più!».

Manuela ebbe quasi la forza di ridere, ma si accorse immediatamente che far vibrare la cassa toracica era una pessima idea.

Cristina sfiorò la medicazione all'orecchio sinistro, notando che mancava una buona metà del padiglione, e strinse i denti. Il sicario aveva sparato quel colpo perché entrasse dall'occipite e uscisse dallo zigomo, stimò la dottoressa, così da risolvere una volta per tutte il *problema* Manuela Guerra. Lei, però, era riuscita a scorgerlo nello specchietto retrovisore e aveva avuto il tempo di spostare la testa di quel centimetro che era bastato: anziché il cervelletto e il tronco encefalico, la pallottola le aveva spappolato l'orecchio.

«Non ho portato la borsa, hai qualcosa per pulire le medicazioni? Garze, bende, disinfettanti?» domandò la dottoressa Del Piano.

«Ho un po' di cose di là. Poi ti porto tutto» le confermò Lucas. «Aspettiamo un minuto che arriva Sandra e ci facciamo una chiacchierata».

Daniela lo guardò con lo stesso odio con cui aveva guardato suo padre quella mattina. «In qualche modo c'entri sempre tu» notò, disgustata. «Se a lei succede qualcosa, tu ci sei sempre in mezzo».

Lucas si poggiò con una spalla al muro che dal corridoio si affacciava al salotto, le braccia conserte, e sorrise divertito. «Dottoressa Cassani, diciamo che stavolta senza di me staresti scegliendo la foto per la lapide della tua amichetta – ma va bene. Prenditela con me come te la sei presa con quella mezza sega di tuo padre, se ti fa stare meglio».

Dietro di lui il portone si sganciò. Sandra Giudice spuntò con la sua borsa ingombrante, il suo cappotto lungo, ma sempre impeccabile con la sua coda castana. «Scusate» si presentò, «ho fatto prima che potevo, odio i mezzi pubblici».

«Ti hanno seguita?» si accertò Lucas.

Lo aveva chiesto di nuovo anche ad Anna, quando era tornata con Daniela e Cristina.

«No, si figuri. Sono stata attenta. Buonasera, signore» salutò Anna, Daniela, Cristina. «Manuela, come stai?».

La giovane la guardò non riuscendo a decifrarla. Qualcuno le aveva sparato in mezzo alla strada, il suo sicario l'aveva soccorsa, se l'era portata a casa e ora la sua legale – quella che lo aveva fatto uscire dal carcere, minacciando di farci finire invece lei – era lì, come se niente fosse, come se fosse tutto *normale*.

Davanti a Manuela che era rimasta in silenzio, Lucas afferrò la sedia che stava a ridosso della scrivania attigua e la porse alla sua legale.

«Russo, non ti siedi?» aggiunse, guardando Anna.

Era l'unica rimasta in piedi oltre a lui. Daniela teneva ancora per mano Manuela, Cristina si era seduta sul bordo del divano letto, accanto a dove Anna era ritta, vigile, pronta a scattare, la Beretta stretta nella fondina sul petto.

Anche la poliziotta rimase zitta, fredda. Nessuna di loro si fidava né di Lucas, né di Sandra Giudice. I due si guardarono, poi l'uomo prese un bel respiro e si sistemò a sua volta su una sedia, inforcandola al contrario e poggiando i gomiti sulla spalliera, proprio di fronte a Manuela.

«Vi state facendo un sacco di domande. E fate bene» esordì. «Non ho sparato io a Manuela» precisò. «Però sono riuscito a soccorrerla più o meno trenta secondi dopo che le hanno sparato».

«Come?», Anna lo incalzò subito.

Lucas le sorrise. «Ho seguito Manuela da quando sono uscito dal carcere. Anche te, ogni tanto. Ma tu sei molto meno pazza, era meglio concentrarsi su di lei».

Manuela riuscì ad aggrottare le sopracciglia, confusa. Non si era mai accorta di essere stata seguita da Lucas.

«Ti ho seguita quando sei andata in banca a versare l'assegno con Cassani, ad esempio. Quando sei andata a comprare un videogioco per i tuoi fratelli, o quello che era. Non ti ho potuta seguire quando sei andata a casa tua sul lago, in quella strada te ne saresti accorta per forza. Ti ho aspettata a qualche chilometro. Ma, ogni volta che potevo, ti stavo dietro».

Manuela deglutì a fatica, ancora stordita dai dolori, dalle ferite, dalle anestesie, dalla sua mente, dai traumi che non riusciva più a contare. «... ma... perché?» ebbe la forza di sussurrare.

Lucas sorrise ancora e scosse la testa.

«Perché è il motivo per cui il signor Corsi aveva bisogno di uscire dal carcere: seguire te» intervenne Sandra Giudice.

Tutte e quattro le donne la guardarono, incerte.

«La questione del vizio di forma era un pretesto per spingere Manuela a versare l'assegno. Avevo paura che lo avrebbe ignorato, altrimenti. Ma a noi dell'assegno non interessava, non direttamente: ci interessava sapere se aveste scoperto qualcosa voi. Lo abbiamo analizzato, ma se una come Daniela Cassani non è riuscita a trovarci qualcosa, di sicuro non ci sarei riuscito io. E non ci sarebbe riuscita Sandra», Lucas si voltò verso la sua legale, «senza offesa, eh». Lei alzò le mani.

«Quindi vi interessava che Manuela versasse l'assegno. Perché?» insisté Daniela.

«Perché volevo che avesse la pulce nell'orecchio. Di indagare. Di cercare. Di non considerare chiusa una storia per cui sto pagando solo io. E per cui sta pagando solo tuo padre, Cassani» le rispose Lucas.

Manuela abbassò lo sguardo e scosse appena la testa.

«Volevi che indagassimo per te» comprese Anna. «E con la storia dell'assegno magari ti aggiornavamo su cosa stavamo scoprendo».

«Daniela ha trovato cose su suo padre che non pensavo si potessero nemmeno scoprire. Tu invece sei l'unica certezza che avevamo nella Polizia: se c'è qualcuno che non prende le mazzette lì dentro, di sicuro sei tu. E Manuela, beh, l'ho imparato a mie spese. Bastava metterle un tarlo in testa che la motivasse: una volta che parte, non si ferma più a meno che non la ammazzi. Ed è lì che servivo io».

«Ma noi non abbiamo trovato niente, quindi ti è andata male» constatò Daniela.

«No, no. Era andata bene: o trovavate qualcosa voi, o vi lasciava qualcosa il padre di Manuela. Sapevo che era l'ultima occasione per scoprire altri complici di Cassani: dovevo sapere se il padre di

Manuela aveva lasciato qualche documento, qualcosa, qualsiasi cosa. E la risposta era sì. Ci avete messo un po' a capire cosa fosse, ma Manuela lo aveva trovato, no?».

Anna confermò con un cenno della testa. Manuela lo guardava senza espressione, senza emozioni. Nessuno sarebbe riuscito a dire se perché stava troppo male per le ferite o per quello che si stava sentendo dire.

«Non potevo essere certo che Manuela andasse davvero da quel notaio, senza una... spinta. E in quel caso avremmo perso per sempre le piste lasciate da suo padre. Ero sicuro che lì avremmo trovato quello che ci serviva. Ma sapevo che più vi avvicinavate, più diventava pericoloso. Per quello stavo dietro a Manuela. Sapevo che se toccavate certe corde, qualcuno avrebbe provato a fermarvi».

«Quindi facevi il suo cagnolino da guardia? Come cazzo facciamo a crederti, ti rendi conto?» lo aggredì Daniela, che ai giri di parole era piuttosto allergica.

«A me interessava che trovaste altri nomi. E che non vi faceste ammazzare prima di averli. Ho seguito Manuela quando è andata in via Palach, ma non potevo starle troppo addosso».

«Non sei male come guardia del corpo, le hanno sparato quattordici volte prima che facessi qualcosa» fece notare Anna, sarcastica.

«E colpita cinque» aggiunse Cristina.

«Non potevo starle attaccato. Ma Manuela ti può confermare che quello ci ha messo neanche quindici secondi a scaricarle la pistola addosso. Il tempo di scendere dalla macchina e correre da lei, e lui se n'era già andato».

Manuela chiuse gli occhi e risentì gli spari che tuonavano, il finestrino che si frantumava, Elisa che cantava. Si portò la mano sinistra sulle palpebre chiuse, il cuore accelerava. Nei suoi occhi c'era l'uomo col casco e la giacca nera, ritto sulle gambe, inumano e inflessibile, che al suo *aspetta* con le mani alzate, arresa a terra, rispondeva sparandole a bruciapelo per finirla.

Annuì e basta.

«Ecco, ve lo dice anche lei» evidenziò Lucas.

Daniela strinse la mano di Manuela più forte, accorgendosi che le stava tremando.

«Quindi non potevi fare niente?» fece Anna, scettica.

«A parte sparargli in mezzo alla strada, no. In dieci, quindici secondi, se n'era già andato, te l'ho detto. Con la borsa di Manuela. Potevo seguirlo per recuperarla, certo, e avrei avuto tutto quello che mi interessava. Ma Manuela aveva uno, forse due minuti di vita, se non facevo niente. Non di più. Ho soccorso lei».

La venticinquenne lo guardò con odio bruciante, senza dire niente. Lucas se ne accorse. «Lo so» le disse, ricambiando lo sguardo. «Non posso dire che ti ho salvato la vita, perché dopotutto sono io che ti ho messo in quella situazione, il tarlo te l'abbiamo messo io e Sandra. Volevo che scavassi e mi sono detto che sarebbe andato tutto bene, che avrei beccato chi spuntava a farti del male, se qualcuno spuntava. Non ci sono riuscito. Ma potevo comunque lasciarti lì».

Lucas sorrise amaramente e scosse la testa.

«Mi sarei pure tolto un peso» aggiunse, sincero. «Io non ti sono simpatico, ma neanche tu mi sei simpatica, ragazzina. Neanche un po'. Potevo lasciarti a morire come un cane, guardarti che ti vomitavi addosso il tuo sangue a ogni respiro e riderti in faccia, perché dopotutto te lo meriti, per quello che hai provato a fare a mia figlia. Ma non l'ho fatto».

«... perché?».

La voce provata di Manuela prese tutti di sorpresa.

Lucas alzò le spalle. «Non era giusto. Ti ho spinta io, con Sandra, a indagare, a frugare. Tu stavi andando avanti con la tua vita e noi siamo venuti a cercarti, per noi era troppo importante che non lasciassi perdere – qualsiasi cosa ti avesse dato tuo padre, per i venticinque anni. Ma Marta si è dannata, per salvarti la vita. Mi ha fatto finire dentro, pur di salvare te. Per lei non è stato facile. Non voglio... cancellare quello che ha scelto mia figlia. Volevo che scopriste qualcosa. Non che moriste provandoci. Era questo l'accordo che abbiamo trovato anche con Sandra, altrimenti non mi avrebbe aiutato».

Anna sospirò per quel discorso surreale.

«Come hai fatto a farla soccorrere? I miei colleghi hanno controllato tutti gli ospedali, non c'era nessun ferito o morto per sparatorie».

Lucas ghignò. «Mi credi così stupido?». Si frugò una tasca del giaccone e ne estrasse il documento falso che aveva usato in ospedale. *Giulia Onorato*, lesse Anna, afferrandolo, notando che c'era invece la foto di Manuela.

«L'ho fatta registrare come morte per incidente. Niente denuncia, niente problemi. Niente di sospetto. E il medico non lo dirà a nessuno, sono convincente».

Anna gli restituì il documento, disgustata.

«Quindi io sto perdendo il lavoro e Manuela la vita solo perché ti rode il culo di essere l'unico a pagare, con Cassani? È così?».

Lucas guardò la poliziotta, accigliato. «A te no? A sapere che c'è gente nella Polizia che si è fatta andare bene le stronzate che gli abbiamo dato con SOLIS? A te il culo non rode? Io penso di sì».

Anna storse il naso, infastidita.

«A me interessa che Manuela sia viva. Col tuo cammino di redenzione mi ci pulisco il culo» intervenne Daniela. «Per il fatto che con i tuoi giochetti l'hai fatta finire di nuovo così... ti meriti di crepare entro domani, per quanto mi riguarda».

Lucas non osò obiettare e alzò le spalle.

«Signore, il signor Corsi ha fatto quello che pensava essere il meglio. Senza di lui, Manuela non sarebbe viva».

«Senza di lui, a Manuela non avrebbero sparato altri quattordici colpi di pistola. E non avrebbe un proiettile in mezzo al cervello» le rimbalzò subito, Daniela.

«Sul secondo punto concordo. Sul primo, chi può dirlo? Magari i documenti lasciati dal padre li avrebbe seguiti lo stesso» fece notare Lucas. «A me serviva essere sicuro che non lasciasse perdere, una volta ricevuta la chiamata del notaio».

«Chissà che gioia, se tua figlia sapesse davvero che lei si è giocata tutto per salvare Manuela, e tu invece l'hai rimessa in questa situazione».

«Non le abbiamo puntato una pistola. Abbiamo usato una leva». Sandra Giudice intervenne a difesa del suo cliente. «Manuela poteva rifiutarsi, nessuno le avrebbe fatto del male. Ma voleva la verità tanto quanto la volevamo noi».

Manuela si rese conto che un tremolio gelido le scuoteva la schiena. Chiuse di nuovo gli occhi per prendere dei respiri lunghi e far rallentare il battito.

Lucas stava dicendo la verità.

L'aveva usata e se fosse stata in forze avrebbe voluto ammazzarlo. Ma l'aveva anche salvata da una morte vicinissima, fermando il collasso del polmone.

Prendere una pistolettata in fronte era stato orribile.

Prendere quel colpo al torace e non riuscire più a gonfiare il petto, perché stava annegando nel suo sangue, non era stato più bello.

Si domandò se avrebbe fatto altrettanto: davanti a Lucas ferito, lo avrebbe salvato come aveva fatto Anna un anno prima? La risposta immediata che le saliva dall'anima la inquietava.

Lei non era Anna. Non lo sarebbe mai stata.

«Tu... lo hai visto? Quel... tizio?» riuscì a dire, con voce flebile, il pollice e l'indice destro ancora sulle palpebre chiuse.

Gli sguardi andarono prima su di lei, poi su Lucas. L'uomo si morse le labbra.

«Non ho visto da dove è arrivato. E in faccia non l'ho visto, aveva un casco integrale. Ma era un tizio alto, grosso. Aveva guanti e anfibi».

Manuela pensò che non se lo era sognato. Il fantasma che si rivedeva davanti agli occhi era davvero quello che le aveva sparato senza esitazione. I suoi traumi iniziavano a essere così tanti che faticava a distinguerli.

«Mi aveva... mi aveva già beccata sul lago» riuscì a dire. «Sapeva che... che ero lì. Sono scappata... non so come... ma poi quei messaggi... i messaggi a nome di Anna...».

«Quindi ti aveva già aspettata a casa tua sul lago, quando sei andata a prendere il diario?» comprese Daniela.

Manuela annuì. «Era lui. Lo stesso... sono sicura. Vestito... vestito uguale, alto uguale. Non so come... come hanno saputo... del diario. L'ho detto ad Anna... e a Mamma... A Mamma, solo a lei».

Anna si grattò la testa. «Abbiamo controllato i messaggi, Manu. Hanno usato qualcosa per clonare il mio numero e farti andare in via Palach, o una roba del genere. Per il fatto che sapevano del diario...», la poliziotta esitò. «C'era un microfono, attaccato al retro del tuo telefono, tra il telefono e la cover. Questi hanno sentito qualsiasi cosa tu abbia detto o fatto in presenza dello smartphone, da quando lo hanno piazzato lì».

L'altra la guardò, affaticata. «Un... microfono?».

«Una specie di cimice. C'è qualcuno che è rimasto da solo con il tuo telefono, che abbia potuto metterci le mani per sistemarcelo?».

Manuela ci pensò subito.

All'istante.

Una fitta fortissima le tagliò il petto, sulla ferita.

Il cuore le accelerò.

Lucas si accorse dei suoi occhi spaventati. Si alzò. «Ti porto un bicchiere d'acqua» si disse. E stavolta Manuela non osò opporsi.

Pensò di essere paranoica. La solita pessimista e negativa che si aspettava solo il peggio dalla vita. Ma aveva senso. Filava. Aveva una logica.

«Oddio...» biascicò.

Anna e Daniela la guardarono apprensive, Cristina non poteva sapere a cosa si stesse riferendo.

«Oddio» ripeté Manuela, la mano del braccio non ferito sul petto. «Mi sento... male».

Ripensò al tempismo con cui quell'uomo era entrato nella sua vita. Alle domande discrete che le faceva su ciò a cui indagava. Al suo essere perfetto, gentile, comprensivo, premuroso, complice.

Sei paranoica. Non è così si ripeté.

Christopher era rimasto da solo con il suo telefono, eccome. E la cosa peggiore era che non solo poteva essere la spia che le aveva sistemato il microfono nel telefono, ma a pensarci forse aveva più o meno la stessa corporatura dell'uomo che l'aveva massacrata in via Palach.

«No...» balbettò, incerta. «Dio, no... Questo no...».

«Magari non è lui» provò a rassicurarla Anna, anche se lei stessa era perplessa, avendo capito che era a Christopher che Manuela stava pensando. A volte l'opzione che sembra più banale suona così solo perché è vera. «Chi altri è rimasto da solo con il tuo telefono? A parte noi».

Manuela la fissò senza riuscire a rispondere. La risposta era *nessuno.*

Lucas tornò con il bicchiere d'acqua e lo porse a Cristina, Manuela non lo avrebbe mai preso da lui.

La dottoressa ringraziò con lo sguardo e si alzò per accostarsi a Manuela e aiutarla a bere senza che alzasse il busto dal materasso. Era meglio che rimanesse il più ferma possibile, in quelle condizioni.

Manuela prese un piccolo sorso per rimandare giù il nodo che le stava stringendo la gola.

Non era così.

Non era così, aveva solo paura che fosse così.

Lei che non diceva mai "ti amo" a nessuno, lei che per Marco era troppo indecifrabile e troppo fredda per essere vera – *lei* – invece si stava affezionando a uno come Christopher. A uno che magari invece l'aveva solo usata. A una persona che forse non esisteva nemmeno, che si era solo plasmata in un modo che potesse riempirle le solitudini, riaccostare le faglie aperte dai suoi traumi, per avere la sua fiducia.

Ho tradito Marco, pensò, come se lei e Marco stessero ancora insieme, *Dio, ho tradito Marco con uno che avevano mandato per ammazzarmi?*

Prese un altro sorso d'acqua, più abbondante.

Ma il nodo non andava giù.

Non può essere. No, non anche questo.

Chris era la cosa migliore che le era successa nell'ultimo mese. La stava aiutando a convivere col fatto che non sarebbe morta di vecchiaia.

Solo perché sapeva che l'avrebbe ammazzata lui, ben prima del granuloma che aveva in testa?

Vivere non è una cosa che puoi continuare a rimandare l'aveva incoraggiata, quando lei piangeva, distrutta dalla diagnosi del dottor Veneziani.

Era troppo gentile.
Troppo premuroso.
Troppo perfetto.
E io sono troppo stupida.
Non può essere vero.

«Grazie» sussurrò a Cristina, allontanandosi dal bicchiere. La dottoressa le sorrise e lo poggiò sul tavolo lì vicino, sedendosi accanto a lei.

«Manuela è messa malino, ma è viva. Se la dottoressa ci dà una mano, starà bene» riepilogò Lucas, riandando a sedersi inforcando la sua sedia al contrario. «Io in prigione ci torno, ma non da solo. Questi li dobbiamo trovare. E io e Sandra abbiamo un'idea che ci farà togliere qualche dubbio. Parlo anche dei dubbi che ha Manuela in questo momento sul tizio con cui esce, sì».

Le altre quattro guardarono sia lui che la sua legale, aspettando che continuassero.

«Avete visto i notiziari?» fece Lucas. «Parlano dell'agguato a Manuela Guerra. I proiettili, il sangue, ma nessun cadavere. Manuela Guerra scomparsa nel nulla, e nessuno sa su cosa indagasse» riepilogò.

«Dio...» balbettò Manuela, «Mamma... Marco...» si preoccupò.

«Poi li avvisiamo» la calmò subito, Lucas. «Ma prima dobbiamo fare una cosa, una soltanto: niente».

Anna e Daniela lo guardarono confuse.

«Pensate a quelli che hanno mandato quel tizio a uccidere Manuela. E il giorno dopo scoprono che sì, hanno i documenti, ma non sanno dove sia finita lei. Non sanno se è morta davvero o no».

«Si scopriranno per cercare di capire cosa è successo» comprese Anna.

Lucas annuì. «Esattamente».

«Se questi potevano sentire tutto, sapevano che Manuela il diario lo aveva letto» dedusse Daniela. «Per questo la volevano morta. Riprendersi il diario non gli bastava più. Dovevano sia riprendersi il diario che farla stare zitta».

«Quindi l'idea che Manuela non sia morta al cento per cento sarà terrificante. E ve lo dico sapendo che merda ti arriva addosso, se ti metti contro una con la *sua* visibilità» ragionò Lucas. «Noi frughiamo quello che abbiamo. Ma vediamo anche che cosa succede. Non diciamo niente, del fatto che è viva. Per questo non volevo si sapesse che era in ospedale, con tanto di denuncia: considerando che c'è qualche tuo collega corrotto, Russo, un minuto dopo ci saremmo ritrovati il killer in corsia a finire il lavoro».

Anna, Daniela, Cristina e Manuela guardavano tutte Lucas. Sapevano che il suo ragionamento aveva senso – era tutto il resto a non averlo. Essere lì con l'uomo che aveva sparato in faccia a Manuela non poteva averne.

«Stiamo tutti cercando la stessa cosa», la voce di Sandra Giudice interruppe il silenzio di quello stallo. «Non dobbiamo diventare migliori amici. Ma ora lasciare che vadano nel panico, perché non sanno dove sia finita Manuela, è la carta migliore che abbiamo».

«Rallentate» intimò Anna. «Questa cosa può mettere di nuovo in pericolo Manuela».

«Finché quella gente è in giro, lei in pericolo lo sarà sempre, non ci giro intorno» replicò Lucas, pragmatico. «Ma per quello deve ringraziare suo padre, non me».

Manuela deviò lo sguardo, alzandolo da Lucas alla parete dietro di lui, mentre era stesa sotto quel piumone.

Il diario che mi ha lasciato Papà mi ha fatto prendere altri cinque colpi di pistola, si rese conto. *E lui lo sapeva, a che gioco pericoloso stava giocando.*

Quello scontro di disillusioni la schiacciò: i dubbi su Christopher. Le certezze su suo padre. Marco che aveva ragione, come sempre. Ce l'aveva anche il marito di sua madre: *sono una bomba atomica che cammina, metto in pericolo ogni cosa che tocco.*

«Ehi», vedendola assorta, gli occhi lucidi provati dal realismo, Daniela le strinse la mano più forte e le sorrise. Manuela incrociò il suo sguardo, stanca, e si sforzò di fare altrettanto.

«Non... fa niente, ormai» parlò alla fine.

Si voltarono a guardarla.

«Che non muoio... di vecchiaia... lo sappiamo tutti».

«Manu...» tentò Anna, ma la frase per un po' le morì lì. Certo, che lo sapevano tutti.

Era viva per miracolo. Se quello era un videogioco, allora aveva bruciato un'altra vita e a riprenderla per i capelli stavolta c'era stato perfino Lucas. Manuela voleva chiudere quella storia e restituire ad Anna, a Daniela, a Marco, a sua madre la vita normale che gli aveva tolto da anni. Una vita dove non devi chiederti ogni giorno cosa succederà alla figlia di quel disgraziato di Gianandrea Guerra, solo perché sei stato condannato a volerle bene.

«... lasciamo perdere. Con i miei superiori me la vedo io. Ma con te basta. Serve che stai da qualche parte al sicuro. Sei già morta troppe volte» completò Anna.

Manuela le rivolse un'occhiata triste, ma con un mezzo sorriso, la parte sinistra del viso segnata dai tagli aperti dal finestrino frantumato, l'orecchio nascosto dalla garza adesiva che copriva i punti sul padiglione monco.

Alzò le spalle, guardando l'amica a cui doveva tutto.

«Solo un'altra... poi basta».

Parte V

"Quelli che restano"

Aftermath: quello che succede dopo, di solito con forte accezione negativa, che implica un antecedente catastrofico (Wikitionary).

Stefania Sperandio - Aftermath

Capitolo 31

Mercoledì, 20 febbraio 2019
Milano, ore 21.18

Anna sentiva ancora addosso le scorie del trauma, le emozioni contrastanti che aveva provato. L'impotenza e il terrore davanti al sangue e l'auto crivellata, le urla di Manuela al telefono. L'incredulità e la confusione nel ritrovarla viva a casa di Lucas.

Erano rimasti a parlare a lungo. L'idea di collaborare con lui non piaceva alla poliziotta, non piaceva a Daniela e anche Cristina le aveva messe in guardia – prima di prendersi cura delle ferite di Manuela.

E, ovviamente, non piaceva a Manuela. Che era la più confusa di tutte. L'uomo che aveva innescato il crollo verticale della sua vita adesso gliel'aveva salvata, solo perché era colpa sua se le avevano sparato – di nuovo. Era un uroboro di orrori che soffocava lei e continuava a girare intorno a lui, come se Lucas Leone, Alberto Corsi, tenesse i fili e lei fosse la marionetta: io ti ho sparato e ti ho condannata a morte, e adesso io ti rimetto in pericolo e io te ne salvo, solo perché mi va.

Manuela non sapeva come ci si relaziona con una consapevolezza del genere e, considerando l'altro miliardo di cose con cui stava cercando di venire a patti – tra i cinque proiettili che le avevano attraversato il corpo partendo dalla pistola d'ordinanza di Anna, un granuloma nel cervello e il fantasma di un Christopher dalla doppia vita – aveva scelto saggiamente di lasciar vincere lo sfinimento e si era arresa al divano letto, esausta e viva a malapena.

Anna, con nel cuore una sola certezza – quella che Manuela era viva, l'aveva vista con i suoi occhi – e per il resto solo dubbi, era andata a casa a prenderle qualche indumento e le medicine. Daniela era rimasta da Lucas, la più giovane aveva pregato le amiche di non lasciarla da sola a casa del sicario.

La poliziotta infilò la chiave nel portoncino blindato di casa e sobbalzò quando sentì quella voce alle sue spalle.

«Anna?» le domandò.

Lei prese un bel respiro. Deglutì. Infine si voltò, il volto inespressivo. «Ciao, Chris».

Il ragazzone aveva un viso provato e pallido. «Ma che è successo? Ho sentito alla TV, ho provato a chiamare Manu» fece, nervosamente. «Ho suonato a casa vostra dieci volte, ma niente. Dio, sta bene?».

Anna lo fissò negli occhi. Erano lucidi. Le mani erano davvero agitate. Sembrava spaventato. Indossava la sua divisa nera da guardia notturna, con una pistola al cinturone che all'agente scelto parve essere una Glock, dal calcio.

Sospirò.

«Non lo so. Stiamo indagando» gli concesse, gelida. Si voltò per far finire il giro alla chiave e sbloccare la serratura di casa.

«Ma è vero? Che c'era tanto sangue?» Chris le venne accanto, sempre agitato, mentre lo domandava.

Anna si perse di nuovo nei suoi occhi scuri. Erano grandi e impauriti.

«Sì. Purtroppo sì. Vediamo cosa scopriamo».

«Dio», Chris si portò le mani alla testa. «Non può essere sparita nel nulla, no? Magari ha bisogno di aiuto, magari...».

«Christopher» lo interruppe Anna, «ci penso io. Vai a lavorare», lo calmò.

Il vicino di casa la fissò per qualche istante, poi abbassò lo sguardo e deglutì, annuendo. «Hai ragione» sibilò, abbattuto. «È che...».

«Ci penso io. Ok?».

Chris si arrese. Lo sguardo sicuro di Anna non ammetteva replica e non tradiva né emozioni né ipotesi.

«Scusami» tagliò lei, aprendo la porta per entrare a casa.

Lui scosse la testa. «Scusami tu, con tutto quello che hai da fare... Ma me la ritrovi? Per favore?», le portò una mano sulla spalla, gli occhi contriti e supplicanti. «Manu voleva ancora fare un sacco di cose, e io...».

Vedendolo così convinto, in quella preghiera disperata, Anna sentì un brivido correrle lungo la schiena. Se era davvero lui, l'uomo che le aveva piazzato il microfono nel telefono e forse perfino sparato, era una delle menti più inquietanti con cui la poliziotta avesse mai avuto che fare.

«Se è viva, te la ritrovo» gli assicurò lei, poggiando la mano su quella dell'uomo, che a sua volta era sulla sua spalla. «E anche se è morta. E in ogni caso trovo chi le ha sparato». *E lo mando sottoterra*, ma non lo disse.

Chris le sorrise appena, triste. «Grazie» balbettò.

Anna lo salutò con uno sguardo, poi chiuse la porta e ci si poggiò contro con la schiena.

Pensò di seguirlo.

No, non ancora, si disse, poi, rimettendo in ordine le priorità. Lo sentì mentre scendeva le scale per andarsene al lavoro.

Accese la luce dell'open space, lasciato così com'era quando Manuela era uscita per cadere nella trappola, ventiquattro ore prima, e camminò verso la stanza della sua coinquilina, in cerca di abiti e biancheria da portarle – anche perché quelli che indossava, annegati nel sangue, erano stati tagliati via in pronto soccorso, lasciandola con addosso solo una vestaglia ospedaliera.

Poi, l'istinto vinse.

Anna prese un lungo respiro e, mentre le sembrava che piccole scariche elettriche le attraversassero le mani e le gambe, ora che era da sola e poteva lasciar scendere la maschera di poliziotta infallibile, camminò di nuovo verso l'open space.

Aprì il primo cassetto accanto al lavello, ne estrasse un coltello di medie dimensioni dalla lama piatta e se lo infilò al fianco dei pantaloni, nella cintura.

Lo aveva già fatto. Sapeva benissimo come fare senza lasciare tracce, faceva parte del suo lavoro.

Puntò la porta finestra e la aprì, raggiungendo il balcone di casa. Si guardò intorno, non scorgendo nessuno che potesse notarla –

nonostante i condomini di via San Paolino si affacciassero tutti sulla stessa piazza interna.

Il balcone era strutturato con un muro di mattoni alto più o meno un metro, incassato nella facciata del palazzo. Quella era la caratteristica che ad Anna sarebbe tornata più utile: i balconi degli appartamenti attigui comunicavano, separati solo da un muretto divisore. Non era difficile scavalcare per raggiungere quello vicino.

Anna non amava le altezze, ma non ne aveva abbastanza paura da esitare. Inforcò il muretto con una gamba. Se Christopher era un impostore lo avrebbe scoperto. Se aveva sparato a Manuela se lo sarebbe andato a prendere con le sue mani.

Avrebbe forzato la porta finestra con il coltello, aveva imparato a farlo senza dover rompere il vetro – Chris ci avrebbe messo un po' ad accorgersene. E dentro casa sua avrebbe cercato qualsiasi indizio, ogni cosa che avrebbe potuto tradirlo. Era uscito per lavorare e sarebbe tornato solo la mattina dopo.

Seduta sul muretto del balcone, una gamba a penzoloni dal quinto piano, Anna esitò. Finalmente.

Prese un respiro infinito e scosse la testa.

«Niente cazzate. Niente cazzate» si disse, sottovoce.

Manuela aveva bisogno di lei. E commettere un'effrazione, scavalcando al quinto piano, non era un buon modo per ricominciare a mettere a posto le cose.

Rimani lucida, si impose. Era sconvolta, molto più di quanto lasciasse vedere. Nelle sue orecchie c'era ancora Manuela che urlava, nel cuore il senso di impotenza che aveva provato. Sentiva ancora il rumore sordo emesso dalla testa del Pappagallo quando la pallottola l'aveva colpito. Davanti agli occhi aveva ancora il sangue che le correva sul collo. Zanetti che la sospendeva mentre lei si sforzava di non piangere. E l'aver promesso a se stessa che non avrebbe mai più lasciato succedere niente di simile – nessuna, di tutte quelle cose.

Anna tornò con entrambe le gambe dentro il balcone di casa. Si asciugò le guance improvvisamente bagnate e si sforzò di riprendere il controllo.

Rimani lucida.

Tornò dentro e si chiuse dietro la porta finestra, raggiungendo la stanza di Manuela per recuperarle dei vestiti.

* * *

Cristina era dovuta scappare al lavoro, ma aveva lasciato un po' di raccomandazioni. Daniela le stava seguendo, mentre aiutava l'amica a provare a indossare uno dei suoi pigiami. Lucas aveva avuto l'accortezza di andare in un'altra stanza.

Anna, seduta davanti alle altre due – mentre Daniela e Manuela armeggiavano con la maglia del pigiama da farle scivolare addosso senza alzare troppo il braccio dal lato della ferita al petto – era piena di spunti e non sapeva quale seguire.

«Sai come si chiama?» domandò alla fine a Manuela. «La compagnia di sicurezza per cui lavora Christopher».

Manuela ringraziò Daniela con un'occhiata e tornò con le spalle contro il cuscino, sfinita. Erano passate ventiquattro ore dal ferimento e non era ancora del tutto sicura di essere davvero viva.

Si sforzò di pensare, chiudendo gli occhi. «Era...» tentò.

«Sul braccio della giacca aveva uno stemma con una specie di leone» notò Daniela. Lo aveva visto poche volte, ma a lei bastavano.

«Lion Security?» comprese Anna.

«Sì», confermò Manuela. «Sì... qualcosa del genere».

«Tu puoi scoprire dove lavorano? Che turni fa? Voglio sapere dov'era ieri sera».

Daniela si grattò la testa, sedendosi sul divano letto accanto a Manuela. «Posso provare, ma non è detto che le informazioni sui loro turni siano violabili. Potremmo provare a entrare nella sua mail e nei suoi messaggi, o nella sua agenda se ne ha una».

«Prova quello che riesci. Se ci beccano mi prendo io la responsabilità».

Manuela si sentì ancora peggio, a vedere Anna che valicava così tanto il confine. La poliziotta perfetta che ora si prendeva la responsabilità dei crimini da commettere per uscire da una situazione dove *è finita solo per colpa mia.*

Perché le ho rubato la pistola.

Per vendicarmi di Lucas.
Che mi ha sparato per colpa di mio padre.
E ci va di mezzo Anna.
Io non capisco nemmeno se Chris mi sta prendendo per il culo e qua ci va di mezzo Anna.

Avrebbe voluto avere la forza di fare qualcosa. Invece a malapena riusciva a tenere gli occhi aperti.

Anna la guardava e risentiva quella telefonata. Quel senso di impotenza strangolante. Panico attivo – quello che ti fa fare le cazzate, anziché paralizzarti. Lo stesso che le aveva quasi fatto sfondare casa di Christopher.

Sapeva che i suoi colleghi non avrebbero trovato niente. Se c'era una talpa, non avrebbero scoperto niente. Doveva farlo lei.

«Cosa hai in mente?» le domandò Daniela, assorta. «Sono le undici, dovremmo riposare».

«Tu rimani qui con lei?».

«Sì, l'ho già detto a quello stronzo di Lucas» confermò Daniela, poggiando una mano sulla spalla di Manuela.

Anna deglutì nervosamente. «Io devo trovare risposte».

Manuela le lanciò un'occhiata provata. «... mi dispiace» riuscì a dire, vedendo l'amica così al limite, così piena fino all'orlo di tutto quello che era successo in quelle settimane.

Anna fece cenno di no con la testa. «Non dirlo neanche. Dispiacerà a loro».

***

«Anna?».

Ferro chiamò la donna che era seduta alla scrivania del suo ufficio, fregandosene altamente della sua sospensione, sporgendosi dalla porta.

Lei non si voltò, continuando a leggere i documenti che aveva aperto sul suo computer.

«Zanetti è arrivato?» gli rispose solo lei.

«Non ancora. Perché?».

«Niente». Anna chiuse la schermata e si voltò verso il suo ispettore, facendo ruotare la sedia girevole. «Dimmi».

«Ma sei qui da ieri notte?».

«Francé, mi conosci» non negò la donna, tirandosi indietro i capelli, stanca. «Dimmi».

«Abbiamo ritrovato questa». L'uomo le porse la borsa di Manuela.

Anna la guardò con enorme sorpresa.

«La Scientifica l'ha già analizzata, non ci sono impronte. C'era solo sangue. Che è di Manuela. Non so se manca qualcosa, magari tu lo noti e ci aiuta». E gliela porse.

La poliziotta la afferrò e aprì la cerniera per guardarci dentro. Notò il portafogli, i fazzolettini, le solite cose che Manuela portava sempre con sé, compreso quel quadernetto dove pareva prendesse sempre appunti.

Il diario lasciatole da suo padre invece non c'era.

«Manca qualcosa?» comprese l'ispettore Ferro.

«I documenti che dicevo a te e a Gaetano. È il motivo per cui le hanno sparato. Dove l'avete trovata?».

«Non troppo lontana da via Palach, sulla riva del Lambro Meridionale. Stavamo cercando... beh, il corpo di Manuela. Invece abbiamo trovato solo la borsa. Il bastardo deve averla gettata pensando che il fiume se la portasse via, ma c'era poca acqua ed è rimasta lì».

Anna non tradì emozioni. Non avrebbe detto a nessuno, nemmeno a Ferro, che Manuela era viva. La talpa doveva impazzire. Era lì per scoprirla. Li avrebbe tormentati tutti uno a uno, se fosse servito. A quel punto, Anna era una lupa che sentiva odore di sangue e non avrebbe più mollato la presa.

«Grazie, Francé. Avete scoperto altro?».

«Per ora niente. Anna...» fece, apprensivo. «So quanto ci tenevi a lei, ma devi riposare. Lo so che stai indagando per conto tuo, ma non puoi ammazzarti per trovare chi ha ucciso Manuela».

Anna sorrise amaramente. «Ormai quindi è un cadavere, che cerchiamo» notò, scuotendo la testa.

«Con tutto quel sangue la Scientifica è stata abbastanza chiara, lo sai anche tu».

«Su Christopher Nava avete trovato qualcosa?».

«Tu?» le rimbalzò Ferro.

L'ispettore e l'agente scelto Russo si studiarono. Poi lei ruppe lo stallo di diffidenza – lo sarebbe stata con tutto e tutti, considerando che qualcuno di loro aveva preso la sua pistola dal deposito per incastrarla – per alzare le spalle.

«Solo che è una guardia giurata che lavora per la Lion Security. Devo ancora frugare».

«Io ho fatto controllare un po' a Gaetano. Ho trovato che in passato è stato nell'Esercito e in Polizia, ma niente di rilevante. Ha dato le dimissioni dopo un anno e rotti. Non gli do torto, spesso nella sicurezza privata prendi di più di un agente delle Volanti».

«Lui stava alle Volanti?».

«Sì, da quello che abbiamo trovato sì».

«Dove?».

«Torino. Non c'era nient'altro di interessante nel suo profilo. Né casi eclatanti, né encomi, né note disciplinari. Un tizio noioso».

«L'hai fatto convocare? È il sospetto numero uno, per il microfono che abbiamo trovato nel telefono di Manuela».

«Sì. È convocato per domani alle undici».

«Posso venire anche io?».

Ferro la guardò, apprensivo.

«Mi metto in un angolino e non dico niente, giuro. Voglio solo sentire».

L'ispettore sospirò ma non ebbe la forza di accontentarla: scosse la testa, deciso.

Zanetti e Baroni si sarebbero arrabbiati parecchio, se avesse coinvolto in quel colloquio anche Anna, che all'inizio era addirittura una sospettata – e che comunque era sospesa.

«Anna?» il centralinista Giovanni spuntò a sua volta nell'ufficio, affiancando Ferro nella porta. «Ah, buongiorno, ispettore».

«Eh, buongiorno. Che succede?» gli rispose quello.

«È arrivato Zanetti».

Anna sorrise al giovane collega. «Grazie, Giò».

Lasciò poggiata lì la borsa di Manuela ma prese la sua, che somigliava più a un comodo borsello a tracolla. «Scusa Francé».

Ferro aprì le braccia e alzò le spalle, sconsolato. «Qua non mi dà retta nessuno» disse al centralinista. «Pure tu! Anna è sospesa ma le fai ogni favore che ti chiede».

Giovanni, con quell'aria buffa per il suo grosso naso, alzò le spalle come un bambino. «Io Anna la voglio aiutare, ispettore. Lei no?».

L'ispettore gli diede una amara pacca su una spalla.

* * *

Anna rimase spaventosamente lucida. Quando stava scavalcando per entrare a casa di Chris no, ma ora era razionale. Sapeva i rischi che stava prendendo e li aveva accettati.

Scorse Zanetti che chiacchierava mentre sorseggiava un caffè nella sala briefing poco oltre l'ingresso del commissariato e decise saggiamente di non incrociarlo, procedendo oltre.

Uscì all'esterno per individuare l'auto con cui il PM era arrivato.

Si guardò attorno, guardinga.

«Ué, Anné?».

La voce di Gaetano la fece quasi trasalire. Se lo vide arrivare alla sua destra, dalla strada all'ingresso del cortile interno del commissariato, e si sforzò di sorridergli appena per salutarlo.

«Che fai 'ccà? Ti devi riposare» la ammonì il sovrintendente, toccandole paternamente una spalla.

«Sto bene» gli assicurò lei.

«Eh certo, tu stai sempre bene. Vuoi fumare?».

«No, no, grazie. Volevo... prendere un po' d'aria».

«Guarda che ci pensiamo noi, eh. Io quel bastardo te lo trovo. E se lo ammazzo sto ancora più contento».

Anna non si tradì. Mise le mani in tasca e alzò le spalle. La sua laconicità era ben giustificata da quello che era successo – l'omicidio della sua amica mentre era al telefono con lei, per tutti i suoi colleghi. Nessuno l'avrebbe trovata strana o si sarebbe insospettito, nel vederla anche più riservata del solito.

«Vabbuò, ti lascio a prendere l'aria buona di Milano, va» scherzò Gaetano. «Ferro già ci sta, sì?».

«Sì, era in ufficio».

«Ciao, Anné. Trattati bene, eh?».

«Certo» gli assicurò lei, con poca convinzione.

Gaetano la rimproverò con un'occhiata, ma sapeva che insistere era inutile: anche lui aveva la testa di legno come Anna.

La poliziotta prese un lungo respiro.

Cazzo, disse tra sé.

Riprese a guardarsi attorno.

La situazione era calma. C'erano dei colleghi, ma erano lontani, non guardavano nella sua direzione. La strada era poco trafficata e nessuno si sarebbe messo a sbirciare nei pressi del cancello di un commissariato di Polizia.

Aprì la borsa per tirarne fuori un cellulare.

Non era il suo.

Lo accese e ci collegò subito una batteria esterna, capiente quanto bastava.

Si guardò di nuovo attorno per assicurarsi che nessuno la stesse notando.

Cazzo cazzo cazzo.

Dalla borsa tirò fuori un rotolo di nastro isolante nero e diede un paio di giri per tenere il telefono e la batteria legati assieme.

La parte facile l'abbiamo fatta.

Non aveva nessuno vicino. E nessuno la stava guardando.

Anna raggiunse il lato più lontano dell'auto di Zanetti e, dopo essersi guardata attorno per un'ulteriore volta, con scariche sgradevoli di elettricità che le correvano dai piedi alla testa, si infilò sotto la macchina.

Tanto cos'hai da perdere?

Tenne il nastro in una mano e il telefono in un'altra, studiando rapidamente il sottoscocca dell'auto del pubblico ministero.

Lo spazio lì sotto era strettissimo, anche per una atletica come Anna, con il suo essere poco sotto il metro ottanta e le sue spalle da sportiva. C'era un passante in metallo che poteva esserle utile e se lo fece andare bene. Non aveva tempo di fermarsi a pensarci.

Ci spinse contro il telefono e lo bloccò con un numero esageratamente alto di giri di nastro, non voleva rischiare che lo smartphone cadesse al primo dosso.

Con le spalle premute contro l'asfalto, si assicurò di aver fissato bene il nastro e che il telefono fosse acceso e attivato come aveva previsto.

Era un trucco che aveva imparato molti anni addietro. Coinvolgeva la tecnologia e per questo sarebbe stato più da Daniela che da lei, ma anche Anna sapeva sfruttare ogni mezzo a sua disposizione, quando le vie ufficiali non erano praticabili.

Si concesse un secondo per respirare.

Poi sgusciò fuori rotolando via da sotto la macchina, rimettendosi in piedi e picchiettando con le mani sul suo maglione azzurro per pulirsi.

Manuela sarà fiera di me si prese in giro da sola, per sdrammatizzare. Aveva fatto una cosa davvero degna della sua amica.

E un'altra da cui non si tornava indietro.

Capitolo 32

Venerdì, 22 febbraio 2019
Milano, ore 09.49

«Sei più pazza di lei, altroché».

Daniela lo disse tra il serio e il faceto, indicando Manuela con un'occhiata mentre Anna annuiva colpevolmente.

«Ci diamo il brutto esempio a vicenda» scherzò la poliziotta, incrociando gli occhi dell'amica, stesa sul divano letto di Lucas da ormai tre giorni. L'uomo era uscito una ventina di minuti prima e nessuna di loro tre sapeva ancora decifrarlo. Sapevano solo che non si fidavano di lui – come avrebbero potuto? Ma, per ora, tenere Manuela lì nascosta, perché nessuno avrebbe mai cercato il suo cadavere proprio a casa del suo sicario, era la cosa migliore da fare.

«Così col cellulare...» parlò debolmente la venticinquenne. Lo squarcio nel petto si faceva ancora sentire, eccome, e con Cristina avevano preferito dare priorità alle terapie per il granuloma che agli antidolorifici per le ferite. «Col cellulare puoi seguirlo... col GPS» comprese.

«Sì», confermò Anna. «Ho condiviso la posizione di quel telefono con il mio. Posso vedere dove va con la sua macchina, fintanto che il telefono non si stacca da lì. O finché dura la batteria esterna e il telefono non si spegne».

«Una cimice fatta in casa. Sono fiera di te» commentò Daniela, con un ghigno divertito sulle labbra.

«L'ho sbirciato per tutto il giorno, ieri, finché non sono crollata. Non ho notato niente di strano. Commissariati, casa, procura, parcheggio del supermercato. E di sera l'ho proprio seguito, è andato solo al ristorante con una donna, e basta».

«Ma se scoprono che hai montato una roba del genere sulla macchina di un magistrato...?» si interrogò Daniela.

«Ci pensiamo quando lo scoprono» tagliò Anna. «Zanetti ha cercato subito di sbattermi dentro appena saputo dei messaggi ricevuti da Manu. E chi è entrato nel deposito a prendere la mia pistola era così importante da non far insospettire nessuno. *Devo sapere se è lui.* Ho pensato anche alla Baroni, ma lei l'anno scorso non c'era, a frugare il caso di Manu, o quei video. Zanetti sì».

«Era anche... nei contatti possibili... del Pappagallo» si ricordò Manuela.

«Appunto», annuì la poliziotta.

Vedendo quanto si stava esponendo Anna, Manuela risentì salirle il senso di colpa. Per fortuna, era troppo debole per flagellarsi e insultarsi, come avrebbe fatto di solito.

«Io ho frugato un po' su Chris. Non ho trovato niente di che» riferì Daniela.

«Immaginavo. Hanno frugato anche i miei colleghi. Ma a parte che era in Polizia alle Volanti a Torino per un annetto e poco, non abbiamo trovato niente. Immacolato e noioso».

Manuela continuava a pensarci e ripensarci, intrappolata in quell'ossessione mortifera: c'era la possibilità che Christopher non esistesse nemmeno, che fosse solo una maschera che aveva preso la forma ideale per spingerla a fidarsi di lui. E magari per ucciderla.

Il dolore al petto si fece più forte e le fece digrignare i denti.

«Ehi» notò Daniela, vedendola sofferente. «Tutto bene?».

«Sì», biascicò l'altra. «Sì».

Ad Anna vederla ridotta così pesava. Smaltito il terrore che gliel'avessero ammazzata in diretta telefonica, non poteva accontentarsi di dirsi *è viva*. Doveva trovare chi ci aveva provato.

Con la mia pistola. Le hanno sparato con la mia pistola.

«Oggi mi do un po' da fare. Con quello stronzo di Corsi come va?» disse la poliziotta, alzandosi dalla sua sedia davanti al divano.

Manuela scosse la testa. Non avrebbe saputo rispondere. Essere a casa sua, con lui che le portava da bere e le chiedeva se voleva mangiare o aveva bisogno di andare in bagno, era così grottesco che ogni tanto si pizzicava per accertarsi di non essere finita, da morta, in una timeline alternativa.

«Non lo so...» biascicò. «Non lo so».

«Sembra sincero» ammise Daniela, che aveva passato quelle notti con lei. «Non si avvicina troppo, sa che non ci fideremo mai di lui. E non mi fido a lasciarti da sola».

Manuela voltò lo sguardo verso quello dell'amica. «Se mi avesse voluto morta... sarei morta» commentò.

Daniela e Anna si guardarono per un attimo.

«Mi ha stretto la ferita... con la cintura... io non riuscivo più... a respirare. Gli bastava aspettare... qualche secondo... Non sarei qui», si era resa conto. «Mi ha messa in questo... questo schifo. Ma se mi voleva morta... mi lasciava lì».

Anna sapeva che aveva ragione. Nessun uomo misterioso avrebbe attirato Manuela in via Palach per ammazzarla, se Lucas non l'avesse spinta a indagare. Ma non ci sarebbe stata nessuna Manuela a raccontarglielo, se non l'avesse soccorsa Lucas.

«Riposati», aggiunse Manuela, guardando Daniela, che praticamente da mercoledì non si era mai allontanata da lì. «Vai a casa. Sto... bene».

Sapeva quando Daniela ci tenesse a prendersi cura di sé e non voleva anche quel senso di colpa – la "prigionia" dell'amica, che invece voleva badare a lei.

«Anzi... se siamo solo io e lui... vediamo che fa. Ammazzarmi, non mi ammazza. Vediamo... come si comporta...».

Sia Anna che Daniela erano molto restie a quell'idea. Manuela riuscì a sorridere. «Al massimo... mi restituisce qualche pugno» ammise.

«*Restituisce?*» notò Daniela.

«Quando sono uscita da... Veneziani... sono venuta qua. Da Lucas. Mi sono... attaccata al citofono», riuscì a ridere amaramente di quel ricordo orrendo. «Quando ha aperto l'ho picchiato. E così forte che... pensavo di essermi... rotta la mano. Lui non ha... reagito».

«Cioè, aspetta. Quindi erano quelli i lividi che aveva in faccia? Sei venuta qui da sola a prenderlo a pugni?» completò Daniela, incredula.

Anna scosse la testa e ridacchiò. Rimproverarla non serviva. Manuela, da dopo il proiettile in testa e i limiti verso cui l'aveva spinta, era puro istinto. Era intensità. Se faceva quelle follie, significava che era viva.

«Non posso vincere» si rese conto la poliziotta. «Nella sfida delle peggiori cazzate sei ingiocabile» scherzò.

* * *

Lucas si affacciò in salotto con tra le mani delle buste della spesa. Si guardò attorno, con addosso solo una camicia bianca su degli immancabili pantaloni d'abito blu, i capelli castani chiari leggermente spettinati.

«Le tue amiche sono andate via?».

Manuela gli piantò gli occhi addosso. Era la prima volta, da quando aveva ripreso del tutto conoscenza, che era da sola con lui.

Anna aveva un impegno in commissariato e Daniela aveva seguito il suo consiglio, lasciandole la mano forse per la prima volta in tutti quei giorni e andando a casa per un paio d'ore, anche per aggiornare per sommi capi la direttrice Borsari – senza poterle ancora dire che Manuela era viva.

Quindi erano soli. Quel salotto era pieno di odio e contraddizioni.

Lucas si accorse di come Manuela lo stava guardando e sorrise appena, divertito. Gli occhi severi e trasparenti della ragazza erano sempre gli stessi.

Avrebbe potuto salvarle la vita altre mille volte, non sarebbero cambiati. Manuela lo odiava con ogni grammo di fibra. Quello che aveva fatto a lei – e quello che aveva fatto a Marco – non poteva avere perdono.

Che non morirai di vecchiaia lo sappiamo entrambi, aveva detto il dottor Veneziani. Era quello il dopo, le *conseguenze*, ciò di cui a Lucas non era importato quando aveva tirato il grilletto.

L'uomo si allontanò in direzione della cucina per sistemare quello che aveva comprato.

«Vuoi un po' di latte? Un succo di frutta?» le propose, dall'altra stanza.

Manuela non rispose. Portò la mano sulle palpebre chiuse e prese il respiro più lungo che poteva – notando che era sicuramente più lungo di quello che riusciva a fare due giorni prima.

Dopo un paio di minuti, Lucas tornò in salotto, il solito sorrisetto sulle labbra sfigurate, un sopracciglio alzato per studiarla.

«La tua amica dottoressa prima di stasera non passa. Se vuoi digiunare finché non arriva lei, fai come ti pare. Io non sto qua a pregarti».

Manuela alzò gli occhi verso i suoi e deglutì nervosamente. Poi li distolse, voltandosi alla sua destra, la testa sul cuscino. Sulla parete, lì accanto, a sorriderle come una condanna beffarda, c'era una foto di Marta da adolescente. Marta *prima* che lei la traumatizzasse a vita. Marta *persona normale*, come prima della pistolettata di Lucas era stata anche lei.

«È sempre stata bellissima» commentò Lucas, con voce molto più morbida, capendo che Manuela stava fissando la foto di sua figlia.

«Lei... dov'è ora?» tentò la giovane.

«È in Erasmus. Le piaceva l'idea di stare un po' all'estero e andava bene anche a me, che mi rimanesse lontana in questo casino. È ad Amsterdam».

Lei Amsterdam non l'aveva vista. Era una delle potenziali mete nella lista da spuntare una volta iniziato a vivere. Chissà quando.

«Tu l'Erasmus non l'hai fatto?».

Manuela riuscì a sorridergli, ferita, fiera. «Sono rimasta... vicina a Papà. Era terminale».

Lucas si accorse di aver toccato un nervo scoperto. Ma con lei era difficile non toccarne.

Incrociò le braccia sul petto largo e alzò le spalle. «Io non so se ne avrei avuto il coraggio, te lo dico».

«Certo... tu la morte la dai... mica la aspetti».

La lucidità bruciante di quella risposta lo sorprese. Confermò con un cenno, sincero. «Non voglio aspettarla mai più. Si è presa mia moglie e mio figlio. Non starò ad aspettarla mai più» le ricordò.

Manuela si sentì stupidamente ingiusta. Perfino davanti al suo assassino. L'aveva vista, la foto sopra quella di Marta, sulla parete. Voltò di nuovo lo sguardo verso quella per osservarla.

Lucas indossava un abito argentato elegantissimo. La donna che teneva in braccio, ridendo, aveva quello tradizionale bianco, la sua stesse fede al dito, una cascata di boccoli castani chiari, un grande sorriso. Manuela sapeva che Lucas aveva perso la moglie e un figlio in un incidente, su un'auto che per giunta guidava lui. Gli era rimasta solo Marta.

Poco più in là, nella stessa parete, c'era anche la foto di un bambino sorridente, gli stessi occhi celesti del padre, tutto fiero, nel suo grembiulino blu.

L'uomo notò che lo sguardo di Manuela si era fatto incerto, a quella vista.

«Perdiamo tutti qualcosa, se siamo vivi. Io non volevo perdere anche Marta. Avrei sparato anche al mondo intero, per tenerli buoni e lontani da Marta».

Poi invece era arrivata Manuela. E Marta in mezzo agli affari di Lucas c'era finita per forza. Suo padre le aveva nascosto tutto, decidendo per lei che in fondo poteva amarlo anche se era un assassino, e Manuela sequestrandola aveva scoperchiato quel vaso. Aveva costretto il mondo orribile di Lucas Leone e quello di cristallo di Alberto Corsi a incontrarsi.

Era solo un caso che Marta – molto più adulta e forte sia di lei che di Lucas, riconobbe la donna – stesse provando a perdonare suo padre. Lei aveva fatto tutto il possibile affinché lo odiasse. Anzi, in realtà lo aveva fatto lui. Manuela le aveva solo permesso di scoprirlo.

E quando Lucas si era messo a massacrarla davanti agli occhi di sua figlia, per farle pagare quel sequestro, le aveva tolto qualsiasi dubbio. Suo padre era un mostro addestrato a fare del male. Il trauma di Marta non avrebbe potuto essere peggiore di così.

Rimasero entrambi zitti per un bel po', guardando la foto del matrimonio di Alberto Corsi e di sua moglie.

«Ne valeva la pena?» gli domandò alla fine Manuela. Fu forte abbastanza da voltarsi di nuovo verso di lui, ritto ai piedi del divano letto, e da piantare gli occhi nei suoi. «Quanto ti hanno pagato? Per quanti... soldi lo hai fatto?».

«I soldi erano un extra. A me interessava essere il loro uomo di fiducia. Finché Cassani e i suoi amichetti si fidavano di me, anche Marta non avrebbe avuto problemi» si giustificò.

«Quanto ti hanno dato?» scandì Manuela, fredda, lucida.

«Non vuoi saperlo davvero».

«Quanto?»

Notò il pomo di Adamo di Lucas che andò nervosamente giù e poi tornò su. L'uomo deviò lo sguardo verso la foto della figlia, alla sua sinistra.

«Trentamila».

Manuela sperò di aver sentito male.

«... quanto?».

«Trentamila» ribadì lui, voltandosi di nuovo verso di lei. «Ma alla fine sono stati quarantamila, perché dovevo ucciderti in quel modo specifico, era pericoloso. Mettendoti la pagina del giornale in bocca, lasciandoti al cancello della redazione, con un piccolo calibro che non ti sfigurasse, facendola sembrare un'esecuzione dei Reale, eccetera. Quindi alla fine, sì – quarantamila».

Quarantamila euro.

Manuela se lo ripeté con disgusto. Abbassò gli occhi, inorridita: il SUV che Lucas guidava abitualmente costava di più della sua vita.

«E quando ti hanno detto che... ok, ti davano quarantamila, tu gli hai detto che andava bene» si rese conto. «Che... che si poteva fare, no?».

Lucas non negò. Anzi, annuì.

La donna si portò di nuovo le dita sulle palpebre chiuse. L'orecchio che ronzava, ora pure col padiglione monco, non aveva ronzato abbastanza da impedirle di sentire quello che Lucas le aveva detto.

«Mi sono sempre chiesta... non tanto come hai fatto... ma cosa... cosa hai fatto dopo. Cosa hai fatto?» rialzò gli occhi verso di lui, severa. Erano bagnati, rossi, esausti. «Sei andato a letto...? Come se... come se niente fosse, no?».

Lucas rimase impassibile. Non aveva giustificazioni da addurre. Le aveva sparato per soldi e per Marta. Quando entri in un giro pericoloso, la vita degli altri non è così importante rispetto alle conseguenze del metterti di traverso. Soprattutto se hai una figlia ed è l'unica persona che ti è rimasta al mondo.

«A certe cose ti abitui» ammise, confermandole che sì – era andato a dormire a lavoro finito.

Manuela scosse la testa e sorrise, ferita da quella sincerità. Si asciugò una guancia, più che altro perché non voleva che lui la vedesse piangere. «Io mi sogno ancora tua figlia... che mi chiede pietà. Tu... te ne sei andato a letto... cazzo».

«Siamo persone molto diverse» fece lui.

«Lo siamo?», Manuela lo guardò, inquietata. «Io tua figlia... la volevo ammazzare. Non ho avuto il coraggio. Ma io... io quella mattina... la volevo ammazzare».

«E invece Marta è viva. Mentre tu sei viva solo perché sei una miracolata» sottolineò Lucas, evidenziando come le due cose fossero finite diversamente. La pallottola contro la faccia lui gliel'aveva sparata davvero, e senza fare troppi drammi.

Quarantamila euro. Manuela non riusciva a togliersi quel numero, quella *tariffa*, dalla testa. *Ti dicono di ammazzare una persona per quarantamila euro e tu rispondi che va bene.*

«Io non ti avrei salvato» si rese conto, secca, pensando a Lucas che le tamponava le ferite, pochi giorni prima. Gli occhi erano tornati asciutti, inflessibili. «Ti avrei guardato morire».

Lui alzò le spalle. «Te l'ho detto, che siamo persone molto diverse».

* * *

Mentre si tormentava le dita, attorcigliandole le une alle altre, Anna vide Giovanni entrare nel suo ufficio e oltrepassarla per puntare quello dell'ispettore Ferro, che aveva uno spazio tutto suo.

Il suo comandante sbucò un minuto dopo, con Giovanni tornato al centralino. «Anna?».

La poliziotta si mise seduta ritta sulla schiena, alla scrivania.

«È arrivato Nava» le confermò. «Mi raccomando» sottolineò. «Ti metti lì seduta e non dici niente. Niente di niente, chiaro? Non dovresti neanche essere qui, non dare a Zanetti altri motivi per darti un calcio nel culo».

L'agente scelto Russo – ormai *quasi* l'ex agente scelto Russo – confermò con un cenno di intesa. «Francé?», trattenne l'ispettore toccandogli un braccio. «Grazie».

«So quanto ci tenevi a Manuela. Non farmi pentire» le raccomandò di nuovo.

Affacciatosi alla porta dell'ufficio dell'Investigativa, Ferro fece cenno a Giovanni di lasciar entrare Nava. Anna si sistemò alla scrivania di Stefano – che quel giorno attaccava di pomeriggio. Ferro si mise a quella di Anna, subito alla sinistra della porta. Sistemati così, lei poteva seguire il colloquio e tenere d'occhio Chris, senza il bisogno di parteciparvi.

Il ragazzone indossava un piumino verde con il cappuccio alzato sulla testa. Pioveva.

«Buongiorno Anna» la salutò, notandola seduta alla scrivania.

La poliziotta rispose con un cenno. Era concentrata sul suo cuore. Se Christopher avesse ammesso di avere spiato Manuela, come avrebbe dovuto reagire?

«Venga, si sieda», Ferro gli indicò la sedia davanti alla scrivania di Anna in cui si era sistemato. «Lei è Christopher Nava, giusto?».

Lui annuì. Si sentiva gli occhi di Anna addosso. La poliziotta notò che aveva un viso stanco.

«Io sono l'ispettore superiore Francesco Ferro. Sa perché l'abbiamo convocata?».

L'uomo portò le mani intrecciate sulla scrivania. Christopher alzò le spalle. «Per quello che è successo a Manuela. Siamo finiti sui giornali insieme, di solito si chiamano le persone più prossime» disse, lucidamente.

«Quindi non è sorpreso?».

«So come funziona il suo lavoro. Farò tutto quello che serve per Manuela. Non può essere sparita nel nulla, la dobbiamo ritrovare».

Ferro lo studiò con attenzione e prese a massaggiarsi il pizzetto brizzolato. «Lei frequentava la signorina Guerra?».

«Da qualche settimana».

«L'ha vista anche martedì?».

Chris annuì senza esitare. «Sì. Siamo stati ad Assago, a comprare una cosa al centro commerciale. Abbiamo passato il pomeriggio insieme. Poi lei è andata da sua madre a Novara».

«Come le era sembrata?».

Lui ci pensò un attimo. «Non so, normale? Anna lo sa, Manuela non è una chiacchierona. Ma era normale, voleva regalare un videogioco ai suoi fratelli ed era contenta di rivedere quei bambini».

«Non le ha detto se aveva paura di qualcuno? Se stava seguendo qualche caso pericoloso?».

«Anna le può confermare che...».

«Faccia come se Anna Russo non fosse qui» lo interruppe l'ispettore. «Le cose me le confermi lei».

Christopher incrociò il suo sguardo e comprese che non era amichevole. Annuì subito.

«Manuela non parla di lavoro. È molto riservata. Su un sacco di cose, ma soprattutto sul lavoro. Il suo ex compagno da quello che ho capito era molto ansioso per le sue inchieste, quindi lei ormai non ne parlava granché».

Anna era troppo nervosa. Si alzò per raggiungere il cassetto della scrivania di Gaetano e scroccargli una sigaretta dal pacchetto morbido che teneva sempre lì. Il sovrintendente gliel'avrebbe offerta volentieri. Se la accese con uno dei tremila accendini dell'esperto poliziotto campano e prese una boccata cercando di tenersi impegnata. Di rimanere zitta e distante. Di ascoltare e basta. Tornò alla scrivania di Stefano e notò che Ferro la stava rimproverando con un'occhiataccia. Odiava il fumo.

«Quindi mi ha detto che avete passato il pomeriggio insieme» riprese l'ispettore.
«Sì, a casa mia».
«A che ora vi siete salutati?».
«Un po' prima delle quattro, penso».
«E poi non vi siete più sentiti?».
«No».
Ferro notò che coincideva con quello che aveva detto Laura Valeri, la madre di Manuela, convocata il giorno prima – che poi era l'ultima persona ad averla vista viva prima del suo assassino, per quanto ne sapeva: Manuela era stata lì dopo le sedici per portare dei regali ai suoi fratelli. Laura aveva passato il resto del colloquio a maledirsi e piangere per averle detto della chiave del gattino.
«Lei di cosa si occupa, signor Nava?».
«Lavoro nella sicurezza privata, sono una guardia notturna».
«Per quale compagnia?».
«Lion. Sorvegliamo proprietà private e aziende, a volte supermercati nell'orario di chiusura».
«Era di turno anche martedì sera?».
Chris aggrottò le sopracciglia, temendo di sapere dove stava andando a parare. Il compagno di una donna morta ammazzata è sempre il sospettato numero uno.
«Certo».
«Da che ora?».
«Dalle venti, più o meno».
«Dove?».
«Al deposito dell'usato della concessionaria Giorgetti, ce l'hanno a Bazzana. Può controllare i nastri delle telecamere a circuito chiuso, se vuole».
«Controlleremo» confermò Ferro, senza tradire emozioni, mentre aveva preso ad appuntare quelle informazioni. «Lei era in Polizia, giusto?» continuò.
«Sì. Per un anno e qualcosa. Ho lavorato a Torino».
«Come mai si è dimesso?».
«Non mi sono trovato bene. E per la paga non ne valeva la pena».

Ferro sorrise. «Su questo non posso darle torto. Così è passato alla sicurezza privata?».

«Sì, conoscevo un amico che mi ha dato una mano a entrare nella Lion».

Ferro annuì e incrociò lo sguardo di Anna, che aveva consumato più di metà della sigaretta e continuava a fissarli con occhi asciutti e analitici.

L'ispettore prese un bel respiro. «Signor Nava, lei ha avuto modo di rimanere da solo con il telefono di Manuela Guerra?».

Christopher aggrottò le sopracciglia. «In che senso?».

«È una domanda chiara. Risponda alla domanda».

«Beh...», il ragazzone alzò le spalle, «sì, ovvio. Voglio dire, abbiamo passato del tempo assieme da soli, anche a... casa di Manuela. Ci sarà stato il suo telefono, da qualche parte».

«Non ci ha fatto caso?».

«Dovevo farci caso?».

La voce di Christopher si stava facendo più nervosa. Anna prese una lunga boccata dalla sigaretta – che no, non la stava calmando – tenendola tra l'indice e il medio della mano destra.

«Sarebbe utile se ci avesse fatto caso».

«Probabilmente quando Manuela andava in doccia sono rimasto da solo con il suo telefono, sì. Ma cosa c'entra?».

«Stiamo verificando delle piste, non si preoccupi».

«Ma l'avete trovata? Dio, ditemi che è viva».

Ferro studiò il tono e gli occhi preoccupati dell'uomo, mentre lo diceva. «Stiamo facendo il possibile».

«Anna», Chris si voltò alla sua sinistra, verso di lei. «Non sappiamo ancora nemmeno se è viva?».

La poliziotta rimase zitta e chiese l'approvazione dell'ispettore per aprire bocca. Le stava facendo un favore *grosso*, a farla assistere al colloquio, e non avrebbe tradito la sua fiducia. Ferro acconsentì.

Lei fece cadere la cenere sul posacenere della scrivania di Stefano e alzò appena le spalle. «Per adesso niente. Ma parla con l'ispettore, non con me».

«... perché?» non capì Chris.

«Perché sì» disse solo Anna.

«Per lei com'era questa storia?» riprese la parola Ferro. «Voglio dire, arriva in un appartamento che è proprio davanti a quello di Manuela Guerra e diventa il nuovo compagno della giornalista più chiacchierata del Paese. Era una cosa seria? Che piani aveva?».

Chris scosse la testa. «Non lo so, andavamo alla giornata. Manuela ha... un quadro clinico particolare. Anna lo sa».

Anna arricciò il naso e prese l'ultima boccata dalla sigaretta, espirando nervosamente dalle narici.

«È difficile fare piani a lungo termine davanti alle medicine che prende lei e al perché le prende».

«Ma lei si stava affezionando» comprese Ferro.

«Manuela era... è...» si corresse Chris, deviando lo sguardo perché gli si stavano lucidando gli occhi. E fin dai tempi della scuola tutti prendevano in giro un ragazzone così grande e grosso, quando si dimostrava emotivo. «... una brava persona. È facile affezionarsi».

Anna si disse che se era lui, che aveva fatto il doppio gioco, lo avrebbe ammazzato con le sue mani. Dire una cosa del genere con la voce tremolante, se poi invece era quello che l'aveva tratta in inganno con quel microfono nel telefono, era manipolazione pura.

Schiacciò il mozzicone nel posacenere più forte di quanto fosse necessario, ricacciando quei pensieri.

«Va bene, signor Nava. Faremo verificare i nastri del deposito dove ha lavorato martedì sera. È un procedimento di routine. Può andare, grazie per il suo tempo».

«Posso andare?» fece eco Chris.

Ferro gli indicò la porta aprendo un braccio. «Prego. Si tenga a disposizione, però. Magari avremo bisogno di risentirci».

La guardia annuì subito. «Certo. Ispettore... io sono a disposizione, ma lei... me la deve ritrovare».

Ferro lo osservò per diversi secondi e approvò con un gesto della testa.

«Buon lavoro, Anna» aggiunse Chris, voltandosi verso la poliziotta.

Lei fece solo un cenno, senza aprire bocca, e lo seguì con lo sguardo mentre usciva dall'ufficio e si avviava nell'androne del commissariato. Poi piantò gli occhi sull'ispettore.

«Che ne pensi?» le chiese lui. Anna si accorse che il suo capo era felice che lei avesse rispettato la parola data, restando zitta durante il colloquio, ma non le disse niente. Ferro era fatto così: rispettare gli ordini ed essere disciplinati era il minimo sindacale, non qualcosa per cui si meritavano lodi.

La poliziotta ci pensò per qualche secondo, giochicchiando con il mozzicone nel posacenere. «Non lo so. È tutto troppo strano. Il tempismo con cui è entrato nella vita di Manu è troppo... perfetto. Non lo so. Non mi convince».

«Quello però a Manuela si stava affezionando davvero» notò Ferro.

«Magari però il lavoro era più importante dell'essersi affezionato».

Ferro si massaggiò di nuovo il pizzetto. «Farò verificare quei nastri. Se era al lavoro, di sicuro non le ha sparato lui. Tocca capire se è lui che ha messo il microfono nel telefono. Ma la domanda rimane: perché?».

Anna del *perché,* del movente, non aveva idea. «Non lo so» ammise. «Non lo so, il perché. Non so cosa c'entri Christopher con quei documenti. Dovremmo sapere cosa c'era scritto dentro».

«Manuela non ti aveva detto proprio niente?».

La poliziotta si ricordò che non poteva parlare a cuore aperto con i suoi colleghi.

«Solo che c'erano dati che non sapeva come interpretare, e che voleva vederli con me».

Ferro incrociò le braccia sul petto, sulla sua giacca marrone.

«Francé», riprese la parola Anna, seria. «Qualcuno ha fatto uscire *da qui* la mia pistola. Se l'ha usata Nava o no, non lo so. Ma qualcuno l'ha fatta arrivare a quello che ha sparato a Manuela. Non facciamo finta che questo non sia successo, come abbiamo fatto con i video due anni fa. Se non fossi stata al telefono con Manu, quella era una cosa pensata al millimetro per far cadere le colpe *su di me*».

«Ci sono troppe cose che non tornano» ammise l'ispettore.

Anna si alzò e recuperò le sue cose dalla scrivania a cui si era accomodato Ferro. «Grazie, per avermi fatto assistere» gli disse di nuovo, indossando il suo piumino.

Ferro la trattenne prendendole paternamente una mano. «Mi raccomando» le disse. «Lo so che stai indagando da sola. Fai attenzione».

Anna non negò. Gli sorrise, stanca. «Certo».

Capitolo 33

Domenica, 24 febbraio 2019
Milano, ore 10.37

«È ancora mistero sul brutale agguato a Manuela Guerra. Ci aggiorna, da Milano, il collega Davide Longoni».

Manuela notò che la giornalista in studio aveva lanciato il servizio con professionale indifferenza. Da qualche giorno, Lucas le aveva dato il telecomando della TV lì in salotto.

Un giornalista sui quarant'anni prese la parola direttamente da via Palach. «Sì, siamo qui, dove c'è stato l'agguato, potete ancora vedere lì dietro il sangue», indicò morbosamente una macchia con l'indice, cerchiata in bianco dalla Polizia, facendo cenno al cameraman.

«Al momento il corpo di Manuela Guerra non è stato ritrovato. Gli inquirenti, ricordiamo, hanno parlato di una quindicina di colpi e di molto molto sangue anche nella sua automobile, è improbabile ritrovare la giornalista viva. E mentre le indagini proseguono, ci si domanda il perché di questo attacco. Solo pochi giorni fa, per un vizio di forma era tornato in libertà Alberto Corsi, l'uomo che aveva già tentato di uccidere Manuela» parlò rapidamente il cronista, conscio di dover dare una raffica di informazioni in poco tempo.

Anche lui sembrava professionalmente indifferente. La vita di Manuela Guerra era un romanzo dell'orrore a puntate che faceva fare buoni ascolti. E ora che qualcuno l'aveva ammazzata di nuovo, ma facendone pure sparire il corpo – creando così un mistero nel mistero – il suo nome vendeva più che mai.

La venticinquenne si portò la mano alla ferita al petto, infastidita.

«Le indagini al momento sono ancora in corso». Manuela vide comparire sullo schermo un uomo che, secondo il sottopancia, era Giuseppe Zanetti, pubblico ministero assegnato al caso, seduto al tavolo di una sala stampa. «Non escludiamo nessuna ipotesi. È possibile che Guerra stesse seguendo un caso spinoso e sia stata attaccata per questo. È anche possibile che ci siano ancora degli affari in sospeso legati ai crimini commessi da suo padre».

«Quindi pensa che sia correlato all'uscita dal carcere di Alberto Corsi? Potrebbe essere stato lui?» domandò al PM una voce fuori campo.

«Non possiamo escludere nessuna ipotesi. Stiamo verificando» rispose Zanetti, algido.

Il servizio staccò di nuovo sul reporter, ritto in piedi in via Palach, a fare da lapide a Manuela Guerra. «Il padre di Manuela, lo ricorderete», e ogni volta che si sentiva chiamare solo per nome dai servizi dei TG, come fosse il personaggio di una serie TV, non sapeva se ridere o piangere, «venne condannato per riciclaggio e rifiutò di collaborare e fare i nomi dei suoi complici. Quei complici che, dopo la sua morte, spedirono il sicario Alberto Corsi a uccidere sua figlia».

Manuela scosse la testa.

Che tono romanzesco del cazzo pensò.

«Oggi sono ancora molte le domande, anche su Manuela stessa: a cosa stava lavorando? Perché non lasciar ritrovare il cadavere? E sui social c'è addirittura qualcuno che pensa a una trovata per far parlare di sé».

Manuela non resse più e schiacciò il bottone rosso sul telecomando per spegnere la TV. Detestava la pornografia dell'orrore e quando la attuavano su di lei le faceva, se possibile, anche più schifo. Quel modo di comunicare si dimenticava della dimensione umana della cronaca nera: lei, suo padre, perfino Lucas non erano i personaggi di una storia. Erano persone vere. A lei avevano sparato davvero.

«Ora sai perché mi state tutti sul cazzo, voi giornalisti. Senza offesa, eh».

Lucas lo disse beffardamente mentre attraversava il salotto. Manuela sbuffò e mosse lo sguardo verso lo specchio poco lontano dalla TV, davanti a lei. Notò lì riflesso il sicario che, dopo aver recuperato una chiave da una mensola lì accanto, dietro un vaso, la infilava nella serratura di un cassetto, nei pressi delle ampie finestre. Da lì tirò fuori una pistola più piccola di quella che aveva di solito al fianco, e che invece depositò lì dentro.

«Vado a prendere da mangiare. Vuoi qualcosa?» le disse, mentre lei studiava i suoi gesti.

La donna non rispose.

Il sicario si accorse del suo sguardo attraverso lo specchio e la guardò a sua volta. «Non vado ad ammazzare nessuno» comprese, «la porto solo perché non si sa mai. Ho molti nemici. E ce li hai anche tu. Non conto di usarla».

Manuela abbassò gli occhi per interrompere il contatto visivo. La ferita al petto andava un po' meglio. Ora sentiva di più quella all'orecchio, che le andava in fiamme.

«Allora? Vuoi qualcosa?» insisté Leone.

Sì: andare a casa e avere una vita normale. Non era sicura, però, che quelle cose si trovassero al discount lì vicino.

«Fai come ti pare, ragazzina» si arrese Lucas.

Qualcuno bussò alla porta. Diede tre colpi, poi due staccati, poi altri tre. Dopo aver fissato con attenzione l'ingresso, la mano pronta sul calcio della pistola, Lucas si rilassò.

Raggiunse il portone e si affacciò dallo spioncino, l'arma comunque incastrata nella cintura.

Alla fine, diede i giri indietro alla serratura e aprì.

«Buongiorno, Russo».

Anna lo salutò solo con un cenno. «Non mi ha seguito nessuno» anticipò la sua domanda. «Qui va tutto bene?».

Lucas alzò le spalle. «Certo. A parte che la tua amichetta non mangia. Ma io non sono un babysitter, può fare come cazzo vuole».

«Senti, Corsi» gli fece la donna. «Per quella cosa... lo faccio oggi. Ho fatto adesso, in realtà».

«Sei sicura che non lo dirà a nessuno?».

«No. E non posso più rimbalzarlo. Farà bene anche a lei, poi».

«Se gli esce di dirlo a qualcuno lo sai cosa succede, vero? Sono già stupito che i tuoi colleghi non mi abbiano ancora convocato».

«Lo faranno. Hai un movente grosso come una casa e non hai un alibi. E comunque no, lui non lo dirà a nessuno».

L'uomo annuì, pensieroso. «Va bene».

«Non ti stavo chiedendo il permesso» precisò la poliziotta. «Ti ho avvisato, solo perché sono educata e qui siamo a casa tua».

Lucas sorrise del suo sorriso sfregiato dalla cicatrice sulle labbra. «Sarete amichette del cuore mica per niente, tu e quella stronza che ho sul divano. Io me ne vado a comprare da mangiare. Tu vuoi qualcosa?».

Anna scosse la testa.

«Ovviamente, che chiedo a fare?».

Lucas uscì tirandosi dietro il portone, lasciando le due amiche da sole.

Anna superò il corridoio per sbucare nel salotto. Scorse Manuela a metà tra lo stare stesa e lo stare seduta, la schiena contro il cuscino, sul divano letto. Guardava verso la foto di Marta.

«Buondì Manu» fece, sorridendole.

La giovane si riscosse e le sorrise a sua volta. «Ehi».

«Come va oggi?».

Manuela alzò le spalle.

«Non stare senza mangiare».

«Non mi va niente».

«Con le medicine che prendi, devi mangiare».

«Madonna, Anna. Sembri mia madre».

Anna rise. Notò sul divano letto, accanto a Manuela, la sua borsa e il suo quadernino personale, con la solita penna. Glieli aveva riportati lei.

«Riesci a scrivere?».

«Fa male il braccio, ma sì. Almeno quello».

«Corsi com'è? È tranquillo?».

«Pure troppo. Se esco viva da questa storia, altro che neurologo... Mi servono almeno dieci psichiatri».

Anna le si sedette accanto e la colpì con un debole pugno giocoso sul braccio destro, dove non era ferita. «Piantala».

Manuela le restituì quel sorriso scherzoso, ma era stanca. Davvero stanca. Della sua vita, di suo padre, di Lucas, di essere un bersaglio, dei debiti che aveva con le sue amiche, dei dubbi su Christopher, della sua ingenuità, dell'essere rimasta contro ogni aspettativa una specie di cerbiatto in un mondo di leoni.

Stanca.

E basta.

«Senti» tentò Anna, chiamando a sé le sue attenzioni. «Oggi ho detto a tua mamma che stai bene. Cioè, bene» si corresse, «che sei al sicuro, di non credere a quello che dicono i giornali. E di non dirlo a nessuno. Proprio nessuno, neanche al marito e ai tuoi fratelli».

La più giovane le sorrise appena. «Grazie». Almeno quel senso di colpa, un pochino, si alleviò.

«L'ho detto anche a... Marco» completò.

Manuela deglutì nervosamente e abbassò subito lo sguardo.

«Casomai servissero prove che ha ragione lui. Pensa stare con una che tentano di ammazzare un giorno sì e l'altro pure. E che alla fine fa finire in coma pure te».

«Smettila di dire così» tentò Anna. «Ci ha parlato anche Daniela, guarda che Marco non ce l'ha con te per quello che gli è successo. Anzi...».

«Certo».

Anna scosse la testa. Insistere non serviva. «A te va di sentirlo?».

Manuela esitò, rialzando lo sguardo verso l'amica.

«Una videochiamata. La fate dal mio telefono su Telegram, non è tracciato e non è associato al mio numero, così siamo tranquille».

La venticinquenne si accorse che il cuore ora le stava galoppando.

Ti hanno sparato altre quattordici pistolettate e tu invece ti impanichi all'idea di telefonare a Marco. Di psichiatri non te ne basterebbero quaranta si disse.

Alla fine, la paura vinse. O forse la razionalità, perché Manuela scosse la testa.

«No, no, lasciamolo in pace».

«Non sta in pace, così».

«Non voglio videochiamarlo» disse, più diretta.

Soprattutto dopo che sono andata a letto con uno che probabilmente invece voleva solo spiarmi. Marco non si merita di finire in mezzo agli psicodrammi di una stupida.

Anna si accorse che in realtà quella non era assertività: era paura. E che Manuela era un senso di colpa vivente, ormai.

«Va bene, allora non lo chiamiamo. Facciamo solo una foto, per dimostrargli che sei viva e stai bene».

«Anna...».

«Mi dispiace, non puoi sottrarti» scherzò la poliziotta, venendole più accanto e sistemandosi il telefono davanti.

«Sono pure bruttissima, ho i capelli sporchi e...».

Anna sorrise, perché quell'obiezione diceva tanto: c'era ancora tutto l'imbarazzo da ragazzina innamorata.

«Stai benissimo» la interruppe. «E poi con quegli occhioni blu vinci sempre facile».

Manuela si sforzò di mettersi in posa, la testa stretta accanto a quella dell'amica, un sorriso appena accennato *sennò Marco chissà cosa pensa*.

Anna scattò e le porse il telefono. «Vedi se ti piace?».

«Fa schifo».

La poliziotta la guardò, girando lo smartphone. «È perfetta. Gliela mandiamo», prese a digitare.

Era da molto che Manuela non vedeva *Anna Russo la sua amica*, prima che *Anna Russo la poliziotta*. L'idea la fece stare bene e le fece sentire una improvvisa, caduca ma forte fiammata di felicità, di vita.

«Ciao fratellino» disse Anna a voce alta, mentre digitava, in un tono scherzoso che somigliava a quello che di solito aveva Daniela. «Noi qua tutto bene, come ti dicevo. Invia».

E lo inviò davvero.

Manuela la guardò, un po' incredula, un po' contenta e un po' anche a disagio, perché stavano facendo una cosa stupida, da persone normali. E lei non se lo ricordava più, come si facevano.

«Senti», Anna poggiò lo smartphone sulla coperta di Manuela, «io mi faccio un caffè di là. Intanto, se Marco risponde, scrivigli pure. Lo sblocco del telefono è 5577».

«Anna...».

«E rispondigli. Fidati di me, per una volta».

Anna sapeva come aveva reagito Marco davanti all'idea che Manuela fosse morta *davvero*, quando si erano visti in commissariato. E sapeva come aveva risposto – piangendo e abbracciando la sorella, era uno che le emozioni non le respingeva mai – quando gli aveva detto che Manuela in realtà era viva e al sicuro.

Le relazioni non si forzano e le persone non devono stare insieme a ogni costo.

Ma a tenere lontani Marco e Manuela c'era solo la paura. Di lui, per la vita assurda di lei e il non poterla proteggere, il rimanerne orfano senza poterci fare nulla. Di lei, per il trascinarlo di nuovo in quell'incubo e costringerlo a una quotidianità di angosce.

Erano cose che nessuno aveva scelto. E l'unico buon modo che Anna conosceva per andare oltre paure così grandi era provare a dividerle in due. Ne aveva parlato con Daniela e avevano concordato: *proviamo a farli sentire. Se si mandano a quel paese, pazienza. Ma se va bene...*

Anna si allontanò in direzione della cucina per frugare tra le capsule di caffè di Lucas. Sul materasso, intanto, il suo telefono vibrò.

«Santo Dio» borbottò Manuela, notandolo.

Lo ignorò. Deglutì amaro e puntò gli occhi da un'altra parte. Pensò al suo corpo intrecciato a quello di Christopher, alle mani calde di lui che le scorrevano addosso e la stringevano forte. Poi all'uomo con il casco integrale che le scaricava addosso la pistola.

Un brivido le spaccò la schiena.

Riabbassò lo sguardo verso il telefono, con la notifica di Telegram in vista.

Marco Russo, c'era scritto. Anna era così analitica che registrava tutti con nome e cognome. Perfino la sua compagna era *Cristina Del Piano (dott.ssa)*, nella sua rubrica. Se Manuela avesse dovuto scrivere un romanzo con protagonista un serial killer, gli avrebbe dato di certo quella caratteristica ossessivo-compulsiva di Anna.

Quando Anna le aveva presentato Marco, lei era troppo a disagio per farci caso. Erano uscite insieme per una pizza e la poliziotta aveva portato anche suo fratello. Era più giovane di lei, aveva pensato potesse aiutare Manuela a sentirsi più a suo agio. Sarebbe stata la sua tutrice legale per un mesetto, in attesa che Manuela diventasse maggiorenne, ora che Gianandrea Guerra non poteva più stare ai domiciliari e Manuela, quando si era palesata la possibilità di essere affidata alla madre, era letteralmente scappata, facendo perdere le sue tracce per quasi diciotto ore.

Lungo la serata, poi, i due si erano sciolti. Alla fine, Anna era quella che aveva parlato di meno. Il che, normalmente, non era una sorpresa – ma in quel caso sì perché, in mezzo a quella situazione, con lei Manuela era sempre stata poco più di una tomba.

Ma con Marco parlava.

Del liceo, dei professori fighi e di quelli sfigati, delle serie TV, di *che musica di merda che ascolti, ma dove la trovi?*. Ad Anna era bastato rimanere a osservarli chiacchierare per capire di aver combinato un guaio irreparabile e una cosa bellissima, a farli incontrare.

Manuela sbuffò.

Non era forte quanto credeva.

E non era debole quanto pensava.

Allungò la mano e sbloccò il telefono di Anna per leggere il messaggio di Marco e rispondergli.

Anna frugò le capsule che aveva trovato dalle parti della macchinetta del caffè di Lucas, in cerca di un macchiato, come piaceva a lei.

Quando lo scorse, in quella cucina insensatamente piccola – quasi all'americana, per una casa così grande e lussuosa – raggiunse la credenza lì accanto, dalla cui vetrinetta aveva scorto le tazzine. Ne scelse una a caso, la sciacquò sotto il rubinetto e attivò la macchinetta del caffè.

Mentre l'acqua si scaldava, la donna si affacciò dalla porta, verso il salotto.

Manuela digitava sul suo smartphone. Abbozzava un sorriso, mordendosi appena le labbra strette – e ovviamente non lo avrebbe mai ammesso.

Anna invece sorrise apertamente.

Pensò di aver combinato di nuovo un guaio irreparabile.
E una cosa bellissima.

Capitolo 34

Lunedì, 25 febbraio 2019
Milano, ore 12.37

«Ciao Dani, tutto bene?».

Anna poggiò il telefono sul cruscotto, tenendo il vivavoce – aveva lasciato a casa l'auricolare – e avviò il motore della sua Punto.

«Ciao poliziotta. Più o meno sì, a breve vado da Manu. Com'era oggi?».

Anna inserì la prima e fece partire l'auto per raggiungere il commissariato.

«Sono andata via adesso. Benino, in più o meno una settimana comunque già si regge in piedi e riesce a camminare».

Daniela sorrise al telefono, da sola. «Vorrei essere attaccata alla vita la metà di quanto ci è attaccata lei» ammise. «Senti, stai andando in commissariato?».

«Sì, voglio vedere se riesco a captare qualcosa. Penso che a breve convocheranno pure Corsi».

«Lui è sempre uguale? Non sta provando a fare qualche stronzata con Manu, o non so che?».

«No, le sta proprio lontano. E meno male. Lei lo ammazzerebbe con gli occhi».

«Se vuole provarci con armi più efficaci, la aiuto io» commentò Daniela.

«Una può pure provare a non pensarci. Poi vedi quante medicine deve prendere, grazie a lui, e la voglia di ammazzarlo viene pure a me».

«Comunque, alla fine con la tua cimice improvvisata hai scoperto qualcosa sul tuo PM?».

«Ma va, si è scaricata stanotte. Va sempre negli stessi identici posti. Devo beccare la sua macchina da sola, per andare a staccare tutto prima che se ne accorga. L'ho pure seguito di nuovo di persona, ma niente. Non uno sgarro».

«È l'uomo più noioso del mondo?».

«Purtroppo per noi sì. Casa, procura, commissariato, ristorantino, casa». Anna si fermò a un semaforo e tamburellò con i pollici sullo sterzo. «La tua ricerca, invece?».

«Mi serve ancora un pochino, ma ci sto arrivando. Sto cercando di non lasciare tracce e sto passando tramite una VPN. Ma la prudenza non è mai troppa».

Per Anna quello era più o meno arabo, ma si fidava ciecamente di Daniela. Ce l'avrebbe fatta, come un anno prima era riuscita a scovare i dettagli sulla vita privata di Lucas.

«Ma, invece... la nostra idea per far sentire i due piccioncini deficienti che si ignoravano?».

Anna sorrise per quella descrizione così calzante.

«Sta funzionando? O si sono sfanculati e si sono messi l'anima in pace?» insisté Daniela.

«Pensa che oggi ho portato a Manu un vecchio smartphone che usavo per lavorare, così se vuole possono chiacchierare con quello, non posso lasciarle sempre il mio» riassunse Anna. «Non ammetterà mai di usarlo, ovviamente. Ma lo userà».

Daniela sghignazzò soddisfatta. «E quando ci sbagliamo noi due, poliziotta?».

* * *

«Ciao Gio'». Anna salutò il giovane centralinista, accostandosi alla sua postazione nell'atrio del commissariato.

«Ciao Anna. Come va?».

Seria, come era sempre lì dentro, lei rispose scrollando le spalle.

«Senti, Zanetti si è già visto stamattina?».

«Si, è già andato via, aveva anche un altro caso ed è dovuto scappare».

«La Baroni?».

«Ha fatto entrare un paio di giornalisti per cercare di calmare le acque. Qua stanno impazzendo tutti, col corpo della tua amica che non si trova. È di là con loro, in sala stampa».

«L'ispettore Ferro è nel suo ufficio?».

Giovanni rispose al telefono che aveva preso a squillare. «Commissariato Sant'Ambrogio?». Anna lo pungolò a una spalla per farsi rispondere e il ragazzo annuì.

«Grazie Gio'» gli disse lei, sottovoce. Si voltò per raggiungere l'ufficio dell'Investigativa e parlare dei progressi fatti dal suo ispettore, quando lo incrociò mentre usciva proprio da lì.

«Ciao Anna, che fai qui?».

«Ciao Francé, stavo venendo da te. Avete trovato qualcosa?».

L'ispettore la guardò di traverso. «Su Nava niente di che. Manuela è scomparsa nel nulla e non c'è un testimone che sia uno che abbia visto qualcosa di utile, incredibile» ammise.

Anna si morse le labbra.

«Senti, sono di corsa, sto uscendo con Stefano per una cosa. Ho lasciato a Giovanni il dossier con tutta l'informativa, digli di lasciarti dare uno sguardo. Ma se ti becca la Baroni io non ne so niente, ci siamo capiti?».

La donna gli diede una riconoscente pacca sulla spalla. «Grazie, ispettore. Ti devo un favore».

«Me ne devi un milione».

Anna gli sorrise e tornò subito da Giovanni.

«Sì, signora, stia tranquilla. Le ho fatto mandare una pattuglia, arriva subito» fece quello, chiudendo la chiamata. Notò Anna e ritrasse la testa. «Di nuovo qui?».

«Solo una cosa e non ti disturbo più» promise lei. «Ferro dice che ti ha dato l'informativa su quello che è successo a Manuela e che posso leggerla».

«Ah, ma quella la deve leggere la Baroni».

«Sì, beh, non fa niente se lei non l'ha ancora letta».

«No, intendo che l'ho lasciata sulla scrivania della Baroni».

Merda.

Anna guardò in direzione della porta dell'ufficio della vicequestora. «Grazie, Gio'».

Capendo cosa la collega avrebbe fatto, il centralinista aprì le braccia e sospirò, voltandosi verso il telefono per fare finta di non vederla.

Anna sapeva che quello che stava facendo non era peggio di aver piazzato un telefono con il GPS per pedinare un magistrato. E poi nell'ufficio della Baroni ci si era già infilata.

Si guardò attorno circospetta. Il formicaio del Sant'Ambrogio era sempre attivo, ma nessuno stava facendo caso a lei.

Spinse la maniglia dell'ufficio della vicequestora e ci si infilò dentro.

Era tutto in ordine come sempre. Le tapparelle erano leggermente aperte e dei raggi di sole pennellavano i confini della stanza, permettendole di notare il fascicolo proprio sulla scrivania.

L'agente scelto Russo, accettato che sovrintendente non lo sarebbe diventata nemmeno alla lontana, finì col macchiarsi anche di quella colpa: si accostò alla cartelletta azzurra con scritto "Guerra, 2019" – c'era l'anno per distinguerla dall'altrettanto truce "Guerra, 2016" – e ci sbirciò rapidamente dentro.

La porta che cigolava dietro di lei la fece trasalire.

Reagì da sopravvissuta e da poliziotta. Non voleva farsi beccare lì.

Scattò chiudendo la cartelletta e balzò con le spalle contro il lato corto della libreria lì vicino. Era uno spazio stretto a ridosso della parete finestrata, ma se qualcuno stava entrando solo per un attimo le avrebbe permesso di non farsi beccare e di salvare un grammo di dignità.

«Se non ti ho risposto ci sarà stato un motivo, non credi? Quante volte ti ho detto di non chiamarmi in orari di lavoro? No, che non sono a pranzo» sbottò la voce di Baroni.

Che sfiga si disse Anna. *Doveva venire proprio qua a rispondere al telefono.*

La poliziotta si premette più forte con le spalle contro il legno della grossa libreria, cercando di non fare rumore. Se la vicequestora era lì solo per una telefonata, a breve se ne sarebbe andata.

«No, non l'ho vista oggi» fece la funzionaria.

Anna percepì l'altra voce che parlava, ma non ne distinse le parole, solo il brusio.

«Senti, dovevi fare una cosa. Una *sola* cazzo di cosa. E invece adesso siamo in questo casino».

Silenzio.

«Ho capito che non potevi sapere che proprio in quel momento era al telefono, ma questo è un problema tuo. Sì, certo. Certo. Ovvio. È ovvio che i tabulati la scagionano: Russo non era lì».

Anna sentì il cuore balzarle improvvisamente in testa e andare a battiti dispari. Smise di respirare e non più solo perché farsi beccare lì sarebbe stato indecoroso.

«Io ho fatto tutto quello che andava fatto» fece la donna, con i denti serrati. «Hai sbagliato tu, non io. Io non sbaglio, il cagasotto sei sempre tu».

Che stupida.

Che stupida sono stata, si rese conto Anna.

Aveva puntato la persona sbagliata.

Quella che cercava era Gea Baroni, non il PM Giuseppe Zanetti. Era sempre stata Gea Baroni. La stessa persona che l'aveva sospesa, che le aveva sequestrato la pistola.

Che poteva entrare e uscire dal deposito dell'armeria senza che nessuno ci facesse caso e trafugare la sua pistola.

Non ci credo. Non ci credo.

«Certo che sta indagando per i fatti suoi, ma non ha niente. Sarebbe venuta a dirmelo, per riavere il lavoro» parlò infastidita Baroni. «Teniamo un basso profilo. E vedi di capire che cazzo è successo dopo che te ne sei andato da lì».

Anna sentiva la testa bollente e il cuore era ormai un tamburo così forte che temette anche Baroni potesse sentirlo.

«No, che non abbiamo trovato il corpo. Tu vedi di non dare nell'occhio. È andata bene fino a oggi, nella merda io non ci vado solo perché tu sei un incapace» aggiunse, sottovoce e a denti stretti.

Sta parlando con quello che ha sparato a Manu con la mia pistola.
Chi è?
Chi cazzo è?

«Non chiamarmi *mai più* quando sono al lavoro. Ci siamo capiti? Mi faccio sentire io».

Gea Baroni chiuse la telefonata con fastidio. Anna si morse le labbra per continuare a non respirare. No, che non voleva farsi beccare lì da una persona del genere.

La vicequestora scosse la testa. «'Sto coglione» imprecò, voltando i tacchi e uscendo dall'ufficio per tornare alla sua conferenza stampa.

Anna espirò e inspirò solamente quando sentì agganciarsi la porta.

Le gambe erano molli e tremavano.

La talpa c'era. Era il suo ufficiale in comando. La dirigente del commissariato. Per lei, che nel suo lavoro ci credeva con tutta se stessa, era una notizia devastante. Si portò una mano al petto per calmarsi.

Ho sbagliato tutto.

Doveva incanalare quell'ansia per farla diventare forza, subito. Il fascicolo di Ferro non le interessava più.

Uscì dall'ufficio della vicequestora a passo svelto, il respiro ancora trafelato dalle emozioni soffocanti, dimenticandosi perfino di salutare Giovanni.

La vicequestora Gea Baroni aveva fatto sparare a Manuela.

Anna voleva scoprire da chi e perché.

* * *

«Ma sei sicura di quello che hai sentito?».

Daniela glielo chiese per l'ennesima volta, ma il fatto che Anna fosse pallida come uno spettro, mentre annuiva, era già la risposta.

Manuela incrociò lo sguardo dell'amica giornalista, preoccupata. Puoi vincere contro una talpa, quando la talpa è la tua vicequestora?

Seduta su una sedia davanti al divano letto su cui si trovava Manuela, Anna scosse la testa. «Non ci voglio credere, ma fila. Ha senso. Lei aveva l'ultima parola su tutto».

«Ma perché metterti la pulce nell'orecchio?» si domandò Daniela. «È lei che ha cercato di farti muovere per trovare la talpa, quando ti ha sospesa».

«Perché sapeva che l'avrei cercata io, con Sandra. Si è mossa prima per togliersi dalla lista dei sospettati» comprese Lucas. Era in piedi, con i fianchi poggiati su una cassettiera, nel suo salotto, accanto alle tre donne. «E poi si è fatta questo bel piano per togliere di mezzo sia Manuela che te, Russo. Se non fossi stata al telefono con lei, mentre le sparavano, con quel testimone che ha sentito gli spari e ricordava l'orario preciso, staresti marcendo in prigione. Invece il GPS e gli orari delle telefonate dimostravano che non eri in via Palach».

«La pistola era la mia, le impronte mie. I messaggi miei. Dei documenti spariti lo sapevo solo io» ragionò la poliziotta. «Che pezzi di merda».

«Sì, ma...» intervenne Manuela. «Non fila. Ci manca un pezzo».

Gli altri si voltarono ad ascoltarla. «La tua vicequestora non c'era, quando mi ha sparato... lui», Manuela rivolse uno sguardo distratto a Lucas, parlando come se lui non fosse lì e non meritasse attenzioni. «E non c'era quando vi sono arrivati i video manomessi che vi avevano fatto arrestare l'uomo sbagliato, al posto di Lucas».

«Lo so» riconobbe Anna. «E significa che c'è anche qualcun altro».

«Sarà quello con cui parlava al telefono?» tentò Daniela.

Anna scosse la testa. «Non lo so. Non so più niente. Ma lei poteva entrare e uscire dall'armeria come voleva, senza darne conto a nessuno. Ha cercato di farmi parlare dell'arresto di Corsi in novemila modi diversi. Probabilmente volevano fermarti così, senza arrivare a spararti. Se ti tiravano dentro per sequestro di persona, e per il resto, sicuramente ai documenti lasciati da tuo padre non ci arrivavi».

«E così saltava pure la tua testa, dato che l'hai coperta» completò Daniela.

Manuela prese un lungo respiro, disgustata. «Toccherebbe capire con chi parlava al telefono» pensò a voce alta.

Anna aggrottò le sopracciglia, rapita dalla sua mente. Lucas sorrise. «Non pensarci neanche, poliziotta» comprese. Lei si voltò a guardarlo. «A provare a fregare il telefono della tua vicequestora. È la volta che ti danno un bel pigiama numerato».

«Hai idee migliori?» ribatté Anna. «Quando scopriranno che abbiamo intralciato le indagini, nascondendo Manuela *qui*, pensi che ci daranno una medaglia?»

Manuela quasi si diede un pizzicotto, mentre vedeva la sua amica discutere del da farsi con Lucas.

Stiamo parlando della talpa con Lucas.
CON LUCAS.

Lui rimase con le braccia conserte e non disse altro. Erano a un punto di svolta e non avrebbe permesso a quelle tre di sprecarlo. Era il motivo per cui si era fatto tirare fuori dal carcere – e per cui aveva perfino salvato Manuela. Non avrebbe più pagato da solo.

«Fate come cazzo vi pare, allora» commentò l'uomo, camminando verso il corridoio, infilandosi il cappotto e uscendo sbattendo la porta.

Le tre donne si guardarono. «È pure permaloso?» notò Daniela. «Si aspetta che lo abbracciamo, dopo che ok, ti ha salvato, ma senza di lui quello là non te li sparava, quattordici colpi di pistola».

«Guarda, lascia perdere» tagliò Manuela, riuscendo a venire avanti sul divano, sedendosi con i piedi sul pavimento, la schiena dritta, per capire quanto il dolore al petto fosse sopportabile dopo quasi una settimana.

Vedendosela accanto, Daniela se la strinse affettuosamente a un fianco.

«Comunque io posso frugare anche sul passato di questa Gea Baroni» annunciò la giornalista ad Anna. «Sul vecchio caso di Manuela lei non c'era, quindi ha legami con qualcun altro. Dobbiamo capire con chi».

«Oppure poteva intervenire anche se non c'era» ipotizzò Anna.

«Anche, sì. E bisogna scoprirlo».

* * *

Non esitò. Era sempre così, quando doveva raggiungere un obiettivo. Era stato lo stesso anche quella notte, quando aveva visto quella ragazzina con i capelli rossi rincasare mentre mandava un messaggio col cellulare, in via San Paolino.

L'aveva vista, era sceso dal furgone nero che si era procurato e aveva tenuto pronta la pistola.

Fece lo stesso.

Lucas scese dall'automobile che aveva preso in car sharing appena la vide. Si strinse nel suo soprabito scuro e si guardò attorno con noncuranza. L'imbocco di via Trebazio era stretto e tranquillo. Per lui era perfetto.

La donna si accostò, ignara, al portone di casa. Lucas la stava seguendo da tutto il giorno. Da quando, più o meno all'ora di pranzo, era uscito di casa e l'aveva aspettata con sovrumana pazienza, fuori dal commissariato.

L'uomo strinse la mano destra attorno al calcio della pistola, pronto.

Gea Baroni aprì il portone di casa. Manuela a quel punto non ci era nemmeno arrivata, Lucas l'aveva raggiunta prima. Quando la funzionaria spinse il portone per chiuderselo dietro, Lucas ci piazzò in mezzo il piede, bloccandolo.

Insospettita, la donna si voltò.

Lucas la spintonò violentemente avanti, abbastanza forte da mandarla con le spalle contro la parete attigua. Era chiuso dentro con lei.

Spaventata, la donna sgranò gli occhi, scuri ed enormi.

Lucas aveva coperto il viso con un passamontagna. Lei poté scorgere solo le iridi trasparenti, truci, inespressive. Le stesse che Manuela aveva fissato con terrore tre anni prima.

«Chi sei? Cosa vuoi?» balbettò, incerta.

Il sicario alzò la pistola, aveva portato la Mark 23 – una pistola come quella non concedeva appelli. Avrebbe voluto provocarla, dirle chi era, togliersi quella soddisfazione. Ma non si scoprì.

Le spinse la mano sinistra al collo e la canna della pistola tra il naso e le labbra, feroce.

«Aspetta. Aspetta, aspetta» implorò Baroni, con le spalle schiacciate contro la parete e le mani alzate. La stessa parola che Manuela aveva provato a dire all'uomo che le aveva scaricato addosso la pistola: *aspetta*, solo quello.

«Dammi la borsa» ringhiò ferocemente il sicario.

«La... la borsa?» balbettò la donna.

Lucas gliela strappò dalla spalla e la gettò sulla sua.

«Brava» le disse, ermetico, allontanandole la pistola dalla faccia e facendo un passo indietro.

«Stai calmo, stai calmo» provò lei, le mani a vista, il segno circolare della canna della grossa pistola inciso poco sopra le labbra.

«Sono calmo. Voltati».

Lei esitò. Lucas odiava ripetere. Manuela lo aveva imparato a sue spese. La afferrò per la spalla sinistra e la voltò a modo suo, sbattendola brutalmente contro il muro.

Il cuore e la mente di Gea Baroni galopparono. La coscienza sporca non aiutava. E sapeva che erano persone così, che SOLIS mandava, se qualcosa andava storto.

Strinse forte gli occhi. «Aspetta, aspetta, ti prego, aspetta» tentò ancora, non sapendo cosa sarebbe accaduto. Era lì per ucciderla? Per sfregiarla? Per mandare un messaggio? Da quanto la stava seguendo e perché non se n'era accorta?

Lucas pensò di essere troppo clemente.

Lui avrebbe pagato in carcere e gente come Gea Baroni si sarebbe goduta la vita.

Tanto valeva toglierliela.

E, invece, fu clemente. Usò il calcio della pistola per colpirla alla nuca con un movimento secco. La vicequestora si accasciò lentamente. Poi cadde a peso morto, tramortita.

Lucas rinfoderò la pistola, aprì il portone del condominio per uscire e schizzò subito fuori. Non alzò ancora il passamontagna, sapeva che potevano esserci delle telecamere. Raggiunse rapidamente l'auto che aveva noleggiato e solo allora si scoprì il volto.

Mise in moto per allontanarsi, senza nemmeno togliersi i guanti neri – che non mancavano mai, quando *lavorava*.
Per Lucas Leone il fine giustifica i mezzi.
Sempre.
E i mezzi stavolta erano stati troppo gentili, per i suoi gusti. Ma avrebbe provato a fare al modo di Anna Russo e Manuela Guerra, se almeno questo non avrebbe alimentato nuovo disprezzo negli occhi di sua figlia Marta.
Poteva accettarlo, una volta. Ma solo quella. A essere clementi non si sopravvive a lungo, in un mondo così.
Fortunata, Gea Baroni. Non succederà di nuovo.

Capitolo 35

Martedì, 26 febbraio 2019
Milano, ore 09.11

Manuela trasalì quando sentì il telefono vibrarle accanto. Complici le medicine, la sera prima si era addormentata come un sasso.

Lucas aveva abbassato le tapparelle per lasciarla dormire. Sbirciò il display dello smartphone che Anna le aveva procurato, pensando fosse un messaggio di Marco. Si era addormentata mentre chiacchierava con lui, che stava attaccando al lavoro per la serata di consegne alla solita pizzeria.

Invece era Daniela.

GRRMNL94B51F205G, si disse mentalmente, per svegliarsi e constatare se era ancora se stessa, o se si era dimenticata anche chi era, ormai.

Ciao bellezza lesse, con occhi impastati, sul display. *Senti, ho trovato delle cose importanti. C'è Anna? Tra poco passo.*

La venticinquenne si mise seduta, ancora stordita dalle medicine.

«Buongiorno».

La voce di Lucas la svegliò definitivamente.

Lei salutò con un cenno senza nemmeno guardarlo, sembravano una prigioniera e il suo carceriere.

«Chiama la tua amica sbirro e dille di venire. Dobbiamo parlare. Un bel po'».

Manuela alzò lo sguardo verso di lui solo a quel punto e lo trovò severo. Spaventoso. Il Lucas che conosceva bene. Quello che non ti salva la vita in cambio di niente.

* * *

«Scusatemi, ho fatto prima che potevo». Anna entrò nell'appartamento, più nervosa del solito, chiudendosi dietro la porta e parlando dal corridoio.

Avanzò verso il salotto per trovare Manuela, sgangheratamente in piedi accanto alla finestra, intenta a guardare fuori, verso il mondo che la vita per ora le aveva tolto. Daniela era seduta sul divano letto con il notebook sopra le gambe, Lucas in piedi accanto alla cassettiera e allo specchio.

«Buongiorno» salutò la poliziotta.

Manuela le sorrise appena, lo fece anche Daniela.

«Ciao Russo. Siediti, dobbiamo parlare» fece Lucas, criptico.

Anna colse la tensione nelle sue parole. «Sto in piedi» fece, togliendosi il piumino, la solita fondina con la Beretta personale al petto. «Che avete scoperto?».

«Mi sono procurato il telefono di Gea Baroni. Non staremo a parlare di come ho fatto. Voi comunque non c'entrate niente e non siete complici».

«Che cosa?» abbaiò subito Anna, che conosceva i metodi di quell'assassino. «Dimmi che non le hai torto un capello».

«Avrà solo un po' di mal di testa. E un po' di paura a rientrare a casa. Niente di grave» ammise Lucas. «Capirai, se mi beccano non possono darmi più dei trent'anni che avrei preso comunque. Anzi, a pensarci avrei dovuto lasciarle qualche ricordino in più».

Manuela si portò una mano alla fronte e scosse la testa.

Che cazzo stiamo facendo?

Nel suo pigiama, si voltò di spalle agli altri tre, poggiando la testa contro la finestra per guardare di nuovo fuori, attraverso le fessure orizzontali delle veneziane. La vita normale si era ridotta a quello: uno scorcio parziale, da guardare di nascosto e tenendosi in piedi con fatica, e di cui immaginare astrattamente tutto il resto. Il vedere a malapena un albero infilato in un'aiuola urbana e immaginarsi un parco che lo attorniava e che, tra quelle fessure, non si poteva vedere. Era successo lo stesso alla vita normale delle sue amiche:

monconi di alberi e parchi da immaginargli intorno senza poterli vedere davvero.

Anna e Daniela sono in mezzo a questo casino solo per colpa mia e di mio padre.

«Non ci possono tracciare, il telefono l'ho già buttato via. E ovviamente ne aveva due, in borsa. Le telefonate interessanti non le riceveva allo stesso numero che hai anche tu, poliziotta» continuò Lucas.

Anna e Daniela lo fissarono senza commentare.

«Questo è il numero che l'ha chiamata ieri, quando l'hai sentita nel suo ufficio».

Lucas tirò fuori dalla tasca dei pantaloni il suo iPhone, porgendolo ad Anna per mostrarle una foto, scattata al display del telefono di Baroni.

La poliziotta si tirò indietro i capelli, leggendolo un paio di volte. «Non mi dice niente. Dani?».

La giornalista si sporse per vedere. «4477, non era quel numero che mi hai chiesto di controllare? Quello del documento falso?».

«Giacomo Accorti, o come si chiamava?» si illuminò Anna. «Quello che aveva mandato il messaggio al Pappagallo per dirgli di sentirsi col telefono del bar?».

«Mi pare di sì, era 4477 pure quello. Aspetta, controllo», Daniela prese a digitare sul suo notebook ed era così sicura di quello che diceva che perfino Manuela si voltò a guardarla.

«Sì», fece la giornalista dopo nemmeno un minuto. «È lo stesso numero che aveva mandato quel messaggio».

«Fate capire anche me?» fece Lucas, perentorio.

Anna incrociò i suoi occhi con sguardo accigliato, per fargli capire che non era lui a comandare. Anche Daniela lo folgorò.

«Un tizio ha sentito un informatore della Polizia attraverso la linea di un bar. L'informatore è quello che poi ha sbroccato e ha sparato ad Anna. Si sono sentiti anche attraverso quel numero» gli riassunse Manuela, rimanendo lontana.

«Quindi è un collegamento» comprese il sicario.

«Sì», confermò Anna.

«E sapete di chi è il numero?».

«Ho fatto dei controlli» rispose Daniela, «i documenti a cui è intestato il numero sono falsi».

Lucas si morse le labbra storte. «Va bene, allora proviamo così. Vieni qua, poliziotta. Vieni qui anche tu, avvicinati» parlò rivolto a Manuela, che a stare vicina a lui non ci pensava nemmeno.

Anna lo osservò guardinga, mentre Lucas teneva in mano il suo iPhone. Manuela si accostò solo di due passi, incoraggiata da un'occhiata di Daniela.

«L'ho chiamato» annunciò Lucas.

Lo sguardo di Anna si fece anche più severo. Non era più così sicura di voler sapere cosa aveva scoperto.

«E ho registrato. A me non dice niente, ma magari a voi sì. Vi faccio sentire».

Manuela si avvicinò di un altro passo. Un brivido di freddo elettrico le stava correndo lungo tutte le ferite, arrampicandosi fino alla testa.

Non sapeva perché.

Anzi, lo sapeva. Ma non voleva pensarci.

Lucas premette il tasto play.

«Pronto?» fece la voce di un uomo. «Gea?».

Anna spalancò gli occhi e si voltò verso Daniela. Daniela verso Manuela.

Manuela guardava in direzione di Lucas. Immobile, congelata, inespressiva. Tramortita, colpita a morte e affondata.

«È Christopher», solo Daniela ebbe il coraggio di dirlo a voce alta.

Manuela arricciò le labbra e prese un respiro lunghissimo. Il polmone ferito non ne fu contento.

Gea Baroni aveva parlato con quell'uomo. Anna l'aveva sentita rimproverarlo di non essere riuscito a finire il lavoro su Manuela Guerra. E a quel numero rispondeva Chris.

Ovviamente, cosa ti aspettavi? si rimproverò Manuela.

«Mi senti?» tentò ancora quello, al telefono, nella registrazione fatta da Lucas. «Non ti sento. Prova a richiamarmi», e riagganciò.

La voce era decisa, infastidita, ma era inconfondibilmente quella profonda di Christopher.

Anna era attonita. «Questo stronzo è venuto a vivere davanti a casa solo per spararti appena trovavi qualcosa» si rese conto.

Manuela era ancora immobile, di gesso. Inghiottita da una matrioska di traumi da cui non sapeva più come riemergere.

Si stava affezionando a Chris. A quello che stavano condividendo, a come la incoraggiava ad affrontare le sue insicurezze, alla sua gentilezza, all'ascoltarla, al darle fiducia. L'accompagnarla ai suoi esami e a scegliere i videogiochi per i suoi fratelli.

Aveva fatto entrare nella sua vita un uomo che non esisteva.

Inizia oggi, le aveva detto lui, sul vivere. Lui, quello che stava solo cercando di avere la sua fiducia per piazzarle un microfono nel telefono, scoprire i documenti di Gianandrea e scaricarle una pistola addosso per metterla a tacere per sempre dopo averli trovati.

Mi ha accompagnata a fare la tomografia. Mi stava a sentire quando parlavo dell'Islanda, delle lezioni di chitarra, delle cose che non ho mai fatto.

E mi ha comunque sparato.

Quattordici volte.

Quattordici cazzo di volte.

Lucas, almeno, era un perfetto estraneo. Le aveva sparato con disinteresse perché è più facile, quando hai davanti una persona che è solo un nome, una sagoma.

Ma Christopher di lei sapeva tante cose, l'aveva vista *davvero* disarmata e senza scudi. Conosceva perfino le sue paure, le sue vulnerabilità.

E le ha usate contro di me.

Non avrebbe voluto crederci. Ma era sicura che fosse così da quando Anna le aveva detto del microfono nel telefono. Si incastrava tutto alla perfezione.

«Manu...» provò Daniela, la voce rotta per la sua amica.

Manuela scosse solo la testa. «Sto bene» commentò, laconica. La pietà anche per quello, per essere stata una cretina, invaghita del bel vicino di casa comprensivo come se fosse stata una ragazzina di quindici anni, davvero non la voleva. Neanche da Daniela o da Anna.

Aveva gli occhi asciutti e freddi. Li conoscevano bene sia Daniela che Anna. Dal proiettile in testa in poi, entrambe sapevano che Manuela era sia la persona calma e posata di sempre, sia una granata senza sicura. E quando implodeva, come in quel momento, prima o poi esplodeva.

Daniela non insisté e si voltò verso Anna e Lucas, Manuela era alla sua sinistra, in piedi poco dietro la spalliera del divano letto, piantata sul pavimento. «Ha senso. È lui» aggiunse la giornalista.

Prese a digitare sul suo computer.

«Ho fatto altri controlli sulla Lion Security. Ho cercato di non spingermi troppo oltre, ma già questo mi è bastato».

Manuela la ascoltava senza cambiare espressione, senza nemmeno guardarla. Era persa nella sua mente, ma l'orecchio buono funzionava.

«Ho trovato la lista delle attività dove le telecamere a circuito chiuso sono gestite da loro. E c'è la risposta che cercavamo. Che serviva a te, Anna».

Elisa cantava dalla radio.

Il finestrino si era frantumato. L'orecchio che si inondava di sangue, sangue che le correva sul collo, le mani spaventate che cercavano di capire dove l'aveva colpita.

Era Chris.
Era Chris.
Per quello non ha mai aperto bocca.
Lo avrei riconosciuto.
Perché era Chris.

«Ti ricordi i video dove si vedeva Aidan Hasa che sparava a Manu, al posto di Lucas?».

Anna, incredula, fissava l'amica giornalista.

«Ho incrociato quella lista di video a quella dei locali con la sorveglianza gestita dalla Lion. Quelli forniti alla Polizia dalla Lion Security sono gli unici dove si vedeva bene la faccia, e la faccia era quella di Hasa. Erano i video manomessi. Ve li hanno dati loro».

«Quindi Massimo era sincero» comprese Anna, «alla Scientifica sono arrivati già così».

«Li hanno manomessi alla Lion» confermò Daniela.

«Chris ci lavorava già?» incalzò la poliziotta.

Daniela sospirò. Poi annuì.

«Lavorava all'archiviazione dei video».

Manuela incassò anche quella coltellata e si massaggiò nervosamente la tempia destra.

Elisa cantava.

Lei si era stesa sui sedili cercando di togliersi dalla linea di fuoco, le braccia a proteggere disperatamente la testa. Chris aveva iniziato a sparare contro la portiera. Un colpo l'aveva centrata alla coscia sinistra, facendole fiottare il sangue verso la faccia e sull'autoradio.

Un altro l'aveva presa alla caviglia.

A Manuela era scappato un gemito a denti stretti.

Elisa cantava ancora.

Quello era Chris.

«Dovevamo approfondire lì» si rese conto Anna. «Nelle fonti specifiche dei video dove si vedeva Aidan Hasa al posto di Lucas. Cazzo» imprecò la poliziotta. «Questo ci sta raggirando da un paio di anni».

«Non lo so, se la Lion Security se n'è resa conto. Ma ora che mi ci fai pensare, avevo spulciato un po' anche il suo passato e quando lui era un poliziotto, era di servizio...».

«... a Torino» completò Anna.

Daniela annuì.

«È da Torino che è arrivata anche la tua vicequestora, no?» completò Lucas, guardando Anna. «Questi due sono in combutta da anni».

«Da quanti anni non è più in Polizia?» si domandò Anna.

«Almeno quattro, da quello che ho visto» rispose Daniela.

«Bisognerebbe capire perché. Ora abbiamo tutte queste informazioni ma non possiamo farci niente. Non sono prove. E ce le siamo prese in modo... *illegale*», Anna lanciò un'occhiata a Lucas. Non voleva sapere come si fosse procurato il telefono di Gea Baroni. «Ci servono prove».

Intanto, Elisa cantava.

Manuela aveva tirato la maniglia della portiera e si era trascinata fuori. Era il momento in cui si era resa davvero conto di quante volte era stata colpita. Aveva una ferita anche al braccio sinistro. Avvolgersi la testa per proteggerla l'aveva salvata davvero.

L'uomo aveva spalancato lo sportello e sparato contro il suo telefono. Poi si era preso la sua borsa.

Ed Elisa cantava.

Era Chris.

Cazzo, quel mostro era Chris.

Quando l'aveva finalmente guardata, lei, Manuela, accasciata a terra, aveva alzato le mani e detto *aspetta*. Solo quello: *aspetta*.

Lui le aveva sparato altre tre volte, ma era partito solo un colpo – dopo il quale la pistola di Anna si era scaricata.

Il proiettile le aveva trapassato un polmone, facendolo improvvisamente collassare. Il dolore e l'incredulità se l'erano mangiata di pari passo.

Il sangue era ovunque.

Elisa cantava.

Lui se n'era andato, abbandonandola lì.

Respirare era diventata la cosa più estenuante e difficile del mondo.

Era Chris.

I viaggi in Islanda e la lista delle cose da fare cancellati da quattordici colpi di pistola. Lei stesa con lui, gli occhi negli occhi e una pelle sola, e poi lei stesa contro l'asfalto a naufragare nel suo sangue.

Quello era Chris.

Manuela si portò una mano sui capelli. Non stava più nemmeno ascoltando le sue amiche e di sicuro non avrebbe ascoltato Lucas.

«Scusate» disse.

Camminò come meglio poteva in direzione del bagno attiguo al salotto di casa Corsi. La ferita alla coscia andava meglio e le permetteva di muoversi, quella alla caviglia era molto più ostica – appena ci metteva sopra il peso.

Aprì il rubinetto, il bagno era quadrato e aveva sanitari moderni sospesi. Si bagnò le mani e si gettò l'acqua in faccia per uscire da quei flashback.

Lucas le aveva fatto delle cose terribili.

Ma quello che le aveva fatto Chris – e il modo in cui aveva lucidamente pianificato di farlo, di ottenere la sua fiducia, di starla ad ascoltare, di conquistarla, assecondarla, amarla, tutto – era inquietante. Manipolatorio, freddo, premeditato, malato, lucido.

Spaventoso.

Manuela ripensò alle mani di lui che la coccolavano, che la toccavano, la scandagliavano, la cullavano, la scoprivano, che la stringevano e quasi le venne da vomitare. Si gettò altra acqua sul viso.

La vita di Anna era finita in pezzi, a causa di persone come Chris.

Lei era finita in pezzi, a causa di persone come Chris.

«Tutto bene, Manu?». Daniela spuntò dalla porta del bagno, preoccupata.

L'amica annuì lentamente, la testa china ancora verso il lavello, il mento che sgocciolava. Sentiva le mani di Christopher, il suo sguardo addosso. La sua voce gentile, *inizia oggi*. E il tuono della pistolettata contro il petto.

«Sì», aggiunse, poi. «Torniamo di là».

Daniela la guardò apprensiva, mentre claudicando Manuela tornava in direzione del salotto, oltrepassandola.

«Grazie Francé, davvero».

Anna era al telefono con qualcuno, quando lo disse. Era in piedi accanto al divano letto. Chiuse la chiamata e si voltò verso le amiche, appena uscite dal bagno. «Era l'ispettore Ferro» annunciò, seria. «Hanno controllato i nastri: Christopher era al lavoro quando ti hanno sparato» annunciò.

Manuela si portò una mano alla fronte e scosse la testa, schifata.

«Hanno manomesso i nastri» comprese Daniela, e lo disse a voce alta. «Di nuovo».

«Direi di sì» confermò Anna, «così ha un alibi di ferro, non poteva essere in via Palach se era a Bazzana».

«Certo, loro mica si aspettano che abbiamo sentito quella telefonata con il tuo capo che lo sbugiarda» aggiunse Daniela, indicando Anna. «E mica pensavano che lui», indicò Lucas con un'occhiata, «si sarebbe venuto a prendere il telefono della tua vicequestora».

Manuela barcollò fino al divano letto e ci si sedette sopra. Sapeva cosa significava quello che stavano dicendo le sue amiche.

La telefonata era chiara. La voce registrata da Lucas, anche. La gentilezza di Christopher era un'arma costruita per assicurarsi di essere a un passo da lei, casomai avesse scoperto qualcosa di scomodo. Ma un video lo ritraeva altrove, mentre le sparavano.

«Non lo incastreremo mai. Mai» si rese conto Manuela. «Per incastrare quello stronzo servono le prove. E le prove *legali* non ce le avremo mai» riassunse.

Anna e Daniela si guardarono, preoccupate. Lucas rimase zitto.

«Dio», realizzò la più giovane, scuotendo la testa. «Rimarranno impuniti di nuovo. Hanno già pensato a tutto, prima di noi. E di legale non abbiamo un cazzo di niente».

«Almeno adesso sappiamo dove guardare, possiamo cercare delle prove, in qualche modo. Posso provare a spingere perché indaghino sulla Lion» tentò Anna, per ammorbidire il concreto, cinico e sacrosanto realismo di Manuela.

«Le *conseguenze* ci sono solo per noi, come sempre», scosse il capo la giovane giornalista. La voce era stanca. Il viso era pallido e provato. Non era una che si arrendeva, mai. Ma sapeva di avere ragione, anche se le amiche non lo confermavano perché volevano darle una speranza a cui aggrapparsi – la speranza, la stessa stupida e illusoria cosa di cui le aveva parlato Veneziani mentre cercava perifrasi complesse per non dirle *stai morendo, ma tanto lo sapevamo già, no?*.

Era sia agitata che imperturbabile, vuota. Incazzatissima ed apatica. Divisa a metà, come sempre. Era sia la Manuela gentile che quella che rapiva Marta Corsi – e non c'erano due persone diverse a viverle dentro: *lei* era entrambe le cose.

Christopher ne aveva conosciuto solo metà, però.

Quella gentile.

«La tua vicequestora ti ha messo la pulce nell'orecchio perché così appena scoprivi qualcosa della talpa andavi da lei, per riavere il lavoro», si rese conto Manuela. «E sapeva sempre a che punto stavamo, se trovavamo qualcosa. Sempre. Chris faceva lo stesso con me. Lo sapevano, che dovevano arrivarmi i soldi di Papà. Avevano terrore che mi avesse lasciato detto o scritto chissà che cosa» ragionò Manuela, guardando alternativamente le amiche.

Anna sospirò. «Penso di sì».

«Ci stanno prendendo per il culo fin dall'inizio. E non abbiamo niente contro questi qua. Volevano ammazzare me e sbattere in prigione te. A me m'ha salvata questo stronzo» aggiunse, indicando Lucas, che non fece una piega, «e a te che dai tracciamenti del telefono non eri lì in via Palach».

Manuela si portò una mano al petto, disgustata. Le faceva ancora male. E quella botta era troppo forte, perfino per lei. Di vite ne aveva bruciate almeno un altro paio senza averne vissuta ancora nemmeno mezza e non ne poteva davvero più. Altro che *Super Mario*.

«Scusate» aggiunse, mettendosi stesa, «non mi sento bene» ammise. Le emozioni erano troppo forti e dopotutto era passata solo una settimana dall'agguato.

«Quindi? Che pensate di fare?» domandò Lucas, osservandole.

«Vi dico che se prendo io l'iniziativa, questa storia finisce male» avvisò. «Io trent'anni me li prendo comunque – e mi viene solo voglia di sparare in faccia a quelle due merde. Perfino Marta capirebbe. Ma se scoprono che lavoravamo assieme...»

«No», Anna scosse subito la testa. «Dobbiamo trovare il modo di provare che quei video erano contraffatti dalla Lion. E di far tradire Christopher. Vado dall'ispettore e gli chiedo di farmi vedere il video del suo alibi».

«Io provo a cercare qualcos'altro sul giro fatto dai video per capire come sono arrivati dalla Lion alla Polizia» ragionò Daniela.

Lucas sospirò. «Io che faccio, l'infermiere?».

Anna lo rimproverò con lo sguardo. «Lasciala tranquilla» gli raccomandò.

Madonna, la compassione di Anna, di nuovo.

Non ce la faccio si disse Manuela, stesa sul divano letto a fissare il soffitto.
Sono davvero così stupida?
I buoni muoiono giovani, ripensò all'insegnamento di suo padre.
E se sono stupidi, muoiono giovani due o tre volte.
Più ci pensava, più filava. Addirittura, da quando aveva detto a Chris di aver notato i messaggi di minaccia nella posta, e lui aveva sentito grazie al microfono-spia che Daniela ci aveva piazzato una microcamera, i messaggi non erano più arrivati.
Ovviamente, si rese conto. Aveva provato con le buone a farla desistere. Quando poteva essere beccato, aveva mollato la presa.
È lui e non lo incastreremo mai, perché loro hanno già pensato a tutto.
È gente che si studia la tua vita privata per sapere cosa ti manca.
Ripensò a loro due insieme ad Assago, a scegliere il colore della console per i suoi fratellini. Ma non lo voleva, Chris, in quel ricordo: con il coraggio trovato, anche per via delle sue parole, per volerli finalmente incontrare, il Chris vero, l'impostore, non voleva ricordarlo. Stava iniziando a dimenticare la sua vita, non poteva dimenticare anche quello?
«Manu?», la voce di Daniela la riscosse e la riportò al mondo reale, non sapeva nemmeno dopo quanti minuti in cui si era persa nei suoi pensieri.
«Andiamo a verificare quelle cose. Tu ti riposi un po', ok? Che è già un miracolo che ti alzi in piedi, con le ferite che avevi».
Manuela sospirò e annuì. Poi aprì le braccia verso l'amica. A Daniela si lucidarono gli occhi e la abbracciò fortissimo.
«Superiamo anche questa e lo mandiamo in prigione, anche questo stronzo» le assicurò.
Manuela si strinse sulla sua spalla per ricacciare i pensieri orribili. Il risentimento. Per evitare che la delusione diventasse *altro.*
Pensa alle conseguenze si ripeté, come diceva suo Papà e come le aveva detto Anna.
Abbracciò Daniela più forte, l'amica le carezzò la testa stringendola a sé.

Anna le guardò così abbracciate e sorrise appena, triste. «Qualcosa troveremo» le disse. «Tu pensa a stare meglio».

Capitolo 36

Martedì, 26 febbraio 2019
Milano, ore 11.38

Manuela poggiò sul divano letto accanto a lei il cellulare che Anna le aveva dato. Messaggiare con Marco la faceva sentire meglio.

E questo la faceva sentire peggio.

Era divisa in due anime, anche in quello.

Perché lei gli voleva ancora bene, e per lui era uguale. Quindi erano incastrati a vita in quella relazione assurda. Una per dimenticare la quale finisci tra le braccia di un Christopher in attesa che il tuo cervello si dimentichi anche di averci mai condiviso qualcosa, con Marco, come aveva già cominciato a dimenticarsi il resto della sua vita, un morso alla volta.

«Ragazzina?».

Lucas, affacciato all'ingresso del salotto, con la sua voce grave la fece trasalire. Alzò gli occhi verso i suoi per capire cosa volesse.

«Mi hanno chiamato dalla Polizia. Ovviamente. Vado in commissariato dove lavora la tua amica, vogliono farmi domande su quello che ti è successo» le annunciò.

Manuela sorrise, amara, e scosse la testa. «E Chris nel frattempo se ne sta comodo a casa» commentò. Era ovvio che alla fine, incrociando tutte le ipotesi, avrebbero puntato Lucas.

«Un alibi me lo so procurare anch'io» rispose lui, ermetico, infilandosi il soprabito. «Se vuoi mangiare, c'è qualcosa in frigo».

«Non ho fame».

«E certo, chiaro. Crepa pure di fame».

Lucas uscì sbattendosi dietro la porta di casa, infastidito da quella convocazione.

Manuela riabbassò lo sguardo sul telefono, sull'ultimo messaggio che le aveva mandato Marco.
Quando questa storia finisce, non vedo l'ora di riabbracciarti.
Diceva solo così.

E Manuela, a Marco Russo, al suo Marco, una cosa del genere non l'avrebbe augurata mai: vivere in attesa del momento in cui avrebbe riabbracciato *lei*.

Non avrebbe condannato nessuno a una prigionia simile, ad amare una persona sempre sul filo del rasoio, troppo caduca per essere vera, una zavorra per qualsiasi volo verso la felicità.

E poi, tanto, quando mai l'avrebbe riabbracciata?

Quella storia non finiva.

Mai.

Le prove legali contro Gea Baroni e contro Chris non esistevano. Anna era intrappolata nel limbo, lei ufficialmente morta e prigioniera della loro copertura, a casa del suo sicario – il primo, perché adesso grazie ai colpi di genio di suo padre ne aveva addirittura *due*. E Daniela era tirata a fondo, in mezzo a quel delirio, dalla trappola che SOLIS aveva teso a lei; e, visto che la affiancava, anche ad Anna.

Sono una bomba atomica che cammina, ripensò a come l'aveva definita il marito di sua madre. Come biasimarlo, se non voleva che si avvicinasse ai suoi bambini? Christopher le aveva sparato quella sera stessa, per dargli ragione. *Metto in pericolo tutto quello che tocco.*

Aveva scritto tanto sul suo quadernino, in quei giorni. Da quando si era dimenticata del vecchio diario, quello con il gattino, il terrore per tutte le altre cose che aveva già cancellato e non avrebbe mai scoperto era diventato costante, pruriginoso. E allora scriveva di tutto.

Lo prese tra le mani, lo teneva lì accanto, sul divano letto. Sfogliò le pagine degli ultimi tre giorni. La grafia si era fatta più gradevole e leggibile, via via che riprendeva controllo del suo corpo e le ferite miglioravano. Ma i contenuti erano andati nel senso opposto, diventando più inquietanti e rassegnati. Più diventava lucida, più si

allontanava dal terrore provato mentre si era rannicchiata dentro la sua Cinquecento, più se ne rendeva conto.
Questa volta non possiamo vincere.
Aveva scritto così, un paio di ore prima, quando le sue amiche erano andate via.
Strinse la penna nella mano sinistra e copiò il messaggio che le aveva mandato Marco: *"non vedo l'ora di abbracciarti"*.
Spinse la molla della penna per far tornare dentro la punta. Poi ci ripensò e la spinse di nuovo giù.
Basta.
Tengo prigioniere troppe persone.
Marco, Anna, Daniela. Me.
Ho troppi debiti.
Adesso basta.
Sono sempre gli stessi fantasmi. Le stesse ossessioni.
Il terrore e l'incognita delle loro vite sono sempre io. Mi sveglio, recito il codice fiscale per vedere se so ancora chi sono, poi mi chiedo in che altra trappola mi ha incastrato mio padre e quale altra persona rischierà di morire ammazzata al posto mio solo perché ha avuto la maledizione di volermi bene.
Ma la vita non può più essere questo. Per me, per loro.
Basta.
Voglio smettere di vivere sempre lo stesso giorno.
Anche se questa cosa mi ucciderà.
Spinse la molla per la terza volta e prese un lungo respiro. Ma aveva già deciso.
Sì, era la Manuela gentile.
Ma anche la Manuela che rapisce Marta Corsi.
Cresciuta con un'educazione rigida che le aveva insegnato che il mondo ha i cattivi e i buoni, che è bianco e nero, Manuela era diventata più grigia che mai.
Si alzò.
Zoppicava ancora, ma avrebbe stretto i denti. Cos'altro sapeva fare, dopotutto?

Si tolse il pigiama per infilarsi un paio dei jeans che Anna le aveva portato da casa. Si mise anche un maglione a cui non fece caso e, soprattutto, una felpa grigia con il cappuccio.

Casomai avessi freddo, a casa di Lucas. Anna gliel'aveva portata con le migliori intenzioni.

Allacciate le sneaker, Manuela attorcigliò i capelli in una coda e poi in uno chignon che bloccò con una ciocca, raccogliendoli e celandone la lunghezza.

Non fermarti a pensare.
Non fermarti.
Anche se ti fa male il petto non fermarti.
Questa storia doveva finire una settimana fa.
Non puoi tenerli tuoi prigionieri per sempre.
Da perdere tanto tu cos'hai? Le visite da Veneziani?
Basta.
Finisce oggi.
In un modo o nell'altro, ma oggi finisce.

Tornò in salotto, raggiunse la chiave nella mensola e aprì il cassetto dove Lucas frugava spesso e le vide, lì.

Le sue pistole.

Questa storia non si risolve con le prove legali che sta cercando Anna.

E allora la risolvo io.

Stavolta la pistola la stava rubando a Lucas. Non era un problema. Almeno qualche anno di carcere per quello, per la negligenza nella custodia delle sue armi, glielo avrebbero dato, visto che per il resto era a spasso.

Afferrò una Beretta che aveva installato anche un silenziatore, era la pistola con cui Lucas le aveva rotto il braccio. Poteva andare bene.

E se un anno prima aveva agito così perché il coma di Marco faceva troppo male e non sapeva come processarlo, questa volta era lucida. Lucidissima. Manuela era razionale come non mai: c'era un problema e lo avrebbe risolto.

Non provava nulla, non aveva dentro niente – quando si infilò in borsa la pistola di Lucas.

Niente.
Nemmeno un briciolo di speranza.

* * *

«Sa già perché l'abbiamo convocata qui, vero, signor Corsi?».
Quando l'ispettore Ferro glielo chiese, Lucas alzò svogliatamente lo sguardo dal tavolo. Aveva le mani nelle tasche del soprabito, seduto al centro della stanza degli interrogatori – la stessa dove Zanetti aveva fatto sbattere Anna per ore.
Il sicario alzò le spalle con noncuranza. «Ogni volta che succede qualcosa a quella ragazzina venite a prendervela con me» rispose.
Quando lo aveva visto entrare lì, Anna aveva incrociato il suo sguardo e Lucas le aveva fatto cenno di stare tranquilla. Ferro stavolta non le aveva consentito di assistere – non lì, non in quella stanza, dove Baroni o Zanetti potevano entrare da un momento all'altro.
La poliziotta era rimasta alla sua scrivania, in attesa di poter mettere le mani sul video dell'alibi di Christopher per capire come era stato manomesso e sbugiardarlo. Ammesso ci fosse modo di farlo, certo; ma che altre piste aveva su di lui? Doveva trovare un modo legale di incastrarlo, perché la voglia di ammazzarlo – per come aveva usato Manuela e per quello che le aveva fatto – era ancora così forte da farle paura. Le grida della sua amica al telefono Anna le sentiva ancora. E non ne poteva più. Stava annegando in un incubo fatto di catrame, in cui si sprofondava sempre più in fondo.
«Vuole dire che ci siamo sbagliati, quando l'abbiamo arrestata per il tentato omicidio di Manuela Guerra lo scorso anno?» lo incalzò Ferro.
Lucas si ritrasse sulla sedia e sorrise, del suo sorriso sfigurato.
«Non l'ho detto. Di cosa mi accusa? Di averle sparato di nuovo?».
«Non mi dica che non avrebbe un movente. Quella *ragazzina*, come la chiama lei, l'ha fatta finire in prigione» ribatté Ferro.
«Non per vantarmi, ma non avrei avuto bisogno di sparare tutti quei colpi per un lavoro così banale. Avrei sparato una volta sola. Lo so io, lo sa lei e lo sapeva anche Manuela Guerra».

Perfino a Ferro prudevano le mani, davanti a quelle risposte.

«Dov'era quella sera, signor Corsi?».

«Il suo capo non c'è?».

L'ispettore esitò. «Il mio capo?».

«So che avete un vicequestore donna. Pensavo che per uno come me si scomodasse, ai funzionari piace farsi vedere con i nomi grossi. Lo saprà anche lei, no? Di solito funziona così: il suo capo si prende i meriti e lei rimane un ispettore sottopagato a vita».

«Dov'era martedì scorso intorno alle 21.30, signor Corsi?».

Lucas gli sorrise di nuovo. No, non gli avrebbe detto che era esattamente in via Palach, dieci passi dietro Manuela – ma per salvarla, non per sparlarle.

«Oh, ero con un'amica» ironizzò.

«E come si chiama, questa sua amica?».

Quando la porta si spalancò, dietro l'ispettore, Lucas deviò lo sguardo e la vide. Le sorrise subito, beffardo e sicuro.

Gea Baroni aveva un tailleur rosso scuro e una camicetta nera con il colletto vistoso e sporgente.

«Buongiorno» salutò la funzionaria.

«Buongiorno, dottoressa» fece Ferro, alzandosi per farla accomodare nella sedia al tavolo, di fronte a Lucas.

«Buongiorno» le fece perfino lui.

La donna sistemò qualche cartelletta di documenti sul tavolo, senza prestarsi troppo a guardarlo.

«Nervosa?» la provocò Lucas. «Non ha dormito bene?».

Sentendo la sua voce, Baroni si distrasse dai documenti che stava preparando per l'interrogatorio e lo guardò.

Lucas sorrise di più.

Un'ondata di freddo la travolse.

In faccia non lo aveva visto, no – ma quegli occhi di vetro inespressivi non se li sarebbe più dimenticati.

Erano gli stessi. Erano quelli dell'uomo che aveva davanti adesso. Era la stessa anche la voce.

La funzionaria rimase di gesso. Lucas fu divertito nel notare il suo imbarazzo: cosa poteva dire, davanti a Ferro? *Questo è l'uomo che mi ha rubato il telefono con cui faccio il doppiogioco?*

«Cos'è? Era una domanda gentile, sono premuroso» la sfotté ancora il sicario.

«Sei spiritoso?» venne avanti Ferro, aggressivo davanti a quella strafottenza, ma Gea Baroni alzò una mano aperta per dirgli di rimanere indietro. Accigliata, guardò dritta gli occhi dell'uomo che l'aveva sbattuta contro il muro e costretta a implorare per la sua vita, e che se n'era andato con la sua borsa.

«Ci lasci soli, ispettore. Ci penso io» ordinò.

Ferro la guardò, titubante. «Dottoressa...».

«È un ordine. Lo esegua» ribatté, perentoria.

L'ispettore prese un lungo respiro, elemosinando a se stesso altra pazienza. Lanciò a Lucas uno sguardo al vetriolo, poi lasciò la stanza chiudendosi dietro la porta.

«Deve piacerle molto. Il fatto che qui dentro tutti debbano fare come dice lei, intendo» commentò Lucas, guardando di nuovo la donna.

«A lei piace molto chiacchierare, invece».

«Io? Sono un uomo molto affabile, vado sempre d'accordo con tutti».

«Che cazzo vuole da me?».

«Non ci stanno registrando?» ribatté lui.

«No, registrano solo quando do l'ordine io. L'interfono è ancora chiuso».

Le labbra storte di Lucas ghignarono ancora. Aveva il viso puntinato dalla barba bionda e con le luci basse di quella stanza si notava molto più del solito.

«Te lo chiedo di nuovo, Corsi: che cazzo vuoi da me?».

«Ah, ci stiamo dando del tu? Bene». Lucas venne più avanti nella sedia, sporgendosi verso di lei e portando le mani sul tavolo, intrecciate. «Allora mettiamo subito le cose in chiaro: lo so io e lo sai tu, che non sono io che ho sparato a Manuela Guerra martedì sera, vero?».

La donna non si scompose.

«Il bello è che vi fanno giurare, quando iniziate a fare questo lavoro» ridacchiò l'uomo, davanti al silenzio di lei.

«Non mi hai ancora detto cosa vuoi. Cos'è che cercavi?».

«Lo sai benissimo», stavolta Lucas lo disse rimanendo serio, severo, apatico. «E sai anche che l'ho trovato».

Gea Baroni deglutì nervosamente.

«I tuoi giochetti da dilettante possono funzionare con i ragazzini o con le pecore che qua dentro sono costrette a obbedirti, ma non con me».

«Ti sei fatto tirare fuori per questo? Per prendertela con me?».

«E perché dovrei prendermela con te?».

Lei rimase zitta. Lucas ridacchiò.

«Che ne dici se adesso me ne vado a casa e siamo amici come prima, eh?».

«Sai che non posso».

«So che puoi, invece. So che vai molto molto forte, con le cazzate. Inventatene un'altra delle tue. Io adesso mi alzo e me ne vado a casa. Sai che con quello che hanno fatto a quella ragazzina non c'entro niente. E se mi fai questo favore, magari mi dimentico che so dove abiti...».

Gea Baroni rabbrividì. Non aveva il controllo della situazione, non più, e per una come lei era una sensazione raccapricciante.

«... e a che ora rientri. A che piano vivi. Dove lasci parcheggiata l'automobile».

«Basta» lo interruppe, infastidita. «Per che squadra stai giocando stavolta, Leone?» lo chiamò col suo *nome d'arte*, lei, i denti nervosi digrignati.

Lucas pensò a sua figlia Marta, a cosa si aspettasse da lui, a cosa voleva per lei, all'averle promesso che sarebbe tornato a essere lo stesso uomo che l'aveva cresciuta. A quante cose aveva fatto per SOLIS, perché tirarsi indietro poteva essere un pericolo per sua figlia. Sorrise.

«Per la mia».

* * *

Che Lucas se ne fosse andato con il suo SUV non era stato un grosso problema, per Manuela. Aveva visto che teneva le chiavi delle auto accanto alla porta di casa e aveva preso quelle della Smart di Marta.

Guidarla era stato surreale. Sia perché ora sedersi in un'auto le trasmetteva un freddo terribile, sia perché era quella della ragazzina che aveva traumatizzato.

Aveva tenuto i capelli raccolti e aveva alzato il cappuccio sulla testa per tutto il tragitto. Nel vano portaoggetti del cruscotto aveva trovato anche dei vecchi occhiali da sole scuri, probabilmente lasciati lì da Lucas o da Marta, e se li era infilati.

Era vestita così, quando aveva superato il portone. *Quel* portone. Quello di casa sua.

Era iniziato tutto lì e Manuela lo sapeva da sempre, che la vita è un anello.

I suoi occhi azzurri erano nascosti dagli occhiali, i capelli rossi dalla felpa. A nessuno sarebbe venuto in mente che quello era il fantasma della giornalista *di nuovo* morta ammazzata.

Aveva rifiatato solo quando era arrivata dentro casa.

E aveva perfino preso l'ascensore.

Lo prendo solo se sto per morire, aveva detto a sua madre.

La casa era in ordine. Con Anna non poteva essere altrimenti.

Prese un bel respiro e si tolse gli occhiali da sole, lasciandoli sul tavolo. Si abbassò anche il cappuccio.

Aprì la borsa e ne tirò fuori la pistola che aveva rubato a Lucas. La poggiò lì, sul tavolo.

Tolse dalla borsa il telefonino e lo posizionò all'angolino della cucina, accanto al microonde, a ridosso del piccolo vano indipendente in cui sistemavano gli avanzi del pane.

Tornò alla borsa ed estrasse anche il suo quadernino.

Prese a scrivere su una pagina.

Poi la strappò.

Guardò in direzione del portone di casa, poi osservò di nuovo la pistola per una decina di secondi.

Non c'era nessun altro modo.

Si sbloccò, aprì il portone e smise di pensarci.

Quella storia finiva lì.

Con o senza di lei, ma finiva lì.

Puntò la porta dell'appartamento di Christopher, armata solo di quel foglietto di carta.
I buoni muoiono giovani, diceva suo padre.
E infatti io sono ancora viva e non muoio in nessun cazzo di modo.
Qualcosa doveva pur significare.

Parte VI

"A modo tuo"

Aftermath: le conseguenze, soprattutto di un evento negativo o disastroso (The Free Dictionary).

Stefania Sperandio - Aftermath

Capitolo 37

Martedì, 26 febbraio 2019
Milano, ore 12.41

Era stata praticamente una settimana da incubo. Quando sentì bussare, Christopher imprecò tra sé, prima di raggiungere la porta di casa.

La spalancò, infastidito.

Ma non c'era nessuno.

Accigliato si guardò attorno. Indossava una t-shirt che gli stava piuttosto stretta sul petto, e un paio di jeans neri. Prevedeva di scendere, a breve, a fare un po' di spesa. Non si aspettava visite.

Alla fine, abbassò lo sguardo ai suoi piedi.

C'era un foglietto.

L'uomo esitò e si inginocchiò per raccoglierlo.

Il cuore gli mancò un battito, come con un'extrasistole, quando lo aprì.

C'era una freccia, disegnata sopra.

Come il giorno in cui aveva invitato Manuela da lui per mangiare quel sushi che poi non avevano condiviso.

Ma stavolta puntava verso la porta della casa di Manuela e di Anna, non verso la sua.

Sotto la freccia, il testo gli fece correre un brivido lungo la schiena.

A Christopher le sorprese non piacevano. E, in una settimana come quella, ne avrebbe fatto volentieri a meno.

So chi è l'uomo che mi ha sparato.

– Occhi chiari

Chris deglutì nervosamente, rialzando lo sguardo verso la porta della casa di Manuela per accorgersi che non era agganciata, solo accostata.

Appallottolò il foglietto e se lo buttò in una tasca, esitante, camminando a passi circospetti verso l'uscio.

Sembrava passata una vita da quando ci era stato davanti la prima volta, bussando per chiedere di poter usare il microonde.

Chris spinse la porta avanti con una mano, dubbioso. La tensione gli irrigidì le dita, quando sbirciò all'interno.

Dopo quel colpo mancato, il cuore prese ad andargli più forte. Incontrollabile, ingestibile. Nonostante il passato nell'Esercito e poi in Polizia, faticò a riprenderne il controllo. Nessuno lo aveva addestrato a una cosa del genere.

Lei era lì.

Era lì veramente.

Era in piedi di spalle all'ingresso, guardava fuori dalla porta finestra del balcone, all'altro capo del salotto, a cinque o sei metri da lui.

«... Manuela?» tartagliò, incredulo.

Notò una pistola sul tavolo che lo lasciò confuso. Era Manuela, davvero? O solo qualcuno che le somigliava e che viveva dentro al suo corpo?

«Manuela?» tentò di nuovo, non sapendo bene cosa aspettarsi.

Le si accostò di una manciata di passi, arrivando nei pressi del tavolo.

«Cosa... cosa è successo?» osò.

Da quando era uscita da casa di Lucas, Manuela si era chiesta cosa avrebbe provato.

E la cosa spaventosa era che continuava a non provare niente.

Il nulla assoluto.

La stanchezza, il disgusto e i sensi di colpa avevano superato qualsiasi altra cosa.

Se vuoi bene a qualcuno, vuoi smettere di essere l'ostacolo alla sua felicità. E Manuela voleva bene a poche persone – ma gliene voleva *molto*.

Aveva le mani cacciate nelle tasche dei jeans. La spalla e il lato destro della fronte contro il vetro della porta finestra.

«Mio padre era... un uomo affettuoso» disse lei, continuando a guardare fuori.

Chris rimase muto, in piedi, esitante.

«Ma era molto bravo a tenere l'equilibrio. Sapeva viziarmi, ma era severo, inflessibile. Soprattutto quando voleva insegnarmi delle cose». Manuela sorrise amaramente e scosse la testa. «Che poi che cazzo aveva da essere inflessibile, con quello che stava facendo...».

«Manuela...».

«Certe cose però le capisci solo dopo che la vita comincia a caderti addosso. Forse è stato così anche per lui. Tutte le cazzate che ha fatto... quando tutto andava bene non le avrebbe capite. Neanche immaginate. Forse è per quello, che me lo disse... *se fai qualcosa, pensa alle conseguenze*. Al dopo».

Manuela si voltò finalmente per guardare Christopher. Gli occhi della donna erano asciutti, immobili. Nulla avrebbe più potuto scuotere o spaventare uno sguardo simile.

«Tu ci hai pensato? Al *dopo*?».

Chris non seppe bene cosa dirle.

«Quelli come voi di solito non ci pensano. È da deboli, pensare al dopo, no? Se ti danno un lavoro lo devi fare, le *conseguenze*, il dopo, mica sono problemi tuoi».

«Manuela... ti senti bene?».

A quella domanda, lei quasi rise.

«È più facile, non pensare al dopo, se un dopo non ce l'hai. Io di *dopo* non ne ho. Ma lo sai benissimo, no?».

«Manu, ascoltami» tentò Christopher.

Lei alzò una mano per zittirlo. Chris aveva conosciuto la Manuela *gentile*. Non aveva mai incontrato *l'altra*. Quella magnetica delle lezioni all'università e delle interviste in TV, quella che riusciva a cavare fuori informazioni a chiunque per le sue inchieste, che passava il confine e soprattutto che creava piani che funzionavano al 100%, con il solo problema che erano piani che non prevedevano per lei nessuna via di fuga – *quella* Manuela lui non l'aveva incontrata prima di quel momento. La donna che in pieno giorno sequestra Marta Corsi, Christopher non la conosceva.

«So chi è l'uomo che mi ha sparato, giusto? Non sei corso ad abbracciarmi, come mi hai visto. Non sei felice, sei solo terrorizzato. Perché sai che non era possibile sopravvivere a quello che mi hai fatto. E invece io sono qui».

Christopher deglutì nervosamente, ma la bocca era secca.

«Mi hai detto un sacco di cose bellissime. Sul cominciare a vivere, a fare le cose», sorrise lei. In quegli occhi c'era ferocia, ma la voce era calma, posata, indifferente. «*Inizia oggi, che vivere non è una cosa che puoi rimandare*. Se non lo sapevi tu, dopotutto, che non avevo più tempo, chi cazzo lo doveva sapere?».

Manuela piantò lo sguardo in quello di Christopher per leggerci il disagio. Ma non c'era senso di colpa, non c'era dispiacere. Erano gli occhi di un bambino beccato con le mani nel sacco, non quelli di un pentito.

«Stavi già contando quanti giorni mancavano al momento in cui mi avresti sparato?» non ci girò più intorno lei. «Ero disarmata. Non ho nemmeno reagito. Mi hai scaricato la pistola di Anna addosso. E lo sapevi benissimo cosa significava, per il *dopo*. L'hai fatto proprio per quello. Solo che ti è andata male».

Christopher arricciò il naso. «Come... come ti sei salvata?» riuscì finalmente a dire, impietrito.

Manuela ridacchiò, divertita da quell'obiezione. «Non ci crederesti. Ma che non muoio facilmente lo sapevi, no? Sennò mica mi sparavi quattordici colpi».

«Ti ha salvata Anna?» tentò lui, confuso.

«E quando dovevi tirare quelli decisivi, di colpi, i proiettili li avevi già finiti. Poco male, eh, un buco in mezzo al petto poteva bastare lo stesso» riassunse Manuela, con un sorriso inquietante. «Ti credo che non sei rimasto in Polizia, chi si sarebbe tenuto uno così coglione?» lo insultò.

Chris digrignò i denti.

«La pistola di Anna te l'ha data il tuo capo, vero? La vicequestora Baroni?», Manuela andò dritta al punto.

L'uomo raggelò, a sentire quel nome.

«Come...?» balbettò.

Lei scosse la testa, l'espressione sul viso finalmente tradì un moto di disgusto. «Il Pappagallo era il confidente di fiducia dell'ispettore Ferro. Ma stava frugando anche sui video contraffatti e la talpa nel commissariato. Gli è scappato di parlarne con la Baroni, no? Era un poveraccio che si vendeva al miglior offerente, cercava di guadagnarsi qualcosa dalla Polizia, spifferando di tutto. Quando lo avete saputo, avete pensato a come fermarlo. Con Ferro e soprattutto con l'avvocata Sandra Giudice poteva frugare un po' *troppo*. Allora li avete messi contro» ricostruì Manuela. «Eri un uomo fidato della vicequestora. Gli hai detto che Ferro era il doppiogiochista, con quella telefonata al bar. Che l'ispettore lo aveva sempre usato e lo avrebbe buttato via, spifferando al resto del quartiere che era un confidente della Polizia, dato che ora stava frugando un po' *troppo*. Filava: Ferro ha seguito tutto del mio caso. Allora il Pappagallo ha avuto paura: la criminalità organizzata ce l'abbiamo anche qui a Milano e sono persone che non perdonano, quando sei un infame, no?».

Chris arricciò il naso.

«Allora il Pappagallo ha provato a tirarsi fuori. Se minacciava Ferro, e magari lo ammazzava, nessuno nel quartiere avrebbe dubitato di lui. Di sicuro, la sua indagine sulla Polizia finiva lì. Solo che Ferro si è puzzato che qualcosa non andava e si è portato dietro Anna. A voi è andata comunque bene: il Pappagallo è morto. A lui non tanto».

Christopher continuava a rimanere zitto. Le labbra erano strette e nervose. Per Manuela era già una risposta.

«E a momenti ammazzava Anna» continuò Manuela. «Di problemi però ne restavano altri. Sapevate che a venticinque anni avrei ricevuto qualcosa da Papà. Quindi ti hanno mandato qui, per seguirmi da vicino. Così potevi scoprire se stavo frugando qualcosa, e cosa. Non è andato tutto come previsto, perché io alla fine dei cazzi miei non è che ne parlo volentieri. Quindi ti sei ingegnato, con il microfono nel mio telefono. Fatto quello sì, che potevi sapere tutto. Cosa facevo io, cosa mi lasciava Papà, con chi ne parlavo. Perfino cosa facevano Anna e Daniela».

Lui continuava a fissarla. Aveva stretto i pugni.

«A quel punto le persone da fermare erano due: Anna che cercava la talpa, e me. Per Anna ci ha pensato la Baroni, no? Le ha fatto credere di supportarla, nel cercare quella talpa: lei era la prima, che voleva ripulire il commissariato! Nel frattempo, l'ha tenuta lontana da ogni caso ufficiale: così, se Anna scopriva qualcosa, secondo lei veniva subito a dirglielo. Sareste stati sempre un passo avanti. Tu sapevi tutto da me, o da quel microfono. La Baroni da Anna, perché Anna voleva la talpa e rivoleva il lavoro che avete provato a toglierle».

«Non doveva andare così» disse finalmente Chris.

Manuela sorrise, beffarda. «Ah, no? E come doveva andare?».

«Abbiamo provato a fermarti in tutti i modi».

«Eh certo, hai un cuore buono, no? Con quei bigliettini che magari mi spaventavano. Poi quando hai saputo che Daniela mi teneva sotto controllo la cassetta, hai dovuto smettere. Avete cercato anche di costringere Anna a dire chissà cosa per arrestarmi e mettere nella merda anche lei, su come ha preso Alberto Corsi. Ma anche lì, niente. Allora a fermarmi ci hai provato quando sono andata a casa a prendere quel quaderno, al lago».

«Non dovevi leggerlo. Bastava solo che... che non lo leggessi, cazzo! Solo quello».

Lei sorrise con le labbra strette. «Perché una volta letto, mi dovevi per forza ammazzare. È questa la gente per cui lavori, no? Se riuscivi a prendermelo prima, finiva lì. Non avrei avuto più piste. Ma a casa mia ti sono scappata. E a quel punto sapevate che ormai i documenti lasciati da Papà li avevo letti. Non sapevo decifrarli, ma li avevo letti».

«L'unica soluzione rimasta era recuperarli», continuò Manuela, dopo qualche secondo di silenzio. «E fare in modo che non ne parlassi con nessuno, mai più. Anche se la mia parola, senza prove, non vale un cazzo per la Legge, non bastava togliermi i documenti: sapevate che ne avrei scritto, magari li avrei pubblicati. Una come

Manuela Guerra ti monta un casino e ti distrugge con i giornali, non serve che abbia prove da portare in tribunale» comprese.

«Stai giocando un gioco troppo più grande di te, non te ne rendi nemmeno conto» la avvertì lui.

Lei rise.

«Sul serio?» lo canzonò. «E preferisci dirlo guardando il mio buco in fronte o gli altri cinque che mi hai fatto tu?». Scosse la testa. «Con la pistola di Anna, poi. Perché lei non si fermava, no. E quindi una come Anna Russo come la fermi? Dato che sull'arresto di Corsi non diceva niente, neanche messa alle strette, e col rischio di non poterla più controllare, avete deciso di tagliarla: bastava incastrarla per il mio omicidio. Vi è andata male, ma è stato un caso, solo un caso. La pensata l'avevate fatta, invece Anna era al telefono con me quando mi sparavi».

«Anna avrebbe indagato all'infinito su di te. Sarebbe stata una spina nel fianco» ammise Chris.

«E invece guarda cosa hai risolto, Christopher Nava» lo chiamò per esteso. «Ammesso che sia il tuo cazzo di nome e non ti sia inventato anche quello. Sei qui con me. Io sono ancora viva, Anna è libera e la Baroni pensa che sei un coglione che ha fallito l'unico obiettivo che aveva: arrivare prima di me a qualsiasi cosa mi lasciasse Papà. E ammazzarmi se la trovavo prima io. Da quanto ci lavoravi? Da quanto mi stavi studiando? Per capire i miei punti deboli, cosa avrebbe fatto presa, come farmi fidare di te?».

Chris alzò appena le spalle, colpevole, il viso paralizzato in un'espressione di disagio. «Da un po' di mesi».

Lei sorrise di nuovo, ferita. «E le battute sul non sapere che io e Marco ci eravamo lasciati, l'accompagnarmi dal neurologo, o a prendere la console per i miei fratelli. Le attenzioni, le parole belle, le premure, la comprensione ogni volta che veniva fuori, che sono un macello di persona» elencò Manuela. E la voce adesso sì, che tremolava un po'. Si sforzò, ma le emozioni uscivano. Uscivano perché era viva e non c'era niente che né lei né Chris potessero farci. «Una recita per arrivare all'obiettivo. Sei la peggior persona che abbia mai incontrato. Perché non so niente di vero, su di te, un cazzo di niente. Però so cosa sei disposto a fare e come lo fai. E questo mi basta».

«Alcune cose che ho detto» tentò lui, facendo un passo verso di lei, che era ancora accanto alla porta finestra del balcone, «le penso davvero. Avevo un altro fine, è vero. Ma le penso davvero. Non dovevi trovare quei documenti, Manu. Dovevi solo lasciar perdere».

«Ma certo» lo sfotté Manuela, «le storie più belle iniziano sempre così, con un piano manipolatorio pianificato mesi prima e quattordici colpi di pistola. Il punto è che io non mi stupisco nemmeno di te, sai?» ammise, e la voce era di nuovo ferita. «Io mi stupisco di *me*, cazzo. Che nonostante la vita che ho avuto, sono caduta in una recita penosa che non avrebbe fregato neanche una quattordicenne. Ma tu sapevi che tasti toccare, che ferite provare a curare. Poi ti è andata bene, con la diagnosi del neurologo. Sapere che *non morirai di vecchiaia* ti fa fare cose molto stupide, perché tanto magari domani neanche ti svegli. Per te era perfetto e hai preso la palla al balzo. La comprensione, la vicinanza, l'Islanda e tutte le cazzo di cose che ti ho detto in cui mi incoraggiavi. Che poi, magari, se volevo vivere davvero la mollavo, quell'inchiesta di merda, no? È una cosa così spaventosa che, in confronto, avermi sparato fa meno orrore».

«Manuela...».

«Avevi sempre la cosa giusta da dire. Non la trovi più, Chris? Una persona *normale* starebbe impazzendo per capire il *perché*. Perché hai fatto tutto questo. In cambio di cosa. Lavoro? Quindi soldi? Perché in quei documenti c'era il tuo nome? Quello della tua famiglia? Perché c'erano nomi grossi che dovevi nascondere? Non lo so. Non mi interessa. Sono troppo stanca».

Manuela scosse la testa, il disgusto le chiuse un nodo nello stomaco. «Di capire perché trovate giustificazioni quando sparate alla gente, che poi vi fanno dormire sereni, non me ne frega più un cazzo. I *perché* interessano solo a chi ha un dopo», gli concesse un sorriso triste e abbassò lo sguardo sulla pistola sul tavolo, mentre lo diceva. «E io un *dopo* non ce l'ho, no?».

* * *

Quando Lucas uscì dal commissariato Sant'Ambrogio, evitò di incrociare Anna. Negli atti ufficiali, lei era solo l'agente scelto che lo aveva arrestato un anno prima e che contestualmente lo aveva salvato da un tentativo di suicidio. Non dovevano dare idea che ci fosse stato nient'altro a farli rincontrare, dopo quell'episodio.

La sua leva contro Gea Baroni aveva funzionato. Ferro era incredulo, quando la vicequestora gli aveva detto che *il signor Corsi può andare, ma si terrà a disposizione*. L'ispettore aveva provato a obiettare – Lucas non aveva un vero alibi e aveva un movente titanico – ma lei aveva fatto pesare i gradi e perfino alzare la voce non era servito a nulla. Anna stessa aveva visto il suo ispettore attraversare l'ufficio e andarsene sbattendo la porta, mentre la vicequestora lasciava andare Lucas.

Gea Baroni aveva *molta* paura di cosa quel sicario avrebbe potuto fare, ora che sapeva decisamente troppo. E Lucas non dubitava che, molto presto, avrebbe provato a mandare qualcuno a occuparsi di lui, proprio come aveva mandato Christopher a occuparsi di Manuela.

Calmo, aprì la portiera del suo SUV e si sedette sul sedile, parcheggiato fuori dal commissariato.

Da solo, incrociò i suoi stessi occhi attenti e freddi nello specchietto.

Aprì il soprabito e raggiunse la tasca al lato interno del petto per estrarre un piccolo registratore audio e spegnerlo.

Sorrise, fiero.

Quel trucco, un anno prima, glielo aveva insegnato sua figlia Marta.

* * *

Daniela si massaggiò le tempie, seduta davanti ai suoi monitor mentre si infilava sempre più in fondo negli archivi digitali della Lion.

Era stata proprio lei a convincere Manuela a dare una possibilità a Christopher.

Odiava quella sensazione e non riusciva a non pensarci.

Voleva proteggere la sua amica, la voleva felice e viva. Invece aveva solo finito per convincerla a saltare in un baratro. L'aveva spinta fuori dal rifugio in cui Manuela si era riparata per non farsi più del male – non con i sentimenti, almeno – solo per scoprire che quel rifugio stava per aria, a diecimila metri d'altezza in mezzo al nulla, e non c'era nessun paracadute.

Così, Manuela si era schiantata contro la realtà della sua vita di merda che non aveva vie di fuga e il portellone verso il vuoto glielo aveva aperto Daniela.

Devo trovare delle prove schiaccianti contro quel bastardo di Christopher si rimproverò la giornalista, che non era severa con nessuno come lo era con se stessa.

Quando le squillò il telefono, era così concentrata sugli elenchi di file e fogli di calcolo che sobbalzò sulla sedia.

Guardò quel numero sconosciuto per qualche secondo. Poi aprì la chiamata e attivò il vivavoce.

«Cassani» rispose, come faceva di solito quando sospettava fossero chiamate di lavoro.

«Dottoressa Daniela Cassani?» fece la voce di un uomo.

Doveva essere uno di mezza età, Daniela comprese subito che era di Milano, anche solo da quelle poche parole.

«Sì», confermò lei. «Chi lo chiede?».

«Mi chiamo Lucio Pellegri. Sono l'avvocato di suo padre».

Daniela guardò il telefono alzando un sopracciglio, incuriosita da quella presentazione. Che lei ricordasse, suo padre di avvocati ne aveva almeno una quindicina.

«E...?» lo imboccò, per niente impressionata, mentre continuava a gironzolare tra i documenti nei suoi monitor.

«La chiamo per conto di suo padre, ovviamente» premise il legale.

«La sto ascoltando, dica».

«Vorrebbe vederla per parlarle».

Daniela mostrò un ghigno divertito. «Interessante. Io invece no».

«Le assicuro che è importante e che suo padre vuole parlare specificamente con lei».

La giornalista si insospettì. «Gli è successo qualcosa? Sappia che non intercederò per farlo uscire da lì o farlo mettere in un carcere migliore. Per me ci deve marcire, lì dentro».

«Niente di tutto questo. Ma è importante che suo padre parli direttamente con lei. E con nessun altro».

Daniela notò che il tempismo era sospetto e che non sapeva cosa aspettarsi: un altro patetico tentativo di giustificarsi per avere il suo perdono? Un moto di coscienza che rianimava suo padre e lo spingeva a darle una mano a incastrare gli altri suoi complici in SOLIS? Un colloquio per dirle che doveva mollare tutto, che era pericoloso, e lasciar perdere?

La giornalista sospirò, irritata. «Per quando sarebbe?».

«Adesso. Ho già avvertito il carcere del colloquio e abbiamo il permesso del direttore».

Daniela si grattò la testa e tacque per parecchi secondi. Infine, annuì.

«Sto arrivando. Ma questa è l'ultima volta che il suo cliente mi fa buttare tempo».

«Non lo butterà» le assicurò il legale.

Sembrava *davvero* certo di quello che diceva. È il lavoro degli avvocati, è vero, ma Daniela percepì che c'era altro. Chiusa la chiamata, spense il computer e si alzò per recuperare uno dei suoi bei cappotti e andare a sopportare, di nuovo, lo sguardo pateticamente contrito di suo padre.

Capitolo 38

Martedì, 26 febbraio 2019
Milano, ore 12.47

«Perché hai portato una pistola?».

Chris lo chiese con aria preoccupata, ma non per la pistola in sé: perché la analizzava da mesi e la Manuela che aveva visto lui, che aveva profilato lui, non era tipa da andare in giro con nessuna pistola.

Lei gli sorrise e si voltò definitivamente verso di lui. L'uomo notò che l'orecchio sinistro era una poltiglia recisa, un moncone ibrido di carne e punti malcelati dai capelli.

«Ti mette a disagio? Non sembrava» lo prese in giro.

«Perché sei venuta a cercarmi? Lo sai che non ti avrei mai trovata» si interrogò ancora l'uomo, algido, analitico. Era il Christopher che se l'era studiata per capire come irretirla. «Per me *eri* morta. Non sapevo perché qualcuno si era preso il cadavere, ma io non ti stavo cercando viva. Mi serviva solo la conferma che fossi morta. Invece sei... piombata qui. Cosa vuoi fare? Ti vuoi vendicare?» azzardò.

Manuela alzò le spalle, per quanto le ferite le consentissero, le mani cacciate nelle tasche dei jeans. «Vedi, quello che dicevo? L'angoscia di sapere *perché*. Te li chiedi perché sei convinto di avere un *dopo*».

Lui fece mezzo passo indietro, sulla difensiva. Dopo tutto quello che era successo tra di loro, e quello che le aveva fatto, la calma di Manuela era inquietante e illeggibile. Soprattutto con quella pistola sul tavolo.

«Una volta ho fatto del male a una persona» ammise lei, voltandosi di nuovo a guardare il cielo, fuori, la normalità che dalle tapparelle da Lucas non si scorgeva più. Guardava fuori da quella finestra anche quando Chris l'aveva incoraggiata a non arrendersi alla diagnosi di Veneziani.

«Ho fatto cose che non credevo di poter pensare. Se qualcuno le tira, si spezzano corde che non sapevi nemmeno di avere». Il pianto disperato e i singhiozzi di Marta Corsi, mentre Manuela l'aveva imbavagliata proprio come suo padre aveva fatto con lei prima di spararle, erano ancora così vividi che la donna dovette strizzare gli occhi per uscire da quel ricordo.

«Tu?» fece Chris, poco convinto. «Non faresti male a nessuno. Al massimo a te stessa».

Manuela sentì un altro moto di disgusto per se stessa. Nella sua testa, Marta piangeva e urlava. Le diceva *sei fuori di testa*. E poi le salvava comunque la vita, tradendo suo padre e chiamando Anna per soccorrerla, dandole una lezione anche più indelebile dei tatuaggi che Manuela aveva addosso: *il mondo è grigio*.

«A me stessa? No, ci pensate voi. Tu, Lucas, quelli come voi».

«Io non sono come Leone» ribatté subito Chris.

«Hai ragione» confermò Manuela, «sei molto, molto peggio».

L'uomo arricciò il naso. «Non sai niente di me».

«Infatti. Mi hai fatto conoscere una persona che non esiste. So che gestivi i video della Lion, però. Che facevi il poliziotto a Torino, scommetto che c'era anche Gea Baroni ed è da lì che l'hanno trasferita a Milano. Quanto è piccolo il mondo, vero?».

«Ero un poliziotto esemplare» obiettò lui, digrignando i denti, colpito nel vivo.

«Sì?» lo sfidò lei. «Ma non è lì che ti hanno insegnato a sparare a una persona disarmata, vero?».

«È bastato un errore, uno solo. E ho perso tutto. Sai come ci si sente?».

Manuela sorrise. «Cazzo se lo so».

«Ho lavorato tutta la vita per entrare in Polizia. Tutta! Abbiamo sbagliato un'azione sotto copertura, ero infiltrato. Ho ucciso un uomo e mi hanno ferito».

Manuela ricollegò i pezzi. «Il tatuaggio dell'aquila che hai sul petto» comprese, «nasconde la cicatrice?».

«Mi hanno chiesto di prendermi la responsabilità, perché l'azione era fuori dal protocollo e ci sarebbe passata la Baroni, era il mio commissario capo. Ha insistito. E io mi sono fidato, mi ha detto che fidandomi avrei fatto più soldi. E più carriera. I cazzo di soldi sono arrivati, la carriera no».

«Cos'è, ha comprato il tuo silenzio e poi ti ha detto che se diventavi il suo leccaculo ti avrebbe fatto reintegrare in Polizia?».

Chris la guardò in cagnesco, infastidito da quella scelta di parole, così orribilmente cinica. «Ho accettato di dimettermi. Hanno detto che ero io che avevo agito in autonomia. Che dopo tre mesi da infiltrato nel cazzo di crimine organizzato per lo spaccio, mi avevano ferito e c'è scappato il morto per colpa mia. Mi sono dimesso e mi sono fidato di Gea, non avrebbero scritto nel fascicolo che avevo commesso un errore così grande, soltanto che mi ero dimesso. Stavo quasi per diventare sovrintendente».

«Anche Anna» evidenziò Manuela.

«Dopo che ho iniziato, non potevo più tirarmi indietro. So un sacco di cose scomode su Gea. Ma lei sa un sacco di cose scomode su di me. Ho fatto cose di cui non sono orgoglioso. Con quei video. Con te. Io rivoglio la vita che mi hanno tolto. L'avevo promessa alla mia famiglia. Finalmente erano fieri di me! E poi la devo a me, cazzo. Al proiettile che ho preso», si puntò l'indice contro il petto.

Manuela studiò i suoi occhi feriti e si rese conto che era sincero. Che Christopher non lo stava facendo nemmeno per i soldi in sé, o per ripararsi dalle incriminazioni: sperava davvero che Baroni potesse usare la sua influenza per rimettere a posto la sua vita deragliata.

«Volevi diventare un poliziotto, più di ogni altra cosa. E adesso spari alla gente disarmata? Questa è la scusa dietro a quattordici colpi che dovevano ammazzare me e incastrare Anna? È questa, sul serio?».

«A volte il fine giustifica i mezzi. Sarebbe bastato solo che tu non trovassi quel diario, non serviva ammazzare nessuno. Ma tu niente. Non ti ferma un cazzo di niente».

Lei scosse la testa. «Uno come te non ci fa niente nella Polizia. Penso a gente come Anna, che nel suo lavoro ci crede *davvero*, e capisco che per te è già troppo pure piantonare i parcheggi».

«Ho dato tutto, per quel lavoro».

«Sei un coglione raggirato da una manipolatrice che doveva proteggere qualche amico potente, molto più potente di te. Come quel bastardo di Lucas che era il cagnolino di Cassani. Pensate di avere il controllo ed essere forti solo perché giocate con la vita degli altri. Ma siete degli schiavi senza volontà e appena fate un errore tirano lo sciacquone e si liberano di voi».

«Io riavrò tutto quello che Gea mi ha promesso. *Tutto*».

«Non riavrai niente e sei solo uno stupido» gli disse lei, lucidamente. «Eri così preso dal manipolare me che non ti sei accorto che lei manipola te. Non ti ridarà mai nulla. Non riavrai niente. E il grilletto lo ha fatto tirare a te. Io sono una prova vivente contro di *te*: in prigione ci finisci tu, non lei».

Chris strinse i pugni. «Io non ci vado, in prigione».

«Come no? Non lo sai dove vanno quelli che fanno le cose che hai fatto tu, poliziotto perfetto?» lo canzonò. «Tra i tanti moventi possibili, il tuo è il più patetico. Essere disposto a fare tutto per una vocazione che nemmeno hai. Se ce l'avessi non andresti in giro a sparare alla gente: Anna sta ancora male per aver ammazzato lo stronzo che la stava uccidendo».

«Quando ho accettato quella missione sotto copertura ero pronto a morire» obiettò Chris, con i denti stretti.

«Per te stesso. Perché volevi fare carriera. Non perché pensavi di fare del bene per qualcuno. Pensavi solo a te, non ti importa di nessun altro».

«Come ti piace giudicare gli altri, vero?».

Manuela scosse la testa. «No», confermò a parole, «te l'ho detto: anch'io ho fatto delle cose spaventose. Cose che ti avrebbero fatto passare la voglia di provare a fermarmi, credimi. Ma per te basta quello che dici: ti hanno fatto giurare di proteggere gli indifesi e tu invece è contro gli indifesi che spari. E lo fai perché il *fine* è vantaggioso per te, giustifica i mezzi. L'hai detto tu» analizzò la donna, con una lucidità che prese Chris in contropiede. «Il lavoro nella Lion te lo ha procurato la Baroni, vero? Le faceva comodo, per averti sulle videocamere a circuito chiuso di mezza Milano».

«Come ti sei salvata? Quando me ne sono andato avevi un minuto di vita al massimo» rimbalzò lui, irritato.

Lei tolse le mani dalle tasche e le alzò insieme alle spalle in un'espressione indifferente. «Volevo finire di sentire la playlist di Elisa che avevo in macchina. Era lunghetta».

Christopher deglutì amaramente. C'era qualcosa che non aveva calcolato, qualcosa di cui non si era accorto. Gea Baroni gli aveva dato dell'imbecille, per aver fallito quel lavoro, e non poteva avere ragione lei. Non poteva essere davvero così.

«È da ieri che mi chiedevo cosa ti avrei detto, rivedendoti. Invece non voglio dirti niente, sai? Se penso che ti ho lasciato avvicinare a me, ad Anna, a Dani, a Marco, ai miei fratelli...», Manuela sospirò. «Mi dispiace di esserci cascata. Non sono più nemmeno incazzata. Solo... disgustata. La vita mi ha detto in tutti i modi di aspettarmi sempre il peggio e io invece ancora riesco a farmi prendere per il culo».

«Quindi perché sei venuta qui? Non so come ma avevi già scoperto, che ero stato io. E i *perché* hai detto che non ti interessano. Cosa vuoi?».

«Te l'ho detto: perché so chi è l'uomo che mi ha sparato» gli ribadì lei, come aveva scritto nel bigliettino. Gli mostrò un altro sorriso storto, malinconico.

Pensò ancora al marito di sua madre che la chiamava *bomba atomica che cammina*.

Alla vita di Anna che si accartocciava per colpa sua, a Marco intrappolato nell'amarla, prigioniero delle loro infelicità mentre lei era così ingenua da cascare nella rete di uno come Chris.

All'aver già cominciato a dimenticare. Al cervello che ogni giorno faceva un altro passetto verso un niente così buio, così enorme e soffocante che stare ad aspettarlo passivamente era paralizzante.

Al non avere letteralmente niente da perdere, a parte vedere l'Islanda. Suonare la chitarra. Imparare il giapponese. Inezie che non avrebbe mai fatto. Non pesavano abbastanza, se nell'altro piatto c'era l'essere il fantasma che infestava le vite di quelli che amava.

Tanto di vecchiaia non ci muori, ricordò a se stessa. Ma non stava dubitando. Lo sapeva, che la sua idea avrebbe funzionato. Stava già funzionando, in realtà.

L'unico problema era quello, il solito di sempre, nei suoi piani: non c'era via d'uscita. Non per lei.

Manuela era efficacissima con i piani d'azione ma non calcolava mai un piano di fuga.

Poggiò la mano sinistra sulla pistola che teneva sul tavolo, lì accanto.

Chris inarcò la schiena, pronto a scattare.

Manuela gli sorrise, più aperta.

Calma. Imperturbabile.

Spinse la pistola verso l'uomo, facendola scivolare lungo il tavolo. Chris la osservò, a pochi centimetri da lui, e rialzò lo sguardo verso Manuela.

Lei lo fissava, immobile.

«So un po' troppe cose. Fai quello che devi fare».

* * *

Lucas si allarmò fin da quando, arrivato a casa, si rese conto che non c'era più l'auto di Marta.

Salì rapidamente al piano, spalancò il portone e trovò il divano letto vuoto.

Il cassetto delle pistole aperto, la chiave ancora inserita.

Mancava la sua Beretta con il silenziatore.

«Cazzo».

Afferrò dal cassetto la sua piccola Glock e se la infilò nella cintura. Dal soprabito estrasse il telefono e iniziò a digitare. L'applicazione di geolocalizzazione dell'auto di Marta, della piccola Smart, gli diede la risposta che cercava: era parcheggiata in via San Paolino, all'altezza della casa di Manuela.

«Cazzo, cazzo» aggiunse, conscio che Manuela stava facendo a modo suo e che, nella migliore delle ipotesi, avrebbe fatto un macello – altro che incastrare il resto di SOLIS.

Lucas corse fuori dall'appartamento e imboccò rapidamente le scale, perché sarebbe stata di nuovo colpa sua, e anche stavolta lo sapeva benissimo.

* * *

«Anné, ma che è sta roba qua?».

Stefano, col suo portamento che lo faceva sembrare sempre mezzo addormentato, i capelli scuri spettinati e una delle sue felpe per cui nessuno lo avrebbe mai scambiato per un poliziotto, si accostò alla collega tenendo in mano lo smartphone.

Anna, che stava sbirciando il video che aveva fatto da alibi a Christopher, chiuse subito la finestra sul suo PC. Si fidava di Stefano, ma aveva promesso a Ferro che non avrebbe detto a nessuno di aver avuto quei file da lui.

La poliziotta abbassò lo sguardo sul telefono del collega, che intanto si grattava i capelli. Lo rialzò subito verso i suoi occhi celesti. «Ma che...?» balbettò, con sguardo spaventato.

Nello smartphone c'era Manuela, di spalle, in piedi davanti al tavolo di casa loro. All'altro lato del tavolo c'era Christopher.

«È una diretta sul profilo Facebook dell'amica tua, è cominciata una decina di minuti fa. La seguivo Manuela, mi è arrivata la notifica e sono andato a sbirciare. Ci sono tipo diecimila persone connesse che stanno guardando».

Anna sentì il cuore schizzarle nelle tempie. «Merda», si alzò subito dalla scrivania e si infilò il piumino come meglio riusciva.

«Ma lo ha registrato... quando? Manuela è morta da tipo una settimana» pensò Stefano.

«Merda, merda», Anna si allontanò di corsa senza nemmeno sentirlo. Stefano rimase perplesso, con il telefono in mano.

* * *

Daniela aveva azzeccato l'età di quell'uomo solo sentendone la voce. Quando entrò nel parlatorio del carcere, per quel "colloquio eccezionale" approvato dal direttore della struttura, l'avvocato Pellegri era seduto accanto a suo padre, Giulio Cesare Cassani. Era un uomo senza capelli, il viso stanco ma gli occhi scuri vispi, dietro gli occhiali rettangolari.

«Dottoressa Cassani» si alzò per toccarle la mano.

Daniela gliela strinse con disinteresse, ma guardava suo padre. Voleva capire.

Giulio Cesare era serio. Sembrava un bambino in punizione, innocuo e minuscolo, ora.

«Beh, adesso sono qui. Cosa c'era di così urgente?» disse la figlia, gelida, senza concedergli nemmeno un ciao.

Cassani alzò gli occhi verso quelli della figlia. Il suo avvocato sistemò rumorosamente una cartelletta sul tavolo.

Daniela la guardò, incerta.

«È quello che volevi» disse finalmente Giulio Cesare. «Tutto quello che ti interessa da me, no?».

La giornalista pensò di aver capito male. Guardò il legale, e Pellegri aprì bocca per dire «dottoressa Cassani, qui dentro...», quando Cassani gli fece cenno di stare zitto.

Fu lui stesso a piantare l'indice sulla cartella, per indicarla. «È per questi, che hanno sparato di nuovo a Manuela. Gianandrea se li era procurati trafugandoli da me e li aveva fotocopiati. Me lo aveva detto lui, per precisare che non dovevo fare scherzi, coi *suoi* soldi. Sapevo che li teneva da qualche parte. Ho cercato in tutti i modi di capire dove li aveva nascosti, quando ci siamo presi all'asta anche la casa sul lago. Non li ho mai trovati. Sospettavo li avesse lasciati a Manuela insieme a quei dannati soldi».

Daniela lo guardò sinceramente sorpresa. Cesare fu felice di vedere negli occhi della figlia qualcosa di diverso dal disprezzo, finalmente. Aveva lottato in tutti i modi per impedirle di diventare una giornalista d'inchiesta, *è pericoloso*, le diceva. Ma lo era solo perché esistevano persone come lui.

«È per questo che le ho fatto sparare anche io. I soldi erano una questione di volersi salvare la faccia. Ma sapevo che Gianandrea aveva documenti con nomi grossi, dentro. Nomi per cui io avevo fatto da garante. Ero l'unico a saperlo. Quando ho capito che poteva averli lasciati alla figlia giornalista, insieme ai soldi, ho dovuto fare qualcosa. Manuela non poteva arrivare ad averli. L'avrebbero fatta pagare a me. E, per fare del male a me, forse anche a te. Quei nomi non dovevano arrivare a Manuela, a qualsiasi costo».

Daniela arricciò il naso per l'orrore di quelle parole. Era anche peggio, di una questione di soldi: era il bisogno di coprirsi le spalle dopo aver promesso ai pezzi più grossi di lui che sarebbero stati al sicuro, nelle manovre senza scrupoli del fondo speculativo in cui avevano investito.

«Perché tirarli fuori ora?» gli domandò la figlia.

Cassani prese un bel respiro. Pensò al disgusto con cui lei lo aveva guardato, l'ultima volta che era stato zitto davanti alle sue richieste di collaborare.

«Perché continuo a pagare solo io. Me li ero tenuti da parte per usarli come leva con alcuni pezzi grossi che mi hanno aiutato quando ero in SOLIS, in caso qualcosa andasse storto. Ma, ora che sono io qui dentro da un anno, nessuno di loro ha mosso un dito per me. Se io non posso andare lì fuori a chiacchierare un po' con loro, facciamo venire loro qui dentro a chiacchierare con me» disse, alla fine. «So che Guerra ne aveva fotocopiato e nascosto qualcuno. Qua invece ci sono tutti».

Daniela si accorse che era sincero. Mise subito le mani sulla cartella, per evitare che suo padre ci ripensasse.

«Lo so che non puoi perdonarmi per quello che ho fatto. Ho scelto, fatto delle cose e... queste sono le *conseguenze*».

Daniela vacillò per la prima volta. Odiava troppo chi suo padre era diventato e aveva soppresso con ogni forza il ricordo di chi era prima di scoprire di SOLIS – la sua *roccia*, la sua àncora – per sopravvivere a quel dolore. Insultarlo rendeva molto più facile superare quel trauma, rispetto a starlo ad ascoltare: toglieva i grigi.

«Ci ho pensato tanto, quest'anno. E mi dispiace per Manuela, non si meritava di morire... così presto. E così male. Tu e lei non c'entravate niente in quello che abbiamo fatto io e Gianandrea. I peccati dei padri non dovrebbero ricadere sui figli».

La giornalista si alzò stringendo al petto la cartella con entrambe le mani, fissando ancora suo padre.

«Fai quello che devi fare. Troverai altre cose terribili su di me, lì dentro. Penso non vorrai vedermi mai più. Però ci sono un po' di cose su un vicequestore di Polizia e un paio di suoi tirapiedi. E una manciata di nomi anche più in alto, erano tra gli investitori di SOLIS che sapevano *come* lavoravamo davvero. Tanti altri ci mettevano i soldi ma non sapevano nulla, non è stata colpa loro».

Daniela annuì. Suo padre era una persona orribile, ma passare un anno in carcere forse gli aveva fatto scoprire di non essere un dio come pensava – e di avere una coscienza. E che sua figlia non era la stronza idealista che lo aveva incastrato, ma la persona tenace che in realtà proprio lui aveva cresciuto.

«Dani?» la chiamò, quando la figlia stava già uscendo dal parlatorio.

Lei gli concesse di voltarsi per ascoltarlo.

«Facci una bella prima pagina delle tue».

Capitolo 39

Martedì, 26 febbraio 2019
Milano, ore 12.55

«Mi stai chiedendo di spararti?».

Christopher guardò Manuela con occhi increduli e arrabbiati al contempo, mentre lo diceva.

«Non è quello che dovevi fare?».

L'uomo notò la calma inspiegabile negli occhi di Manuela. Si diventa così, quando non si hanno più prospettive di vita e comunque sei già morta ammazzata almeno un paio di volte? Non ti fa più paura nulla?

«Ho già cominciato a dimenticarmi le cose, sai?» gli confidò, con un sorriso triste. «Ma lo sai, perché mi hai sentita parlare con Mamma, di quel diario. Chissà quante altre cose mi sono già dimenticata e non me ne accorgerò mai». Manuela abbassò lo sguardo sulla pistola, all'altro lato del tavolo, vicina a Chris. «Siamo quello che abbiamo vissuto. Quando ti dimentichi tutto, di solito dicono che non ci sei più, che non sei più tu. E io sto già dimenticando».

Chris notò che Manuela era lucida e posata.

«E questo non me lo dimentico. Forse non sei nemmeno cattivo, solo vigliacco. Ed è peggio, fa più schifo. Una volta che in certe cose ci entri fino al collo, non ne esci più e diventa sempre peggio. Ma non me lo dimentico. Quindi se mi lasci uscire da quella porta», la donna indicò l'uscio dell'appartamento, «io vado in redazione e sputtano a vita te, il tuo vicequestore, tutto quello che avete provato a farci. Con o senza quei documenti che rivolevate a tutti i costi. Non so se basterà per sbattervi dentro. Ma per rovinarvi la vita per sempre, per farvi terra bruciata attorno e farvi scappare in culo al mondo... beh, per quello basterà».

«Lo sai benissimo che è un suicidio» le fece notare lui.

Manuela sorrise, sicura. «Già».

Christopher deglutì nervosamente e pensò che fosse impazzita. Le misure che le aveva preso per mesi, prima di approcciarla fingendo di non saper aprire la cassetta della posta, non tornavano più. Non poteva più nemmeno minacciarla, Manuela aveva già iniziato a morire da un pezzo.

«Quindi sei venuta qui perché volevi che finissi il lavoro e ti ammazzassi?».

«No, in realtà no», lei alzò di nuovo le spalle. «Volevo vedere la faccia che avresti fatto, a capire che sono molto meno stupida di quello che credi».

Lui piantò gli occhi nei suoi. «E che faccia ho fatto?».

Manuela per rispondere gli sorrise ancora, divertita, illeggibile.

Il ragazzone abbassò lo sguardo verso la pistola, la donna mosse un paio di passi verso di lui, puntando la porta per andarsene.

Il respiro di Chris si agitò.

Doveva fermarla, adesso. Fuori non avrebbe potuto farlo e Manuela sapeva *tutto*.

Lei gli concesse un altro accenno di sorriso beffardo, quando lo oltrepassò, per quanto ancora claudicante.

«Cazzo» abbaiò lui. La mano destra corse alla pistola sul tavolo e la abbrancò, puntandogliela contro mentre Manuela era ancora di spalle.

«Aspetta» le intimò.

Di schiena, lei alzò lo sguardo verso il soffitto e sorrise appena. *Aspetta,* proprio come gli aveva detto lei. Si voltò e gli si accostò.

Chris tornò indietro di un passo.

«Spara, allora. O faccia a faccia, così, non ce la fai?».

«Stai zitta».

«Quante altre volte lo avevi già fatto? E spara, allora, che ci vuole? Se la pistola non è di Anna non ci riesci più?».

«Stai zitta, ho detto!» tuonò, con i denti stretti.

Manuela gli arrivò così vicina che mise da sola la fronte davanti alla canna, a due centimetri dalla pistola. Chris perse per un attimo gli occhi sulla cicatrice della pistolettata tiratale contro da Lucas nel 2016, poi li piantò di nuovo in quelli di Manuela.

Le iridi trasparenti di lei erano immobili e asciutte. Le sue erano lucide e nervose. Stare all'angolo non gli piaceva.

«Codardo assassino. Questo sei. E spara», Manuela si indicò la fronte. «Qua, che tanto solo quello sapete fare».

«Non posso lasciarti andare» si rese conto Chris. «Devi stare zitta, cazzo! Stai zitta».

«La tua famiglia sarà ancora molto fiera di te, vero? Soprattutto tuo papà commissario capo, chissà che orgoglio avere un figlio così» infierì lei. Chris non era l'unico bravo a studiare le vulnerabilità.

L'uomo cacciò un urlo rabbioso e abbrancò meglio il calcio della pistola. Manuela non si mosse di un centimetro.

«Spara» aggiunse, anzi.

Vedere gli occhi di lei così severi, così inflessibili, lo fece sentire talmente in svantaggio che Christopher comprese di non poter più uscire da quella situazione senza versare altro sangue.

Prese un respiro lunghissimo e gridò di orrore – orrore per se stesso.

Tirò il grilletto con la canna puntata precisamente contro la faccia di lei.

Lo stesso Christopher che l'aveva rassicurata, motivata, tenuta per mano, amata, baciata – tutto il resto –, le aveva appena sparato in faccia. Di nuovo.

Il click sordo del grilletto venne seguito dal rumore meccanico del cane che scattava.

L'arma gli rimase in mano immobile. Innocua.

Scarica.

Chris la guardò con raccapriccio e disarmò il carrello, rendendosi conto che non c'era nessuna pallottola incamerata.

Manuela sorrise.

I suoi piani funzionavano, sempre.

Anche senza via di fuga.

Dettagli.
«Sei così coglione che pensavi ti lasciassi davvero una pistola carica» commentò, disgustata. L'aveva scaricata in macchina, era sicura che lui avrebbe provato a usarla.

Gettò lo sguardo al suo smartphone, sistemato in fondo alla cucina, che continuava a trasmettere in live streaming *tutto* quello che stava succedendo. Compreso Christopher che, mentre era disarmata, invece le sparava in faccia.

L'uomo guardò la pistola scarrellata nella sua mano, incredulo.

«Tu...» ringhiò rabbioso, messo in trappola.

«Oh, ma sai che però hai fatto proprio la faccia che mi aspettavo?».

Davanti a Manuela che addirittura lo sbeffeggiava, Christopher gettò a terra la pistola e afferrò la donna per il bavero della felpa, inferocito.

Lei lo aveva previsto. Era quella, la parte dei piani che trascurava sempre.

Le portò le mani al collo e la sbatté brutalmente contro il pilastro della cucina lì accanto – lo stesso contro cui l'aveva spinta con tutte altre intenzioni, qualche giorno prima.

«Brutta troia» la insultò.

Era Christopher: quello che la braccava nella casa sul lago, non quello che la incoraggiava a vivere. Il secondo era una maschera, un liquido che prende la forma del recipiente.

Le premette con forza entrambe le mani contro il collo e Manuela sapeva che non si sarebbe mai liberata. Nelle sue condizioni, in realtà, non aveva nemmeno idea di dove avesse trovato la forza di stare in piedi per tutto quel tempo.

«Bravo» riuscì solo a dire, con un filo di fiato. «I principi azzurri... mi sono sempre stati sul cazzo» lo insultò ancora.

Chris sorrise, a quella provocazione così lucida, in risposta a lui e alle sue premure, a lui che la teneva in braccio, lui che era l'uomo perfetto – ma perché era quello che serviva per prendersi Manuela, la sua fiducia, la sua vita, arrivare allo scopo e buttarla via, segnandola con cicatrici così brutte e dolorose che le pallottole non potevano competere.

«Pensi che mi serva una pistola per una stronzetta come te, eh? Per farti stare zitta?».

Le lasciò il collo e la strattonò per il bavero, così forte che Manuela si sbilanciò e cadde per terra, complice il dolore che ancora sentiva alle ferite alla gamba sinistra.

«Bastava che tu non fossi così ostinata. Così testarda, cazzo! Ci ho provato in tutti i cazzo di modi, ma tu niente! NIENTE!» ringhiò.

Manuela tentò di ripararsi con le braccia, ma Chris le tirò un calcio così forte da spostarla di un metro, sul pavimento.

Boccheggiando dopo un gemito scappatole tra i denti, la donna portò le braccia dove l'aveva centrata e, con orrore, ritrasse la mano destra intrisa di sangue.

Veniva dalla sua ferita al petto.

Cazzo.

«Ti rendi conto di cosa devo fare, adesso?» latrò lui. «Non posso farmi fottere da te. Dopo tutto quello che ho dovuto fare, non mi fotti tu».

Sebbene il dolore per il calcio preso la piegasse in due, Manuela riuscì quasi a ridere, la mano sinistra stretta al costato dove l'aveva colpita, la felpa che si imbeveva di sangue sul torace.

«Ti ho già fottuto e... nemmeno te ne sei... accorto. Coglione» alluse al telefono che continuava a trasmettere, ma Chris non poteva saperlo né capirlo.

«Stai zitta!» ribatté lui, tirandole un altro calcio che lei incassò malamente.

Manuela sperava solo che non durasse troppo: era *davvero* stanca di morire.

Ma adesso la questione era chiusa, con o senza di lei.

Christopher aveva detto così tante cose, su se stesso e Gea Baroni, che era impossibile non si sollevasse uno scandalo. Senza contare il resto che aveva fatto e le stava facendo.

Sarebbe stato difficile incastrarlo più di così, altro che prove legali da rimediare chissà come.

Anna e Dani sono libere da quest'incubo, e magari anche Marco, si disse, mentre tentava inutilmente di parare il terzo calcio, che la lasciò esanime.

Chris la spinse sulla schiena con un piede e le si chinò addosso, piantandole un ginocchio nello stomaco. Era sempre lui, lo stesso uomo che sul divano di casa sua le diceva *ho paura di farti male*.
«Non doveva andare così, Manu. Non doveva andare così».

Le schiacciò entrambe le mani contro il collo. Lei alzò le sue per stringergli le braccia e tentare istintivamente di respingerlo, di farlo mollare.

«Non doveva andare così, cazzo!» imprecò di nuovo lui. Il tono ferito era a metà tra il vero Christopher e la sua maschera. Sembrava davvero dispiaciuto. Ma strinse la morsa delle mani anche più forte.

Manuela tentò di piegare le gambe per colpirlo, per sgusciare via.

Gli strinse la mano destra sul bicipite, più forte che poteva, graffiandolo. Capì che era inutile e provò a colpirlo coi pugni chiusi, ai fianchi.

Aveva gli occhi grandi pieni di forza e voglia di vivere. Così tanta che stupì perfino Christopher, considerando che era una persona che di vita da vivere – a prescindere da lui – ne avrebbe avuta comunque molto poca.

Eppure, Manuela ne traboccava. Era la persona più *viva* che Chris avesse mai visto.

Inizia oggi, vivere non è una cosa che puoi continuare a rimandare.

Manuela non ebbe più la forza di colpirlo. Gli strinse forte anche la mano sinistra sull'altro braccio.

«Che vita di merda hai avuto, Manu» le concesse, vedendola intrappolata in quella morsa.

E aveva ragione lei. Quando ti infili in certe cose non ne esci più e vai sempre un passo oltre. Puoi ricattare, ma sei troppo ricattabile. La sua carriera Christopher non l'avrebbe riavuta mai. Ma rischiare di andare perfino in prigione? Non se ne parlava nemmeno.

Le schiacciò il ginocchio più forte contro il diaframma. La macchia di sangue sul petto, nella felpa di lei, era diventata sempre più grande.

Manuela cominciò a bagnargli le mani, le lacrime le correvano sulle guance. Rendersene conto stupì perfino lei. Era andata lì accettando che probabilmente sarebbe morta ammazzata – e invece voleva continuare a vivere.

Non aveva idea del perché morire la spaventasse così tanto. Forse per il trauma di come aveva visto andarsene lentamente suo Papà: per lei la morte aveva la faccia di Gianandrea ucciso dal cancro. Un trauma che Lucas o Chris potevano solo sognarsi di pareggiare.

E forse andava pure bene, non morire di vecchiaia.

Solo che, ogni giorno, lei si diceva *ok, però non oggi*.

Se lo stava dicendo anche adesso, che le gambe la forza di provare a scalciare via Christopher non ce l'avevano più. Adesso che le sue dita erano solo poggiate, sulle braccia di lui. Ora che Chris era una sagoma distorta ed enorme che la circondava, impedendo all'aria di raggiungerla.

Non aveva detto ad Anna e Daniela che sarebbe andata a cercare Chris direttamente a casa sua. Non le avrebbero mai consentito di farlo scoprire come aveva fatto lei, era come mettere la testa nella bocca del leone.

Ho fatto la cosa giusta, riuscì ancora a pensare.

Scusate Anna, Dani... ma è la cosa giusta.

Per Marco.

Mamma e i bambini.

Sono una bomba atomica che cammina e mette in pericolo tutto quello che tocca.

La cosa giusta.

Non voglio morire.

Ma è la cosa giusta.

Chris la guardava con le iridi che tremavano, ma non mollò la presa di un centimetro, nemmeno quando si rese conto che Manuela lo stava ancora fissando.

Li aveva visti davvero da vicino, quegli occhi. Nonostante la sua travagliata storia personale, erano stati vivi e bellissimi.

«Non doveva andare così» le disse di nuovo, flebile, e a quel punto Christopher lo sapeva eccome, di essere un vigliacco, perché *la sua maschera* con Manuela ci era stata bene. E Manuela era una bella persona. E Manuela gli piaceva. Gli piaceva accompagnarla al centro commerciale e a mangiare una pizza. Prenderla in giro e portarla in braccio sul letto.

Alla sua maschera, certo.

Mica a lui, lui aveva altro di cui preoccuparsi. E infatti pensava solo a quello da anni: Christopher Nava rivoleva così tanto la sua vita precedente che non aveva dato alcuna possibilità a nessun'altra vita.

Aveva guardato perfino quanto costavano i biglietti per l'Islanda. Era stato così stupido da crederci, anche solo per un minuto, a quella maschera. Non gli stava così male, addosso. Non gli stava stretta come le altre.

Poi era passato dal cercare due biglietti per l'Islanda ad annuire quando Gea Baroni gli aveva detto che, ora che aveva letto quei documenti, con Manuela c'era solo una via d'uscita. E quella via d'uscita era così brutta che Christopher non sapeva più nemmeno come si ammazza una persona.

Sarebbe bastato un colpo e lui invece ne aveva sparato quattordici.

Non si ricordava bene com'era andata. Sapeva che appena l'aveva vista a terra, con le mani alzate, aveva sparato per finirla e non pensarci mai più. Per togliersi ogni dubbio. Non era più il ragazzino sfigato di sempre, quello che faceva vergognare suo padre: non poteva fermarsi.

L'aveva lasciata a morire da sola. Aveva fatto come gli era stato chiesto. Di nuovo, come sempre.

I biglietti per l'Islanda erano rimasti lì, in una finestra del browser con scritto "completa l'acquisto", la sessione ormai scaduta al suo rientro a casa.

Così gli avrebbero ridato la sua vita precedente.

Lui la voleva più di ogni altra. Al punto da cancellare quella finta che aveva messo in piedi nell'ultimo mese. Che però in fondo in fondo non faceva così schifo.

«Io le pensavo davvero, quelle cose» tartagliò. E a quel punto erano le lacrime di Chris a cadere sul viso esanime di Manuela.

«Non doveva andare così. Occhi Chiari, non doveva andare così, non doveva andare così».

Ma, come lei, non aveva dentro nessun mostro. La maschera non c'era davvero. Christopher era sia quello che aveva studiato Manuela per mesi e le aveva scaricato la pistola addosso, che recitava la commedia in commissariato pregando Anna di ritrovargliela, sia quello che cercava i biglietti per l'Islanda, cadendo nella sua stessa trappola. Aveva preso tutte le misure per avere la sua fiducia, ogni cosa che a Manuela potesse piacere.

Solo che quelle cose piacevano anche a lui.

Inizia oggi.

Il cervello di Manuela si era bloccato lì.

Riuscì ancora a muovere lo sguardo verso Christopher, distinse appena l'immagine di lui che singhiozzava mentre la uccideva a mani nude, ma senza mai allentare la presa.

Inizia oggi.

«Lasciala!».

Quella voce arrivò come un tuono. Quando Christopher alzò la testa, le guance e la barba rigate dalle lacrime, fu letteralmente investito.

Lucas gli si gettò addosso afferrandolo per le spalle e lo scaraventò via con violenza.

Manuela non capì nemmeno cosa fosse successo. Quando però, alla bocca spalancata, fece seguito l'aria che nei polmoni ci arrivava davvero, respirò più forte che poteva, affannando e tossendo.

Christopher rovinò a terra sulle spalle, sorpreso da quell'attacco. Quando si rese conto di avere davanti Lucas Leone, lo osservò con un'aria sinceramente meravigliata. «Tu?».

Manuela ritrovò finalmente le gambe e si tirò indietro come poteva, rendendosi conto che Lucas le aveva salvato la vita, *di nuovo*. Si portò una mano al petto per accorgersi che la ferita riaperta sanguinava tantissimo.

Christopher attaccò subito.

Non sarebbe stato debole. Mai più.

Lucas, che aveva servito sotto le armi ben più a lungo di lui, parò quel tentativo di pugno e gliene sferrò uno con la mano destra, così forte che a Chris vibrarono tutti i denti e fu costretto a indietreggiare.

Era più alto, più giovane e più grosso di Lucas e tentò di farlo pesare, quando decise di gettarglisi addosso con una spallata.

Manuela riprese a respirare davvero solo a quel punto. Riuscì solo a piegare una gamba su un ginocchio, spalle a terra, le braccia aperte contro il pavimento, esanime. Il segno tatuato dalle mani di Chris sul suo collo era rosso scuro e spaventoso.

Lucas si trovò riverso sulla schiena con Chris accosciato sopra. L'ex poliziotto lo colpì con un cazzotto in faccia più forte che poteva, che prese a far sanguinare il naso del sicario.

«Eri tu, il suo cazzo di angelo in paradiso?» comprese, ricollegando a tutto quello che era successo il tempismo con cui Lucas si era fatto tirare fuori dal carcere. «Non ci credo».

Lucas lo colpì a un fianco con un pugno che avrebbe potuto spezzare in due chiunque.

Chris accusò il colpo, ma non lo piegò.

Scorse la pistola alla cintola di Lucas e allungò la mano per prenderla.

Il sicario tentò subito di impedirglielo. Si strattonarono e Lucas ebbe la meglio, costringendo Chris spalle a terra e sovrastandolo. Avevano ancora entrambi le mani sul calcio della pistola.

Manuela riuscì a tirarsi su, su un gomito e un fianco, ma la stanza era ancora confusa, girava, si deformava. La vita e la morte erano ancora troppo mescolate per capirci qualcosa.

«Vecchio bastardo» ringhiò Chris, mentre lottava con Lucas.

Alzò violentemente un ginocchio, con l'altro che stava sopra di lui con le gambe divaricate, e lo colpì all'inguine con ogni grammo di forza.

Perfino Lucas dovette abbassare la guardia.

Christopher approfittò di quell'esitazione. Gli strappò la pistola e gli sparò a bruciapelo.

Trasalì anche Manuela, sentendo quel colpo improvviso.

Lucas incassò quella pistolettata da trenta centimetri di distanza con un tremito e un rantolo a denti stretti, ma non cadde. Il sangue prese a corrergli sulla camicia bianca.

Sgranando gli occhi, perché Lucas era ancora lì, Chris si preparò a tirare di nuovo il grilletto, ma l'altro gli diede un cazzotto dritto alla tempia con una violenza tale da mandarlo a sbattere con la testa contro il pavimento.

«Brutto... stronzo» lo insultò Lucas, barcollando per la ferita. Gli diede una testata brutale che gli spaccò di netto il naso. Chris gridò e, quando tentò di rialzare la pistola, Lucas gliel'aveva strappata di mano.

«Cazzo!».

Christopher rotolò via quando Lucas gli sparò contro il primo colpo.

Barcollando, l'esperto sicario rimase sulle ginocchia e gli sparò di nuovo, mancandolo di pochi centimetri e facendo finire in frantumi il televisore di Manuela e Anna.

Chris si rese conto che rimanere vivo gli importava di più di ogni altra cosa. Puntò la porta dell'appartamento e scappò fuori come meglio poteva.

Lucas provò a seguirlo, ma ricadde sulle ginocchia, accasciato in avanti.

Lo aveva preso in pieno torace. Portò una mano alla ferita e si rese conto che stava sanguinando tanto e che il respiro era corto.

Buttò lo sguardo su Manuela, gettata sul pavimento e viva a malapena, il collo devastato dalle mani di Chris, la sua ferita al petto che sanguinava di nuovo.

«Ragazzina... di merda» imprecò.

Rovinò accasciato sul pavimento. Chris gli era scappato. Ma le forze per rialzarsi non bastarono più.

Capitolo 40

Martedì, 26 febbraio 2019
Milano, ore 13.07

Chris sapeva che era andato tutto male ed era il momento di sparire. I condomini avevano sentito gli spari e di sicuro avevano chiamato la Polizia.

Nella pistola di Lucas c'erano le sue impronte.

Doveva scappare *subito*.

Raggiunse la porta del suo appartamento solo per recuperare le chiavi della Clio e il portafogli, lì accanto all'ingresso, e fiondarsi di nuovo fuori.

Avrebbe dimenticato tutto e ricominciato, non c'erano più altre opzioni. Gea Baroni poteva affondare da sola.

Lui in prigione non ci sarebbe andato. Era il miglior poliziotto che ci si potesse augurare ed era solo colpa della Baroni, se era andato tutto storto. Non avrebbe dato alla sua famiglia anche quella vergogna, dopo il modo in cui si era dimesso, non all'altezza della carriera di suo padre.

Volò lungo le scale, ma si scontrò con la realtà.

La realtà aveva la faccia incazzata e feroce di Anna Russo e gli occhi della canna della sua Beretta, puntata contro la fronte di Christopher.

«Fermo, non ti muovere» intimò la poliziotta, con un tono così convinto che Chris la guardò meglio per assicurarsi che fosse davvero la stessa Anna Russo che aveva conosciuto.

«Anna, è... è successo un casino, a casa vostra, Manuela è viva e...» provò a improvvisare.

«Alza le mani» non lo ascoltò nemmeno lei, notando che aveva i jeans sporchi di sangue e il naso spaccato. Aveva sentito gli spari mentre saliva le scale.
Sei arrivata tardi.
Stava già scappando.
*È il sangue di Ma*nuela, si rese conto.
«Alza le cazzo di mani prima che ti buchi la fronte» ringhiò la poliziotta. Era due gradini più in basso rispetto a lui, all'altezza del quarto piano.
Chris si rese conto che la minaccia di Anna era più seria che mai e alzò le mani.
«Mi vuoi ammazzare?» comprese, scorgendo gli occhi ferini e indomiti della poliziotta e facendo quello che sapeva fare meglio: incunearsi nelle debolezze di chi aveva davanti. «Ammazzami, allora. Sono tutto quello che pensi, dai. Te lo avrà detto, Manuela, no? Tanto ormai sei un'assassina anche tu».
«Tieni quelle mani bene alzate e inginocchiati».
«Ammazzami, o non hai il coraggio? Me lo merito, no?».
Sarebbe bastato che Anna abbassasse la guardia un attimo, un attimo solo, assecondando il desiderio che aveva di *fargliela pagare*, solo quello, per attaccarla e liberarsi di lei.
E Anna ci pensò davvero, ad ammazzarlo.
Si era giurata che lo avrebbe fatto, una volta trovato l'uomo che aveva massacrato Manuela nella sua auto.
Sentiva ancora le sue urla al telefono.
Strinse le mani intorno al calcio della Beretta.
«Ammazzami, tanto non aspettavi altro».
La poliziotta si morse le labbra, le mani che tremavano.
Christopher aveva sparato a Manuela con la *sua* pistola, per farla finire in prigione con un'accusa mostruosa, infondata. Sarebbe diventata l'assassina dell'amica che aveva protetto per tutta la vita, della sorella minore che non aveva mai avuto. Ricordata come una poliziotta corrotta doppiogiochista che massacra gli innocenti.
La voglia di spargli in faccia era troppa da gestire, anche per lei.

«Spari a un uomo disarmato?» azzardò Chris, tentando di confonderla ancora.

Si sarebbe rovinata, era vero. Ma probabilmente Chris aveva appena ammazzato Manuela. Non esisteva punizione esemplare, per una persona del genere.

Era solo una poliziotta, ma si sarebbe fatta carico di essere giudice e boia. Se lo era promesso.

L'agente scelto Anna Russo digrignò i denti e mise la testa di Chris bene al centro del mirino.

* * *

Manuela riuscì a trascinarsi accanto a Lucas. Si rese conto che Christopher non c'era più e che no, non si era sognata il suo primo sicario che attaccava il secondo per impedirgli di strangolarla.

Lucas era riverso sul pavimento. Sanguinava dal naso. Aveva un buco alla destra del petto.

Lei lo guardò con orrore.

L'uomo piegò la testa di lato, sul pavimento, per incrociare i suoi occhi.

La causa di tutti i suoi mali stava morendo. Lui le aveva messo il proiettile nel cervello e lui l'aveva trascinata in mezzo a quel delirio.

Manuela lo guardò agonizzare senza riuscire a muoversi, a pensare. Era paralizzata dal *vuoto* che sentiva e che non sapeva decifrare.

Lucas abbassò lo sguardo verso il petto di lei, che era riuscita a mettersi più o meno in ginocchio accanto a lui.

«... sanguini» biascicò.

Lei guardò il suo stesso petto, poi annuì appena.

«Fasciati... fasciati con la cintura» le raccomandò. «Oggi... ti gira bene... vedi? Anche i tuoi desideri... si realizzano» scherzò, con il pochissimo fiato che aveva.

Vedendolo rantolare, la testa e il cuore le dicevano cose così diverse da farle venire la nausea. Una nausea che la lasciava paralizzata nel mezzo, pietrificata.

Lucas sta morendo.
Stava morendo davvero.
E a vederlo morire io non mi sento meglio. Non passa.
Non mi sento meglio.
«Si è... riaperta...» comprese Lucas, guardandole ancora il petto. «Fasciati... con la mia cintura» le ribadì.
Cazzo se i buoni muoiono giovani si rese conto Manuela.
Sono veramente stupida.
Ma io sono questa.
Sono questa.
Non so che cosa farci.
Lucas si rese conto che si era messa a piangere. La donna allungò le mani verso la cintura alla vita dei pantaloni del sicario e gliela slacciò, facendola scorrere via.
«Usala...».
Manuela si strinse una mano sugli occhi, come per provare a svegliarsi. Ma non si svegliava.
Lo sentiva ancora, quell'odio. Quello dei pugni in faccia, del granuloma, del tentare di cavarle gli occhi, dello sparale in faccia.
Lucas era il male incarnato.
Ma lei no.
Gli aveva giurato che sarebbe andata volentieri in prigione, pur di seppellirlo. E che, a parti invertite, lei non lo avrebbe mai soccorso, come aveva fatto lui in via Palach.
Si asciugò le lacrime con entrambe le mani.
La sua felpa era una spugna insanguinata.
Ma Manuela la cintura la portò al petto di Lucas.
«Che cazzo... fai?» si rese conto il sicario.
Manuela non gli rispose. Stava piangendo troppo. Gli fece correre la cintura intorno alla ferita e la strinse più forte che poteva, le mani che tremavano per la fatica, cercando di impedire al polmone di Lucas di collassare.
Non sapeva perché lo stava facendo. E se qualche parte di lei lo sapeva, quel perché, allora non voleva indagare abbastanza da scoprire di sentirsi magari assurdamente in debito con lui, non

voleva scoprire che alla fine era grigio come lei, e non bianco o nero. Non voleva scoprire che non erano poi così diversi.

Non voleva scoprire niente.

Pensò solo che tanto Manuela Guerra è stupida, come sempre, e fa queste cose di continuo.

E guarda infatti come sono messa.

Lo fece perché era la cosa giusta, anche quella.

E poi lui doveva tornare in carcere, morire era troppo facile. Doveva restare in prigione per almeno trent'anni, per tutto quello che aveva fatto a lei, a Marco, a molte altre persone.

Lucas respirava un po' meglio, così. Manuela poteva capire fin troppo quella sensazione.

È la cosa giusta, si disse di nuovo.

Non voleva debiti con quel mostro. E di sicuro lo doveva a Marta, che a suo padre voleva bene. Sapeva come ci si sentiva, ad amare un Papà che ha sbagliato tutto.

Cadde seduta e si portò una mano alla ferita al suo, di petto. Le dita si dipinsero tutte di rosso. Stavolta non c'era nemmeno Elisa che cantava. Voleva raggiungere il telefono per chiamare aiuto.

Guardò la cintura stretta sul petto di Lucas, che respirava ancora. Non era una medicazione da manuale, di certo no, ma aiutava.

Pensò che suo Papà sarebbe stato fiero di lei.

Perché Manuela Guerra era questo.

Provava sempre a fare la cosa giusta.

Anche se la cosa giusta era molto stupida.

Il pavimento di casa era freddo, contro le sue spalle. Non ricordava di essercisi accasciata di nuovo sopra. La felpa era bollente e fradicia.

Andò con gli occhi a quella foto che aveva notato anche Chris, giorni prima. Quella con lei, Daniela e Marco che ridevano, alla sua laurea.

Sorrise appena. Non stava più piangendo.

Era stata amata tanto, davvero tanto, nella sua vita. E quello era il desiderio più bello che aveva realizzato, nella sua lista di cose da

fare prima di morire: sentirsi amata. Essere a casa non in qualche posto, ma con qualcuno. Significava che aveva vissuto.
Andava bene così.

* * *

Anna salì i due gradini che la separavano da Chris e gli girò attorno, andandogli dietro mentre lui teneva le mani alzate.
«Inginocchiati» gli intimò.
«Anna...».
«Inginocchiati!» tuonò.
Chris si morse le labbra, poi si inginocchiò davvero.
Anna gli portò la pistola alla nuca e trattenne a stento le lacrime.
«Manu non se lo meritava di incrociare uno come te» lo insultò.
«Spari a un uomo disarmato?» la provocò ancora lui.
Manuela le urlava nella testa più forte che mai. Le faceva male perfino la ferita al collo aperta dal Pappagallo settimane prima.
Il grilletto sembrava quasi tirarsi da solo per far saltare il cervello di Christopher.
Ma io non sono questo.
E non contava cosa Anna e Manuela si promettevano, quando il dolore vinceva. La vita era un'altra cosa. Ritrovavano sempre una speranza a cui aggrapparsi, senza sapere nemmeno loro come.
Anna a quel punto stava piangendo e non tentò nemmeno di nasconderlo. I traumi erano stati troppi perfino per lei – troppo vicini, tutti insieme.
«Metti le mani dietro la schiena» intimò, con la voce rotta dalle lacrime.
Chris pensò che potesse essere la sua occasione, tentò uno scatto. Ma la pistola di Anna, gelida, contro l'occipite, gli fece rivalutare le sue priorità.
«Non darmi motivi per farlo. Perché sono a tanto così da ammazzarti, brutto pezzo di merda. Alza le mani o ti scarico sopra la pistola come hai fatto tu».
La disperazione dovette convincerlo, perché la rabbia mista a pianto è difficile da prevedere. Alzò lentamente le mani. Anna

afferrò il suo polso sinistro e gli chiuse intorno la manetta. Lo strattonò verso la ringhiera metallica delle scale e lo bloccò lì.

Poi corse via, verso il quinto piano. Verso casa.

«Anna! Anna!» le gridò Chris, rendendosi conto che non poteva più fuggire e vedendo la poliziotta non degnarlo nemmeno di uno sguardo, scalando il resto delle gradinate.

Manuela aveva bisogno di lei e doveva essere forte. E lo era mille volte di più da quando si era presa in casa quella ragazzina che era ancora minorenne. Manuela aveva imparato tanto, da Anna, ma non sapeva quanto le avesse insegnato lei, invece.

Anna l'aveva sempre protetta e pregò di poterlo fare ancora.

Della carriera, di riavere il lavoro, del concorso, dei suoi gradi – non le importava.

La vita si reinventa. Le persone a cui vuoi bene no.

E quella era la bussola che aveva portato Anna Russo, le guance rigate dal pianto, a correre verso casa pregando di poter ancora salvare la sua disastrosa amica. Christopher Nava, invece, era ammanettato su un pianerottolo, messo in ginocchio dai suoi compromessi.

Stefania Sperandio - Aftermath

Parte VII

"L'anima vola"

Aftermath: si dice di un secondo raccolto nella medesima stagione, dato dalla stessa terra, dopo una prima falciatura (The American Heritage Dictionary).

Stefania Sperandio - Aftermath

Capitolo 41

Giovedì, 7 marzo 2019
Milano, ore 11.10

Era da tanto, che non passava lì.
Non era permalosa, ma un po' se l'era presa.
Prima non trascorreva settimana, senza che ci andasse. Ma adesso era diverso.
Alla fine, l'orgoglio aveva ceduto, però.
Era sempre la stessa: faceva le cose stupide. Come amare incondizionatamente chi, senza rendersene conto, aveva reso la sua vita un incubo.
Manuela Guerra sfiorò la lapide di Gianandrea Guerra e baciò le dita con cui l'aveva toccata, per salutarlo.
«Ciao Papà» aggiunse. «Ce l'abbiamo fatta» gli disse solo, e si accosciò davanti a quella lastra.
L'orecchio era guarito, più o meno. I segni sul collo si vedevano ancora.
«Sono libera, Pa'», gli sorrise, ma triste. Dopotutto, era del fardello che le aveva lasciato lui, che aveva dovuto liberarsi.
«Non è stato facile, ma... adesso è finita davvero. Abbiamo fatto prendere chi andava preso, abbiamo fatto una copertina di quelle che piacciono a Dani e alla Borsari», rise appena.
Si asciugò una lacrima di sincera felicità. Ma anche di nostalgia. Suo Papà le mancava e la loro vita non doveva andare così – quella frase che di tanto in tanto ci si dice per non rassegnarsi all'idea di essere semplicemente sballottati qua e là dal destino.
«L'ho capito, perché lo hai fatto» gli confidò. «Di cazzate con Cassani ne avevi già combinate, ma quelle *così* grosse... le hai fatte quando sapevi che non c'era più cura. Quando sai che ti resta poco

tempo... fai delle cose che non avresti mai pensato. E volevi lasciarmi qualcosa prima che il tempo finisse». Manuela scosse la testa. «Che hai combinato, Pà?» lo rimproverò bonariamente.

Abbassò lo sguardo tra le sue mani, dove stringeva il portachiavi con il gattino, e scosse di nuovo il capo. Trovò quell'animaletto ironicamente appropriato. «Sono stata in ospedale fino a ieri. Mi sa che ormai mi è rimasta una vita soltanto, con tutte quelle che mi sono già giocata» scherzò.

«Comunque, stasera esco con Marco» gli confidò, e ridacchiò. «Me la sto facendo sotto, ho un'ansia...» ammise. «Per certe cose mi sa che non cresco mai».

Si asciugò un'altra lacrima furtiva da una guancia. «Poi passo a farti sapere come va» gli promise.

Si rialzò e si accorse che le era vibrato il telefono, nella tasca dei jeans.

Lo sbloccò per trovare un messaggio su WhatsApp.

Glielo aveva mandato Laura. I suoi fratellini erano seduti davanti alla TV a giocare insieme a Massimiliano, con la console che gli aveva regalato lei. Sua mamma spuntava appena da un angolino della foto, sorrideva guardando in camera, con aria complice.

Ciao Manuela, hai creato dei piccoli mostri! Quando passi a casa?, aveva scritto.

Vedendo quell'immagine, Manuela rise come non rideva da tanto tempo. Alzò lo sguardo al cielo, il sole era forte e strinse gli occhi chiari per la luce. Le guance dovette asciugarle entrambe.

Rimise in tasca il telefono e guardò il gattino che teneva in mano.

Lo sistemò sopra la lapide di Gianandrea.

Manuelina lo restituì al suo Papà, lo lasciò lì. Aveva guardato indietro abbastanza e adesso che era libera, ora che era viva, voleva guardare avanti. Non dimenticare, quello no, ma creare ricordi nuovi. Aveva un sacco di cose da fare.

Voleva *iniziare*, adesso.

«Ci vediamo Pà», e sorrise. «Ma tra un po'. Non c'è fretta».

Epilogo

Ho una foto bellissima, sulla mia scrivania.

Ci siamo io, Anna e Manuela. Per me e Manu è stato quasi facile, ma incastrare le nostre ferie con quelle di Anna è stato un delirio.

Ce l'abbiamo fatta, però.

L'abbiamo scattata in Islanda. È la mia preferita di sempre, perché sembra che non sia mai successo niente: sembriamo tre amiche che ridono in un posto stupendo. In quella foto, di questa storia non c'è nulla. Ci siamo solo noi – e siamo felici.

Voglio tenerla con me per tutta la vita. È passato tanto tempo.

Manuela non è morta di vecchiaia.

Non ci è andata nemmeno vicina.

Lo sapevamo, ma certe cose succedono comunque troppo presto e, anche se pensi di esserti preparata, non è vero. Non sei mai pronta. Non lo era neanche lei.

In un modo o nell'altro, però, la lista l'abbiamo quasi azzerata. Le erano rimaste giusto le lezioni di chitarra: Manu ci aveva provato, ma suonava anche peggio di come cucinava.

Mi manca ancora, però. Mangiare i suoi piatti scotti e sentirla non azzeccare un accordo neanche per sbaglio.

Non ne parliamo mai apertamente, ma manca anche ad Anna e Marco.

Manuela ha cercato di togliersi dai piedi in tutti i modi, diceva che era una zavorra alla nostra felicità e non capiva che senza di lei la nostra felicità non poteva esistere.

Lei e Marco erano proprio fatti per stare insieme. Lo sapeva, lui, che era un vicolo cieco, ma era l'unico vicolo che voleva. Non ami andando per esclusione. Le ha tenuto la mano finché ha potuto. Lei glielo aveva chiesto con un filo di voce, con le poche forze che le restavano, su quel letto: «*rimani con me...?*». E, con le dita intrecciate alle sue fino alla fine, Marco le ha sorriso ed è rimasto.

Lasciarla andare gli ha fatto male. Ma sono contenta che Marco riesca a ricordare ancora il bene che gli ha dato aver avuto Manuela nella sua vita per tutto quel tempo.

Anna è sempre la stessa. Non parla di come si sente. Lei e Cri convivono da un po' di anni, ormai. Non solo perché sono insieme da letteralmente tutta la vita, ma anche perché la stanza di Manu nella sua casa vecchia era troppo vuota.

Quando finalmente chiudemmo quel caso, Anna si ritrovò vice sovrintendente senza doverlo nemmeno fare, il concorso. Era l'unica che aveva cercato di risolverlo *davvero*, il caso Guerra, e decisero di premiarla per il suo lavoro sul campo. Confessò perfino al PM Zanetti di aver provato a spiarlo. E lui ne fu felice e spinse per la sua promozione: non conosceva nessun altro disposto a mettersi a rischio come lo è Anna, per fare giustizia.

Non vendetta, mai vendetta: *giustizia*.

I documenti che mi ha dato mio padre, una registrazione che si era procurato Lucas e lo scherzo del live streaming fatto da Manuela a Christopher fecero il resto. Con Gea Baroni, che era il braccio di SOLIS nella Polizia e si era trasferita a Milano proprio in vista dei venticinque anni di Manu, abbiamo messo nei guai un altro bel po' di gente. È una storia che avete già letto nei giornali, non vi annoierò ancora a ripeterla in questo libro. Hanno dovuto fare un po' di posto in prigione per dei pesci grossi, ecco. Anche Christopher Nava ne ha ancora per un bel po'.

Mio padre è ancora in carcere. Potrebbe uscire tra un anno, ormai. Da un paio di anni ci stiamo scambiando delle lettere. A fare finta di niente o a dimenticare io non ci riesco. Non voglio vederlo. Non ce la faccio e non è giusto. So che non è giusto ogni volta che penso da quanto tempo ormai Manu non è più qui.

Anche Lucas è in carcere. Ci è tornato qualche mese dopo la chiusura del nostro caso su SOLIS. A lui di anni ne mancano ancora diversi, ma gli andava bene così: non abbiamo beccato tutti quelli che si potevano beccare, ma ne abbiamo presi un bel po'. E Marta continua a fargli visita, anche ora che, dopo la triennale e la magistrale, è presa dal lavoro.

Anna invece ormai è vice ispettore – ma per quello ha fatto il concorso. È una persona che sa fare tesoro di tutto e che crede ancora nel suo lavoro al cento per cento. Non era facile, dopo quello che è successo. Quando capitano cose orrende, anziché crollare Anna capisce quanto le persone come lei siano necessarie. E quindi lavora ancora troppo, ovviamente.

Io invece dirigo *Inquisitio*.

È vero, le nostre vite sarebbero state tutte diverse, senza Manuela.

In peggio, però.

Mi stupisco sempre quando, anche dopo tutto questo tempo, ripenso a quanto mi ha lasciato con le cose stupide, con le cose piccole.

Manuela era la persona più attaccata alla vita che abbia mai incontrato. Lo era così tanto che mi sento in colpa. Quando abbiamo chiuso quella storia, ha iniziato a vivere con una serenità che penso non troverò mai.

Se magari stasera muoio, prima di addormentarmi voglio sapere che è stata una bella ultima giornata di vita, mi disse una volta, dopo che siamo uscite insieme a mangiare una pizza: la cosa più noiosa e banale del mondo, ma a lei sarebbe bastata per definirla *una bella ultima giornata*.

Io non ci riesco.

Ma non dovrebbe servire un granuloma intracranico per pensare che domani potresti non esserci e puoi provare a vivere e a essere felice solo oggi.

Nella sala della redazione ho fatto mettere una foto che a Manuela ho scattato io, nel nostro viaggio. È seduta lì, in Islanda, a guardare l'orizzonte, in silenzio, spalle a me. Teneva i capelli più lunghi, perché ovviamente si vergognava dell'orecchio monco e voleva nasconderlo. Si godeva il primo desiderio che aveva realizzato, la prima spunta sulla sua lunga lista da accorciare. C'era un che di eroico in quel momento: aver fatto davvero qualcosa che rinviava da sempre solo perché era qualcosa che *voleva*, e non che *doveva*.

Non sarò mai forte come lo era Manuela.

Ha perfino deciso di usarli, alla fine, quei soldi. Suo padre aveva messo a rischio tutto, per farglieli avere. E così Manu, che ha continuato a fare il suo lavoro qui da noi in *Inquisitio* per qualche anno, fino a quando la salute glielo ha permesso, i soldi li ha dati ai suoi fratelli.

Voleva che, tra gli affitti e le bollette con cui facevano i conti i genitori, potessero comunque avere il futuro migliore possibile, quello che Gianandrea aveva provato a dare a lei.

Roberto è un ragazzone alto due metri che si è aperto una sua officina specializzata in motociclette. Ne è sempre andato matto, anche se non sono sicurissima che spopoli tra i biker duri e puri, dato che su un braccio si è tatuato Super Mario.

Matteo, invece, è una specie di clone di sua sorella. E non solo perché hanno la stessa faccia e gli stessi occhi, ma anche perché fa lo stagista qui da noi, da un paio di mesi. Vuole diventare un giornalista come Manuela. Gli studi, dopotutto, glieli ha pagati lei. Vederlo in quella stessa scrivania mi illude un po' di averla di nuovo qui.

Avete sempre sentito parlare di Daniela Cassani, la giornalista-squalo che smaschera tutti, ma non sapete cosa c'è dietro quella forza. Chi c'era, dietro quella forza.

Mi manca e quando penso alla sua voce, alle cose stupide che piano piano sfumano e sembrano quasi irreali, come se non fossero mai successe, anch'io provo quella paura di dimenticare che Manuela conosceva bene. E allora eccomi che scrivo a notte fonda, qui in redazione.

Mi sono aiutata con i suoi diari, con tutto quello che appuntava e che aveva paura di non ricordare più e con quello che ricordavamo noi, per raccontarvi chi era davvero, Manuela Guerra.

Perché lei non c'è più ed è rimasta per troppi pochi anni, penso ancora a quanto sia ingiusto. Ma quando se n'è andata, anche se aveva paura – e abbiamo provato in modo penoso a nasconderle quanta ne avessimo noi, invece – credo che lo abbia pensato, che era stata una bella giornata. Forse perfino una bella vita, nonostante tutto.

Anche se lei non c'è, quello che ha fatto, quello che abbiamo condiviso e vissuto, è qui. È qui tutto quello che mi ha insegnato. È qui anche il vuoto che mi ha lasciato. Vorrei solo poterla ancora prendere in giro, darle i miei consigli sbagliati, fare i miei commenti inopportuni. Abbracciarla.

Ma soprattutto vorrei rivederla dirmi che *se devo morire, tanto vale vivere prima*.

Volevo raccontarvi la sua storia perché a me Manuela Guerra ha salvato la vita e non so se sono mai riuscita a farglielo capire.

Spero che, così, possa salvare anche la vostra. E, se è da qualche parte, con suo padre o chissà con chi, spero che sia felice.

Qui lo era.

Quella foto insieme in Islanda, sulla mia scrivania, è lì per ricordarmelo.

L'amicizia non è un debito ma, al contrario di quello che pensavi, Manu, siamo noi che ti dobbiamo tutto.

Grazie per aver provato a farmi apprezzare quello che mi sembrava così banale e noioso – essere viva e svegliarmi, per un altro giorno ancora.

Ci penso anche quando della vita mi sembra di non sapere cosa farmene.

Non lo hai mai saputo neanche tu, ma dopotutto è la prima volta che viviamo. Chi lo sa, come si fa?

Quella canzone che ti piaceva tanto diceva che alla fine il segreto è fare tutto come se vedessi solo il sole.

E il sole c'è.

A te alla fine bastava questo.

Non voglio dimenticarlo.

Vivere non è una cosa che possiamo continuare a rimandare.

Spero che, non so come, tu possa ancora leggere questi libri.

Perché questo è il tuo *dopo*. Quello che hai lasciato, le *conseguenze* – quelle vere e non quelle di cui ti preoccupavi come la cretina che eri – della vita che hai vissuto.

E sono bellissime.

Stefania Sperandio - Aftermath

    Ridi felice, in quella foto sulla mia scrivania, coi tuoi occhi illegali e luminosissimi. Mi piace pensare che tu stia ancora sorridendo così.
    È stato il viaggio più bello che abbia mai fatto.
    E i posti freddi a me fanno schifo.
    Ti voglio bene, Manu.
    Grazie.

Stefania Sperandio - Aftermath

*«Un segreto è
fare tutto come se
vedessi solo il sole».*

Stefania Sperandio - Aftermath

Stefania Sperandio - Aftermath

Printed in Great Britain
by Amazon

74747b5c-5d0c-465b-8215-3c1dbf8f6a8fR01